먹고 기도하고 사랑하라

엘리자베스 길버트
노진선 옮김

Eat Pray Love

먹고
기도하고
사랑하라

진정한 욕망과 영성 그리고
사랑을 찾아 낯선 세계로 떠난
한 여성의 이야기

민음사

일러두기
1 주석은 모두 옮긴이 주이며, 각주로 표시했다.
2 인·지명은 대체로 현행 외래어 표기법을 따랐으나 몇몇 예외를 두었다.

전진 계속 전진

최근 들어 지난 10년간 『먹고 기도하고 사랑하라』를 한 번도 읽지 않았음을 깨달았다.

신기한 일이었다. 왜냐하면 그 10년 동안 『먹고 기도하고 사랑하라』에 대해 이야기하며 살았기 때문이다. 그 책을 소개하고 설명하고 옹호하고 시시콜콜 이야기하고 종종 농담의 소재로 삼기도 했다. 하지만 실제로 읽지는 않았다. 책이 출간된 2006년 1월에서 대여섯 달 전, 마지막 교정을 마친 후로는.

드문 일은 아니다. 책이 출간된 후 그 책을 다시 읽는 작가는 많지 않다. 민망하기도 하고(시간이 흘러서 다시 읽어 보면 얼굴이 화끈거리기 마련이다.), 지루하기도 하고(이미 책의 결말을 알고 있다고!), 이젠 다른 책을 쓰고 있기 때문이기도 하다.

하지만 『먹고 기도하고 사랑하라』의 경우는 조금 다르다. 내가 이 책을 다시 읽지 않은 이유는 더는 내 책이 아니기 때문이다. 『먹고 기도하고 사랑하라』는 출간되자마자 전 세계인이 게걸스럽게 먹어 치웠고 그들은 이 책을 자기들 것으로 만들었다. 그리하여 사랑하고 미워하고 따라 하고 패러디했다.

이 책이 엄청난 베스트셀러가 된 후로 광고 회사들은 아무 데나 "먹고 기도하고 ___하라"의 문구를 집어넣어 상품을 팔았다. (먹고 기도하고 쇼핑하라! 먹고 기도하고 스키 타라! 먹고 기도하고 마셔라! 먹고 기도하고 짖어라!) 여행사는 내 책을 이용해 떼돈을 벌었다. (이제는 세계 각지에서 '먹고 기도하고 사랑하라 투어'를 떠날 수 있다. 참, 그중에서 공식적으로 내 승인을 받은 투어는 하나도 없다. 물론 여행을 떠나는 사람들을 보면 늘 흐뭇하긴 하지만.) 할리우드는 내 이야기를 영화로 만들었고 영화 속에서 나는 줄리아 로버츠로, 남편은 하비에르 바르뎀으로 심하게 업그레이드되었다. (슬픈 진실을 말하자면 우린 절대 줄리아 로버츠와 하비에르 바르뎀처럼 생기지 않았다. 아무리 어둠침침한 데서 본다 해도. 하지만 그래도 난 이 영화를 사랑한다. 아니지, 잠깐만. 어쩌면 그래서 내가 이 영화를 사랑하는지도…….) 「심슨 가족」 21시즌에서는 『먹고 기도하고 사랑하라』를 읽는 마지가 잠깐 나온다. 「서티록(30 rock)」에서는 티나 페이가 이 영화에 대해 농담을 하고, 「빅뱅 이론」에서는 라지와 페니가 이 책을 읽는다. 그리고 몇 년 전에는 초등학교 3학년이었던 조카의 동급생 여자아이가 반려동물로 키우는 거북이의 식습관 보고서를 쓰면서 제목을 '먹고 자고 똥 싸고'로 지었다. 이 책의 제목이 가장 사랑스럽게 변주된 경우일 것이다.

그렇다, 이 모든 것이 절대적으로 나와 관계없이 벌어지는 일이다.

사람들이 『먹고 기도하고 사랑하라』에 보인 반응은 멋지기도 하고, 혐오스럽기도 하고, 대부분은 이해할 수 없었지만 그래도 이 현상 자체가 놀라웠다. 수많은 여성들이 이 책을 자기발견의 안내서로 삼아 마음의 상처를 치유하고, 영적 탐색을 하는 듯했다. 정말 놀라운 일이었다. 나는 우정과 자매애를 발휘해 그런 여성들을 가능한 한 많이 도와주려 했으나 때로는 감당하기 벅찼다. 지난 10년 동안 인간관계에서 선을 긋는 법을 배워야 했는데, 정말이지 난 원래 그런 일에 소질이 없다. 또한 어디까지를 내 사생활로 보호하고(이전까지는 전혀 걱정할 필요가 없던 문제), 어디까지를 대중에게 공개해야 할지(이전까지는 누구도 관심이 없던 문제) 사이에서 균형을 잡아야 했다. 독자들의 열광적인 반응에 겁이 날 지경이었지만 그 와중에도 계속 글을 써서 출판해야만 했다. 또한 내게 새롭게 쏟아지는 무모한 기회 — 예컨대 나를 주인공으로 하는 리얼리티 예능 프로그램을 만들자는 제안 — 를 거절하는 법도 배워야 했다.

분명 눈코 뜰 새 없이 휘몰아친 10년이었다. 그래도 그 한복판에서 가능한 한 정신줄을 꽉 잡고 마음의 안정을 유지하려고 안간힘을 썼다. 30대 중반이라는 적당한 나이와 행복한 재혼이라는 행운 덕분에 가능한 일이었다. 또한 이미 정신줄을 놓아 본 경험이 있으며, 다시는 그 어둡고 요동치는 바닷

속으로 들어가고 싶지 않다는 이유도 있었다. 사람들은 종종 "『먹고 기도하고 사랑하라』가 출간된 후로 정신이 없었겠어요!"라고 말했는데 난 그럴 때마다 이렇게 솔직히 대답한다. "아뇨, 정신없이 살았던 건 이 책이 나오기 전인 20대죠."(그건 그렇고 여러분이 그런 내 모습을 보지 못해서 정말 다행이다.) 사실 이 책을 쓰는 것이 그 광란의 삶에서 날 끌어내는 방법이었다.

마음의 안정과 온전한 정신을 최대한 끌어모아 거기에 뿌리를 내린 후에는 『먹고 기도하고 사랑하라』가 가져다준 모든 것에 늘 감사하며 살았다. 하지만 그렇게 감사하면서도 나와…… 이 책 사이에 약간의 거리를 두었다. 그편이 더 안전하게 느껴졌고 마음이 편했기 때문이다. 아마도 그래서 지난 10년간 이 책을 읽지 않았을 것이다.

하지만 마침내 『먹고 기도하고 사랑하라』의 10주년 기념판을 준비하면서 난 자리를 잡고 이 책을 다시 읽게 되었다.

그리고 놀라운 경험을 했다.

* * *

첫째로 난 너무 많은 것을 잊고 있었다!

이 회고록은 여러 곳을 여행하고 탐사한 기록이었는데 너무도 많은 부분이 이미 내 기억에서 사라지고 없었다. (딴 얘기지만, 그렇기 때문에 우리는 늘 기록을 남겨야 한다.) 지난 10

년 동안 난 『먹고 기도하고 사랑하라』의 경험을 오로지 피자, 피자, 피자로만 압축했던 것 같다. 따라서 그동안 완전히 잊고 살았던 사람들과 사건, 장면이 (심지어 음식도!) 이 책에 등장했다. 거리의 낯선 사람에게 다음 끼니를 어디서 먹어야 하는지 물어보는 것 말고는 아무것도 하지 않았던 시실리에서의 일주일을 잊고 있었다. 텍사스 주에서 온 내 친구 리처드 — 슬프게도 이제 그는 우리 곁을 떠났다. — 와 인도에서 나눈 대화, 배꼽 빠지게 웃기지만 늘 어디로 튈지 모르는 그 대화의 미묘한 어감을 잊고 있었다. 인도네시아인 친구 유데이와 함께 떠난 발리 횡단 여행을 잊고 있었다.

1년 동안 그토록 많은 곳을 둘러봤다는 사실에 감탄했고, 그럴 수 있을 정도로 운이 좋았다는 사실에 또 감탄했다. 『먹고 기도하고 사랑하라』에 쏟아진 비난의 대부분은 이 흔치 않은 특권 때문이었는데 이제 나는 그들에게 이렇게 말하고 싶다. 여러분 심정 이해합니다. 이런 여행을 한 사람은 엄청난 행운아다. 재수 없을 정도로. 이 여행기를 다시 읽어 보니 어느 때보다 그 사실을 절감할 수 있었다. 왜냐하면 이런 여행을 하기란 불가능하기 때문이다. 꼬박 1년이나 쉬면서 세계 일주를 할 정도로 부유하고 자유로운 사람이 과연 몇 명이나 될까? 이탈리아어를 배우며 이탈리아 전역을 몇 주씩 쏘다니고, 인도와 인도네시아에서는 세상에서 가장 훌륭한 스승을 만나 몇 달씩 명상을 배울 수 있는 사람은 또 몇 명이나 될까?

오랫동안 사람들에게 "나도 당신 같은 경험을 하고 싶어요."라는 말을 듣고 살았는데, 이 책을 다시 읽다 보니 "나도 이렇게 굉장한 모험을 하고 싶어!"라는 생각이 들었다.

다시 말해 지금까지 이런 경험을 할 수 있어서 감사하다고 생각했지만 그 정도로는 부족했던 것 같다. 자유와 자기 탐색, 여행으로 정교하게 짜인 그해에 내가 누린 것을 제대로 감사하려면 매일 땅에 키스해도 모자랄 판이다.

하지만 또한 이 책을 다시 읽으며 그때 내가 그렇게 자유로웠던 이유는 내 상황이 너무도 엉망이었기 때문임을 깨달았다. 난 두고 갈 것이 별로 없었기 때문에 모든 걸 두고 갈 수 있었다. 이혼으로 전 재산을 잃었기 때문에 빈털터리였다. 남자들과의 관계를 다 망쳐 버렸기 때문에 사귀는 남자도 없었다. 일을 그만뒀기 때문에 직장도 없었다. 모든 게 혼란스러웠고 모든 게 유동적이었으며 슬퍼서 미칠 지경이었다.

그때 내가 얼마나 슬펐는지 잊고 있었다.

간단히 말하자면 이탈리아로 떠나기 전에 내 건강 상태는 좋지 못했다. 우울증이 너무 심해서 먹지도, 자지도 못하고 제대로 일상을 영위하지 못했다. 항우울제와 항불안제와 수면제를 달고 살았고, 유기견처럼 삐쩍 말라 있었다. 관절염, 근육통, 소화 불량으로 늘 통증에 시달렸다. 삶의 모든 것이 날 불안하게 했고 그 때문에 손이 덜덜 떨렸다. 맨해튼 바우어리 지역의 노숙자들처럼.

난 이 모든 것을 잊고 있었다. 그러니까 뭉뚱그려서 이해는 했지만 그 불행의 무서울 정도로 세세한 부분까지는 잊고

먹고 기도하고 사랑하라

있었다. 그리고 그것들이 이 책에 낱낱이 적혀 있었다. 결혼에 실패하거나 인생 실패자가 되는 게 얼마나 수치스러웠는지 잊고 있었다. 데이비드와 다시 사귀면서 날 사랑하지 않는 사람을 사랑하는 게 어떤 느낌이었는지 잊고 있었다. 자기 자신을 철저히 불신하는 게 어떤 느낌이었는지 잊고 있었다.

그 후로 오랫동안 이런 슬픔을 느낀 적이 없었고, 그 불행한 나를 기억에서 지워 버린 듯하다. 잘한 일인지도 모른다. 가장 최악의 상태였던 자신을 기억하며 여생을 보내고 싶지는 않을 테니까. (어쩌면 이런 이유로 기록을 남기지 말아야 하는지 모른다.)

하지만 『먹고 기도하고 사랑하라』를 읽으며 가장 인상적인 점은 걸핏하면 '늙었다.'라는 단어를 썼다는 것이다. 내게는 그 사실이 가장 놀라웠다. 이 책에서 날 언급할 때 '늙었다.'라는 단어가 빠지지 않았다.

진실을 밝히자면, 여러분, 이 모험을 할 당시 나는 불과 서른넷이었다. 지금 내게 서른넷은 미취학 아동처럼 느껴지지만 당시에는 노파가 된 심정이었던 모양이다. 이것이야말로 진정한 인지 부조화다. 왜냐하면 현재 난 마흔여섯인데 늙었다는 기분이 전혀 들지 않기 때문이다. 오늘 아침에도 8킬로미터를 달렸고, 아픈 곳은 하나도 없다. 어젯밤에는 아기처럼 잘 잤다. 약도 전혀 먹지 않는다. 녹인 치즈를 약이라고 치지 않는 한. (내게는 약이라서.) 오늘 하루, 이번 주, 올 한 해가 어떻게 펼쳐질지 두근두근하다. 아마도 이런 열정과 생동감이야말로

‘젊음’의 가장 핵심적인 정의일 것이다. 가능성이 끝없이 펼쳐진 느낌.

하지만 당시에는 분명 폭삭 늙은 기분이었다. 젊고 잘생긴 데다 나와 이탈리아어를 연습하는 조반니를 유혹하기에는 내가 너무 늙었다고 썼다. 또한 스웨덴 출신의 귀엽고 어린 소피와 함께 다니기에도 너무 늙었다고 했다. 고작 일곱 살 차이인 우리가 친구보다는 모녀로 보일 거라고 주장하면서. 배낭을 메고 여행하기에도 너무 늙은 나이일까 걱정했다. 심지어 그 한창때에 (마치 그렇게 젊다는 사실이 자랑스럽기는커녕 부끄럽다는 듯이!) 로마 아파트 위층에서 나는 신음 소리를 듣고 이젠 너무 늙어서 저렇게 격렬한 섹스는 나와 거리가 먼 일이라고 썼다.

나는 이 책에서 ‘늙었다.’라는 단어를 결코 좋은 의미로 쓰지 않았다. 현명하고 성숙하다는 의미로 쓰지 않았다.

생기 없고, 지치고, 녹초가 되었다는 뜻으로 썼다.

이 책을 읽다 보니 스트레스와 우울증이 얼마나 큰 해를 미치는지 다시금 깨달았다. ‘스트레스’라는 단어는 압축을 뜻하는 라틴어에서 왔고, 압축은 우리를 나이보다 더 늙게 한다. 육체적으로나 감정적으로 짓눌려 금방이라도 부서질 듯하고 나약한 기분이 들게 한다. (“불안해하는 사람보다 더 늙은 사람은 없다. 불안에서 자유로워져야 노화에서 자유로워진다.”라고 인도에서 만난 스님은 말씀하셨다.) 불안감에 짓눌리지 않는다는 것은 삶의 문을 활짝 열고, 예전 같았으면 중압감을 느꼈을 상황에서 오히려 가능성을 만들어 낸다는 뜻이다. 그렇게 새로이 열린 공간 안으로 비로소 젊음이 돌아온다.

삶의 문을 활짝 연다는 것은 삶을 긍정적으로 보게 하는 신성한 행동이다. 사람은 누구나 기적 같은 자신의 존재를 축하하며 삶을 받아들이고 문을 활짝 열어야 한다. 우리가 영원히 아프고 지치고 슬프기 위해 이 지구에 왔다고는 믿지 않는다. 차차 늙어 가기 위해 왔다고도 믿지 않는다. 『먹고 기도하고 사랑하라』가 그토록 많은 여성들에게 열렬한 반향을 불러일으킨 이유도 이런 메시지를 전했기 때문이리라. 당신의 인생이 쓰레기통이라면 어떤 대가를 치러서라도 거기서 빠져나올 수 있다는 메시지. 쓰레기통 같은 존재의 상태에서 탈출해 부활하고, 활기를 되찾고, 새로운 나를 창조할 수 있다. 세포 하나하나까지. 오랫동안 여자들은 그런 메시지를 받은 적이 없었다. 오히려 우리 사회는 여자들에게 정반대의 메시지를 전달해 왔다. 쓰레기통이 너의 삶이라면 받아들여라. 의무에 굴복하고 입을 다물어라. 어떤 상황에서든 착한 여자가 되어라. 더 많이 포기하라. 더 열심히 일해라. 더 많이 굴복하라. 더 많이 인내하라. 더 많이 희생하라. 훌륭한 순교자가 되어라. 너의 삶은 너만의 것이 아님을 명심하라. 너의 삶은 다른 모두의 것이기도 하다. 네 아버지 것이고, 네 남편의 것이며, 네 자식의 것이고, 네가 속한 사회의 것이다.

하지만 『먹고 기도하고 사랑하라』는 이런 질문을 던진다. "만약 당신의 삶이 온전히 당신 것이라면 어떻게 될까?

이것은 내가 병과 수치심, 슬픔의 안개 속에서 길을 잃었을 때 나 자신에게 던진, 그리고 책이 출간된 후로는 전 세계 여성들에게 던진 질문이다. 내가 들은 바로는, 그리고 전 세계 방방곡곡의 여성들이 말한 바로는『먹고 기도하고 사랑하라』가 이 질문을 진정으로 자문하게 한 첫 번째 책이었다. 최근에 일본의 중년 여성에게 받은 편지에는 이렇게 간단히 적혀 있었다. "『먹고 기도하고 사랑하라』를 읽기 전에는 내가 삶을 바꿀 수 있다는 생각을 한 번도 못 해 봤어요! 맙소사! 이제 이 사실을 알았으니 어떻게 살아야 할까요?"

이 얼마나 위험하면서도 아름다운 질문인가. 그리고 이 질문은 너무나 위험하면서도 아름다운 결과를 끌어냈다!

* * *

또한 이 책을 다시 읽으며 당시 사회가 규정한 서른네 살 여자의 역할에 내가 세뇌되어 있었음을 깨달았다. 그때는 아직 아이가 없다는 사실, 그리고 과연 아이를 원하는 마음이 생길지 불확실하다는 사실에 엄청나게 집착했음을 잊고 있었다. 책에서 아이가 없다고 끝없이 얘기하는 것으로도 모자라 그것을 의아해하고 걱정하고 다각도로 분석까지 했다. 지금 생각해 보면 그런 집착도 날 늙게 했다. 나는 30대 중반의 여자는 당연히 아이가 있어야 한다고, 적어도 아이를 낳고 싶어 해야 한다고 믿도록 교육받은 것이다. 그 길을 따르지 않는 여자는 대체 어떻게 돼먹은 걸까?

말라비틀어지고 지치고 여자구실도 못하는 여자.

섹스도 하지 않는 여자.

독신녀. 쭈그렁 할망구.

노처녀. 노파.

노인네.

노(老), 노, 노.

다시 한 번 말하지만 당시의 나를 생각하면 놀라지 않을 수 없다. 지금의 나는 이때와 너무 다르기 때문이다. 난 아이가 없다는 사실이 지극히 편안하다. 아이들을 보면서 모순된 감정을 느끼지도 않는다. (내게) 적절한 방향으로 나아가는 삶에 감사할 따름이다.

하지만 아이를 낳을지 말지 고민하던 젊은 시절의 날 생각하면 여전히 마음이 아프다. 과거의 내게 이렇게 말해 주고 싶다. "괜찮아! 네가 원치 않는다면 꼭 엄마가 될 필요는 없어! 넌 멋진 삶을 살게 될 거야. 그러니까 마음 느긋하게 먹어!" 하지만 당시에는 그럴 수가 없었다. 엄마와 언니, 할머니, 고모, 이모, 다시 말해 사실상 우리 집안의 모든 여자들이 걸었던 길에서 벗어나도 된다는 확신이 없었기 때문이다.

그러고 보니 『먹고 기도하고 사랑하라』에 적지 않은 일화가 떠오른다.

내가 이탈리아에 머물던 때의 일이다. 피렌체에서 출발하는 볼로냐행 기차를 탔는데 채 한 시간이 안 되는 짧은 거리였다. 내가 탄 객차에는 기운이 팔팔한 아기와 지친 표정의 젊은 엄마가 함께 타고 있었다. 그녀는 분명 아기를 사랑했지만 혼자서 아기를 데리고 여행하느라 기진맥진한 상태였다.

하지만 난 기운이 넘쳤고 아기가 너무도 사랑스러웠기에 내가 대신 봐주겠다고 나섰다. 젊은 엄마가 한가롭게 책을 읽는 동안 아기와 나는 까꿍 놀이도 하고, 코를 훔치는 놀이도 하고, 도리도리 짝짜꿍도 했다. 유적지를 발굴하듯이 내 가방 속 물건을 하나씩 꺼내 보기도 했다. 아기는 내 노트에 낙서를 하고, 내 선글라스도 써 봤다. 차창 밖의 건물을 가리키기도 하고, 내가 아는 이탈리아어 명사를 함께 연습하기도 했다. (막 말문이 트인 두 살짜리 아기는 내가 이탈리아어를 연습하기에 완벽한 상대였다.) 행복한 만남이었다.

기차가 볼로냐에 도착하자, 나는 젊은 엄마를 도와 짐을 내려 주었다. 그녀에게는 슈트케이스 말고도 유모차에 아기 용품까지 있었다. 그녀가 짐을 들고 기차에서 내리는 동안 난 아기를 안고 플랫폼으로 나갔다. 우리는 작별의 키스를 나눴고 모자는 다른 기차를 타러 갔다.

나는 그들의 뒷모습을 지켜보았다. 내 나이쯤 되는 헌신적인 엄마와 사랑스럽지만 다루기 힘든 아기. 그런 다음 뒤돌아 반대 방향으로 걸어갔다. 난 배낭 하나 달랑 메고 앞으로 사나흘 동안 볼로냐에서 파스타를 먹고 이탈리아어를 연습하는 것 말고는 아무것도 하지 않을 작정인 싱글 여성이었다. 얼굴에 따뜻한 햇살이 쏟아졌다. 아름다운 날이었고 나는 눈물 나게 행복했다.

그 순간 깨달았다.

내 인생에 아이는 없으리라는 사실을. 아이들을 사랑하고, 아이들과 함께하면서 기쁨을 느끼고, 다른 여성들의 육아를 도와줄 수는 있지만…… 결코 아이를 낳지는 않을 것이다. 나는 말 그대로, 또한 상징적으로 젊은 엄마와 반대 방향으로 가고 있었다. 이 세상에서 엄마가 아닌 다른 무엇 — 그게 뭔지는 아직 몰랐지만 — 이 될 작정이었다.

아름다운 순간이었다.

왜 그 사건을 『먹고 기도하고 사랑하라』에 쓰지 않았는지 모르겠다. 지금의 내게는 너무도 중요한 사건인데 말이다. 그 여행에서 겪었던 일들을 많이 잊었지만, 볼로냐 기차역 플랫폼에서 이런 깨달음을 얻고, 그리하여 엄청난 자유를 느꼈던 이 순간만큼은 결코 잊지 않았다.

그 사건을 쓰지 않은 이유는 어쩌면 그 순간의 기쁨과 엄청난 안도감을 공공연히 말하는 게 너무도 위험하고 기존의 사회적 신념에 반한다고 생각해서였는지 모른다.

나만의 계시를 믿지 않아서였는지 모른다.

나만의 햇살을 믿지 않아서였는지 모른다.

솔직히 정말 모르겠다.

내가 할 수 있는 말은 이제는 그것을 믿는다는 것뿐이다.

* * *

지난 10년 동안 『먹고 기도하고 사랑하라』와 관련해 수많은 편지를 받았다. 때로는 선물을 받기도 했고, 때로는 부탁을 받기도 했다. 자기들이 쓴 글을 읽어 달라거나, 자기들의 사연을 대신 써 달라거나, 때로는 극도로 사적인 문제를 상의하기도 했는데 나로서는 도저히 개입할 수 없는 문제들이었다. 비록 도와주려고 최선을 다하기는 했지만.

지금까지 내가 받은 편지 중에서 가장 이상한 편지는 "잘 들어, 이 쌍년아!"로 시작되었다. 이 흔치 않은 인사는 편지를 계속 읽지 말라는 경고였을 것이다. 하지만 난 끝까지 읽었다. 편지에는 이렇게 적혀 있었다. "누구는 결혼 생활이 좋은 줄 알아, 쌍년아? 누구는 비참하지 않은 줄 알아, 쌍년아? 누구는 과거의 선택을 후회하지 않는 줄 알아? 누구는 이혼하고 새로운 나를 찾아 여행을 떠나고 싶지 않은 줄 알아? 하지만 난 이혼하지 않아, 쌍년아. 결혼 생활을 유지할 거라고, 쌍년아! 왜냐하면 결혼은 원래 그런 거니까, 쌍년아! 결혼이란 원래 서로에게 헌신하겠다고 약속하는 제도야, 이 쌍년아!"

이런 편지에는 어떻게 답장해야 할까?

아마도 "아…… 네…… 축하드려요."라고?

하지만 그 편지는 분명 생각할 거리를 던져 주었다.

첫째로 난 '결혼은 원래 그런 거니까, 쌍년아!'에 동의하지 않는다. 서로에게 헌신하겠다는 약속을 지키기 위해 끝없

　　먹고 기도하고 사랑하라

이 고통받는 것이 결혼이라고 생각하지 않는다. 결혼이 '인내심 겨루기 대회'라고 생각하지 않는다. 결혼이 계약이긴 하지만 대부분의 서구 사회에서는 자발적인 계약이다. 우리는 종종 그 사실을 잊어버린다. 요즘에는 사랑하고, 함께 있고 싶기 때문에 결혼한다. 그렇지 않다면 결혼할 필요가 없다. 만약 사랑이 식거나 함께 있는 게 오히려 독이 된다면 떠나도 된다. 우리는 인생을 바꿀 수 있다. 힘든 결혼 생활에서 빠져나와 혼자가 되거나 더 건강한 사랑을 찾아갈 수 있다. 새로운 계약을 맺고 새로운 사람에게 헌신할 수 있다.

지난 10년간 내가 몸소 터득했듯이 결혼은 고통이 아닌 다른 무언가가 될 수 있다. 『먹고 기도하고 사랑하라』는 무엇보다도 러브 스토리다. 그리고 이 러브 스토리는 계속되었을 뿐 아니라 성장했다고, 지금 이 순간에 난 말할 수 있다. 이제 펠리페와 결혼한 지 8년이 되었고, 나는 결혼이 그저 꾹 참아 가며 묵묵히 헌신해야만 하는 관계 이상임을 알게 되었다. 결혼은 기쁨이자 위안이고 나침반이며 은신처가 될 수 있다. 예전에는 결혼 생활이 그토록 행복할 수 있음을 몰랐지만 이제는 알고 있다. 사랑하는 친구 조반니가 내게 가르쳐 준 표현대로 그 사실을 피부로 느낄 수 있다.('L'ho provato nella mia pelle.')

하지만 "잘 들어, 쌍년아!"라고 편지를 보낸 여자는 내가 불행한 결혼 생활을 깨 버리라고 명령했다고 생각하는 듯하다. 그토록 격렬하게 자신의 삶을 옹호하는 걸 보니 내가 개인적으로 그녀에게 시비를 걸었다고, 어쩌면 협박까지 했다고 생각하는 모양이었다. 하지만 난 누구에게도 그러고 싶은 마음이 없다. 이혼하겠다는 결정을 내리는 건 내게도 너무 힘들었기 때문이다.

나는 『먹고 기도하고 사랑하라』의 여정을 삶이 힘든 사람들에게 처방전으로 제시한 적이 없다. 내가 그랬다는 이유만으로 다른 사람도 이혼을 하고, 인도로 여행을 떠날 필요는 없다. 그것은 내 길이었지 당신의 길이 될 필요가 없다. 셰릴 스트레이드가 말했듯이 "내 진실을 말한다고 해서 당신의 진실이 틀렸다고 비난하는 것은 아니다."

하지만 이 말은 하고 싶다. "내가 했던 대로 하지 말고, 내가 했던 질문을 하세요."

다시 말해, 자기 자신을 찾기 위해 이탈리아에 가서 피자를 몽땅 먹을 필요는 없다. 물론 그러고 싶은 사람을 제외하고! 다만 살면서 자유와 즐거움과 활기를 되찾기 위해 기꺼이 감수해야 하는 위험이 무엇인지, 혹은 무엇을 변화시켜야 하는지 자문해 볼 필요는 있다.

내 여행은 일련의 질문에서 시작되었다. 모든 여행은 그렇게 시작된다. 내 여행의 형태는 그 질문에 대한 개인적 답변이 반영된 것이다. 당신의 여행은 내 여행과 다른 형태일 테지만 본질적으로 우리의 질문은 같을 것이다. 그것은 쉽지 않은 질문이며, 모든 인간에게 가장 중요하고 오래된 질문이다.

나는 누구인가?

내 삶은 누구의 것인가?

나는 신과 어떤 관계를 맺고 있는가?

난 무엇을 하려고 태어났는가?

내게 삶의 진로를 바꿀 자격이 있는가?

나는 누구와 함께 그 진로를 개척하고 싶은가? (만약 함께 하고 싶은 사람이 있다면.)

나는 즐거움과 평화를 누릴 자격이 있는가?

만약 그렇다면, 날 즐겁고 평화롭게 해 주는 것은 무엇인가?

유사 이래로 여자들에게는 이런 강력한 질문들이 허락되지 않았으나 마침내 가능한 시대가 되었다. 『먹고 기도하고 사랑하라』가 그토록 강력한 영향을 미친 이유는 그 때문인지도 모른다. 어느 날 방송국에서 한 남자가 내게 "당신이 여자들을 망쳐 놨어요! 당신 때문에 여자들이 다 떠났다고요! 내 누이도, 여자 친구도 모두 떠났어요!"라고 말하며 화를 낸 이유도 그 때문인지 모른다.

난 그저 미소를 지으며 우호적인 항복의 의미로 양손을 들어 올린 채 뒤로 한 발짝 물러났다. 하지만 솔직히 말해서 그의 화난 모습, 다시 말해 더 많은 여자들이 떠날지도 모른다는 가능성에 겁먹은 모습을 지켜보는 게 짜릿할 정도로 즐거웠다.

그런데 그 많은 여자들은 다 어디로 가는 걸까?

나도 모르겠다. 아마 어디든 자기가 가고 싶은 곳으로 가리라.

파격적인 현상이다. 파격적이면서 새로운 현상.

$$* \quad * \quad *$$

사람들은 가끔씩 이 책을 조롱한다. 가끔은 나도 그런다. 진정성이 느껴지긴 해도 이 책의 작가는 너무 진지하고 가끔은 너무 거창하다.

하지만 『먹고 기도하고 사랑하라』를 쓴 작가는 잠시 잊고, 이 책을 읽은 독자들만 생각하자. 전 세계 수백만 수천만의 여성들이 이 책을 출구 삼아 자신의 가치와 가능성, 운명을 더욱 확장하기 시작했다. 또 이 이야기를 허가서로 삼아 자기들만의 질문을 만들어 자문했는데 대부분의 여성들에게 이는 생애 처음 있는 일이었다.

그리고 그것만큼은 조롱할 수 없으리라. 왜냐하면 너무도 중요한 일이기 때문이다.

이 책과 관련해서 내가 받은 가장 아름다운 팬레터는 사실 편지가 아니라 트위터의 짧은 메시지였다. 채 140자도 되지 않았다. 140자도 필요 없었다.

그저 이렇게 간단히 적혀 있었다.

"내가 27년간의 학대에서 빠져나와 나만의 여행을 떠날 수 있었던 이유의 85.5퍼센트는 당신이라는 걸 알아주세요."

중요한 건 바로 이것입니다, 여러분.

이에 대해 난 이렇게밖에 말할 수 없다. 계속 전진.

계속 전진, 그리고 고맙습니다.

차례

2000킬로미터나 떨어진 곳에서도

안식처가 되어 주는

수전 보언에게 이 책을 바친다.

사실만을, 사실만을, 사실만을 말하라.*

— 셰릴 루이스 밀러

———

* 이 책 3부에 나와 있듯이 발리에서 긴급히 부동산 계약을 맺어야 할
때를 제외하고.

서문
혹은 이 책이 어떻게 구성되었는가
혹은 109번째 염주알

인도 특히 성지와 아쉬람¹을 여행하다 보면 목에 염주를 걸고 다니는 사람들을 많이 볼 수 있다. 매서운 눈초리의 비쩍 마른 요가 수행자들(가끔은 통통하고 다정하며 방실거리는 요가 수행자들도 있지만)이 나체로 찍힌 옛날 사진에도 그런 염주가 등장한다. 구슬을 꿰어 만든 이 염주는 자파 말라(japa mala)라고 하는데 수세기 동안 독실한 힌두교와 불교 신자들이 기도하는 동안 마음의 중심을 잃지 않도록 도와주는 역할을 해 왔다. 즉 한 손에 염주를 들고 손가락으로 한 알씩 굴리며 한 바퀴를 돌리는데 한 알을 굴릴 때마다 만트라²를 반복하는 이치다. 종교 전쟁을 위해 동방으로 갔던 중세 십자군은 그곳의 신

---

1 힌두교 현자들이 제자와 구도자들을 불러 모아 가르치는 곳.
2 명상을 돕는 신성한 소리나 언어의 반복.

도들이 이 자파 말라를 들고 기도하는 모습을 보았고, 그 기법에 감탄했다. 그리하여 고향인 유럽에 같은 개념을 도입해 묵주를 만들었다.

전통적인 자파 말라는 108개의 염주알로 이루어져 있다. 동양 철학에 보다 정통한 학자들 사이에서는 108이 가장 상서로운 숫자로 간주된다. 3의 배수로 완벽한 세 자리 숫자인 데다 각 숫자를 더하면 3의 세 배인 9가 되기 때문이다. 주일 학교에서 삼위일체를 배웠거나 혹은 삼발이 의자만 봐도 쉽게 알 수 있듯이 3이라는 숫자는 궁극의 균형을 상징한다. 이 책 또한 인생의 균형을 찾으려고 노력하는 내용이기에 자파 말라처럼 구성하기로 결심하고, 내 사연을 108개의 염주알에 해당하는 108개의 이야기로 나누었다. 그 이야기들은 다시 자아를 탐색하며 내가 방문했던 나라인 이탈리아, 인도, 인도네시아, 이렇게 3부로 나뉜다. 이 분류대로라면 각 나라마다 36개의 이야기가 실려 있는 셈이다. 난 지극히 개인적인 이유로 이 구성이 마음에 드는데, 이 이야기를 쓰고 있는 현재 내 나이가 서른여섯이기 때문이다.

골치 아픈 숫자 얘기는 이쯤 하고, 나 역시 자파 말라의 구조에 따라 이야기들을 엮어 나간다는 아이디어가 마음에 들었다고만 해 두자. 왜냐하면 그건 너무도…… 완벽한 구조이기 때문이다. 진정한 영적 탐색은 언제나 그랬듯이 체계적인 수련의 산물이다. 진실 탐구는 결코 미쳐 돌아가는 무한 경쟁이 아니다. 비록 지금 이 시대가 미쳐 돌아가는 무한 경쟁 시대라 할지라도. 구도자이자 작가로서 나는 가능한 한 염주를 손에서 놓지 않는 게 도움이 되며, 내가 이루고자 하는 일에만 정신을 집중하는 편이 더 낫다는 것을 깨달았다.

어쨌거나 모든 자파 말라에는 특별히 염주알 하나가 더 추가된다. 이 109번째 염주알은 108개의 염주로 이뤄진 균형 잡힌 원 바깥쪽에 펜던트처럼 매달려 있다. 난 이 109번째 염주알을 일종의 비상용 여분으로 생각한다. 마치 고급 스웨터에 달린 여분의 단추나 왕실의 막내아들처럼. 그러나 분명 이 염주알에는 보다 숭고한 목적이 있다. 기도하는 동안 손가락이 이 109번째 염주에 닿으면 잠시 명상을 멈추고 스승에게 감사하는 것이다. 따라서 내 109번째 염주알인 이곳에서 나는 이야기를 시작하기 전에 잠시 멈추고자 한다. 그리고 올 한 해 동안 여러 신기한 형태로 내 앞에 나타났던 스승님들 모두에게 감사를 전한다.

그중에서도 특히 구루3에게 감사한다. 인정이 넘치는 스승님은 너그럽게도 인도에 있는 그녀의 아쉬람에서 공부할 수 있도록 허락해 주었다. 이 기회를 빌려 인도에서의 내 경험은 순전히 개인적인 관점일 뿐 신학자로서나 누군가의 공식 대변인으로서 쓴 것이 아님을 분명히 밝혀 둔다. 따라서 이 책에서 우리 구루의 이름은 언급하지 않을 것이다. 나는 그녀를 대변할 수 없기 때문이다. 그녀의 가르침은 오로지 그녀를 통해서

---

3 힌두교에서 스승을 가리키는 말.

만 제대로 전달될 수 있다. 아울러 그녀의 아쉬람을 유명세로부터 보호하기 위해 그곳의 지명이나 아쉬람의 이름도 밝히지 않을 것이다. 물론 그 훌륭한 기관은 유명세를 타는 데 관심조차 없거니와 홍보 활동을 할 자금도 없지만.

마지막으로 감사해야 할 사람이 있다. 나는 이 책에 등장하는 많은 사람들을 여러 이유에서 가명으로 표기했고, 특히나 인도 아쉬람에서 만난 사람들은 인도인이건 외국인이건 모조리 이름을 바꾸었다. 이는 영적 수행에 참가한 사람들의 목적이 고작 나중에 어느 책의 단역으로 등장하기 위해서가 아니라는(물론 나 같은 사람은 제외하고) 사실을 존중하는 뜻에서였다. 나 스스로 부여한 이 익명성의 법칙에 딱 하나의 예외가 있다. 텍사스 주에서 온 리처드의 이름은 정말로 리처드이며, 그는 정말로 텍사스 주 출신이다. 내가 인도에 머물던 당시 그는 내게 너무도 중요한 사람이었기에 실명을 쓰고 싶었다.

마지막으로 한 가지 더. 리처드에게 그가 과거에 마약 중독자였으며 술고래였다는 사실을 책에 써도 되느냐고 물었을 때 그는 얼마든지 쓰라고 했다.

"그렇지 않아도 그걸 어떻게 소문낼까 고민하던 중이었어."

하지만 우선은 이탈리아부터……

1부
이탈리아

혹은 "먹듯이 말하라"
혹은 쾌락 추구에 관한 서른여섯 개의 이야기

1

조반니가 키스해 주면 얼마나 좋을까.

아, 하지만 그게 왜 끔찍한 소원인지 말해 주는 이유는 너무 많다. 우선 조반니는 나보다 열 살이나 어린 데다 대부분의 20대 이탈리아 남자들처럼 아직도 엄마와 함께 살고 있다. 그 사실만으로도 연애 상대로는 자격 미달이다. 더구나 난 이제 막 실패한 결혼과 길고 지독한 이혼 과정을 거친 후, 결국에는 가슴 아픈 실연으로 끝나 버린 열정적인 연애까지 겪은 30대 중반의 전문직 미국 여성이다. 이 엎친 데 덮친 격의 불행은 날 슬픔에 빠진 나약한 존재로 만들었고, 난 7000살 먹은 노파가 된 기분이다. 처량 맞고 부서질 대로 부서진 늙은이 주제에 사랑스럽고 때 묻지 않은 조반니를 더럽히려니 양심에 걸렸다. 무엇보다도 마침내 나는 아름다운 갈색 눈동자의 연하 애인과 헤어진 아픔에서 벗어나려고 다른 남자를 침대로 끌어들이는 것이 과연 현명한 해결책인지 의구심이 드는 나이가 되었다. 내가 몇 달째 혼자 지내는 이유도 그 때문이었다. 나아가 올 한 해 동안 금욕 생활을 결심한 이유이기도 했다.

이 말에 어느 현자는 이렇게 물을 것이다. "그럼 대체 이탈리아에는 왜 갔습니까?"

그 질문에는—특히나 맞은편에 앉은 잘생긴 조반니를 바라보고 있을 때는—이렇게 대답할 수밖에 없다. "훌륭한 질문이네요."

조반니는 나의 쌍방 교환 파트너다. 이렇게 말하면 무슨 성적인 암시가 있는 듯하지만 불행히도 그렇지 않다. 그저 우리가 여기 로마에서 일주일에 한두 번씩 만나 서로의 언어를 연습한다는 뜻에 불과하다. 처음에는 조반니가 인내심을 발휘하며 이탈리아어로 이야기하고, 나중에는 내가 인내심을 발휘하며 영어로 이야기한다. 내가 조반니를 알게 된 건 로마에 온 지 몇 주 되지 않았을 때다. 바바리니 광장에는 조가비를 부는 섹시한 남자 인어 조각상 분수가 있는데 그 건너편에 대형 인터넷 카페가 있다. 거기 게시판에 이탈리아 원어민이 영어 회화를 공부하기 위해 영어 원어민을 구한다는 전단지가 붙어 있었다. 그 전단지 바로 옆에는 한 글자도 틀리지 않고 똑같은 내용의 전단지가 붙어 있었는데 서체까지 똑같았다. 유일하게 다른 것은 연락처뿐이었다. 한 전단지에는 조반니라는 사람의 이메일 주소가, 다른 전단지에는 다리오라는 사람의 이메일 주소가 있었다. 하지만 집 전화번호는 똑같았다.

나는 뛰어난 직관력을 발휘해 동시에 두 사람에게 이메일을 보냈고, 이탈리아어로 이렇게 물었다. "혹시 두 사람 형제예요?"

이런 시비조의 메시지에 답장을 한 사람은 조반니였다.

"형제보다 더 특별하죠. 쌍둥이거든요!"

그랬다. 정말 더 특별했다. 그들은 검은 머리에 키가 크고 잘생긴 스물다섯 살의 일란성 쌍둥이였고, 날 완전히 무장 해제하는 이탈리아인 특유의 크고 촉촉한 갈색 눈동자를 가지고 있었다. 이 청년들을 만난 후로 난 올 한 해 동안 금욕 생활을 고수하겠다는 규칙을 조금은 손봐야 하지 않을까 고민하기 시작했다. 예를 들면, 잘생긴 스물다섯 살의 쌍둥이 형제가 연인이 되는 경우만 제외하고 철저한 금욕 생활을 한다는 식으로. 그러자 베이컨만 제외하면 자신은 채식주의자라는 친구 한 명이 떠올라 뜨끔했다. 하지만 내 마음은 벌써 《펜트하우스》[4]에 보낼 편지를 작성하고 있었다.

촛불에 비친 그림자가 펄럭이는 로마의 한 카페에서 누가 누구를 애무하는지조차 분간……

---

4 미국의 성인 잡지로 저자는 이 잡지에 칼럼을 기고한 경력이 있다.

하지만 안 돼.

절대로 안 돼.

나는 이 공상을 다 끝맺기도 전에 중단했다. 지금은 로맨스를 찾아 이미 헝클어진 인생을 더 복잡하게 만들 때가 아니다. 오로지 고독을 통해서만 얻을 수 있는 일종의 치유와 평화를 찾아야 했다.

어쨌거나 11월 중순인 현재, 숫기 없고 학구적인 조반니와 나는 둘도 없는 친구가 되었다. 쌍둥이 중에서 좀 더 떠들썩하고 사교적인 성격인 다리오로 말하자면, 나는 그에게 내 사랑스러운 스웨덴인 친구 소피를 소개해 주었다. 그리고 그들은 완전히 다른 방식의 쌍방 교환 파트너가 되어 로마의 저녁을 함께 보냈다. 하지만 조반니와 나는 오로지 이야기만 나눴다. 뭐 굳이 따지자면 먹으면서 이야기를 나눴지만. 지난 몇 주 동안 함께 피자를 먹고 문법적으로 틀린 상대의 말을 다정하게 교정해 주며, 먹고 떠드는 즐거운 저녁을 보냈고 오늘 밤도 예외는 아니었다. 새로운 어휘와 신선한 모차렐라가 넘쳐 나는 사랑스러운 저녁이었다.

어느새 안개가 자욱한 자정이 되었고, 어둑어둑한 삼나무 숲 주위를 휘감으며 흘러가는 느릿한 강줄기처럼 고대 로마의 건물을 구불구불 맴돌아 가는 뒷골목을 따라 조반니는 날 집까지 바래다준다. 이제 우리 집 앞에 도착했다. 우리는 얼굴을 마주 본다. 그는 다정하게 날 껴안는다. 이것만 해도 진도가 나간 것이다. 처음 몇 주간은 악수만 했다. 내가 이탈리아에 3년 더 머문다면 그는 아마도 용기를 짜내어 내게 키스할 것이다. 아니면 지금 당장, 오늘 밤, 바로 우리 집 앞에서 키스할 수도 있다……. 아직 기회는 있다……. 지금 우리는 달빛 아래서 서로에게 몸을 밀착하고 있으니까……. 물론 그건 끔찍한 사고가 될 테지만……. 그래도 그가 지금 키스한다면 얼마나 좋을까……. 그가 허리를 숙이고…… 그리고…… 그리고…….

꿈 깨.

그는 포옹을 풀고 내게서 몸을 떼었다.

"잘 자요, 친애하는 리즈."

"Buona notte, caro mio.(잘 자요, 내 사랑.)" 내가 대답한다.

나는 혼자서 4층에 있는 집으로 올라간다. 좁아터진 원룸에 들어가 등 뒤로 문을 닫는다. 로마에서 맞이하는 또 한 번의 나 홀로 취침. 이탈리아어 사전과 문법책 한 무더기를 제외하고는 아무것도, 아무도 없는 이 방에서 또다시 맞이할 기나긴 잠이 나를 기다리고 있다.

나는 혼자다, 철저하게 혼자다, 완벽하게 혼자다.

이 현실을 받아들이며 가방을 내려놓고 무릎을 꿇은 뒤 바닥에 이마를 댄다. 그 자세로 우주를 향해 열렬한 감사의 기도를 올린다.

처음에는 영어로.

다음에는 이탈리아어로.

그리고 신이 내 요점을 더 잘 이해할 수 있도록 산스크리트어로.

2

기왕 이렇게 마룻바닥에 애원하는 자세를 취하게 된 김에 이 자세 그대로, 이 책의 이야기가 시작된 3년 전으로 돌아가 보자. 그 순간에도 정확히 지금과 똑같은 자세를 취하고 있었다. 바닥에 무릎을 꿇은 채 기도하는 자세.

하지만 3년 전에는 그 외의 모든 것이 지금과 달랐다. 당시에는 로마가 아닌 뉴욕 교외에 위치한 대저택의 2층 욕실에 있었다. 남편과 내가 얼마 전에 구입한 저택이었다. 쌀쌀한 11월의 새벽 3시쯤 되는 시각이었다. 남편은 침대에서 자고 있었고, 나는 욕실에 숨어서 울고 있었다. 이렇게 밤마다 울기 시작한 지 47일쯤 되었을까. 사실 어찌나 심하게 울었는지 목욕탕 타일 바닥에 눈물과 콧물이 거대한 웅덩이를 이뤘을 정도였다. 수치심과 두려움, 갈등과 비통함의 웅덩이.

더는 이 결혼 생활을 지속하고 싶지 않아.

이 사실을 깨닫지 않으려고 무던히도 노력했으나 진실은 집요하게 나를 따라왔다.

더는 이 결혼 생활을 지속하고 싶지 않아. 이 대저택에서 살고 싶지 않아. 아이도 낳고 싶지 않아.

하지만 나는 아기를 낳고 싶어야 했다. 내 나이 벌써 서른 하나. 만난 지 8년, 결혼한 지 6년째 되는 우리 부부는 대충 꺾이는 나이인 서른을 넘기면 나도 슬슬 정착하고, 아이가 갖고 싶어지리라는 공동의 기대를 바탕으로 인생을 설계해 왔다. 그때쯤이면 나도 여행에 진력이 나고, 대신 아이들로 바글거리며 직접 만든 퀼트가 곳곳에 걸려 있고, 뒤뜰에는 잘 가꿔진 정원이, 가스레인지에서는 스튜가 보글보글 끓고 있는 시끌벅적한 가정을 꾸리는 데 만족해할 거라고 우리 둘 다 기대하고 있었다. (앞에 묘사된 저 풍경은 정확히 우리 엄마의 초상이다. 그러니 나를 키워 준 엄마와 내가 다르다는 사실을 받아들이기가 한때 내게 얼마나 힘들었을지 짐작할 수 있으리라.) 나로서도 소름 끼치는 깨달음이었지만 나는 그런 것들을 원하지 않았다. 20대가 끝나 가고, 서른이라는 마감이 사형 선고일처럼 어렴풋이 다가오고 있을 때 나는 임신을 원치 않는다는 걸 깨달았다. 아기를 원하는 때가 오기를 계속 기다렸으나 그런 때는 오지 않았다. 장담하건대 뭘 원한다는 게 어떤 일인지 나도 잘 안다. 욕망이 어떤 기분인지 알고도 남는다. 하지만 그런 감정은 없었다. 오히려 예전에 언니가 첫아이에게 젖을 물리며 했던 말만 계속 떠올랐다.

"아이를 갖는 건 얼굴에 문신을 하는 것과 같아. 저지르기 전에 정말로 그 일을 원한다는 확신이 필요해."

하지만 이제 와서 어떻게 되돌린단 말인가. 모든 게 제자리를 찾아 갔고, 올해는 아이를 낳아야만 했다. 사실 지난 몇 달간 벌써 임신하려는 시도도 했었다. 하지만 아무 일도 일어나지 않았다.(마치 임신을 조롱하기라도 하듯 매일 상상 임신을 경험하며 아침마다 음식을 토하는 것 이외에는.) 그리고 매달 생리가 시작되면 욕실에서 남몰래 중얼거렸다. 감사합니다, 감사합니다, 감사합니다, 한 달 더 늘려 주셔서 감사합니다…….

나는 원래 이런 거라고 나 자신을 설득하려 했다. 임신하고 싶어 하는 모든 여성이 이런 감정일 거라고 멋대로 결론을 내렸다. (나는 '양가적 감정'이라는 단어를 사용했다. '두려움에 완전히 사로잡혀 있음'이라는 좀 더 정확한 표현을 피한 채.) 스스로에게 이건 보편적인 감정이라고 납득시켰지만, 주위에서 그와 반대되는 증거들이 튀어나왔다. 예를 들어 지난주에 우연히 만난 지인은 2년이라는 시간과 엄청난 돈을 불임 센터에 쏟아부은 끝에 드디어 임신하게 되었다고 말했다. 그녀는 기뻐서 어쩔 줄 몰라 하며 자기는 평생 엄마가 되기를 꿈꿔 왔다고 했다. 지난 몇 년간 남몰래 아기 옷을 사서 남편이 보지 못하도록 침대 밑에 감춰 왔다는 사실까지 털어놓았다. 환희에 찬 그녀의 얼굴을 보고 난 깨달았다. 저 얼굴은 지난봄, 내가 일하던 잡지사에서 대왕 오징어 취재차 나를 뉴질랜드에 보내겠다는 말을 들었을 때의 내 얼굴과 똑같다고. 그래서 난 결심했다. '임신이 대왕 오징어를 취재하러 뉴질랜드로 갔던 일처럼 기쁘게 느껴지기 전까지는 아기를 가질 수 없어.'라고.

더는 이 결혼 생활을 지속하고 싶지 않아.

낮에는 그 생각을 피할 수 있었지만, 밤이면 그 생각이 한시도 머리에서 떠나지 않았다. 이 얼마나 비참한 파국인가. 진작 끝냈어야 할 이 결혼 생활을 이토록 오래 지속하다니 이런 머저리가 또 어디 있을까? 우린 불과 1년 전에 이 집을 장만했다. 내가 이 집을 얼마나 사고 싶어 했던가. 이 집을 얼마나 좋아했던가. 그런데 왜 이제 와서 메데이아[5]처럼 울부짖으며 밤마다 복도를 서성인단 말인가. 난 우리가 모은 재산을 자랑스러워해야 마땅했다. 허드슨 밸리에 있는 멋진 집, 맨해튼의 아파트, 여덟 대의 전화기, 친구들, 피크닉, 파티, 대형 슈퍼의 통로를 서성이며 신용 카드로 더 많은 가전제품을 사들이던 주말. 나는 이런 삶을 창조해 가는 매 순간에 적극적으로 참여했다. 그런데 왜 이제 와서 그 삶이 나와 조금도 닮지 않았다고 느낄까? 왜 이렇게 의무감에 압도당할까? 집안의 생계를 주로 책임지는 가장이자 모든 가족 행사를 계획하고, 개를 산책시키며, 주부, 아내, 미래의 엄마이자 도둑맞은 시간 어딘가에서 겨우 작가로서 글을 쓰는 이 생활에 왜 이리 진력이 났을까?

더는 이 결혼 생활을 지속하고 싶지 않아.

남편은 다른 방에서, 침대에서 자고 있다. 나는 그를 사랑하는 마음만큼 그를 견딜 수 없었다. 이 비통함을 함께 나누자고 그를 깨울 수는 없었다. 그래 봤자 무슨 소용이겠는가? 그는 이미 지난 몇 달간 내가 절망에 허덕이며 미친 여자처럼(우리 둘 모두 이 단어에 동의했다.) 행동하는 것을 지켜봤고, 나는

---

5 그리스 신화에 나오는 여성으로 남편에게 배신당하자 둘 사이에서 태어난 자식들을 하나씩 죽인다.

그를 지치게 할 뿐이다. 우리 둘 다 '내가 뭔가 잘못되었다.'라는 사실을 알고 있으며, 그는 인내심을 잃어 가고 있다. 우리는 틈만 나면 싸우고, 울고, 결혼 생활이 끝장난 부부들이 그러듯 서로에게 진저리를 냈다. 마치 난민들 같은 눈동자를 하고서.

더 이상 이 남자의 아내가 되고 싶지 않은 데는 많은 이유가 있지만 그것들은 너무도 사적이고, 너무도 슬프기에 여기서 공개하지 않겠다. 대부분의 이유는 내 탓이기도 하지만, 우리 문제의 상당 부분은 그의 탓이기도 하다. 당연한 이치다. 어쨌거나 결혼 생활에는 언제나 두 사람이 존재하는 법이니까. 두 개의 투표권, 두 개의 의견, 서로 충돌하는 두 개의 결정과 욕망 그리고 한계. 그러나 내가 이 책에서 그의 문제점을 토론하는 일은 적절치 못하다. 또한 나로서는 편견에 치우치지 않는 시선으로 우리 이야기를 서술할 자신도 없으니 우리 결혼의 실패사는 그냥 넘어가기로 하자. 또한 왜 내가 그의 아내가 되고 싶어 했고, 그가 어떤 대단한 매력을 가지고 있으며, 왜 내가 그를 사랑했고, 왜 그와 결혼했으며, 왜 그 남자 없이는 살 수 없다고 생각했는지도 밝히지 않을 것이다. 그저 그날 밤 그는 여전히 내게 등대인 동시에 앨커트래즈[6]였다고 말해 두는 것으로 충분하다. 그와 헤어지는 것보다 유일하게 더 끔찍한 일은 계속 그의 곁에 남는 것이었다. 그의 곁에

---

6 누구도 탈출할 수 없다는 악명 높은 감옥.

계속 남는 것보다 유일하게 더 불가능한 일은 그와 헤어지는 것이었다. 나는 그 무엇도 혹은 누구도 파괴하고 싶지 않았다. 그저 어떤 소란이나 파장도 없이 뒷문으로 조용히 빠져나가 계속 달리고 싶었다. 그린란드에 도착할 때까지.

이 시기와 관련된 내 이야기는 행복하지 않다는 걸 알고 있다. 하지만 그래도 이 이야기를 꺼낸 이유는 그날 밤, 욕실 바닥에서 남은 인생의 방향을 영원히 바꿔 버릴 만한 사건이 일어났기 때문이다. 마치 아무 이유도 없이 우주에서 지구가 뒤집히고, 핵이 이동하며, 남극과 북극의 위치가 바뀌고, 형태가 급격히 변하는 천문학상의 대이변과 같다고나 할까. 둥그런 지구가 갑자기 직사각형이 돼 버리는 대혼란, 그쯤 되는 사건이었다.

그날 밤의 사건은 내가 기도하기 시작했다는 것이다.

그러니까 신에게.

3

내게는 처음 있는 일이었다. 아울러 그 의미심장한 신(God)이라는 단어가 이 책에서 처음으로 언급되고, 또한 앞으로 여러 번 등장하려는 바, 여기서 잠시 그 단어가 어떤 의미로 쓰였는지 정확히 설명하는 게 옳은 일일 듯싶다. 그래야 읽는 사람들이 얼마나 화를 내야 할지 곧바로 결정할 수 있을 테니까.

신이 과연 존재하는가에 대한 논쟁은 잠시 미뤄 두고(아니, 더 좋은 생각이 있다. 그 논쟁은 완전히 건너뛰도록 하자.), 우선 내가 왜 여호와, 알라, 시바, 브라마, 비슈누, 제우스가 아닌 신이라는 단어를 썼는지 설명하겠다. 신이라는 말 대신 '그것(that)'이라는 단어를 쓸 수도 있다. 고대 산스크리트어 경전도 신을 그렇게 부르며 그편이 가끔씩 내가 경험하는 포괄적이고 말로 표현할 수 없는 존재에 더 근접한 표현이라는 생각도 든다. 하지만 '그것'이라는 단어는 비인간적인 느낌, 마치 생명체가 아닌 사물 같은 느낌이 들고 나로서는 사물에게 기도할 수는 없다. 인간적인 보살핌을 온전히 느끼기 위해서는 적절한 이름이 필요했다. 같은 이유로 나는 우주라거나 태허(太虛), 전지전능한 힘, 초자아, 조물주, 빛, 초월적 힘, 심지어는 그노시스교 복음에서 따온 신의 가장 시적인 명칭인 '변화의 그림자'에게도 기도하지 않는다.

이런 단어에 거부감을 느껴서는 아니다. 나는 그 명칭들 모두 동등하다고 생각한다. 결국에는 표현할 수 없는 대상을 표현하는, 적절하면서도 부적절한 명칭이기 때문이다. 하지만 우리에게는 이 표현 불가능한 존재를 일컬을 만한 기능적 명칭이 필요하고, 내게는 '신'이 가장 따뜻하게 느껴지기에 나는 그 단어를 쓴다. 고백하자면 일반적으로 신을 '그(Him)'라고 부르기도 하는데 그 명칭도 거슬리지 않는다. 내게 그것은 그냥 편리한 인칭 대명사일 뿐 성별을 정확히 구분한 명칭도,

혁명의 대의명분도 아니기 때문이다. 물론 사람들이 신을 '그녀(Her)'라고 부른다고 해도 개의치 않으며, 그렇게 부르고 싶어 하는 마음 또한 충분히 이해한다. 여기서도 마찬가지로 내게는 이 두 개의 용어가 동등하며, 똑같이 적절한 동시에 부적절하다. 다만 어느 쪽 인칭 대명사를 쓰건 첫 글자는 대문자로 해 주는 게 좋다고 본다. 신성한 존재에 대한 작은 예의랄까.

신학적으로는 아니지만 문화적으로 나는 기독교인이다. 백인 앵글로색슨 계열의 신교도 집안에서 태어났다. 따라서 예수라고 불리는 위대한 평화 전도사를 깊이 사랑하며, 어떤 특별한 상황에 처했을 때 그분이라면 어떻게 했을까 하고 자문할 수 있는 권리를 마음속에 간직하고 있다. 하지만 오로지 기독교만이 신에게로 가는 유일한 길이라고 주장하는 기독교의 논리는 받아들일 수 없다. 그렇게 따지면 엄밀히 말해서 나는 기독교도라고 할 수 없을 것이다. 내가 아는 대부분의 기독교인들은 이런 내 감정을 자비로움과 열린 마음으로 이해해 준다. 하지만 그건 아마도 그들이 그다지 엄격하지 않기 때문일 것이다. 그러니 엄격한 기준을 적용하는 분들에게 내가 할 수 있는 일이라고는 감정을 상하게 한 것을 사과하며, 더 이상 그분들의 영역에 끼어들지 않는 것뿐이다.

오래전부터 나는 모든 종교의 초월적인 신비주의에 관심을 가져왔다. 신은 교리 속 혹은 하늘 저 먼 곳의 왕좌에 존재하는 게 아니라 아주 가까이에, 상상하는 것보다 훨씬 가까워서 우리의 심장을 통해 호흡할 정도라고 말하는 사람들만 보면 언제나 숨 막히게 흥분되었다. 바로 그 심장의 중심으로 여행을 떠나 본 적이 있는 사람들, 그리하여 이 세상에 다시 돌아와 신은 지극한 사랑의 경험이라고 전해 주는 사람들에게 언제나 감사함을 느꼈다. 모든 종교에는 반드시 이런 경험을 세상에 전해 주는 신비로운 성자들과 초월자들이 존재한다. 불행히도 그들 중 대다수는 체포되거나 살해되었지만. 그럼에도 불구하고 나는 그들이 매우 훌륭한 사람들이라 생각한다.

결국 내가 신에 대해 믿게 된 진리는 매우 간단하다. 이를테면 이런 식이다. 예전에 아주 근사한 개를 키운 적이 있다. 유기견 보호소에서 데려온 갈색 개였는데 열 개 정도의 종이 섞인 잡종으로 각 종의 장점만 물려받은 듯했다. 사람들이 내게 "이 개는 무슨 종이에요?"라고 물으면, 나는 늘 같은 대답을 했다. "그냥 갈색 개예요." 마찬가지로 사람들이 "당신은 어떤 신을 믿죠?"라고 물으면 나는 그냥 편하게 대답한다. "난 위대한 신을 믿어요."

4

생애 처음으로 신에게 직접 말을 걸었던 그날 밤 이후로, 신에 대한 내 견해를 체계화하기까지는 많은 시간이 걸렸다. 그러나 그때, 어두운 11월의 위기 한복판에서는 신에 대한 견해를 체계화하는 것 따위에는 아무런 관심도 없었다. 그저 내 인생을 구제하는 데만 관심이 있었다. 마침내 난 아무런 희망도 없고 생사가 달린 절망에 빠졌다는 걸 깨달았고, 그런 상태에 처한 사람들은 가끔씩 신의 도움을 구하기도 한다는 생각이 들었다. 어떤 책에서 읽었던 것 같다.

내가 꺼억꺼억 흐느끼면서 신에게 했던 말은 대충 이랬다.

"안녕하세요? 어떻게 지내세요? 전 리즈예요. 만나서 반가워요."

그렇다. 나는 마치 칵테일파티에서 소개라도 받은 것처럼 우주의 창조주에게 말을 걸었다. 무슨 일이든 자신이 가장 잘 아는 방식으로 해야 효과가 있는 법이고, 이것은 실제로 내가 누군가와 안면을 틀 때 사용하는 말이다. 사실 "전 언제나 당신의 열렬한 팬이었어요……."라는 말이 나오는 걸 참기 위해 내가 할 수 있는 말은 그것뿐이었다.

나는 기도를 계속했다.

"이렇게 늦은 밤에 번거롭게 해 드려서 죄송해요. 하지만 전 심각한 곤경에 처했어요. 그리고 지금까지 한 번도 아는 척하지 않아서 죄송해요. 하지만 당신께서 제 인생에 베풀어 준 은혜는 늘 감사하게 생각했어요."

그러자 눈물이 더 펑펑 쏟아졌다. 신은 잠자코 기다렸다. 나는 마음을 진정시키고 기도를 계속했다.

"아시다시피 전 기도에 대해 잘 몰라요. 하지만 제발 절 좀 도와주세요. 전 절실하게 도움이 필요해요. 어떻게 해야 할지 모르겠어요. 해답이 필요해요. 제발 어떻게 해야 할지 말해 주세요. 제발 어떻게 해야 할지 말해 주세요. 제발 어떻게 해야 할지 말해 주세요……."

그리하여 내 기도는 제발 어떻게 해야 할지 말해 주세요, 라는 단순한 간청으로 좁혀졌고, 나는 그 말을 반복했다. 얼마나 애걸했는지 모르겠다. 목숨을 간청하는 사람처럼 아주 절실한 기도였다. 그리고 울음이 그치질 않았다.

그러더니 갑자기 뚝 멈춰 버렸다.

불현듯 내가 더 이상 울고 있지 않다는 걸 깨달았다. 사실 한참 울던 도중에 눈물이 멈춰 버렸다. 불행이 몽땅 빨려 나간 듯했다. 난 바닥에서 이마를 들고 어리둥절한 상태로 앉아 혹시 내 울음을 가져가 버린 위대한 존재가 나타나려는 것인가 생각했다. 하지만 거기엔 아무도 없었다. 나 혼자뿐이었다. 그렇다고 완전히 혼자는 아니었다. 나로서는 침묵의 막 ― 너무도 희귀한 침묵이라 행여나 사라져 버릴까 봐 숨조차 들이쉬고 싶지 않은 ― 이라고밖에 표현할 수 없는 뭔가에 둘러싸여 있었다. 나는 나무토막처럼 꼼짝하지 않았다. 그런 고요함은 태어나서 처음이었다.

그러자 목소리가 들렸다. 놀라지 마시길. 이건 할리우드 성서 영화에 나오는 찰턴 헤스턴의 목소리가 아니며, 우리 집 뒷마당에 야구장을 지어야 한다고 말하는 목소리도 아니었다. 단지 내 안에서 들리는 내 목소리였다. 하지만 전에는 한 번도 들어 본 적이 없는 목소리였다. 내 목소리였지만 완벽하게 현명하고 차분하며 인정이 넘쳤다. 내가 평생을 사랑과 확신 속에서만 살았다면 내 목소리도 그러했을 것이다. 신에 대한 의심을 영원히 불식시킬 대답을 해 준 목소리, 거기에 깃든 따뜻한 사랑을 어떻게 표현해야 할까?

그 목소리는 이렇게 말했다. 침대로 돌아가, 리즈.

나는 숨을 내쉬었다.

지금 내가 할 수 있는 일은 그것뿐이라는 사실이 돌연 분명해졌다. 그 외의 다른 대답은 받아들일 수 없었을 것이다. 넌 이혼해야만 해! 라든가, 절대 이혼해선 안 돼! 라고 말하는 목소리였다면 믿지 않았을 것이다. 그건 진정한 지혜가 아니기 때문이다. 진정한 지혜란 바로 그 순간에 유일하게 가능한 해답만을 주며 그날 밤, 유일하게 가능한 해답은 침대로 돌아가는 것이었다. 침대로 돌아가, 라고 이 전지전능한 내면의 목소리는 말했다. 왜냐하면 지금 이 순간, 11월의 어느 목요일, 새벽 3시에 최종적인 해답을 알 필요는 없으니까. 침대로 돌아가, 왜냐하면 난 널 사랑하니까. 침대로 돌아가, 지금 당장 할 수 있는 건 해답을 알게 될 때까지 휴식을 취하고, 자신을 잘 돌보는 일이니까. 침대로 돌아가, 그래야 폭풍우가 닥쳤을 때 견뎌 낼 수 있을 만큼 강해질 테니까. 그리고 그 폭풍우가 다가오고 있어. 아주 굉장한 놈이. 금방 닥칠 테지만 오늘 밤은 아니야. 그러니까, 침대로 돌아가, 리즈.

어떻게 보면 이 짧은 사건에는 기독교인으로 거듭난 사례의 전형적인 특징이 모두 포함되어 있었다. 어두운 밤을 헤매는 영혼, 도와 달라는 요청, 그에 응답하는 목소리, 변화된 느낌. 하지만 내게 이 사건은 거듭난다거나 구원받는다는 전통적 의미에서의 종교적 전환은 아니었다. 그보다는 종교적 대화의 시작이라고 말하고 싶다. 궁극적으로는 나를 신에게 아주 가깝게 데려다줄, 탐구적이고 열린 대화의 첫 문장.

5

앞으로 사태가 훨씬 더 악화되리라는 걸 조금이라도 알았다면 — 릴리 톰린7의 말대로 — 과연 그날 밤 내가 숙면을 취할 수 있었을지 잘 모르겠다. 하지만 그 후로 매우 힘든 일곱 달을 보낸 뒤, 나는 남편과 살던 집에서 나왔다. 마침내 이 결정을 내렸을 때 이제 최악의 상황은 끝났다고 생각했다. 이혼에 대해 몰라도 한참 몰랐던 것이다.

《뉴요커》에 이런 만화가 실린 적이 있다. 두 여자가 있는데 한 여자가 이렇게 말한다. "누군가를 정말로 알고 싶다면 그와 이혼해 봐야 해." 물론 내 경험은 그와 반대다. 나라면 이렇게 말할 것이다. 누군가를 정말로 알 수 없게 되고 싶다면 그 사람과 이혼해야 한다고. 나와 내 남편이 바로 그렇게 되었기 때문이다. 세상에서 서로를 가장 잘 알던 두 사람이 순식간에 역사상 서로를 가장 이해하지 못하는 남남으로 변해 버렸다. 그

---

7 미국의 영화배우 겸 코미디언.

밑바닥에는 서로가 상대는 상상조차 할 수 없는 행동을 하고 있다는 최악의 사실이 깔려 있었다. 그는 내가 정말로 떠날 줄 몰랐고, 나는 그가 날 그렇게 놓아주지 않을 줄은 꿈에도 몰랐다.

남편과 헤어지기로 결정했을 때 난 그저 몇 시간 동안 마주 앉아 계산기 좀 두드리고, 상식적인 선에서 생각하고, 한때 사랑했던 사람에 대한 약간의 호의 속에서 실질적인 문제를 매듭지을 수 있을 거라고만 생각했다. 나는 이 집을 팔고 모든 재산을 반반으로 나누자고 제안했다. 그 제안이 거절당하리라고는 예상치 못했다. 그는 그 제안이 공정하지 않다고 생각했다. 그래서 난 더 구미가 당기는 제안을 하기로 하고 다른 차원의 반반을 제안했다. 즉 그가 모든 재산을 갖고, 나는 모든 비난을 뒤집어쓰는 걸로. 하지만 이 제안도 먹히지 않자 당황스러웠다. 모든 걸 주겠다는 제안이 실패했는데 무슨 협상이 가능하겠는가. 이제는 그의 대안을 기다릴 수밖에 없었다. 그를 떠난다는 죄책감에 지난 몇 년간 번 돈은 1센트도 가져가고 싶지 않았다. 게다가 새로이 영적인 세계에 눈을 뜨면서 무슨 일이 있어도 그와 싸우고 싶지 않았다. 나 자신을 옹호하지도 않을 것이며 그와 싸우지도 않겠다는 게 내 입장이었다. 나를 걱정하는 사람들의 충고도 듣지 않은 채 나는 꽤 오랫동안 변호사와 상담조차 하지 않았다. 그것마저도 전투에 임하는 것처럼 느껴졌기 때문이다. 이 일에 관해서만큼은 철저하게 간디가 되고 싶었다. 철저하게 넬슨 만델라가 되고 싶었다. 당시에는 간디와 만델라 모두 변호사라는 사실을 몰랐지만.

몇 달이 지났다. 내가 해방되기를 기다리고, 그가 어떤 조건을 요구할지 기다리는 동안 내 인생은 천당과 지옥 사이에 걸쳐져 있었다. 우린 별거를 시작했지만(그는 맨해튼의 아파트로 이사했다.) 해결된 건 하나도 없었다. 청구서는 쌓여 가고, 작가로서의 경력은 흐지부지되고, 집은 폐허가 되어 가고, 남편은 가끔씩 내가 얼마나 나쁜 여자인지 퍼부을 때만 침묵을 깼다.

그리고 데이비드가 있었다.

이 흉악한 이혼은 데이비드와의 요란한 연애 때문에 몇 배 더 복잡하고 상처 또한 깊어졌다. 데이비드는 내가 결혼 생활을 접는 동안 사랑에 빠진 남자였다. 아니, 사랑에 '빠졌다.'라는 표현으로는 부족하다. 정확히 말하면 난 결혼 생활에서 뛰쳐나와 데이비드의 품속으로 풍덩 뛰어들었다. 만화책에서 높은 다이빙대에 올라간 서커스 단원이 작은 컵 속으로 뛰어들면서 연기처럼 사라지듯이. 마치 내가 베트남 전쟁 당시의 미군 병사고, 데이비드가 호찌민을 떠나는 마지막 헬리콥터라도 되는 양 나는 결혼 생활에서 탈출하기 위해 데이비드에게 매달렸다. 구원과 행복에 대한 모든 희망을 그에게 걸었다. 그리고 물론 나는 정말로 그를 사랑했다. 하지만 내가 데이비드를 어떻게 사랑했는지 설명하는 데 '필사적'이라는 단어보다 더 강한 게 있다면 난 그 단어를 썼을 것이다. 그리고 필사적인 사랑은 언제나 힘든 법이다.

남편과 헤어진 뒤, 난 곧장 데이비드의 집으로 이사했다. 과거에도 그랬고, 지금도 그는 눈부시게 잘생긴 청년이다. 토박이 뉴요커에 배우 겸 작가로 언제나 날 무장 해제하는 이탈리아인 특유의 크고 촉촉한 갈색 눈동자를 가졌다.(내가 전에도 이 말을 했던가?) 산전수전 다 겪었고 독립적이고 채식주의자에 입이 거칠고 영적이며 매력적인 남자. 용커스 출신의 반항적인 시인 겸 요가 수행자. 신이 직접 선택한, 섹시한 신입 유격수. 머리 뒤로 후광이 비치는 비현실적인 남자. 적어도 내게는 그랬다. 단짝 친구 수전에게 처음으로 데이비드 얘기를 했을 때 수전은 열에 들뜬 내 얼굴을 힐끗 보며 말했다. "어쩌면 좋니. 너 정말 큰일 났다."

데이비드와 만나게 된 계기는 그가 내 단편 소설을 각색한 연극에 출연 중이었기 때문이다. 그는 내가 창조한 인물을 연기하고 있었고, 그건 시사하는 바가 크다. 필사적인 사랑은 늘 그런 식이기 때문이다. 필사적인 사랑에 빠진 사람들은 언제나 파트너의 성격을 지어내고, 상대가 우리의 요구대로 되기를 바라고, 애초에 우리가 창조해 놓은 역할을 그들이 수행하지 않으면 절망감에 빠진다.

하지만 초기 몇 달 간, 다시 말해 데이비드가 여전히 내 낭만적 영웅이고 내가 그의 살아 있는 꿈이었던 시기에는 정말 행복했다. 상상도 못 했던 짜릿함과 완벽한 일치감을 느꼈다. 우리는 우리만의 언어를 만들었고, 당일치기로 혹은 장기간 여행을 떠나기도 했다. 여러 산의 꼭대기에 올라가고, 반대로 여러 바닥을 헤엄치고, 함께 떠날 세계 일주를 계획했다. 차량 관리국에서 기다리는 동안에도 신혼여행을 떠난 커플들보다 더 재미있는 시간을 보냈다. 서로를 똑같은 별명으로 부르는 우리는 일심동체였다. 함께 목표를 세우고, 서약을 하고, 약속을 하고, 저녁을 먹었다. 데이비드는 내게 책을 읽어 주고 내 빨랫감을 세탁기에 돌려 주기까지 했다. (처음 그 일이 있던 날, 나는 깜짝 놀라 수전에게 이 경이로운 사건을 보고했다. 마치 공중전화를 거는 낙타라도 본 사람처럼. "방금 그이가 내 빨래를 세탁기에 돌려 줬다니까! 심지어 실크 옷은 손빨래까지 해 줬어!" 그 말에 수전은 똑같은 대답을 반복했다. "어쩌면 좋니. 너 정말 큰일 났다.")

리즈와 데이비드가 함께 보낸 첫 여름은 지금까지 봤던 로맨틱한 영화의 아름다운 장면만 모아 만든 영화 같았다. 파도 속에서 물장난하는 것부터 황혼 녘에 두 손을 꼭 잡은 채 황금빛으로 물든 들판을 달려가는 것까지. 이 시기에 나는 여전히 이혼이 우아하게 끝나리라고 믿고 있었다. 그리하여 남편에게 이 여름 동안은 그 일에 대해 이야기하지 말고 서로 마음을 가라앉힐 수 있는 시간을 갖자고 제의했다. 어쨌거나 이런 행복 속에서 그 불행한 사건을 생각하지 않기란 너무도 쉬운 일이었다. 그리고 그 여름(다시 말해, '집행 유예')이 끝났다.

2001년 9월 9일, 남편과 나는 마지막으로 대면했다. 앞으로 우리가 만날 때는 반드시 변호사가 필요하게 되리라는 사실을 미처 알지 못한 채. 우리는 레스토랑에서 저녁을 먹었다. 나는 이별에 대해 말하려 했지만 결국 다투기만 했다. 남편은 내가 거짓말쟁이이며 배신자이고 너무도 꼴 보기 싫으므로 앞으로 다시는 나와 말하지 않겠다고 했다. 그로부터 이틀 후, 밤잠을 설친 뒤 일어나 보니 납치된 비행기 두 대가 이 도시에서 가장 높은 두 개의 빌딩과 충돌해 있었다. 나란히 함께 서 있던 천하무적 빌딩이 이제는 연기가 피어오르는 잿더미로 변해 버렸다. 남편에게 전화해 무사한지 확인했고 우리는 이 불행에 함께 눈물 흘렸지만, 나는 그에게 돌아가지 않았다. 뉴욕 시민 모두가 눈앞에 닥친 이 엄청난 비극에 경의를 표하는 차원에서 미움과 원한을 덮어 버릴 때도 나는 여전히 남편에게 돌아가지 않았다. 덕분에 남편과 나는 우리의 관계가 완전히, 아주 완전히 끝장났음을 알게 되었다.

그 후로 넉 달간 잠을 한숨도 못 잤다고 해도 과언이 아니다.

전에도 갈가리 찢기는 기분이었지만 이제는(세상 전체의 몰락과 발맞춰) 인생이 박살 나 버렸다. 9.11 사건 그리고 남편과의 별거 이후, 내가 데이비드에게 얼마나 큰 부담을 주었는지 생각하면 지금도 당혹스럽다. 지금까지 만난 여자들 중에서 가장 행복하고 자신감에 넘치던 여자가 혼자 있을 때는 끝없는 슬픔의 블랙홀이 된다는 사실을 알고 데이비드가 얼마나 놀랬을까. 난 또다시 눈물을 멈출 수 없었다. 그러자 데이비드는 물러서기 시작했고, 나는 정열적이고 낭만적인 내 영웅의 다른 일면을 보게 되었다. 무인도에 떨어진 사람처럼 혼자 있는 것을 좋아하고, 감정적으로 거리를 두고, 들소 떼보다 더

사적인 공간을 필요로 하는 일면을.

내가 세상에서 제일 애교 많은 생물(골든레트리버와 진드기의 혼혈 정도)이라는 사실을 감안할 때 갑자기 차갑게 돌변한 데이비드의 태도는 설사 내가 최상의 상황이었다 해도 큰 상처가 되었을 것이다. 하물며 그때는 인생 최악의 시기였다. 절망에 빠진 나는 조산아 세쌍둥이보다 더 많은 보살핌을 필요로 했다. 그가 후퇴하면 난 더욱 매달렸고, 내가 매달릴수록 그는 멀어졌다. 마침내 내가 "어디 가는 거야? 우리가 왜 이렇게 된 거지?"라고 울부짖는 동안 그는 날 떠나 버렸다.

(연애 팁: 남자들은 이걸 정말로 좋아한다.)

사실 난 데이비드에게 중독되어 있었다.(변명을 좀 하자면 그가 부추긴 면도 있다. 데이비드는 '나쁜 남자'였으니까.) 그리고 그의 관심이 시들해지자 나는 쉽게 예측할 수 있는 증상에 시달렸다. 중독은 맹목적인 사랑 이야기의 전형적인 특징이다. 처음에는 자신이 원한다고 감히 인정할 수조차 없을 정도로 아찔하고 환각적인 무언가를 사랑하는 사람에게서 받는 것으로 시작된다. 아마도 천둥 같은 사랑과 영혼의 밑바닥까지 뒤흔드는 짜릿함이 섞인 감정적 마약쯤 될까? 이내 여느 마약 중독자들처럼 허기진 집착을 느끼며 그 강렬한 감정을 갈구하기 시작한다. 그러다 마약을 구할 수 없으면 금세 미치광이 환자가 되어 버린다.(애초에 이 중독을 부추겨 놓고 이제 와서 더는 그 좋은 물건을 팔지 않겠다고 버티는 마약상에게 분노를 느끼는 건 두말할 나위 없다. 우리는 그가 어딘가에 물건을 숨겨 놓았

먹고 기도하고 사랑하라

다는 걸 알고 있다, 젠장. 왜냐하면 전에는 공짜로 주던 물건이니까.) 다음 단계가 되면 피골이 상접한 채 길모퉁이 서서 다시 한 번만 그걸 얻을 수 있다면 영혼이라도 팔고 강도짓이라도 할 준비가 된 채로 몸을 부들부들 떨고 있다. 하지만 그동안 우리가 사랑했던 사람은 우리에게 정나미가 떨어져 버린다. 우리를 한때 열렬히 사랑했던 연인으로 보기는커녕 생판 남 보듯 한다. 아이러니하게도 우리는 그런 그를 비난할 수 없다. 자신을 좀 돌아보라. 스스로도 못 알아볼 정도의 한심한 쓰레기가 되었다.

바로 이것이 맹목적 사랑의 최종 목적지다. 조금의 여지도 남기지 않고 완전히 바닥까지 떨어져 버린 자아.

그때 일을 이렇게 담담히, 심지어 글로 쓸 수 있는 건 시간의 치유 능력을 보여 주는 강력한 증거다. 당시에는 이를 잘 받아들이지 못했기 때문이다. 결혼 실패 직후, 그리고 내가 살던 도시가 테러를 당한 직후이자 이혼의 가장 끔찍한 과정을 겪고 있는 동안에 데이비드마저 잃는다는 건…… 정말이지 도저히 감당할 수 없었다. (친구 브라이언의 비유대로 '2년간 하루도 빠지지 않고 매일 끔찍한 교통사고를 겪는' 것과 같은 경험이다.)

낮에는 데이비드와 여전히 재미나게 잘 지냈다. 하지만 밤이면 나는 그의 침대에서 핵전쟁의 유일한 생존자가 되어 버렸다. 그가 날 전염병 환자 대하듯 하며 점점 더 눈에 띄게 날 멀리했기 때문이다. 밤이 되면 고문실에 들어가는 것처럼 두려워지기 시작했다. 아름답지만 다가갈 수 없는 데이비드의 잠든 육체 옆에 누워 나는 걷잡을 수 없는 외로움과 자살 충동에 빠져들었다. 몸 구석구석이 아팠다. 마치 용수철로 만들어진 조악한 기계가 되어, 지탱할 수 있도록 설계된 것 이상의 압력을 받아 터질 것만 같았다. 누군가 옆에 있다면 크게 다칠 것이다. 내 사지가 불행이라는 화산의 핵이 되어 버린 나에게서 도망치기 위해 몸뚱이에서 떨어져 날아가는 상상까지 했다. 아침이면 데이비드는 침대 옆 바닥에 욕실 수건을 잔뜩 깔아 놓고 그 위에서 강아지처럼 웅크린 채 얕은 잠을 자고 있는 나를 발견하곤 했다.

"또 왜 그래?" 데이비드는 그렇게 묻곤 했다. 나로 인해 지쳐 버린 또 한 명의 남자.

그동안에 15킬로그램은 빠진 것 같다.

6

아, 하지만 그 몇 년간 나쁜 일만 있었던 건 아니다…….

신이 당신의 눈앞에서 문을 쾅 닫을 때는 반드시 걸스카우트 쿠키 상자(혹은 뭐가 됐든지 간에)를 열어 주기 때문이다. 그 슬픔의 그림자 속에서도 몇 가지 놀라운 일이 일어났다. 우선 마침내 이탈리아어를 배우기 시작했다. 또한 인도인 구루도 만났다. 마지막으로 연로한 주술사로부터 인도네시아에서 함께 살자는 초대도 받았다.

이 사건들을 순서대로 설명하겠다.

2002년 초, 내가 데이비드의 집을 나와 생애 처음으로 혼자 지낼 아파트를 얻으면서부터 상황은 조금씩 풀리기 시작했다. 나는 집세를 낼 형편이 아니었다. 이제는 아무도 살지 않고, 남편이 파는 것조차 허락하지 않는 그 대저택의 집세를 아직도 내고 있었으며 법률 자문 수수료도 지불해야 했다. 하지만 나만의 침실을 갖는 건 생존이 달린 문제였다. 내게 아파트는 요양소나 다름없었다. 날 치유해야 하는 병실이었다. 나는 가장 따뜻한 색깔로 벽을 칠하고, 병원으로 나를 병문안 가듯 매주 내게 꽃을 사 주었다. 언니는 집들이 선물로 보온용 물주머니를 주었다. (덕분에 차디찬 침대에 나 혼자 들어가지 않아도 되었다.) 나는 다친 근육을 치료하듯이 매일 밤 가슴에 그 물주머니를 올려두고 잤다.

데이비드와는 영영 헤어졌다. 아닐 수도 있고. 우리가 지난 몇 달 동안 헤어짐과 만남을 얼마나 반복했는지 이젠 기억하기도 힘들다. 하지만 하나의 패턴이 생겼다. 내가 데이비드에게서 떨어져 에너지와 자신감을 되찾으면 (그가 언제나 내 에너지와 자신감에 끌렸듯이) 나를 향한 그의 열정이 다시 불붙는다. 공손히, 냉정하게, 이성적으로 우리는 '재결합'을 의논하고, 눈에 띄게 충돌하는 부분들을 최소화할 계획을 세운다. 우리는 이 문제를 해결하려고 정말로 노력했다. 이토록 서로를 사랑하는 두 사람이 어떻게 해피엔딩으로 끝나지 않을 수가 있단 말인가. 이건 해결돼야 마땅했다. 새로운 희망으로 재결합한 우리는 또다시 꿀맛 같은 며칠을 보낸다. 때로는 몇 주간 지속될 때도 있다. 하지만 결국 데이비드는 다시 뒷걸음질치고, 나는 그에게 매달리고(아니면 내가 먼저 매달리고 그가 뒷걸음질쳤든지. 우리로서는 어느 게 먼저인지 도저히 알 수 없다.), 다시 한 번 모든 게 무너진다. 그리고 그는 다시 떠나 버린다.

데이비드는 내게 마약인 동시에 크립토나이트[8]였다.

우리가 떨어져 지낸 기간은 무척이나 힘들었지만 그래도 혼자 지내는 연습을 할 수 있었다. 그리고 이 경험은 내 내면을 변화시켰다. 비록 내 삶은 아직 교통 체증이 심한 연휴 기간에 뉴저지 고속 도로에서 발생한 다중 추돌 사고와 비슷했지만, 그래도 비틀거리며 주체적인 인간이 되는 길을 걸어가고 있다는 느낌이 들었다. 이혼이나 데이비드와의 사랑 놀음을 생각하며 자살 충동에 빠지지 않을 때는 낮 동안에 누릴 수 있는 나만의 시간과 공간에 기쁨마저 느꼈다. 그럴 때마다 나는 스스로에게 파격적이고 새로운 질문을 던졌다. "넌 뭘 하고 싶니, 리즈?"

(결혼 생활을 청산하는 일로 골치를 썩이는) 대부분의 시간에는 이 질문에 대답할 엄두조차 나지 않았지만, 그 질문을 하는 것만으로도 은근히 짜릿한 기분이 들었다. 그리고 마침내 조심스럽게 대답을 내놓기 시작했다. 우선은 아주 초보적인

---

8 슈퍼맨을 무력하게 하는 암석.

먹고 기도하고 사랑하라

바람부터 털어놓았다.

요가 수업을 듣고 싶어.

이 파티장을 일찍 빠져나가 집에서 소설책을 읽고 싶어.

내게 새 필통을 사 주고 싶어.

그런데 매번 이상한 대답 하나가 끼어들었다.

이탈리아어를 배우고 싶어.

지난 몇 년간 계속 이탈리아어 — 내게는 장미보다 더 아름다운 언어 — 를 배우고 싶다고 생각했지만, 그걸 정당화할 만한 실용적인 이유를 찾을 수가 없었다. 차라리 예전에 배운 프랑스어나 러시아어를 열심히 공부하지그래? 아니면 스페인어를 배우든가. 그편이 미국에 거주하는 수백 명의 라틴계 이웃과 소통하는 데 더 도움이 되지 않겠어? 이탈리아어를 배워서 어디 쓰려고? 이탈리아로 이사 갈 것도 아닌데. 차라리 아코디언 연주를 배우는 게 더 실용적일 터였다.

하지만 왜 모든 일에 꼭 실용적 가치가 있어야 한단 말인가. 난 수년간 근면한 일개미로 살았다. 일하고, 생산하고, 마감을 한 번도 어기지 않고, 사랑하는 가족들을 보살피고, 잇몸과 신용 카드 기록을 관리하고, 투표도 빠짐없이 했다. 인생에는 오로지 의무밖에 없단 말인가? 이 상실의 암흑기에 접어든 내게 이탈리아어를 배우는 것만이 지금 당장 즐거워질 수 있는 유일한 활동이라는 이유 말고 달리 어떤 이유가 필요할까? 게다가 이건 얼토당토않은 목표도 아니었다. 어쨌거나 외국어를 배우는 일이니까. 서른두 살의 나이에 "난 뉴욕 시티 발레

단의 수석 무용수가 될 거야."라고 말하는 것과는 다르다. 외국어를 배우는 건 실제로 우리가 해낼 수 있는 일이다. 그래서 평생 교육원(다른 말로 하자면, 이혼녀들을 위한 야간 강좌)에 수강 신청을 했다. 친구들은 내 결정에 배를 잡고 웃었다. 닉은 이렇게 말하기까지 했다. "뭐하러 이탈리아어를 배우는 거야? 혹시라도 이탈리아가 에티오피아를 다시 침략해서 이번에는 성공이라도 할까 봐? 자그마치 두 나라에서나 사용되는 언어를 배운다고 자랑할 셈이야?"

하지만 난 이탈리아어를 배우는 게 너무 좋았다. 내게는 모든 단어가 지저귀는 참새, 신기한 마술, 송로 버섯 같았다. 수업이 끝나면 빗속을 찰박거리며 집에 돌아가 욕조에 뜨거운 물을 받아 거품 속에 누워 큰 소리로 이탈리아어 사전을 읽으며 이혼에 대한 근심과 두통을 날려 버렸다. 심지어 기뻐서 깔깔거리기까지 했다. 휴대 전화를 일 미오 텔레포니노(il mio telefonino, 내 작고 귀여운 전화기)라고 부르기 시작했다. 헬로가 아닌 차오! 라고 인사하는 짜증 나는 사람들 중 하나가 되었다. 게다가 난 차오라는 단어가 어디서 유래했는지 꼭 설명하면서 더욱 짜증 나게 굴었지만. (꼭 알고 싶어 하는 분들을 위해. 차오는 중세 베네치아인들이 사용하던 친밀한 인사말인 'Sono il suo schiavo!'라는 구절을 줄인 말이다. 뜻은 '나는 당신의 노예예요!') 그저 이탈리아 단어들을 발음하는 것만으로도 섹시하고 행복해졌다. 변호사는 걱정하지 말라고 말해 주었다. 자신의 다른 고객(혈통상 한국인)은 진절머리 나는 이혼 끝에 이탈리아식 이름으로 정식 개명했다고. 그저 다시 한 번 섹시하고 행복해지기 위해서.

어쩌면 내가 이탈리아로 이사 갈지도 모르는 일이다…….

7

이 기간에 있었던 또 하나의 중대한 사건은 영적 수행이라는 새로운 모험을 발견한 것이다. 물론 내 인생에 새롭게 등장한 인도인 구루의 도움과 격려가 있었기에 가능했다. 아울러 그 점에 있어서 난 언제나 데이비드에게 감사할 것이다. 나는 데이비드의 아파트를 처음 방문했던 날에 구루를 알게 되었고, 동시에 두 사람과 사랑에 빠졌다. 데이비드의 집으로 들어가니 서랍장 위에 눈부시게 아름다운 인도 여인의 사진이 있었다.

"저 사람은 누구죠?"

"영적 스승님이에요."

내 가슴은 한 박자 멈췄다가 제 발에 걸려 얼굴을 바닥으로 한 채 납작 쓰러졌다. 그러고는 다시 일어나 옷을 털고 깊은 숨을 들이쉰 뒤 이렇게 공표했다. "나도 영적 스승이 있었으면 좋겠어." 이건 가슴이 입을 빌려 한 말이었다. 몸 안에서 이상한 분리가 일어나는 게 느껴졌다. 잠시 마음이 몸에서 나와 한 바퀴 빙 돌아 놀란 표정으로 가슴을 마주 보며 조용히 물었다.

"정말로 그러길 원해?"

"응. 정말로 그러길 원해."

그러자 마음이 약간 비아냥거리는 어조로 물었다.

"대체 언제부터?"

하지만 난 이미 답을 알고 있었다. 욕실 바닥에서 기도하던 때부터.

이럴 수가, 난 영적 스승을 원하고 있었구나. 그 순간 내게 영적 스승이 생기는 환상에 빠져들었다. 이 눈부시게 아름다운 인도 여인이 일주일에 한두 번씩 우리 집을 방문하고, 우리는 함께 앉아 차를 마시며 영성에 대해 이야기한다. 그녀는 내게 읽어야 할 숙제를 주고, 명상하는 동안 내가 느끼는 신기한 감각을 설명해 주며…….

데이비드에게서 이 여인이 세계적으로 유명한 사람이며 수만 명의 제자를 거느리고 있다는 말을 들은 순간 환상은 깨져 버렸다. 제자들 가운데 그녀를 실제로 보지 못한 사람도 많다고 했다. 그런데도 구루의 추종자들은 여전히 매주 화요일 밤이면 뉴욕에 있는 센터에 모여 함께 명상하고 만트라를 외운다고 데이비드가 말했다. "한 방에 몇백 명의 사람이 모여서 산스크리트어로 신의 이름을 외치는 데 거부감이 없다면 한번 가 볼래요?"라고 데이비드는 물었다.

그리하여 돌아오는 화요일 밤에 그를 따라갔다. 지극히 정상적으로 보이는 사람들이 함께 신을 향해 노래하는 걸 보니 거부감이 들기는커녕, 그 만트라에 각성되어 영혼이 둥실 떠오르는 느낌이었다. 그날 밤 집으로 돌아가던 나는 공기가 몸속을 자유롭게 통과하는 걸 느꼈다. 마치 깨끗이 세탁돼 빨랫줄에서 펄럭이는 리넨처럼. 마치 뉴욕이 얇은 라이스페이퍼로 만든 도시로 변하고, 나는 건물 옥상 사이를 뛰어다닐 수 있을 만큼 가벼워진 듯이. 그 후로 매주 화요일이면 모임에 나가기 시작했다. 매일 아침 구루가 가르쳐 준 산스크리트어 만트라(옴 나마 쉬바야, '나는 내 안에 있는 신을 존중합니다.')를 외며 명상을 시작했다. 처음으로 구루의 강연도 직접 듣게 되었다. 그녀의 말을 들으니 온몸에, 심지어 얼굴에도 소름이 돋았다. 그녀가 인도에 자신의 아쉬람이 있다고 했을 때 난 가능한 한 빨리 그곳에 가야 한다고 확신했다.

8

하지만 그 전에 먼저 인도네시아로 여행을 다녀와야 했다.

이번에도 잡지사의 취재 요청 때문이었다. 경제적 파산과 외로움에 시달리며 이혼 수용소에 갇혀 외로운 나날을 보내던 내가 가뜩이나 불쌍하게 느껴지던 차에 한 여성지로부터 제안을 받았다. 모든 경비를 제공할 테니 발리에서 배울 수 있는 요가 수행에 대한 기사를 써 달라고 했다. 그 제안에 내가 뭐라고 했을지는 불 보듯 뻔하리라. 나는 내게 연락한 여성지 기자에게 질문을 퍼부었다. 하늘이 파란가, 제임스 브라운의 음악이 좋은가와 같이 물으나 마나 한 질문들이었다. 발리(한마디로 정말 근사한 곳)에 도착하자 요가 센터를 운영하는 선생님이 우리에게 물었다. "여기 머무는 동안 발리 섬의 9대 주술사를 만나 보고 싶은 분 있나요?"(역시 물으나 마나 한 질문.) 그래서 어느 날 밤, 우리는 다 함께 그의 집을 방문했다.

우리가 만난 주술사는 적갈색 피부에 키가 작은 꼬부랑 노인으로 즐거워 보이는 눈동자를 가졌으며 이는 거의 다 빠지고 없었다. 여러모로 「스타워즈」에 등장하는 요다와 닮았다 해도 과언이 아니었다. 그의 이름은 끄뜻 리에르였고, 우스꽝스러운 토막 영어로 이야기했지만 그의 곁에는 영어가 막힐 때 도와주는 통역사가 있었다.

이곳에 오기 전, 요가 선생님은 주술사에게 소원을 하나씩 말하면 그가 답을 줄 거라고 말했다. 나는 무슨 소원을 말할지 며칠간 고민했다. 가장 먼저 떠오른 소원은 유치하기 짝이 없었다. 남편이 저와 이혼하게 해 주세요. 데이비드가 저에게 다시 성적 매력을 느끼게 해 주세요. 당연히 이런 생각을 하는 나 자신이 부끄러워졌다. 지구를 돌아 인도네시아까지 와서 고령의 주술사에게 한다는 부탁이 고작 남자 문제라니.

따라서 노인이 내게 뭘 원하느냐고 물었을 때 나는 좀 더 근원적인 소원을 말했다.

"신과 함께하는 순간을 오래 지속하고 싶어요. 가끔씩 이 세상의 신성함을 이해하는 것 같다가도 금세 잊어버리거든요.

사소한 욕망과 두려움에 현혹된 탓이죠. 매 순간을 신과 함께 하고 싶어요. 그렇다고 해서 수도승이 되고 싶다거나 세속적인 즐거움을 모두 포기하겠다는 뜻은 아니에요. 세상을 살아가면서 즐거움을 누리되 신에게 헌신하는 법을 배우고 싶어요."

끄뜻은 그림으로 답할 수 있다면서 예전에 명상하는 도중에 그렸다는 그림을 보여 주었다. 자웅 동체 인간이 기도하듯 손을 모으고 서 있는 그림이었다. 다리는 네 개였지만 머리는 없었다. 머리가 있어야 할 자리에는 양치류와 꽃으로 뒤덮인 수풀이 있었다. 그리고 심장에는 조그맣게 미소 짓는 얼굴이 그려져 있었다.

끄뜻은 통역사를 통해 말했다.

"자네가 원하는 균형을 찾으려면 이런 사람이 돼야 해. 지상에 발을 꼭 붙이고 있으라고. 다리가 두 개가 아닌 네 개 달린 사람처럼. 그렇게 하면 속세에 머무를 수 있지. 하지만 머리로 세상을 보지 말고 마음으로 봐야 해. 그러면 신을 알게 될 거야."

그는 손금을 봐도 되겠느냐고 물었다. 나는 왼손을 내밀었고, 그는 마치 세 조각짜리 퍼즐을 맞추듯 나를 맞춰 나갔다.

"세상을 돌아다니는 여행가로군." 그가 말문을 열었다.

지금 내가 인도네시아에 있는 걸 감안하면 약간 뻔한 점괘가 아닐까? 나는 그렇게 생각했다. 그 생각은 오래가지 못했지만……

"지금껏 내가 만난 사람들 중에서 가장 큰 행운을 타고났어. 장수를 누리고, 친구도 많고, 다양한 경험을 쌓을 거야. 온 세상을 보게 될 팔자야. 유일한 문제는 걱정을 너무 많이 한다는 거지. 언제나 너무 감정적이고 늘 긴장해 있어. 만약 내가 앞으로 당신 인생에 걱정거리가 하나도 없을 거라고 약속한다면, 내 말을 믿겠어?"

그의 말을 믿지는 않았지만 나는 긴장한 채 고개를 끄덕였다.

"뭔가 창의적인 일을 하고 있군. 예술가처럼. 그리고 돈도 잘 벌어. 언제나 자기가 하는 일에서 돈을 많이 벌 거야. 돈에도 너그러워. 너무 너그러워서 탈이지. 이것 또한 문제야. 살면서 한 번은 전 재산을 잃게 될 거야. 그 순간이 멀지 않은 것 같군."

"앞으로 6개월에서 10개월 사이에 그렇게 될 것 같아요." 이혼을 생각하며 내가 말했다.

끄뜻은 그 말이 맞다는 듯 고개를 끄덕였다. "하지만 걱정마. 돈을 모두 잃은 뒤에는 전부 되찾게 될 거야. 금방 좋아져. 팔자에 두 번의 결혼이 있어. 하나는 짧고 하나는 길지. 그리고 두 명의 자녀를 얻게 될 거야……."

나는 그가 "한 아이는 작고, 한 아이는 커."라고 말하기를 기다렸다. 하지만 갑자기 그가 입을 다문 채 내 손바닥을 보며 눈살을 찌푸리더니 "이상하군……."이라고 말했다. 손금을 봐주는 사람이나 치과 의사로부터 절대 듣고 싶지 않은 말이리라. 그는 좀 더 자세히 볼 수 있도록 천장에 매달린 전구 밑으로 가자고 부탁했다.

"내가 틀렸어. 아이는 하나뿐이야. 느지막이 딸을 낳게 될 거야. 아마도. 본인이 낳기로 결정한다면…… 하지만 그거 말고도 더 있어."

그는 얼굴을 찌푸리며 고개를 들더니 갑자기 자신 있게 말했다.

"자네는 곧 이 발리로 다시 돌아올 거야. 반드시 돌아와야 해. 이 발리에서 석 달, 혹은 넉 달간 머무르게 될 거야. 나와 친구가 될 거야. 어쩌면 여기서 우리 가족과 함께 살 수도 있지. 난 자네에게 영어를 배울 수 있겠군. 지금까지 한 번도 개인 교습을 받아 본 적이 없거든. 자넨 언어에 재주가 있는 것 같으니까. 자네가 하는 창의적인 일이 혹시 언어와 관련되지 않았나? 그렇지?"

"네! 전 작가예요! 책을 쓰죠."

"뉴욕에서 온 작가로군." 그는 내 말에 동의하듯, 확인하듯 그렇게 말했다. "자네는 여기 발리로 돌아와 나와 함께 살면서 내게 영어를 가르치게 될 거야. 난 자네에게 내가 아는 모든 걸 가르쳐 주지."

그는 자리에서 일어나 마치 이걸로 결정됐다는 듯이 양손을 탈탈 털었다.

"진심으로 하시는 말씀이라면, 전 정말로 그렇게 할 거예요."

그는 이가 빠진 입으로 환하게 미소 지으며 말했다.

"또 보세, 친구."

9

나라는 사람은 인도네시아 9대 주술사로부터 당신은 발리로 돌아와 나와 함께 넉 달간 살아야 할 운명이요, 라는 말을 들으면 어떻게든 그렇게 해야 한다고 생각하는 사람이다. 그리하여 마침내 1년간의 여행 계획이 구체화되기 시작했다. 일단 어떻게든 인도네시아로 돌아가야 했다. 이번에는 내 돈으로. 그건 분명했다. 비록 혼란하고 무질서한 현재 상황을 생각할 때 과연 가능할지는 모르겠지만. (비싼 이혼 전쟁과 데이비드 문제를 마무리 지어야 할 뿐 아니라 잡지사의 원고 청탁 때문에 한번에 3~4개월씩이나 휴가를 내기란 불가능했다.) 하지만 난 돌아가야 했다. 안 그런가? 그가 그렇게 예언하지 않았던가? 문제는 인도에도 가고 싶다는 것이었다. 구루의 아쉬람도 방문하고 싶었고, 인도에 가는 것 역시 많은 돈과 시간을 필요로 했다. 그걸로도 모자라 요즘 들어 이탈리아에 가고 싶어 죽을 지경이었다. 학원에서만 배운 이탈리아어를 써먹고 싶기도 했거니와 쾌락과 아름다움을 숭배하는 문화에서 한동안 살아보면 어떨까 궁금했다.

이런 욕망들은 모두 서로 상충하고 있었다. 특히 이탈리아와 인도 간의 갈등이 심했다. 어떤 게 더 중요할까? 베네치아에서 송아지 고기를 먹고 싶은 마음? 아니면 새벽이 되기 전에 일찌감치 깨어나 아쉬람의 근엄한 분위기 속에서 명상과 기도의 하루를 시작하고 싶은 마음? 위대한 수피교 시인이자 철학자인 루미는 제자들에게 인생에서 가장 원하는 것 세 가지를 적어 보라고 충고했다. 그중 하나라도 다른 것과 상충하면 인생이 불행해질 테니 하나에만 초점을 맞추고 살아야 한다고 가르쳤다. 하지만 양극단 사이에서 조화롭게 사는 삶이 주는 혜택도 있지 않을까? 얼핏 부조화하는 듯한 두 극단이 공존하며 어느 것 하나도 제외되지 않는 세계관을 만들어 낼 수 있다면? 그리하여 한층 광범위한 인생을 창조할 수 있다면? 발리에서 주술사에게 말한 대로 나는 두 가지를 모두 경험하고 싶었다. 인간 삶의 이중적 영광인 세속적 즐거움과 신성한 해탈 모두를 원했다. 그리스인들이 칼로스 카이 아가소스(Kalos kai agathos)라고 부른, 선(善)과 아름다움의 유일한 조화를 찾고 싶었다. 힘들었던 지난 몇 년간 이 두 가지 모두를 놓치고 살았다. 신에 대한 헌신과 쾌락을 꽃피우기 위해서는 스트레스 없는 공간이 필요한 법인데 나는 끊임없이 근심이 유입되는 쓰레기 분쇄기 속에서 살았기 때문이다. 신을 갈구하는 마음과 쾌락을 추구하는 마음이 조화를 이루는 법에 대해서는…… 글쎄 분명 이 기술을 배우는 법이 있을 것이다. 발리에 잠깐 머물러 보니 발리인들에게 이 기술을 배울 수 있을 것 같았다. 잘하면 그 주술사로부터 직접.

땅을 디딘 네 개의 발, 잎사귀로 가득 찬 머리, 마음으로 바라보는 세상…….

그리하여 어디로 갈까 ─ 이탈리아? 인도? 인도네시아? ─ 하는 고민을 그만두고 마침내 내가 세 나라 모두를 여행하고 싶어 한다는 사실을 받아들였다. 각 나라마다 4개월씩, 총 1년. 물론 이건 '내게 새 필통을 사 주고 싶어'보다 조금 야심 찬 꿈이었다. 하지만 그게 내가 원하는 바였다. 또한 이 여행을 글로 쓰고 싶었다. 그렇다고 해서 각 나라를 철저히 탐색하고 싶다는 뜻은 아니다. 그건 이미 다른 사람들이 했기 때문이다. 그보다는 각 나라와 연관된 내 내면의 특질을 철저히 탐색하고 싶었다. 각 나라마다 전통적으로 뛰어난 분야가 하나씩 있었다. 이탈리아에서는 쾌락의 기술을, 인도에서는 신을 섬기는 기술을, 인도네시아에서는 이 둘의 균형을 찾는 기술을 탐색하고 싶었다. 이런 꿈을 인정한 뒤에야 비로소 이 나라들이 모두 알파벳 'I(나)'로 시작한다는 사실을 발견했다. 이는 자기 탐색의 여행을 암시하는 상서로운 징조가 아닐까.

내가 이런 생각을 털어놓았을 때 잘난 척하기 좋아하는 친구들에게 얼마나 놀림을 받았을지 상상해 보라. 그러니까 넌 I로 시작하는 3개국에 가고 싶다는 거지? 그럼 이란(Iran), 아이보리코스트(Ivory Coast), 아이슬란드(Iceland)에서 1년을 보내는 건 어때? 아냐, 더 좋은 생각이 있다. 아이슬립(Islip)에서 I-95 주간 도로를 타고 이케아(Ikea)로 순례 여행을 떠나는 건 어때? 그것도 세 개 주에 걸친 위대한 'I' 삼인조잖아? 친구 수전은 어쩌면 내가 비영리 구원 단체인 '국경 없는 이혼녀회'

먹고 기도하고 사랑하라

를 만들어야 할지도 모른다고 했다. 하지만 모두 부질없는 농담이었다. 정작 '나(I)'는 어디든 마음대로 갈 수 있는 처지가 아니었기 때문이다. 이미 오래전에 결혼 생활을 포기했음에도 아직 이혼은 성사되지 않았다. 나는 남편에게 법적 압력을 가해야만 했고 따라서 최악의 이혼 시나리오에 있던 끔찍한 일들을 했다. 이를테면 (뉴욕 주 법의 요구에 따라) 남편의 정신적 잔인함을 법적으로 증명할 수 있는 서류들을 제출하고, 서면으로 작성했다. 이런 서류들은 적나라하기 짝이 없어서 판사에게 "제 말 좀 들어 보세요. 우리 부부의 사연은 정말 복잡해요. 저 역시 큰 실수를 저질렀고 그 점은 정말로 미안하게 생각해요. 하지만 제가 원하는 건 그저 이 사람과 헤어지는 거예요."라고 말하는 것과는 거리가 멀었다.

(여기서 잠시 온순한 독자분들께 당부의 말씀. 부디 뉴욕에서 이혼하는 일만은 피하시길.)

2003년 봄이 되자 상황은 진전되기 시작했다. 내가 떠난지 1년 반 만에 마침내 남편은 합의 조건을 의논할 준비가 되었다. 그는 현금과 집, 맨해튼 아파트의 임대권을 원했다. 그동안 내가 다 주겠다고 제안했던 것들이다. 하지만 그 외에도 내가 미처 생각조차 못 했던 것들까지 요구했고(결혼 기간 동안 내가 저술한 책들의 저작권에 대한 지분, 내 작품이 훗날 영화로 만들어질 경우의 이익금 일부, 노후용 적금 등), 이쯤 되자 마침내 나도 불만이 터져 나왔다. 변호사들 간의 협상이 몇 달간 지속되었고, 타협 비슷한 것이 점점 완성되어 갔으며, 남편도 그 수정안을 받아들일 것처럼 보였다. 비록 나로서는 막대한 희생이었지만 이 다툼이 법정까지 간다면 분명 훨씬 더 많은 돈과 시간을 소모하게 될 것이다. 영혼이 좀먹는 건 말할 것도 없고. 그가 계약서에 서명하면 난 그저 돈을 내고 나오면 그만 이었다. 이쯤 되니 그건 아무렇지도 않았다. 우리 관계는 어떤 인간적인 정중함도 남아 있지 않을 정도로 철저히 파괴되었고, 내가 원하는 것은 오로지 출구였다.

문제는 과연 그가 서명을 할 것인가였다. 그가 좀 더 사소한 일로 꼬투리를 잡고 늘어지는 바람에 또 몇 주가 흘렀다. 만약 이번 협상마저 결렬되면 우리는 법정으로 가야 했고, 이는 곧 내가 가진 마지막 한 푼까지 재판 비용으로 모두 날리게 된다는 뜻이었다. 가장 끔찍한 사실은 일단 재판이 시작되면 이 어지러운 상황이 적어도 1년은 더 지속되어야 한다는 것이다. 따라서 남편이(어쨌거나 그는 아직 내 남편이었다.) 어떤 결정을 하는가에 향후 1년이 달려 있었다. 혼자서 훌훌 털어 버리고 이탈리아, 인도, 인도네시아로 여행을 가게 될까? 아니면 구술 신문 공판 기간 동안 법정 지하실에서 반대 신문을 당하고 있을까?

날마다 변호사에게 열네 번씩 전화했고 — 무슨 소식 있어요? — 날마다 그녀는 현재 최선을 다하고 있으며 계약이 체결되면 곧바로 전화하겠다고 안심시켰다. 이 기간 동안 내가 느낀 조바심이란 교장실 앞에서 호명되기를 기다리는 심정과 조직 검사 결과를 기다리는 심정의 중간쯤 될 것이다. 마음의

먹고 기도하고 사랑하라

평정과 선(禪)을 유지했다고 말하고 싶지만 실상은 그렇지 못했다. 며칠 밤을 분노에 떨며 소프트볼 방망이로 소파를 죽어라 두들겨 팬 적도 있었다. 대부분의 시간을 그냥 지독히 우울한 상태로 보냈다.

그동안 데이비드와 나는 다시 헤어졌다. 이번에는 정말로 끝난 듯했다. 아닐 수도 있고. 우리 둘 다 이 관계에서 완전히 벗어날 수는 없었다. 종종 그와의 사랑을 위해 모든 것을 희생하고픈 충동에 사로잡히곤 했지만, 그렇지 않을 때는 완전히 반대되는 충동을 느꼈다. 마음의 평화와 행복을 찾아 나와 이 남자 사이에 가능한 한 많은 대륙과 바다를 두고 싶은 마음.

매일 울고 걱정한 탓에 얼굴엔 주름이 생겼고, 눈썹 사이에는 영원한 고랑이 파였다.

그 와중에 몇 년 전 내가 쓴 책이 페이퍼북으로 재발간되었고, 나는 짧은 홍보 투어를 다녀와야 했다. 나는 친구 이바를 데려갔다. 이바는 나와 동갑이지만 레바논의 베이루트에서 자랐다. 다시 말해, 내가 코네티컷 주의 중학교에서 운동회를 하고 뮤지컬 오디션을 보는 동안 그녀는 목숨을 부지하기 위해 일주일에 닷새는 폭탄 대피소에서 몸을 웅크리고 있었다는 뜻이다. 어린 나이에 전쟁을 경험하고도 어떻게 이토록 잘 자랐는지 모르겠지만, 이바는 내가 아는 한 가장 차분한 영혼이었다. 게다가 언제든 신과 소통할 수 있는 그녀만의 특별한 채널이 있었는데 나는 그것을 '우주와의 직통 전화'라고 불렀다.

우리는 캔자스 주를 가로질러 차를 몰았고, 나는 평상시처럼 이혼 문제로 머릿속이 복잡한 ─ 그가 서명을 할까? 안 할 까? ─ 상황이었다.

"이바, 법정에서 또 1년을 허비하다가는 미쳐 버릴 것 같 아. 어떤 신성한 힘이 내 인생에 개입해 줬으면 좋겠어. 제발 이 일 좀 끝나게 해 달라고 신에게 청원서라도 쓸 수 있다면 좋을 텐데."

"못 쓸 건 또 뭐야?"

나는 이바에게 기도에 대한 내 견해를 설명했다.

"난 신에게 뭔가 구체적으로 요구하는 게 불편해. 그건 뭐 랄까 믿음이 약해진 것처럼 보이거든. '이런저런 힘든 일들을 좀 바꿔 주실래요?'라고 기도하고 싶진 않아. 신께서 다 뜻한 바가 있어서 내가 역경을 극복하기를 바랄지도 모르잖아. 그 래서 난 인생에서 벌어지는 일들을 담담히 마주할 수 있는 용 기를 달라고 기도하는 게 더 편해. 결과가 어떻게 되든지 간 에."

이바는 예의 바르게 내 말이 끝나기를 기다렸다가 이렇게 물었다.

"대체 왜 그런 바보 같은 생각을 하게 된 거야?"

"뭐라고?"

"우주에게 네가 원하는 것을 기도하면 안 된다는 생각은 대체 왜 하게 됐느냐고? 넌 이 우주의 일부야, 리즈. 한 성분이 라고. 따라서 이 우주에서 벌어지는 일에 참여하고 나아가 네 감정을 알릴 자격이 충분해. 그러니까 네 의견을 한번 털어놔

봐. 자기 진술을 해 보라는 말이야. 날 믿어. 적어도 신이 고려는 해 볼 테니까."

"정말?" 나로서는 처음 듣는 소리였다.

"정말이고말고! 만약 네가 지금 당장 신에게 청원서를 쓸 수 있다면 뭐라고 쓸래?"

나는 잠시 생각한 뒤, 수첩을 꺼내 청원서를 적어 나갔다.

친애하는 신에게

제발 제 인생에 개입해 이 이혼을 끝내도록 도와주세요. 남편과 저는 결혼 생활도 실패하고, 이제는 이혼마저 실패하려 하고 있습니다. 우리는 물론, 우리를 아끼는 사람들까지도 이 독기 어린 과정으로 고통받고 있습니다.

당신께서는 결혼 생활이 어긋나 버린 부부의 다툼보다 훨씬 더 심각한 전쟁과 비극들로 바쁘시다는 거 알아요. 하지만 이 지구의 건강은 각 개개인의 건강에 영향을 받는다고 생각합니다. 고작 두 영혼일지라도 이들이 갈등 상태에 갇혀 버린다면 나머지 세상도 그로 인해 오염될 거예요. 마찬가지로 고작 두 영혼일지라도 불협화음에서 벗어난다면 세상은 훨씬 더 건강해질 겁니다. 소수의 건강한 세포가 몸 전체의 건강을 증진시키는 것처럼요.

그러니 간절히 원컨대 이 갈등이 끝나도록, 그리하여 둘 이상의 사람들이 자유롭고 건강해질 수 있도록 도와주세요. 이미 고통으로 가득 찬 세상에 조금이나마 원한과 반목이 줄어들게 해 주세요.

당신의 친절한 관심에 감사드립니다.

당신을 존경하는

엘리자베스 M. 길버트

이 청원서를 이바에게 읽어 주자 그녀가 동의의 뜻으로 고개를 끄덕였다.

"나도 서명할게."

나는 펜과 청원서를 건네주었지만 이바는 운전하느라 바빠서 이렇게 말했다.

"아니, 그럴 필요 없어. 그냥 내가 방금 서명한 걸로 하자. 마음속으로 서명했어."

"지지해 줘서 고마워, 이바."

"또 누가 여기에 서명할까?"

"우리 가족들. 엄마랑 아빠 그리고 언니."

"좋아, 네 가족들도 방금 서명했어. 가족들 이름이 더해진다고 생각해. 그들이 서명한 게 느껴진다. 이제 가족들도 명단에 올라갔어. 좋아, 또 누가 서명할까? 이름을 대 봐."

그래서 나는 이 청원서에 서명할 거라고 생각되는 사람의 이름을 모두 댔다. 가장 친한 친구들, 그다음에는 친척들, 함께 일하는 동료들. 각 이름을 호명할 때마다 이바는 "응, 그 사람도 서명했어."라고 장담해 줬다. 가끔씩 자기가 아는 사람들을 끌어오기도 했다.

"우리 부모님도 서명했어. 그분들은 전쟁 통에서 아이들을 키웠기 때문에 쓸데없는 갈등은 질색하시거든. 그분들도 네 이혼이 끝나는 걸 기꺼이 보고 싶어 하실 거야."

나는 눈을 감고 더 많은 이름이 떠오르기를 기다렸다.

"방금 빌과 힐러리 클린턴도 서명했어, 이바."

"두말하면 잔소리지. 들어 봐, 리즈. 누구라도 이 청원서에 서명할 거야. 알겠어? 죽은 사람이든 산 사람이든 누구든 불러 내서 서명을 받아 내."

"아시시의 성 프란체스코도 서명했어."

"당연하지!" 이바가 장담한다는 듯이 양손으로 운전대를 내려쳤다.

이제 이름이 줄줄 흘러나왔다.

"에이브러햄 링컨도 서명했어! 간디와 만델라, 평화를 사랑하는 사람들도 모두 서명했어. 엘레노어 루즈벨트, 마더 테레사, 보노, 지미 카터, 무하마드 알리, 재키 로빈슨, 달라이 라마……. 그리고 1984년에 돌아가신 외할머니랑 아직 살아 계신 친할머니……. 그리고 이탈리아어 선생님, 상담 카운슬러, 에이전트……. 마틴 루서 킹 주니어랑 캐서린 헵번……. 그리고 마틴 스콜세지(이혼을 네 번이나 한 사람이니 가능성이 낮긴 하지만 그래도 해 준다면 멋질 것이다.)……. 그리고 물론 우리 구루……. 조앤 우드워드, 잔 다르크, 4학년 때 담임이었던 카펜터 선생님, 짐 헨슨……."

이름은 거의 한 시간가량 계속 흘러나왔다. 우리가 캔자스 주를 가로지르는 동안 평화를 바라는 청원서에는 지지자들의 보이지 않는 서명이 몇 페이지씩 이어졌다. 이바는 계속 맞장 구를 쳐 주었고 ─ 그래, 그 사람도 서명했어, 그 사람도 서명 했고. ─ 나는 수없이 막강한 영혼들의 집단적 선의에 둘러싸 인 채 보호받는 기분이 들었다.

마침내 명단은 끝나 갔고, 불안감도 함께 줄어들었다. 졸음 이 쏟아졌다. 이바는 잠깐 눈을 붙이라고 했고, 나는 눈을 감 았다. 마지막 이름 하나가 떠올랐다. "마이클 J. 폭스도 사인했 어." 나는 그렇게 중얼거리며 잠으로 빠져들었다. 얼마나 잤는 지 모르겠다. 아마도 10분밖에 안 됐을 테지만 단잠이었다. 눈 을 뜨자, 이바는 작게 콧노래를 흥얼거리며 여전히 운전하고 있었다. 나는 하품을 했다.

휴대 전화가 울렸다.

나는 재떨이 속에서 신나게 진동해 대는 휴대 전화를 바라 보았다. 아직 잠에 취한 탓인지 이 기계가 낯설게만 느껴졌고, 어떻게 작동시켜야 하는지 기억나질 않았다.

"어서 받아, 리즈. 전화 왔잖아."

나는 전화기를 집어 들고 여보세요, 라고 속삭였다.

"좋은 소식이에요! 방금 그 사람이 서명했어요."

저 멀리 뉴욕에서 걸려 온 변호사의 전화였다.

그로부터 몇 주 후, 나는 이탈리아에 살고 있었다.

직장을 그만두고, 이혼 합의금과 변호사 수수료를 지불하고, 집을 포기하고, 아파트도 포기하고, 남은 물건들은 언니네 창고에 넣어 두고, 달랑 가방 두 개를 꾸렸다. 1년간의 여행이 시작된 것이다. 이번 여행의 경비를 댈 수 있었던 건 정말 뜻밖의 행운 덕분이었다. 출판사 측에서 이번 여행과 관련한 글을 미리 사겠다고 나선 것이다. 다시 말해, 모든 게 인도네시아인 주술사의 예언대로 되었다. 전 재산을 잃지만 그것이 즉시 대체되리라는 예언. 적어도 1년은 먹고살 수 있을 정도의 돈이 채워졌다.

그리하여 현재 난 로마 시민이다. 내가 찾아낸 아파트는 유서 깊은 건물에 자리한 조용한 원룸이었다. 스페인 계단에서 겨우 서너 블록 떨어졌고, 우아한 보르게세 정원이 코앞에 있으며, 고대 로마인들이 전차 경주를 하던 포폴로 광장 바로 위쪽에 있었다. 물론 예전에 내가 살던 동네, 링컨 터널 입구가 내려다보이는 그 동네처럼 도로가 광대하게 뻗어져 나가는 장관은 없다.

하지만 이걸로 충분했다.

로마에서 처음 맞이한 식사는 거창하지 않았다. 살짝 튀긴 시금치와 마늘을 곁들인 홈메이드 파스타(카르보나라 스파게티) 정도였다. (위대한 낭만파 시인 셸리는 언젠가 이탈리아 요리에 충격을 받아 영국에 있는 친구에게 편지를 보낸 적이 있다. '이곳의 양갓집 규수들이 실제로 뭘 먹는지 자네는 짐작도 못 할 걸세. 바로 마늘이라네!') 그리고 맛보기로 아티초크도 하나 주문했다. 로마 주민들은 이탈리아산 아티초크를 대단히 자랑스러워한다. 그러자 웨이트리스가 깜짝 놀랄 만한 공짜 요리를 가져다주었는데, 가운데 찍어 먹을 수 있는 치즈가 곁들여진 호박꽃 튀김이었다.(어찌나 섬세하게 만들어졌는지 꽃들은 아마 자기들이 더는 넝쿨에 매달려 있지 않다는 걸 아직 눈치채지 못했으리라.) 스파게티를 먹은 뒤에는 송아지 고기를 시도해 보았다. 아, 그리고 나를 위해 레드 와인도 한 병. 따끈한 빵을 올리브 오일과 소금에 찍어 먹고 디저트로는 티라미수를 먹었다.

11시쯤 되어 식사를 마치고 집으로 걸어가는데 우리 집 쪽에 있는 건물에서 왁자지껄한 소리가 들렸다. 소리로 보아 일곱 살짜리들을 위한 모임 같았다. 아무래도 생일 파티겠지? 웃음과 비명 소리, 여기저기 뛰어다니는 소리. 나는 계단을 올라가 집으로 들어간 뒤, 새 침대에 누워 불을 껐다. 그러고는 울음이 터지거나 걱정이 시작되기를 기다렸다. 불을 끈 후에는 으레 그랬기 때문이다. 하지만 그럭저럭 괜찮은 기분이 들었다. 정말로 괜찮았다. 은근히 만족스럽기까지 했다.

지친 몸이 지친 마음에게 물었다. "네가 원하는 게 이거였어?"

아무 대답도 없었다. 나는 이미 잠들었기 때문이다.

12

서구의 대도시에는 어디에나 똑같은 것들이 있기 마련이다. 명품 브랜드의 짝퉁 가방과 선글라스를 파는 흑인들, 팬파이프로 「달팽이가 되느니 참새가 되겠어(I'd rather be a sparrow than a snail)」를 연주하는 과테말라 사람들. 하지만 오직 로마에만 존재하는 것들이 있다. 예를 들어, 주문할 때마다 너무도 자연스럽게 날 '아름다운 아가씨'라고 부르는 샌드위치 가게의 점원 같은. 이 파니니를 그냥 드릴까요, 아니면 데워 드릴까요, 아름다운 아가씨? 혹은 마치 경쟁이라도 하듯 사방에서 애정 행각을 벌이는 커플들도 있다. 벤치에 앉아 서로의 몸을 꼬아 꽈배기가 된 채로 상대의 머리칼과 사타구니를 부드럽게 쓰다듬고, 쉴 새 없이 물고, 빨고…….

그리고 또 분수들이 있다. 대(大)플리니우스는 이렇게 쓴 적이 있다. '로마가 시민들을 위해 목욕탕, 수조, 하수구, 주택, 정원, 장원 등에 얼마나 많은 물을 공급하는지 고려한다면, 게다가 그 물이 얼마나 멀리서부터 우뚝 솟은 아치와 터널이 뚫린 산과 길게 뻗은 계곡을 지나 왔는지 참작한다면 세상에서 이보다 더 경이로운 일은 없음을 인정하게 될 것이다.'

그로부터 몇 세기 후, 로마에서 내가 가장 좋아하는 분수 리스트에 몇몇 후보가 오르게 되었다. 그중 하나는 보르게세 정원의 분수인데 정중앙에 즐겁게 뛰어노는 청동 가족 조각상이 있다. 목신인 아빠, 평범한 인간인 엄마, 신나게 포도를 먹어 대는 아기. 엄마와 아빠는 이상한 포즈를 취하고 있다. 서로 마주 본 채 상대의 팔목을 잡고 상체를 앞으로 숙인 자세였는데 싸우면서 서로를 잡아당기는 건지 아니면 흥겹게 춤을 추는 건지 분간할 수 없다. 어쨌거나 두 사람의 손목 한가운데 아기가 떡하니 앉아 부모가 싸우건 춤을 추건 상관없이 포도 송이를 우적우적 씹어 먹고 있다. 가운데가 갈라진 작은 발굽을 대롱대롱 흔들어 대면서. (아기는 아빠를 닮아 역시 목신.)

2003년 9월 초였고, 날씨는 따뜻하고 나른했다. 로마에 온 지 나흘째 되는 지금까지 아직 성당이나 박물관 근처에는 얼씬도 하지 않았다. 가이드북조차 들춰 보지 않았다. 그 대신 아무 목적 없이 걷고 또 걸었다. 그리고 마침내 친절한 버스 운전사가 로마에서 가장 맛있는 젤라토를 판다고 알려 준 작은 가게를 찾아냈다. 가게 이름은 '일 젤라토 디 산 크리스피노(Il gelato di San Crispino)', 확실하진 않지만 번역하면 '성(聖) 바삭바삭 아이스크림?' 나는 꿀과 헤이즐넛을 섞은 아이스크림을 먹어 보았다. 그리고 나중에 다시 찾아가 포도와 멜론을 섞은 아이스크림을 먹었다. 그러고는 같은 날, 저녁 식사를 마친 뒤 마지막으로 다시 찾아가 시나몬 진저 맛을 시식했다.

요즘에는 아무리 오래 걸려도 매일 신문 기사를 하나씩 읽으려고 노력 중이다. 거의 세 단어마다 한 번꼴로 사전을 찾아야 하지만. 오늘의 기사는 아주 흥미로웠다. 이보다 더 극적인 헤드라인은 찾아볼 수 없으리라. 'Obesita! I bambini Italiani Sono I Piu Grassi d'Europa!' 맙소사! 비만이라니! 이탈리아 아기들이 유럽에서 가장 뚱뚱하다! 기사를 읽어 보니 이탈리아 아기들은 독일 아기들보다 상당히 뚱뚱하고, 프랑스 아기들보다는 월등히 뚱뚱한 모양이었다. (다행히도 미국 아기와 비교한 결과는 없었다.) 요즘에는 이탈리아의 취학 아동들 역시 위험할 정도로 비만이라고 했다. (파스타 회사들은 자기들에겐 죄가 없다고 주장했다.) 이탈리아 어린이들에 대한 이 놀라운 통계는 어제 국제 연구팀에 의해 밝혀졌다고 한다. 이 기사를 해독하는 데 거의 한 시간이 걸렸다. 그동안 나는 계속 피자를 먹으며 길 건너편에서 이탈리아 아이가 연주하는 아코디언 소리를 듣고 있었다. 그 애는 별로 뚱뚱해 보이지 않았는데 어쩌면 집시인지도 모른다. 내가 기사의 마지막 줄을 오독했는지 몰라도 정부에서는 비만 위기를 해결하는 유일한 방안으로 비만세를 부과하자는 논의가 오간다고 했다. 이게 정말일까? 이렇게 석 달간 먹어 대다가는 정부에서 비만세를 부과하려고 날 찾아오는 게 아닐까?

교황의 근황을 알기 위해서도 매일 신문을 읽는 것은 중요하다. 여기 로마에서는 교황의 건강이 마치 일기 예보처럼 매일 신문과 텔레비전에 보도된다. 오늘은 교황님이 피곤하십니다. 어제는 오늘보다 덜 피곤하셨고, 내일은 다시 오늘보다 덜 피곤할 것으로 예상됩니다.

내게 이곳은 언어의 천국이나 다름없다. 언제나 이탈리아어를 말하고 싶었던 사람에게 로마보다 더 황홀한 곳이 있을까. 마치 모든 사람(어린아이, 택시 운전사, 심지어는 텔레비전 광고에 나오는 연기자들까지!)이 마법의 언어로 말해야 한다는 특별 주문에 따라 만들어진 도시 같다. 도시 전체가 내게 이탈리아어를 가르치려고 작당한 듯했다. 심지어 내가 여기 머무는 동안에 이탈리아어로 된 신문까지 발행된다. 오로지 이탈리아어로 쓰인 책만 파는 서점도 있다! 어제 아침에 그런 서점을 발견했는데 마법의 성에 들어간 듯했다. 모든 것이 이탈리아어였다. 심지어 닥터 수스의 만화까지. 나는 책들을 손으로 훑으며 서점 안을 돌아다녔다. 누군가 나를 이탈리아인이라고 생각해 주길 바라면서. 이탈리아어가 나와 친하다면 얼마나 좋을까! 아직 글을 읽을 줄 모르지만 그걸 배우고 싶어서 어쩔 줄 몰랐던 네 살 때와 비슷했다. 당시 나는 엄마와 함께 병원 대기실에 앉아 코앞에 잡지를 가져다 대고는 글자를 바라보며 천천히 한 장씩 넘기곤 했다. 어른들이 내가 정말로 잡지를 읽는다고 착각하길 바라면서. 그 후로 이렇게 뭔가를 배우고 싶어 안달한 적은 처음이었다. 서점에서 미국 시인의 시집을 몇 권 발견했는데 한 쪽에는 원본인 영어가, 다른 쪽에는 이탈리아 번역문이 적혀 있었다. 나는 로버트 로웰과 루이스 글릭 시

집을 한 권씩 샀다.

시내 곳곳에서 즉흥적인 회화 수업이 진행되기도 했다. 오늘은 공원 벤치에 앉아 있는데 검은 원피스를 입고 몸집이 자그마한 할머니가 다가왔다. 할머니는 내 옆에 앉더니 이것저것 묻기 시작했다. 나는 아무 대답도 못 한 채 혼란스러운 표정으로 고개를 저었다. 그러고는 아주 멋진 이탈리아어로 사과했다. "죄송하지만 전 이탈리아어를 할 줄 몰라요." 그러자 할머니는 마치 나무 주걱이 있었다면 그걸로 날 후려칠 듯한 표정을 지었다.

"알아들으면서그래!"(재미있게도 이 말은 맞는 말이었다. 그 문장은 알아들었으니까.)

할머니는 내게 어느 나라에서 왔느냐고 물었다.

"뉴욕에서 왔어요. 할머니는 고향이 어디세요?"

"어디긴 어디야. 로마지."

그 말을 듣고 난 아이처럼 손뼉을 짝짝 쳤다.

"아, 로마요? 아름다운 로마! 전 로마가 너무 좋아요! 예쁜 도시죠."

할머니는 단순하기 그지없는 내 열광적인 칭찬을 시큰둥한 표정으로 듣더니 화제를 돌렸다.

"결혼은 했어?"

"이혼했어요."

누군가에게 이혼했다고 말하는 것은 처음이었다. 여기서 이렇게 이탈리아어로 이혼했다는 말을 하게 될 줄이야.

"Perche?"

글쎄……. "왜?"는 어떤 언어로나 대답하기 힘든 질문이다. 나는 더듬거리며 마침내 대답을 생각해 냈다.

"L'abbiamo rotto.(사이가 틀어졌어요.)"

할머니는 고개를 끄덕이고는 자리에서 일어나 버스 정류장으로 걸어가더니 버스를 타고 가 버렸다. 두 번 다시 나를 돌아보지 않은 채. 나한테 화가 난 걸까? 말도 안 되지만 나는 할머니가 다시 돌아와 대화를 계속할지 모른다는 생각에 공원 벤치에 20분이나 더 앉아 있었다. 하지만 할머니는 돌아오지 않았다. 할머니의 이름은 첼로의 날카로운 첫 음절과 똑같은 첼레스테였다.

그날 오후에 도서관을 발견했다. 내가 죽고 못 사는 공간. 게다가 로마답게 도서관마저도 아름답고 고풍스러웠다. 건물에는 예쁜 안뜰까지 있었는데 밖에서 볼 때는 그런 안뜰이 있으리라고는 짐작조차 할 수 없었다. 정원은 완벽한 사각형으로 군데군데 오렌지나무가 심겼고 중앙에는 분수가 있었다. 그 분수를 본 순간, 로마에서 내가 가장 좋아하는 분수의 또 다른 후보가 되리라는 걸 단번에 알 수 있었다. 지금껏 봤던 분수들과는 완전히 달랐다. 일단 대리석을 깎아 만든 분수가 아니라 이끼가 낀 녹색의 자연 친화적 분수였다. 마치 물이 새어 나오는 덥수룩한 양치류 덤불 같았다. (사실 인도네시아의 늙은 주술사가 그렸던 그림에서 기도하는 형체의 머리를 뒤덮은 야생 잎사귀 덤불과 똑같았다.) 꽃이 핀 덤불 한가운데서 뿜어져 나오는 물줄기는 다시 비가 되어 잎사귀 위로 떨어졌고, 정원 전체에 서글프면서도 사랑스러운 물소리가 울려 퍼졌다.

나는 오렌지나무 아래 놓인 의자를 발견하고, 어제 구입한 시집을 꺼내 들었다. 루이스 글뤽 시집이었다. 먼저 이탈리아어로 적힌 시를 읽고, 그다음에 영어로 읽었다. 그러다가 이 구절에 이르렀을 때 잠시 멈췄다.

Dal centro della mia vita venne una grande fontana······.

내 삶의 중심, 그곳에는 거대한 분수가 있다······.

나는 시집을 무릎에 내려놓고 안도감으로 전율했다.

13

사실 나는 세상에서 가장 뛰어난 여행가는 아니다.

그걸 아는 이유는 그동안 여행을 많이 다니면서 정말로 여행을 잘하는 사람들을 봤기 때문이다. 타고난 여행꾼들. 무쇠같은 체력 덕분에 캘커타의 도랑물을 한 바가지나 마셔도 끄떡없는 사람들을 만나기도 했다. 다들 전염병이 도는 곳에서도 오히려 새로운 언어를 배우고 오는 사람들. 무서운 국경 관리인을 만나도 눈 하나 꿈쩍하지 않고, 비자 발급소의 비협조적인 직원들을 어떻게 구슬려야 하는지 아는 사람들. 적절한 키와 피부색 덕분에 어딜 가든 그곳 주민들과 얼추 비슷해 보이는 사람들. 그들은 터키에 가면 투르크족으로 보이고, 멕시코에 가면 갑자기 멕시코인이 되며, 스페인에 가면 바스크인으로 오인받는다. 아프리카 북부에서는 가끔 아랍인으로 통하기도 하고.

내게는 그런 자질이 없다. 우선 나는 혼혈이 아니다. 큰 키에 금발, 분홍빛이 도는 피부를 가진 나는 카멜레온이라기보다는 플라밍고에 가깝다. 뒤셀도르프만 제외하고는 어딜 가든 촌스럽게 튀는 존재다. 중국을 여행할 때는 길거리의 젊은 엄마들이 아이들에게 뭐라고 속삭이며 날 향해 손가락질했다. 마치 내가 동물원에서 탈출한 짐승이라도 되는 것처럼. 이런 분홍빛 얼굴에 머리카락은 노랗고 유령처럼 허여멀건 사람을 본 적이 없는 아이들은 날 보고 종종 울음을 터뜨렸다. 중국을 여행하며 너무나 싫었던 점이다.

여행하기 전에 그 지역을 조사하는 일에도 소질이 없다.(아니면 귀찮다고 할까.) 그냥 무작정 찾아가 어떻게 되는지 보자는 식이다. 이런 식으로 여행할 때 발생하는 대표적인 현상으로는 어리둥절한 표정으로 기차역 한가운데 서서 많은 시간을 낭비하거나 싸고 좋은 숙소를 몰라서 너무 비싼 호텔에 묵는 일 등이 있다. 어설픈 방향 감각과 희박한 지리 상식 탓에 육대주를 여행하면서도 늘 지금 내가 있는 곳이 어디인지 갸우뚱거렸다. 머릿속 나침반이 고장 난 건 둘째 치고 내게는 속마음을 숨기는 재주가 없다. 어디서든 눈에 띄지 않는 무표정을 지을 줄 모른다. 그거야말로 위험한 국가들을 여행할 때 아주 유용한 기술인데 말이다. 여유만만하면서도 모든 것을 완벽히 통제하는 표정. 세상 어디를 가든, 심지어는 자카르타의 폭동 한복판에서도 그 무리의 일원으로 보이는 표정. 나는 그런 표정과 거리가 멀다. 우왕좌왕할 때는 우왕좌왕하는 표정을 짓는다. 흥분했거나 긴장할 때는 흥분했거나 긴장한 표정을 짓는다. 길을 잃었을 때는 길을 잃은 표정을 짓는다. 내 얼굴은 모든 생각이 고스란히 전달되는 투명 전도체다. 일전에 데이비드는 이렇게 비유했다.

"당신은 무표정한 도박꾼과 정반대야. 그보다는…… 미니 골프를 치는 사람 같달까?"

거기다 여행하면서 소화기 계통의 온갖 질병은 얼마나 잘 걸리는지! 지저분한 이야기는 하고 싶지 않으니 그냥 급성 소화기 질병은 다 걸렸다고만 해 두자. 레바논에서는 어느 밤에 너무 아파서 중동판 에볼라 바이러스에 걸린 게 아닐까 의심스러울 정도였다. 헝가리에서는 생전 처음 겪는 배탈이 나서 그 후로 '소비에트 연방'이라는 단어만 들어도 치가 떨렸다. 다른 곳이라고 아프지 않은 건 아니었다. 아프리카 여행을 시작한 첫날에 허리를 다치는가 하면, 베네수엘라 정글 탐험에서 독거미에게 물린 사람은 우리 팀에서 나 하나뿐이었다. 게다가 스톡홀름에서 화상을 입는 사람이 대체 나 말고 또 누가 있을까?

하지만 이 모든 악재에도 불구하고, 나는 여전히 여행을 열렬히 사랑한다. 열여섯 살에 베이비시터로 번 돈을 모아 러시아에 간 이후로 난 여행은 어떤 희생이나 대가를 치러도 가치가 있다고 생각한다. 다른 사랑과 달리 여행을 향한 사랑은 언제나 충실하고 변함없다. 행복한 초보 엄마가 말도 안 듣고, 늘 아프기나 하고, 산만하기 그지없는 아기에게 느끼는 감정과 같다. 아기가 아무리 날 힘들게 해도 상관없다. 왜냐하면 내가 너무나 사랑하니까. 내 것이니까. 나와 꼭 닮았으니까. 내 몸에 토악질을 해도 괜찮다.

어쨌거나 플라밍고인 내가 완전히 빵점짜리 여행자이냐 하면 그건 아니다. 내게는 나만의 생존 전략이 있다. 우선 참을성이 많다. 짐을 가볍게 꾸리는 법을 안다. 아무거나 가리지 않고 잘 먹는다. 하지만 가장 놀라운 능력은 누구하고나 친구가 될 수 있다는 것이다. 심지어 죽은 사람하고도. 한번은 세르비아의 전범과 친구가 된 적이 있는데 그의 가족들과 함께 등산을 가자고 초대까지 받았다. 세르비아의 살인마와 친해져서 자랑스럽다는 건 아니고(기사를 쓰기 위해, 또한 그에게 얻어터지지 않기 위해 그와 친구가 되어야만 했다.) 그냥 그럴 수 있다는 말이다. 주위에 말할 사람이 한 명도 없다면 난 아마 120센티미터의 석고 보드와도 친구가 될 수 있을 것이다. 이것이 내가 아무 두려움 없이 세상에서 가장 외딴곳으로도 여행을 떠날 수 있는 이유다. 그곳에 사람이 살기만 한다면 문제없다. 이탈리아를 떠나기 전에 사람들은 내게 로마에 친구라도 있느냐고 물었다. 나는 고개를 저으며 없다고 했지만 마음속으로는 곧 생기리라고 생각했다.

대개는 여행하다가 우연히 친구를 사귄다. 이를테면 기차

혹은 레스토랑 혹은 유치소에서 옆자리에 앉게 되면서. 하지만 그건 우연한 만남이고, 우연에만 완전히 의존할 수는 없다. 보다 체계적으로 친구를 사귀기 위해서는 지인의 지인에게 정식으로 나를 소개해 줄 '소개장'(요즘은 이메일이 되겠지만)이라는 구닥다리 시스템을 이용해야 한다. 이건 새로운 사람을 만날 수 있는 아주 좋은 방법이다. 다만 모르는 이에게 불쑥 전화를 걸어 저녁 식사에 초대해 달라고 할 수 있을 만큼 얼굴이 두꺼워야 한다. 그리하여 이탈리아로 떠나기 전, 내가 아는 모든 사람에게 혹시 이탈리아에 친구가 있는지 물어보았다. 덕분에 이탈리아인들의 연락처가 적힌 두툼한 목록을 들고 미국을 떠날 수 있었다.

미래의 이탈리아인 친구 목록에 적힌 후보자들 가운데 가장 관심을 끄는 인물은 바로…… 놀라지 마시라…… 루카 스파게티였다. 루카 스파게티는 내가 대학 때부터 알고 지낸 친구 패트릭 맥데빗의 친한 친구였다. 이게 진짜 그의 이름이다. 맹세컨대 내가 지어낸 이름이 아니다. 어떻게 그런 짓을 하겠는가. 한번 생각해 보시라. 그런 이름으로 평생을 살아야 한다니. 패트릭 맥데빗 같은 이름으로.

어쨌든 난 가능한 한 빨리 루카 스파게티에게 연락할 작정이다.

14

하지만 먼저 학교생활에 적응해야 했다. 레오나르도 다빈치 아카데미 어학원의 수업이 바로 오늘부터였다. 그곳에서 앞으로 일주일에 닷새, 하루에 네 시간씩 이탈리아어를 공부할 예정이다. 학교에 다닐 생각을 하니 너무나 신났다. 이 나이에도 학생이 된다는 게 마냥 좋았다. 어젯밤에는 초등학교 입학 전날처럼 내일 입을 옷까지 준비해 두었다. 에나멜 구두와 새로 산 도시락 상자는 없었지만. 선생님이 날 마음에 들어 하면 좋겠다.

레오나르도 다빈치 학교의 학생들은 수준에 맞는 반을 배정받기 위해 첫날 모두 시험을 치러야 했다. 그 이야기를 듣자마자 난 제발 1레벨이 되지 않기를 바랐다. 그건 너무 쪽팔리는 일일 테니까. 이미 뉴욕에서 1학기 내내 이혼녀들을 위한 야간 학교에 다니며 이탈리아어 수업을 들었고, 여름에는 암기 카드를 외우고 다녔으며, 로마에 온 지 벌써 일주일이나 되어서 사람들과 실전 경험도 있는 데다가 심지어 할머니와 이혼을 주제로 대화를 나누기까지 했다. 사실 난 이 학교의 레벨이 몇 등급으로 나뉘어 있는지도 몰랐지만 그저 레벨이라는 단어를 듣는 순간, 반드시 최소한 2레벨은 되어야 한다고 생각했다.

아침부터 억수같이 쏟아지는 비를 뚫고 일찌감치(늘 그랬듯이. 못 말리는 범생이!) 학교로 가서 시험을 치렀다. 어려워서

죽는 줄 알았다! 10퍼센트도 못 푼 것 같았다. 나는 이탈리아
인을 잘 알고, 이탈리아 단어들도 꽤 많이 알지만 아는 단어는
하나도 나오지 않았다. 그다음은 구두시험이었는데 이건 더
못했다. 나를 담당한 깡마른 이탈리아 선생님은 말이 너무 빨
랐다. 훨씬 더 잘할 수 있었는데 잔뜩 긴장한 데다 이미 알고
있는 것조차 틀리는 실수를 저질렀다. (이를테면 'Sono andata
a scuola'라고 말해야 할 대목에서 왜 'Vado a scuola'라고 말했을
까? 알고 있었는데!)

그래도 전반적으로 괜찮았다. 깡마른 이탈리아 선생님은
내 시험지를 훑어보고는 레벨을 정해 주었다.

2레벨!

수업은 오후부터 시작될 예정이었다. 그리하여 난 점심(구
운 꽃상추)을 먹은 뒤, 다시 학교로 어슬렁어슬렁 돌아가 1레
벨 학생들(분명 아주 멍청하리라.)의 교실을 거들먹거리며 지나
쳐 첫 수업에 들어갔다, 동기들과 함께. 다만 내가 그들의 동
기가 될 수준이 아니라는 사실이 순식간에 명백해졌다. 아울
러 이 교실은 내가 있을 자리가 아니라는 사실도. 2레벨 수업
은 정말 말도 못하게 어려웠기 때문이다. 나 혼자만 버둥거리
며 간신히 개헤엄을 치는 기분이었다. 마치 말할 때마다 물을
들이마시는 기분이었다. 게다가 깡마른 선생님은 (왜 여기 선
생님들은 다 이렇게 깡마른 거지? 깡마른 이탈리아인은 믿을 수가
없다고!) 진도를 어찌나 빨리 나가는지 말끝마다 "이건 다 알
테고, 저것도 다 알 테고."라면서 교재를 몇 장(章)씩 건너뛰었

다. 그러고는 청산유수로 말해 대는 동기들과 속사포 같은 대화를 나누었다. 나는 겁에 질려 위가 오그라들었고 숨을 헐떡이며 제발 선생님이 날 호명하지 않기만 기도했다. 쉬는 시간이 되자마자 후들거리는 다리로 교실을 뛰쳐나가 눈물을 글썽이며 교무실로 직행했다. 그런 다음 아주 또렷한 영어로 제발 나를 1레벨로 옮겨 달라고 애걸했다. 그래서 그렇게 되었고 지금 나는 1레벨에 있다.

우리 선생님은 통통하고 말도 천천히 한다. 이제야 좀 살겠네.

15

우리 반의 재미있는 점은 학생 누구에게도 이탈리아어를 공부해야 할 의무가 없다는 점이다. 모두 열두 명의 학생들이 함께 공부하는데 각자 출신도, 나이도 다르다. 하지만 모두 같은 이유로 로마에 왔다. 그저 이탈리아어가 공부하고 싶어서. 누구에게도 꼭 이탈리아어를 공부해야 하는 실질적인 이유는 없었다. 상사로부터 "해외 업무를 수행하기 위해 이탈리아어를 꼭 배워야 하네."라는 말을 들은 사람도 없다. 심지어 잔뜩 긴장한 표정의 독일인 엔지니어조차도 나와 같은 동기를 가지고 있다. 다들 이탈리아어를 말할 때의 느낌이 너무 좋아서 이탈리아어를 배우고 싶어 했다. 슬픈 표정의 러시아 여자는 자기 자신에게 선물로 이탈리아어 수업을 주고 싶었다고 말했다. 왜냐하면 "전 아름다운 것을 누릴 자격이 있으니까요." 독일인 엔지니어는 "『돌체 비타』9를 너무나 좋아해서 이탈리아어를 배우고 싶었습니다."라고 말했다. (그의 딱딱한 독일식 억양 때문에 '돌체 비타'라는 단어조차 '도이체 비타(deutsche vita, 독일인의 인생)'로 들렸다. 애석하게도 후자라면 질리게 누렸을 텐데.)

그로부터 서너 달 뒤에 알게 된 바에 따르면, 이탈리아어가 세상에서 가장 유혹적으로 아름다운 언어이며 그렇게 생각하는 사람이 나만이 아닌 데에는 충분한 이유가 있었다. 그 이유를 이해하려면 먼저 유럽이 한때 라틴어에서 파생된 수많은 방언들로 아수라장을 이루다가 점차 소수의 분리된 언어, 즉 프랑스어, 포르투갈어, 스페인어, 이탈리아어로 형태를 갖춰 갔다는 점을 알아야 한다. 프랑스, 포르투갈, 스페인의 경우에는 유기적 진화가 있었다. 가장 발전한 도시의 말이 점차로 그 나라의 공식 언어가 된 것이다. 따라서 오늘날 우리가 프랑스어라고 알고 있는 것은 사실 중세 파리의 방언이며, 포르투갈어는 리스본의 방언, 스페인어는 마드리드의 방언이다. 가장 부유한 도시의 말이 결국 한 나라의 언어로 결정되었으니 일종의 자본주의적 승리라 할 수 있다.

---

9 dolce vita, '달콤한 인생'이라는 뜻으로 이탈리아인 감독 페데리코 펠리니의 작품.

하지만 이탈리아는 다르다. 결정적 차이점은 이탈리아가 아주 오랫동안 통일조차 되지 않았다는 것이다. 역사상 꽤 늦은 시기에 통일을 이루었고(1861년) 그 전까지는 잘난 지방 군주나 다른 유럽 열강의 지배를 받으며 여러 도시가 대립하던 반도에 불과했다. 이탈리아의 일부는 프랑스에, 일부는 스페인에, 일부는 성당에, 일부는 누구든 지방 요새와 궁전을 차지한 자들에게 속해 있었다. 이탈리아인들은 이런 침입에 굴욕감을 느끼기도 하고 무시하기도 했다. 대부분의 국민들은 다른 유럽 국가에 지배당하는 것을 좋아하지 않았지만 "먹고살 수만 있다면 프랑스가 됐건, 스페인이 됐건.(Franza o Spagna, purche se magna.)"이라고 말하는 심드렁한 군중은 언제나 존재했다.

이런 내부 분열은 이탈리아가 제대로 통합된 적이 없다는 뜻이고, 그건 이탈리아어도 마찬가지였다. 따라서 수세기 동안 이탈리아인들이 서로 이해할 수 없는 지방 방언으로 쓰고 말해 왔다는 사실은 놀랄 일이 아니다. 피렌체 과학자들은 시칠리아 시인, 혹은 베네치아 상인과 소통을 할 수 없었다.(라틴어를 제외하고. 물론 라틴어는 국민적 언어와 거리가 멀었지만.) 16세기에 이르러 몇몇 이탈리아 학자들이 이건 어처구니없는 사태라는 데 의견을 모았다. 이탈리아 반도에는 모든 국민이 동의한 이탈리아어가 필요했다. 최소한 문어(文語)라도. 그리하여 이 지식인 집단은 유럽 역사상 전례가 없던 일을 추진하기에 이른다. 모든 방언 가운데 가장 아름다운 언어를 골라 그걸 이탈리아어로 삼자고 결정한 것이다.

이탈리아에서 사용되는 가장 아름다운 방언을 찾기 위해서는 200년 전인 14세기 피렌체로 거슬러 가야 했다. 이 지식인 회합이 가장 적절한 이탈리아어라고 결정한 언어는 다름 아닌 피렌체의 위대한 시인 단테 알리기에리의 언어였다. 1321년 단테가 지옥, 연옥, 천국에 이르는 과정을 생생하게 묘사한 『신곡』을 발표했을 때 그게 라틴어로 쓰이지 않았다는 사실은 문학계에 큰 충격이었다. 단테는 라틴어가 타락했으며 엘리트들만의 언어라고 생각했다. 따라서 진지한 산문에 라틴어를 사용하는 것은 모든 사람이 누려야 하는 이야기를 귀족 교육이라는 특권을 가진 사람들만 읽을 수 있는 무언가, 즉 돈으로 사야만 하는 무언가로 만들어 '문학을 창녀로 전락시키는 꼴'이라고 했다. 그 대신 단테는 거리로 돌아가 시민들(여기에는 보카치오나 페트라르카와 같은 총명한 동시대인들도 포함되어 있었다.)이 사용하는 진정한 피렌체어를 수집해 그걸로 이야기를 썼다.

그는 스스로 방언의 '달콤하고 새로운 스타일(dolce stil nuovo)'이라고 명명한 언어로 자신의 걸작을 저술했고, 그러는 동안 셰익스피어가 엘리자베스 시대의 영어에 영향을 미쳤듯이 단테도 그 방언에 영향을 미치며 새롭게 만들어 나갔다. 후대의 민족주의자 지식인들이 단테의 이탈리아어가 공식 이탈리아어가 돼야 한다고 결정한 것은, 19세기 초 어느 날 옥스퍼드 학자들이 모여 앉아 이 순간부터 영국 국민들은 순수한 셰익스피어 영어로 말해야 한다고 결정하는 것과 마찬가지다. 그리고 그 결정은 성공을 거두었다.

따라서 오늘날 우리가 사용하는 이탈리아어는 로마어도, 베네치아어도 아니며(비록 이 두 도시가 군사적으로나 경제적으로 가장 강력했는데도) 완전한 피렌체어라고 할 수도 없다. 기본적으로 그것은 단테어다. 유럽의 어떤 언어도 그런 예술적 혈통은 가지고 있지 않다. 그리고 아마 14세기 피렌체의 이 방언처럼 인간의 감정을 표현하는 데 적합한 언어는 없을 것이다. 이 언어는 서구 문명의 위대한 시인에 의해 다듬어졌기 때문이다. 단테의 『신곡』은 3연체(terza rima)로 이뤄져 있는데 이는 5행마다 압운을 세 번씩 반복하는 연쇄 압운이다. 덕분에 단테의 예쁜 피렌체 방언은 학자들이 소위 '계단식 압운'이라 부르는 특질을 갖게 되었다. 그리고 이 압운은 오늘날까지 남아 이탈리아의 택시 기사나 정육점 주인, 심지어 공무원들까지도 시적인 언어를 읊어 대게 했다. 단테가 신을 직접 마주하는 『신곡』의 마지막 줄에는 이른바 현대 이탈리아어에 익숙해진 사람이라면 누구나 쉽게 이해할 수 있는 감정이 등장한다. 단테는 신이 단순히 눈을 멀게 할 정도로 밝은 빛이 아니라 '태양과 다른 별들을 움직이는 사랑(l'amor che move il sole e l'altre stelle)……'이라고 했다.

이러니 내가 이 언어를 그토록 절실히 배우고 싶었던 게 당연하다.

16

이탈리아에 온 지 열흘쯤 지나자 우울과 외로움이 날 쫓아 왔다. 학교에서 행복한 하루를 보내고 온 어느 저녁, 나는 보르게세 정원을 거닐고 있었다. 태양은 산피에트로 대성당 위로 황금빛 저녁놀을 수놓았고, 나는 흐뭇하게 그 낭만적인 광경을 바라보았다. 비록 나만 홀로 외톨이였고, 공원의 다른 사람들은 연인을 애무하거나 깔깔거리는 아이들과 놀고 있었지만. 그래도 난 걸음을 멈추고 난간에 기대 저녁놀을 감상했다. 그리고 너무 많은 생각을 했다. 생각은 상념으로 이어졌고 이내 그 둘에게 따라잡히고 말았다.

그들은 핑커톤 탐정 사무소[10]의 요원들처럼 조용히 다가와 날 위협했다. 우울은 왼쪽에서, 외로움은 오른쪽에서 다가와 내 양옆에 바짝 붙어 섰다. 배지를 보여 달라고 할 필요도 없었다. 난 이들을 너무도 잘 알고 있으니까. 우린 지난 몇 년간 고양이와 쥐 놀이를 해 왔다. 하지만 어스름이 내린 이 우아한 이탈리아 정원에서 그들을 만난 건 정말 뜻밖이었음을 인정한다. 여긴 그들이 올 만한 곳이 아니었기 때문이다.

"어떻게 여기까지 따라왔지? 내가 로마에 있다는 걸 어떻게 알았어?" 내가 그들에게 말했다.

"이런, 우릴 만난 게 반갑지 않나 봐?" 늘 잘난 척하기 좋아

---

10 1850년에 에릭 핑커톤이 설립한 사립 탐정 업체.

하는 우울이 말했다.

"저리 가." 내가 우울에게 말했다.

그러자 좀 더 예의 바른 탐정인 외로움이 끼어들었다.

"미안합니다, 부인. 하지만 우린 부인이 여행하는 동안 계속 쫓아다녀야 합니다. 그게 우리 임무니까요."

"제발 그러지 말아 줘요."

외로움은 미안하다는 듯이 어깨를 으쓱였지만 오히려 더 바싹 다가왔다.

그러더니 내 몸을 수색해 그동안 호주머니에 넣어 가지고 다녔던 기쁨을 몽땅 가져가 버렸다. 우울은 심지어 내 정체성까지 몰수해 버렸다. 그는 늘 그랬다. 그리고 외로움이 날 신문하기 시작했다. 신문은 언제나 몇 시간씩 계속되기 때문에 난 겁이 났다. 외로움은 공손하지만 절대 봐주는 법이 없고, 난 언제나 그의 유도 신문에 걸려든다. 당신이 행복해야 할 이유가 있습니까? 왜 또 오늘 밤에 혼자죠? 왜 남자와의 관계를 지속시키지 못하고, 가정을 깨고, 데이비드와의 관계를 망쳤습니까.(비록 이와 관련된 질문은 이미 수백 번쯤 했지만.) 왜 만나는 남자마다 안 좋게 끝났죠? 서른 살이 되던 밤에는 어디 있었고, 왜 그 후로 모든 게 꼬이는 겁니까? 왜 행동에 일관성이 없고, 존경받는 또래 여자들처럼 멋진 집에 살면서 아이를 키우지 않습니까? 인생을 그렇게 박살 내 놓고 정확히 무슨 이유로 로마에서 휴가를 누릴 자격이 있다고 생각하죠? 철부지 대학생처럼 로마로 도피하면 행복해지리라고 믿었습니까?

계속 그런 식으로 산다면 인생의 말년을 어디서 보내게 될 것 같습니까?

나는 그들을 따돌렸기를 바라며 집으로 걸어갔다. 하지만 이 깡패들은 계속 날 따라왔다. 우울은 내 어깨를 꽉 움켜잡았고, 외로움은 계속 질문을 퍼부어 댔다. 저녁도 먹고 싶지 않았다. 그들이 날 지켜보는 게 싫었기 때문이다. 애초에 그들을 집에 들이지 않으려고 했지만 난 우울의 성격을 잘 알고 있었고 그에게는 곤봉까지 있었다. 그러니 그가 하겠다고 마음먹으면 아무도 막을 수 없다.

"여기까지 따라온 건 정말 옳지 않아. 너희들은 이미 해고됐어. 뉴욕에서의 시간을 모두 너희들에게 바쳤잖아."

하지만 우울은 사악한 미소를 던지며 내가 가장 좋아하는 의자에 자리 잡고 테이블에 발을 올린 다음, 시가에 불을 붙여 집 안을 역겨운 담배 연기로 가득 채웠다. 외로움은 그 모습을 지켜보고 한숨을 쉬더니 침대로 올라가 이불을 끌어당겼다. 옷을 다 입고 신발까지 신은 채. 오늘 밤을 나와 함께 보낼 작정인 것이다.

17

불과 며칠 전에야 복용하던 약을 중단했다. 이탈리아에서 항우울제를 복용한다는 게 너무 우습게 느껴졌기 때문이다.

어떻게 이탈리아에서 우울할 수 있을까?

나는 원래 약을 먹고 싶지 않았다. 약을 먹지 않으려고 꽤 오래 버텼는데, 여러 이유로 향정신성 약물 복용에 반대하기 때문이다. (하나만 예를 들자면, 미국인들은 약물을 너무 많이 복용한다. 우리는 이런 약물이 오랜 시간이 지난 후, 뇌에 어떤 영향을 미칠지 아직 모른다. 요즘에는 어린이들까지도 항우울제를 복용하는데 이는 범죄나 다름없다. 우리는 그저 증상만 치료할 뿐 온 국민이 정신 건강에 위기를 맞이하게 된 원인은 치료하지 않는다…….) 하지만 최근 몇 년간 나는 심각한 위기에 처했고, 그 위기는 빨리 해결되지 않았다. 결혼 생활에 종지부를 찍고 데이비드와의 사이가 악화되면서 중증 우울증에 해당하는 증상들이 모두 나타났다. 수면 부족, 식욕과 성욕 상실, 시도 때도 없이 나오는 눈물, 고질적인 허리 통증과 복통, 소외감, 절망감, 일에 집중하지 못하고, 공화당이 대통령 자리를 훔쳐 가는 걸 보고도 화를 낼 수 없는 증상 등…….

때로는 숲에서 길을 잃고도 그걸 깨닫기까지 한참이 걸린다. 그저 길에서 약간 벗어났을 뿐 언제든 곧 제자리로 돌아갈 수 있다고 오랫동안 스스로를 속일 수 있다. 그러다 밤이 지나고 또 지나도 지금 내가 있는 곳이 어디인지 여전히 감을 잡을 수 없게 된다. 길에서 너무 멀리 벗어나 더는 해가 뜨는 방향조차 모른다는 사실을 인정해야 할 때가 온 것이다.

나는 이 우울증을 일생일대의 전투처럼 받아들였고, 실제로도 일생일대의 전투였다. 스스로 내 우울증을 연구하는 학자가 되어 원인의 실마리를 풀어 보려고 노력했다. 이 모든 절망감의 근원은 무엇일까? 심리적인 이유일까? (엄마와 아빠 탓?) 누구나 한 번쯤 겪는 인생의 힘든 시기에 불과할까? (이혼이 끝나면 우울증도 사라지고?) 유전적인 이유일까? (여러 이름으로 불리는 멜랑콜리가 대대로 우리 가족에게 흐르는 걸까? 멜랑콜리의 슬픈 신부인 알코올 중독과 함께?) 문화적인 이유일까? (갈수록 스트레스와 소외감이 높아지는 도시에서 포스트페미니스트이자 직업을 가진 미국 여성으로서 삶의 균형을 찾으려는 데서 오는 부작용일 뿐일까?) 별자리 때문일까? (내가 슬픈 이유는 불안정한 쌍둥이자리의 지배를 받는 민감한 게자리여서?) 예술가적 기질 때문에? (창조적인 사람들은 초예민한 데다 유별나서 늘 우울증에 시달리지 않았던가?) 진화적인 이유일까? (인간이라는 종이 지난 천 년간 잔혹한 세상에서 살아남으려고 노력한 부산물로 극심한 공포가 남은 걸까?) 업보 때문인가? (발작하듯 일어나는 슬픔은 단순히 전생에 나쁜 짓을 한 결과인가? 해탈하기 전의 마지막 장애물?) 호르몬 때문인가? 다이어트 때문에? 철학적인 이유 때문에? 계절을 타서? 환경적 요인? 아니면 신을 향한 보편적 열망에 다가가는 중이라서? 몸이 화학적 불균형을 이루기 때문에? 아니면 그냥 섹스를 안 한 지 너무 오래 돼서?

한 인간을 구성하는 데 이렇게 많은 요소가 존재하다니! 인간이란 얼마나 다각도에서 운영되며 또한 몸과 마음, 역사, 가족, 도시, 영혼, 심지어는 오늘 먹은 점심으로부터도 얼마나 큰 영향을 받는지! 급기야 내 우울증은 끊임없이 변화하는 이 모든 요소들, 더불어 내가 규정할 수 없는 다른 요소들까지 첨가된 그 모든 것들의 조합이라고 믿게 되었다. 따라서 여러 각도에서 이 싸움에 접근했다. 진부하고 유치한 제목의 자기 계발서를 몽땅 사들이기도 했다. (다른 사람들이 볼 수 없도록 늘 《허슬러》[11] 최신호 속에 끼워서 읽었다.) 예리한 통찰력을 지 닌 데다 친절하기까지 한 상담가를 만나 전문적 도움을 받기 도 했다. 초보 수녀처럼 열심히 기도도 했다. 누군가에게 고기 를 먹는 것은 '짐승이 도살당하는 순간의 두려움을 먹는 행위' 라는 말을 들은 뒤로는 고기도 끊었다.(오래가지는 못했지만 어 쨌든.) 어떤 뉴에이지 마사지 치료사는 내가 성적 차크라의 균 형을 되찾기 위해 오렌지색 바지를 입어야 한다고 했고 그래 서 맙소사, 난 정말로 그렇게 했다. 러시아의 강제 노동 수용 소 수감자들에게 활기를 되찾아 줬다는 빌어먹을 성 요한 풀 (St. John's wart)로 만든 차도 입에 달고 살았지만 아무 효과가 없었다. 운동도 했다. 기운 나게 해 주는 예술 작품을 많이 접 하고, 슬픈 영화나 책, 노래 등은 의도적으로 피했다.(누가 레 너드와 코헨이라는 단어를 한 문장에 쓰기만 해도 난 그 방에서 나갔다.)

끝없이 터지는 울음과 싸우기 위해서도 많은 노력을 했다. 늘 똑같은 소파의 똑같은 구석에 몸을 둥글게 말고 누워 똑같

---

11 성인 잡지.

이 슬픈 생각을 하며 울던 어느 밤, 난 스스로에게 이렇게 물었다. "이 장면에서 뭔가 하나라도 변화시킬 순 없겠니, 리즈?" 그래서 난 여전히 흐느끼며 자리에서 일어나 거실 한가운데 서서 한쪽 발을 들어 올렸다. 내가 생각해 낼 수 있는 방법은 그것뿐이었다. 눈물을 그치거나 암울한 내면의 대화를 바꿀 수는 없어도 내가 완전히 통제 불능만은 아니라는 사실을 증명하기 위해서. 난 적어도 한쪽 발로만 균형을 잡은 채 신경질적으로 울 수 있었다. 첫 시작치고 이 정도면 훌륭하지 않나?

길거리에서는 양지만 골라 걸어 다녔다. 가족을 소중히 하고, 인생의 자양분이 되는 우정을 열심히 가꿔 나가며 주위 사람들에게 의지했다. 훈계하기 좋아하는 여성 잡지에서 낮은 자긍심은 우울증에 전혀 도움이 되지 않는다는 글을 읽은 후에는 머리를 예쁘게 자르기도 하고, 비싼 화장품과 멋진 드레스를 사기도 했다. (친구들이 스타일이 바뀌었다고 칭찬해 주면 난 그저 퉁명스럽게 "자긍심 높이기 작전. 오늘이 그 빌어먹을 첫날이야."라고만 했다.)

2년간 이 슬픔과 싸운 뒤, 마지막으로 시도한 방법이 바로 약물이었다. 여기서 내 의견을 밝히자면, 난 약물은 언제나 마지막 수단이 되어야 한다고 생각한다. 내 경우 '비타민 P[12]'의 노선을 택하겠다는 결정은 침실 바닥에 앉아 부엌칼로 팔을 그으려는 나를 몇 시간 동안 열심히 설득한 이후에 이뤄졌다.

---

12 우울증 치료제인 프로작을 의미한다.

그날 밤, 난 간신히 칼로 긋고 싶은 유혹을 이겨 냈다. 아파트에서 뛰어내리거나 총으로 머리를 날려 이 고통을 사라지게 하자는 유혹도 있었다. 그러나 승자는 손에 칼을 쥐고 하룻밤을 보내자는 생각이었다.

이튿날 아침, 해가 뜨자마자 난 친구 수전에게 전화해서 도와 달라고 간청했다. 우리 집안 역사상 그런 짓을 한 여자는 한 명도 없었다. 한창 나이에 길거리 한복판에 주저앉아서 "한 발짝도 더 못 걷겠어요. 제발 누가 날 좀 도와줘요."라고 말했던 여자는 없었다. 그들은 이런 일로 걸음을 멈추지 않았다. 누구도 그들을 돕지 않았을 테고, 도울 수도 없었을 것이다. 주저앉아 있어 봐야 그들과 가족만 굶어 죽었을 테니까. 난 자꾸만 그 여자들이 생각났다.

내 연락을 받은 수전이 한 시간 만에 우리 집으로 달려와 소파 위에 웅크리고 누운 날 봤을 때의 표정을 난 결코 잊지 못할 것이다. 내가 죽을지도 모른다는 공포가 또렷이 새겨진 수전의 얼굴을 통해 되비친 내 고통의 이미지는 지금까지도 그 끔찍한 시절의 가장 끔찍한 기억 중 하나다. 수전이 여기저기 전화해 그날 당장 날 상담해 줄 수 있는 정신과 의사를 찾아 항우울제를 처방해 줄 수 있는지 의논하는 동안 난 몸을 둥글게 말고 있었다. 의사와 일방적인 대화를 나누는 수전의 목소리가 들렸다. 그녀는 이렇게 말했다. "난 내 친구가 심각한 자해를 할까 걱정된다고요." 나 역시 걱정되었다.

그날 오후, 정신과 의사를 만나러 갔을 때 그는 왜 진작 의사의 도움을 청하지 않았는지 물었다. 마치 내가 오랫동안 아무 노력도 하지 않았다는 듯이. 난 개인적으로 항우울제 복용에 반대하며 약을 복용하는 게 꺼림칙하다고 털어놓았다. 그러고는 내가 쓴 책 세 권을 책상에 올려놓으며 말했다. "전 작가예요. 부탁이니 뇌가 손상되는 일은 하지 말아 주세요." 의사가 물었다. "만약 신장이 아프다면 당신은 주저하지 않고 약을 먹었을 겁니다. 그런데 왜 이 약은 그렇게 주저하는 겁니까?" 하지만 그건 우리 가족을 모르고 하는 소리다. 우리 길버트 집안은 신장이 아파도 약을 먹지 않았을 것이다. 우리는 어떤 질병이든 그것을 개인적, 윤리적, 도덕적 실패의 신호로 보기 때문이다.

내가 구역질을 하지도 않고, 성욕이 떨어지지도 않는 약의 조합을 찾아낼 때까지 의사는 몇 가지 다른 약들을 처방해 주었다. 채 일주일도 되지 않아 난 마음에 실낱같은 빛이 새어 들어오는 걸 느낄 수 있었다. 마침내 잠도 잘 수 있었다. 이건 굉장한 선물이었다. 잠을 잘 수 없으면 시궁창에서 빠져나올 수 없기 때문이다. 절대 불가능하다. 약을 복용하면서 밤에는 충분한 수면을 통해 체력을 회복하게 되었고, 손이 떨리는 증상도 멈췄고, 가슴이 옥죄는 통증도 사라졌고, 마음속에서 패닉 경보 버튼이 울리는 일도 없어졌다.

비록 즉각적인 효과는 얻었을지라도 난 여전히 약을 복용하는 게 편치 않았다. 권위 있는 의사로부터 이런 약물을 복용해도 아무 문제 없고, 완벽하게 안전하다는 말을 들어도 소용

없다. 난 언제나 약물을 복용하는 데 갈등을 느낀다. 이 약은 날 정상으로 넘어가게 해 준 다리의 일부분이다. 그 점은 부인할 수 없지만 난 가능한 한 빨리 약을 끊고 싶었다. 2003년 1월부터 약을 복용하기 시작했고, 5월에는 이미 복용량을 현저하게 줄였다. 비록 그달에 이혼의 마지막 단계를 거치고, 데이비드와의 관계를 청산하느라 가장 힘들었지만 아무튼. 내가 좀 더 버텼다면 약물 없이 그 기간을 견딜 수 있었을까? 혼자 힘으로 살아남을 수 있었을까? 모르겠다. 원래 인간의 삶이라는 게 그렇다. 대조군[13]도 없고, 특정 변수가 변했을 때 어떻게 됐을지 알기란 불가능하다.

약 덕분에 불행을 견디기가 훨씬 더 수월했다는 건 알고 있다. 그 점에 대해서는 고맙게 생각한다. 하지만 사람의 기분을 변화시키는 약물에 대해 난 여전히 뿌리 깊은 양가감정을 가지고 있다. 약효에는 경외심을 표하지만 그런 약이 널리 보급되는 것은 염려스럽다. 반드시 의사의 처방을 통해서만 구할 수 있어야 하며 미국은 이런 약물을 더 강력히 규제해야 한다고 생각한다. 아울러 심리 상담이 병행되지 않은 상태에서 이런 약을 복용하는 일은 절대 없어야 한다. 어떤 질병이든 원인을 탐색하지 않고 증상만 치료하는 건 누구든 무조건 좋아질 수 있다고 생각하는, 서구인들의 전형적으로 무모한 사고

---

13 실험 결과가 제대로 도출되었는지의 여부를 판단하기 위해 어떤 조작도 가하지 않은 집단.

먹고 기도하고 사랑하라

방식이다. 그 약이 내 인생을 구제했을지는 몰라도, 그건 그 기간 동안 내가 나 자신을 구하기 위해 다른 스무 가지 방법들을 병행했기에 가능했다. 아울러 다시는 그런 약물을 복용해야만 하는 일이 없기를 바란다. 한 의사는 내게 '멜랑콜리 기질'이 있으므로 평생 항우울제의 복용과 중단을 반복하는 게 좋다고 했지만, 난 그의 말이 틀렸기를 바란다. 그의 말이 틀렸다는 걸 증명하기 위해 무슨 짓이든 할 작정이다. 적어도 모든 수단을 동원해서 그 멜랑콜리 기질과 싸울 것이다. 그런 옹고집이 오히려 상황을 악화시킬지, 아니면 날 지켜 줄지는 모르겠다.

어쨌거나 나는 그렇다.

18

그러나 지금 이 순간, 나는 로마에 있고 곤경에 처했다. 우울과 외로움의 2인조가 다시 인생에 끼어들었기 때문이다. 마지막으로 남아 있던 웰버틴[14]은 사흘 전에 먹어 버렸다. 맨 아래 서랍에 다른 약이 있기는 했지만 먹고 싶지 않았다. 약에서 영원히 벗어나고 싶었다. 하지만 우울과 외로움이 곁을 맴도는 것도 싫었다. 어떻게 해야 좋을지 몰라 뱅글뱅글 패닉에 빠

---

14 항우울제.

져들었다. 어떻게 해야 좋을지 모르면 늘 그랬던 것처럼. 그래서 오늘 밤에는 비상사태를 대비해 머리맡에 놓아둔 아주 비밀스러운 노트를 꺼내 들었다. 노트를 펼치자 텅 빈 첫 장이 나왔다. 거기에 글을 쓰기 시작했다.

"당신의 도움이 필요해요."

그러고는 기다렸다. 잠시 뒤, 손이 움직이며 대답을 써 내려갔다.

난 여기 있어. 뭘 도와줄까?

이때부터 가장 기묘하면서도 은밀한 대화가 시작되었다. 이 비밀스러운 노트 속에서 난 내게 말을 걸었다. 욕실 바닥에 엎드려 울면서 처음으로 신에게 기도했던 밤, 무언가(혹은 누군가)가 "침대로 돌아가, 리즈."라고 말했던 그날 밤에 내가 들었던 목소리에게 말을 걸었다. 그날 이후로 난 심각한 우울증에 빠질 때마다 같은 목소리를 들었고, 그 목소리와 접촉하는 가장 좋은 방법은 글로 대화를 적어 나가는 것임을 알게 되었다. 아무리 고통스러워 죽을 지경이라도 거의 매번 그 목소리에 접근할 수 있다는 사실 또한 놀라웠다. 가장 최악의 상황에서도 그 차분하고 인정 많고 다정하고 무한히 현명한 목소리(그건 나일 수도 있고, 아닐 수도 있다.)는 밤이든 낮이든 언제나 종이 위에서 나와 대화를 나눌 수 있었다.

종이 위에서 나 자신과 대화를 나누는 일이 혹시 정신 분열증을 앓고 있다는 뜻이 아닐까 하는 걱정은 그만두기로 했다. 내가 듣는 목소리는 신일 수도 있고, 날 통해 말하는 구루일 수도 있고, 날 돌보는 수호천사일 수도 있다. 초자아일 수도 있고, 고통으로부터 날 보호하기 위해 무의식이 만들어 낸 생각일 수도 있다. 성녀 테레사는 이렇게 신성한 내면의 목소리를 '환청'이라고 불렀다. 즉흥적으로 우리의 마음속에 들어가 우리 언어로 옮겨지며 천상의 위안을 주는 초자연적 세계의 말들. 이런 영적 위안에 대해 프로이트가 뭐라고 했을지는 뻔하다. 비이성적이며 "신뢰할 가치가 전혀 없다. 살다 보면 이 세상이 유치원이 아님을 배우게 된다."라고 말했을 것이다. 나도 동의한다. 세상은 유치원이 아니다. 하지만 그렇게 험난한 곳이기에 가끔씩 우리의 관할권에서 벗어난 곳에 도움을 청해야 한다. 위안을 찾아 더 높은 힘에 호소해야 하는 것이다.

이런 영적 실험의 초기 단계에서 나라고 늘 이 지혜로운 내면의 목소리를 믿은 건 아니다. 한번은 분노와 슬픔에 휩싸여 이 비밀 노트를 펼쳐 들고 내면의 목소리, 내면의 신성한 위안에게 한 페이지 가득 대문자로 이렇게 휘갈겨 쓴 적도 있다.

"난 너 따위는 좆도 안 믿어!!!!!!!!!"

잠시 후, 여전히 씩씩거리던 나는 가슴속에서 아주 작은 불꽃이 일어나는 걸 느꼈다. 어느새 내 손은 여전히 차분하고 즐거운 목소리의 답변을 써 내려갔다.

그럼 넌 누구에게 이야기하고 있는 거야?

그 후로 다시는 이 존재를 의심하지 않았다. 그래서 오늘 밤 다시 그 목소리에게 말을 걸었다. 이탈리아에 온 후로 처음이었다. 난 지금 너무도 나약하고 두렵다고 썼다. 우울과 외로움이 다시 나타났고, 그들이 떠나지 않을까 봐 두렵다고 했다. 더는 약을 먹고 싶지 않은데 결국 먹어야 할까 봐 겁이 난다고 했다. 끝내 제대로 된 삶을 살지 못하게 될까 두렵다고 했다.

내면 어딘가에서 이제는 익숙해진 존재가 떠올라 내가 힘들 때마다 타인에게서 듣고자 했던 확실한 대답을 해 주었다. 이게 내가 노트에 쓰고 있었던 대답이다.

나 여기 있어. 널 사랑해. 밤새 울고 싶다면 그렇게 해. 난 곁에 있을 거니까. 다시 약을 먹어야 한다면 약을 먹어. 그래도 난 널 사랑할 거니까. 네가 약을 먹지 않는다면, 그래도 난 역시 널 사랑할 거야. 네가 무슨 짓을 하든 내 사랑은 변치 않아. 네가 죽을 때까지 널 지켜 줄 거야. 네가 죽은 후에도 계속 지켜 줄 거야. 난 우울보다 강하고, 외로움보다 용감해. 어떤 것도 날 지치게 할 순 없어.

오늘 밤 내 내면에서 이루어진 이 이상한 우정의 손짓 — 곁에 위로해 줄 사람이 아무도 없을 때 내가 나에게 손을 내미는 행동 — 은 예전에 뉴욕에서 있었던 사건을 연상시켰다. 어느 오후 난 서둘러 어떤 건물로 들어가 열려 있던 엘리베이터 속으로 돌진했다. 막 엘리베이터에 들어섰을 때 거울에 반사된 내 모습을 슬쩍 보게 되었다. 그 순간, 뇌가 이상한 장난을 쳤다. "이봐! 네가 아는 여자야! 네 친구라고!"라는 메시지를 보낸 것이다. 그리고 난 실제로 미소를 띤 채 거울 속의 날 향해 다가갔다. 이름은 잊었지만 무척 낯익은 얼굴의 그 여자에게 인사를 건네기 위해서였다. 물론 곧바로 실수를 깨닫고 민망함에 웃음을 터뜨렸지만. 마치 강아지처럼 거울의 원리를 까맣게 잊은 것이다. 하지만 로마에서 슬픔에 잠긴 오늘 밤, 웬지 그때의 사건이 떠올랐고 난 노트 맨 밑에 이런 위안의 글귀를 적었다.

옛날 무방비 상태에서 네가 너 자신을 친구로 생각했던 걸 절대 잊지 마.

노트를 가슴에 끌어안고 이 마지막 말을 가슴에 새긴 채 잠들었다. 아침에 일어나 보니 우울의 시가 냄새가 아직 희미하게 남아 있었지만, 그의 모습은 보이지 않았다. 간밤에 이곳을 떠난 것이다. 그의 파트너인 외로움과 함께.

19

한 가지 이상한 점이 있다. 로마에 온 후로는 당최 요가를 할 수 없었다. 지난 몇 년간 꾸준히, 열심히 요가를 수행해 왔고 여기서도 계속 수행하겠다는 마음으로 요가 매트까지 가져왔는데도 여기서는 불가능했다. 대체 언제 요가 스트레칭을 한단 말인가? 초콜릿 패스트리에 더블 카푸치노를 곁들여 먹는 마약 같은 이탈리아식 아침 식사를 하기 전에? 아니면 하고 난 후? 여기 온 지 처음 며칠 동안은 매일 아침 요가 매트를 펼쳤다. 하지만 그저 바라보며 웃고 있을 수밖에 없었다. 한번은 요가 매트가 된 심정으로 나 자신에게 이렇게 말한 적도 있다. "오케이, 미스 펜네 아이 콰트로 포르마지[15]…… 오늘은 어떨지 한번 봅시다." 하지만 결국 겸연쩍어져서 요가 매트를 슈트케이스 밑바닥에 처넣어 버렸다.(그리고 인도에 가기 전까지 한 번도 꺼내지 않았다.) 그 대신 산책을 나가 피스타치오 아이스크림을 먹었다. 이곳에서는 아침 9시 30분에 아이스크림을 먹는 일이 지극히 자연스러우며 솔직히 나도 그런 생활 방식을 전적으로 지지한다.

내 생각에 로마 문화는 요가와 어울리지 않는다. 사실 난 로마와 요가가 아무런 공통점도 없다는 결론을 내렸다. 두 단어 모두 토가[16]를 연상시킨다는 걸 제외하면.

20

난 친구를 사귀어야 했다. 그래서 열심히 사귀었고, 10월인 현재 제법 멋진 구색을 갖추었다. 나 말고도 로마에 사는 두

---

15 Penne ai Quattro Formaggi, 네 가지 치즈를 넣어 만든 펜네 요리.
16 toga, 로마인들이 몸에 둘러 입었던 옷.

먹고 기도하고 사랑하라

명의 엘리자베스를 알게 되었다. 둘 다 미국인이고, 둘 다 작다. 첫 번째 엘리자베스는 소설가이고, 두 번째 엘리자베스는 음식 평론가로 로마에 아파트, 움브리아 주에 저택을 두었으며, 이탈리아인 남자와 결혼했고, 이탈리아 각지를 돌아다니며 음식을 먹고 음식 평론을 쓴다. 이 엘리자베스는 전생에 물에 빠져 죽을 뻔한 고아들을 많이 구해 준 게 틀림없다. 그녀는 당연히 로마에서 가장 맛있는 식당들을 알고 있었고, 그 중에는 얼린 라이스 푸딩(만약 천국에 이런 음식이 없다면, 정말이지 난 별로 천국에 가고 싶지 않다.)을 파는 아이스크림 가게도 있었다. 지난번에는 그녀가 데려간 식당에서 점심을 먹었는데 헤이즐넛 무스를 감싼 카르파치오에 양고기, 송로뿐 아니라 야생 히아신스 구근을 식초에 절인 이국적인 요리까지 맛보았다.

물론 이제는 쌍방 교환 파트너 쌍둥이인 조반니, 다리오와도 친해졌다. 내 생각에 조반니의 자상함은 이탈리아 국보감이다. 처음 만난 날, 내가 적당한 이탈리아어를 찾아내지 못해 답답해하자 조반니는 내 팔에 손을 올리며 이렇게 말했다.

"리즈, 뭔가 새로운 걸 배울 때는 자기 자신에게 아주 공손해야만 해요."

그 순간, 난 조반니를 영원히 좋아하게 되었다. 가끔씩 그가 나보다 어른스럽게 느껴질 때가 있다. 근엄한 눈썹, 대학때 철학을 전공한 점, 진지한 정치적 견해 때문이다. 나는 그를 웃기는 걸 좋아하지만, 조반니는 내 농담을 알아듣지 못할 때가 있다. 외국어로 유머를 구사하기란 어려운 일이다. 특히나 상대가 조반니처럼 진지한 청년일 때는. 한번은 그가 이렇게 말했다. "당신이 반어적으로 말할 때 난 항상 한 박자 늦게 알아들어요. 내가 좀 느리거든요. 마치 당신이 번개고, 내가 천둥인 것처럼요."

그 말을 듣고 난 이렇게 생각했다. 그래, 베이비! 넌 자석이고 난 강철이야! 네 가죽을 주고 내 레이스를 가져가!

하지만 그는 여전히 내게 키스하지 않았다.

또 다른 쌍둥이인 다리오는 자주 보지 못했다. 그는 소피를 만나느라 바빴기 때문이다. 소피는 나와 같은 수업을 듣는 단짝 친구였는데 그런 여자 친구를 둔 남자라면 누구라도 늘 붙어 있고 싶을 터였다. 스웨덴 출신의 20대 후반으로 어찌나 귀엽게 생겼는지 낚시 바늘에 끼워 국적과 연령에 상관없이 어떤 남자든 낚을 수 있는 미끼로 쓸 수 있을 정도였다. 원래는 은행에서 일했는데 가족을 충격에 빠뜨리고, 동료들을 당황스럽게 하며 4개월간의 휴가를 얻어 냈다. 단지 로마에 와서 아름다운 이탈리아어로 말하는 법을 배우기 위해서. 매일 수업이 끝나면 소피와 나는 티베르 강가에 앉아 아이스크림을 먹으며 함께 공부했다. 사실 그것은 '공부'라기보다 이탈리아어를 함께 맛보고 경배하는 의식에 가까웠고, 우리는 늘 새로 알게 된 훌륭한 숙어들을 알려 주었다. 예를 들어, 요전 날에는 단짝 친구를 의미하는 단어인 un'amica stretta를 배웠다. 하지만 stretta는 원래 옷 같은 것이 꼭 낀다는 뜻이다. 타이트스커트처럼. 따라서 이탈리아인들에게 단짝 친구란 몸에 꼭 맞게 입을 수 있는 옷, 살갗에 착 달라붙는 존재였고 귀여운 스웨덴인 친구 소피는 내게 점차로 그렇게 되어 갔다.

처음에는 소피와 내가 자매처럼 보인다고 생각했다. 그러다가 둘이서 택시를 탔는데 운전기사가 소피를 보더니 내 딸이냐고 물었다. 자, 여러분, 이 친구는 나보다 겨우 일곱 살 어립니다. 내 머리는 정보 조작 상태로 돌입해 어떻게든 그 말을 무마하려 했다. (예를 들어, 난 이렇게 생각했다. 로마 출신의 저 운전기사는 이탈리아어에 서투른 게 아닐까. 그러니까 그가 하려던 말은 우리가 자매냐는 뜻이었을 거야.) 하지만 천만에 말씀. 그는 딸이냐고 물었고, 그가 하려던 말 역시 딸이었다. 아, 내가 뭐라고 말해야 할까? 최근 몇 년간 나는 힘든 일을 많이 겪었다. 이혼 후로 지치고 늙어 보이는 게 분명했다. 하지만 오래된 컨트리송 가사에도 있지 않은가. "난 사기에 고소까지 당하고 문신도 했지만 여전히 여기 당신 앞에 서 있다네……."

또한 몇 년 전 로마에 살았던 화가 친구 앤의 소개로 마리아와 줄리오라는 멋진 부부도 알게 되었다. 마리아는 미국인이고, 줄리오는 남부 이탈리아인이다. 그는 영화 제작자고, 그녀는 국제 농업 정책 기관에서 일한다. 그는 영어에 능숙하지 않지만, 그녀는 이탈리아어가 유창하다. (마리아는 프랑스어와 중국어에도 유창하다. 그러니까 내가 마리아보다 이탈리아어를 못한다고 해서 기죽을 것 없다고.) 줄리오는 영어를 배우고 싶어 했고, 그래서 쌍방 교환 파트너가 되어 나와 영어 회화를 연습할 수 있는지 물었다. 왜 미국인 출신의 아내에게 영어를 배우지 않는지 궁금하다면 그건 그들이 부부이고, 부부란 상대에게 뭔가를 가르치려고 할 때마다 심하게 다투는 법이기 때문이다. 따라서 줄리오와 나는 일주일에 두 번씩 만나 점심을 먹으며 이탈리아어와 영어를 연습했다. 서로를 짜증 나게 한 전력이 없는 두 사람에게 딱 맞는 일이다.

줄리오와 마리아는 아름다운 아파트에서 살았는데 내 생각에 그 아파트에서 가장 인상적인 장식은 마리아가 줄리오에게 퍼부은 욕으로(두꺼운 검은색 매직 마커로 휘갈겨 썼다.) 뒤덮인 벽이었다. 예전에 두 사람이 말다툼을 벌이다가 "그이가 나보다 더 크게 소리를 지르길래" 마리아는 이 방법으로 자신의 분노를 표현했다고 한다.

난 마리아가 끝내주게 섹시한 여자며 이런 열정적인 낙서야말로 그런 섹시함의 증거라고 생각한다. 하지만 흥미롭게도 줄리오는 이 욕으로 휘갈겨진 벽이 마리아가 억눌려 있음을 분명히 보여 주는 증거라고 주장한다. 왜냐하면 이 욕은 이탈리아어로 쓰였고 마리아에게 이탈리아어는 모국어가 아닌, 단어를 선택하기 전에 잠시 생각해야만 하는 외국어이기 때문이다. 줄리오는 만약 마리아가 진정으로 분노에 사로잡혔다면 — 그녀는 절대 그러는 법이 없다. 왜냐하면 착한 앵글로색슨 청교도이기 때문에 — 이 벽에 모국어인 영어로 욕을 썼을 거라고 했다. 또한 모든 미국인이 그런 식으로 억눌려 있고 따라서 한번 폭발하면 매우 위험하고 치명적일 수 있다고 덧붙였다.

"야만스러운 민족이죠." 줄리오가 내린 진단이었다.

가장 마음에 드는 건 이 모든 대화가 문제의 그 벽을 바라보며 느긋하게 저녁 식사를 즐기는 가운데 진행되었다는 점이다.

"와인 더 마실래, 자기?" 마리아가 남편에게 다정하게 물었다.

하지만 이탈리아에서 새로 사귄 친구들 중에 제일 친한 친구는 당연히 루카 스파게티였다. 참, 이탈리아에서도 스파게티라는 성은 무척 웃기는 이름으로 통한다. 난 루카에게 감사한다. 루카 덕분에 마침내 내 친구 브라이언에게 대적할 수 있게 되었기 때문이다. 브라이언은 어릴 때 '데니스 하하'라는 토종 미국인 친구가 옆집에서 사는 행운을 누린 덕분에 늘 자기가 세상에서 가장 재미있는 이름을 가진 친구를 두었다고 자랑했는데 드디어 난 그의 적수가 될 수 있었다.

루카는 완벽한 영어를 구사하는 데다 먹보(이탈리아어로는 una buona forchetta, 좋은 포크라는 뜻)라서 나처럼 늘 배고픈 사람과는 찰떡궁합이었다. 그는 종종 대낮에 전화해 "나 지금 당신 동네에 왔는데 만나서 잠깐 커피나 한잔할까? 아니면 쇠꼬리 한 접시라도?"라고 묻곤 했다. 우리는 로마 뒷골목에 자리한 조그맣고 지저분한 식당들을 돌아다니며 많은 시간을 보냈다. 조명은 형광등뿐이고 대기자 명단에 아무 이름도 적혀 있지 않은 식당들을 좋아했다. 빨간 체크무늬 비닐 식탁보. 홈메이드 리몬첼로[17]. 홈메이드 레드 와인. 푸짐한 파스타. 루카가 '어린 율리우스 카이사르'라고 부르는 로마 출신의 웨이터들. 그들은 거만하고 드세며 손등에는 털이 북슬북슬하고, 앞머리는 정성스럽게 기름을 발라 뒤로 넘겼다. 한번은 루카에게 이렇게 말한 적이 있다.

"저 남자들은 로마인이 제일 잘났고, 그다음이 이탈리아인, 그다음이 유럽인이라고 생각하는 것 같아."

그가 내 의견을 정정해 주었다.

"아니. 저들은 첫째도 로마인, 둘째도 로마인, 셋째도 로마인이라고 생각해. 게다가 자기들이 황제인 줄 알지."

루카는 세금 전문 회계사다. 그의 설명에 따르면 이탈리아인 세금 회계사는 '예술가'였다. 이탈리아에는 세금과 관련된 수백 개의 법률이 있는데 모든 법안들이 서로 모순되기 때문이다. 따라서 이 나라에서 세금을 환급받으려면 재즈와 같은 즉흥성이 요구된다. 나는 루카가 회계사라는 사실이 재미있다. 루카처럼 천하태평인 남자가 하기에는 너무 딱딱한 일이기 때문이다. 반면 루카는 그가 한 번도 본 적이 없는 나의 또 다른 면, 즉 내가 요가를 한다는 사실을 재미있어 한다. 이탈리아인 기질이 넘치는 내가 왜 이곳에 1년 내내 머무르지 않고 인도에 가고 싶어 하는지 — 그것도 하필이면 아쉬람에! — 이해하지 못했다. 내가 두툼한 빵으로 접시에 남은 그

---

17 알코올에 레몬과 설탕을 녹여 만든 술.

레이비소스를 깨끗이 닦아 먹은 뒤, 손가락을 빨 때마다 루카는 이렇게 말한다. "대체 인도에 가서 뭘 먹을 작정이야?" 가끔씩 그는 몹시 비꼬는 투로 날 간디라고 부른다. 주로 내가 두 번째 와인을 따고 있을 때.

루카는 여행을 꽤 많이 했지만 어머니가 살고 있는 로마 외의 다른 곳에서는 죽어도 살 수 없다고 말했다. 어쨌거나 그도 이탈리아 남자인 것이다. 하지만 그의 발목을 붙잡는 것은 엄마만이 아니다. 30대 초반인 루카에게는 고등학교 시절부터 사귀어 온 여자 친구가 있었다. (사랑스러운 줄리아나, 루카는 다정하고 순수한 성격의 그녀를 '비누와 물[acqua e sapone]'이라는 적절한 표현으로 다정히 묘사했다.) 그의 친구들은 모두 같은 동네에 살던 죽마고우들로 매주 일요일에 함께 모여 축구 경기를 보고 — 경기장에서 혹은 로마 팀의 원정 경기가 있을 때는 술집에서 — 엄마와 할머니가 차려 주는 거창한 일요일 점심을 먹기 위해 어릴 때 살았던 집으로 뿔뿔이 흩어진다.

내가 루카 스파게티였더라도 로마를 떠나지 않을 것이다.

그래도 루카는 미국을 몇 차례 방문했고 마음에 들어 했다. 뉴욕이 매력적이지만 뉴요커들은 일을 너무 많이 한다고 생각했다. 다만 일을 많이 하면 노발대발하는 로마인들과 달리 뉴요커들은 일을 즐기는 것 같긴 하다고 루카도 인정했다. 루카 스파게티가 싫어하는 건 미국 음식이다. 그는 미국 음식을 딱 세 단어로 묘사했다. '기차에서 파는 피자.'

갓 태어난 양의 창자를 처음 먹었을 때도 루카와 함께 있었다. 이 요리는 로마의 별미였다. 음식의 측면에서 보자면 로마는 꽤나 거친 도시다. 이탈리아 북부의 부자들은 그냥 버리는 내장이나 혀를 조리한 전통 요리로 유명하다. 내가 주문한 양의 창자는 지금 내가 뭘 먹고 있는지 너무 깊이 생각하지만 않는다면 그냥 괜찮은 맛이다. 버터의 풍미가 감도는 진한 그레이비소스가 곁들여 나왔는데 소스 자체는 굉장히 맛있었지만 창자는 글쎄…… 뭐랄까…… 어디까지나 창자였다. 간과 비슷한데 좀 더 흐물흐물했다. 한창 먹다가 이 음식을 어떻게 표현해야 할지 생각했더니 이게 전혀 창자 같아 보이지 않았다. 오히려 촌충 같아 보였다. 그런 생각이 들자 난 접시를 밀어내고 샐러드를 주문했다.

"맛이 없어?" 이 요리를 좋아하는 루카가 물었다.

"간디는 평생 양의 창자는 먹지 않았을 거야."

"먹었을 수도 있지."

"아냐, 절대 먹지 않았을 거야, 루카. 간디는 채식주의자거든."

"하지만 채식주의자도 이건 먹을 수 있어. 창자는 고기가 아니야, 리즈. 이건 그냥 똥주머니라고." 루카가 우겼다.

21

인정한다. 가끔씩 나도 여기서 뭘 하고 있는지 의아할 때가 있다.

쾌락을 경험하려고 이탈리아에 오기는 했지만 여기 온 처음 몇 주간은 뭘 해야 할지 몰라서 공포감마저 느꼈다. 솔직히 말해, 순수한 쾌락은 내가 속한 문화에서는 낯선 영역이다. 우리 집안은 대대로 근면 성실하기 때문이다. 외가는 스웨덴에서 이민 온 농부들인데 사진 속 그들의 모습은 뭔가 즐거운 것이 눈에 띄기만 하면 신고 있던 징 박힌 장화로 밟아 버릴 기세였다. (외삼촌은 그분들이 일밖에 모르는 황소라고 했다.) 친가는 영국인 청교도들로 알다시피 재미와는 담쌓고 지내는 사람들이다. 만약 우리 아버지쪽 가계도를 17세기까지 거슬러 올라간다면 실제로 '근면'이나 '온순'이라는 이름을 가진 청교도 친척을 찾아낼 수 있을 것이다.

우리 부모님은 작은 농장을 운영했고 언니와 나는 농장 일을 거들며 자랐다. 우리 자매는 독립적이고 책임감이 강하며, 반에서는 언제나 일등을 하고, 마을에서는 가장 효율적이고 능률적인 베이비시터이며, 근면 성실한 농부 겸 간호사인 엄마의 축소판이자 다양한 일을 수행할 수 있는 한 쌍의 스위스 군용 칼이 되도록 교육받았다. 집에서는 언제나 웃음꽃이 피고 즐거운 일들도 많았지만 벽에는 늘 해야 할 일의 목록이 부착되어 있었다. 난 평생을 통틀어 한 번도 빈둥거려 본 적이 없었고, 누가 빈둥거리는 모습을 본 적도 없었다.

일반적으로 미국인들은 긴장을 완전히 풀고 순수한 즐거움을 누리는 데 소질이 없다. 미국은 오락을 추구하는 나라지만 즐거움을 추구하는 나라는 아니다. 포르노에서 테마파크, 전쟁에 이르기까지 계속 재미를 느끼기 위해 엄청난 돈을 쏟아붓지만 그것은 순수한 즐거움과는 다르다. 오늘날 미국인들은 지구상의 어느 국민보다도 더 많이, 더 오래 일하며 스트레스를 많이 받는다. 그러나 루카 스파게티가 인정했듯이 우리가 그걸 즐기는 것도 사실이다. 이런 사실을 뒷받침하는 놀라운 통계 결과에 따르면, 많은 미국인들이 집보다 사무실에서 더 큰 행복과 성취감을 느낀다고 한다. 물론 그렇게 죽어라 일한 후에는 기진맥진해져서 주말 내내 파자마 차림으로 돌아다니고, 시리얼을 상자째 먹고, 가벼운 코마 상태에서 TV만 멍하니 바라보게 된다. (물론 이것도 노동의 반대이긴 하지만 뭔가를 즐긴다고 말하기는 어렵다.) 미국인들은 정말로 무위도식하는 법을 모른다. 이것이야말로 미국인하면 떠오르는 슬픈 고정 관념, 즉 휴가지에서도 제대로 놀 줄 모르는 스트레스 과잉의 중역 간부 이미지가 탄생하게 된 원인이다.

한번은 루카 스파게티에게 이탈리아인들도 휴가 갔을 때 똑같은 증상을 겪는지 물은 적이 있다. 루카는 너무나 심하게 웃는 바람에 하마터면 몰고 있던 오토바이로 분수를 박을 뻔했다.

"천만에! 우리는 벨 파르 니엔테(bel far niente)의 고수들인걸."

벨 파르 니엔테라는 달달한 표현은 '빈둥거림의 미덕'이라는 뜻이다. 원래 이탈리아인들은 전통적으로 근면하고, 특히

나 오랫동안 고통받아 온 일꾼들인 브라치안티(braccianti, 이들은 세상에서 살아남기 위해 가진 것이 팔[braccie]의 힘뿐이었기에 이렇게 불렸다.)는 더욱 그랬다. 그러나 이렇게 근면 성실한 역사 속에서도 벨 파 니엔테는 이탈리아인들이 언제나 소중히 간직해 온 이상이었다. 그들에게 빈둥거림의 미덕은 모든 노동의 목표이자 가장 축하해야 할 최종 업적이다. 더 신나게, 더 격렬하게 빈둥거릴수록 인생에서 더 큰 성취를 이루게 되는 것이다. 이 목표를 달성하기 위해 돈이 많아야 할 필요는 없다. 이탈리아어에는 '무에서 유를 창조하는 기술(l'arte d'arrangiarsi)'이라는 또 하나의 멋진 표현이 있다. 몇 가지 간단한 재료만으로 진수성찬을 차려 내거나, 친구 몇 명만 모아 놓고도 축제를 벌이는 기술을 말한다. 꼭 부자가 아니더라도 행복해질 수 있는 능력만 있다면 누구든 할 수 있다.

내 경우 쾌락을 추구하는 데 최대 장벽은 뿌리 깊이 박힌 청교도인의 죄의식이다. 내가 정말 이 쾌락을 누릴 자격이 있을까? 이 역시 지극히 미국인다운 생각이다. 내가 이런 행복을 누려도 될 만큼 열심히 일했는지 아닌지 불안하다. 미국의 광고업계는 이렇게 확신이 부족한 소비자들에게 '그래, 당신은 특별한 대접을 누릴 자격이 있어.'라고 확신을 심어 주는 전략을 중심으로 돌아간다. 이 맥주는 당신을 위한 거야! 당신은 오늘 하루 휴식을 취할 자격이 있어! 당신은 소중하니까! 그동안 수고했어! 그러면 불확실한 소비자는 이렇게 생각한다. 그래! 고마워! 이따가 맥주 한 상자 사러 갈 거야, 젠장! 까짓

것 그냥 두 상자 사 버리지, 뭐! 그러고는 그동안 참아 온 부작용으로 미친 듯이 먹고 마신다. 이런 식의 광고 전략은 아마도 이탈리아 문화에서는 별 효과가 없을 것이다. 여기 사람들은 자신들이 인생의 즐거움을 누릴 자격이 있다는 걸 이미 알기 때문이다. '당신은 오늘 하루 휴식을 취할 자격이 있어.'라는 말을 들으면 이탈리아인들은 아마도 이렇게 말할 것이다. 두말하면 입 아프지. 그래서 오늘 정오에 잠시 휴식을 취하며 당신 집에 가서 당신 마누라랑 자려는 거 아니겠어.

아마도 그런 이유 때문일 것이다. 앞으로 넉 달간 순수한 즐거움을 체험하기 위해 이곳에 왔다는 내 말에 이탈리아인 친구들은 조금도 놀라지 않았다. Complimenti! Vai avanti! 축하해! 잘했어. 실컷 즐겨 봐. 누가 말려. 어느 누구도 "어쩌면 그렇게 무책임할 수가 있어."라든가 "호강에 초쳤군."이라고 말하지 않았다. 이탈리아인들에게 마음껏 즐기라는 허락을 받았지만 난 아직도 완전히 즐길 수가 없었다. 처음 몇 주 동안은 청교도 신경 세포들이 괴로워서 징징 소리를 내며 할 일을 찾아다녔다. 난 즐거움을 누리는 일조차 숙제나 대규모 과학 박람회 프로젝트처럼 받아들여서 "어떻게 해야 가장 효과적으로 즐거움을 극대화할 수 있을까?"와 같은 질문들을 곰곰이 생각했다. 이탈리아에 머무는 동안 도서관에서 쾌락의 역사를 조사해야 하지 않을까? 아니면 지금까지 많은 즐거움을 누리고 살아온 이탈리아인들을 인터뷰해 즐거움이 어떤 기분인지 물어보고, 이 주제로 보고서를 써야 하지 않을까? (한 줄씩 띄고 가장자리는 2.5센티미터 정도 여백을 남기는 게 좋겠지? 월요일 아침 일찍 제출?)

그러다가 지금 생각해 봐야 할 유일한 질문은 "즐거움을 어떻게 정의할 것인가?"이며, 지금 이 질문을 마음껏 탐색할 수 있는 나라에 와 있음을 깨달았다. 그러자 모든 게 바뀌었다. 모든 것이…… 맛있어졌다고 할까? 내가 할 일은 그저 태어나서 처음으로 매일 나 자신에게 "오늘은 어떤 즐거운 일을 할까, 리즈? 지금 이 순간 무슨 일을 해야 즐거워질까?"라고 묻는 것뿐이었다. 타인의 의견을 고려할 필요도 없고, 꼭 해야 할 일도 없었다. 마침내 불필요한 것은 모두 증류되고 온전히 내게만 초점을 맞춘 질문이 탄생한 것이다.

이탈리아에서 마음껏 즐기라는 나 자신의 허락을 받은 뒤에는 여기서 하고 싶지 않은 일부터 가려냈다. 이탈리아에는 즐길 거리가 너무도 많았고, 내게는 그 모두를 조금씩 맛볼 시간이 없었다. 주력 분야를 정하지 않으면 죽도 밥도 안 될 터였다. 나는 패션이나 오페라, 영화, 고급 자동차, 알프스에서 스키를 타는 데는 관심이 없었다. 심지어 예술을 많이 접하고픈 마음도 없었다. 말하기 창피하지만, 이탈리아에 머무는 넉 달 동안 박물관엔 한 번도 가지 않았다. (아니, 그보다 더 최악이다. 고백하건대 딱 한 군데 가 보았다. 로마에 있는 파스타 국립 박물관.) 내가 진정으로 원하는 건 아름다운 음식을 먹고, 아름다운 이탈리아어를 가능한 한 많이 말하는 것임을 깨달았다. 그뿐이다. 그래서 말하기와 먹기(특히 아이스크림을 집중 공략

해서)를 주력 분야로 정했다.

이 먹기와 말하기가 가져다준 쾌락은 어마어마했지만, 또 한편으로는 아주 간단했다. 한번은 10월 중순쯤, 다른 사람에게는 대수롭지 않아 보일지 몰라도 내게는 언제나 인생의 가장 행복한 순간으로 손꼽힐 만한 서너 시간을 보낸 적이 있다. 그날 아파트 근처에 장이 서 있는 걸 발견했다. 집에서 불과 몇 블록 떨어지지 않은 곳이었는데 어찌 된 일인지 그날 처음 보았다. 나는 이탈리아인 여자가 아들과 함께 다양한 채소를 파는 작은 가판대로 다가갔다. 녹조류처럼 새파랗고 싱싱한 시금치와 어찌나 시뻘건지 피투성이의 소 내장 같은 토마토, 껍질이 댄서의 타이츠처럼 팽팽한 샴페인 빛깔의 포도 등이 있었다.

나는 얇고 연한 색깔의 아스파라거스 한 단을 집어 들고 유쾌한 이탈리아어로 물었다.

"아스파라거스를 반 단만 살 수 있을까요? 혼자 살아서 많이 필요 없거든요."

아주머니는 내 손에서 냉큼 아스파라거스를 가져가더니 반으로 척 갈랐다.

"여기 매일 나오세요? 똑같은 자리에?"

내가 다시 이탈리아어로 물었다.

"그럼요. 매일 아침 7시부터 나오죠."

그러자 아주 귀엽게 생긴 아들이 능글맞은 미소를 지으며 말했다.

"뭐 7시까지 나오려고 노력은 하시죠……."

우린 모두 웃음을 터뜨렸다. 이 모든 대화가 이탈리아어로
이루어졌다. 불과 몇 달 전까지 한 마디도 못 했던 언어로.

나는 집으로 가서 점심으로 먹을 신선한 갈색 달걀 두 개
를 반숙으로 삶았다. 달걀 껍질을 벗기고, 일곱 개의 아스파라
거스(너무 가늘고 연해서 요리할 필요가 없었다.)와 함께 접시에
담았다. 약간의 올리브, 그리고 어제 길 아래쪽 치즈 가게에서
산 염소 치즈 네 덩어리, 윤기가 도는 분홍색 연어 두 조각도
함께. 디저트는 채소 가판대 아주머니가 덤으로 준 사랑스러
운 복숭아였는데, 아직도 로마의 햇살에 따뜻하게 달궈져 있
었다. 오랫동안 나는 이 음식을 건드릴 수조차 없었다. 이것이
야말로 점심의 걸작이며, 무에서 유를 만들어 내는 기술이 무
엇인지 진정으로 보여 주었기 때문이다. 이 점심의 아름다움
을 실컷 만끽한 후에야 나는 깨끗한 마룻바닥에 비치는 한 줄
기 햇살 속으로 들어가 앉았다. 그러고는 이탈리아어로 쓰인
일간 신문을 읽으며 손가락으로 음식을 집어 한 입씩 먹기 시
작했다. 몸의 세포 하나하나가 행복으로 충만해졌다.

여행 초기 몇 달간 내가 그런 행복을 느낄 때마다 종종 그
랬듯이 이번에도 죄책감 경보기가 울려 대기 시작했다. 전남
편이 귀에 대고 경멸조로 말하는 소리가 들렸다. 그러니까 고
작 이런 짓이나 하려고 모든 걸 포기한 거야? 우리가 함께한
세월을 망쳐 버린 게 이거 때문이었어? 아스파라거스 몇 줄기
랑 이탈리아어 신문 때문에?

나는 그에게 큰 소리로 대답했다.

"우선 첫째로 너무나 미안하지만, 이건 더 이상 당신이 상관할 일이 아니야. 그리고 둘째로 당신의 질문에 대답하자면……맞아."

22

이탈리아에서 쾌락을 추구하는 것과 관련해 한 가지 짚고 넘어가야 할 문제가 있다. 섹스는 어쩔 건데?

그 질문에 간단히 대답하자면 여기 있는 동안에는 섹스를 하고 싶지 않다.

그 질문에 좀 더 자세히, 정직하게 대답하자면 물론 가끔은 나도 절실히 섹스가 하고 싶다. 하지만 당분간 그 게임은 하지 않기로 결심한 상태였다. 어느 누구와도 엮이고 싶지 않았다. 물론 키스가 그립기는 하다. 난 키스를 정말로 좋아하니까. (내가 이걸로 얼마나 투덜거렸는지 하루는 소피가 벌컥 화를 내며 말했다. "그만 좀 해, 리즈. 키스가 그렇게 하고 싶으면 내가 해 줄게.") 하지만 당분간은 아무것도 하지 않을 작정이다. 요즘에는 외로워지면 이렇게 생각한다. 그냥 외로워 해, 리즈. 외로움과 사이좋게 지내는 법을 배워. 외로움의 지도를 만들어. 평생 처음으로 외로움과 나란히 앉아 봐. 인간 경험의 세계로 들어온 걸 환영해. 하지만 채워지지 않은 갈망을 해소하기 위해 다시는 다른 사람의 몸이나 감정을 이용하지 마.

이것은 내 인생을 구제하기 위한 일종의 응급 조치였다. 나는 비교적 어릴 때부터 섹스와 연애의 즐거움을 추구했다. 사춘기가 채 되기도 전에 첫 남자 친구가 생겼고, 열다섯 살 이후로 내 곁에는 언제나 소년 혹은 남자(때로는 둘 다)가 있었다. 그러니까 이게 ― 음, 어디 보자. ― 지금부터 19년 전 일이다. 거의 20년 동안 난 늘 어떤 남자와의 드라마에 휘말려 있었다. 한 연애가 끝나기 무섭게 다음 연애가 시작되었고, 그 사이의 공백기는 길어야 일주일이었다. 이제는 그런 과정이 내가 성숙해지는 데 장애가 되었다는 생각이 든다.

게다가 나는 남자와 사귈 때 어디까지가 내 영역인지 정하지 못한다. 아니, 그렇게 말하는 건 부당하다. 영역을 정하지 못하려면 일단 내 영역이 있어야 하는 거 아닌가? 난 그냥 사랑하는 사람 속으로 녹아든다. 난 침투할 수 있는 얇은 막이나 다름없다. 만약 내가 누군가를 사랑하면, 그 사람은 내 모든 걸 가질 수 있다. 내 시간, 헌신, 엉덩이, 돈, 가족, 개, 내 개의 돈, 내 개의 시간, 이 모든 것을. 누군가를 사랑하면 나는 그를 위해 그의 모든 고통을 짊어진다. 그의 모든 빚(어떤 의미에서든)을 떠맡는다. 모든 위험으로부터 그를 지켜 준다. 실제로 그에게 없는 온갖 좋은 면까지 그에게 투사하고, 그의 가족 전부에게 크리스마스 선물을 사 준다. 그에게 태양과 비를 준다. 만약 구하지 못하면 어떻게든 다른 식으로 보상할 것이다. 이 모든 것을 퍼 주고, 또 퍼 준다. 마침내 완전히 지치고 소진되어 다른 사람과 사랑에 빠지는 것만이 에너지를 회복할 수 있는 유일한 길이 될 때까지.

이런 사실이 자랑스러워서 떠벌리는 건 아니지만 난 언제나 그런 식이었다.

남편과 헤어진 지 얼마 후, 파티에 갔다가 별로 친하지 않은 남자에게 이런 말을 들었다. "새로운 남자 친구랑 있으니까 완전히 달라 보이네요. 전에는 남편과 상당히 비슷해 보였는데 이젠 데이비드와 비슷해 보여요. 심지어는 옷차림과 말투까지도요. 자기가 키우는 개를 닮는 사람이 있는데 당신은 아마도 사귀는 남자를 닮나 보네요."

맙소사, 정말이지 이젠 이런 악순환에서 잠시 벗어날 수 없을까? 남자와 일심동체가 되려고 애쓰지 않는 상태에서 내 진정한 모습이 무엇이고, 진짜 말투가 무엇인지 알아볼 여유를 갖기 위해서 말이다. 또 솔직히 말해서, 당분간 아무도 사귀지 않는 게 이 세상에 공헌하는 길일 수도 있다. 과거 연애사를 훑어보면 그다지 모양새가 좋지 않다. 내 연애는 매번 재앙이었다. 앞으로 몇 명이나 더 사랑하려고 노력하다가 결국엔 실패로 끝날까? 이런 식으로 생각해 보자. 만일 당신이 심각한 교통사고를 연달아 열 번이나 냈다면 결국은 정부에서 당신의 운전 면허증을 박탈하지 않을까? 당신도 정부가 그렇게 해 주기를 원하지 않을까?

내가 누군가와 엮이기를 주저하는 마지막 이유가 있다. 난 아직도 데이비드를 사랑하며 이런 마음으로 다른 남자를 사귀는 건 부당하기 때문이다. 심지어 데이비드와 내가 완전히 끝 난 건지도 잘 모르겠다. 이탈리아로 오기 전까지 우리는 여전 히 많은 시간을 함께 보냈다. 비록 잠자리를 같이한 지는 오래 됐지만. 그래도 여전히 마음속에 희망을 품고 있었다. 어쩌면 언젠가는 우리도…….

모르겠다.

내가 아는 사실은 그동안의 성급한 결정과 혼란스러운 열 정이 누적되어 지칠 대로 지쳤다는 것뿐이다. 이탈리아에 올 무렵 나는 몸과 마음이 완전히 고갈된 상태였다. 어느 절박한 소작농이 너무 심하게 일군 바람에 휴경기가 필요한 농토가 된 심정이었다. 그래서 그만두기로 한 것이다.

스스로 금욕하겠다고 정한 시기에 쾌락을 추구하려고 이 탈리아에 왔다는 사실이 얼마나 모순되는지 나도 잘 안다. 하 지만 지금 당장은 금욕이 올바른 선택이라고 생각한다. 특히 나 멋진 하이힐 부츠를 수두룩하게 가진 미모의 이탈리아 아 가씨가 사는 윗집에서 지금껏 내가 들어 본 신음 소리 중에서 가장 길고 요란하고 끈적한 소리가 들렸을 때는 내 결심을 더 욱 굳히게 되었다. 찰싹찰싹 때리는 소리와 침대가 들썩이는 소리, 과호흡 효과음과 야수의 괴성이 첨가된 이 쿵더쿵 댄스 가 한 시간 넘게 지속되는 동안, 나는 바로 아래층에서 홀로 지친 채 침대에 누워 있었다. '저 정도 소리를 내려면 엄청 과 격하겠군…….'이라고 생각하면서.

물론 가끔은 나도 성욕에 눈이 멀 때가 있다. 마음에 드는 남자들을 하루에 평균 열두 명 정도는 지나치는데 그럴 때면 내 침대에서, 혹은 그들의 침대에서, 혹은 어디가 됐든 그들과 뒹구는 상상을 한다. 내게는 로마 남자들이 터무니없이, 말도 안 되게, 가슴 아플 정도로 아름다워 보인다. 솔직히 말해서 로마 여자들보다도 더 아름답다. 프랑스 여자들이 아름다운 것처럼 이탈리아 남자들도 아름답다. 양쪽 모두 완벽한 미를 추구하는 과정에서 조물주가 온갖 정성을 다 쏟아부었다. 이탈리아 남자들은 마치 잔뜩 꾸미고 애견 대회에 출전한 푸들 같다. 때로는 너무 잘생겨서 손뼉을 치고 싶을 정도다. 이곳의 아름다운 남자들을 묘사하기 위해서는 어쩔 수 없이 로맨스 소설의 상투적 표현을 빌려야만 한다. 그들은 '지독하게 매력적'이거나 '무시무시하게 잘생겼으며', '놀라울 정도로 남성적'이다.

그러나 달갑지 않은 사실 한 가지가 있으니 길거리의 로마 남자들은 날 눈여겨보지 않았다. 대부분은 아예 쳐다보지도 않았다. 처음에는 이런 사실이 놀라웠다. 예전에 열아홉 살 때 이탈리아를 방문한 적이 있는데 그때는 거리의 남자들에게 끊임없이 시달렸기 때문이다. 거리뿐 아니라 피자 가게, 영화관, 바티칸 등 정말 어딜 가나 남자들의 유혹이 끊이질 않아서 아주 징그러울 정도였다. 이탈리아를 여행하는 데 큰 장애가 아닐 수 없었다. 입맛이 떨어질 정도였으니까. 하지만 이제 서른네 살의 나는 완전히 투명 인간이었다. 물론 가끔씩 "오늘 정말 아름답군요, 시뇨리나."라고 다정하게 말해 주는 남자들이 있기는 했다. 그러나 자주 있는 일은 아니었고 절대 그 이상 치근거리는 법도 없었다. 버스에서 처음 보는 역겨운 남자가 내 몸을 더듬지 않는 건 분명 좋은 일이다. 하지만 여자로서 자존심이 있는 사람이라면 분명 '무슨 일이 생긴 거지? 내가 어디 이상한가? 아니면 저들이 이상한가?'라고 의아해할 것이다.

그래서 난 주위 사람들에게 물어보고 다녔고, 다들 지난 10년에서 15년간 이탈리아 남자들이 진정으로 변했다는 데 동의했다. 페미니즘의 승리이거나 문화의 진보이거나 EU에 가입하면서 겪게 된 피치 못할 근대화의 영향일 수도 있다. 이유가 무엇이든 간에 이탈리아는 더 이상 남자가 여자를 따라다니거나 추근거리는 행동이 용인되지 않는 사회로 변한 듯하다. 사랑스럽고 어린 소피조차도 길거리에서 괴롭힘을 당하지 않았다. 우유 배달 아가씨처럼 생긴 스웨덴 여자들이야말로 가장 큰 피해자였는데 말이다.

결론적으로 이탈리아 남자들은 '십 년이면 강산도 변한다' 상을 받을 자격이 있었다.

내게는 그 사실이 큰 위안이 됐는데 한동안 나한테 문제가 있는 게 아닐까 두려웠기 때문이다. 그러니까 난 더 이상 열아홉 살도 아니고, 예쁘지도 않기 때문에 남자들의 이목을 끌지 못하는 건가, 하고 말이다. 작년 여름에 친구 스캇이 했던 말이 맞을까 두렵기도 했다. "걱정 마, 리즈. 이탈리아 남자들은 이제 널 괴롭히지 않을 거야. 거긴 연상녀들이 인기 있는 프랑스가 아니거든."

23

어제 오후, 루카 스파게티 그리고 그의 친구들과 함께 축구 시합에 갔다. 라치오 팀의 경기를 지켜보기 위해서였다. 로마에는 라치오와 로마라는 두 개의 축구팀이 있다. 이 두 팀과 팀을 응원하는 팬들 간의 경쟁은 엄청나서, 평소에는 화목하던 가정과 평화로운 이웃 간에 전쟁을 일으킬 정도였다. 라치오의 팬이 될 것인지, 로마의 팬이 될 것인지는 일찌감치 결정해야 한다. 그에 따라 죽을 때까지 매주 일요일 오후를 누구와 함께 보낼 것인지 결정되기 때문이다.

루카에게는 친형제처럼 서로를 아끼고 사랑하는 열 명 남짓의 죽마고우들이 있다. 유일한 문제는 그들 중 절반만 라치오의 팬이고, 나머지는 로마의 팬이라는 사실이다. 그건 어쩔 수 없는 운명이다. 그들이 태어나기도 전에 어느 쪽에 충성해야 할지 이미 결정됐기 때문이다. 루카의 할아버지(이름이 논노[18] 스파게티였다면 좋았을 텐데.)는 루카가 막 걸음마를 시작했을 때 푸른색 라치오 유니폼을 사 주었다. 이로서 루카는 죽을 때까지 라치오의 팬이 된 것이다.

"우린 아내를 바꿀 수 있어. 직장을 바꿀 수도 있고, 국적, 심지어는 종교도 바꿀 수 있지. 하지만 축구팀은 절대 바꿀 수 없어." 루카의 말이다.

---

18 Nonno, 이탈리아어로 할아버지라는 뜻.

참, 이탈리아어로 '팬'은 티포조(tifoso), 티푸스에서 유래한 말이다. 다시 말해 팬이란 열이 펄펄 나는 사람인 것이다.

　루카 스파게티와 함께 본 첫 번째 축구 경기는 이탈리아어의 맛있는 향연이었다. 학교에서 가르쳐 주지 않은 온갖 종류의 새롭고 재미있는 단어들을 경기장에서 배울 수 있었다. 뒤에 앉은 할아버지는 경기장의 선수들에게 소리를 질러 대며 환상적인 욕의 화환을 엮어 나갔다. 난 축구는 잘 모르지만 루카에게 경기가 어떻게 되어 가느냐는 어리석은 질문으로 시간을 낭비하지 않았다. 그저 계속 "루카, 방금 뒤의 할아버지가 뭐라고 한 거야? 카포네(cafone)가 무슨 뜻이야?"라고만 물었다. 그러면 루카는 절대 경기장에서 눈을 떼지 않은 채 대답했다. "병신. 병신이라는 뜻이야."

　난 그 단어를 받아 적었다. 그러고는 눈을 감은 채 할아버지의 폭언을 좀 더 듣기 위해 귀를 쫑긋 세웠다. 할아버지는 이렇게 외쳐 댔다.

Dai, dai, dai, Albertini, dai... va bene, va bene, ragazzo mio, perfetto, bravo, bravo...

Dai! Dai! Via! Via! Nella porta! Eccola, eccola, eccola, mio bravo ragazzo, caro mio, eccola, eccola, ecco——AAAHHHHHHHHH!!! VAFFANCULO!!! FIGLIO DI MIGNOTTA!! STRONZO! CAFONE! TRA-DITORE! Madonna... Ah, Dio mio, perché, perché, perché, questo è stupido, è una vergogna, la vergogna... Che casino, che bordello... NON HAI UN CUORE, ALBERTINI! FAI FINTA! Guarda, non è successo niente... Dai, dai, ah... Molto migliore, Albertini, molto migliore, sì sì sì, eccola, bello, bravo, anima mia, ah, ottimo, eccola adesso... nella porta, nella porta, nell—VAFFANCULO!!!!!!!

이걸 번역해 보면 아마도 이러할 것이다.

야, 야, 야, 알베르티니, 좀 잘해 봐…… 그렇지, 그래, 잘한다, 완벽해, 최고야, 최고…… 어! 그래! 계속 가! 가! 골을 넣어! 그래, 그래, 그래, 잘한다. 아이고, 이뻐라, 그렇지, 그래, 그거야 — 아아아아악! 뒈져라! 이 개자식아! 머저리! 저 병신! 매국노 같으니!…… 아이고, 성모님…… 저럴 수가, 왜, 왜, 왜, 저런 머저리, 부끄러운 줄을 알아라…… 부끄러운 줄…… 개판이군…… 배짱도 없는 놈 같으니라고, 알베르티니!!!! 에라 이 사기꾼아! 저 봐, 삽질이나 하고…… 그래, 그래, 야, 그래…… 좀 낫다, 알베르티니, 훨씬 낫네, 그렇지, 그래, 그래, 잘했어, 예술이다, 끝내줘, 아, 최고야, 이제 실력이 나오는구나…… 이제 집어넣어, 집어넣어, 이제-이런 씨이이이이이이이발!!!!

이 할아버지 바로 앞에 앉은 지금이 내 인생에서 너무도 아름답고 운 좋은 순간이다. 나는 할아버지의 입에서 튀어나오는 말들이 모두 마음에 들었다. 할아버지의 무릎에 머리를 누이고 저 유창한 욕설이 내 귀로 끝없이 쏟아지면 좋으련만. 단지 할아버지뿐만이 아니다! 경기장 전체가 그런 식의 독백으로 가득 찼다. 그것도 아주 열렬한 독백! 필드에서 심각한 오심을 내릴 때마다 관객 모두가 벌떡 일어섰다. 2만 관객 모두가 교통사고 시시비비를 가리는 말다툼에 휘말리기라도 한 듯 분노로 팔을 휘저으며 욕지거리를 내뱉는다. 라치오 선수들도 팬들 못지않게 요란하다. 마치 희곡『줄리어스 시저』의 살인 장면을 찍는 것처럼 그라운드에서 고통으로 나뒹굴더니 2초 만에 벌떡 일어나 다시 골을 집어넣으려고 덤빈다.

하지만 결과는 라치오의 패배.

경기가 끝난 뒤 기분을 풀고 싶은 루카 스파게티가 친구들에게 "늘 가던 데로 갈까?"라고 말했다.

난 그 말이 "늘 가던 바에 갈까?"라는 뜻이리라 생각했다. 응원하던 팀이 졌을 때 미국인들은 보통 바에 가서 실컷 마시기 때문이다. 비단 미국인만이 아닐 것이다. 영국인, 호주인, 독일인…… 다들 그렇지 않나? 하지만 루카와 친구들이 기분을 풀려고 간 곳은 바가 아니라 빵집이었다. 로마의 평범한 뒷골목 지하에 숨겨진 작고 평화로운 빵집. 그날 저녁 빵집은 사람들로 붐볐다. 유독 그날만이 아니라 경기 후에는 언제나 붐빈다고 한다. 라치오 팬들은 집에 가는 길에 항상 이곳에 들러 몇 시간씩 길가에 서서 오토바이에 몸을 기댄 채 한껏 남자답게 경기에 대해 이야기한다. 슈크림을 먹으면서.

이러니 이탈리아를 사랑하지 않을 수 없다.

24

하루에 새로운 단어를 스무 개쯤 외우고 있다. 늘 공부하는 것으로도 모자라 걸어 다닐 때도 사람들과 부딪히지 않도록 이리저리 피하며 암기 카드를 뒤적인다. 이 단어들을 뇌의 어디에 저장해 둬야 할까? 마음이 케케묵은 부정적 생각과 슬픈 기억을 모두 털어 버리고 이 반짝거리는 새 단어들을 채워 넣으면 좋겠다.

이탈리아어를 열심히 공부하면서도 한편으로는 언젠가 입과 귀가 저절로 뻥 뚫리기를 바란다. 어느 날 입을 열면 이탈리아어가 마법처럼 술술 흘러나오는 것이다. 그럼 난 진정한 이탈리아 여자가 될 것이다. 누군가가 거리 맞은편에 있는 친구를 향해 "마르코!"라고 부르면 반사적으로 "폴로!"라고 외치고 싶어지는 미국 여자 말고. 이탈리아어가 그냥 내 안으로 이사 오면 좋으련만 아직까지는 문제가 많다. 예컨대 '나무(albero)'와 '호텔(albergo)'이라는 단어는 왜 그리 비슷할까? 그 때문에 난 무심코 사람들에게 내가 '크리스마스 호텔 농장'에서 자랐다고 말하고 다닌다. '크리스마스 나무 농장'이라는 더 정확하면서도 덜 초현실적인 표현을 놔두고 말이다. 거기다 이중, 심지어는 삼중의 의미를 갖는 단어들도 있다. 예를 들어, tasso가 그렇다. 이 단어는 이자, 오소리, 주목(朱木)이 라는 여러 가지 의미를 지녔는데 문맥에 따라 뜻이 달라진다. 가장 짜증 나는 일은 발음이 아주 흉한 단어와 마주치는 것 이다. 이건 나로서는 모욕에 가깝다. 미안하지만 난 스케르모 (schermo, 스크린)라는 단어를 발음하려고 이탈리아까지 온 게 아니라고.

그럼에도 불구하고 이탈리아어 공부는 전반적으로 충분히 영양가 있는 일이며 대개는 순수한 즐거움이 되어 준다. 조반 니와 나는 서로 영어와 이탈리아어의 새로운 숙어를 가르쳐 주며 즐거운 시간을 보낸다. 요전에는 슬픔에 잠긴 사람을 위 로할 때 쓸 수 있는 표현에 대해 이야기했다. 난 영어로 'I've been there.'[19]라는 표현이 있다고 말해 주었다. 조반니는 처음 에는 그 말을 이해하지 못했다.

"가 보다니, 어딜 가 봐요?"

"깊은 슬픔은 때때로 특별한 장소가 되기도 해요. 시간이라 는 지도상의 한 좌표처럼요. 그 슬픔의 숲에 서 있노라면 도저 히 그곳을 빠져나올 수 없을 것만 같죠. 그럴 때 누군가가 자 기도 거기 가 봤고 이제는 빠져나왔다고 말해 주면 희망이 생 기는 법이에요."

---

19 직역하면 나도 거기 가 봤다, 라는 뜻이나 보통 나도 다 겪어 봤다 는 뜻으로 쓰인다.

"그러니까 슬픔이 장소군요."

"거기서 몇 년씩 사는 사람도 있어요."

이번에는 조반니가 상대를 위로하는 이탈리아어 표현을 가르쳐 주었다. L'ho provato sulla mia pelle. '나도 피부로 겪었어.'라는 뜻이다. 나 역시 그렇게 데고 흉터가 생겼으니 지금 네가 겪는 일을 정확히 알고 있다는 뜻.

하지만 지금까지 배운 이탈리아어 중에서 내가 발음하기 가장 좋아하는 단어는 아주 간단하면서도 흔한 단어다.

Attraversiamo.

'건너가자.'라는 뜻이다. 친구들끼리 길을 걷다가 맞은편으로 건너가야 할 때 쓴다. 다시 말해, 정말로 길을 건널 때 쓰는 단어인 것이다. 특별한 뜻은 전혀 없다. 그런데도 무슨 이유에서인지 이 단어가 마음에 꽂혀 버렸다. 처음으로 조반니가 이 단어를 말했을 때 우리는 콜로세움 근처를 걷고 있었다. 갑자기 그의 입에서 나오는 이 아름다운 단어를 듣고 나는 벼락에 맞은 사람처럼 멈춰 서서 물었다.

"그게 무슨 뜻이에요? 방금 뭐라고 했죠?"

"Attraversiamo."

조반니는 내가 왜 이 단어를 좋아하는지 이해하지 못했다. '건너가자.'가 뭐? 하지만 내 귀에는 이탈리아어의 완벽한 조합으로 들린다. 아쉬움에 젖은 아 소리로 시작되어 짧게 떨리는 t, 이를 달래 주는 s, 마지막에 여운을 남기는 '에-아-모'의 조합까지. 난 이 단어를 사랑한다. 요즘엔 틈만 나면 이 단어를 말하고, 어떻게든 말할 구실을 찾아내기도 한다. 덕분에 소피는 돌아 버릴 지경이다. 길 건너자! 길 건너자! 나는 끊임없이 소피를 잡아끌며 무법천지인 로마의 차도를 이리저리 건너다녔다. 하마터면 이 단어 때문에 우리 둘 다 죽을 뻔했다.

조반니가 가장 좋아하는 영어 단어는 half-assed(대충), 루카 스파게티가 가장 좋아하는 영어 단어는 surrender(항복)이다.

25

요즘 유럽 전역에는 세력 다툼이 한창이다. 21세기의 위대한 유럽 메트로폴리스의 자리를 두고 몇몇 도시가 경쟁을 벌이고 있기 때문이다. 과연 누가 그 승자가 될까? 런던? 파리? 베를린? 취리히? 어쩌면 신생 연합의 중심인 브뤼셀? 다들 문화와 건축, 정치, 재정에 있어서 다른 나라를 앞지르려 애쓰고 있다. 그러나 로마는 그런 세력 다툼에 참가할 의사가 전혀 없다. 로마는 경쟁하지 않는다. 로마는 그저 무덤덤하게 이 떠들썩한 경주를 감상할 뿐이다. 이봐, 어디 마음대로들 해 봐. 난 여전히 로마니까, 라는 분위기를 풍기면서. 나는 이 도시의 당당한 자신감, 자기가 역사의 한 페이지를 확실히 장식하고 있음을 아는 데서 비롯된 지극히 안정적이면서도 균형 잡히고, 지극히 즐거우면서도 당당한 분위기에 감탄하고 말았다. 할머니가 된다면 로마처럼 나이를 먹고 싶다.

오늘은 여섯 시간으로 예정된 산책에 나섰다. 나처럼 툭하면 걸음을 멈추고 에스프레소와 패스트리로 에너지를 충전하는 사람에게 이런 산책은 아주 수월하다. 먼저 우리 집을 나서서 전 세계 브랜드가 몰려 있는 이웃 쇼핑센터를 어슬렁거렸다. (비록 이곳을 전통적 의미에서 이웃이라고 부르고 싶은 마음은 추호도 없지만. 만약 여기가 이웃이라면 발렌티노, 구치, 아르마니 같은 평범한 서민들이 이웃사촌이라고?) 이곳은 언제나 상류층 동네였다. 루벤스, 테니슨, 스탕달, 발자크, 리스트, 바그너, 새커리, 바이런, 키츠 모두 여기 살았더랬다. 내가 사는 곳은 '잉글리시 게토'라 불리던 지역으로 유럽 대륙 순회 여행에 나선 영국 상류층 귀족들이 여기서 쉬어 갔다. 당시에는 실제로 '예술 문외한들의 모임'이라는 여행 클럽도 있었다. 스스로를 '문외한'이라고 광고하다니! 이 얼마나 대단한 철면피인가…….

나는 웅장한 아치가 있는 포폴로 광장으로 걸어갔다. 아치에는 스웨덴 크리스티나 여왕의 역사적인 방문을 기념하는 베르니니의 조각이 새겨져 있었다. (크리스티나 여왕은 역사계의 중성자탄 같은 존재다. 친구 소피는 이 위대한 여왕을 이렇게 묘사했다. "크리스티나 여왕은 승마도 할 줄 알고, 사냥도 할 줄 알고, 학자이기도 했고, 당시로서는 파격적으로 가톨릭 신자가 됐죠. 여왕이 사실은 남자였다는 말도 있지만 적어도 레즈비언이었던 것 같기는 해요. 바지를 입고 다니고, 고고학 발굴을 계속하고, 예술품을 수집하고, 후계자를 남기지 않았죠.") 아치 옆에는 공짜로

　　　먹고 기도하고 사랑하라

카라바조의 그림 두 점을 감상할 수 있는 성당이 있다. 하나는 성 베드로의 순교를, 다른 하나는 사도 바울(은총에 취한 나머지 성스러운 황홀감에 사로잡혀 땅바닥에 쓰러져 있다.)의 개종을 묘사한 그림이다. 이 두 그림을 보면 늘 감정이 복받쳐 금방이라도 눈물이 날 것 같다. 하지만 성당 반대편으로 가 로마에서 가장 행복하고 익살맞은 표정으로 킥킥거리는 아기 예수가 그려진 프레스코화를 감상하면 기분이 금세 좋아진다.

나는 다시 남쪽으로 걷기 시작한다. 많은 유명인들이 세 들어 살았다고 알려진 팔라초 보르게세를 지나간다. 그 유명인들 중에는 나폴레옹의 악명 높은 누이인 폴린도 있었는데 그녀는 무수히 많은 애인을 그곳으로 끌어들였다. 또한 풋스툴 대신 하녀를 바닥에 엎드리게 하고 그 위에 발을 올려 두기를 좋아했다. (사람들은 『컴패니언 가이드북』 로마 편에 나와 있는 이 문장을 자기가 오독했기를 바라지만, 아니다. 이게 맞다. 또한 폴린은 '거구의 깜둥이'가 자신을 욕조까지 안고 가는 걸 좋아했다고 한다.) 그런 다음 소박한 외양에 위대하고 질척한 티베르 강의 강둑을 따라 티베르 섬까지 쭉 걸어간다. 로마에서 내가 좋아하는 조용한 장소 중 하나인 티베르 섬은 언제나 치유와 관련이 있었다. 기원전 291년에 역병이 발생한 이후, 여기에 아스클레피오스[20]의 신전이 세워졌고, 중세 시대에는 페테베네프라텔리(때깔 나게 번역해 보자면 '선행 형제회')라는 이름

___
20 로마 신화에 등장하는 의술의 신.

의 수도승 단체가 병원을 설립했다. 그리고 지금도 이 섬에는 병원이 있다.

나는 강을 건너 진정한 로마인들, 다시 말해 수세기 동안 티베르 강 건너편의 위대한 유적을 지은 일꾼들의 동네라는 트라스테베레로 간다. 이곳의 조용한 트라토리아에서 몇 시간에 걸쳐 아주 느긋하게 와인을 곁들여 점심을 먹었다. 트라스테베레에서는 아무도 식사를 빨리 끝내라고 재촉하지 않기 때문이다. 나는 브루스케타와 카초 에 페페 스파게티(로마의 간단한 별미로 치즈와 후추만 넣어 만든 파스타) 그리고 작은 로스트 치킨 한 마리를 주문했다. 치킨은 떠돌이 개와 나눠 먹었는데, 녀석은 떠돌이 개 특유의 눈빛으로 내가 먹는 모습을 계속 지켜보았다.

점심 식사를 마친 후에는 다시 다리를 건너 오래된 유대인 게토를 지났다. 나치에 의해 비워지기 전까지 수세기를 살아남은 한 맺힌 곳이다. 다시 북쪽으로 걸어가 나보나 광장을 지났다. 여기에는 지구의 4대강(멋대로 끼워 넣은 것 같기는 하지만 아무튼 자랑스럽게도 이 4대강 안에는 느림보 티베르 강이 포함된다.)을 기념해서 만든 거대한 분수가 있었다. 그런 다음 판테온을 다시 한 번 눈에 담으러 갔다. 나는 기회가 생길 때마다 판테온을 봐 두려고 노력하는 편이다. 어쨌거나 난 로마에 있고, 오래된 속담에도 있듯이 로마에 왔다가 판테온을 보지 않고 가는 사람은 바보라고 하니까.

집으로 향하는 길에 잠시 우회해 내가 로마에서 가장 사연

많은 장소로 꼽는 곳에 들렀다. 바로 아우구스테움이다. 지금은 폐허가 된, 이 거대하고 둥근 벽돌 건물은 원래 옥타비아누스 아우구스투스 황제가 자신과 가족들의 유골을 영원히 안장하기 위해 지은 영광스러운 능이었다. 당시 아우구스투스 황제는 로마가 영원히 자신을 숭배하는 강력한 제국으로 남으리라고 굳게 믿었을 것이다. 그가 어찌 로마 제국의 몰락을 예견할 수 있었겠는가? 더불어 수도교가 야만인들에게 파괴되고, 위대한 도로들은 엉망이 된 채 버려지고, 도시는 사람이라고는 찾아볼 수 없게 되어 로마가 전성기에 뽐냈던 인구를 회복하기까지 거의 스무 세기나 걸리리라는 사실을 짐작도 못 했으리라.

아우구스투스의 능은 중세 시대로 접어들며 폐허가 되었고 도굴까지 당했다. 심지어 황제의 유해를 훔쳐 간 사람까지 있었다. 누가 그랬는지는 모르지만. 그나마 12세기가 되어서야 막강한 콜로나 가문이 세력 다툼을 벌이던 군주들의 공격에 대비해 이곳을 요새로 개조했다. 그러다가 어찌 된 영문인지 아우구스테움은 다시 포도밭으로 변했고, 그 후에는 르네상스식 정원, 그다음에는 투우장(이때가 18세기다.), 그다음에는 화약 창고, 그다음에는 콘서트홀로 변한다. 1930년대에 이르러 무솔리니가 이곳을 소유하면서 원래 용도로 복구해 훗날 자신의 유해를 안치할 장소로 지정한다. (당시 무솔리니 역시 로마가 영원히 자신을 숭배하는 제국이 되리라고 굳게 믿었을 것이다.) 물론 무솔리니의 파시스트 꿈은 오래가지 못했고, 그의 유해도 아우구스테움에 안치되지 못했다.

현재의 아우구스테움은 로마에서 가장 고요하고 외로운 장소 중 하나다. 수세기를 거치며 주변 지역이 많은 성장을 거듭한 덕에 이곳은 땅속 깊이 묻히는 신세가 되었다. (시간의 파편이 축적되어 가는 속도는 어림잡아 1년에 2.5센티미터 정도다.) 이 기념물 위로 차들은 미친 듯이 회전하고 아무도 여기로 내려오지 않는다. 공중 화장실을 사용하는 경우를 제외하고. 그러나 이 건물은 여전히 이곳에 버티고 있다. 로마 시대의 위상을 유지하고, 또다시 부활할 날이 오기를 기다면서.

아우구스테움의 끈질긴 인내력, 이 건물이 언제나 시대의 광기에 적응하며 그토록 변덕스러운 경력을 지녔다는 점이 내게는 큰 위안이 된다. 아우구스테움은 극도로 정신없는 삶을 살아온 사람 같다. 처음에는 주부였다가 예기치 않게 미망인이 되고, 그래서 돈을 벌기 위해 클럽에서 춤을 추고, 어쩌다 보니 우주 최초의 여성 치과 의사가 되고, 이제는 정치에까지 손을 뻗는 사람. 하지만 격변을 겪을 때마다 자기가 누구인지 절대 잊지 않았던 사람.

나는 아우구스테움을 바라보며 어쩌면 내 삶도 그렇게 엉망진창은 아닐 거라고 생각한다. 우리에게 누구도 예상치 못했던 변화를 가져다주는 이 세상이 엉망진창인 것이다. 아우구스테움은 내게 경고한다. 과거에 내가 어떤 사람이었고, 무엇을 대변하고, 누구에게 속해 있고, 한때 어떤 역할을 하도록 되어 있었는지 같은 부질없는 생각에 미련을 갖지 말라고. 어제의 나는 누군가의 위대한 기념물이었을 수 있지만, 내일의 나는 화약 창고가 될 수도 있는 것이다. 이 영원한 도시에서조차도 끊임없는 격동과 변화의 물결에 늘 대비해야 한다고 고요한 아우구스테움은 말한다.

26

뉴욕에서 이탈리아로 오기 직전에 내 앞으로 책 한 상자를 보내 두었다. 상자는 4~6일 사이에 로마의 아파트로 틀림없이 배달될 예정이었다. 하지만 이탈리아 우체국에서는 이 규정을 '46일'로 잘못 읽은 게 분명하다. 이제 두 달이 지났는데 상자는 코빼기도 보이지 않으니 말이다. 이탈리아 친구들은 그냥 포기하라고 했다. 상자는 도착할 수도 있고, 도착하지 않을 수도 있으며, 그런 일은 우리 손에 달리지 않았다는 것이다.

"누가 훔쳐 갔을까? 아니면 우체국에서 분실한 걸까?" 나는 루카 스파게티에게 물었다.

루카는 손으로 눈을 가렸다. "그런 질문은 하지 마. 괜히 속만 상한다고."

사라진 상자의 미스터리 때문에 어느 밤, 나와 미국인 친구 마리아, 그녀의 남편 줄리오 사이에 기나긴 토론이 벌어지기도 했다.

"우체국이 우편물을 신속히 배달해 줄 거라고 믿을 수 있어야 제대로 된 문명사회라고."

마리아가 그렇게 말하자 줄리오는 이의를 제기했다.

"그건 아니지. 우체국은 인간이 아닌 운명의 영역에 속해 있고, 따라서 우편물 배달은 인간이 장담할 수 있는 사안이 아니야."

그러자 화가 난 마리아가 쏘아붙였다.

"그게 바로 개신교와 가톨릭의 차이야. 당신을 포함한 이탈리아인들이 미래, 심지어 일주일 후의 일조차 계획하지 않는 것이야말로 두 종교가 얼마나 다른지 가장 잘 증명한다고. 미국 중서부 출신의 신교도에게 다음 주에 저녁을 먹자고 하면, 그 사람은 목요일이 좋다고 대답할 거야. 자기가 자기 운명의 주인이라고 생각하니까. 하지만 칼라브리아[21] 출신의 가톨릭 교도에게 똑같은 제안을 하면 어떤지 알아? 그저 어깨를 으쓱인 채 하늘을 바라보며 '다음 주 목요일 저녁에 무슨 일이 있을지 누가 알겠습니까? 모든 건 신의 손에 달려 있고 아무도 운명을 알 수 없는 것이거늘.'이라고 할 거라고."

그래도 난 여전히 상자의 배송을 조회하려고 가끔씩 우체국에 찾아간다. 아무런 성과도 없지만. 우체국 직원은 나 때문에 남자 친구와 통화를 중단하게 되어 매우 못마땅한 눈치였다. 그리고 내 이탈리아어는 솔직히 말해 아주 많이 좋아졌지만 이렇게 스트레스를 받는 상황에서는 잘 나오지 않는다. 내

———

21 이탈리아 반도 최남단의 도시.

가 실종된 상자에 대해 논리적으로 설명하는 동안, 그녀는 마치 내가 침으로 공기 방울을 만들어 날려 보내기라도 한다는 듯이 바라보았다.

"다음 주쯤엔 도착할까요?" 난 그녀에게 이탈리아어로 물었다.

그녀는 어깨를 으쓱이며 말했다. "Magari."

이는 번역이 불가능한 이탈리아 속어로 '그러면 좋죠.'와 '꿈 깨, 등신아.'의 중간쯤 되는 뜻이다.

어쩌면 잘된 일인지도 모른다. 이젠 상자에 무슨 책을 넣었는지도 기억나지 않는다. 분명 이탈리아를 진정으로 이해하기 위해 공부해야 한다고 생각되는 책들을 집어넣었을 것이다. 로마를 성실히 연구하기 위한 책들이었는데 여기 와서 보니 전혀 중요하게 느껴지지 않는다. 심지어 에드워드 기번의 『로마 제국 쇠망사』 완본까지 집어넣은 것 같다. 어쩌면 그 책들이 사라져서 더 행복한지도 모르겠다. 이 짧은 인생에서 에드워드 기번을 읽으며 여생의 90분의 1을 보내고 싶진 않으니까.

27

지난주에 생애 처음으로 유럽 일주를 하고 있다는 호주 아가씨를 만났다. 나는 그 아가씨에게 기차역으로 가는 길을 알려 주었다. 그녀에게 슬로베니아로 갈 예정이라는 말을 들었을 때 난 할 말을 잃은 채 강렬한 질투심에 사로잡혔다. '나도 슬로베니아에 가고 싶어! 왜 여기 온 후로 한 번도 여행을 안 갔을까?'라는 생각이 머릿속을 맴돌았다.

　다른 사람 눈에는 내가 이미 여행 중인 상태로 보일 것이다. 이미 여행을 하면서 또 여행하길 바란다는 건 정신 나간 욕심으로밖에 보이지 않으리라는 걸 나도 안다. 마치 좋아하는 배우와 섹스를 하면서 좋아하는 또 다른 배우와의 섹스를 상상하는 것처럼. 하지만 이 아가씨가 길을 물었다는 사실은 (그녀는 날 분명 이곳의 주민으로 생각했을 것이다.) 엄밀히 말해 내가 로마를 여행하는 게 아니라 거기에 살고 있다는 증거다. 아무리 일시적일지라도 난 이곳의 주민인 것이다. 그 아가씨를 만났을 때 난 전기세를 내러 가는 길이었고, 그 또한 여행자가 하는 일은 아니다. 어떤 지역을 여행하는 에너지와 어떤 지역에 사는 에너지는 기본적으로 완전히 다르며, 슬로베니아로 가는 호주 아가씨를 만난 사건은 여행욕에 불을 당겼다.

　그래서 난 친구 소피에게 전화해서 말했다. "오늘 당일치기로 나폴리에 가서 피자를 먹고 오자!"

　그로부터 몇 시간 뒤, 우리는 기차에 타고 있었고 마술처럼 그곳에 도착했다. 난 도착하자마자 나폴리를 사랑하게 되었다. 야성적이고 정신없고 시끄럽고 더럽고 과격한 나폴리. 좁고 복잡하게 얽힌 토끼 굴 속 개미탑이자 위험하면서도 활기 넘치는 아수라장 정신 병원. 중동 시장의 이국적 정취와 뉴올리언스 부두교의 기운이 물씬 풍기는 도시. 친구 웨이드는

1970년대에 나폴리에 왔다가 강도를 당했다. 그것도 박물관에서. 도시 전체가 창문마다, 그리고 거리를 가로질러 주렁주렁 널린 빨래들로 장식되어 있었다. 깨끗이 빤 러닝셔츠와 브래지어가 티베트의 기도 깃발들처럼 바람에 펄럭였다. 거리마다 반바지에 짝짝이 양말을 신은 터프한 꼬마가 근처 옥상의 또 다른 터프한 꼬마에게 고함을 질러 댔다. 또한 창가에 앉아 미심쩍은 눈빛으로 거리에서 벌어지는 일을 유심히 내려다보는 꼬부랑 할머니가 적어도 건물마다 한 명씩 있었다.

여기 사람들은 자기들이 나폴리에 살고 있다는 사실에 미친 듯이 흥분해 있었다. 왜 아니겠는가. 세상에 피자와 아이스크림을 전파한 도시인데. 특히 나폴리 여자들은 목소리가 걸쭉하고, 목청이 크고, 정이 많고, 오지랖이 넓어 늘 이래라저래라 명령을 내리고, 버럭 화를 내고, 시비를 걸면서도 어떻게든 당신을 도와주려고 안달한다. 나폴리 억양은 다정하게 귀를 찰싹찰싹 때리는 듯하다. 마치 모든 사람들이 동시에 큰 소리로 주문을 외쳐 대는 간이식당을 거니는 기분이다. 이들은 여전히 사투리를 쓰고, 이 지역 은어는 끊임없이 변화하는데도 웬일인지 나폴리 사람들의 이탈리아어가 가장 알아듣기 쉬웠다. 왜냐고? 그건 그들이 어떻게든 상대를 이해시키려고 하기 때문이다, 젠장. 그래서 그들은 큰 소리로 힘주어 말한다. 설사 무슨 말인지 이해하지 못할지라도 몸동작을 보면 대충 의미를 짐작할 수 있다. 사촌 오빠의 오토바이 뒷좌석에 탄 채 방금 내 곁을 지나간 저 펑크족 초등학생처럼. 그 애는 내게 가운뎃

손가락을 세워 보이며 매력적인 미소를 날렸는데 난 그게 이런 의미라는 걸 충분히 알 수 있었다. "기분 나쁘게 생각하지 말아요, 아줌마. 하지만 난 일곱 살밖에 안 됐는데도 아줌마가 똥멍청이라는 건 눈 감고도 알겠어요. 하지만 괜찮아요. 그래도 아줌마 정도면 그럭저럭 무난하고, 난 아줌마의 맹한 얼굴이 마음에 들어요. 우리 둘 다 아줌마가 나처럼 되고 싶어 한다는 걸 알지만, 어쩌겠어요. 그건 불가능한데. 어쨌든 이게 내 가운뎃손가락이니 잘 봐 둬요. 나폴리에서 좋은 시간 보내요, 차오."

이탈리아의 모든 광장이 그렇듯이, 여기 광장에도 언제나 축구를 하는 소년, 청소년, 성인 남자들이 있었다. 하지만 나폴리에는 그것 말고 다른 것들도 있었다. 예를 들어, 플라스틱 상자를 뒤집어 의자와 테이블로 삼고 거기서 포커를 하는 아이들. 여덟 살 정도 된 아이들이었는데 어찌나 진지한 표정인지 누군가 총에 맞지나 않을까 두려울 정도였다.

조반니와 다리오도 원래 나폴리 출신이다. 나로선 도무지 상상이 가질 않았다. 숫기 없고 학구적이고 동정심 많은 꼬마 조반니가 이런 폭도들 ─ 농담이 아니다. ─ 속에 끼어 있었다니. 하지만 그는 의심의 여지없이 나폴리 태생이다. 나폴리에서 꼭 가 봐야 할 피자 가게를 알려 줬기 때문이다. 조반니는 거기서 파는 피자가 나폴리에서 가장 맛있다고 했다. 나는 이 정보를 얻고 얼마나 흥분했는지 모른다. 세상에서 가장 맛있는 피자는 이탈리아 피자고, 이탈리아에서 가장 맛있는 피자는 나폴리 피자라는데 그렇다면 이 피자 가게는…… 괜히 입 방정 떨어서 일을 망칠까 두렵지만…… 세상에서 제일 맛있는 피자를 판다는 뜻? 조반니가 어찌나 진지하게 가게 이름을 알려 주던지 나는 비밀 결사대에라도 가입하는 기분이었다. 조반니는 주소가 적힌 종이를 내 손에 꼭 쥐여 주며 자신만만하게 말했다.

"제발 이 피자 가게에 가요. 가서 더블 모차렐라 마르게리타 피자를 주문해요. 나폴리에 가서 이 피자를 먹지 않는다면, 제발 부탁이니 그냥 먹고 왔다고 거짓말이라도 해 줘요."

그리하여 소피와 나는 피제리아 다 미켈레(Pizzeria da Michele)로 갔고, 한 사람당 한 판씩 먹으며 정신이 혼미해졌다. 사실 난 이 피자를 너무 사랑한 나머지 이 피자도 날 사랑할 거라고 믿는 환각 상태에 빠져 버렸다. 나는 이 피자와 연애를 하고 있었다. 불륜과도 같은 연애를. 그동안 소피 역시 눈물을 글썽이며 피자를 먹고 있었다. 그녀는 형이상학적 믿음이 흔들리는 위기를 겪으며 이런 말까지 했다. "대체 스톡홀름에서는 뭐하러 피자를 만드는 걸까? 아니 스톡홀름 사람들은 뭐하러 굳이 음식을 먹는 걸까?"

피제리아 다 미켈레는 좁은 홀과 쉬지 않고 피자를 구워 내는 오븐 하나가 전부인 협소한 가게다. 비 오는 날이었는데도 기차역에서 15분밖에 걸리지 않으니 걱정 말고 무조건 가시길. 되도록 일찍 가는 게 좋다. 가끔씩 반죽이 떨어지기도 하는데 그러면 억장이 무너질 테니까. 오후 1시쯤에는 마치 구명보트에 타려는 듯 서로 밀치며 가게 안으로 들어가려는 나폴리 사람들로 가게 앞 도로가 발 디딜 틈이 없다. 이곳에는 메뉴판도 없고 딱 두 종류의 피자뿐이다. 레귤러와 엑스트라 치즈. 올리브와 햇볕에 말린 토마토를 얹은 뉴에이지 남부 캘리포니아 피자 같은 번드르르한 이름 따위는 없다. 절반이나 먹고 난 후에야 비로소 평가를 내릴 수 있었던 피자 도우는 지금껏 내가 먹은 피자들보다는 인도의 난과 비슷했다. 부드럽고 쫄깃하고 말랑말랑하면서 믿을 수 없을 만큼 얇았다. 난 지금까지 피자 크러스트를 선택할 때는 오로지 둘 중 하나만 가능한 줄 알았다. 얇고 바삭하거나 두툼하면서 폭신하거나. 얇으면서 폭신한 크러스트가 존재한다는 것을 어찌 알았겠는가? 세상에 이런 일이! 얇고, 폭신하고, 단단하고, 쫀득하고, 맛있고, 쫄깃쫄깃하고 짭짜름한 천상의 피자였다. 그 위에는 신선한 버펄로 모차렐라와 만나 보글보글 거품을 일으키며 크림처럼 녹아내리는 달큰한 토마토소스가 있었다. 피자 한가운데는 바질 이파리 하나가 놓여 있는데 이것이 묘하게 피자 전체에 허브의 향취를 불어넣었다. 마치 후광이 비치는 여배우가 파티장 한복판에 있을 때 주변 사람들까지 덩달아 빛나 보이는 식이었다. 물론 엄밀히 말해 이 피자를 정상적으로 먹기란 불가능하다. 피자를 한입 베어 물면 쫄깃한 크러스트가 반으로 접히고, 뜨거운 치즈가 산사태에 휘말린 토양처럼 떨어져서 옷과 테이블이 지저분해지기 때문이다. 하지만 알게 뭔가.

이 기적을 만드는 사람들은 장작이 타는 오븐에 삽으로 피자를 집어넣기도 하고, 빼내기도 했는데 꼭 거대한 유조선에서 맹렬히 타오르는 용광로에 삽으로 석탄을 퍼 넣는 보일러실 일꾼들 같았다. 소매는 땀으로 번들거리는 팔뚝 위로 걷어올렸고, 얼굴은 힘든 노동으로 시뻘겋게 달아올랐으며, 오븐의 열기 때문에 한쪽 눈을 가늘게 뜨고, 입에는 담배가 대롱대롱 매달려 있었다. 소피와 나는 각각 한 판씩 더 주문했고, 소피는 제정신을 차리려고 노력했지만 정말이지 피자가 너무 맛있어서 멈출 수가 없었다.

여기서 내 몸에 대해 한마디. 당연히 나는 매일 몸무게가 늘어갔다. 이탈리아에 온 후로 엄청난 양의 치즈와 파스타, 빵, 와인, 초콜릿, 피자를 먹어 대며 몸에 몹쓸 짓을 하고 있었다. (나폴리 말고 다른 지역에서는 실제로 초콜릿 피자를 판다고 들었다. 이 얼마나 괴상한 조합인가. 물론 나중에 그 피자를 먹어 봤고, 맛이 있기도 했지만, 그래도 그렇지. 초콜릿 피자라니.) 운동도 하지 않고, 섬유질도 충분히 섭취하지 않고, 비타민도 영양제도 전혀 먹지 않았다. 원래 난 아침 식사로 유기농 염소젖 요거트에 밀 배아를 뿌려 먹던 사람이었다. 하지만 그런 생활은 그만둔 지 오래였다. 미국에서 친구 수전은 사람들에게 내가 '탄수화물 남기지 않기' 여행 중이라고 말하고 다닌다. 하지만 내 몸은 이 모든 상황을 꽤 잘 견뎌 주고 있었다. 마치 '좋아, 꼬마야, 실컷 먹어. 이게 일시적인 현상이라는 거 알고 있으니까. 그러니 순수한 쾌락에 대한 짧은 실험이 끝나면 알려다오. 피해 대책을 어떻게 세워야 할지 생각해 볼 테니까.'라고 말하듯이 내 비행과 탐닉을 눈감아 주었다.

하지만 나폴리에서 가장 훌륭한 피자 가게의 거울 속에 비친 나는 반짝이는 눈과 깨끗한 피부, 행복하고 건강한 얼굴을 하고 있다. 저런 얼굴을 본 게 얼마만인지 모른다.

"고마워." 나는 이렇게 속삭이고는 후식으로 패스트리를 먹기 위해 소피와 함께 빗속으로 뛰쳐나갔다.

28

아마 이런 행복감 때문이었던 것 같다. (이런 행복감을 느낀 지도 이제 서너 달이 되었다.) 로마에 돌아가면 데이비드와의 관계를 어떻게든 정리해야 한다는 생각이 들었다. 이제 우리 이야기를 영원히 끝내야 할 때인 것 같았다. 우린 공식적으로 이미 헤어졌지만 언젠가는(아마도 여행이 끝난 뒤, 1년간 서로 떨어져 지낸 뒤) 다시 사귈 수 있으리라는 희망을 아직 남겨둔 상태였다. 우리는 서로를 사랑했다. 그것만큼은 의심의 여지가 없었다. 단지 더는 죽기 살기로, 악 소리 나게, 영혼이 고통스러울 정도로 서로를 비참하게 하지 않는 법을 찾아낼 수가 없었다.

지난봄, 데이비드가 우리의 고난을 해소할 수 있는 말도 안 되는 해결책을 반농담조로 제안한 적이 있다.

"우리 관계가 끔찍하다는 걸 그냥 인정한 상태에서 계속 만나면 어떨까? 우리가 서로를 미치게 하고, 끊임없이 싸우고, 섹스도 거의 안 하지만 그래도 떨어져 살 수 없다는 걸 인정하고 그냥 사귀는 거야. 그러면 우린 함께 살 수 있어…… 불행하긴 해도 헤어지지 않은 걸 다행으로 생각하면서."

지난 열 달 동안이나 이 제안을 심각하게 고려했다는 건 내가 이 남자를 얼마나 징그럽게 사랑하는지 보여 주는 증거가 될 것이다.

물론 내심 우리 둘 중 한 사람이 변할지도 모른다는 또 다른 해결책을 품고 있기도 했다. 그가 좀 더 마음을 열고 다정다감해지며, 사랑하는 여자에게 영혼을 먹힐지도 모른다는 불안감에 나와 거리를 두는 것을 멈출 수도 있다. 아니면 내가…… 그의 영혼을 먹어 버리려고 하는 짓을 그만두거나.

데이비드와의 관계에서 내가 우리 엄마처럼 행동할 수 있다면 얼마나 좋을까 수없이 생각했다. 엄마는 독립적이고 강인하며 자급자족형 인간이기 때문이다. 혼자 있기 좋아하는 아버지에게 로맨스나 달콤한 말을 정기적으로 주입받지 않아도 살아 나갈 수 있는 사람. 가끔씩 아빠가 당신 주위에 불가사의한 침묵의 돌담을 둘러칠 때 담 밖에서 룰루랄라 콧노래를 부르며 데이지 정원을 가꿀 수 있는 사람. 나는 아빠를 세상에서 제일 좋아했지만 아빠가 약간 이상한 사람인 것은 사실이다. 전에 사귀었던 남자 친구는 우리 아빠를 이렇게 묘사했다. "네 아버진 말이야, 이 지구상에 한 발만 내딛고 있는 사람 같아. 그것도 아주, 아주 긴 발……."

어릴 적 부모님을 바라보면서 아빠는 가끔씩 마음이 내킬 때만 엄마에게 사랑과 애정을 준다는 느낌이 들었다. 엄마는 남편이 사랑과 애정을 줄 때만 그것을 받았다. 아빠가 다른 사람은 안중에도 없는 당신만의 세상으로 들어가면, 엄마는 한 발짝 물러서서 자기 자신을 보살폈다. 물론 누구도(특히나 어린아이는) 부부간의 속내는 모르는 법이지만, 어쨌거나 내 눈에 비친 우리 부모님의 결혼 생활은 그랬다. 내가 알기로 엄마는 어느 누구도 필요로 하지 않는 사람이었다. 원래 성격이 그랬다. 사춘기 시절, 동네 도서관에서 빌린 『수영 길라잡이』라는 책 한 권만으로 차가운 미네소타 호수에서 독학으로 수영을 터득한 사람이다. 내 눈에 이 여인이 혼자서 할 수 없는 일은 하나도 없어 보였다.

그러다 로마에 오기 전, 엄마와 속 깊은 이야기를 나누게 되었다. 엄마는 나와 마지막 점심을 먹으려고 뉴욕에 왔고, 데이비드와의 사이가 어떻게 되어 가는지 사실대로 말해 달라고 ― 우리 가족 간의 대화 법칙에 어긋나는 일이었다. ― 했다. 나 역시 길버트 집안의 대화 법칙을 완전히 깨뜨린 채 엄마에게 사실대로 털어놓았다. 데이비드를 너무나 사랑하지만 집에서, 침실에서, 이 지구상에서 언제나 사라져 버리는 사람과 함께 있는 게 너무도 외롭고 가슴 아프다고.

"네 아버지랑 비슷하구나." 엄마가 말했다. 용감하면서도 관대한 인정이었다.

"문제는 내가 엄마 같은 사람이 아니라는 거야." 내가 말했

먹고 기도하고 사랑하라

다. "난 엄마처럼 강하지 못해. 사랑하는 사람에게 한결같은 친밀감을 원한다고. 내가 엄마를 닮았다면 좋았을 텐데. 그럼 데이비드와 아무 문제도 없었을 거야. 하지만 난 데이비드의 애정이 필요할 때 그걸 얻지 못하면 미칠 거 같아."

이 이야기를 들은 엄마는 충격적인 말을 했다.

"네가 사랑하는 사람에게 원하는 그 모든 것들 말이야, 리즈, 실은 엄마도 늘 그걸 원했단다."

그 순간은 마치 강인한 우리 엄마가 테이블을 가로질러 손을 펼쳐 보이며, 지난 수십 년간 행복한 결혼 생활을(모든 상황을 고려할 때 엄마는 행복한 결혼 생활을 하고 있다.) 유지하기 위해 그동안 가슴에 박힌 대못을 한 움큼 보여 주는 것 같았다. 엄마의 이런 면은 한 번도 본 적이 없었다. 단 한 번도. 엄마가 무엇을 원하리라고는, 무엇을 그리워하리라고는, 보다 큰 것을 위해 다른 것을 참지 않을 수도 있었다는 사실은 생각해 본 적이 없었다. 엄마의 그런 모습을 보자 내 가치관이 급격히 변화하는 걸 느낄 수 있었다.

엄마조차 내가 원하는 걸 원했다면, 그럼……?

전례 없이 친밀한 대화를 이어 가며 엄마가 말했다.

"다만 엄마는 내가 원하는 걸 얻을 자격이 있다고 배우지 못했을 뿐이야, 리즈. 명심하렴. 난 너와는 다른 세상에서 살았어."

나는 눈을 감고 엄마의 어린 시절을 그려 보았다. 미네소타 시골 마을에서 자란 열 살짜리 소녀. 고용된 일꾼처럼 늘 농장

일을 거들고, 남동생들을 돌보고, 언니가 입던 옷을 물려 입고, 그곳에서 벗어나기 위해 한두 푼씩 돈을 모으던 소녀.

"그리고 네 아빠를 끔찍이 사랑하기도 했고."

엄마는 우리 모두가 그렇듯이 인생에서 선택을 해야만 했고, 자신의 선택을 순순히 받아들였다. 난 그런 엄마에게서 마음의 평화를 볼 수 있다. 엄마는 자신과의 약속을 어기지 않았고, 그로 인해 엄마가 얻은 혜택은 엄청났다. 여전히 자신의 단짝이라고 할 수 있는 남자와 오랫동안 안정된 결혼 생활을 누렸으며, 이제는 사랑하는 손녀까지 더해진 가족을 이뤘고, 자신이 강한 사람이라는 확신까지 얻었다. 분명 어떤 부분은 희생해야 했지만 그건 아빠도 마찬가지였을 것이다. 그리고 살면서 희생하지 않는 사람이 누가 있겠는가?

이제 내게 남겨진 질문은 이런 것들이다. 나는 무엇을 선택할 것인가? 인생에서 내가 누릴 자격이 있다고 믿는 것들은 무엇인가? 기꺼이 희생할 수 있는 부분은 무엇이고, 아닌 부분은 무엇인가? 지금까지는 데이비드 없는 삶을 도저히 상상할 수 없었다. 내가 가장 좋아하는 길동무와 다시는 여행을 떠날 수 없고, 그의 집 앞에 차를 세운 채 창문을 내리고 라디오에서 흘러나오는 스프링스틴의 노래도 들을 수 없고, 간식을 먹으며 끝없이 계속될 듯한 농담을 나눌 수도 없고, 고속 도로 끝에서 우리의 목적지인 바다가 희미하게 보이는 일도 없으리라고 생각하면 숨이 막혀 왔다. 그렇다고 이 행복을 마냥 기뻐하며 받아들일 수도 없었다. 데이비드가 내게 애정을 주지 않은 채 물러설 때면 뼈에 사무치는 소외감과 정신을 좀먹는 불안감, 서서히 치밀어 오르는 분노를 느꼈고, 당연히 내가 어딘가 비정상이라는 생각이 들었다. 더는 그렇게 살 수 없다. 최근 나폴리에서 즐거운 시간을 보내며 난 데이비드가 없어도 행복해질 수 있을 뿐 아니라, 행복해져야만 한다는 확신을 갖게 되었다. 내가 아무리 그를 사랑한다 할지라도. (난 분명 그를 사랑했다. 지나칠 정도로.) 이제는 이 남자에게 작별을 고해야 한다. 그것도 아주 확실하게.

그래서 데이비드에게 이메일을 썼다.

때는 11월. 우린 7월 이후로 연락한 적이 없었다. 데이비드에게 내가 여행하는 동안에는 연락하지 말라고 당부해 둔 터였다. 데이비드를 너무 사랑하다 보니 그에게로 신경이 분산되었다가는 여행에 집중할 수 없기 때문이다.

난 데이비드에게 잘 지내고 있으며, 그도 잘 지냈기를 바란다고 썼다. 그러고는 농담 몇 마디를 적었다. 우리는 언제나 농담이 잘 통했다. 그런 다음, 우리 관계에 영원히 종지부를 찍어야 할 것 같다고 설명했다. 이제 우리 사이에는 아무런 가능성도 없으며 결코 있어서도 안 된다는 사실을 받아들여야 할 때인 것 같다고 했다. 지나치게 드라마틱한 어조로 쓰지는 않았다. 드라마라면 이미 우리가 질리게 겪었다는 걸 신은 알 것이다. 나는 짧고 간결하게 요지를 전달했다. 하지만 한 가지 덧붙일 게 있었다. 난 숨을 죽인 채 자판을 두드렸다. '만약 당신이 인생의 다른 동반자를 찾고 싶어 한다면, 난 당연히 아낌

없는 축복을 보낼 거야.' 손이 떨렸다. 최대한 명랑한 톤을 유지하려고 노력하며 애정 어린 작별 인사로 마무리했다.

마치 쇠꼬챙이에 가슴을 찔린 기분이었다.

그날 밤, 그가 내 메일을 읽을 거라는 생각에 잠을 설쳤다. 이튿날 하루 종일 인터넷 카페를 서너 번씩 들락거리며 그의 답장을 기다렸다. 그에게서 '제발 돌아와! 가지 마! 내가 잘할게!'라는 답장이 오길 간절히 바라는 마음을 무시하려고 애썼다. 데이비드 아파트의 열쇠를 얻을 수만 있다면 1년간 여행하는 이 거창한 계획 따위는 기꺼이 내동댕이치려는 내 안의 소녀는 무시하려고 애썼다. 그날 밤, 10시 무렵에야 답장이 왔다. 당연히 아주 잘 쓴 답장이었다. 데이비드는 언제나 글을 잘 썼다. 그는 내 의견에 동의했다. 이제는 정말로 우리가 영원히 작별을 고해야 할 때라고 했다. 자기도 나와 같은 생각을 하고 있었다고 했다. 그의 답장은 우아하기 그지없었고, 가끔씩 그가 보여 줬던 슬프도록 다정한 말투로 상실감과 회한이 적혀 있었다. 어떤 단어로 표현할 수 없을 정도로 날 사랑한다는 것을 알아 달라고 했다. '하지만 우리는 서로에게 필요한 상대는 아니야.'라고 그는 덧붙였다. 그럼에도 언젠가 내가 진정한 사랑을 만날 것임을 확신한다고 했다. 왜냐하면 '아름다운 사람은 아름다운 사람끼리 만나는 법이니까'.

이 얼마나 사랑스러운 말인가. 사랑했던 사람에게서 들을 수 있는 가장 아름다운 말이 아닐까. '제발 돌아와! 가지 마! 내가 잘할게!'라고 말해 주지 않을 바에는.

나는 의자에 앉아 한동안 슬픈 침묵 속에서 컴퓨터 모니터를 멍하니 바라보았다. 우리 둘에게 최선의 결과라는 건 알고 있었다. 나는 고통이 아닌 행복을 선택했고, 이게 옳은 선택이라는 걸 알고 있었다. 아직 일어나지 않은 놀라운 일들로 인생을 채우기 위해, 알 수 없는 미래를 위해 공간을 만들고 있다는 사실도 알고 있다. 그 모든 걸 잘 알고 있다. 하지만 그래도…….

상대는 데이비드다. 그리고 이제 그는 내 인생에서 영원히 사라졌다.

나는 양손에 얼굴을 묻고 더 슬픈 침묵 속에서, 더 오랫동안 앉아 있었다. 마침내 고개를 들어 보니 인터넷 카페에서 야간 교대 근무 중이었던 알바니아 여자가 바닥 걸레질을 멈추고 벽에 기댄 채 날 바라보고 있었다. 우리는 잠시 지친 시선으로 서로를 응시했다. 난 진지한 표정으로 그녀를 향해 고개를 저으며 큰 소리로 말했다. "나쁜 놈이에요." 그녀는 공감한다는 듯이 고개를 끄덕였다. 그녀는 이해하지 못했지만, 한편으로는 그녀만의 방식으로 완벽하게 이해했다.

휴대 전화가 울렸다.

혼란스러운 목소리의 조반니였다. 목요일 밤마다 우리가 회화 연습을 하기 위해 늘 만나는 피우메 광장에서 한 시간이 넘도록 나를 기다렸다고 했다. 그가 혼란스러워한 이유는 수업에 늦거나 약속을 깜박하는 사람은 주로 그였는데 오늘은 처음으로 제시간에 왔고, 오늘이 목요일인 것도 분명했기 때문이다.

난 약속을 깜박 잊었다. 내가 있는 곳을 말하자, 그는 차로 날 데리러 오겠다고 말했다. 난 누구를 만날 기분이 아니었지만 우리의 서투른 언어 능력을 생각할 때 전화상으로 이 상황을 설명하기란 너무 힘들었다. 몇 분 후, 그의 빨간색 소형차가 도로에 멈춰 섰고 난 차에 올라탔다. 그는 이탈리아어로 무슨 일이냐고 물었다. 내가 대답하려고 입을 연 순간, 눈물이 쏟아졌다. 그러니까…… 통곡을 하고 말았다. 싸가지 없기로 둘째가라면 서러운 내 친구 샐리가 '더블 펌핑'이라고 부르는 울음, 한 번 흐느낄 때마다 두 번씩 꺼억꺼억 산소를 들이마시는 그런 울음 말이다. 이런 슬픔의 강진이 다가오리라는 걸 전혀 몰랐던 나는 완전히 무방비 상태에서 당하고 말았다.

가여운 조반니! 그는 더듬거리는 영어로 자기가 뭘 잘못했느냐고 물었다. 나한테 화났어요? 나 때문에 기분 상했어요? 난 아무런 대답도 못 한 채 고개만 저으며 계속 통곡했다. 내 자신이 너무 부끄러운 한편, 완전히 무너진 채 흐느끼는 불안정한 늙은 여자와 이렇게 차에 갇혀 버린 착한 조반니에게 너무 미안했다.

마침내 갈라진 목소리로 내가 우는 건 그와 아무 관계도 없다는 확답을 간신히 해 주었다. 조반니는 나이보다 훨씬 어른스러운 태도로 이 상황을 수습했다. "사과할 필요 없어요. 기계가 아니라 사람이니까 가끔씩 이러는 게 당연하죠." 그는 그렇게 말하며 차 뒷좌석에서 화장지를 몇 장 더 뽑아 건넸다.

그러고는 다른 곳으로 가자고 했다.

그의 말이 맞았다. 인터넷 카페 앞은 이렇게 목놓아 울기에는 사람이 너무 많은 데다 조명도 환했다. 조반니는 잠깐 차를 몰아 벨라 레푸블리카 광장 한복판에 차를 세웠다. 이곳은 로마에서 가장 우아한 공공장소 중 하나다. 특히 그가 차를 세운 곳에는 멋진 분수가 있었는데 풍만한 몸매의 벌거벗은 님프들이 남근을 상징하는 거대한 백조들과 포르노를 찍듯이 신나게 놀고 있었다. 이 분수는 로마 기준으로 볼 때 꽤 최근에 지어졌다. 가이드북에 따르면 이 님프의 모델이 된 여자는 당대 인기 있었던 두 자매 댄서였다. 이 분수가 완성되면서 그들은 명성을 얻게 되는데 성당 측에서 너무 외설적이라는 이유로 이 분수의 공개를 몇 달 동안 막아 왔기 때문이다. 두 자매는 장수를 누렸고, 1920년대까지도 두 위엄 있는 할머니가 '자신들의' 분수를 보러 매일 광장까지 걸어가는 모습이 목격되었다고 한다. 그리고 그들이 가장 아름다웠던 시절의 모습을 대리석에 담아 둔 프랑스 조각가는 매년, 적어도 일 년에 한 번씩 두 자매를 만나러 로마에 와서 함께 점심을 먹으며 자신들이 젊고 아름답고 거침없었던 때를 회상했다고 한다.

어쨌든 조반니는 거기에 차를 세우고 내가 진정하기를 기다렸다. 난 그저 눈물을 다시 집어넣기 위해 손바닥으로 눈을 꾹 누르는 것밖에 할 수 없었다. 우리, 나와 조반니는 지금까지 개인적인 대화는 나눈 적이 없었다. 몇 달간 함께 저녁을 먹으면서 우리가 나눈 이야기는 모두 철학, 예술, 문화, 정치,

음식에 관한 것뿐이었다. 우린 서로의 사생활을 전혀 모른다. 그는 내가 이혼녀라는 것도, 미국에 사랑하는 남자를 두고 왔다는 것도 모른다. 나 역시 그가 작가 지망생이며, 나폴리 출신이라는 것 말고는 아무것도 모른다. 그런데 지금 내가 이렇게 울어 대는 바람에 우리 두 사람 사이에 완전히 새로운 차원의 대화가 강요되고 있었다. 나는 그걸 원하지 않았다. 이렇게 끔찍한 상황에서는 더더욱 싫었다.

"미안하지만, 이해를 못 하겠어요. 오늘 뭐 잃어버렸어요?" 조반니가 물었다.

하지만 난 여전히 뭐라고 말해야 할지 알 수 없었다. 조반니는 미소를 지으며 격려하려는 듯이 말했다. "Parla come magni." 이게 내가 가장 좋아하는 로마 방언 가운데 하나라는 걸 조반니는 알고 있었다. 이는 '먹듯이 말하라.'라는 뜻이다. 뭔가를 거창하게 표현하려고 애를 먹을 때, 적당한 말을 찾고 있을 때 해당하는 조언으로 로마 음식처럼 간결하고 직접적으로 표현하라는 뜻이다. 대단한 결과물을 만들어 내려 하지 말고, 그냥 있는 그대로 보여 줘라.

나는 숨을 깊이 들이쉬고, 내 상황을 엄청나게 축약한(그러나 묘하게도 더할 나위 없이 완벽한) 이탈리아어 버전으로 설명했다. "남자 문제예요, 조반니. 오늘 누군가에게 작별 인사를 해야만 했거든요."

그러고는 양손으로 다시 눈을 꾹 누르자, 손가락 사이로 눈물이 새어 나왔다. 조반니는 날 위로하기 위해 내 어깨에 팔을

먹고 기도하고 사랑하라

두르지 않았고, 내 슬픔의 폭발을 전혀 불편해하지도 않았다. 복받을 사람. 그 대신 내가 진정될 때까지 눈물의 침묵 속에 잠자코 앉아 있었다. 그러더니 조심스럽게 한 단어씩 골라(그의 영어 선생으로서 난 그날 밤 조반니가 너무나 자랑스러웠다!) 날 완벽하게 이해한다는 어조로 천천히, 그러면서도 또렷하고 상냥하게 말했다.

"이해해요, 리즈. 나도 다 겪었어요.(I have been there.)"

29

그로부터 며칠 후 언니가 로마를 찾아온 덕분에 나는 실연의 슬픔에서 벗어나 금세 회복될 수 있었다. 나보다 세 살 위이면서 7.5센티미터 더 큰 언니는 운동선수이자 학자, 엄마, 작가다. 그리고 로마에 머무는 내내 마라톤 연습을 했다. 다시 말해 매일 새벽에 일어나 28.9킬로미터를, 그것도 주로 내가 카푸치노 두 잔을 마시며 신문 기사 하나를 읽는 데 걸리는 시간에 주파했다. 언니가 달리는 모습은 정말로 한 마리 사슴과 같다. 첫 아이를 임신했을 때도 언니는 한밤중에 어둠 속에서 호수를 끝까지 가로질러 헤엄쳐 갔다. 난 임신도 안 했건만 너무 무서워서 언니를 따라가지 않았다. 하지만 언니는 웬만해서 겁먹는 일이 없다. 둘째를 임신해 조산사로부터 혹시 아기가 잘못될까 — 예를 들면 유전적 결함이나 출산 중에 발생하는 합병증 ─ 두렵냐는 질문을 받았을 때는 이렇게 대답했다.

"내 유일한 두려움은 이 애가 자라서 공화당원이 되는 거예요."

언니 이름은 캐서린이고 내 하나뿐인 자매다. 코네티컷의 시골에서 자라던 어린 시절, 부모님과 농장에서 살던 우리에게 다른 친구는 없었다. 오직 둘뿐이었다. 언니는 막강한 영향력을 발휘하며 내 삶에 간섭했고, 난 평생 언니의 말에 복종하며 살았다. 언니를 존경하는 동시에 두려워했고, 세상 누구보다 언니의 의견이 중요했다. 언니와 카드 게임을 할 때는 일부러 지려고 속임수를 썼다. 그래야 언니가 화를 내지 않기 때문이다. 그렇다고 우리가 늘 친했던 것은 아니다. 언니는 나를 짜증스러워했고, 나는 언니가 무서웠다. 그것도 스물여덟 살 때까지. 그 나이가 되자 언니를 무서워한다는 사실이 지겨워졌고 마침내 언니에게 대들기 시작했다. 당시 언니의 반응은 '진작 그럴 것이지!'라는 식이었다.

내 결혼이 내리막길로 들어서면서부터 우리 관계는 새로운 국면에 접어들었다. 설사 언니가 내 실패를 고소해했어도 나는 이해했을 것이다. 부모님과 운명의 여신은 늘 언니보다 날 더 예뻐했기 때문이다. 세상은 언제나 언니보다 내게 더 편안하고 살가운 곳이었다. 언니는 세상과 자주 충돌했고, 그로 인해 가끔씩 큰 상처를 입었다. 그런 언니였기에 이혼을 준비하고 우울증에 시달리는 나를 보며 "하! 희희낙락하더니 꼴좋다!"라고 말할 법도 했다. 하지만 언니는 날 금메달이라도 딴 국가 대표처럼 대해 주었다. 한밤중에 내가 절망감에 휩싸여 전화할 때마다 언니는 늘 날 위로해 주었다. 내가 이토록 심각한 슬픔에 잠긴 원인을 나와 함께 찾아 주었다. 내가 받는 상담의 보이지 않는 참관자였다. 상담이 끝날 때마다 나는 언니에게 전화해 상담을 통해 내가 깨달은 것을 모조리 보고했고, 언니는 무슨 일을 하고 있었든지 간에 일손을 멈추고 내 이야기를 들어주었다. "아…… 참 많은 게 납득이 되는구나."라고 말하면서. 그러니까 나뿐 아니라 언니 자신에 대해서도 많은 부분 납득이 된다는 뜻이었다.

이제 우리는 거의 매일 통화하는 사이가 되었다. 적어도 내가 로마로 이사 오기 전까지는. 비행기를 타기 전에는 꼭 서로 전화한다. "방정맞은 소리라는 거 아는데 그래도 사랑한다고 말하고 싶어서. 사람 일이…… 어찌 될지 모르잖아……." 그러면 서로 늘 이렇게 대답한다. "그래, 사람 일이…… 어찌 될지 모르지."

언니는 늘 그렇듯 만반의 준비를 한 채 로마에 도착했다. 이미 독파를 끝낸 가이드북 다섯 권을 가져왔고, 머릿속에는 로마 시내 지도가 들어 있었다. 필라델피아를 떠나기도 전에 이미 완벽한 오리엔테이션을 마친 상태였다. 이는 언니와 내가 얼마나 대조적인지 보여 주는 사례다. 난 로마에 도착한 첫주에 여기저기 돌아다니며 90퍼센트는 길을 잃고, 100퍼센트 행복한 상태에서 보냈다. 주위의 모든 것을 설명되지 않는 아름다운 미스터리로 받아들였다. 난 언제나 그런 식으로 세상을 본다. 하지만 언니에게는 근처에 적당한 도서관만 있다면 설명되지 않는 미스터리란 없다. 요리책 옆에 컬럼비아 백과사전을 꽂아 두고 취미로 읽는 사람이니까.

나는 친구들과 가끔씩 '무엇이든 물어보세요'라는 게임을 즐겨 한다. 누군가 어떤 불확실한 사실을 궁금해할 때마다(예를 들어 "성 루이가 누구야?") 난 "무엇이든 물어보세요."라고 말하며 근처에 있는 전화기를 집어 들고 언니의 전화번호를 누른다. 가끔씩 언니는 수업이 끝난 아이들을 차에 태우고 집으로 돌아가는 길에 내 전화를 받고는 곰곰이 생각에 잠겼다가 대답해 준다. "음…… 성 루이는 금욕적인 삶을 살았던 프랑스 왕이야. 참 재미있는 게 말이지……."

그리하여 언니는 로마—내 새로운 도시—에 있는 나를 보러 왔고, 내게 이 도시를 보여 주었다. 캐서린 스타일로 말이다. 언니가 보여 준 로마는 지금까지 내가 몰랐던 사실과 연도, 건축물로 가득 차 있었다. 평소 난 그런 사실들에 별 관심을 두지 않는다. 내가 어떤 장소나 사람과 관련해 유일하게 알고 싶은 게 있다면 그건 이야기다. 난 이야기에만 신경 쓸 뿐 미학적 디테일에는 눈뜬장님이나 다름없다. (지금 사는 아파트로 이사 온 지 한 달 뒤에 소피가 놀러 온 적이 있는데 "핑크색 욕실이 정말 예쁘네요."라는 소피의 말을 듣고서야 우리 집 욕실이 핑크색이라는 걸 알았다. 그것도 밝은 핑크색. 바닥에서 천장까지 온통 밝은 핑크색 타일 천지였다. 솔직히 말해 그 전까지는 전혀 몰랐다.) 그러나 언니의 훈련된 눈은 건물이 가진 고딕 혹은

먹고 기도하고 사랑하라

로마네스크 혹은 비잔틴 양식의 특징들, 성당 바닥의 패턴, 재단 뒤에 숨겨진 미완성 프레스코화의 희미한 스케치 등을 잡아냈다. 언니는 그 긴 다리로(우리 가족은 언니를 '90센티미터의 긴 대퇴골을 가진 캐서린'이라 불렀다.) 로마 시내를 누볐고, 난 걸음마를 시작한 이래로 늘 그랬듯이 언니가 한 걸음 내디딜 때마다 힘겹게 두 걸음 내디디며 서둘러 언니를 뒤쫓았다.

"봤지, 리즈? 19세기에 지어진 파사드 위에 그냥 저 벽돌을 처바른 것 좀 봐. 이 코너를 돌면 분명히…… 그렇지!…… 봐, 대들보로 진짜 로마 시대의 돌기둥을 썼어. 아마도 그걸 옮길 인력이 부족해서겠지…… 그래, 중고품 세일에서 파는 물건을 모아 놓은 것 같은 이 성당의 분위기가 정말 마음에 든다……."

언니는 지도와 미슐랭 그린 가이드를 들고 다녔고, 나는 피크닉 도시락을 들고 다녔다. (소프트볼만 한 크기의 롤빵 두 개, 매콤한 소시지, 가운데에 통통한 녹색 올리브가 박힌 고등어 초절임, 수풀 맛이 나는 버섯 파테, 훈제 모차렐라 덩어리, 후추를 뿌려 볶은 아루굴라, 방울토마토, 페코리노 치즈, 미네랄워터와 작은 병에 든 차가운 화이트 와인.) 내가 언제 점심을 먹을까 생각하는 동안, 언니는 "왜 사람들은 트리엔트 공의회[22]의 중요성을 간과하는 거지?"라며 궁금해했다.

언니는 로마에 있는 수십 개 성당으로 날 데려갔고, 난 그

---

22 1545년부터 1563년까지 이탈리아 트리엔트에서 열린 로마가톨릭 회의.

이름조차 순서대로 댈 수가 없다. 산타 어쩌고 성당, 산타 저쩌고 성당, 맨발로 회개하는 어떤 성인의 성당…… 하지만 내가 그 성당들 이름이나 버팀벽, 돌림띠와 같은 세세한 부분들을 기억하지 못한다고 해서 단 하나도 놓치지 않고 샅샅이 잡아내는 코발트빛 눈동자의 우리 언니와 돌아다니는 걸 싫어한다는 뜻은 아니다. 미국 뉴딜 벽화와 너무도 흡사한 프레스코화가 있던 성당의 이름은 기억 못 하지만, 언니가 그 벽화를 가리키며 했던 말은 기억한다. "저기 저 교황은 꼭 프랭클린 루즈벨트처럼 생겼네." 아침 일찍 일어나 산타 수잔나 성당에 미사 갔던 일도 기억한다. 우리는 서로 손을 꼭 잡은 채 동틀 녘 수녀들이 부르는 그레고리안 성가를 들었고, 메아리처럼 울려 퍼지는 기도 소리에 둘 다 눈물을 흘렸다. 언니는 신앙심이 깊은 사람이 아니다. 그건 우리 가족 모두 마찬가지다. (그나마 내가 우리 집에서 가장 영적인 사람이 아닐까 싶다.) 언니는 지적 호기심 측면에서 내 영적 탐구에 흥미를 느꼈다. 성당 안에서 언니는 이렇게 속삭였다. "저들의 믿음은 너무나 아름다운 것 같아. 하지만 난 저렇게 못 해. 저건 내 스타일이 아니지……."

우리의 세계관이 어떻게 다른지 보여 주는 사례가 하나 더 있다. 언니의 이웃사촌은 최근 엎친 데 덮친 격의 비극을 겪었다. 엄마와 세 살짜리 아들이 동시에 암에 걸린 것이다. 언니에게 이 이야기를 들었을 때 난 충격을 받은 나머지 이런 말밖에 할 수 없었다. "세상에, 그 가족에겐 신의 은총이 필요하겠다." 그러자 언니가 단호히 대답했다. "그 가족에게 필요한 건 캐서롤이야." 그리고는 그 길로 이웃 사람들을 모두 동원해 1년간 매일 교대로 그 집에 저녁 식사를 가져다주는 모임을 만들었다. 이게 곧 은총이라는 걸 언니가 알까?

산타 수잔나 성당을 걸어 나오며 언니가 말했다.

"중세 시대에 왜 교황들이 도시 계획을 필요로 했는지 알아? 해마다 서방 국가에서 2백만 명의 가톨릭 신자들이 바티칸에서 라테라노 대성당까지 걸어가려고 모여들잖아. 그런 사람들을 위해 쾌적한 설비를 갖추려고 했던 거야."

언니의 종교는 공부고, 성전은 옥스퍼드 영어 사전이다. 언니가 머리를 숙인 채 공부 삼매경에 빠져 손가락이 바삐 책장 위로 오갈 때 언니는 자신의 신과 함께였다. 나는 그날 늦게 언니가 기도하는 모습을 또 보았다. 언니는 로마 포럼 한가운데 무릎을 꿇고 (마치 칠판을 지우듯이) 땅에 널브러진 쓰레기들을 옆으로 치웠다. 그러고는 날 위해 작은 돌맹이를 집어 들고 전통적인 로마네스크 양식 성당의 설계도를 그렸다. 언니는 땅 위의 그림과 눈앞의 폐허를 연신 가리키며 내게 저 건물이 18세기에는 어떤 모습이었을지 이해시키려 했다(나처럼 시각 능력이 부족한 사람도 이해할 수 있었다!) 언니는 허공에 대고 오래전에 사라진 아치와 본당, 창문들을 그려 나갔다. 자주색 크레파스를 손에 쥔 아이처럼 상상력으로 우주의 공백을 채워나가 폐허의 본모습을 복구시켰다.

이탈리아어 시제에는 원과거라고 해서 거의 쓰이지 않는

시제가 있다. 호랑이 담배 피우던 시절의 일, 너무 옛날 일이라서 더는 우리에게 어떤 영향도 미치지 않을 때 쓰는 시제로이를 테면 고대사를 설명할 때 사용한다. 그러나 만약 언니가이탈리아어를 할 줄 안다면 고대사를 말할 때 원과거를 사용하지 않을 것이다. 언니의 세상에서 로마 포럼은 오래전 일도아니고, 과거사도 아니다. 나와의 관계처럼 현재에, 언니 바로곁에 존재하기 때문이다.

언니는 이튿날 로마를 떠났다.

"있잖아, 미국에 도착하면 꼭 전화해, 알았지? 방정맞은 소리라는 건 아는데……." 내가 말했다.

"알아. 나도 사랑해."

30

가끔씩 언니는 아내이자 엄마인데 나는 그렇지 않다는 사실에 깜짝 놀라곤 한다. 왠지 늘 그 반대로 될 거라고 생각했기 때문이다. 진흙투성이 부츠와 소리를 질러 대는 아이들로가득 찬 집에서 살 사람은 나이고, 언니는 싱글 침대에서 밤마다 혼자 책을 읽으며 독신으로 살 거라고 생각했다. 하지만 우리는 어른들의 예상과 정반대로 되었다. 그래서 오히려 다행이었지만. 사람들의 예상이야 어떻든 간에 우리는 각자에게적합한 삶을 창조했다. 외톨이 기질이 있는 언니는 외로움에서 벗어나기 위해 가족이 필요했고, 사람들과 어울리기 좋아하는 나는 남자 친구가 없을 때조차 이대로 영영 혼자 남을까 두려워한 적이 없었다. 난 언니에게 돌아갈 가족이 있다는 사실이 기뻤다. 또한 내게 아직 아홉 달의 여행이 남아 있고, 그동안 그저 먹고 읽고 기도하고 글을 쓰기만 하면 된다는 사실이 기뻤다.

언젠가는 아이가 갖고 싶어질까? 아직 잘 모르겠다. 서른 살이 되어서도 아이를 원하지 않는다는 사실에 너무 충격을 받은 터라 마흔 살에는 어찌 될지 전혀 장담할 수 없다. 확실한 건 오직 지금의 내 감정뿐이다. 난 혼자라는 사실이 감사했고, 아울러 인생 말년에 후회하고 싶지 않다는 이유로 아이를 낳을 생각은 없었다. 단지 그런 이유로 지구상에 아이들이 더 많아져서는 안 된다고 생각한다. 비록 정확히 그런 이유로, 다시 말해 훗날의 후회를 대비하는 일종의 보험으로 아이를 낳는 사람들도 있기는 하지만. 실상 사람들이 아이를 갖는 이유는 수없이 많다. 때로는 생명을 기르고 지켜보고 싶다는 순수한 욕망에서, 때로는 다른 대안이 없어서, 때로는 파트너의 발목을 붙잡거나 후계자를 만들기 위해, 때로는 아무 생각 없이. 그렇다고 해서 사람들이 모두 같은 이유로 아이를 가져야만 한다는 뜻은 아니다. 아울러 그 이유들이 꼭 이기적이지 말아야 할 필요도 없다.

내가 이런 말을 하는 이유는 아직 그 비난을 떨쳐 내지 못했기 때문이다. 우리의 결혼 생활이 무너지는 과정에서 남편이 걸핏하면 내게 퍼부었던 '이기적'이라는 비난. 그럴 때마다 난 그 말에 완전히 동의하며 죄책감을 느꼈고, 어떤 비난이든 달게 받아들였다. 맙소사, 아기를 낳지도 않았는데 난 벌써부터 그들을 소홀히 하고, 아기들보다 날 우선시하는 나쁜 엄마였다. 이 아기들, 태어나지도 않은 이 유령 아기들은 우리의 말다툼에 자주 등장했다. 누가 그 젖먹이들을 돌볼 것인가? 누가 그 아기들과 함께 집에 남을 것인가? 누가 그 아기들을 먹여 살릴 것인가? 누가 한밤중에 일어나 아기들에게 우유를 먹일 것인가? 한번은 이 결혼 생활을 더는 견딜 수 없어서 친구 수전에게 "난 이런 집구석에서는 아이를 키우고 싶지 않아."라고 말했다. 그러자 수전이 이렇게 말했다. "제발 그놈의 아기 타령은 좀 집어치우지그래? 그 애들은 아직 태어나지도 않았어, 리즈. 그냥 네가 더는 불행하게 살고 싶지 않다는 걸 왜 인정 못 하는 거야? 아이들뿐 아니라 너도 그렇게 살아야 할 필요는 없어. 그리고 분만실에서 자궁 경부가 5센티미터 열렸을 때보다는 지금이라도 그 사실을 깨닫는 게 훨씬 낫다고."

그 무렵 뉴욕의 한 파티에 참석한 적이 있었다. 성공한 예술가 부부가 주최한 파티였는데 얼마 전에 태어난 아기와 새로운 작품을 전시하게 된 아기 엄마를 축하하는 자리였다. 나는 초보 엄마이자 예술가인 내 친구가 젖먹이를 돌보는 동시에 파티의 안주인 노릇을 하면서(파티가 열린 곳은 창고를 개조한 그녀의 작업실이었다.) 프로답게 작품을 설명하려고 애쓰는 모습을 지켜보았다. 그렇게 잠이 부족한 얼굴은 본 적이 없었

먹고 기도하고 사랑하라

다. 자정 넘어서도 그녀가 팔꿈치까지 싱크대에 담근 채 파티 뒷정리를 하던 모습을 잊을 수가 없다. 그동안 친구의 남편은 (이런 사실을 전하게 되어 정말로 유감이며, 그가 모든 남편을 대변하지는 않는다는 것도 잘 안다.) 다른 방에서 커피 테이블에 발을 떡하니 올린 채 텔레비전을 보고 있었다. 마침내 친구가 남편에게 설거지를 도와 달라고 부탁하자 그가 말했다. "그냥 내버려 둬, 여보. 아침에 함께 치우자고." 아기가 다시 울기 시작했고, 친구가 입은 칵테일 드레스 위로 모유가 스며 나오기 시작했다.

물론 이 파티에 참석했던 다른 사람들은 나와 아주 다른 인상을 받고 갔을 것이다. 꽤 많은 사람들이 건강한 아기를 출산한 이 아름다운 여성을 부러워했을 수 있다. 예술가로서 성공을 거둔 그녀의 커리어, 멋진 남편과의 결혼 생활, 아기자기한 신혼집, 세련된 칵테일 드레스를 질투했으리라. 기회만 주어지면 당장이라도 그녀와 인생을 바꾸고 싶어 하는 사람들도 있었을 것이다. 당사자인 내 친구는 훗날 엄마이자 아내, 화가로서의 만족스러운 삶을 보낸 뒤 이날을 떠올리며 ― 그나마 기억이라도 할 수 있다면 ― 힘들었지만 그래도 그럴 만한 가치가 있었던 밤으로 기억할 것이다. 하지만 나로서는 파티 내내 패닉에 빠져 한 가지 생각만 하고 또 했다. '만약 저게 네 미래라는 걸 깨닫지 못한다면 넌 이 세상에서 제일 멍청한 여자야, 리즈. 절대 저렇게 되어서는 안 돼.'

하지만 내겐 가정을 꾸려야 할 책임이 있지 않나? 아, 이런, 책임(responsibility). 그 단어가 무겁게 가슴을 누르며 머릿속을 점령했다. 그 단어를 뚫어지게 바라본 결과, 그것이 두 단어로 나뉘며 거기서 이 단어의 진정한 정의가 비롯된다는 것을 알게 되었다. 책임은 능력(ability)과 반응(respond)의 조합, 다시 말해 반응할 수 있는 능력인 것이다. 그리고 내가 궁극적으로 반응해야 할 대상은 몸의 세포 하나하나가 결혼 생활을 거부한다는 현실이었다. 마음속 어딘가에 있는 경보 장치가 이렇게 계속 새파랗게 질린 상태로 폭풍우를 헤쳐 나가려고 기를 쓰다가는 암에라도 걸릴 거라고 예보했다. 아울러 아이를 낳고 싶지 않은 속내를 드러내기가 귀찮거나 부끄럽다는 이유로 그냥 아이를 낳아 버린다면 그것이야말로 가장 무책임한 일이 될 거라고 했다.

결국 나는 그날 밤 파티에서 만난 친구 셰릴의 말을 지침으로 삼았다. 내가 화장실에 숨어 두려움으로 부들거리며 얼굴에 연신 물을 끼얹어 대고 있을 때 셰릴이 화장실로 들어왔다. 당시 그녀는 내 결혼 생활이 위기라는 걸 몰랐다. 아무도 알지 못했다. 그날 밤에도 난 셰릴에게 그 얘기는 하지 않았다. 그저 "어떻게 해야 할지 모르겠어."라는 말만 반복했다. 셰릴은 내 어깨를 잡고 차분한 미소를 띤 채 내 눈을 바라보았다. 그리고 이렇게 말했다. "사실만을, 사실만을, 사실만을 말해."

그래서 난 그렇게 하려고 노력했다.

내가 원했던 일이었지만 결혼 생활을 정리하는 건 쉽지 않았다. 법적, 재정적 분쟁이나 생활 방식이 급격히 변했기 때문만은 아니다. (예전에 친구 데버라가 이런 현명한 충고를 했다. "재산 분할 때문에 죽은 사람은 없어.") 우리를 말라죽게 하는 건 감정적 위축, 전통적인 삶의 방식에서 벗어났다는 충격, 그리고 자신이 집단의 일원이라는 위안—이것이야말로 대다수 사람들이 전통적 삶을 고수하는 이유이기도 하다.—을 잃는 데서 오는 허탈감이다. 배우자와 함께 가정을 꾸리는 것은 한 개인이 미국(혹은 어느 나라든) 사회에서 연속성과 의미를 찾을 수 있는 가장 근본적인 방법이다. 나는 미네소타 주에 사는 우리 외가 모임에 참석할 때마다 이 사실을 깨닫는다. 아울러 다들 그 안에서 자신의 위치를 확인하며 얼마나 큰 안도감을 얻는지도. 처음에는 어린아이였다가 청소년이 되고 신혼부부에서 부모가 된 다음 퇴직자를 거쳐 조부모가 된다. 각 단계마다 우리는 자신이 누구이고, 의무가 무엇이며, 그런 모임에서 어느 자리에 앉아야 할지 알게 된다. 어릴 때는 다른 아이들과 함께 앉았다가 다른 청소년들과 앉게 되고 다른 신혼부부들, 다른 퇴직자들과 함께 앉는다. 그러고는 마침내 다른 90세 노인들과 함께 그늘 아래 앉아 흡족한 마음으로 후손들을 바라보게 된다. 나는 누구일까? 고민할 필요 없다. 당신은 바로 이 모든 것을 창조한 사람이다. 이 사실이 주는 만족감은 즉각적이며 게다가 널리 인정받기까지 한다. 자식이야말로 인생 최대의 업적이자 위안이라는 주장을 얼마나 많이 들어 왔던가. 인생의 철학적 위기에 빠졌을 때 혹은 자기 존재 가치에 회의를 느끼는 순간이 올 때마다 자식은 언제나 기댈 곳이 되어 준다. 설사 살면서 이룬 것이 하나도 없을지라도 난 적어도 자식들을 훌륭하게 키워 냈기 때문이다.

그러나 스스로 선택했든, 아니면 어쩔 수 없는 필요에 의해서든 만약 가족과 연속성이라는 이 든든한 울타리에서 벗어나게 된다면? 그 울타리 밖으로 나가게 된다면? 가족 모임에서는 어디에 앉아야 할까? 과연 세상과 아무런 연결 고리 없이도 지상에서의 시간을 허비해 버렸다는 두려움 없이 지난 인생을 돌아볼 수 있을까? 자신이 성공적인 인간이었는지 아닌지를 평가하기 위해서는 다른 목적, 다른 기준을 찾아낼 수밖에 없다. 나는 아이들을 사랑하지만 만약 평생 아이를 낳지 않는다면? 그럼 난 어떤 인간이 되는 걸까?

버지니아 울프는 "여성의 인생이라는 광활한 대륙에는 검의 그늘이 드리워져 있다."라고 썼다. 그 글에 따르면 검을 중심으로 한쪽은 "모든 것이 올바른 곳"으로 전통과 관습, 질서가 존재한다. 그러나 만약 당신이 그 경계를 건너 전통을 따르지 않는 삶을 선택한다면, 검의 반대쪽은 "모든 게 혼란스럽다. 일반적인 과정을 따르는 것은 하나도 없다." 울프는 검의 그늘을 건너는 일은 여성에게 흥미진진한 존재 가치를 부여하지만 당연히 위험한 여정이라고 주장한다.

내가 글을 쓴다는 사실이 그나마 다행이었다. 사람들이 이해해 줄 만한 일이기 때문이다. 아, 집필 활동에 몰두하려고 결혼 생활을 끝낸 거였군. 백 퍼센트 사실은 아니더라도 어느 정도 맞는 말이다. 그러나 실은 많은 작가들이 가정을 가지고 있다. 일례로 토니 모리슨만 해도 아들을 키우면서 노벨상이라고 하는 괜찮은 상을 거뜬히 받아 냈다. 그러나 토니 모리슨에게는 그녀만의 길이 있고, 내게는 나만의 길이 있다. 고대 인도 요가 경전 『바가바드기타』에는 불완전하더라도 자신만의 삶을 사는 것이 완벽한 다른 누군가의 삶을 흉내 내며 사는 것보다 낫다는 말이 있다. 따라서 난 지금 나만의 삶을 살기 시작했다. 불완전하고 서투르게 보일지라도 이제 내 삶은 나를 빼다 박은 듯이 닮아 가고 있다.

어쨌거나 내가 이렇게 장황한 이야기를 꺼낸 이유는 요즘 내가 무척 불안정해 보인다는 사실 — 특히나 가정을 꾸리고 원만한 결혼 생활을 하며 아이들을 키우는 우리 언니와 비교했을 때 — 을 인정하기 위해서다. 심지어 내게는 집 주소조차 없고, 그건 서른네 살이라는 완숙한 나이에 부응하는 정상적인 생활에 비하면 거의 범죄나 다름없다. 지금 이 순간에도 내 물건은 모두 언니 집에 맡겨져 있고, 언니는 꼭대기 다락방을 내 임시 침실로 배정해 두었다. (우린 그곳을 '노처녀 이모의 방'이라고 부른다. 거기서 나는 낡은 웨딩드레스를 입은 채 다락방 창문 너머로 황무지를 내려다보며 잃어버린 내 청춘을 슬퍼할 수 있으리라.) 언니는 내가 여행을 마치고 그 다락방에 머무는 것을 흔쾌히 찬성했고, 나로서도 분명 잘된 일이었다. 그러나 나는 너무 오래 떠돌이 생활을 하다가 집안에 꼭 한 명씩 있는 기인으로 낙인찍힐까 걱정스러웠다. 어쩌면 이미 그렇게 돼 버렸는지도 모른다. 지난여름 다섯 살짜리 조카의 꼬마 친구가 언니 집에 놀러 왔다. 내가 그 꼬마에게 생일이 언제냐고 물었더니 꼬마는 1월 25일이라고 대답했다.

"어머나! 물병자리구나! 난 물병자리와 데이트를 많이 해 봐서 아는데 물병자리들은 문제가 많아." 내가 말했다.

다섯 살배기 두 꼬마는 혼란스러운 동시에 약간 겁에 질린 표정으로 날 바라보았다. 불현듯 조심하지 않으면 '미친 리즈 이모'가 될 수도 있겠다는 생각이 들었다. 무늬가 요란한 원피스를 입고, 머리는 오렌지색으로 염색하고, 유제품은 안 먹으면서 멘톨을 피우는 이혼녀. 언제나 점성술 학회에 참석하거나 아로마테라피스트인 남자 친구와 사귀다 헤어지고 꼬맹이들을 상대로 타로 점을 봐 주며 "리즈 이모에게 포도주 한 병 더 가져다줄래, 꼬마야? 그럼 이모가 마법의 반지를 껴 보게 해 줄게……." 같은 이상한 소리나 하는 사람.

언젠가는 나도 모범 시민이 되어야 한다. 나도 잘 알고 있다. 하지만 아직은 아니다……. 다행히 아직은.

31

그 뒤로 6주간 볼로냐, 피렌체, 베네치아, 시칠리아, 사르데냐 그리고 나폴리를 한 번 더 여행한 뒤 칼라브리아까지 내려갔다. 주로 여기서 일주일, 저기서 일주일 머무는 단기 여행이었다. 일주일 정도면 새로운 도시의 정취를 느끼고 주위를 둘러보고 거리에서 만난 사람들에게 가장 맛있는 식당이 어디인지 물어보고 그 식당을 찾아다니기에 적당한 기간이었다. 나는 어학원이 오히려 이탈리아어를 배우는 데 방해가 된다고 판단해 그만두었다. 어학원에 발이 묶여 있느라 이탈리아를 여행할 수 없었고, 여행이야말로 사람들과 일대일로 이탈리아어를 연습할 수 있는 기회이기 때문이다.

이 몇 주간의 충동적인 여행은 시간 개념이 완전히 사라져 버린, 내 인생에서 가장 유유자적한 날들이었다. 마침내 원하는 곳은 어디에나 갈 수 있다는 사실을 깨달았기 때문에 걸핏하면 기차역으로 달려가 기차표를 샀다. 로마에 있는 친구들은 한동안 만나지 못했다. 조반니는 전화로 "Sei una trottola. (당신은 빙글빙글 돌아가는 팽이 같아요.)"라고 말했다. 지중해 연안 어딘가에 위치한 마을의 바다 옆 호텔에서 지내던 어느 밤에는 실제로 내 웃음소리에 놀라 깬 적도 있다. 나는 깜짝 놀랐다. 내 침대에서 웃고 있는 사람이 누구지? 침대에 오직 나뿐이라는 사실을 깨닫자 다시 웃음이 나왔다. 무슨 꿈을 꾸고 있었는지는 기억나지 않는다. 배와 관련된 꿈이었다는 것 밖에는.

32

주말에 잠깐 피렌체를 방문했다. 테리 삼촌과 뎁 외숙모가 조카인 나도 만날 겸 생전 처음 이탈리아로 여행을 왔기 때문이다. 나는 금요일 아침 일찍 급행열차를 타고 피렌체로 올라갔다. 삼촌 내외는 저녁에 도착했고, 난 두 분을 두오모 성당으로 데려갔다. 언제 봐도 감탄하게 되는 그 성당 앞에서 삼촌도 예외는 아니었다.

"위 베이[23]!" 삼촌은 그렇게 말했다가 말을 멈추고 다시 덧붙였다. "가톨릭 성당을 칭찬하기에는 적합하지 않은 감탄사지만……."

우리는 조각품이 모여 있는 광장 한복판에서 아무도 말리는 사람이 없는 가운데 겁탈당하는 사비니 여인들을 감상했고 미켈란젤로, 과학박물관, 도심 주위 언덕에서 내려다보이는 피렌체 경관에 경의를 표했다. 나는 삼촌 부부가 오붓하게 둘만의 휴가를 즐길 수 있도록 피렌체를 떠나 부유하고 풍요로운 도시 루카로 향했다. 정육점으로 유명한 토스카나의 그 작은 도시에는 내가 이탈리아에서 본 것 가운데 가장 최상품인 고깃덩어리들이 마을 곳곳의 정육점 쇼윈도에 '날 원하는 거 알아.'라는 육감적인 자태로 걸려 있었다. 상상할 수 있는 모든 크기와 색깔, 변형된 형태의 소시지는 도발적인 스타킹을 신은 여인의 다리처럼 속이 꽉 들어차 정육점 천장에 주렁주렁 걸려 있었다. 탐스러운 엉덩이 살로 만든 햄은 진열장에 매달려 암스테르담의 고급 창녀처럼 행인들을 유혹했다. 죽은

---

23 Oy vey, 유대인들의 언어인 이디시어 감탄사.

닭들은 어쩌나 통통하고 행복해 보이는지 마치 살아 있을 때 누가 가장 촉촉하고 기름진지 자기들끼리 경쟁하다가 스스로를 자랑스럽게 희생한 듯했다. 그러나 루카의 최상품은 고기만이 아니었다. 밤도 있고 복숭아와 흘러넘치게 쌓인 무화과, 아, 그 무화과란…….

이 마을은 또한 푸치니의 고향으로도 유명했다. 그 사실에 좀 더 관심을 가져야 할 테지만 난 동네 슈퍼 주인이 알려 준 정보에 훨씬 더 관심이 갔다. 바로 푸치니 생가 건너편 레스토랑에서 이 마을 최고의 버섯 요리를 맛볼 수 있다는 정보였다. 그리하여 나는 시내를 어슬렁거리며 이탈리아어로 길을 물었다. "푸치니의 생가가 어느 쪽이죠?" 마침내 친절한 시민이 날 바로 그 앞까지 데려다주었다. 내가 고맙다고 말한 뒤, 곧바로 몸을 돌려 생가 입구 정반대편으로 성큼성큼 걸어가 레스토랑에 들어갔을 때 그 친절한 시민은 아마도 매우 놀랐을 것이다. 난 그 식당에서 버섯 리소토를 시켜 먹으며 비가 그치기를 기다렸다.

볼로냐를 방문한 것이 루카를 가기 전이었는지, 후였는지 지금은 기억나지 않는다. 볼로냐는 너무도 아름다워서 거기 머무는 내내 볼로냐 예찬가를 부르고 다녔다. 사랑스러운 벽돌 건축물이 있고, 부유하기로 유명한 볼로냐는 예부터 '빨강, 부유함, 아름다움'(그렇다, 이것 역시 이 책의 제목 후보 중 하나였다.)으로 불렸다. 여기 음식은 단연코 로마보다 나았다. 아니면 단지 버터를 더 많이 써서 그런지도 모르겠다. 심지어 아이스크림마저도 볼로냐가 더 맛있었다.(이런 말을 하려니 배신자처럼 느껴지지만 사실이다.) 이곳의 버섯은 큼직하고 두툼하며 섹시한 혀처럼 생겼고, 프로슈토[24]는 멋쟁이 귀부인의 모자에 드리워진 고급 레이스 베일처럼 피자에 올려져 있었다. 그리고 물론 볼로냐 소스도 빠질 수 없는데 그 맛은 슈퍼에서 파는 스파게티 소스는 발꿈치도 못 따라올 정도다.

볼로냐를 여행하는 동안 영어에는 buon appetito(많이 드세요.)에 해당하는 표현이 없다는 사실이 생각났다. 이는 슬픈 일인 동시에 많은 것을 시사한다. 또 이탈리아 기차 여행이란 세상에서 가장 유명한 음식과 와인의 이름을 통과하는 여행이라는 생각도 들었다. 다음 역은 파르마…… 다음 역은 볼로냐…… 다음 역은 몬테폴치아노…….[25] 기차 안에서도 음식이 빠질 수 없다. 작은 샌드위치와 달콤한 핫초콜릿. 밖에 비라도 내리면 금상첨화다. 한번은 장거리 기차를 타면서 잘생긴 이탈리아 청년과 한 객실에 탄 적이 있다. 바깥에는 비가 내렸고 내가 문어 샐러드를 먹는 동안 청년은 자고 또 잤다. 그러더니 베네치아에 도착하기 직전에 잠에서 깨 날 머리끝에서 발끝까지 찬찬히 살펴보고는 나지막이 "Carina.(귀엽네.)"라고 중얼거렸다.

"Grazie mille.(황송하네요.)" 나는 과장되게 예의 바른 어조

---

24 이탈리아식 생 햄.
25 각각 치즈, 소시지, 와인의 한 종류이자 이탈리아 지명이다.

로 말했다.

그는 깜짝 놀랐다. 내가 이탈리아어를 하리라고는 예상하지 못한 것이다. 사실 놀라긴 나도 마찬가지였다. 우리는 20분간 이탈리아어로 이야기했고, 난 처음으로 내가 정말 이탈리아어를 할 줄 안다는 사실을 깨달았다. 의사소통에 약간의 오류가 있기는 했어도 난 이탈리아어로 이야기하고 있었다. 영어로 생각해서 옮기는 게 아닌 곧장 이탈리아어로. 물론 문장마다 하나씩 꼭 틀리고, 시제도 겨우 세 개밖에 쓸 줄 모른다. 하지만 이 남자와 별 무리 없이 의사소통을 할 수 있었다. 지금 내 상황을 이탈리아어로 표현하자면 me la cavo, '그럭저럭 할 수 있다'라는 뜻이지만 와인병의 코르크 마개를 뽑을 때도 이 표현을 쓰기 때문에 '곤란한 상황에서 벗어날 수 있을 정도로 한 언어를 구사한다'는 뜻도 있다.

그는 내게 치근거렸다. 머리에 피도 안 마른 녀석이! 아주 매력 없는 남자는 아니었기 때문에 은근히 기분이 좋기는 했다. 비록 거만하기는 했지만. 그는 칭찬이랍시고 이탈리아어로 이렇게 말했다. "당신은 미국 여자치고 별로 뚱뚱하지 않네요."

나는 영어로 대답했다. "너도 이탈리아 남자치고 그렇게 느끼하지 않아."

"Come?"

나는 말을 살짝 바꿔 이탈리아어로 다시 대답했다. "당신도 다른 이탈리아 남자들처럼 친절하다고요."

나는 이탈리아어를 할 수 있었다! 이 녀석은 내가 자기를 좋아한다고 생각했지만, 사실 내가 시시덕거린 상대는 이탈리아어였다. 세상에, 내가 내 감정을 고스란히 다른 언어로 옮겨 담을 수 있다니! 혀의 코르크 마개가 뽑히자 이탈리아어가 콸콸 쏟아져 나왔다! 그는 나중에 베네치아에서 날 만나고 싶어 했지만, 난 애초에 그에게 관심이 없었다. 내 상사병의 대상은 이탈리아어였기에 그는 뒷전이었다. 게다가 난 이미 베네치아에 데이트 약속이 잡혀 있었다. 바로 내 친구 린다와.

크레이지 린다. 린다는 전혀 미치지 않았지만 난 그녀를 그렇게 불렀다. 린다는 역시 비에 젖은 회색 도시인 시애틀에서 이곳 베네치아로 올 예정이었다. 그녀가 나를 만나러 이탈리아에 오고 싶어 하기에 나는 이번 여행에 그녀를 초대했다. 지구상에서 가장 낭만적인 도시를 나 혼자 방문하고 싶은 마음은 털끝만큼도 없었으니까. 안 되고말고. 더구나 지금, 올해에는. 감미로운 노래를 읊조리는 뱃사공이 안개를 헤치고 나아가는 곤돌라 끝자락에 나 홀로 외로이 앉아…… 잡지나 읽으라고? 그건 너무 서글프다. 마치 2인용 자전거를 혼자 타고 언덕을 올라가는 꼴이라고 할까. 그러니 린다가 내 길동무가 되어 줄 것이다. 그것도 좋은 길동무가.

2년 전 요가 수행 취재차 발리에 갔을 때 린다(그리고 그녀의 레게 머리와 수많은 피어싱)를 처음 만났다. 그 후로 우리는 코스타리카를 함께 여행했다. 그녀는 내가 가장 좋아하는 동행으로 어떤 상황에서든 침착함을 유지하고, 재미있으며 놀라울 정도로 정리 정돈을 잘 하고, 꽉 끼는 빨간색 벨벳 바지를 입고 다니는 장난꾸러기였다. 린다는 또한 세상에서 가장 온전한 정신 상태의 소유자로 우울증이 뭔지 모르고, 자존감은 하늘을 찌를 듯이 높았다. 한번은 거울에 비친 자신을 바라보며 이런 말을 한 적이 있다. "솔직히 내가 막 끝내주게 예쁘지는 않지만 그래도 날 사랑하지 않고서는 견딜 수가 없어." 린다는 또한 내가 형이상학적 질문들, 이를테면 "우주의 본질은 뭘까?" 등으로 고민하기 시작할 때 내 입을 다물게 하는 능력이 있다. (린다의 대답은 이렇다. "내 유일한 질문은 이거야. 그걸 왜 물어?") 린다는 언젠가 레게 머리를 아주 길게 길러 땋은 다음, 철사를 넣어 머리 위에 특이한 조형물을 만들고 싶어 했다. 어쩌면 그 안에 새를 넣어 키울 수도 있다. 발리 사람들은 린다를 좋아했다. 코스타리카 사람들도 마찬가지였다. 반려동물인 도마뱀과 흰 족제비를 돌볼 때를 제외하면 린다는 소프트웨어 개발팀을 경영했고, 내가 아는 사람들 중에서 돈을 제일 많이 벌었다.

그렇게 우리는 베네치아에서 조우했다. 린다는 베네치아 지도를 거꾸로 들고 인상을 쓰며 바라보다가 우리 호텔을 찾아냈다. 그러고는 가야 할 방향을 정한 뒤, 특유의 겸손한 태도로 이렇게 외쳤다. "이제부터 이 도시는 우리가 접수하겠어."

그녀의 활기와 낙천주의는 이 고약한 악취의 도시, 느릿하고 신비롭고 적막하고 이상한 침수의 도시와는 어울리지 않았다. 베네치아는 알코올 중독으로 서서히 죽어 가거나 사랑하는 사람을 잃거나 애초에 그 사랑하는 사람을 죽인 살인 무기를 잃어버리기에 더할 나위 없이 적합한 도시 같다. 베네치아를 바라보며 나는 로마에 살기로 해서 너무 다행이라고 생각했다. 여기서 살았더라면 항우울제를 그렇게 빨리 끊을 수 없었을 것이다. 베네치아는 아름답지만 그건 마치 잉마르 베리만 영화가 아름다운 것과 같은 맥락이었다. 즉 그 아름다움은 감탄할 만할지라도 그 안에 살고 싶은 마음은 없었다.

베네치아는 도시 전체가 한 꺼풀씩 벗겨지며 바래 가고 있었다. 마치 한때는 부유했던 집안의 저택 뒤쪽에 판자로 문을 막아 버린 호화로운 방과 같다. 저택을 유지하는 비용이 너무 많이 들 때는 그냥 방문을 막아 버리고, 그 너머에서 죽어 가는 보물들을 잊어버리는 게 속 편하다. 그게 바로 베네치아였다. 기름이 둥둥 뜬 아드리아 해의 역류는 오랜 기간 버텨 온 건물들의 토대를 슬쩍슬쩍 건드리며 14세기 과학 박람회의 실험 명제 — 이봐, 물 위에 영원히 떠 있는 도시를 지어 보면 어떨까? — 가 얼마나 오래갈지 시험하고 있었다.

11월 잿빛 하늘 아래 펼쳐진 베네치아는 으스스했다. 도시 전체가 부두처럼 끼익끼익 소리를 내며 흔들거렸다. 이 도시를 접수하겠다는 린다의 자신만만한 선언에도 불구하고 우리는 매일 길을 잃었다. 특히 밤에는 더욱. 어두운 모퉁이를 돌아가면 위험천만하게 곧장 운하로 이어지는 막다른 길이 나오기 일쑤였다. 안개 자욱한 어느 밤에는 실제로 고통스러운 신음 소리를 내는 듯한 낡은 건물을 지나가기도 했다. "걱정할 것 없어. 저건 그냥 사탄의 굶주린 아가리일 뿐이야." 린다가 활기차게 말했다. 나는 그녀에게 내가 가장 좋아하는 이탈리아어인 attraversiamo(건너가자)를 가르쳐 주었고, 우린 잔뜩 긴장한 채 그곳을 빠져나왔다.

우리가 머무는 호텔 근처에는 참으로 박복한 팔자의 젊고 아름다운 베네치아 여자가 운영하는 레스토랑이 있었다. 그녀는 베네치아를 싫어했다. 베네치아에 사는 사람이라면 누구든 이 도시를 무덤처럼 여길 거라고 장담했다. 한때 사르데냐 출신의 예술가와 사랑에 빠졌고, 그는 약속대로 빛과 태양이 있는 다른 세계로 그녀를 데려갔다. 하지만 세 아이를 남긴 채 떠나 버렸고, 그녀는 하는 수 없이 다시 베네치아로 돌아와 집안 대대로 운영하는 레스토랑에서 일했다. 내 또래였지만 나보다 훨씬 늙어 보였다. 대체 어떤 남자길래 저토록 매력적인 여자를 버렸는지 나로서는 상상이 가질 않았다. ("그는 굉장한 권력을 가진 사람이었어요. 그리고 난 그이의 그늘 아래서 사랑으로 죽어 갔죠.") 베네치아는 보수적인 도시다. 그녀는 이곳으로 돌아온 뒤 몇 번의 연애를 했고, 심지어 상대가 유부남인 경우도 있었다. 그러나 결말은 언제나 비극이었다. 이웃 사람들은 그녀를 두고 쑤군거렸고, 그녀가 나타나면 하던 이야기를 멈췄다. 그녀의 엄마는 체면상 반지라도 끼고 다니라고 애걸했다. 얘야, 여긴 네 마음대로 추잡하게 살아도 되는 로마가 아니야. 매일 아침 린다와 나는 그 식당에서 아침을 먹었고, 슬픈 표정의 젊으면서도 늙은 베네치아 여사장에게 오늘의 날씨를 물었다. 그러면 그녀는 오른손으로 총을 만들어 관자놀이에 대고는 대답했다. "또 비가 온대요."

그러나 난 이곳에서 우울증에 빠지지 않았다. 베네치아의 축 처지는 우울한 기운을 거뜬히 넘겨 버릴 수 있었고, 어찌된 일인지 그걸 즐기기까지 했다. 마음속 어딘가에서 이것이 내 우울이 아니라는 걸 감지할 수 있었다. 이것은 이 도시 자체의 태생적 우울이며 요즘의 나는 내 우울과 외부의 우울을 구분할 수 있을 만큼 건강했다. 이것이야말로 내 자아가 단단해지고 치유되는 징조라고 생각하지 않을 수 없었다. 광활한 절망의 영토에서 길을 잃었던 지난 몇 년 동안에는 세상의 모든 슬픔을 내 것인 양 받아들였다. 슬픈 것이라면 무엇이든 내 안으로 스며들어 축축한 흔적을 남기곤 했다.

어쨌거나 옆에서 늘 종알대는 린다와 함께 다니며 우울해지기란 어려운 일이다. 그녀는 내게 거대한 보라색 털모자를 사라고 부추기는가 하면, 어느 날 저녁에 우리가 먹었던 형편없는 식사를 가리키며 "이건 3분 송아지 고기 요리하고 다를게 없잖아?"라고 말했다. 반딧불이, 그게 바로 린다. 중세 베네치아에는 한때 코데가(codega)라는 사람들이 있었다. 밤길을 걸을 때 길을 밝히는 동시에 도둑과 악마를 쫓아내기 위해 불이 켜진 램프를 들고 앞장서서 걸어가도록 고용된 남자들이었다. 이들 덕분에 사람들은 어두운 밤거리에서도 자신감과 든든함을 느낄 수 있었다. 내가 여행용으로 특별 주문한 베네치아식 임시 코데가가 바로 린다였다.

먹고 기도하고 사랑하라

　며칠 뒤 난 기차에서 내려 햇볕과 열기와 영원한 무질서로 가득한 로마에 발을 내디뎠다. 거리로 나가자마자 축구장에서 나 들을 법한 거대한 함성이 들렸다. 근처에서 또 노동자 시위가 벌어지고 있었다. 이번에는 무슨 일 때문에 시위가 벌어졌는지 택시 기사에게 물었지만 시원한 대답을 들을 수 없었다. 기사는 그런 일에 통 관심이 없는 눈치였다. "Sti cazzi." 그는 시위자들을 향해 그렇게 말했다. (직역하자면 "저런 머저리들"이고, "알게 뭡니까" 정도로 쓸 수 있다.) 로마에 돌아오니 좋았다. 진중한 베네치아를 벗어나 표범 무늬 재킷을 입은 남자와 길거리 한복판에서 부둥켜안은 채 서로 더듬는 10대 커플들이 보이는 도시로 돌아오니 기뻤다. 로마는 활짝 깨어 있고 활기가 넘쳤으며 햇살 아래서 한껏 화사하고 섹시했다.

　예전에 마리아의 남편 줄리오가 했던 말이 기억난다. 우리는 야외 카페에 앉아 회화 연습을 하고 있었는데 그가 내게 로마를 어떻게 생각하느냐고 물었다. 난 물론 이 도시를 너무나 사랑하지만 왠지 내 도시는 아니라는 느낌이 든다고, 여생을 보내게 될 도시는 아니라고 말했다. 로마에는 뭔가 나와 어울리지 않는 부분이 있는데 그게 뭔지 정확히 말하기 힘들었다. 그러던 찰나에 마침 유익한 시각적 도우미가 내 곁을 지나갔다. 로마의 대표적인 여성상이라고 할 수 있는 여자였다. 정성껏 치장하고 보석으로 휘감은 40대 여자로, 10센티미터 힐에 팔 길이만큼이나 길쭉한 옆트임이 있는 타이트스커트, 경주용 자동차 (그리고 아마 그 정도 가격에 육박할) 모양의 선글라스를 끼고 있었다. 보석 박힌 목줄을 채운 멋쟁이 반려견과 함께 걸어가고 있었는데 그녀의 타이트한 재킷에는 마치 전에 키우던 멋쟁이 반려견의 털로 만든 듯한 복슬복슬한 칼라가 달려 있었다. 그녀에게서는 매력이 뚝뚝 흘러넘쳐서 마치 "넌 날 쳐다보겠지만 난 너 따위는 보지 않을 거야."라고 말하는 듯했다. 평생 단 10분이라도 마스카라를 안 한 적이 없을 듯한 여자였다. 그에 비해 우리 언니의 표현대로라면 '파자마를 입고 요가 수업에 가는 스티비 닉스[26]' 스타일인 나는 모든 면에서 이 여자와 정반대였다.

나는 줄리오에게 그 여자를 가리키며 말했다. "저걸 봐요, 줄리오. 저게 바로 로마 여자예요. 로마는 저 여자의 도시인 동시에 내 도시가 될 수 없어요. 우리 둘 중 오직 한 사람만 이곳에 어울릴 수 있죠. 그리고 우리 둘 다 어느 쪽이 정답인지 알고 있고요."

"어쩌면 당신의 단어와 로마의 단어가 다른 건지도 모르죠."

"무슨 뜻이에요?"

"한 도시와 거기 사는 사람들을 이해하는 비결이 뭔지 몰라요? 그건 거리에서 들리는 단어가 뭔지 알아내는 거예요."

---

26 미국 여자 가수.

그런 다음 줄리오는 영어와 이탈리아어 그리고 손동작을 섞어 설명하기 시작했다.

"모든 도시에는 그 도시를 정의하고 거기 사는 사람들의 정체성을 나타내는 하나의 단어가 존재하죠. 어떤 도시나 거리에서 당신을 스쳐 가는 사람들의 생각을 읽을 수 있다면 대다수가 같은 생각을 하고 있다는 걸 알게 될 겁니다. 대다수의 사람들이 하는 생각, 그게 바로 그 도시의 단어예요. 만약 내 개인적 단어가 그 도시의 단어와 어울리지 않는다면 난 거기 속한 사람이 아닌 거죠."

"로마의 단어는 뭔데요?"

"섹스." 그가 선언했다.

"하지만 그건 로마에 대한 선입견 아닌가요?"

"아뇨."

"하지만 분명 로마 사람들 중에도 섹스 이외의 다른 생각을 하는 사람이 있을 거예요."

"아뇨. 모든 사람이, 하루 종일, 섹스만 생각해요." 줄리오가 우겼다.

"바티칸은요?"

"거긴 달라요. 바티칸은 로마가 아니죠. 그곳 사람들은 다른 단어를 가지고 있어요. 권력."

"신념이 아닐까요?"

"권력이요. 내 말 믿어요. 로마의 단어는 섹스예요."

만약 줄리오의 말이 맞다면 그 짧은 단어인 섹스가 발밑의 돌길을 흐르고, 분수에서도 뿜어져 나오며, 자동차 소음처럼 대기를 가득 채우고 있는 셈이다. 그것을 생각하고, 그것을 위해 옷을 차려입고, 그것을 추구하고, 고려하고, 거절하고, 즐기고, 그것으로 게임을 하는 것, 그게 로마 시민들이 하는 일의 전부다. 그게 사실이라면 로마가 이렇게 멋진데도 불구하고 왜 마음의 고향처럼 느껴지지 않는지 약간은 설명이 된다. 내 인생의 지금 이 순간만큼은 로마가 내 도시가 될 수 없다. 왜냐하면 섹스는 지금 내 단어가 아니기 때문이다. 인생의 다른 시기에는 내 단어였을지 몰라도 지금 당장은 아니다. 따라서 로마의 단어는 거리 위를 뱅글뱅글 돌아다니다가 나와 충돌한 뒤, 내게 어떤 영향도 남기지 않은 채 고꾸라져 버렸다. 나는 이 단어에 동참하고 있지 않으므로 이곳에서 제대로 산다고 할 수 없었다. 증명하기 불가능한 엉터리 이론이지만 나는 이 이론이 마음에 들었다.

줄리오가 물었다. "뉴욕의 단어는 뭡니까?"

나는 잠시 생각한 뒤, 결론을 내렸다. "동사예요. 성취하다."

(이 동사는 로스앤젤레스의 단어와 미묘하게 닮았으면서도 상당히 다르다. 역시 동사인 로스앤젤레스의 단어는 '성공하다'이다. 후에 나는 이 이론을 스웨덴 친구인 소피에게도 들려주었고, 그녀는 스톡홀름의 거리에서 들리는 단어는 '순응하다'라고 말했다. 우리 둘 다 그 사실에 실망했다.)

나는 줄리오에게 물었다. "나폴리의 단어는 뭐죠?" 그는 이탈리아 남부 지방을 훤히 꿰고 있었다.

"싸움. 어릴 때 당신 집안의 단어는 뭐였죠?"

어려운 질문이었다. 나는 '검소'와 '불경함'이 결합된 단어를 찾아내려고 노력했다. 하지만 줄리오는 벌써 의미심장한 다음 질문으로 넘어갔다. "당신의 단어는 뭡니까?"

이 질문에는 정말이지 대답할 수 없었다.

그로부터 2~3주 동안 계속 그 질문을 생각했지만 여전히 답을 찾을 수 없다. 죽어도 내 단어가 될 수 없는 단어는 알고 있었다. '결혼'이라든가 '가족' 같은 단어들. (비록 남편과 함께 그 단어의 나라에서 몇 년 살기는 했어도 난 그 단어에 어울리지 않았고, 그것이 내 고통의 가장 큰 원인이었다.) 천만다행으로 '우울'도 더는 내 단어가 아니다. 스톡홀름의 단어인 '순응'도 분명 아니었다. 뉴욕의 단어이자 내 20대를 사로잡았던 '성취하다'도 더는 완벽한 내 단어로 여겨지지 않았다. 내 단어는 아마 '추구하다'일 것이다. (그렇지만 솔직히 말해서 '도피'가 더 가깝지 않을까?) 이탈리아에서 보낸 지난 몇 달간 내 단어는 주로 '쾌락'이었다. 하지만 그 단어가 날 속속들이 담고 있지는 않다. 그랬다면 내가 그토록 인도로 가고 싶어 하진 않았을 테니까. 내 단어는 '신앙'일지도 모르겠다. 하지만 그건 왠지 실제의 나보다 더 미화된 것처럼 들린다. 게다가 내가 와인을 얼마나 많이 마시는데.

난 아직 대답을 찾지 못했고 아마도 그게 이번 여행의 목적인 듯하다. 내 단어를 찾는 일. 하지만 이것만은 말할 수 있다. '섹스'는 내 단어가 아니라는 것.

혹은 그렇게 우기고 있거나. 아니라면 대체 왜 오늘 비아콘도티의 으슥한 가게로 발걸음을 옮겼을까? 그곳에서 나는 상냥한 이탈리아 직원의 전문적인 지도 아래 몽환적인 시간을 보내며(아울러 미 대륙을 횡단하는 비행깃값에 맞먹는 돈을 써가며) 천 일 밤 동안 술탄의 후궁에게 입히고도 남을 만큼의 속옷을 사들였다. 온갖 모양과 색깔의 브래지어, 속이 훤히 들여다보이는 캐미솔과 부활절 달걀만큼이나 다채로운 색깔의 팬티, 그리고 보드라운 새틴과 우는 아기도 달래 줄 듯한 실크로 만든 슬립, 핸드메이드 티팬티, 벨벳과 레이스로 된 속옷들을 사고 또 샀다.

평생 이런 속옷은 산 적이 없었다. 그러니 지금 좀 산들 어떠랴. 얇은 포장지에 쌓인 이 물건을 겨드랑이에 끼운 채 가게를 걸어 나오는 내 귓가에 별안간 라치오의 축구 경기가 열렸던 지난밤, 로마 축구팬들이 외쳐 대던 고통스러운 외침이 들려오는 듯했다. 그날 경기에서 라치오의 간판급 선수인 알베르티니는 결정적인 순간에 축구공을 엉뚱한 곳으로 패스했고 덕분에 경기를 완전히 망쳐 버렸다.

"Per chi?" 팬들은 제정신을 잃고 그렇게 외쳐 댔다. "Per chi?"

거기 누가 있다고? 거기 누가 있다고 공을 거기로 패스한 거야, 알베르티니? 거긴 아무도 없잖아!

속옷 가게에서 황홀한 시간을 보내고 거리로 나오자 그때 일이 생각났고, 나는 그 문장을 반복해서 속삭였다. "Per chi?"

누가 있다고, 리즈? 누가 있다고 야한 속옷을 이렇게 많이 산 거니? 아무도 없잖아. 이탈리아에서의 일정은 고작 2~3주 밖에 남지 않았고 그사이에 누군가와 뒹굴고 싶은 생각은 추호도 없었다. 아닌가? 내가 드디어 로마 거리 곳곳을 채우는 그 단어의 영향을 받은 걸까? 이것이야말로 진정한 이탈리아 인이 되려는 내 최후의 노력일까? 아니면 나 자신에게 혹은 얼굴도 모르는 상상 속 연인을 위한 선물일까? 성적 자신감을 철저히 짓밟힌 지난번 연애 이후로 성욕을 치유하기 위한 시도일까?

난 내게 물었다. "너 이거 전부 싸 들고 인도로 갈 거야?"

34

올해 루카 스파게티의 생일은 공교롭게도 미국 추수 감사 절과 같은 날이었고, 따라서 그는 생일 파티 요리로 칠면조 구이를 만들고 싶어 했다. 큼지막하고 먹음직스러운 추수 감사 절 칠면조 구이를 영화에서 자주 보긴 했어도 실제로 먹어 본 적은 없다는 것이다. 루카는 추수 감사절 만찬을 흉내 내는 게 쉬울 거라고 생각했다.(특히 진짜 미국인인 내가 도와준다면.) 루카의 친구인 마리오와 시모나 부부는 로마 외곽 언덕에 멋 진 저택을 가지고 있었는데 매년 그 집에서 루카의 생일 파티 를 열어 주었기 때문에 우리는 그곳의 부엌을 쓸 수 있었다.

루카의 생일 파티 계획은 이러했다. 퇴근한 루카가 저녁 7시경에 나를 픽업해 로마에서 북쪽으로 한 시간가량 떨어진 그 친구의 집으로 데려간다.(거기서 우리는 생일 파티의 다른 손님들과 합석한다.) 그리고 약간의 와인을 마시며 서로 얼굴을 익히고, 저녁 9시쯤에는 10킬로그램짜리 구운 칠면조 요리를 칼질하는 것이다…….

나는 루카에게 10킬로그램짜리 칠면조를 굽는 게 얼마나 오래 걸리는지 설명해야만 했다. 그 계획대로라면 그의 생일 상은 다음 날 새벽에나 받을 수 있기 때문이다. 루카는 크게 낙담했다. "제일 작은 칠면조를 사면 어때? 막 태어난 칠면조."

"루카, 그냥 편하게 피자나 먹자. 추수 감사절에 미국의 콩가루 집안들도 다 그래." 내가 말했다.

그러나 루카는 계속 아쉬워했다. 사실 요즘 로마 분위기는 전반적으로 슬픔이 만연했다. 날씨는 쌀쌀해졌고 환경 미화원들과 철도청 직원들, 국내 항공사가 모두 같은 날 파업에 돌입했다. 이탈리아 어린이의 36퍼센트가 파스타와 피자, 빵을 만드는 데 사용되는 글루텐에 알레르기가 있다는 조사 결과도 막 발표되었다. 그러니 이탈리아 문화는 이제 어찌 될꼬. 그걸로도 모자라 최근에 아주 충격적인 헤드라인이 달린 기사가 실렸다. "Insoddisfatte 6 Donne su 10!" 이건 이탈리아 여자 열 명 가운데 여섯 명이 성적으로 만족하지 못한다는 뜻이다. 게다가 35퍼센트의 이탈리아 남자들이 발기 상태를 유지하는 데 어려움을 겪는 것으로 밝혀져 연구자들에게 충격을 주었다. 이 기사를 보니 과연 '섹스'를 계속 로마의 단어라고 할 수 있을지 의문이었다.

더 심각한 소식은 이라크에서 벌어지는 미국인들의 전쟁(여기서는 그렇게 부른다.)에서 최근 이탈리아 군인 열아홉 명이 사망했다는 것이다. 이는 2차 세계대전 이후로 이탈리아 군인 사망자 가운데 가장 높은 수치다. 로마 시민들은 이 죽음에 큰 충격을 받았고, 사망자들의 장례식이 열리는 날에는 도시 전체가 휴업했다. 대다수의 이탈리아인들은 조지 부시의 전쟁에 반대했다. 참전은 순전히 이탈리아 총리(이 동네에서는 주로 '머저리'라는 명칭으로 통하는)인 실비오 베를루스코니의 결정이었다. 부정부패와 추잡한 스캔들의 아이콘이자, 지성이라고는 찾아볼 수 없고, 축구팀을 소유한 사업가인 그는 유럽 의회에서 외설적인 제스처를 취해 주기적으로 국민들을 부끄럽게 했다. 거짓말에 도가 텄으며, 언론을 능수능란하게 조작하고(언론사를 소유한 사람에게는 그다지 어려운 일도 아니다.), 전반적인 행실은 점잖은 지도자라기보다 워터베리 시장(이건 코네티컷 주 사람들만 알아들을 수 있는 농담이다. 죄송.) 같았다. 그런 그가 이제는 이탈리아와 아무 상관 없는 전쟁에까지 국민들을 끌어들였다.

"그들은 자유를 위해 싸우다 죽었습니다." 열아홉 명의 군인을 매장하는 장례식에서 베를루스코니는 그렇게 말했지만, 대다수의 로마 시민들은 그렇게 생각하지 않았다. 조지 부시의 개인적 복수심 때문에 죽었다고 생각했다. 이런 정치적 풍토라면 미국인 관광객을 바라보는 시선이 곱지 않을 거라고 생각할 것이다. 사실 이탈리아를 방문했을 때 난 어느 정도 적대감을 예상했지만 대부분의 이탈리아인들은 적대감보다 공감을 표했다. 조지 부시가 언급될 때마다 베를루스코니를 가리키며 이렇게 말했다. "당신들이 어떤 심정인지 알아요. 우리도 똑같은 인간이 있거든요."

우리도 다 겪었어요.

이런 상황이다 보니 루카가 생일을 미국 추수 감사절처럼 치르고 싶어 한다는 건 이상했지만 난 그 생각이 마음에 들었다. 추수 감사절은 아마도 미국인이 마음껏 자랑스러워할 수 있을 만한 멋진 휴일, 비교적 변형되지 않고 남아 있는 국가적 축제이기 때문이다. 추수 감사절은 은총과 감사, 공동체의 날이며 물론 즐거움의 날이기도 하다. 그런 요소들이야말로 지금 이 순간 우리에게 필요한 것이다.

친구 데버라는 추수 감사절을 나와 함께 보내기 위해 주말을 이용해 필라델피아에서 로마로 날아왔다. 데버라는 미국에서 존경받는 심리학자이자 작가, 페미니스트 이론가이지만 내게는 여전히 내가 가장 좋아하는 단골손님으로 남아 있다. 내가 필라델피아 싸구려 식당에서 웨이트리스를 하던 시절, 그녀는 언제나 우리 식당에서 점심을 먹었고 얼음을 뺀 다이어트 코크를 시키며 카운터 너머로 내게 똑똑한 말들을 던지곤 했다. 덕분에 식당의 수준도 저절로 올라갔다. 올해로 우리의 우정은 15년이 넘었다. 소피 역시 루카의 파티에 참석할 예정이었다. 소피와 나의 우정은 이제 15주째다. 추수 감사절에는 언제나 누구든 환영이다. 특히나 루카 스파게티의 생일과 겹친 올해에는.

우리는 저녁 늦게, 스트레스로 잔뜩 지친 로마를 떠나 차를 타고 언덕을 올라갔다. 루카는 미국 음악을 좋아해서 이글스 음악을 크게 틀어 놓은 채 따라 불렀다. 자동차가 올리브 덤불과 고대 수도교를 지나가는 동안 그 노래는 묘한 캘리포니아풍 사운드 트랙이 되었다. 우리는 루카의 오랜 친구인 마리오와 시모나 부부의 저택에 도착했다. 부부에게는 줄리아와 사라라는 열두 살짜리 쌍둥이 딸이 있었다. 지난번 축구 경기에서 만난 루카의 친구 파올로 역시 여자 친구를 대동하고 와 있었다. 물론 루카의 여자 친구인 줄리아나도 초저녁부터 기다리고 있었다. 올리브 덤불과 클레멘타인, 레몬나무들 사이에 숨겨진 저택은 아주 아름다웠다. 벽난로에는 장작불이 타오르고, 집에서 직접 만든 올리브 오일이 구비되어 있었다.

10킬로그램짜리 칠면조를 구울 시간적 여유가 없다는 사실을 받아들인 루카는 대신 질 좋은 칠면조 가슴살을 준비했고, 나는 최대한 기억을 더듬어 손님들이 다 함께 칠면조의 속 재료를 준비하는 정신없는 과정을 지휘했다. 고급 이탈리아 빵으로 만든 빵가루와 문화 차이에 따른 대체품(예를 들어 살구 대신 대추, 셀러리 대신 회향풀)을 사용했다. 그 결과는 대성공이었다. 루카는 오늘 밤의 대화를 어떻게 진행해야 할지 걱정했다. 손님의 절반은 영어를 못했고, 나머지 절반은 이탈리아어를 못했기 때문이다.(거기다 오로지 소피만이 스웨덴어를 할 줄 알았다.) 그러나 그날 밤은 모두가 서로를 완벽하게 이해하는, 혹은 적어도 누군가가 잘 알아듣지 못할 때 옆 사람이 통역해 줄 수 있는 기적의 밤이었다.

사르데냐 와인을 몇 병이나 마셨는지 헤아리는 걸 잊었을 무렵, 데버라가 한 가지 제안을 했다. 미국 풍습에 따라 다들 손을 잡고 자신이 가장 감사히 여기는 것을 돌아가며 말하자는 것이다. 이른바 3개 국어가 혼합된 감사 기도였다.

데버라가 먼저 시작했다. 그녀는 곧 차기 미국 대통령 선거가 다가오는 것을 감사한다고 했다. 소피는 (처음에는 스웨덴어, 다음에는 이탈리아어, 다음에는 영어로) 이탈리아인들의 넉넉한 인심에 감사하고, 지난 넉 달 동안 이 나라에서 너무도 큰 즐거움을 경험할 수 있어서 감사한다고 했다. 파티의 주최자인 마리오는 좋은 직장에 취직한 덕분에 이렇게 가족, 친구들이 함께 모여 즐길 수 있는 아름다운 집을 갖게 된 것을 감사한다는 눈물 어린 고백을 했고, 이때부터 사람들의 눈물보가 터지기 시작했다. 파올로는 자기 역시 미국이 곧 새로운 대통령을 선출할 기회를 갖게 된 것을 감사한다고 말해 좌중을 웃겼다. 열두 살짜리 쌍둥이인 꼬마 사라의 용감한 고백은 우리를 침묵에 빠뜨렸다. 사라는 최근 학교에서 몇몇 친구들에게 괴롭힘을 당했다며 오늘 이렇게 좋은 사람들과 함께 있어 너무나 감사한다고 말했다. "우리 반 아이들과 달리 오늘 밤 다들 제게 친절히 대해 주셔서 너무나 감사합니다." 루카의 여자 친구는 오랫동안 루카가 한 번도 한눈을 판 적이 없고, 어려운 시기에 그녀의 가족을 따뜻하게 돌봐 줘서 감사한다고 했다. 파티의 안주인인 시모나는 남편보다 더 큰 소리로 울면서 미국에서 온 이방인들 덕분에 감사와 축하라는 새로운 관습을 갖게 되어 감사하다고 했다. 또한 그들은 전혀 이방인이 아니며 루카의 친구이므로 평화의 친구들이라고 했다.

내 차례가 되자 난 "Sono grata……"라고 말문을 열었지만 곧 내 생각을 그대로 말할 수 없음을 깨달았다. 난 지난 수년간 날 야금야금 갉아먹던 우울증에서 자유로워진 것을 너무도 감사한다고 말하고 싶었다. 그 우울증은 내 영혼에 작은 구멍을 사정없이 뚫어 놓아 한때는 이런 사랑스러운 밤도 제대로 즐길 수 없을 정도였다. 하지만 아이들을 놀라게 하고 싶지 않았기에 그 이야기는 꺼내지 않았다. 그 대신 더 간단한 진실, 오랜 벗들과 새로운 벗들에게 감사한다는 말만 했다. 특히 오늘 밤엔 루카 스파게티라는 친구가 있다는 사실에 감사한다고. 그가 행복한 서른세 번째 생일을 맞이하고 아울러 자상하고, 한 여자에게만 충실하며, 사랑스러운 남자의 표본으로 세상에 남기 위해 오래오래 장수하기를 바란다고 말했다. 또한 이 말을 하는 동안 우는 나를 이해해 달라고 덧붙였지만 사실 그 말은 할 필요가 없었다. 이미 다들 울고 있었기 때문이다.

루카는 너무 감동받은 나머지 할 말을 찾지 못한 채 이렇게 말했다. "여러분의 눈물이 내 기도입니다."

사르데냐 와인은 계속 다시 채워졌다. 파올로가 설거지

를 하고 마리오는 졸린 딸들을 재우러 데려갔다. 루카는 기타를 연주했고 다들 술에 취해 제각각의 억양으로 닐 영의 노래를 부르고 있을 때 미국 페미니스트 심리학자인 데버라가 내게 조용히 속삭였다. "이 멋진 이탈리아 남자들을 좀 봐. 자기 감정에 지극히 충실하면서 가족을 끔찍이 사랑하잖아. 게다가 자기 인생의 여자들은 또 지극히 존중하고. 신문 기사를 믿지마, 리즈. 이 나라는 아주 잘 돌아가고 있어."

우리 파티는 새벽 무렵에야 끝났다. 10킬로그램짜리 칠면조를 구웠더라도 아침으로 먹을 수 있었을 것이다. 루카 스파게티는 나와 데버라, 소피를 집으로 데려다주었다. 운전하는 루카가 졸지 않도록 우리는 떠오르는 태양을 바라보며 크리스마스 캐럴을 불렀다. 고요한 밤, 거룩한 밤. 다 함께 로마로 향하며 알고 있는 모든 언어로 노래를 부르고 또 불렀다.

35

드디어 한계에 도달했다. 이탈리아에서 거의 넉 달을 보낸 뒤, 더는 맞는 바지가 없게 되었다. 심지어 이탈리아에 온 지 두 달이 됐을 때 샀던 바지도 맞지 않았고 지난달에 새로 산 바지도 마찬가지였다. 2~3주 간격으로 새 옷을 사 댈 수는 없는 노릇이고, 곧 인도에 가면 이 살들이 녹아내리리라는 걸 잘 알고 있다. 하지만 그럼에도 불구하고 더는 이 바지들을 입고 걸어 다닐 수 없었다. 바지가 터질 것 같았기 때문이다.

그도 그럴 것이 최근 이탈리아의 한 고급 호텔에서 저울에 올라갔다가 지난 넉 달간 무려 12킬로그램이나 늘었다는 사실을 알게 되었다. 실로 경이적인 수치가 아닐 수 없다. 사실 이혼과 우울증으로 힘든 시절을 겪는 동안 난 해골처럼 앙상했던지라 7킬로그램 정도는 쪄야 했다. 그 외의 3킬로그램도 재미 삼아 찔 수 있다. 하지만 나머지 2킬로그램은? 이탈리아가 얼마나 즐거운 곳인지 증명이라도 하고 싶었나?

어쨌거나 그런 이유로 남은 평생 동안 언제나 소중한 기념품으로 간직하게 될, 이름하여 '이탈리아에서 보낸 마지막 달의 바지'를 사러 쇼핑에 나섰다. 옷가게 점원 아가씨는 친절하게도 내게 계속 더 큰 사이즈를 가져다주었고, 별다른 설명 없이 탈의실 커튼 너머로 바지를 건네주며 이번에는 잘 맞는지만 물어보았다. 나는 여러 번 커튼 밖으로 고개를 내밀며 "미안한데요, 이보다 약간 더 큰 바지 없을까요?"라고 물어야만 했다. 마침내 상냥한 점원 아가씨는 민망할 정도로 큰 사이즈의 바지를 가져다주었다. 나는 탈의실 밖으로 나와 점원에게 바지 입은 모습을 보여 주었다.

그녀의 표정은 미동도 없었다. 마치 항아리의 가치를 감정하는 큐레이터 같은 시선으로 날 바라볼 뿐이었다. 이 경우에는 좀 큼직한 항아리가 되겠지만.

"Carina.(귀엽네요.)" 마침내 그녀가 평가를 내렸다.

나는 이탈리아어로 그녀에게 말했다. "제발 솔직히 말해 줘요. 이 바지를 입으니 꼭 암소처럼 보이지 않나요?"

"아뇨, 시뇨리나, 암소처럼 보이지 않아요."

"그럼 돼지처럼 보이나요?"

"아뇨, 전혀 돼지처럼 보이지 않아요." 그녀는 아주 진지한 표정으로 날 안심시켰다.

"그럼 버펄로 같나요?"

점점 좋은 어휘 연습이 되어 가고 있었다. 난 점원 아가씨를 웃기려고 노력했지만 그녀는 투철한 프로 정신을 발휘했다.

마지막으로 한 번 더 시도했다. "어쩌면 버펄로 모차렐라 같아 보일까요?"

"네, 어쩌면. 어쩌면 아주 약간 버펄로 모차렐라 같아 보일 수도 있겠네요……."

마침내 살짝 웃으며 그녀가 시인했다.

36

이탈리아에서의 일정도 이제 겨우 일주일 남았다. 나는 인도로 가기 전에 미국으로 돌아가 크리스마스를 보낼 계획이었다. 가족 없이 크리스마스를 보내는 건 생각하기도 싫은 데다 앞으로 인도와 인도네시아에서 여덟 달 동안 여행하려면 짐을 완전히 다르게 싸야 했기 때문이다. 로마에서 살 때 필요한 물건들과 인도에서 어슬렁거릴 때 필요한 물건은 거의 겹치지 않는다.

인도 여행을 준비하는 차원에서 난 마지막 주에 시칠리아를 여행하기로 했다. 이탈리아에서 가장 제3세계인 곳, 따라서 극빈의 현장을 경험하기 전의 준비 단계로 나쁘지 않은 여행지였다. 아니면 그저 "시칠리아를 보지 않고서는 진정으로 이탈리아를 이해할 수 없다."라는 괴테의 말만 믿고 그러는 것일 수도 있고.

그러나 시칠리아는 둘째 치고 그 근처까지 가기도 결코 쉽지 않았다. 나는 일요일에 이탈리아 반도 남단까지 쭉 내려가는 기차 편을 찾은 다음, 거기서 메시나(무시무시하고 어딘지 수상쩍기까지 한 시칠리아의 항구 도시. 바리케이드가 쳐진 문 너머로 이 도시는 이렇게 울부짖는 듯했다. "내가 못생긴 건 내 탓이 아니야! 난 지진에 융단 폭격까지 겪었다고. 게다가 마피아에게 겁탈까지 당했어!")까지 가는 페리를 찾기 위해 검색 기술을 총동원해야 했다. 메시나에 도착한 뒤에는 버스 정류장(흡연가의 폐처럼 새까맣게 그을린)을 찾아야 했고, 그다음에는 티켓 창구에 앉아 자신의 인생을 한탄하며 내게 타오르미나라는 해안 도시로 가는 티켓을 팔까 말까 고민하는 게 직업인 남자를 찾아내야 했다. 그다음에는 거대하고 날카로운 절벽이 펼쳐진 시칠리아 동부 해안의 바닷가를 따라 덜컹거리는 버스를 타고 타오르미나까지 갔다. 그다음에는 택시를 찾아야 했고, 그다음에는 호텔을 찾아야 했다. 그다음에는 내가 가장 좋아하는 질문인 "어딜 가야 이 마을 최고의 요리를 먹을 수 있나요?"를 이탈리아어로 물어볼 만한 사람을 물색해야 했다. 타오르미나에서 내가 찾아낸 사람은 졸린 표정의 경찰관이었다. 그는 내 인생 최고의 선물을 주었는데, 잘 알려지지 않은 레스토랑의 이름과 손으로 직접 그린 약도가 적힌 쪽지였다.

그곳은 싹싹한 할머니가 운영하는 작은 트라토리아였다. 할머니는 스타킹을 신은 발로 테이블에 올라가 크리스마스 장식용 아기 예수상이 넘어질세라 조심스럽게 창문을 닦으며 저녁 손님 맞을 준비를 하고 있었다. 나는 할머니에게 메뉴판은 필요 없고, 오늘이 시칠리아에서 보내는 첫 번째 밤이므로 이 식당에서 제일 맛있는 음식을 가져다 달라고 했다. 할머니는 신나는 표정으로 양손을 비비며 부엌에서 일하는 한층 더 나이 든 엄마에게 시칠리아 사투리로 뭐라고 외쳤다. 그로부터 20분쯤 뒤, 나는 지금껏 이탈리아에서 먹어 본 음식 중에서 주저 없이 최고라고 말할 수 있는 음식을 정신없이 먹고 있었다. 그것은 파스타였지만 처음 보는 모양이었다. 큼직하고 신선하며 라비올리처럼 겹겹이 쌓인 파스타가 교황 모자(비록 크기는 다르더라도) 모양으로 접혀 있었는데 안에는 게, 낙지, 오징어로 만든 뜨끈하고 향기로운 퓨레가 채워져 있었다. 여기에 신선한 조갯살과 잘게 채 썬 색색의 채소를 버무리고, 올리브 오일이 들어간 바다 내음의 소스를 듬뿍 쳐서 마치 따뜻한 샐러드를 먹는 기분이었다. 그다음에는 타임을 넣고 끓인 토끼 스튜가 나왔다.

그러나 이튿날 시라쿠사에서 맛본 요리는 한층 더 훌륭했

먹고 기도하고 사랑하라

다. 버스는 늦은 오후 차가운 비가 내리는 어느 길모퉁이에 나를 뱉어 놓았다. 나는 그 자리에서 이 마을과 사랑에 빠졌다. 발밑에서 3000년의 시라쿠사 역사가 숨 쉬고 있었다. 이곳의 유서 깊은 고대 문명에 비하면 로마는 하룻강아지에 불과했다. 전설에 의하면 다이달로스[27]는 크레타에서 여기까지 날아왔다고 하고, 헤라클레스는 여기서 하룻밤을 자고 갔다. 역사가 투키디데스는 그리스 식민지인 이곳을 '아테네와 비교해도 전혀 손색없는 도시'라고 했다. 시라쿠사는 고대 그리스와 고대 로마의 연결 고리 같은 곳이다. 위대한 고대 극작가와 과학자가 이곳에 많이 살았다. 플라톤은 '어떤 신성한 운명'에 의해 통치자들이 철학자가 되고, 철학자들이 통치자가 되는 유토피아 설립을 실험하기에 가장 이상적인 장소로 시라쿠사라를 꼽았다. 역사가들에 의하면 이곳은 수사학의 기원이자 (사소하긴 하지만) 플롯의 탄생지이기도 하다.

이 허물어질 듯한 마을의 시장 속을 누비고 다니던 나는 검은 털모자를 눌러쓴 채 손님에게 생선 내장을 손질해 주는 할아버지를 보며 알 수도 없고, 설명할 수도 없는 사랑으로 가슴이 벅차오르는 걸 느꼈다. (그는 마치 재단사가 바느질하는 동안 입에 핀을 물고도 다치지 않는 것처럼 안전하게 담배를 물고 있었다. 그동안 그의 칼은 경건하고도 완벽하게 생선 살을 발라냈

---

27 그리스 신화에 나오는 장인. 밀랍으로 만든 날개를 달고 하늘을 날았다고 한다.

다.) 나는 수줍어하며 이 어부에게 오늘 밤 어디에서 식사를 해야 할지 물었고, 이번에도 역시 이름도 없는 작은 레스토랑으로 가는 길이 적힌 쪽지를 받았다. 그날 밤 그 식당에 자리를 잡자마자 웨이터는 피스타치오를 뿌린 솜털 구름 같은 리코타 치즈, 두툼한 빵 조각이 떠 있는 향기로운 올리브 오일, 얇게 저민 고기와 올리브 오일을 곁들인 작은 접시, 양파와 파슬리로 버무린 차가운 오렌지 샐러드를 내놓았다. 이 집의 명물인 오징어 요리는 채 먹기도 전이었다.

"시민들이 오로지 먹고, 마시고, 사랑 놀음에만 빠져 있다면 어떤 법이 존재한들 그 도시는 평화롭게 살 수 없다."라고 플라톤은 썼다.

하지만 잠시 그렇게 사는 게 그리 나쁜 일일까? 맛있는 끼니를 찾아다니는 것 외에 아무 야망도 없이 단 몇 달을 여행하는 일이? 혹은 그 언어를 말하는 동안 귀가 즐겁다는 것 외의 다른 고귀한 목적 없이 한 언어를 배우는 일이? 혹은 한낮에 자신이 가장 좋아하는 분수 옆에서 햇볕을 쬐며 정원에서 낮잠을 자는 일이? 그리고 다음 날에도 또 똑같이 낮잠을 자는 일이?

물론 평생을 그렇게 살 수는 없다. 현실과 전쟁, 트라우마, 죽음이 언젠가는 삶에 끼어들 것이다. 극도의 가난에 시달리는 여기 시칠리아에서 현실은 누구의 마음도 비켜 갈 수 없다. 마피아는 수세기 동안 시칠리아에서 유일하게 성공한 사업이었으며(다름 아닌 자신들로부터 사람들을 보호해 주는 사업을 하며) 지금도 여전히 사람들을 쥐락펴락한다. 팔레르모 — 한때 괴테가 도저히 묘사가 불가능한 아름다움을 지녔다고 주장한 도시 — 는 아마 서유럽에서 지금도 여전히 발밑에 2차 세계 대전의 잔재가 밟히는 유일한 도시일 것이다. 이곳은 마피아 들이 1980년대 돈세탁의 일환으로 흉물스럽고 불안정한 아파 트 단지를 지으며 체계적으로 망가져 왔다. 내가 시칠리아 주 민에게 이 건물들이 싸구려 콘크리트로 만들어졌느냐고 물었 더니 그가 이렇게 말했다. "천만의 말씀. 이건 아주 비싼 콘크 리트로 만들어졌다오. 한 건물마다 마피아에게 살해된 사람들 의 시신이 몇 구씩 묻혀 있으니까 엄청 비싸지. 하지만 그 뼈 와 치아들 덕분에 콘크리트가 더 단단해지긴 했소."

그런 환경에서 오로지 맛있게 먹을 끼니만 생각한다면 약 간 천박한 일일까? 아니면 이 고된 현실에서 우리가 할 수 있 는 최선일까? 루이지 바르치니는 1964년에 쓴 걸작 『이탈리아 인들』(그는 이탈리아가 너무 좋다거나 너무 싫다는 이유로 외국 인들이 이탈리아에 대해 이러쿵저러쿵 쓰는 것에 질려서 마침내 이 책을 썼다고 한다.)을 통해 자국 문화의 진실을 바로잡으려 고 노력했다. 왜 이탈리아가 그토록 위대한 예술가와 정치가, 과학자 들을 배출하고도 아직까지 강대국이 되지 못했는지 해 답을 찾으려 했다. 왜 언변 외교의 달인들이 국내 정치에는 그 토록 서투르기 짝이 없는가? 한 사람, 한 사람으로 따지면 용 맹함이 하늘을 찌르는데 왜 군대를 만들면 그토록 오합지졸인 가? 개인적으로는 실리에 밝은 상인들인데 어째서 한 나라로서는 그토록 비효율적인 자본주의 국가인가?

이런 질문에 대한 그의 대답은 내가 여기서 간단히 요약정
리하기에는 다소 복잡하다. 하지만 상당 부분은 지방 지도자
들의 부패와 외국 열강들의 착취라는 이탈리아의 슬픈 역사와
관련되어 있다. 이런 일을 겪으며 이탈리아 국민은 세상에 믿
을 사람은 아무도 없다는, 일견 정확해 보이는 결론을 도출해
냈다. 세상은 너무도 타락하고 거짓 약속으로 넘쳐 나고 불안
정하며 과장되고 평등하지 않기에 인간은 오로지 감각으로 경
험한 것만 믿어야 한다는 결론이었다. 그리고 이런 믿음이 이
탈리아를 유럽에서 가장 감각적인 나라로 만들었다. 바르치
니 말에 의하면 바로 이런 이유 때문에 이탈리아인들은 눈뜨
고 봐 줄 수 없을 정도로 무능한 장군, 대통령, 독재자, 교수,
공무원, 언론인, 사업가 들은 참아 주지만 무능한 성악가, 발레
리나, 창녀, 배우, 영화감독, 요리사, 재단사는 결코 참지 못한
다. 무질서와 악재와 기만이 넘치는 세상에서는 아름다움만이
유일하게 신뢰할 수 있는 덕목이다. 오직 탁월한 예술만이 타
락하지 않는다. 쾌락은 결코 흥정할 수 없기 때문이다. 그리고
때로는 한 끼의 식사만이 유일한 가치로 통용된다.

아름다움의 창조와 감상에 스스로를 바친다는 것은 진지
한 과업이다. 이는 꼭 현실 도피의 수단이 아니라 때로는 현
실에 발붙이는 수단이 되기도 한다. 그 외의 다른 모든 것들이
무너져 내리고 수사학과 플롯만 남을 때는 말이다. 최근 정부
는 마피아와 긴밀한 공조 관계에 있던 시칠리아 가톨릭 수도

승 협회를 체포했다. 그러니 누굴 믿을 수 있겠는가? 무엇을 믿을 수 있겠는가? 세상은 공정하지도 친절하지도 않다. 이런 불공정함을 소리 높여 떠들어 보라. 적어도 시칠리아에서는 흉물스러운 새 건물의 토대가 되어 생을 마감하게 될 것이다. 이런 환경에서 한 인간이 개인적 존엄을 유지하려면 무엇을 해야 할까? 아마 아무것도 할 수 없을 것이다. 자신이 늘 완벽하게 생선 살을 발라낸다거나 혹은 마을 전체에서 가장 솜털처럼 가벼운 리코타 치즈를 만든다는 사실에 자부심을 갖는 것 외에는.

오랫동안 핍박받은 시칠리아 사람들과 나를 비교한다는 건 시칠리아 사람들에게 모욕이리라. 내 인생의 비극은 사적인 이유에서 비롯되었고, 대부분 나 스스로 만들어 냈지 서사적인 억압은 아니기 때문이다. 내가 겪은 것은 이혼과 우울이지 몇 세기 동안의 피 묻은 폭정이 아니다. 정체성의 위기를 겪기는 했지만 내게는 그를 해결할 수 있는 (재정적, 예술적, 감정적) 자원이 있었다. 그럼에도 나는 시칠리아 사람들이 대대로 품위를 유지하는 데 도움이 되었던 것과 내 존엄성을 회복하는 데 도움이 되었던 것이 결국에는 같다고 생각한다. 즉 즐거움을 향유하는 것이 개인의 인간성에 닿이 되어 준다는 개념이다. 괴테가 이탈리아를 이해하려면 여기 시칠리아에 와야 한다고 했던 말의 의미도 그것이라고 생각한다. 아울러 내가 나 자신을 이해하기 위해 이곳, 이탈리아로 와야겠다고 결심했을 때 본능적으로 느낀 것도 바로 그것이리라.

내가 처음으로 영혼을 수선한 것은 뉴욕의 욕조에서 큰 소리로 이탈리아어 사전을 읽던 때였다. 인생은 산산조각으로 부서졌고, 내 얼굴은 나도 알아보지 못할 정도로 변해 있었다. 설사 내가 용의자가 되어 다른 사람들과 경찰서 벽에 나란히 선다 해도, 난 나 자신을 지목하지 못했을 것이다. 그러나 이탈리아어를 공부하면서 어렴풋한 행복이 싹트는 걸 느꼈다. 칠흑 같은 시기를 보낸 뒤에는 행복의 희미한 가능성이라도 감지되면 어떻게든 그 발목을 움켜쥐고 그것이 날 진창에서 꺼내 줄 때까지 절대 놓지 말아야 한다. 이건 이기적인 행동이 아니라 의무다. 우리는 삶을 부여받았고, 이 생애에서 아무리 하찮아도 뭔가 아름다운 것을 찾아내는 일은 의무(이자 인간으로서의 권리)다.

난 비쩍 마르고 수척한 상태로 이탈리아에 왔다. 그땐 내가 무엇을 누릴 자격이 있는지 아직 몰랐다. 어쩌면 아직도 완전히 모를 것이다. 그러나 백 퍼센트 무해한 쾌락을 즐기면서 내 자신을 다시 긁어모아 훨씬 온전한 누군가로 만들어 놓았다는 사실은 분명하다. 이를 가장 쉽고, 가장 근본적으로 표현하자면 난 몸무게가 늘었다. 이제 내 존재는 넉 달 전보다 더 커졌다. 여기 왔을 때보다 눈에 띄게 부푼 몸집으로 이탈리아를 떠날 것이다. 한 개인의 팽창은 한 인생의 확대요, 이는 실로 이 세상에서 가치 있는 일이라는 희망을 안은 채. 설사 이번만큼은 공교롭게도 그 인생이 다른 누구도 아닌 바로 나 자신의 인생일지라도.

2부
인도

혹은 "당신을 만난 것을 축하합니다"
혹은 신앙 추구에 관한 서른여섯 개의 이야기

37

어릴 때 우리 집에서는 닭을 키웠다. 늘 열두 마리를 유지했기에 한 마리라도 없어지면 ─ 매, 여우에게 물려 가거나 알 수 없는 병에 걸려 죽거나 ─ 아버지는 즉시 사라진 닭을 대체하기 위해 근처 농장으로 차를 몰고 가서 자루에 닭 한 마리를 담아서 돌아왔다. 문제는 새 닭을 닭장 속에 넣을 때 아주 조심해야 한다는 것이다. 무작정 닭장에 던져 넣었다가는 기존의 닭들이 새 닭을 침입자로 간주하게 된다. 따라서 반드시 닭들이 모두 잠든 한밤중에 새 닭을 몰래 닭장 속에 넣어야 한다. 횃대에 닭을 놓아두고 살그머니 빠져나오는 것이다. 아침이 되어 닭들이 깨어나면 그들은 신출내기를 알아보지 못하고 그냥 "저 닭은 분명 계속 저기 있었을 거야. 들어오는 걸 보지 못했으니까."라고만 생각한다. 더 웃긴 건 닭장 안에서 깨어난 신출내기 닭도 자신이 여기 새로 왔다는 걸 기억하지 못하고 "난 계속 여기 있었던 게 분명해⋯⋯."라고 생각한다는 것이다.

내가 인도에 도착한 것도 정확히 이런 식이었다.

내가 탄 비행기는 새벽 1시 30분에 뭄바이에 도착했다. 때는 12월 30일이었다. 나는 수하물을 찾은 뒤 택시를 잡아탔다. 택시는 도심을 빠져나와 아쉬람을 향해 몇 시간이고 계속 달렸다. 내 목적지인 아쉬람은 외딴 시골 마을에 있다. 밤거리를 달리는 택시 안에서 꾸벅꾸벅 졸다가 가끔씩 눈을 뜰 때마다 사리를 걸친 말라깽이 여자들이 장작 한 아름을 머리에 인 채 걸어가는 모습이 보였다. 이런 한밤중에? 헤드라이트도 켜지 않은 버스가 지나가는가 하면, 소달구지도 지나갔다. 보리수는 개천을 따라 우아한 뿌리를 한껏 펼치고 있었다.

택시는 새벽 3시 반에서야 사원 바로 앞에 있는 아쉬람 정문에 멈춰 섰다. 내가 택시에서 내리자 서구식 복장에 털모자를 쓴 젊은이가 어둠 속에서 나와 자신을 소개했다. 그의 이름은 아투로였고 멕시코에서 온 스물네 살의 기자였다. 그 역시 구루의 추종자로 나를 마중하러 나와 있었다. 우리가 서로 자기소개를 속삭이는 동안 아쉬람 안쪽에서 내가 가장 좋아하는 산스크리트어 성가의 익숙한 첫 번째 가락이 들려왔다. 이것은 첫 번째 아침 기도인 아라티(arati)로 매일 아쉬람이 깨어나는 새벽 3시 반에 시작된다. 나는 사원을 가리키며 아투로에게 "들어가도 될까요?"라고 물었고, 그는 얼마든지 좋다는 동작을 취했다. 나는 택시비를 내고 나무 뒤에 배낭을 내려놓았다. 신발을 벗고 무릎을 꿇어 사원 계단에 이마를 댄 다음 안으로 들어가 아름다운 성가를 부르는 인도 여인들 속에 앉았다.

그것은 신에게 헌신하고자 하는 갈망을 노래하는 성가로 난 그걸 '산스크리트어 버전의 어메이징 그레이스'라고 부른다. 내가 유일하게 외우는 노래이기도 한데 일부러 외운 게 아니라 너무 좋아서 외우게 됐다. 나는 익숙한 산스크리트어로 노래하기 시작했다. 성가는 요가의 신성한 가르침을 간단히 소개하는 것으로 시작해 점점 높은 어조로 신을 숭배하다가("난 우주의 대의를 사랑합니다…… 태양과 달과 불의 눈을 가진 신을 사랑합니다…… 당신은 내 모든 것이며 신 중의 신입니다…….") 모든 신념을 요약한 보석 같은 문장("이것도 완벽하며 저것도 완벽하다. 완벽함 속에서 완벽함을 취하면 완벽함만 남으리.")으로 마무리한다.

여인들은 노래를 마치고 말없이 고개 숙여 인사했다. 그러고는 옆문으로 빠져나가 어두운 정원을 가로질러 더 작은 사원으로 들어갔다. 기름 램프 하나만 켜진 그곳에서는 향냄새가 풍겼다. 나는 그들을 따라갔다. 사원 안쪽은 새벽녘 추위 때문에 모직 숄을 두른 수행자들 — 인도인과 서양인 — 로 가득 차 있었다. 다들 닭장 속 닭들처럼 이곳에 자리 잡은 채 명상을 시작했고, 나 역시 신출내기 닭처럼 눈에 띄지 않게 그들 곁으로 살그머니 다가갔다. 가부좌를 틀고 무릎에 손을 올린 뒤 눈을 감았다.

지난 넉 달 동안 명상과는 담을 쌓고 살았다. 그동안 명상에 대한 생각조차 하지 않았다. 나는 그곳에 앉았다. 호흡이 고요해졌다. 아주 천천히, 일부러 한 음절씩 만트라를 외워 보았다.

옴.

나.

마.

쉬.

바.

야.

옴 나마 쉬바야.

내 안에 존재하는 신에게 경의를 표합니다.

그러고는 만트라를 반복했다. 다시 한 번, 또 한 번. 명상이라기보다 만트라를 조심스럽게 풀어 나가는 과정에 가까웠다. 오랫동안 쓰지 않고 보관해 두었던 할머니의 고급 도자기 세트 포장을 풀 때처럼. 잠이 들었는지 아니면 환각 상태에 빠졌는지, 심지어 시간이 얼마나 흘렀는지도 잘 모르겠다. 그러나 마침내 태양이 떠오르고 인도의 아침이 밝아 왔다. 눈을 뜨고 주위를 둘러보자 이제 이탈리아는 한없이 멀게 느껴졌고, 나는 처음부터 계속 여기 머물러 있었던 것만 같았다.

38

"우리는 왜 요가를 할까요?"

뉴욕에서 꽤나 어려운 요가 수업을 듣던 중에 선생님이 이런 질문을 던졌다. 학생들은 모두 옆으로 삼각형 자세를 만드는 힘든 동작을 하고 있었고, 선생님은 어느 누구도 더는 원치 않을 만큼 오랫동안 이 자세를 유지하게 했다.

"우리는 왜 요가를 할까요?" 그는 다시 질문을 던졌다. "다른 사람들보다 좀 더 유연한 몸을 갖기 위해서? 아니면 더 고귀한 목적이 있는 걸까요?"

산스크리트어인 요가(Yoga)는 '합일'이라는 뜻으로 번역될 수 있다. 원래 어근인 유즈(yuj)라는 단어에서 파생되었는데 이는 '멍에를 씌우다'라는 뜻으로 무소처럼 우직하게 당장 해야 할 일에 몰두한다는 뜻이다. 그리고 요가에서 말하는 당장 해야 할 일이란 합일을 도모하는 것이다. 몸과 마음 간에, 한 사람과 신 간에, 생각과 그 생각의 근원 간에, 스승과 제자 간에, 심지어는 우리 자신과 몸이 뻣뻣하기 그지없는 이웃들 간에도. 서양인들은 주로 요가가 신체를 위한 요상한 동작의 운동이라고 알고 있지만 그것은 요가 철학의 한 분파인 하타 요가일 뿐이다. 고대 인도인들이 이 운동을 개발한 이유는 개인 건강을 위해서가 아니라 명상을 시작하기 전에 근육과 마음을 느슨하게 풀어 주기 위해서였다. 엉덩이가 아픈 상태로 몇 시간이고 가만히 앉아 있는 건 얼마나 힘든 일인가. "아…… 엉덩이 아파 죽겠네."라는 사실만을 묵상하기에 바빠서 정작 자기 고유의 신성함은 묵상할 겨를이 없을 것이다.

그러나 요가는 명상을 통해, 학문을 통해, 침묵의 수련을 통해, 헌신적인 실천 혹은 만트라를 통해 신을 발견하는 수단이기도 하다. 일부 수련은 힌두교에서 비롯된 것처럼 보일지라도 요가는 힌두교와 동의어는 아니며, 모든 힌두교 신자들이 요기[28]도 아니다. 진정한 요가는 어떤 종교와도 경쟁하지 않으며 어떤 종교도 배제하지 않는다. 우리는 신성한 합일의 엄격한 훈련인 요가를 통해 크리슈나, 예수, 모하메드, 붓다 혹은 야훼에게 가까이 다가갈 수 있다. 아쉬람에 머무는 동안 나는 기독교, 유대교, 불교, 힌두교, 심지어는 이슬람교를 믿는 수행자들을 만났다. 아예 자신이 믿는 종교 자체를 언급하지 않는 사람들도 만났는데 워낙 말이 많은 세상이다 보니 그들을 나무랄 수는 없다.

요가의 방침은 인간이라는 존재가 갖는 태생적 결함을 풀어 나가는 것이다. 그 태생적 결함이란, 극도로 간단히 정의하자면 만족을 유지할 줄 모르는 가슴 아픈 무능력이다. 지난 수 세기 동안 여러 학파는 인간의 이런 선천적인 결함을 각기 다르게 설명해 왔다. 도교에서는 이를 불균형이라 하고, 불교에서는 무지라 하며, 이슬람교에서는 인간이 신에게 반항했기 때문이라 하고, 유대 기독교는 인간의 모든 고통을 원죄로 돌

─────

28 Yogi, 요가 수행자.

린다. 프로이트는 인간의 불행은 타고난 욕구와 문명의 필요가 충돌해서 생긴 피할 수 없는 결과라고 말한다. (심리학자인 친구 데버라의 설명대로 '욕망은 예정된 결함'인 것이다.) 그러나 요기들은 인간의 불만족은 자신의 정체성을 오해한 결과라고 말한다. 우리는 스스로가 그저 두려움과 결함, 분노, 언젠가는 죽어야 할 운명을 지닌 보잘것없는 인간이라고 생각하기 때문에 불행하다. 한정된 에고가 자신의 본질이라는 잘못된 믿음을 가지고 있기 때문이다. 우리는 내면 깊은 곳에 존재하는 보다 신성한 특질을 깨닫지 못한다. 모든 인간의 마음속 어딘가에 영원히 평화로운 최상의 자아가 존재한다는 걸 깨닫지 못한다. 그 최상의 자아야말로 우리의 진정한, 아울러 보편적이고 신성한 자아다. 이 진실을 깨닫지 못하면 인간은 언제나 절망에 빠져 있을 것이라고 요기들은 말한다. 이런 개념은 고대 그리스 스토아 철학자인 에픽테토스의 까칠한 발언인 "이 한심한 사람아, 그대는 내면에 신을 품고 있으면서도 그걸 모르는구나."를 친절하게 표현한 것이다.

요가는 인간이 자기 내면의 신을 경험하려는, 아울러 그 경험을 영원히 지속하려는 노력이다. 자기 수련이며 과거에 대한 끝없는 상념과 미래에 대한 쉼 없는 걱정에서 우리를 끌어내 영원한 존재의 장소를 찾아내려는 헌신적인 노력이다. 오직 그곳에서만 우리는 균형 잡힌 태도로 자기 자신과 주위 환경을 주시할 수 있다. 오직 평온한 마음의 눈을 통해서만 세상의 (그리고 우리 자신의) 본질을 볼 수 있다. 균형 잡힌 시각을 가진 진정한 요기는 이 세상 모든 것을 신의 창조적 에너지가 평등하게 발현된 것으로 본다. 남자, 여자, 어린이, 순무, 빈대, 산호, 이 모두가 신이 위장한 모습인 것이다. 그러나 요기들은 인간으로 태어나는 것이 매우 소중한 기회라고 믿는다. 왜냐 하면 오직 인간의 모습을 하고, 인간의 마음을 지니고 있을 때 만 신을 깨달을 수 있기 때문이다. 순무, 빈대, 산호는 자신이 진정 누구인지 깨달을 기회를 얻지 못한다. 그러나 우리에게 는 그 기회가 있다.

"따라서 이번 생에서 우리가 해야 할 일은 마음의 눈을 다 시 건강하게 해서 그 눈으로 신을 보는 것이다."라고 성 아우 구스티누스는 다소 요기 같은 발언을 했다.

위대한 철학적 신념이 모두 그렇듯 이 역시 이해하기는 쉽 지만 실천에 옮기기는 불가능하다. 좋다, 만물은 모두 하나며 사람의 내면에는 누구나 신성한 존재가 있다. 어려울 것 없지. 납득할 수 있어. 하지만 지금부터 그런 식으로 살아 보도록 노 력하자. 그 깨달음을 하루 24시간 내내 실천으로 옮겨 보자. 이건 절대 쉽지 않다. 그렇기 때문에 인도인들은 요가를 배우 는 데 스승이 필요하다고 믿는다. 이미 잠재 능력이 완전히 발 현된 성자로 태어나지 않은 이상, 우리에게는 깨달음을 향한 여정을 이끌어 줄 안내자가 필요하다. 운이 좋다면 살아 있는 구루를 만나게 될 것이다. 수년 동안 순례자들이 인도로 오는 이유도 그 때문이다. 알렉산더 대왕은 기원전 4세기에 인도로 대사를 보내 유명한 요기를 찾아 궁전으로 데려오라고 했다.

(대사는 위대한 요기를 찾았으나 그에게 함께 가자고 설득할 수는 없었다고 보고했다.) 4세기에는 그리스의 또 다른 대사인 티라나의 아폴로니우스가 인도를 여행하며 이렇게 썼다. "인도의 브라만들은 지상에 살지만 지상에 살지 않으며 방어벽 없이도 스스로를 방어하고 아무것도 소유하지 않았지만 세상 부를 모두 소유하고 있다." 간디도 늘 구루와 공부하고 싶어 했지만 구루를 찾을 시간이나 기회가 없었다고 후회했다. "구루 없이 진정한 지식을 얻을 수 없다는 교리는 상당 부분 사실이다."라고 그는 썼다.

깨달음의 희열을 영원히 유지할 수 있는 사람은 누구든 위대한 요기가 될 수 있다. 그 희열의 상태를 다른 사람에게 전파할 수 있는 위대한 요기가 바로 구루다. 구루라는 단어는 두 개의 산스크리트어 음절로 이루어져 있는데 첫 번째 음절은 '어둠'이라는 뜻이고, 두 번째 음절은 '빛'이라는 뜻이다. 어둠에서 빛으로. 스승으로부터 제자에게 전수되는 것은 만트라비르야(mantravirya)라고 부른다. '깨달을 수 있는 잠재성'이라는 뜻이다. 우리가 구루에게서 얻게 되는 것은 단순한 가르침만은 아니다. 그렇다면 다른 스승과 다를 바가 없을 것이다. 우리는 구루가 지닌 은총도 함께 받는다.

위대한 존재와 스치듯 지나가는 만남을 통해서도 그런 은총을 받을 수 있다. 예전에 베트남 승려이자 시인, 평화 운동가인 틱낫한의 뉴욕 강연회에 간 적이 있었다. 그날은 정신없이 바쁜 도시의 전형적인 평일 저녁이었고 사람들은 몸싸움을 벌이며 강당으로 들어갔다. 사람들의 스트레스가 합쳐진 탓에 강당 안은 순식간에 짜증스러운 분위기가 고조되었다. 그 순간 스님이 무대 위로 올라왔다. 스님은 곧바로 강연을 시작하지 않고 잠시 고요히 앉아 있었다. 관객들, 즉 신경이 팽팽하게 곤두섰던 뉴요커들은 차례로 그의 고요함에 점령당했다. 이내 강당 안은 쥐 죽은 듯 고요해졌다. 불과 10분 만에 이 작달막한 베트남 남자는 관객 모두를 자신의 침묵 속으로 끌어들였다. 아니, 우리를 우리 자신의 침묵 속으로 끌어들였다는 게 더 정확한 표현일 것이다. 우리가 선천적으로 타고났지만 아직 발견하거나 권리를 주장하지 못한 마음의 평화 속으로. 그는 그곳에 있는 것만으로 우리에게서 그런 마음 상태를 끌어낼 수 있었다. 그것이 바로 신성한 힘이다. 그리고 바로 그 때문에 구루를 만나려는 것이다. 스승의 능력이 나의 숨겨진 위대함을 드러내 줄지도 모른다는 희망을 품고.

인도의 고대 현인들은 한 영혼이 우주에서 가장 위대하며 상서로운 행운을 가지고 태어났는지 가늠할 수 있는 세 가지 기준이 있다고 썼다.

1 의식의 탐구가 가능한 인간으로 태어났다.

2 우주의 본질을 이해하려는 열망을 선천적 혹은 후천적으로 가지고 있다.

3 살아 있는 영적 지도자를 만난다.

구루를 간절히 바라면 찾게 된다는 이론이 있다. 우리의 열망은 우주를 움직이고, 운명의 분자들이 스스로를 재정립해 우리의 노선은 곧 우리에게 필요한 스승의 노선과 교차하게 된다. 나 역시 욕실 바닥에서 절박한 기도를 했던 그날 밤 — 울면서 신에게 대답을 애걸했던 밤 — 으로부터 불과 한 달 만에 스승을 찾아냈다. 데이비드의 아파트로 걸어 들어가 놀랄 만큼 아름다운 인도 여자의 사진을 마주한 것이다. 물론 나도 구루를 따른다는 것에 대해 꽤나 양가적 감정을 가지고 있었다. 일반적으로 서양인들에게 구루란 그다지 편한 단어는 아니다. 그와 관련된 위험한 현대사도 있기 때문이다. 1970년대에 부유하고 열성적이며 민감한 서구의 청년 구도자들 상당수가 카리스마 넘치지만 어딘지 의심스러운 인도인 구루들과 충돌한 사건이 있었다. 이제는 그 혼란이 대부분 정리되었지만 불신의 여운은 아직도 남아 있다. 지금까지 요가를 배워 온 나조차도 가끔은 구루라는 단어를 쓰기가 껄끄럽다. 하지만 인도인들에게는 그런 문제가 전혀 없다. 구루의 가르침을 받으며 자란 사람들이라서 다들 구루의 존재를 편안히 받아들인다. 한 인도 소녀가 내게 말했듯이 "인도에서는 누구나 거의 구루가 있어요!" 무슨 의도로 한 말인지는 알지만(인도에서는 거의 누구에게나 구루가 있다는 뜻이겠지.) 내게는 그 애의 틀린 문장이 더 마음에 와닿는다. 가끔씩 내 심정이 꼭 그렇기 때문이다. 내게도 거의 구루가 있는 듯한 기분. 때로는 나도 그 사실을 인정하고 싶지 않다. 난 전형적인 뉴잉글랜드

주 출신으로 회의주의와 실용주의를 정신적 유산으로 물려받았기 때문이다. 어쨌거나 내가 작정하고 구루를 찾아 나섰다기보다 그녀가 내게로 왔다. 처음 그녀를 봤을 때 그녀가 사진 속에서 ― 총명한 연민으로 뜨겁게 타오르는 그 검은 눈동자로 ― 날 바라보며 이렇게 묻는 듯했다. "당신은 날 필요하다고 했고 그래서 내가 이렇게 왔어요. 그러니까 할 거예요, 말 거예요?"

신경질적인 농담과 문화 간의 이질성에서 비롯된 불편함은 모두 제쳐 두고 난 그날 밤 내가 했던 대답을 언제나 기억해야 한다. 분명하고 한없는 예스.

39

아쉬람에서 만난 첫 번째 룸메이트는 사우스캐롤라이나 주에서 온 독실한 침례교도이자 명상 지도자인 흑인 중년 여성이었다. 시간이 흐르며 룸메이트는 아르헨티나에서 온 무용수, 스위스인 동종 요법가, 멕시코인 비서, 다섯 아이를 둔 호주인 주부, 젊은 방글라데시인 컴퓨터 프로그래머, 메인 주 출신의 소아과 의사, 필리핀인 회계사로 바뀌었다. 주기적으로 수행자들이 바뀜에 따라 더 많은 사람들이 왔다가 떠났다.

이 아쉬람은 부담 없이 방문할 수 있는 곳이 아니다. 무엇보다 접근이 용이하지 않다. 뭄바이에서 아주 멀리 떨어진 교외의 예쁘고 어수선한 마을(길 하나와 사원 하나, 열 손가락으로 꼽을 수 있는 상점, 마음 내키는 대로 돌아다니다가 때로는 양복점에 들어가 그대로 드러눕기도 하는 소 떼로 이뤄진 작은 마을이었다.) 근처의 계곡 흙길에 세워졌다. 어느 저녁 난 마을 한가운데 있는 나무에 전선줄이 걸쳐 있고, 거기에 60와트짜리 알전구 하나가 달려 있는 것을 보았다. 그것이 이 마을의 유일한 가로등이었다. 아쉬람은 이 마을의 경제를 책임지며 또한 이 마을의 자부심이기도 하다. 아쉬람 밖에는 온통 먼지와 가난뿐이다. 그러나 안쪽에는 관개 수로가 갖춰진 정원, 화단, 숨겨진 과수원, 새들의 지저귐, 망고나무, 잭프루트나무, 캐슈나무, 목련나무, 보리수가 있다. 건물들은 화려하지 않을지라도 나쁘지 않다. 카페 스타일의 단순한 식당, 여러 종교적 전통의 관점에서 집필한 정신세계에 관한 책들이 구비된 널찍한 도서관, 각기 다른 용도에 따른 몇 개의 사원. 명상 '동굴'도 두 곳이나 있는데 편안한 쿠션이 있는 어둡고 조용한 지하 공간으로 24시간 개방되어 있으며 오로지 명상 수련의 목적으로만 사용되었다. 아침 요가 수업이 열리는, 지붕이 달린 야외 정자도 있고 타원형 산책로가 있는 일종의 정원도 있는데 학생들은 그 길을 따라 조깅을 할 수 있다. 나는 시멘트로 지어진 기숙사 건물에서 잤다.

내가 아쉬람에 머무는 동안 이곳의 거주자는 언제나 2300명을 넘지 않았다. 만약 구루가 온다면 그 숫자는 엄청나게 늘어났을 테지만 내가 있는 동안 그녀는 한 번도 인도에 오지 않았다. 어느 정도 예상했던 일이다. 그녀는 최근에 꽤 많은 시간을 미국에서 보냈기 때문이다. 그래도 그녀가 갑자기 어디에 나타날지는 아무도 모른다. 구루와 학업에 정진하기 위해 꼭 구루 곁에 있어야 하는 건 아니다. 물론 실존하는 위대한 요기와 함께하는 것은 무엇과도 바꿀 수 없는 황홀한 일이며 난 직접 경험한 적도 있다. 그러나 오랫동안 정진한 많은 수행자들은 때로는 그것이 마음을 흐트러뜨리기도 한다고 주장한다. 자칫 잘못했다가는 유명인과 함께 있다는 흥분감에 취해 정작 진정한 목적을 잃게 된다는 것이다. 반면 그냥 구루의 아쉬람에서 엄격한 훈련 스케줄에 따라 스스로를 수양한다면 명상을 통해 스승과 더 쉽게 소통할 수도 있다. 열광한 군중을 뚫고 들어가 간신히 구루와 말 한마디 나누는 것보다 때로는 이런 명상이 더 효과적이다.

아쉬람에는 돈을 받고 장기간 근무하는 일꾼들도 있지만 대부분의 노동은 여기 머무는 학생들에 의해 이뤄진다. 일부 마을 사람들은 돈을 받고 여기서 일하기도 하고, 일부는 구루의 추종자가 되어 학생 신분으로 이곳에 머문다. 그중에 아쉬람을 맴도는 한 인도 소년이 왠지 내 관심을 끌었다. 그 애의 아우라(이 단어를 쓴 것을 양해해 주시길……)에는 거부할 수 없는 뭔가가 있다. 우선 그 애는 엄청난 말라깽이다.(비록 여기서는 꽤 보편적인 몸매였지만. 인도 10대 아이들보다 더 마른 사람이 있다면 보기가 겁난다.) 내가 중학교를 다니던 시절, 컴퓨터에만 빠져 있던 소년들이 밴드 콘서트에 갈 때 차려입던 옷차림, 그러니까 짙은 바지에 말쑥하게 다린 흰색 버튼다운셔 츠를 입고 다녔다. 셔츠는 소년의 몸집에 비해 너무 헐렁해서 마치 커다란 화분에서 떨렁 피어난 한 줄기 데이지처럼 가느 다란 목이 셔츠 위로 튀어나와 있다. 머리카락은 언제나 물을 묻혀 단정히 빗어 넘겼다. 16인치쯤 되어 보이는 허리에는 성 인 남자의 벨트를 거의 두 번은 돌려서 차고 다니는 듯했다. 그리고 매일 같은 옷을 입었다. 나는 그게 그 애의 유일한 옷 임을 깨달았다. 소년은 밤마다 손으로 셔츠를 빨아 아침에 다 려 입는 게 분명했다. (단정한 옷차림을 유지하려고 노력하는 것 또한 여기서는 흔한 일이다. 옷을 빳빳하게 다려 입고 다니는 인 도 청소년들을 본 나는 부끄러운 마음에 쭈글쭈글 주름진 내 원 피스를 얼른 벗어 버리고 좀 더 단정하고 점잖은 옷을 찾아 입었 다.) 그런데 이 아이가 뭐 어떻다는 건가? 왜 난 이 아이의 얼굴 을 볼 때마다 그토록 감동하는 걸까? 그 얼굴에선 어찌나 광채 가 나는지 마치 은하수로 긴 휴가를 떠났다가 방금 돌아온 듯 했다. 마침내 나는 다른 인도 소녀에게 저 소년이 누구인지 물 었다. 소녀는 무덤덤한 말투로 대답했다. "시내에서 가게를 하 는 집의 아들이에요. 찢어지게 가난한 집이죠. 구루가 저 애를 이곳에 머물게 했어요. 저 애가 치는 북소리는 신의 목소리 같 아요."

아쉬람에는 일반인에게 개방된 사원이 하나 있는데 많은 인도인이 시다하 요기(혹은 '완벽한 마스터')의 조각상에 경의 를 표하려고 하루 종일 들락거린다. 시다하 요기는 1920년대에 이 일파의 가르침을 정립한 사람으로 지금까지도 인도 전역에서 위대한 성인으로 추앙받는다. 그러나 아쉬람의 나머지 장소는 오직 학생들에게만 출입이 허용된다. 이곳은 호텔도 관광지도 아니다. 오히려 대학에 가깝다. 여기 머물기 위해서는 반드시 신청서를 작성해야 하며, 요가를 꽤 오랫동안 진지하게 공부해 왔다는 걸 증명해야 하고, 적어도 한 달은 머물러야 한다.(나는 여기서 6주를 머무른 뒤 혼자서 인도를 여행하기로 했다. 사원과 아쉬람, 그 밖의 성지들을 탐험하면서.)

이곳의 학생들은 공평하게 인도인과 서양인으로 나뉘어 있다.(그리고 서양인은 다시 엇비슷하게 미국인과 유럽인으로 나뉜다.) 수업은 힌두어와 영어로 진행된다. 신청서에는 반드시 에세이를 쓰고 참고 문헌을 밝혀야 한다. 또한 신청자의 정신적, 신체적 건강 상태 그리고 마약이나 알코올 중독의 여부, 재정 상태를 묻는 설문지도 작성해야 한다. 구루는 사람들이 현실을 엉망으로 만들어 놓고 그 도피처로 아쉬람이 이용되는 걸 원치 않았다. 그것은 누구에게도 도움이 되지 않는다. 아울러 만약 신청자의 가족이나 사랑하는 사람들이 어떤 이유로든 구루를 따르고 아쉬람에 머무는 것을 심하게 반대한다면 굳이 오겠다고 고집할 필요도 없고, 그럴 가치도 없다는 게 그녀의 일반적 방침이다. 그냥 평소대로 집에 머물며 좋은 사람이 되어라. 여기 오는 일로 소란 떨 것 없다.

구루의 이런 현실감은 언제나 내게 위안이 된다.

또 한 가지, 여기 오려면 자신이 분별 있고 쓸모 있는 인간임을 증명해야 한다. 노동에도 참여할 수 있다는 걸 보여 줘야 한다. 여기서는 하루에 다섯 시간씩 세바(seva), 즉 '이타적인 봉사'를 통해 아쉬람의 전반적인 운영에 공헌해야 하기 때문이다. 또한 아쉬람 경영진은 신청자가 지난 6개월 사이에 큰 감정적 트라우마를 겪었다면(이혼이나 가족의 죽음), 나중에 이곳을 찾아 달라고 당부한다. 그런 일을 겪고 나면 이곳의 공부에 집중할 수 없을 테고, 혹시라도 감정적으로 문제가 생겼다가는 다른 학생들에게 방해만 되기 때문이다. 내가 결혼 생활을 접으며 겪었던 정신적 고통을 생각해 볼 때 만약 그 무렵에 바로 이곳으로 왔다면 이 아쉬람에 머무는 사람들을 심하게 고갈시켰을 것이다. 그보다는 먼저 이탈리아에서 쉬면서 힘과 체력을 회복한 뒤, 이곳에 오기로 한 게 훨씬 나은 결정이었다. 지금이야말로 그 체력이 필요한 때이니까.

아쉬람에서는 신청자들이 건강한 상태에서 이곳에 오기를 바란다. 아쉬람의 생활은 혹독하기 때문이다. 새벽 3시에 시작해서 밤 9시에 끝나는 일상은 신체적으로나 정신적으로 매우 힘들다. 정신 회로에 어떤 기분 전환이나 휴식을 줄 틈도 없이 하루에 몇 시간이고 조용한 명상과 묵상을 해야 한다. 인도 시골구석의 좁은 방에서 이방인과 함께 살아야 한다. 벌레며 뱀, 설치류도 있다. 날씨는 극과 극을 오간다. 몇 주 동안 지겹도록 폭우가 내리는가 하면 아침 식사를 하기도 전에 38도가 넘는 경우도 있다. 이곳에서는 모든 게 지독히 현실적이며, 지독히 빠르게 돌아간다.

구루는 아쉬람에 오게 되면 한 가지 일만 일어날 거라고 늘 말한다. 진정한 자기 자신을 발견하는 일. 따라서 이미 미치기 직전인 사람이라면 아예 여기 오지 않는 게 낫다. 솔직히 말해서 당신의 입에 나무 스푼을 물린 채 당신을 여기서 질질 끌고 나가는 일은 누구도 하고 싶지 않으니까.

40

나의 도착은 새해의 시작과 멋지게 맞물렸다. 아쉬람에 도착한 지 채 하루도 되지 않아 벌써 올해 마지막 날이었다. 저녁 식사 후, 작은 안뜰은 사람들로 붐비기 시작했다. 다들 바닥에 앉았다. 차가운 대리석 바닥에 앉는 사람도 있고, 잔디밭에 앉는 사람도 있다. 인도 여자들은 마치 결혼식 신부처럼 차려입었다. 칠흑 같은 머리는 기름을 발라 등 뒤로 땋아 내리고, 자신이 가진 최고급 실크 사리에 금팔찌를 했다. 이마 한가운데는 반짝이는 보석 빈디(bindi)가 박혀 있는데 마치 머리 위로 펼쳐진 별빛의 희미한 여운 같았다. 자정이 될 때까지, 해가 바뀔 때까지 이 안뜰에서 찬트가 진행될 예정이었다.

찬트[29]는 내가 너무 좋아하는 수련을 지칭하는, 내가 너무

---

29 산문에 멜로디 없이 리듬과 박자만 더해 부르는 것. 여러 종교 예배에서 이뤄진다.

싫어하는 단어다. 이 단어를 들으면 기분 나쁠 정도로 단조로운 웅웅거림이 떠오른다. 마치 남자 드루이드[30]들이 제물을 바친 모닥불 주위를 맴돌며 웅웅거리던 것처럼. 그러나 이 아쉬람에서 우리가 하는 찬트는 천사의 합창이다. 일반적으로 주고받는 형식으로 진행되는데 먼저 옥구슬 같은 목소리를 가진 소수의 젊은 남녀가 조화로운 한 음절을 노래하면 나머지 사람들은 그 구절을 반복한다. 이는 일종의 명상 수련이기도 하다. 진행되는 음악에 의식을 집중한 뒤, 내 목소리를 옆 사람의 목소리와 합해 결국은 모두가 한 목소리로 노래하려는 노력이다. 나는 아직 시차 적응이 덜된 터라 자정까지 노래 부를 기운은 고사하고 깨어 있기도 힘들 것 같았다. 그때 어둠 속에서 바이올린 한 대가 열망 어린 가락을 길게 연주하면서 음악의 밤은 시작되었다. 그 뒤로 오르간이 이어지고, 그다음에는 느릿한 북 그리고 노래……

나는 다른 엄마들과 함께 안뜰 뒤쪽에 앉아 있었다. 인도 엄마들은 가부좌를 튼 채 지극히 편안하게 앉아 있었고, 아이들은 작은 무릎 덮개 위에서 잠들어 있었다. 오늘 밤의 찬트는 자장가이자 비가, 감사 기도로 연민과 헌신을 암시하는 라가(raga, 가락)로 쓰여 있었다. 우리는 늘 그렇듯이 산스크리트어(기도와 종교학을 제외하고 더는 인도에서 쓰이지 않는 고대 언어)로 노래했다. 나는 선창하는 사람들의 목소리를 그대로 반

---

30 고대 켈트족 사제들로 마법에 능했다.

사하는 거울이 되려고 노력하며 여러 줄기의 푸른빛 같은 그들의 어조를 집어 들었다. 그들이 내게 신성한 언어를 전해 주면, 나는 잠시 그 언어를 가지고 있다가 다시 그들에게 돌려보냈다. 이것이 우리가 지치지 않고 몇 시간이고 노래를 부를 수 있는 비결이다. 다들 한밤중의 어두운 바닷속에 있는 다시마처럼 이리저리 흔들렸다. 주위 아이들은 실크에 폭 쌓여 있었다. 하늘에서 내려온 선물처럼.

나는 너무나 피곤했지만 노래의 푸른빛을 손에서 놓지 않은 채 졸면서 신의 이름을 부르는 상태로 빠져들었다. 아니면 이 우주의 우물 속으로 떨어진 건지도 모르겠다. 그러다 11시 30분이 되자 오케스트라는 찬트의 박자를 빠르게 하며 우리를 완전한 기쁨 속으로 몰아넣었다. 짤랑거리는 팔찌를 차고 아름답게 차려입은 여자들은 손뼉을 치며 춤을 추었고, 온몸으로 탬버린을 쳐 댔다. 쿵쿵거리는 북소리는 리드미컬해지며 우리를 흥분시켰다. 1분씩 지날수록 마치 우리가 힘을 합쳐 2004년을 끌어당기는 것만 같았다. 지금까지 음악의 밧줄로 새해를 묶어 놓았다면 이제는 밤하늘을 가로질러 그것을 끌어당기고 있었다. 마치 알 수 없는 미래가 가득 담긴 거대한 어망을 끌어올리듯이. 그 속에 앞으로 올 한 해 동안 우리에게 닥칠 탄생, 죽음, 비극, 전쟁, 사랑, 발견, 변화, 재앙 등이 모두 담겨 있으니 어찌 무겁지 않겠는가. 우리는 계속 노래 부르며 계속 끌어당겼다. 손에 손을 잡고, 시시각각으로, 점점 더 가까이. 시간은 어느새 자정이 되어 노래는 최고조에 달했으며, 이 최후의 용감한 분발 속에서 마침내 머리 위로 힘껏 끌어당기자 새해의 그물이 하늘과 우리 모두를 덮어 버렸다. 그 안에 어떤 사건이 담겨 있을지는 오직 신만이 아실 테지만, 지금 이 순간만큼은 새해가 여기 있고, 우리 모두 그 아래 있다.

태어나서 생판 모르는 사람들과 새해를 축하해 보기는 처음이었다. 이 모든 춤과 노래 속에서 난 새해 자정에 껴안을 사람이 아무도 없다. 그러나 이 밤이 외롭다고는 말할 수 없다.

외로움과는 거리가 먼 밤이다.

41

여기서는 누구나 일을 해야 하는데 내 경우에는 사원 바닥을 문질러 닦아야 했다. 따라서 하루에 다섯 시간씩 솔과 양동이를 들고 차가운 대리석 바닥에 무릎을 꿇은 채 동화에 나오는 계모의 딸처럼 일했다. (참, 나는 그 상징이 의미하는 바를 알고 있다. 사원은 곧 내 마음이므로 이는 내 마음을 닦는 일이요, 영혼을 윤내는 일이다. 일상의 평범한 노동은 자아 순화 및 기타 등등을 위한 정신 수련의 일종으로 행해져야 한다.)

나와 함께 바닥을 닦는 동료들은 대부분 인도 청소년들이다. 이 일은 언제나 청소년들 몫인데 그 이유는 많은 신체적 에너지가 필요한 동시에 책임감은 별로 요구되지 않기 때문이다. 일을 망쳐 봤자 별다른 피해가 발생하지 않는다. 나는 내

동료들이 마음에 든다. 팔랑거리는 작은 나비 같은 소녀들은 같은 또래의 미국 아이들보다 훨씬 어려 보였고, 진지하고 어린 독재자인 소년들은 같은 또래의 미국 아이들보다 훨씬 어른스러워 보였다. 사원 안에서는 떠들면 안 되지만, 이들은 청소년이다. 따라서 일하는 동안 끊임없이 재잘거린다. 그렇다고 한심한 이야기들만 오가는 건 아니다. 내 옆에서 하루 종일 솔질하던 소년은 이 일을 어떻게 하는 게 제일 좋은지 내게 열심히 설교했다. "진지하게 받아들이세요. 시간을 엄수하고 차분하면서 편안한 마음으로 일해야 해요. 당신이 하는 모든 일은 신을 위한 것이고, 신이 하는 모든 일은 당신을 위한 것임을 명심하세요."

힘든 육체노동이지만 매일 하는 노동은 매일 하는 명상에 비하면 비교적 쉽다. 사실 난 명상에 재능이 없는 것 같다. 한동안 명상을 안 하기는 했지만 솔직히 말해서 전에도 명상을 잘하는 편은 아니었다. 도무지 마음을 가만히 붙들어 둘 수가 없다. 한번은 인도 스님에게 그 얘기를 했더니 스님이 이렇게 말했다. "유감스럽게도 역사상 그런 문제를 가진 사람은 당신만이 아닙니다." 스님은 요가의 가장 신성한 고대 경전인 『바가바드기타』에 나오는 말을 인용했다. "오 크리슈나여, 마음은 끊임없이 움직이고 동요하며 힘이 세서 굽힐 줄 모릅니다. 바람을 잠재우는 것만큼이나 어려운 일입니다."

명상은 요가의 닻이자 날개다. 명상은 수단이다. 명상과 기도는 둘 다 신과의 교류를 추구하는 수행이지만, 둘 사이에는

먹고 기도하고 사랑하라

차이점이 있다. 기도가 신에게 말하는 것인 반면, 명상은 듣는 행위다. 이 둘 중에서 내게 뭐가 더 쉬울지 한번 짐작해 보시라. 난 내 감정과 문제에 대해서라면 하루 종일이라도 신에게 조잘댈 수 있지만, 침묵 상태로 들어가 듣는 건…… 글쎄, 그건 완전히 다른 문제다. 마음에게 고요히 쉬라고 말할 때마다 놀랍게도 마음은 금세 다음의 상태로 변한다. ① 지루함, ② 분노, ③ 좌절, ④ 불안, ⑤ 앞에 나온 것 모두.

대부분의 인간과 마찬가지로 나는 불교에서 '원숭이의 마음'이라고 말하는 무거운 짐을 지고 있다. 내 생각은 하나에서 다른 것으로 쉼 없이 넘어가고, 오직 몸을 긁거나 침을 뱉거나 소리를 지를 때만 멈춘다. 내 마음은 먼 과거에서부터 알 수 없는 미래에 이르기까지 시간을 헤치고 마구잡이로 옮겨 간다. 고삐 풀린 망아지처럼 1분에 수십 가지의 생각을 건드리면서. 꼭 이것 자체가 문제라고 할 수는 없다. 문제는 이런 생각에 동반되는 감정이다. 행복한 생각은 날 행복하게 하지만, 아악! 내 마음은 금세 다시 강박적인 걱정으로 옮겨 가서 기분을 망쳐 버린다. 그런 다음에는 화나는 순간들이 기억나면서 다시 분노에 휩싸여 씩씩거린다. 그러면 내 마음은 지금이 자기 연민에 빠질 때라고 결정하고 금세 외로움을 느낀다. 인간은 생각의 산물이다. 감정은 생각의 노예고, 인간은 감정의 노예이기 때문이다.

마음이 생각의 넝쿨을 옮겨 다닐 때의 또 다른 문제점은 결코 현재에 머물 수 없다는 것이다. 우리는 언제나 과거를 들이파거나 미래를 들쑤시기에 바빠서 이 순간에 쉬지 못한다. 내가 아끼는 친구 수전의 버릇과 비슷하다. 수전은 아름다운 장소를 볼 때마다 거의 발작하듯이 이렇게 외친다. "여기 너무 아름답다! 언젠가 다시 오고 싶어!" 그녀가 이미 그곳에 있음을 깨닫게 하려면 내 설득력을 총동원해야 한다. 신과의 결합을 추구하는 사람이라면 이렇게 생각이 과거, 미래로 이동하는 것이 큰 문제다. 신을 존재(presence)라고 부르는 데는 이유가 있다. 신은 바로 여기, 지금 존재하기 때문이다. 현재(present)만이 그분을 발견할 수 있는 유일한 장소요, 지금만이 유일한 시간이다.

그러나 현재에 머물기 위해서는 하나의 초점에만 전념해야 한다. 여러 명상 기술은 여러 가지 방법으로 이 하나의 초점을 가르친다. 예를 들면, 눈으로 빛의 한 점을 바라보라든가, 호흡으로 배가 부풀었다 꺼지는 것을 관찰하라든가. 우리 구루는 만트라를 통한 명상을 가르친다. 집중해서 신성한 단어나 음절을 계속 반복하는 것이다. 만트라는 이중 역할을 한다. 우선 마음에게 뭔가 할 일을 준다. 원숭이에게 만 개의 단추를 주고 "이 단추를 한 번에 하나씩 저쪽으로 옮겨 놔."라고 말하는 것과 같다. 원숭이에게 구석에 처박혀 꼼짝도 하지 말라고 명령하는 것보다는 이쪽이 더 수월할 것이다. 만트라의 또 다른 목적은 마음의 일렁이는 파도를 헤치고 배가 되어 우리를 다른 상태로 이동시키는 것이다. 마음이 생각의 역류 상태에 휩쓸려 갈 때마다 만트라로 돌아가 다시 보트에 올라타고 계속 나아갈 수 있다. 위대한 산스크리트어 만트라는 위대한 힘, 다시 말해 신성한 해안선을 따라 배를 계속 저어 갈 수 있는 능력을 준다고 한다. 하나의 만트라에 계속 집중할 수만 있다면.

명상과 관련된 내 많고 많은 문제점 중 하나는 내가 사용하는 만트라―옴 나마 쉬바야―가 영 불편하다는 것이다. 그 만트라의 음성도, 뜻도 좋아하지만 그 만트라는 나를 명상 상태로 유도하지 못한다. 요가를 수행한 지난 2년간 한 번도 성공한 적이 없다. 머릿속으로 옴 나마 쉬바야를 반복할 때마다 그 말이 목구멍에 턱 걸리고, 가슴이 조여들며 긴장하게 된다. 게다가 그 음절을 호흡에 맞출 수가 없다.

마침내 어느 밤, 나는 룸메이트인 코렐라에게 물어보았다. 그녀 앞에서 내가 만트라를 반복하는 데 집중하지 못한다는 사실을 인정하기가 몹시 부끄러웠지만 그녀의 직업이 명상 선생이니 날 도와줄 수 있을 거라고 생각했다. 코렐라는 자기도 예전에는 명상 도중에 마음이 이리저리 방황했지만 지금은 명상이 삶을 변화시킨 인생의 큰 즐거움이라고 말했다.

"그냥 앉아서 눈을 감고 만트라를 생각하기만 하면, 난 곧장 천국으로 사라져버려."

그녀의 말을 듣고 나는 부러워서 속이 울렁거릴 지경이었다. 그러나 코렐라는 거의 내가 살아온 세월만큼이나 요가 수련을 해 온 사람이다. 나는 그녀가 명상을 하면서 옴 나마 쉬바야를 정확히 어떻게 사용하는지 보여 줄 수 있겠느냐고 물었다. 각 음절마다 숨을 들이쉬는 걸까?(그렇게 했다가 지루하고 짜증 나서 죽는 줄 알았다.) 아니면 한 번 호흡할 때마다 한 단어씩?(하지만 단어들은 길이가 각각 다르다! 그러니 어떻게 호흡을 고르게 할 수 있는가?) 아니면 한번 들이쉴 때 만트라를 전부 외고 내쉴 때 다시 전부 외울까?(이것 역시 시도해 봤으나 속도가 점점 빨라져 나중에는 불안해졌다.)

"나도 잘 모르겠네. 그냥…… 말해."

"하지만 노래 부르듯이 하나요? 박자를 붙이나요?"

나는 이제 절박해진 나머지 마구 물었다.

"그냥 자연스럽게 말해."

"명상할 때 머릿속으로 만트라를 어떻게 말하는지 소리 내서 들려줄 수 있어요?"

너그럽게도 내 룸메이트는 눈을 감은 채 머릿속에 떠오르는 만트라를 큰 소리로 말하기 시작했다. 그리고 정말로 그녀는…… 그냥 자연스럽게 말하고 있었다. 살짝 미소를 띠고 조용히 평범하게. 사실 그녀가 몇 번 하지도 않았는데 난 벌써 초조해져서 그녀를 중단시켰다.

"그런데 지루하지 않으세요?" 내가 물었다.

코렐라는 눈을 뜨고 미소를 지으며 시계를 바라보았다. "10초밖에 안 지났어, 리즈. 벌써 지루해?"

42

이튿날 아침, 나는 새벽 4시 명상 시간에 딱 맞춰서 도착했다. 이곳에서의 하루는 언제나 명상으로 시작된다. 우리는 침묵 속에서 한 시간을 앉아 있어야 하는데 내게는 1분이 1킬로미터를 걷는 것처럼 느껴졌다. 앞으로 무려 60킬로미터를 참고 걸어야 하는 것이다. 시작한 지 14분, 그러니까 14킬로미터를 걷고 나자 무릎이 쑤시고, 분노가 날 누르기 시작했다. 명상하는 동안 나와 내 마음이 나누는 대화를 생각해 보면 충분히 이해가 간다. 우리 대화는 대개 이런 식으로 진행된다.

나: 좋아, 이제부터 명상을 시작하자. 호흡에 집중하고, 만트라에 정신을 모으는 거야. 옴 나마 쉬바야. 옴 나마 쉬바 ─

마음: 너도 알다시피, 내가 널 도울 수 있어!

나: 좋아, 잘됐네. 나도 네 도움이 필요해. 시작하자. 옴 나마 쉬바야. 옴 나마 쉬 ─

마음: 내가 멋진 명상 이미지를 만들어 줄게. 이를테면, 그래, 좋은 게 생각났다. 네가 신전이라고 상상하는 거야. 섬 위의 신전! 그리고 그 섬은 바다에 있어!

나: 와, 그것참 멋진 이미지다.

마음: 고마워. 내가 직접 생각해 낸 거야.

나: 근데 어떤 바다지?

마음: 지중해야. 네가 그리스의 섬이라고 상상해 봐. 고대

그리스 신전이 있는 섬. 아냐, 못 들은 걸로 해. 그건 너무 관광지 분위기야. 있잖아, 바다는 빼 버리자. 바다는 너무 위험해. 더 나은 생각이 있어. 호수 속 섬이라고 상상하는 거야.

나: 이제 제발 명상 좀 하자. 옴 나마 쉬 ―

마음: 그래! 물론이지! 하지만 그런 호수는 상상하지 마. 그게 뭐냐⋯⋯ 그⋯⋯요란한 보트들이 떠 있는 호수.

나: 제트 스키?

마음: 그래! 제트 스키! 그건 연료를 너무 많이 소비해! 환경의 적이라고. 연료를 많이 소비하는 게 또 뭔지 알아? 낙엽 송풍기야. 안 그럴 거 같지만 ―

나: 알았어. 근데 이제 제발 명상 좀 하자, 응? 옴 나마 ―

마음: 그래! 난 정말로 널 돕고 싶어! 그래서 바다나 호수 속 섬 이미지도 포기한 거야. 별 효과가 없으니까. 그러니까 이번엔⋯⋯ 강 속의 섬을 상상해 보자!

나: 아, 허드슨 강에 있는 폴레펠 섬 같은 거?

마음: 그래! 바로 그거야! 완벽해. 그러니까 마지막으로 그 이미지를 명상하자. 네가 강 속의 섬이라고 상상해. 명상하는 동안 떠다니는 모든 생각들, 이건 그냥 강물의 자연스러운 흐름이니까 무시해 버려. 넌 섬이거든.

나: 잠깐만, 아까는 내가 신전이라며.

마음: 맞아, 미안해. 넌 섬 위의 신전이야. 사실 넌 섬이자 신전이야.

나: 그러면서 강이기도 하고?

먹고 기도하고 사랑하라

마음: 아니, 강은 그냥 생각의 흐름이야.

나: 잠깐! 제발 좀 그만해! 너 때문에 돌아 버리겠어!

마음(상처받은 목소리로): 미안해. 난 그저 널 도우려 한 건데.

나: 옴 나마 시바야……. 옴 나마 시바야……. 옴 나마 시바야…….

여기서 잠시 8초간 생각이 정지하며 명상이 잘되는 듯하다가 ―

마음: 이제 나한테 화난 거야?

난 마치 숨이 막힌 사람처럼 숨을 헉 들이쉰다. 마음이 승리를 거두며 난 눈을 뜨고 명상을 멈춘다. 아쉬람은 명상을 심화시키려고 오는 곳이라지만 이건 재앙 수준이다. 명상을 잘해야 한다는 부담감이 너무 컸다. 도저히 못하겠다. 하지만 그럼 어떻게 해? 매일 명상을 시작한 지 14분마다 울면서 사원을 뛰쳐나갈까?

오늘 아침에는 싸우는 대신 그냥 그만두었다. 포기했다. 난 사원 벽에 기대앉았다. 등은 아프고, 기운도 없고, 마음은 겁에 질려 떨고 있었다. 내 자세는 붕괴된 다리처럼 무너져 내렸다. 머리 위에 있던 만트라(마치 보이지 않는 쇠모루처럼 날 짓누르고 있었다.)를 들어 옆에 내려놓았다. 그러고는 신에게 말했다. "정말 죄송하지만, 오늘은 당신께 이만큼밖에 다가가지 못하겠어요."

라코타 수족(Sioux)은 가만히 앉아 있지 못하는 아이는 반편이라고 했다. 고대 산스크리트어 경전에 이런 말이 있다. "내가 제대로 명상하고 있는지 알 수 있는 분명한 징후들이 있다. 그중 하나는 새들이 우리를 무생물로 생각하고 머리 위에 와서 앉는 것이다." 분명히 난 아직 그 단계는 아니다. 하지만 그 뒤로 40분 정도 몸은 사원에, 마음은 자괴감과 자격지심에 꼼짝없이 갇힌 채 가능한 한 고요히 머물러 있으려고 노력했다. 반면 주위 수행자들은 완벽한 가부좌를 하고 완벽하게 눈을 감고 완벽한 천국으로 이동하며 차분함이 흘러넘치는 자신만만한 미소를 짓고 있었다. 그런 모습을 보자 슬픔이 울컥 치밀어 올랐고, 눈물의 위로라도 받고 싶은 마음이 굴뚝같았으나 예전에 구루가 했던 말을 기억하며 눈물을 참았다. 구루는 자신에게 절대 무너질 기회를 주면 안 된다고 했다. 한번 무너지면 습관이 되어 자꾸, 자꾸 무너지기 때문이다. 그 대신 씩씩한 마음을 유지하는 연습을 해야 한다.

하지만 난 전혀 씩씩하지 못했다. 쓸모없는 인간이라는 생각에 온몸이 쑤셨다.

마음과 대화할 때면 누가 '나'고, 누가 '마음'인지 알 수 없었다. 뇌는 생각을 멈추지 않으며 영혼을 먹어 치우는 기계였고, 난 대체 뇌를 어떻게 길들여야 할지 알 수 없었다. 해결될 기미가 보이지 않았다.

43

저녁 식사 시간이 되었다. 나는 천천히 먹으려고 노력하며 혼자 앉아 있었다. 구루는 언제나 먹는 일을 수련으로 생각하라고 권했다. 음식을 마구잡이로 꾸역꾸역 밀어 넣지 말고, 적당히 먹는 게 중요하다. 소화계에 너무 많은 음식을 너무 빨리 퍼부어 몸의 신성한 불꽃을 꺼뜨리면 안 된다. (구루는 나폴리를 가 보지 않은 게 분명하다.) 학생들이 명상이 잘 안 된다고 불평할 때마다 그녀는 언제나 최근 소화 상태가 어떤지 묻는다. 내장이 소시지 칼초네[31]와 버펄로 윙 한 접시, 코코넛 크림 파이 절반을 휘젓느라 끙끙댄다면 당연히 무아지경 상태에 쉽게 빠져들지 못하기 때문이다. 따라서 여기서는 그런 음식을 제공하지 않는다. 아쉬람의 음식은 가볍고 건강한 채식이다. 하지만 맛이 좋다. 나로서는 굶주린 고아처럼 게걸스럽게 먹지 않으려고 의식적으로 노력해야 한다. 게다가 뷔페 스타일이었다. 먹음직스러운 공짜 음식들이 맛있는 냄새를 풍기며 눈앞에 펼쳐져 있기 때문에 두 번, 세 번씩 돌고 싶은 유혹을 뿌리치기가 쉽지 않다.

그리하여 나는 혼자 앉아 많이 먹지 않으려고 자제하는 중이었다. 그때 식판을 든 채 빈자리를 찾아 걸어오는 한 남자가 보였다. 나는 그에게 합석해도 좋다는 표시로 고개를 끄덕였

---

31 밀가루 반죽 속에 고기, 치즈, 채소 등을 넣어 구운 이탈리아 요리.

다. 처음 보는 얼굴이었다. 새로 온 사람이 분명했다. 그 이방인은 서두를 일이 뭐가 있느냐는 듯한 걸음걸이였으며, 몸가짐은 국경 마을의 경찰서장이나 평생 엄청난 판돈을 굴려 온 노름꾼처럼 위엄이 있었다. 50대로 보였지만 마치 지구에서 2~3세기는 살았던 사람의 걸음걸이였다. 백발에 흰 수염을 길렀고, 체크무늬 플란넬 셔츠를 입고 있었다. 떡 벌어진 어깨와 솥뚜껑만 한 손은 한번 맞았다가는 뼈도 못 추릴 것 같지만 표정은 느긋하기 이를 데 없었다.

그는 내 맞은편에 앉아 느릿한 어조로 투덜거렸다. "참나, 여긴 뭔 놈의 모기들이 닭이라도 강간할 만큼 크네."

신사 숙녀 여러분, 텍사스 주에서 온 리처드 납시오.

44

텍사스 주에서 온 리처드를 거쳐 간 많은 직업 중에는—그것도 상당수를 제외한 상태에서—유전 개발자, 바퀴가 열여덟 개나 달린 대형 트럭 운전사, 다코타 지방 최초의 공식 버켄스탁 판매상, 중서부 쓰레기 매립지의 자루꾼(미안하지만 여기서 '자루꾼'이 뭔지 설명할 시간이 없다.), 고속 도로 공사장 인부, 중고차 세일즈맨, 베트남 참전 용사, '일용품 브로커'(여기서 일용품이란 주로 멕시코산 마약을 말한다.), 마약 및 알코올 중독자(이것도 직업이라고 할 수 있다면), 그다음에는 개과천선한 마약 및 알코올 중독자(훨씬 존경받는 직업), 공동체의 히피 농부, 라디오 해설자 그리고 마지막으로 성공한 고급 의료 기구 판매상(결혼 생활이 실패해 사업을 전 부인에게 모두 넘겨주고 '다시 빈털터리가 되어 궁둥이나 긁어 대기' 전까지)이 있다. 지금은 오스틴에서 낡은 집을 보수하는 일을 한다.

"제대로 된 경력을 쌓아 본 적이 없어. 그냥 사람들 속여서 돈벌이가 되는 일만 찾아다녔지." 그의 말이다.

텍사스 주에서 온 리처드는 걱정을 달고 사는 사람이 아니다. 그를 보고 걱정도 팔자라고 할 일은 없을 것이다. 하지만 나는 약간 걱정도 팔자인 사람이고, 그렇기 때문에 그를 아주 좋아하게 됐다. 이 아쉬람에서 리처드의 존재는 날 즐겁고도 든든하게 해 주었다. 그의 어슬렁거리는 거대한 자신감은 내 선천적 신경 쇠약을 달래 주었고 다 잘될 거라고 생각하게 해 주었다. (그리고 잘되지 않으면 최소한 웃기기라도 할 것이라고.) 포그혼 레그혼[32]을 기억하는가? 리처드가 약간 그런 스타일이다. 그리고 나는 그의 수다스러운 친구인 치킨호크가 되었다. 리처드의 말을 인용하자면 "나와 먹보가 붙었다 하면 우린 시종일관 낄낄거리지."

먹보.

리처드가 내게 지어 준 별명이다. 그는 우리가 처음 만난

---

32 만화 「루니툰스」의 캐릭터. 강한 남부 악센트를 지닌 수탉으로 늘 말썽을 일으킨다.

날, 내가 얼마나 많이 먹는지 알아차리고 그 별명을 하사했다. 나는 나름대로 변호했지만("일부러 자제하면서 수양하는 마음으로 먹고 있다고요!") 그 별명은 그대로 굳어져 버렸다.

아마 텍사스 주에서 온 리처드는 전형적인 요기는 아닐 것이다. 인도에 머무는 동안 전형적인 요기에 대한 고정 관념을 갖지 않도록 조심하긴 했지만. (여기서 만난 아일랜드 시골 출신의 낙농업자, 남아프리카에서 온 전직 수녀님 이야기를 꺼내고 싶지만 참겠다.) 리처드는 전 여자 친구가 구루의 강연을 들으러 텍사스 주에서 뉴욕 아쉬람까지 그를 끌고 간 일을 계기로 요가에 발을 들여놓게 되었다. 리처드는 이렇게 말했다. "난 아쉬람이 세상에서 제일 이상한 곳이라고 생각했지. 우리의 전 재산을 기부하고, 집과 자동차 문서도 양도해야 하는 줄 알았는데 그런 일은 없더라고……."

대략 10년 전이었던 그때 이후로 리처드는 어느새 늘 기도하게 되었다. 그의 기도는 한결같았다. "제발, 제발, 제발 제 마음을 활짝 열어 주십시오." 그는 신에게 계속 그렇게 간청했다. 원하는 것은 그것뿐이었다. 활짝 열린 가슴. 기도는 언제나 "그리고 그 일이 일어날 때는 제발 제게 사인을 보내 주십시오."라는 부탁으로 끝났다. 그 시절을 회상하며 리처드는 이렇게 말했다. "기도를 할 땐 조심해야 해, 먹보야. 정말로 이뤄지니까." 몇 달간 끊임없이 마음을 활짝 열어 달라고 기도한 끝에 리처드에게 무슨 일이 일어났을까? 그렇다, 그는 응급 심장 절개 수술을 받게 되었다. 그의 가슴은 말 그대로 활짝 열렸고 갈비뼈가 양쪽으로 벌어지면서 마침내 햇빛이 심장에 떨어졌다. 마치 신께서 "자, 이게 사인이니라."라고 말하듯이. 그리하여 이제 리처드는 기도할 때마다 조심한단다. "요즘은 기도할 때 항상 이렇게 끝을 맺지. '아, 그리고 말입니다, 하느님. 제발 살살 해 주세요, 예?'"

"내 명상 수련은 어쩌면 좋죠?"

어느 날 신전 바닥을 문질러 닦는 날 지켜보고 있던 리처드에게 내가 물었다. (그는 운이 좋게도 부엌에서 일하기 때문에 저녁 식사 시간 한 시간 전까지만 가면 된다. 그는 내가 신전 바닥 닦는 걸 구경하기 좋아한다. 웃긴다나?)

"어쩌긴 뭘 어째? 그냥 내버려 둬."

"안 돼요."

"왜 안 돼?"

"도무지 마음을 진정시킬 수가 없다고요."

"구루의 가르침을 생각해 봐. 명상이라는 순수한 의도를 가지고 가부좌를 튼 이상, 그다음에 일어나는 일은 우리가 알 바 아니라고 했잖아. 그런데 왜 넌 네 경험이 나쁘다고 평가하는 거야?"

"왜냐하면 내가 명상할 때 일어나는 일은 진정한 요가가 될 수 없으니까요."

"먹보야, 넌 그 안에서 무슨 일이 벌어지는지 전혀 모르고 있어."

"내겐 환상도 보이지 않아요. 어떤 초월적인 경험도 없고……."

"알록달록한 색깔을 보고 싶은 거야? 아니면 너의 진실을 알고 싶은 거야? 목적이 뭐야?"

"명상할 때 난 그저 내 자신과 말다툼만 하는 것 같아요."

"그건 그냥 네 에고야. 에고가 여전히 대장 노릇을 하려고 안달하는 거지. 원래 에고가 하는 일이 그건데 뭐. 늘 소외감과 이중성을 느끼게 하고, 네가 완전한 인간이 아니라 어딘가 결함이 있는 불량품이라는 확신을 심어 주려고 하지."

"그래서 좋을 게 뭐예요?"

"너 좋으라고 그러는 게 아니야. 널 도와주는 건 에고의 본분이 아니거든. 걔가 하는 일은 계속 권력을 유지하는 것뿐이야. 지금 이 순간 에고는 죽도록 겁에 질려 있어. 지금 구조 조정을 당할 판이니까. 네가 이 영성의 길을 계속 걸어 나간다면, 그 악당의 시대가 끝나는 건 시간문제야. 이제 곧 에고는 실직자가 될 테고, 네 가슴이 모든 걸 다 결정하겠지. 그래서 지금 에고가 죽도록 싸우는 거야. 가슴을 농락해서 자기 권위를 세우고 우주에서 멀리 떨어진 우리에 널 몰아넣으려고 안간힘을 쓰면서. 그러니까 에고의 말을 듣지 마."

"어떻게 안 들어요?"

"꼬마들에게서 장난감을 뺏어 본 적 있어? 아이들은 발길질하고 소리를 지르며 아주 난리를 피우지, 안 그래? 가장 좋은 방법은 그 애들에게 다른 장난감을 주는 거야. 녀석들의 주의를 돌리는 거지. 억지로 생각을 멈추려고 하지 말고 더 나은 장난감을 줘. 더 건강한 장난감을."

"이를테면요?"

"사랑 같은 거, 먹보야. 신에 대한 순수한 사랑."

45

명상 동굴에 들어가는 일과는 신성한 영적 교감의 시간이 되어야 하지만, 최근 나는 영락없이 동물 병원으로 끌려가는 개처럼 잔뜩 쭈뼛거리며(의사와 간호사가 아무리 친절할지라도 결국에는 주삿바늘이 따끔하게 찌르는 것으로 끝난다는 것을 알고 있기에) 동굴로 들어간다. 그러나 텍사스 주에서 온 리처드와 그런 대화를 나눈 뒤, 오늘 아침에는 새로운 접근법을 시도했다. 난 가부좌를 틀고 머리에게 말했다. "잘 들어 봐. 네가 겁에 질린 거 이해해. 하지만 약속할게. 널 없애려는 게 아니야. 쉼터를 만들어 주려는 것뿐이야. 사랑해."

예전에 스님이 내게 이런 말을 했다. "머리의 쉼터는 가슴입니다. 머리는 하루 종일 딸랑거리는 벨소리와 온갖 소음, 언쟁만 듣습니다. 머리가 원하는 건 오직 고요함이고, 평화를 찾을 수 있는 곳은 가슴의 침묵 속뿐입니다. 우리가 가야 할 곳도 바로 거기죠."

나는 만트라도 바꿔 보기로 했다. 예전에 명상이 잘되었던 만트라가 있는데 딱 두 음절로 이루어져 있다.

함-사(Ham-Sa).

산스크리트어로 "나는 그것이다.[33]"라는 뜻이다.

요기들은 함-사가 가장 자연스러운 만트라로 인간이 태어날 때 신에게 받은 만트라라고 한다. 그것은 호흡의 소리다. 함은 들숨, 사는 날숨. 살아 있는 한 계속 호흡하게 되고 따라서 이 만트라를 반복하게 된다. 나는 그것이다. 나는 신성하다, 나는 신과 함께 있다, 나는 신의 표현이다, 나는 개별적 존재가 아니다, 나는 혼자가 아니다, 나는 한 개인의 한정된 환상이 아니다. 함-사는 언제나 발음하기 쉽고, 마음을 편안하게 해 준다. 우리 요가의 '공식' 만트라인 옴 나마 쉬바야보다 명상하기 쉽다. 며칠 전 나는 스님에게 이 일을 의논했고, 스님은 명상에 도움이 된다면 계속 함-사를 사용하라고 했다. "마음에 혁명을 일으키는 것이라면 무엇이든 그걸로 명상하세요."

따라서 오늘은 그 만트라를 사용할 것이다.

함-사.

나는 그것이다.

생각이 밀려왔지만 별로 주의를 기울이지 않았다. 그저 엄마 같은 태도로 "요 장난꾸러기들…… 지금은 밖에 나가서 놀아라…… 엄마는 신의 말씀을 듣고 있으니까."라고 말했다.

함-사.

---

33 여기서 '그것'은 신을 지칭한다.

나는 그것이다.

한동안 잠이 들었다. (잠인지 뭔지 모르겠지만. 명상하는 동안에는 잠이 들었다고 생각하는 상태가 정말로 잠을 잔 것인지 아닌지 알 수 없다. 때로는 그게 다른 차원의 의식일 수도 있다.) 잠인지 뭔지 모를 상태에서 깨어났을 때 부드럽고 짜릿한 에너지가 파도처럼 내 몸을 훑으며 고동치는 걸 느낄 수 있었다. 약간 불안한 동시에 놀라웠다. 어찌 해야 할지 몰라 그냥 마음속으로 그 에너지에게 말을 걸었다. "난 너를 믿어." 그러자 에너지는 그 말에 응답하듯 확장되고 증폭되더니 무서울 정도로 강력해졌다. 마치 내 감각을 모조리 납치하려는 듯이. 에너지가 척추 아래쪽에서 웅웅거렸다. 목을 쭉 늘려서 돌려주고 싶은 기분이 들어서 그렇게 했다. 이제 나는 가장 이상한 자세로 앉아 있게 되었다. 훌륭한 요기처럼 등을 곧게 펴고 있었지만, 왼쪽 귀는 왼쪽 어깨에 꼭 붙이고 있었다. 목과 머리가 왜 그런 자세를 취하고 싶어 하는지 알 수 없지만 그들과 다투고 싶지 않았다. 그들은 막무가내였으니까. 펄떡거리는 푸른 에너지는 몸 안에서 계속 움직였고, 귀에서는 똑똑 두드리는 소리 같은 것이 들렸다. 이제 에너지가 너무 강력해져서 더는 감당할 수 없었다. 난 너무 겁이 나서 "아직 준비가 안 됐어!"라고 외치며 눈을 반짝 떴다. 모든 게 사라졌다. 나는 다시 명상 동굴 안에, 원래 환경 속에 돌아와 있었다. 시계를 보니 여기 ─혹은 다른 어딘가 ─에 거의 한 시간이나 있었다.

나는 숨을 헐떡이고 있었다. 말 그대로 헐떡거렸다.

　그 경험이 무엇인지, 거기(여기서 거기란 '명상 동굴'과 '나 자신' 모두를 일컫는다.)서 무슨 일이 벌어졌는지 이해하기 위해서는 다소 은밀하고 터무니없는 주제를 꺼내야만 한다. 이른바 쿤달리니 샥티다.

　세상의 모든 종교에는 신과 직접적이고 초월적인 경험을 추구하는 소수의 추종자들이 존재한다. 이들은 신과 직접 조우한다는 평계로 성서나 교리에 입각한 근본주의자들의 학문을 멀리해 왔다. 이런 신비주의의 재미있는 점은 그들이 묘사한 경험이 결국에는 모두 똑같다는 것이다. 일반적으로 신과의 합일은 명상 상태에서 발생하며, 온몸을 황홀하고 짜릿한 빛으로 가득 채우는 에너지의 근원을 통해 이루어진다. 일본인들은 이 에너지를 기(ki)라고 부르며, 중국 불교 신자들은 치(chi), 발리인들은 탁수(taksu), 기독교인들은 성령, 칼라하리 부시맨들은 넘(num, 부족 성직자들은 그것이 척추를 타고 올라가 머리에 구멍을 뚫어 버리는 뱀 같은 힘이라고 묘사했다. 그리고 그 구멍을 통해 신이 들어온다고 믿었다.)이라 부른다. 이슬람 수피 시인은 이 신의 에너지를 '연인'이라 불렀고 이에 관한 경건한 시를 쓰기도 했다. 호주 원주민들은 하늘의 뱀이 주술사에게 내려와 강력한 별세계의 힘을 준다고 묘사했다. 유대인 전통 신앙인 카발라에서는 신과의 이런 합일이 영적 상승의 단계들을 거치며 발생하고, 에너지는 눈에 보이지 않는 일

런의 경락을 따라 척추를 타고 올라간다고 했다.

가톨릭 역사상 가장 신비로운 인물인 아빌라의 성 테레사는 빛이 그녀 안에 있는 일곱 개의 '저택'을 거치며 상승할 때 신과의 합일이 이뤄지고 자신이 신의 존재 안에서 폭발한다고 했다. 그녀가 이런 초월 상태에 어찌나 깊이 빠졌는지 다른 수녀들은 그녀의 맥박조차 느낄 수 없을 정도였다. 그녀는 동료 수녀들에게 그들이 목격한 것을 절대 말하지 말아 달라고 사정했다. '너무도 기이한 현상이어서 사람들의 입방아에 오르내리기 십상'이기 때문이다. (종교 재판소에 회부되어 면담을 받는 건 말할 것도 없고.) 성녀는 명상하는 동안 이성을 건드리지 않는 것이 가장 어려웠다고 회고록에 썼다. 마음에서 일어나는 생각은 어떤 것이든 — 심지어 가장 간절한 기도라 해도 — 신의 불꽃을 꺼뜨리기 때문이다. 말썽꾸러기 마음이 일단 "연설문을 작성하고 뭐라고 실랑이를 벌일지 생각해 내면, 그리고 특히나 그 내용이 똑똑하다면 곧 마음은 자기가 뭔가 중요한 일을 하고 있다고 착각하게 된다." 그러나 이런 생각을 억누를 수 있다면 신을 향해 비상할 수 있으며 "이는 진실한 지혜를 얻을 수 있는 영광스러운 혼란인 동시에 천상의 광기다."라고 테레사는 설명했다. 그토록 무한한 사랑을 주는 신이 있는데도 왜 인간은 술에 취해 기뻐서 비명을 질러 대지 않느냐고 물었던 페르시아의 수피 신비주의자 하피즈의 시와 같은 맥락이다. 테레사는 자서전에서 만약 이런 신성한 체험이 단순한 광기라면 "원컨대 아버지시여, 우리 모두를 미치게 하소서."라고 외쳤다.

그러다 다음 문장에서 그녀는 다시 호흡을 가다듬는다. 현대에 와서 성 테레사의 글을 읽어 보면 그녀가 무아지경의 경험에서 제정신으로 돌아온 후, 중세 스페인(당시는 역사상 가장 억압적인 종교의 폭정이 이루어지던 때였다.)의 정치 상황을 둘러보고 자신의 본분을 생각하며 흥분한 일을 공손히 사과하는 것을 느낄 수 있다. 그녀는 "내가 주제넘게 굴었다면 용서해 주시길" 바란다며 지금까지 자기가 한 바보 같은 주절거림은 무시되어 마땅하다고 반복해서 썼다. 왜냐하면 그녀는 일개 여자에, 벌레만도 못한 해충 등과 같은 존재이기 때문이다. 그녀가 수녀복의 치맛자락을 가다듬고, 느슨하게 삐져나온 머리칼을 다시 베일 안으로 밀어 넣는 모습이 눈에 선하다. 그 삐져나온 머리카락이야말로 그녀의 신성한 비밀, 감춰진 채 활활 타오르는 모닥불이다.

인도의 요가 전통에서는 이 신성한 비밀을 쿤달리니 샥티라 부르는데 이는 척추 아래 웅크리고 있는 뱀으로 묘사된다. 이것이 숙련자의 손길이나 기적을 통해 해방되면 일곱 개의 차크라나 바퀴(혹은 영혼의 일곱 개 저택이라고 부를 수도 있다.)를 통해 상승해 마침내 머릿속으로 들어가 신과 하나가 된다. 이 차크라는 물리적 육체(gross body)에는 존재하지 않으니 거기서 찾으려 하지 말라고 요기들은 말한다. 차크라는 오직 정묘체(subtle body), 불교에서 구도자들에게 칼집에서 칼을 뽑듯 신체에서 새로운 자아를 뽑으라고 격려할 때 의미하는 그런 몸에만 존재한다. 요가를 공부하는 학생이자 신경외과 의사인 내 친구 밥은 차크라라는 개념이 언제나 자신을 흥분시키며, 해부된 인간의 몸에서 실제로 차크라를 봐야만 그 존재를 믿을 수 있을 거라고 말했다. 그러나 초월 명상을 경험한 뒤로는 차크라를 새롭게 이해하게 되었다. 그는 이렇게 말했다.

"글에 문자 그대로의 진실과 시적 진실이 있듯이, 인간에게도 문자 그대로의 해부와 시적 해부가 있어. 하나는 눈에 보이고, 다른 하나는 보이지 않지. 하나는 뼈와 치아와 살로 구성되어 있고, 다른 하나는 에너지와 기억, 신념으로 구성되어 있어. 하지만 두 가지 모두 똑같이 진짜야."

나는 이렇게 과학과 신념이 교차하는 순간을 좋아한다. 최근《뉴욕 타임스》에 한 신경외과 연구팀이 자원한 티베트 수도승을 대상으로 뇌를 스캔하는 실험을 하게 되었다는 기사가 실렸다. 그들은 삼매(三昧)의 순간에 마음에서 무슨 일이 일어나는지 과학적 차원에서 규명하고 싶었던 것이다. 일반인들의 마음은 사고와 충동의 폭풍우가 끊임없이 휘몰아치는 탓에 뇌를 스캔하면 노랗고 빨간 불빛이 보인다. 좀 더 화나고 감정적인 주제를 생각하면 빨간 불빛은 더 새빨갛게 타오른다. 그러나 시대와 문화를 막론하고 신비주의자들은 언제나 명상할 때 뇌가 고요해지고, 신과의 궁극적 합일은 푸른빛이며 그 빛이 두개골 중심에서 빛나는 것을 느낄 수 있다고 말했다. 요가에서는 이를 '푸른 진주'라고 하는데 이것을 찾는 것이 모든 구도자의 목적이다. 뇌를 계속 모니터하는 상태에서 티베트 수도승은 마음을 완전히 고요하게 만들었고, 그 결과 노란색이나 빨간색 불빛은 전혀 나타나지 않았다. 사실 이 스님의 모든 신경 에너지는 마침내 뇌 한가운데로 모아져 — 이 과정을 모니터에서 직접 볼 수 있다. — 작고 서늘한 푸른빛 진주가 되었다. 요기들이 늘 묘사해 온 대로.

이것이 바로 쿤달리니 샥티의 목적지다.

신비주의가 지배하는 인도에서는 다른 샤머니즘 전통과 마찬가지로 쿤달리니 샥티 역시 제대로 지도받지 않은 상태에서 함부로 접근하면 안 되는 위험한 힘으로 간주된다. 경험이 많지 않은 요기라면 말 그대로 정신이 나갈 수도 있다. 우리에게는 이 길로 이끌어 줄 스승인 구루, 그리고 그것을 연습할 수 있는 안전한 장소인 아쉬람이 필요하다. 구루와의 접촉(말 그대로 직접적인 대면이든 꿈을 통한 초월적 대면이든)은 척추 기저에 똬리를 튼 채 갇혀 있던 쿤달리니 에너지를 해방시켜 신을 향한 상승의 여정을 시작하게 해 준다. 이 해방의 순간을 샥티파트(Shaktipat, 신성한 시작)라고 하며, 이는 득도한 사람이 일반 수행자에게 줄 수 있는 위대한 선물이다. 그런 접촉 후에도 깨달음을 얻기 위해서는 몇 년간 더 수련해야 하지만 어쨌거나 그것이 여행의 시작이다. 에너지가 해방된 것이다.

나는 2년 전 뉴욕에서 처음 구루를 만났을 때 샥티파트를 경험했다. 캣스킬에 있는 그녀의 아쉬람에서 열린 주말 명상 수련회에서였다. 솔직히 말해서 특별한 느낌은 전혀 없었다. 갑자기 신을 만나게 되거나 푸른 번개 혹은 미래의 한 장면이

보이지 않을까 내심 기대했다. 몸에 특별히 달라진 부분이 있는지 살펴봤지만, 언제나 그렇듯 약한 허기만 느껴질 뿐이었다. 아마 나는 해방된 쿤달리니 샥티처럼 격정적인 뭔가를 경험하기에는 믿음이 부족한가보다고 생각했다. 머리만 너무 쓰고 직관에서는 멀어진 탓에 내 신념의 길은 은밀하기보다 지적인 쪽에 가까운 게 아닐까 하고. 난 기도하고, 책도 읽고, 흥미로운 생각도 하지만 아마 성 테레사가 묘사한 신성한 명상의 축복 속으로 날아오르는 일은 없을 것이다. 하지만 그래도 괜찮다. 난 여전히 독실한 수행이 좋다. 다만 쿤달리니 샥티와 거리가 멀 뿐이다.

그런데도 이튿날 흥미로운 일이 벌어졌다. 우리는 다시 한번 구루와 함께 모였다. 그녀는 우리를 명상으로 이끌었고, 난 명상 도중에 잠(혹은 다른 상태)에 빠져들어 꿈을 꿨다. 꿈에서 바다가 보이는 해변이 나왔는데 엄청나게 크고 무시무시한 파도가 빠르게 몰려오고 있었다. 갑자기 내 옆에 한 남자가 나타났다. 그는 구루의 스승으로 카리스마 넘치는 요기였다. 이 책에서는 그냥 '스와미지'(산스크리트어로 '사랑받는 스님'이라는 뜻)라고 부르겠다. 스와미지는 1982년에 돌아가셨다. 나는 아쉬람에 걸린 사진을 통해서만 그를 보았을 뿐인데 심지어 사진 속에서조차도 너무 무섭고, 너무 막강해 보였다. 내 기준으로는 너무 이글거리는 사람이었다. 나는 오랫동안 그에 대한 생각을 회피해 왔고, 벽에서 나를 바라보는 그의 시선을 피해왔다. 그는 내게 너무 버거웠고 내가 원하는 타입의 구루가 아니었다. 난 사랑스럽고, 인정 많고, 여성스럽고, 살아 있는 구루가 이 타계한(그러나 여전히 강렬한) 사람보다 훨씬 좋았다.

그러나 이제 그 스와미지가 모든 힘을 지닌 채 내 꿈에 등장해 해변에서 나와 나란히 서 있었다. 나는 그가 무서웠다. 그는 다가오는 파도를 가리키며 엄하게 말했다. "저 파도를 멈출 수 있는 법을 알아내라." 겁에 질린 나는 수첩을 꺼내 파도가 다가오는 걸 막을 만한 장치를 그리려고 노력했다. 거대한 방파제와 수로, 댐을 그렸다. 하지만 설계도는 모두 엉망이었다. 이 일이 내 능력 밖이라는 걸 알고 있었지만(난 엔지니어가 아니야!) 스와미지가 조급해하며 삐딱한 시선으로 날 바라보는 걸 느낄 수 있었다. 마침내 난 포기해 버렸다. 내 발명품 중에서 어떤 것도 이 파도를 막을 수 있을 만큼 혁신적이거나 튼튼하지 못했다.

그러자 스와미지의 웃음소리가 들렸다. 나는 고개를 들어 헐렁한 오렌지색 겉옷을 입은 이 자그마한 인도 남자를 바라보았다. 그는 허리를 구부린 채 정말로 웃겨 죽겠다는 듯이 배를 잡고 깔깔거리며 눈가에 맺힌 눈물을 닦아 냈다.

"여보게." 그는 그렇게 말하며 집채만 한 파도가 끊임없이 밀려오는 거친 바다를 가리켰다. "대체 정확히 무슨 수로 저걸 막겠다는 건가? 어디 말 좀 해 보게."

47

이틀 연속으로 뱀이 내 방에 들어오는 꿈을 꿨다. 영적으로 상서로운 꿈이라는 건 알고 있었지만(비단 동양 종교에서만이 아니다. 성 이그나티우스는 신비로운 경험을 하는 내내 뱀의 영상을 보았다.) 그래도 생생하고 무서웠다. 나는 땀에 젖은 채 잠에서 깼다. 설상가상으로 일단 잠이 깨자 마음이 또 날 농락했고, 난 이혼이 진행됐던 그 최악의 시기 이후로 사라진 패닉에 빠졌다. 내 마음은 실패한 결혼과 그에 따른 수치심, 분노로 자꾸만 돌아갔다. 그걸로도 모자라 다시 데이비드를 생각했다. 마음속에서 그와 싸우고 있었다. 화가 났고 외로웠으며 내게 상처가 되었던 그의 말과 행동이 낱낱이 떠올랐다. 게다가 우리가 함께했던 행복한 시간들, 좋았던 시절의 그 황홀한 무아지경이 되살아나는 걸 막을 수가 없었다. 난 그저 침대를 박차고 뛰어나가 한밤중에 인도에서 그에게 전화하는 일이 없도록 참을 수밖에 없었다. 전화한들 뭐라고 하겠는가. 아마 아무 말 없이 그냥 끊어 버렸을 것이다. 아니면 날 다시 사랑해 달라고 애걸했을지도 모르지. 아니면 그의 성격적 결함이 적힌 독기 어린 고소장을 읽어 줬을 수도 있고.

왜 이제 와서 그때 일이 다시 떠오르는 걸까?

아쉬람의 선배들이 뭐라고 할지 잘 알고 있었다. 이런 현상은 지극히 정상이다, 다들 그 과정을 겪었다, 강렬한 명상이 과거 일을 모두 끄집어낸다, 넌 그저 마음에 잔재하던 악마를 몰아내야 한다……. 하지만 난 너무 감정적인 상태여서 그런 말은 듣고 싶지 않았다. 어느 누구의 개똥철학도 사양하고 싶었다. 과거의 일이 올라오는 것쯤은 나도 알고 있다. 마치 토악질이 올라올 때처럼.

다행히도 어찌어찌하여 다시 잠이 들었고 또 꿈을 꿨다. 이번엔 뱀은 없었지만 대신 긴 다리를 가진 사악한 개가 날 쫓으며 "죽여 버리겠어. 널 죽여서 뜯어먹을 테다!"라고 말했다.

나는 몸서리를 치며 울다 깨어났다. 룸메이트를 깨우고 싶지 않아서 욕실에 숨었다. 욕실, 언제나 욕실 신세다! 난 다시 외로움에 눈물 흘리며 한밤중에 욕실 바닥에 앉아 있었다. 아, 냉정한 세상이여, 너와 그 모든 끔찍한 욕실들에 넌더리가 난다.

눈물이 멈추지 않자 노트와 펜(악당의 마지막 피난처)을 가져와 다시 변기 옆에 쪼그리고 앉았다. 노트를 펴고 이제는 익숙해진 간청을 갈겨썼다.

"당신의 도움이 필요해요."

그러자 긴 안도의 한숨이 나오며 변함없는 내 벗(대체 누굴까?)이 충성스럽게 날 구원해 주기 시작했다. 내 글을 통해.

"난 여기 있어. 괜찮아. 널 사랑해. 절대 널 떠나지 않을 거야……."

먹고 기도하고 사랑하라

이튿날 아침의 명상은 최악이었다. 절박해진 나는 마음에게 내가 신을 찾을 수 있도록 잠시 물러나 있으라고 간청했다. 그러나 마음은 완고하게 날 노려보며 "절대 날 두고 갈 순 없어."라고 말했다.

사실 그날 하루 종일 난 증오와 분노로 가득 차 있어서 누구라도 날 건드리면 반쯤 죽여 버릴 것 같았다. 나는 영어가 유창하지 않은 독일 여자에게 버럭 화를 내고 말았는데 서점이 어디에 있는지 가르쳐 준 내 대답을 그녀가 이해하지 못했기 때문이다. 난 화를 낸 게 너무 부끄러워서 (또!) 욕실에 숨어 훌쩍거렸다. 한번 무너지면 습관처럼 계속 무너진다는 구루의 말이 생각나자 이제는 울어 버린 내 자신에게 화가 치밀었다. 하지만 구루가 뭘 알겠는가? 득도한 사람인데. 그녀는 날 도울 수 없다. 날 이해하지 못한다.

난 누구와도 말하고 싶지 않았다. 지금 이 순간은 어느 누구도 참고 봐줄 수 없다. 심지어는 텍사스 주에서 온 리처드를 한동안 피해 다니기까지 했다. 그러나 마침내 그는 저녁 식사 시간에 날 발견하고, 자기혐오의 시커먼 연기에 휩싸인 내 앞에 와서 앉았다. 용감한 사람 같으니.

"왜 그렇게 얼굴을 잔뜩 구기고 앉아 있는 거야?" 그는 언제나처럼 이쑤시개를 문 채 느릿느릿 말했다.

"묻지 말아요." 말은 그렇게 했지만 난 모든 걸 털어놓기 시작했고 이렇게 끝맺었다. "가장 나쁜 건요, 데이비드에 대한 이 집착을 멈출 수가 없다는 거예요. 잊었다고 생각했는데 다시 시작됐어요."

"그럼 한 6개월쯤 기다려 봐. 나아질 거야."

"난 이미 1년이나 기다렸어요, 리처드."

"그럼 6개월 더 기다려. 사라질 때까지 계속 6개월씩 더 기다려. 이런 일은 시간이 필요해."

나는 황소처럼 코로 숨을 씩씩 내쉬었다.

"먹보야, 내 말 들어 봐. 언젠가는 지금 이 순간을 회상하면서 그리운 애도의 기간이라고 생각하게 될 거야. 너는 지금 상중(喪中)이고 가슴은 두 동강 났지만 인생은 변화하고 있다는 걸 깨닫게 될 거라고. 게다가 넌 지금 그 슬픔을 다루기에 제일 좋은 장소에 있어. 은총으로 둘러싸인 숭배의 장소. 지금 이 시기를, 매 순간을 만끽해. 여기 인도에서는 모든 게 저절로 알아서 돌아가도록 내버려 둬."

"하지만 난 정말로 그를 사랑했다고요."

"그게 뭐 대수야? 그래, 넌 누군가와 사랑에 빠졌어. 아직도 상황 파악이 안 돼? 그 남자는 너도 미처 닿지 못한 네 마음 깊은 곳을 건드린 거야. 넌 잽을 한 방 먹은 거라고, 이 친구야. 네가 느낀 사랑? 그건 시작에 불과해. 넌 사랑을 맛보았지만 그건 인간의 하찮은 싸구려 사랑일 뿐이야. 네가 그보다 얼마나 더 큰 사랑을 하게 될지 기다려 봐. 젠장, 먹보야, 넌 언젠가 이 세상 전부를 사랑하는 능력을 갖게 될 거야. 그게 네 운명이야. 비웃지 마."

"비웃는 거 아니에요." 사실 난 울고 있었다. "아저씨나 날 비웃지 마세요. 이 남자를 잊기가 힘든 건 그가 내 소울메이트라고 굳게 믿었기 때문인 거 같아요."

"소울메이트일 수도 있지. 문제는 네가 소울메이트의 진정한 의미를 모른다는 거야. 사람들은 소울메이트가 완벽한 짝이라고 생각해. 사람들이 원하는 것도 그거고. 하지만 진정한 소울메이트는 거울이야. 네가 억눌러 온 걸 모두 보여 주는 사람, 네 의식을 일깨워 인생이 바뀌게 해 주는 사람. 진정한 소울메이트는 아마도 가장 중요한 인연일 거야. 왜냐하면 그들은 네 벽을 허물어뜨리고 따귀를 때려서 널 깨어나게 할 테니까. 하지만 소울메이트와 영원히 산다? 그건 아니라고 봐. 너무 고통스럽거든. 소울메이트는 네 안의 또 다른 모습을 일깨워 주려고 나타난 사람이야. 그러고는 떠나 버리지. 신에게 감사할 일이야. 문제는 네가 그 일을 털어 버리려고 하지 않는다는 거야. 끝났어, 먹보야. 데이비드의 목적은 널 흔들어 깨워서 끝내야 할 결혼 생활을 박차고 나오도록 하는 거였어. 네 가슴을 활짝 열어 새로운 빛이 들게 하고, 널 절박한 통제 불능으로 만들어서 어쩔 수 없이 인생을 변화시키도록 하고, 네게 영적 스승이 될 사람을 소개해 주고 꺼져 버리는 거였다고. 그게 데이비드의 임무였고 그는 임무를 훌륭히 수행했지만 이젠 끝났어. 문제는 이 관계의 유통 기한이 아주 짧다는 사실을 네가 받아들이지 못한다는 거야. 넌 쓰레기통을 뒤지는 유기견 같

아. 빈 깡통을 계속 핥으면서 어떻게든 거기서 영양분을 섭취하려고 안간힘을 쓰지. 까딱 잘못했다간 주둥이가 깡통 속에 영원히 박혀서 인생 비참해지는 거야. 그러니까 그만둬."

"하지만 그 사람을 사랑한단 말이에요."

"그럼 사랑해."

"하지만 보고 싶어요."

"그럼 보고 싶어 해. 그 사람이 생각날 때마다 사랑과 빛을 보내 줘. 그리고 그걸로 끝내. 넌 그저 데이비드의 마지막 조각을 놓아 버리기가 두려운 거야. 그렇게 되면 넌 진짜로 혼자가 될 테고, 리즈 길버트는 정말 혼자가 됐을 때 무슨 일이 일어날지 무서워 죽을 지경이거든. 하지만 네가 알아 둬야 할 게 있어, 먹보야. 지금 이 순간 네 마음에서 이 남자에 대한 집착이 깨끗이 사라지면 빈 공간이 생기겠지? 그게 바로 출입구가 될 거야. 그럼 우주가 그 출입구를 어떻게 할지 생각해 봐. 우주가, 신이 그곳으로 밀려들어 오고 넌 생각지도 못했던 사랑으로 가득 차게 될 거야. 그러니까 데이비드를 이용해서 그 출구를 막는 짓은 그만둬. 그냥 놓아 버려."

"하지만 난 나와 데이비드가……."

그가 내 말을 잘랐다. "이것 봐, 이게 네 문제라니까. 넌 바라는 게 너무 많아, 아가씨. 바라는 건 그만하고 마음이나 굳게 먹어."

나는 리처드에게 물었다. "이 슬픔이 사라지려면 얼마나 걸릴까요?"

"정확한 날짜를 원해?"

"네."

"달력에 동그라미라도 치게?"

"네."

"내가 하나만 말해 주지. 넌 매사를 네 뜻대로 하려고 해."

이 말을 듣자 분노가 맹렬하게 타올랐다. 매사를 내 뜻대로 하려 한다고? 내가? 난 모욕감에 리처드의 뺨이라도 갈기고 싶었다. 그러자 강렬한 분노 밑바닥에서 진실이 올라왔다. 즉각적이고 명백하며 웃기기까지 한 진실.

그의 말이 맞았다.

분노는 시작될 때만큼이나 빠르게 사그라들었다.

"아저씨 말이 맞아요."

"난 옳은 말만 해, 아가씨. 들어 봐, 넌 능력도 있는 데다 인생에서 원하는 걸 얻는 데 익숙해졌어. 그런데 최근 몇 번의 연애에서는 원하는 걸 얻지 못했지. 그것 때문에 완전 고장이 난 거야. 네 남편은 네가 원하는 대로 행동하지 않았고, 데이비드도 마찬가지야. 이번만은 인생이 네 뜻대로 되지 않았어. 통제 대마왕에게 인생이 자기 뜻대로 되지 않는 것보다 미치는 일은 없지."

"제발 그렇게 부르지 마세요."

"넌 뭐든 지나치게 네 뜻대로 하려고 해, 먹보야. 다 알면서 뭘 그래. 전에 그런 말 들은 적 없어?"

(글쎄…… 그렇긴 하다. 하지만 이혼의 좋은 점은 사람들이 당

분간 내게 듣기 싫은 소리를 하지 않는다는 것이다.)

그래서 나는 그냥 너그럽게 인정했다. "네, 아마 아저씨 말이 맞을 거예요. 난 지나치게 모든 걸 통제하려는지도 몰라요. 하지만 아저씨가 그걸 알아차리다니 신기하네요. 내 그런 성격이 눈에 띄게 드러나진 않거든요. 대부분의 사람들은 날 처음 봤을 때 그런 면을 알아차리지 못할걸요."

텍사스 주에서 온 리처드는 하마터면 입에 물고 있던 이쑤시개가 떨어질 정도로 박장대소했다.

"알아차리지 못한다고? 아가씨, 레이 찰스도 알아차렸을걸!"

"좋아요, 우리 대화는 이쯤 해 두죠."

"넌 놓아 버리는 법을 배워야 해, 먹보야. 아니면 너만 괴로워져. 평생 다시는 두 발 뻗고 못 잘 거야. 인생이 이 지경으로 된 걸 자책하면서 영원히 뒤척일 거라고. 대체 난 뭐가 문제지? 왜 연애만 했다 하면 망쳐 버릴까? 난 왜 이렇게 실패작일까? 어젯밤에도 그러느라고 밤샌 거 아니야?"

"알았어요, 리처드. 그만해요. 더는 당신이 내 머릿속에서 어슬렁거리는 거 싫어요."

"그럼 문을 닫아." 텍사스 주에서 온 거구의 요기가 말했다.

49

아홉 살에서 열 살로 넘어가던 무렵, 형이상학적 위기를 겪

먹고 기도하고 사랑하라

은 적이 있다. 그런 위기를 겪기에는 아직 어린 나이였지만 난 언제나 조숙했다. 초등학교 4학년에서 5학년으로 진학하기 전 여름 방학 때 일이다. 7월로 열 살이 되었는데 아홉 살에서 열 살로의 변화, 한 자리 숫자에서 두 자리 숫자로의 변화는 무언가 충격적이어서 난 사는 데 공포를 느끼기 시작했다. 대부분의 사람들이 쉰 살 무렵에나 겪기 마련인 그런 감정 말이다. 시간이 너무 빨리 흐른다는 생각이 들었다. 유치원에 다닌 게 엊그제 같은데 벌써 열 살이라니. 이제 곧 사춘기가 될 테고, 아줌마에서 할머니가 되었다가 죽을 테지. 다른 사람들 역시 초고속으로 나이를 먹고 있었다. 모두 곧 죽을 것이다. 부모님도 돌아가시고, 친구들과 내 고양이도 죽을 것이다. 우리 언니는 벌써 고등학생이다. 언니가 무릎까지 오는 양말을 신고 초등학교에 입학하던 일이 불과 몇 분 전 같은데 이젠 고등학생이라고? 분명 언니가 죽을 날도 머지않았다. 그러니 대체 무엇 때문에 살아야 한단 말인가.

가장 이상한 점은 이런 위기를 유발할 만한 사건이 없었다는 것이다. 친구나 친척이 죽어서 인생 최초로 죽음을 경험하지도 않았고, 죽음과 관련된 이야기를 읽거나 보지도 않았다. 『샬럿의 거미줄』도 읽기 전이었다. 내가 열 살에 느낀 이 공포는 인간이라면 피할 수 없는 죽음에 대한 무의식적이고 완벽한 깨달음이었고, 내게는 이를 감당하는 데 도움이 될 만한 영혼의 어휘가 없었다. 우리 가족은 기독교 신자인 데다 독실하지도 않았으니까. 크리스마스나 추수 감사절 때만 신의 은총을 이야기했고, 교회도 들쑥날쑥 다녔다. 아버지는 농장 일 또한 신을 섬기는 것이라 생각하고 일요일 아침에는 농장에서 일했다. 난 노래하는 걸 좋아해서 성가대에 들어갔다. 우리 예쁜 언니는 크리스마스 연극에서 천사 역을 맡았다. 엄마는 교회를 자원봉사 단체의 본부로 이용했다. 하지만 난 교회에서 조차도 신에 대해 별로 듣지 못했다. 내가 산 동네는 어쨌거나 뉴잉글랜드 주였고, 양키[34]들은 신이라는 단어가 나오면 긴장했으니까.

난 심각한 무력감에 시달렸다. 할 수만 있다면 우주의 거대한 비상용 브레이크라도 걸고 싶었다. 뉴욕으로 수학여행을 갔을 때 지하철에서 봤던 그런 브레이크 말이다. 타임아웃을 외치고, 사람들에게 내가 이해할 때까지 좀 멈춰 달라고 요청하고 싶었다. 내가 상황을 이해하고 해결책을 찾아낼 때까지 온 우주를 멈추게 하고 싶었던 충동이 텍사스 주에서 온 리처드가 말한 '매사를 내 뜻대로 하려고 한다'의 시작인 듯하다. 물론 내 노력과 걱정은 부질없었다. 자꾸 들여다보면 볼수록 시간은 더 빨리 흘러갔고, 그해 여름은 너무 빨리 지나가서 머리가 아플 지경이었다. 매일 하루가 저물 때마다 '또 하루가 지났구나.' 생각하며 눈물지었다.

고등학교 동창 롭은 지적 장애아들을 가르치는 일을 하는데 그의 말에 따르면 자폐증 환자들은 시간의 흐름에 특히나

---

34 이 책에서는 뉴잉글랜드 주 출신을 말한다.

가슴 아파한다. 마치 보통 사람들에게는 정신적 필터가 있어 가끔씩 자기들이 죽을 운명이라는 사실을 잊고 살지만 그들에게는 그 필터가 없는 듯했다. 그중 한 명은 매일 아침 오늘이 며칠인지 묻고는 하루가 끝날 무렵이면 "롭, 2월 4일은 언제 다시 오죠?"라고 묻는단다. 롭이 대답하기도 전에 그 남자는 슬픈 표정으로 고개를 저으며 말한다. "알아요, 알아, 대답할 필요 없어요……. 내년까지 기다려야죠?"

나는 그게 어떤 기분인지 알고도 남는다. 2월 4일이 끝나가는 것을 늦추고픈 슬픈 바람을. 그 슬픔은 인체 실험으로는 결코 풀 수 없는 난제다. 우리가 아는 한 지상에서 자기가 죽어야 할 운명이라는 걸 아는 축복, 혹은 저주를 누리는 종(種)은 인간뿐이다. 모든 생명체는 결국 죽는다. 다만 인간은 그 사실을 매일 생각할 수 있는 행운아들이다. 그렇다면 이 정보에 어떻게 대처해야 할까? 아홉 살 때는 우는 것밖에 할 수 없었다. 세월이 흘러 어른이 됐을 때는 시간의 흐름을 인식하는 이 초감각적 능력 덕분에 인생을 전속력으로 경험하도록 나를 몰아붙였다. 우리가 지구를 잠깐 방문했다 떠나야 할 운명이라면, 지금 가능한 한 모든 걸 경험해야 한다. 그래서 온갖 여행, 온갖 로맨스, 온갖 야망, 온갖 파스타를 다 섭렵했다. 언니의 친구는 언니에게 여동생이 두세 명쯤 있는 줄 알았단다. 왜냐하면 늘 언니에게서 동생이 아프리카에 갔다, 동생이 와이오밍 주의 농장에서 일한다, 동생이 뉴욕에서 바텐더로 일한다, 동생이 책을 쓴다, 동생이 결혼했다는 이야기를 들었고 그게 모두 한 사람일 리 없다고 생각했기 때문이다. 내가 나를 여러 개로 쪼갤 수 있었다면, 인생의 한순간도 놓치지 않기 위해 기꺼이 그렇게 했을 것이다. 아니지. 난 실제로 나를 여러 개로 쪼갰고 그 조각들은 서른 즈음의 어느 밤, 뉴욕 교외 주택가 욕실 바닥에서 동시에 탈진해 무너져 버렸다.

모든 사람이 이런 형이상학적 위기를 겪지는 않는다는 건잘 안다. 태어날 때부터 죽음에 대한 걱정이 내장된 사람이 있는가 하면, 이 모두를 훨씬 편안하게 받아들이는 사람도 있다. 물론 대다수가 이런 일에 심드렁할 것이다. 그러나 우주의 운영 조건을 품위 있게 받아들이면서 모순적이고 불공평한 원칙에 전혀 개의치 않는 사람들도 있다. 내 친구의 할머니는 "이세상에 뜨거운 욕조 목욕과 한 잔의 위스키, 기도서로 치유되지 않는 심각한 문제는 없다."라고 하셨다. 어떤 사람들에게는그걸로 충분하다. 하지만 또 어떤 사람들에게는 보다 극단적인 조치가 필요하다.

이제 아쉬람에서 사귄 친구, 아일랜드에서 온 낙농업자 이야기를 꺼내야겠다. 외적인 조건만 따지면 아쉬람에서 가장만날 것 같지 않은 부류이지만 숀은 나처럼 그 가려움증, 존재의 이치를 이해하고 싶은 무자비하고 미친 듯한 충동을 타고났다. 고향인 코크 카운티의 작은 마을에서는 그 해답을 찾을수 없어서 1980년대에 고향을 떠났다. 그리고 요가를 통해 내면의 평화를 찾으며 인도를 여행했고, 몇 년 뒤 아일랜드의 집으로 돌아갔다. 어느 날 숀은 아버지 ─ 평생 농부로 살았으며 말수도 적은 ─ 와 함께 낡은 석조 가옥의 부엌에 앉아 이국의 땅에서 발견한 영적 깨달음을 들려주었다. 숀의 아버지는 파이프를 피우고, 난로의 불꽃을 바라보며 담담한 태도로 이야기를 경청했다.

"이 명상이라는 건 말이죠, 아버지, 마음의 평화를 얻는 데 결정적인 역할을 해요. 우리 인생을 구원해 줄 수도 있어요. 마음을 고요하게 하는 법을 가르쳐 주거든요."

숀이 그렇게 말하자 그때까지 말없이 듣기만 하던 아버지가 마침내 숀을 돌아보며 상냥하게 말했다. "하지만 내 마음은 이미 고요하단다, 아들아." 그러고는 다시 난롯불을 응시했다.

불행히도 난 그렇지 못하다. 숀도 마찬가지고. 대부분의 사람이 그렇다. 이런 사람들은 불꽃을 들여다봐야 지옥만 보일 뿐이다. 나는 숀의 아버지가 선천적으로 아는 것들을 열심히 배워야 한다. 월트 휘트먼이 썼듯이 "밀고 당기기에서 벗어나…… 즐겁게, 스스로에게 만족하며, 측은지심으로, 빈둥빈둥, 독자적인 개체로…… 게임에 참여하는 동시에 한발 물러나 모든 것을 관조하고 의아해하는" 법이다. 하지만 나는 '즐겁게'가 안 되고 초초하기만 하다. 관조하는 대신 언제나 따지고 참견만 한다. 요전번 기도에서는 신에게 이렇게 말했다. "저기요, 성찰하지 않는 삶은 살 가치가 없다는 거 알아요. 하지만 언젠가 점심 정도는 성찰하지 않고 먹어도 되지 않을까요?"

불교에는 붓다가 득도한 이후의 일에 관한 일화가 있다.

39일째 명상을 하던 날, 마침내 환상의 베일이 걷히고 우주의 진실이 이 위대한 성자에게 모습을 드러내자 붓다는 눈을 뜨고 이렇게 말했다고 전해진다. "이건 가르쳐서 되는 게 아니다." 그러나 그는 다시 마음을 바꿔 속세로 나가 소수의 제자들에게 명상법을 가르치기로 결심했다. 자신의 가르침을 받게 될(혹은 관심을 가질) 사람들이 극소수라는 건 그도 알고 있었다. 붓다가 말하길 대부분의 인간은 기만의 먼지가 눈에 겹겹이 쌓여 있어 누가 도와준다 해도 결코 진실을 볼 수 없을 거라고 했다. 또한 소수의 사람들은(아마 숀의 아버지 같은) 맑은 눈과 고요한 마음을 타고나기 때문에 어떤 가르침이나 도움도 필요 없다고 했다. 하지만 또 세상에는 눈에 먼지가 얇게 쌓인 사람도 있는데 이들은 올바른 스승의 도움을 받는다면 언젠가 제대로 보는 법을 배울 수 있다. 붓다는 이 소수의 사람들, '눈에 먼지가 얇게 쌓인 사람들'에게 스승이 되어 주기로 결심했다.

내가 이 중간급에 속하기를 간절히 바라지만 그건 알 수 없는 일이다. 난 그저 일반인들에게 약간은 극단적으로 보일 수 있는 이 방법을 통해 마음의 평화를 찾을 수밖에 없었다. (예를 들어, 뉴욕에 있을 때 한 친구는 내가 인도로 가 아쉬람에서 신을 찾을 거라고 말하자 한숨을 쉬며 이렇게 말했다. "나도 한편으로는 그러고 싶어…… 하지만 정말로 그러고 싶은 마음은 없어.") 그러나 내게는 선택권이 많지 않았다. 나는 너무 오랫동안, 너무 많은 방법으로 미친 듯이 마음의 평화를 찾아다녔고 그로 인해 성취하고 얻은 것은 결국 약발이 떨어졌다. 인생이란 죽을힘을 다해 쫓아가면 결국엔 우리를 죽음으로 몰고 가기 마련이다. 강도를 쫓듯이 시간을 쫓으면 시간은 강도처럼 늘 우리보다 한발 앞서서 교묘히 빠져나갈 것이다. 이름과 머리 색깔을 바꾸고, 우리가 다시 수색 영장을 발부받아 모텔 로비를 가로지르면 이미 뒷문으로 빠져나갔을 것이다. 우리를 조롱하듯 아직 타고 있는 담배만 재떨이에 남긴 채. 어느 순간이 되면 그냥 멈춰야 한다. 이 숨바꼭질은 절대 끝나지 않기 때문이다. 우리는 시간을 붙잡을 수 없고, 그걸 기대해서도 안 된다는 걸 인정해야 한다. 리처드가 계속 말했듯이, 어느 순간이 되면 그냥 놓아 버리고 가만히 앉아 만족감이 찾아오도록 허락해야 한다.

물론 세상 꼭대기에는 손잡이가 있고, 자기가 직접 그걸 돌려야만 세상이 돌아가며 한순간이라도 그 손잡이를 놓았다가는, 글쎄, 아마도 우주가 끝장날 거라고 생각하는 나 같은 인간에게 그냥 놓아 버리라는 건 무시무시한 충고다. 하지만 그냥 한번 놓아 봐, 먹보야. 이게 내가 받은 메시지다. 잠시 가만히 앉아 쉴 새 없는 참견을 멈춰 보자. 그리고 무슨 일이 일어나는지 지켜보자. 하늘에서 날던 새가 뚝 떨어져 죽지는 않을 것이다. 나무가 시들고, 강물이 핏빛으로 변하는 일도 없을 것이다. 인생은 계속된다. 심지어 이탈리아 우체국마저도 느리지만 계속 일을 해 나갈 것이다. 그런데도 왜 우리는 매 순간 시시콜콜한 일까지 내가 모두 관리해야 한다고 철석같이 믿고 있을까? 왜 그냥 내버려 두지 않을까?

내게 계속 그런 외침이 들려왔고 그 말들이 마음에 와닿았다. 머리로는 그 말을 믿는다. 정말로. 하지만 쉼 없는 갈망과 잔뜩 흥분한 열정 그리고 이 배고픈 본성은, 이 에너지들은 다 어쩐단 말인가?

대답 또한 들려왔다.

신을 찾아라. 머리에 불이 붙은 사람이 물을 찾듯 신을 찾아라. 구루의 제안이었다.

50

다음 날 아침, 명상 시간이 되자 그 오래 묵은 증오들이 다시 올라왔다. 나는 그걸 성가신 전화 상담원, 언제나 곤란한 순간에 전화하는 상담원이라고 생각하기 시작했다. 명상하면서 알게 된 놀라운 사실 하나는 내 정신세계가 별로 흥미롭지 않다는 것이다. 실제로 나는 서너 가지 생각만 끊임없이 하고 또 했다. 그냥 생각하는 정도가 아니라 '골똘히 생각했다.' 이혼, 고통스러웠던 결혼 생활, 내가 저지른 모든 실수와 남편이 저지른 모든 실수. 그러다 (이 칙칙한 소재는 빠지는 법이 없다.) 데이비드에 대해 골똘히 생각하기 시작한다.

솔직히 말해서 정말 민망하기 짝이 없다. 왜 그런고 하니 이곳은 인도 한복판에 자리한 신성한 학문의 전당이다. 그런

데 생각하는 거라곤 고작 전 남자 친구라니. 사춘기 소녀라도 된단 말인가?

그러다 심리학자인 친구 데버라가 해 준 이야기가 생각났다. 1980년대 무렵 데버라는 필라델피아 시로부터 최근 미국에 도착한 캄보디아 난민들에게 자원봉사 상담을 해 달라는 요청을 받았다. 데버라는 뛰어난 심리학자였지만 그 일은 맡기가 몹시 두려웠다. 캄보디아인들은 인간이 서로에게 가할 수 있는 최악의 일을 겪었다. 대량 학살, 강간, 고문, 기아에 시달렸고, 눈앞에서 친척들이 살해되는 것을 지켜보았으며 망명자 캠프에서 기나긴 나날을 보내고, 서방 세계로 위험한 보트 여행을 하고, 그 과정에서 사람들이 죽고, 상어에게 시체를 먹이로 주었다. 데버라가 그들에게 무슨 도움을 줄 수 있겠는가? 감히 그들의 고통을 이해나 할 수 있을까?

"근데 그런 사람들이 상담가를 만나면 무슨 이야기를 하고 싶어 하는 줄 알아?" 데버라가 내게 말했다.

한결같이 이런 이야기들이란다. 망명자 캠프에서 한 남자를 만났고, 우린 사랑에 빠졌어요. 그는 정말로 날 사랑했지만 우린 다른 보트에 탈 수밖에 없어서 내 사촌과 함께 탔죠. 지금은 사촌과 결혼한 상태예요. 하지만 절 정말로 사랑한다면서 계속 전화해요. 그에게 그러면 안 된다고 말해야 한다는 거 알아요. 하지만 전 아직 그를 사랑하고, 마음에서 지울 수가 없어요. 어떻게 해야 할지 모르겠어요…….

사람은 다 똑같다. 그것이 인간이라는 종으로서 우리가 가지는 집단적인 감정의 풍경이다. 백 살이 다 된 할머니를 만난 적이 있는데 그분은 이런 말을 했다. "역사상 인간이 싸움을 벌이는 문제는 딱 두 개뿐이야. 날 얼마나 사랑해? 그리고 여기서 누가 대장이야?" 그 외의 문제는 그럭저럭 해결할 수 있다. 하지만 사랑과 통제에 관한 이 두 가지 질문은 우리 모두를 몰락시키고, 실수를 유발하며, 전쟁과 슬픔, 괴로움을 일으킨다. 불행히도(어쩌면 당연할지도 모르지만) 아쉬람에서 내가 씨름하는 것도 바로 이 두 질문이었다. 침묵 속에 앉아 마음을 들여다보면 오로지 욕망과 통제의 문제만 떠올라 날 동요시킨다. 이 동요가 내 발목을 붙잡고 앞으로 나아가지 못하게 막는다.

오늘 아침에는 한 시간가량 우울한 생각을 하다가 다시 명상으로 슬쩍 들어선 순간, 나를 다른 눈으로 보게 되었다. 바로 연민이었다. 가슴에게 머리가 하는 일을 좀 더 너그럽게 봐 달라고 부탁했다. 내가 실패작이라고 생각하는 대신 나도 그저 한 인간, 그것도 정상적인 한 인간일 뿐임을 인정할 순 없을까? 여느 때처럼 생각들이 떠올랐고 ― 그래, 그러라지. ― 부수적인 감정도 일어났다. 내 자신이 못마땅했고 절망과 외로움, 분노를 느꼈다. 그러자 마음의 동굴 가장 깊은 곳에서 뜨거운 반응이 끓어올랐다. 난 내 자신에게 말했다. "난 이런 생각들을 평가하지 않을 거야."

머리는 다시 반항하며 말했다. "그래 하지만 넌 정말 실패작이야. 지독한 패배자. 평생 그렇게 한심하게 ― "

갑자기 가슴속에서 사자가 포효하며 이 실없는 소리들을 잠재워 버렸다. 한 번도 들어 본 적 없는 목소리가 내 안에서 호통쳤다. 마음속에서 영원히 울려 퍼질 듯한 그 소리가 너무 커서 난 실제로 손을 들어 입을 틀어막았다. 그 소리가 입 밖으로 나왔다가는 저 멀리 디트로이트에 있는 건물까지 흔들릴 것 같았기 때문이다.

그 포효는 바로 이것이었다.

넌 내 사랑이 얼마나 강한지 죽었다 깨어나도 몰라!!!!!!!!

마음속 조잘거림과 부정적인 생각들은 이 외침의 바람을 타고 새처럼, 산토끼와 사슴처럼 흩어져 버렸다. 그들은 겁에 질린 채 냅다 달아났고 침묵이 이어졌다. 강렬하고 떨리며 경외심마저 불러일으키는 침묵. 내 가슴속 거대한 초원에 사는 사자는 이제 조용해진 왕국을 만족스럽게 둘러보았다. 그러고는 커다란 턱을 한 번 핥은 뒤, 노란색 눈을 감고 다시 잠들었다.

그러자 그 장엄한 침묵 속에서 마침내 신에 대한 명상을 (신과 함께) 시작할 수 있었다.

51

텍사스 주에서 온 리처드에게는 귀여운 습관들이 있다. 아쉬람에서 날 볼 때마다, 그리고 내가 생각에 빠져 영혼이 백만 킬로미터 밖에 있는 듯한 얼굴을 볼 때마다 이렇게 묻는다.

"데이비드는 잘 지내?"

"남의 일에 상관 마세요. 내가 무슨 생각을 하는 줄도 모르면서."

난 늘 그렇게 대꾸하지만 사실은 리처드의 말이 맞다.

그의 또 다른 습관은 악어나 귀신과 사투라도 벌인 사람처럼 정신 나간 표정으로 명상실에서 기어 나오는 날 보려고 언제나 밖에서 기다리는 것이다. 그는 나처럼 자기 자신과 치열하게 싸우는 사람은 본 적이 없다고 했다. 그 말이 사실인지는 모르겠지만 어두운 명상실 안에서 벌어지는 일들이 갈수록 치열해지는 것은 사실이다. 그리고 오늘, 마지막까지 붙잡았던 두려움을 놓아 버리자 진정한 에너지가 척추를 타고 올라가며 아주 격렬한 경험을 했다. 지금까지 내가 쿤달리니 샥티를 단순한 전설로 치부해 버렸다는 사실이 웃기기까지 했다. 이 에너지는 낮은 기어 상태의 디젤 엔진처럼 털털거리며 내 몸을 통과했고, 요구 사항은 아주 단순했다. 널 뒤집어서 폐와 심장, 내장들이 밖으로 나오고 온 우주가 네 안으로 들어가게 해 줄래? 그리고 네 감정도 그렇게 해 줄래? 귀가 멍멍해지는 이 공간 속에서는 시간 개념이 뒤틀리고, 나는 무감각하고 멍한 상태에서 온갖 종류의 세상으로 끌려갔다. 그리고 모든 감각이 강렬해졌다. 뜨거움, 차가움, 증오, 욕정, 두려움……. 모든 게 끝나자 나는 햇빛 속으로 휘청휘청 걸어 나갔다. 걸신들린 듯한 배고픔, 타는 듯한 갈증, 사흘간 육지를 떠나 있었던 선원보다 더 강렬한 욕정을 느꼈다. 리처드는 여느 때처럼 옷을 준비를 하며 동굴 밖에서 날 기다리고 있었다. 혼란스럽고 지친 내 얼굴을 볼 때마다 그는 늘 똑같은 말로 날 놀린다. "이번엔 좀 다를 줄 알았냐, 먹보야?"

하지만 오늘 아침 명상에서 '넌 내 사랑이 얼마나 강한지 죽었다 깨어나도 몰라!'라는 사자의 포효를 들은 뒤로 나는 마치 여전사처럼 명상 동굴에서 걸어 나왔다. 리처드가 이번엔 좀 다를 줄 알았느냐고 채 묻기도 전에 난 그의 눈을 똑바로 바라보며 말했다. "말 안 해도 알겠죠?"

"이것 봐라. 축하할 일인데. 가자. 내가 마을에서 섬스업(Thumbs-Up)을 사 주지."

섬스업은 인도산 탄산음료인데 코카콜라와 비슷하다. 다만 아홉 배는 더 달고, 카페인이 세 배나 더 들어 있다. 메탐페타민[35]도 들어 있는 듯하다. 마시고 나면 사물이 두 개로 보이니까. 일주일에 한두 번씩 리처드와 나는 마을을 산책하며 작은 병에 든 섬스업 하나를 나눠 마시는데—아쉬람의 채식으로 정화된 몸에 상당히 과격한 체험—언제나 입술로 병을 건드리지 않으려고 조심한다. 인도를 여행하는 리처드의 철칙은 하나다. "너 자신 외에는 아무것도 건드리지 마라."(그렇다, 이것 역시 2부의 제목 후보였다.)

---

35 각성제로 일명 필로폰.

마을을 방문할 때는 언제나 사원에 들러 경의를 표하고, 재단사인 패니카 씨에게 인사를 한다. 그는 매번 우리와 악수하며 "우리의 만남을 축하합니다!"라고 말한다. 우리는 신성한 신분을 즐기고 있는 소들을 바라보았다.(여기 소들은 자기들이 신성한 존재임을 주장하려고 가끔 길 한가운데 벌렁 드러눕는 식으로 특권을 남용한다.) 몸을 긁어 대는 개들은 마치 어쩌다 이런 데 태어났나 신세 한탄을 하는 듯했다. 그런가 하면 바위를 깨서 도로를 만드는 여인들도 있었다. 이글거리는 태양 아래 맨발로 서서 큰 망치를 들어 올렸다 내리는 여인들, 화려한 빛깔의 사리에 목걸이, 팔찌를 낀 여인들은 이상하게 아름다워 보였다. 나로서는 도무지 이해할 수 없는 눈부신 미소를 짓고 있었다. 이런 날씨에 저렇게 거친 일을 하면서도 어떻게 행복할 수 있지? 이런 찜통더위 속에서 저런 망치를 휘두르다가는 15분 만에 기절해 죽어야 하지 않을까? 재단사인 패니카 씨에게 이에 대해 물어보았다.

"이 마을 사람들이 다 그래요. 이 나라 사람들은 누구나 저런 힘든 노동을 하기 위해 태어나고, 다들 일하는 데 익숙해져 있죠. 게다가 오래 살 것도 아닌데요, 뭐." 그는 아무렇지도 않다는 듯이 말했다.

이곳은 물론 가난한 마을이지만 인도 전체의 기준으로 보면 그렇게 심각한 정도는 아니다. 아쉬람의 존재(와 자비), 그리고 이곳으로 유입되는 서양인들의 돈은 이 마을을 크게 차별화시켰다. 그렇다고 해서 이 마을에 살 물건이 많다는 뜻은 아니지만. 그래도 리처드와 나는 구슬이며 작은 조각상을 파는 가게들을 둘러보는 걸 좋아한다. 카슈미르 남자들은 — 정말이지 아주 약삭빠른 상인들이다. — 언제나 물건을 사라고 꼬드기는데 오늘은 그중 한 명이 우리를 쫓아왔다. "집에 고급 카슈미르 러그 하나 까세요, 부인."

이 말에 리처드는 웃음을 터뜨렸다. 그는 무엇보다도 내가 집 없는 떠돌이 신세라는 걸 놀리길 좋아한다.

"괜히 입 아프게 떠들 필요 없소, 형씨. 이 늙은 아가씨는 러그를 깔아 둘 바닥이 없으니까."

카슈미르 상인은 아랑곳하지 않고 이번에는 이렇게 말했다.

"그럼 벽에 걸어 둘 양탄자를 한번 보시겠어요?"

"참나, 말귀를 못 알아듣는군. 지금 이 여자는 벽도 없다니까."

"하지만 난 용감한 심장이 있어요!" 내가 끼어들어 날 옹호했다.

"그리고 다른 훌륭한 자질들도 가지고 있지."

리처드가 처음으로 날 칭찬하며 덧붙였다.

52

사실 아쉬람에서 가장 힘든 일은 명상이 아니다. 물론 명상도 어렵긴 하지만 지긋지긋하진 않다. 이곳에는 그보다 훨씬 힘든 일이 있다. 매일 아침 명상 후, 아침 식사 전에(에휴, 여기 서는 아침이 길기도 하지.) 하는 일인데 바로 구루기타라고 하는 찬트다. 리처드는 이걸 '기트'라고 부른다. 난 이 기트를 도무지 좋아할 수가 없다. 뉴욕 아쉬람에서 처음 들은 후로 한 번도 좋아한 적이 없다. 전통 요가에 있는 다른 찬트와 성가는 모두 좋아하지만 이 구루기타만은 한없이 길고 지루하고 불쾌해서 견디기 힘들다. 물론 내 소견일 뿐 구루기타를 아주 좋아하는 사람들도 있다. 나로서는 그 이유를 짐작조차 할 수 없지만.

구루기타는 182절로 이뤄져 있고(으악!), 각 절은 불가사의한 산스크리트어 한 단락으로 이뤄진다. 서두 격인 찬트와 마무리 합창을 합치면 의식이 모두 끝나는 데 한 시간 반이 걸린다. 그것도 아침 식사 전이자 이미 한 시간의 명상과 20분의 첫 아침 성가를 부른 후의 일임을 기억하라. 이 구루기타야말로 새벽 3시에 일어나야 하는 기본적인 이유다.

난 구루기타의 가락도, 가사도 싫다. 아쉬람에 있는 사람들에게 그 말을 할 때마다 다들 "어머, 하지만 신성한 글이잖아요!"라고 말한다. 누가 모르나? 욥기도 신성하긴 마찬가지지만 난 매일 아침 식사 전에 욥기를 큰 소리로 노래하고 싶은 생각은 없다.

구루기타는 놀라운 영적 혈통을 자랑하는데 지금은 대부분 사라지고 일부만 산스크리트어로 번역된 스칸다 푸라나라는 고대 요가 경전의 발췌문이다. 대부분의 요가 경전과 마찬가지로 이것 역시 대화문 형식으로 쓰였고, 거의 소크라테스가 나누는 대화 수준이다. 대화는 여신 파르바티와 전지전능하며 모든 것을 아우르는 신 시바 사이에 이루어진다. 파르바티와 시바는 창조성(여성성)과 의식(남성성)의 신격화다. 파르바티는 우주의 생성 에너지고, 시바는 형체 없는 지혜다. 시바가 무엇을 상상하든 파르바티가 그것을 실제로 만들어 낸다. 그는 꿈꾸고, 그녀는 형상화한다. 그들의 춤, 그들의 합일(그들의 요가)은 우주의 근원인 동시에 발현이다.

구루기타에서 여신은 신에게 속세에서 만족감을 느낄 수 있는 비결을 묻고, 신은 여신에게 대답한다. 나는 이 성가가 짜증 났다. 아쉬람에 머무는 동안 구루기타가 좋아지기를 바랐다. 인도라는 배경 속에서는 구루기타를 사랑하게 되기를 바랐다. 그러나 실상은 정반대였다. 지난 몇 주간 구루기타에 대한 내 감정은 단순한 비호감에서 철저한 혐오로 옮겨 갔다. 나는 구루기타 찬트를 빼먹었고, 영적 성장에 훨씬 도움이 된다고 생각하는 다른 일들을 하며 아침을 보냈다. 일기를 쓴다든지, 샤워를 한다든지, 언니에게 전화를 해 조카들의 안부를 묻는다든지.

텍사스 주에서 온 리처드는 내 결석을 어김없이 알아챘다.

"오늘 아침 기트를 빠졌더군."

"그 대신 다른 방식으로 신과 소통했어요."

"방에서 자는 걸로?"

하지만 찬트를 할 때마다 난 언제나 동요한다. 그러니까 신체적으로 말이다. 노래를 한다기보다 질질 끌려가는 기분이다. 그리고 땀은 또 얼마나 나는지. 이건 정말 이상한 증상이 아닐 수 없는데 나는 평생 체질적으로 차가운 사람이기 때문이다. 게다가 인도의 이 지역은 1월 새벽이면 꽤 쌀쌀하다. 다른 사람들은 찬트를 하는 동안 추워서 모직 담요와 모자로 무장하는데 나는 성가가 웅웅거릴수록 옷을 한 꺼풀씩 벗고, 죽어라 일한 농장의 말처럼 비지땀을 흘린다. 구루기타가 끝나고 사원을 나오면 차가운 아침 공기에 땀이 안개처럼 증발해 버린다. 그것도 흉측하고 푸르스름하며 악취가 나는 안개. 이런 신체적 반응은 이걸 부르는 동안 날 뒤흔드는 뜨거운 감정의 파도에 비하면 약과다. 난 노래조차 제대로 할 수가 없어서 그저 꺽꺽거릴 뿐이다. 잔뜩 성난 채로.

이게 182절이나 된다는 말을 했던가?

그래서 며칠 뒤 평상시보다 더욱 불쾌한 찬트 시간을 보낸 뒤, 이 아쉬람에서 가장 좋아하는 스님에게 자문을 구하기로 했다. 놀라우리만치 긴 산스크리트어 이름을 가진 스님인데 번역하자면 '자기 가슴에 머무는 신의 가슴에 머무는 자'라는 뜻이다. 이 스님은 60대 미국인으로 똑똑하고 교양 있으며 예전에 뉴욕 대학교에서 고전 연극을 가르친 분이라서 아직도 덕성과 위엄이 넘친다. 스님은 30년쯤 전에 불가에 입문했다. 나는 솔직하고 재미있는 성격 때문에 그분을 좋아한다. 데이비드로 인한 어두운 번민의 시기에 내 마음의 고통을 그분께 털어놓은 적이 있다. 스님은 내 말을 경청하고 자신이 해 줄 수 있는 가장 인정 어린 충고를 해 준 다음, "이젠 내 승복에 키스해야겠네."라고 말했다. 그러고는 선황색 승복 자락을 들어 올리며 쪽 소리 나게 키스했다. 나는 그게 무슨 불가사의한 종교적 관습쯤 되는 줄 알고 스님에게 물어보았다. 스님은 이렇게 대답하셨다. "사람들이 내게 찾아와 남녀 관계에 대한 조언을 구할 때마다 난 언제나 이렇게 한다네. 내가 승려여서 더는 그런 일로 고민할 필요가 없다는 걸 신에게 감사하는 거지."

그래서 나는 구루기타에 대한 고민도 이분께 솔직히 털어놓을 수 있으리라 생각했다. 어느 날 저녁 식사를 마치고 우리는 함께 정원을 산책했고, 나는 스님께 내가 구루기타를 얼마나 싫어하는지 말씀드렸다. 그리고 앞으로 거기서 빠지게 해 달라고 부탁드렸다. 스님은 껄껄 웃기 시작했다.

"하기 싫다면 굳이 하지 않아도 돼. 여기서는 아무도 자네가 싫어하는 일을 강요하지 않으니까."

"하지만 사람들 말로는 그게 아주 중요한 정신 수련이라는데요."

"그렇지. 하지만 그걸 하지 않는다고 해서 지옥에 가는 것도 아니야. 다만 구루기타에 대한 자네 구루의 방침은 아주 분명해. 구루기타는 우리 요가에 있어서 필수 불가결한 경전이고, 명상 다음으로 중요한 수련이라는 거지. 만약 자네가 이 아쉬람에 머무른다면, 구루도 자네가 매일 아침 일찍 일어나 찬트를 하길 바랄걸세."

"일찍 일어나는 게 싫어서가 아니에요……."

"그럼 뭔가?"

나는 스님께 내가 구루기타를 혐오하게 된 이유, 즉 그게 얼마나 고통스러운 일인지 설명했다.

"저런, 자넬 좀 보게. 그냥 이야기만 하는데도 몸이 뒤틀리는구먼."

사실이었다. 나는 한기가 느껴졌고 겨드랑이가 축축해졌다.

"스님, 그 시간에 다른 수련을 하면 안 될까요? 가끔씩 구루기타 시간에 명상 동굴에 가면 명상이 잘되는 것 같아요."

"아, 스와미지가 그걸 알았다간 호통쳤을걸세. 다른 사람들이 열심히 노력하는 에너지를 날로 먹는 도둑이라고. 이보게, 구루기타는 재미로 하는 노래가 아니야. 거기엔 다른 기능이 있어. 그건 상상도 못 할 힘을 가진 경전이고, 그 시간은 강력한 정화의 수련일세. 그건 자네 안의 쓰레기, 자네의 모든 부정적인 감정들을 태우지. 그리고 구루기타를 하는 동안 자네가 그렇게 강력한 감정과 신체적 반응을 경험한다면 아마도 자네에게 긍정적인 영향을 미치고 있다는 뜻일 거야. 이건 힘든 일이지만 그로 인한 혜택 또한 엄청나다네."

"하지만 계속 할 만한 동기가 없는걸요?"

"안 하면 어쩔 건데? 힘든 일이 생길 때마다 포기할 텐가? 평생 농땡이나 치면서 비참하고 불완전하게 살겠나?"

"방금 '농땡이'라고 하셨어요?"

"그래, 그래, 그랬네."

"그럼 어떻게 하죠?"

"자네 스스로 결정하게. 하지만 자네가 물었으니까 내가 충고하자면, 여기 머무는 동안은 구루기타에 충실해 봐. 특히나 그에 대한 자네의 반응이 각별하니 말일세. 뭔가가 자네를 심하게 자극한다면, 그건 분명 자네에게 작용하고 있다는 증거야. 구루기타가 하는 일이 바로 그거라네. 자아를 소진시켜 자네를 순수한 재로 만들어 버리지. 원래 힘든 일이야, 리즈. 하지만 구루기타는 자네가 이성적으로 이해할 수 있는 것 이상의 힘을 가지고 있다네. 앞으로 이 아쉬람에 머무를 시간이 일주일 정도 남았지? 그다음에는 마음대로 돌아다니며 재미있게 여행할 거잖나. 그러니까 앞으로 일곱 번만 더 찬트를 해 보게. 그 후에는 두 번 다시 할 일이 없을 테니까. 자신이 겪는 영적 경험의 과학자가 되라던 구루의 말을 명심하게. 자네는 관광객이나 기자로서 여기 온 게 아니야. 구도자로 온 거지. 그러니까 스스로를 탐색하게."

"그러니까 절 놓아주지 않으시겠다는 거예요?"

"원하면 언제든 스스로를 놓아줄 수 있네, 리즈. 그게 바로 자유 의지와의 신성한 계약일세."

53

그리하여 이튿날 난 이를 악문 채 찬트에 참석했고 구루기타는 날 발로 걷어차 6미터짜리 시멘트 계단 아래로 떨어뜨렸다. 뭐 대충 그런 기분이었다는 말이다. 다음 날은 더욱 악화되었다. 아침에 일어날 때부터 분노가 느껴졌고, 사원에 가기 도 전에 땀이 흘렀다. 아니, 온몸이 펄펄 끓고 땀이 비 오듯 했 다. "겨우 한 시간 반이야. 한 시간 반 동안에 무슨 일이든 못 할까. 열네 시간이나 산통을 겪은 친구들도 있는데 뭐……."라 고 마음속으로 되뇌었지만 바늘방석에 앉았다 한들 이렇게 불 편하지는 않았을 것이다. 마치 갱년기 여성처럼 규칙적으로 얼굴이 달아올랐고 이러다가는 분노에 사로잡혀 기절하거나 아니면 누군가를 물어뜯을 것 같았다.

내 분노는 거대했다. 거기에는 세상 사람 모두가 포함되었 으나 특히 스와미지를 향한 분노가 제일 컸다. 구루의 스승, 이 구루기타 의식을 최초로 시작한 사람 말이다. 현재는 타계 한 이 위대한 요기와 불협화음이 생긴 것은 이번이 처음이 아 니다. 그는 꿈속의 해변에서 내게 다가와 저 파도를 어떻게 막 으려 했느냐고 물었던 사람이다. 난 언제나 그가 나를 못마땅 해 하는 것 같은 기분이 들었다.

스와미지는 평생 지칠 줄 모르는 영적 선동가로 살아왔다. 아시시의 성 프란체스코처럼 스와미지도 부유한 가정에서 태 어나 가업을 물려받을 예정이었다. 그러나 어릴 때 작은 이웃 마을에서 한 성자를 만났고, 그 만남에 깊은 감동을 받았다. 그리하여 아직 미성년일 때 간단한 옷가지만 걸친 채 출가해 수년간 인도 성지를 순례하며 진정한 영적 지도자를 찾아다녔 다. 60명이 넘는 성자와 구루를 만났지만 자신이 원하는 스승 을 찾지 못했다. 굶주린 채 맨발로 돌아다녔고, 히말라야 눈보라 속에서 잠을 잤으며 말라리아, 이질에 걸려 고생했다. 그런데도 자신에게 신을 보여 줄 누군가를 찾아 헤매던 그 시절을 인생에서 가장 행복한 시절로 여겼다. 그런 나날을 거치며 스와미지는 하타 요기가 되었고 그 밖에도 아유르베다 전문가, 요리사, 건축가, 정원사, 음악가, 검투사(이건 마음에 든다.)가 되었다. 중년이 되어서도 여전히 구루를 발견하지 못하던 어느 날, 벌거벗은 미치광이 현인에게 고향으로 돌아가라는 말을 듣는다. 어릴 때 만났던 성자가 살던 마을로 돌아가 그 위대한 성자와 함께 공부하라고.

스와미지는 그 말에 따라 귀향했고, 그 성자의 가장 헌신적인 학생이 되었으며 마침내 스승의 가르침을 통해 득도한다. 종국에는 스와미지도 구루가 되었다. 불모지에 세워진 방 세 개짜리 건물이었던 그의 아쉬람은 시간이 흘러 지금과 같은 비옥한 정원으로 바뀌었다. 또한 여행을 하며 전 세계적으로 명상 혁명을 일으켜야겠다는 영감을 얻어 1970년에 미국으로 건너가 큰 파장을 일으켰다. 그는 하루에 수백, 수천 명에게 신성한 시작(샥티파트)을 경험하게 해 주었다. 그에게는 즉각적으로 사람을 변화시키는 힘이 있었다. 1970년대에 스와미지를 만난 유진 칼렌더 목사(존경받는 인권 운동가이자 마틴 루서 킹의 동료였으며 현재 할렘의 침례교 목사)는 이 인도 남자 앞에 무릎을 꿇은 채 깜짝 놀라 이렇게 생각했다고 한다. "지금 웃고 떠들 때가 아니다. 바로 이거다……. 이 남자는 우리가 알아야 할 모든 것을 알고 있다."

스와미지는 열정과 헌신, 자기 통제를 요구했다. 그는 언제나 '행동하지 않는다'는 이유로 사람들을 꾸짖었다. 종종 반항을 일삼는 젊은 서양인 추종자들에게 엄격한 규율의 개념을 가르치며 자유분방한 히피의 허튼소리로 자신(그리고 다른 사람)의 에너지를 낭비하는 짓은 그만두라고 명령했다. 조금 전만 해도 당신에게 지팡이를 집어던졌다가 돌아서면 당신을 껴안아 주는 그런 사람이다. 복잡하고 종종 모순적이지만 진정으로 세상을 변화시킨 사람이다. 지금 서구인들이 고대 요가의 경전을 접할 수 있는 이유는 스와미지가 인도에서조차도 오랫동안 잊힌 철학 교재들을 번역해 부활시켰기 때문이다.

우리 구루는 스와미지의 가장 독실한 제자였다. 스와미지의 초기 추종자였던 부모 밑에서 말 그대로 그의 제자로 태어났다. 어린아이였을 때부터 조금도 피곤한 기색 없이 곧잘 하루에 열여덟 시간씩 찬트를 하곤 했다. 그녀의 잠재력을 알아본 스와미지는 아직 10대 소녀인 그녀를 통역사로 데려고 다녔다. 그녀는 스승에게 면밀한 주의를 기울이며 함께 전 세계를 여행했고, 그녀의 말에 의하면 나중에는 무릎으로도 말이 통하는 사이였다. 그녀는 1982년, 아직 20대일 때 그의 후계자가 되었다.

진정한 구루는 언제나 자아실현의 상태에 머무른다는 점에서는 모두 같지만 외부적 성격은 다들 다르다. 그런 점에서 우리 구루와 그녀의 스승은 천지 차이다. 그녀는 여성스럽고 외국어에 능통하며 대학 교육을 받았고 박식한 전문가다. 반면 그는 가끔씩 변덕스럽고, 가끔은 인도 남부의 늙은 호랑이처럼 위풍당당하다. 나 같은 뉴잉글랜드 촌년에게는 우리 스승님처럼 사회적 통념에서 크게 벗어나지 않은 사람이 제격이다. 그녀는 우리 집으로 데려가 부모님께 소개하고 싶은 구루다. 하지만 스와미지는…… 그야말로 와일드카드다. 내가 처음 요가를 시작하고, 그의 사진을 처음 보고, 그에 관한 이야기를 처음 들은 이래로 난 '이 사람에게서 떨어져 있을 테야. 내게는 너무 버거워. 왠지 날 긴장시키는걸.'이라고 생각했다.

하지만 내가 인도에 있는 이상, 그의 집인 이 아쉬람에 있는 이상, 내가 원하는 건 온통 스와미지였다. 내가 느끼는 건 온통 스와미지였다. 기도와 명상을 통해 내가 말을 거는 유일한 인물은 스와미지였다. 밤낮으로 스와미지뿐이었다. 나는 스와미지의 용광로였고, 그가 내게 영향을 미치고 있음을 느낄 수 있었다. 사후에도 그의 존재는 너무도 생생하고 뚜렷했다. 내가 진정으로 고통받을 때 필요한 스승은 바로 그였다. 그에게는 온갖 욕을 퍼부을 수 있고, 내 모든 실패와 결함을 다 보여 줄 수 있기 때문이다. 그런 나를 보며 그는 그저 웃기만 한다. 그러고는 날 사랑해 준다. 그의 웃음은 날 더욱 화나게 하고, 분노는 나로 하여금 행동하게 한다. 뜻을 헤아릴 수 없는 산스크리트어 산문인 구루기타와 씨름할 때야말로 그를 가장 가깝게 느낄 수 있다. 그 시간 내내 난 머릿속으로 스와미지와 말싸움을 벌이며 온갖 으름장을 놓는다. '내가 당신을 위해 이걸 하고 있으니까 당신도 날 위해 뭔가 해 주는 게 좋을 거야! 이 일에서 뭔가 결실을 보고 싶다고! 이걸로 정화되지 않으면 알아서 해!' 어제는 찬트 교재를 보고 이제 겨우 25절인데 벌써부터 몸이 꼬이고 땀(정상적인 사람이 흘리는 땀이라기보다 마치 치즈가 녹아내리는 듯한 땀)을 흘린다는 걸 알고는 부아가 치밀어 나도 모르게 큰 소리를 질렀다. "지금 장난해?" 몇몇 여자들이 깜짝 놀라 날 돌아보았다. 내게 악마가 씌어 목 위에서 머리가 빙글빙글 돌아가기라도 할 줄 알았나 보다. 가끔씩 내가 로마에 살면서 패스트리와 카푸치노로 여유 있게 아침을 먹고 신문을 읽던 때가 떠오른다.

정말 멋진 나날이었지.

지금은 꿈처럼 아득하지만.

54

오늘 아침에는 늦잠을 잤다. 그러니까 너무도 게을러서 무려 새벽 4시 15분까지 잔 것이다. 구루기타가 시작되기 겨우 몇 분 전에 일어나 마지못해 침대에서 내려와 얼굴에 대충 물을 끼얹고 옷을 입고—너무나 짜증 나고, 신경질 나고, 화난 상태로—칠흑 같은 미명에 방을 나서는데…… 나보다 먼저 나간 룸메이트가 문을 잠그고 가 버렸다.

좀처럼 없는 일이었다. 손바닥만 한 방이라 오히려 바로 옆 침대에서 자고 있는 사람을 못 보기가 더 힘들 것이다. 다섯 아이를 둔 호주 출신의 그녀는 아주 책임감 있고 야무진 성격이라 절대 이런 짓을 할 사람이 아니다. 그런데도 말 그대로 날 방에 꽁꽁 가둬 버렸다.

'구루기타를 빼먹기에 이보다 더 좋은 핑계는 없겠군.' 머릿속에 맨 처음 떠오른 생각이었다. 하지만 그다음으로 든 생각은, 아니 그건 생각이 아닌 행동이었다.

난 창문에서 뛰어내렸다.

좀 더 자세히 말하자면, 창문 난간 위로 엉금엉금 기어 땀에 젖은 손으로 난간을 붙들고 잠시 어둠 속에서 2층 창문 위에 대롱대롱 매달려 있다가 나 자신에게 이성적인 질문을 던졌다. '왜 이 건물에서 뛰어내리려는 거야?' 대답은 굳은 결심으로 돌아왔다. '난 구루기타를 꼭 읽어야 해.' 그러고는 난간을 놓아 버리고 어두운 대기를 가르며 40미터쯤 아래로 떨어져 콘크리트 보도에 착륙했다. 도중에 뭔가에 부딪혀 오른쪽 정강이 살갖이 쭉 찢어졌지만 개의치 않았다. 난 일어나 맨발로 달렸다. 신전으로 달리는 내내 귓가에서 맥박 소리가 고동쳤다. 내가 신전에 도착했을 때는 막 찬트가 시작될 무렵이었다. 자리를 잡고 기도책을 편 후, 구루기타를 노래했다. 오른쪽 정강이에서는 피가 계속 흐르는 채로.

서너 절을 부른 후, 숨이 가라앉자 이내 매일 아침 하던 정상적이고 본능적인 생각이 되살아났다. '여기 있기 싫어.' 머릿속에서 스와미지가 껄껄 웃으며 '거참 재미있구먼. 아까는 여기 오고 싶어 죽을 것처럼 행동하더니.'라고 말하는 소리가 들렸다.

좋아요, 당신이 이겼어요.

그렇게 거기 앉아 노래하고 피 흘리며 어쩌면 이제는 이 특별한 영적 수련과의 관계를 변화시켜야 할 때인지 모르겠다는 생각이 들었다. 구루기타는 순수한 사랑의 성가여야 하는데 나로서는 왠지 그 사랑을 진심으로 바치기가 힘들었다. 매 절을 부를 때마다 이 성가를 바칠 대상이 필요하다는 걸 깨닫게 되었다. 그래야 내 안에서 순수한 사랑을 끌어낼 수 있었다. 20절에 이른 순간, 그 대상이 떠올랐다. 조카 닉.

여덟 살짜리 조카 닉은 나이에 비해 말랐고 소름 끼치게 총명하며 징그럽게 눈치가 빠르고 예민하고 복잡했다. 태어난 직후에도 육아실의 빽빽 울어 대는 신생아들 틈에서 혼자만 울지 않은 채 어른스럽고 걱정스러운 눈초리로 주위를 둘러보았다. 마치 전에도 이런 탄생을 수십 번 겪어 왔는데 이걸 또 해야만 한다는 사실이 뭐가 그리 신나는지 잘 모르겠다는 듯이. 그 애에게 인생은 결코 단순하지 않을 것이며, 자신이 듣고 보고 느끼는 모든 것이 아주 강렬하게 다가올 것이고, 순식간에 감정에 압도당해 가끔은 우리를 긴장시킬 것이다. 나는 이 조카를 마음 깊이 사랑했다. 인도와 펜실베이니아 주의 시차를 계산해 보니 지금은 그 아이가 잠들었을 시간이었다. 그리하여 내 조카 닉을 위해, 그 애가 푹 잘 수 있도록 구루기타를 불렀다. 가끔씩 닉은 마음이 진정되지 않아 자는 데 애를 먹곤 했다. 따라서 이 성가의 독실한 단어들을 모두 닉에게 바쳤다. 그 애에게 인생에서 가르치고 싶은 것을 모두 이 노래에 담았다. 매절마다 이 세상은 너무 힘들고 때로는 불공평하기도 하지만 그래도 넌 사랑을 듬뿍 받고 있으니 괜찮다는 확신을 심어 주려고 노력했다. 그 아이를 돕기 위해서라면 무엇이든 할 수 있는 영혼들이 닉을 에워싸고 있다. 그뿐만이 아니다. 닉 본인에게도 내면 깊은 곳에 묻혀 있다가 서서히 모습을 드러내 어떤 시련이든 이겨 내도록 도와줄 지혜와 인내심이 있다. 우리에게 닉은 신의 선물이다. 나는 이 오래된 산스크리트어 경전을 통해 이 사실을 그 애에게 말해 줬고 이내 내가 울고 있음을 깨달았다. 하지만 눈물을 닦기도 전에 구루기타는 끝나 버렸다. 한 시간 반이 지났는데 마치 10분이 지난 듯했다. 나는 일이 어떻게 된 것인지 알 수 있었다. 꼬마 닉이 날 이끌어 준 것이다. 내가 도와주고 싶었던 그 작은 영혼이 사실은 날 도와준 것이다.

나는 신전 문으로 걸어가 신에게, 사랑의 혁신적인 힘에게, 나 자신에게, 구루에게, 조카에게 감사하며 큰절을 했다. 이 단어들과 생각들과 사람들이 사실은 모두 하나임을 (머리로만 아는 수준이 아니라) 뼈저리게 실감하며. 그런 다음, 명상 동굴로 들어가 아침도 거른 채 거의 두 시간가량을 고요 속에 묻혀 있었다.

두말할 나위 없이 그 뒤로는 구루기타를 한 번도 거르지 않았고, 그 시간은 아쉬람에서 가장 신성한 수련이 되었다. 물론 텍사스 주에서 온 리처드는 기숙사 창문에서 뛰어내린 일로 날 놀려 먹으려고 안달이 나서 저녁 식사가 끝날 때마다 이렇게 말했다. "내일 아침 기트에서 보자, 먹보야. 그리고 이번엔 곱게 계단으로 내려와, 알았지?"

그로부터 일주일 뒤 언니에게 전화했더니 언니가—그 누구도 알 수 없는 이유로—별안간 닉이 잠을 잘 자게 되었다고 말했다. 그리고 며칠 뒤 도서관에서 인도의 성자 스리 라마크리슈나에 대한 책을 읽던 중 우연히 이런 구절을 발견하게 되었다. 위대한 스승을 만나게 된 한 여성 구도자가 스승에게 고민을 털어놓았다.

"스승님, 제가 훌륭한 신자가 아닐까 두렵습니다. 신을 충분히 사랑하지 않을까 두렵습니다."

"네가 사랑하는 게 있느냐?"

"전 제 어린 조카를 세상에서 제일 사랑합니다."

"그럼 됐다. 그 애가 네 크리슈나, 네 연인이다. 조카에 대한 헌신이 곧 신을 섬기는 것이니라."

하지만 이 모든 건 앞으로 내가 할 이야기에 비하면 약과다. 정말로 놀라운 일은 내가 건물에서 뛰어내린 날에 일어났다. 그날 오후 난 룸메이트인 델리아를 만났다. 그녀가 날 방에 가둬 놓고 갔다고 말하자 델리아는 아연실색했다.

"대체 내가 왜 그런 짓을 했을까요? 더구나 아침 내내 당신을 생각하고 있었는데 말이에요. 간밤에 당신이 나오는 아주 생생한 꿈을 꿨거든요. 하루 종일 그 꿈이 머리에서 떠나질 않았어요."

"무슨 꿈인데요."

"꿈에서 당신이 불길에 휩싸인 거예요. 침대도 불에 훨훨 타고요. 당신을 구하려고 갔지만 침대에 갔을 때 당신은 이미 하얀 재로 변해 있었어요."

55

그때 난 결심했다. 이 아쉬람에 좀 더 머무르기로. 그건 내 원래 계획과 어긋나도 한참 어긋났다. 원래는 여기서 6주간 머무르며 약간의 무아경을 경험한 뒤…… 음…… 신을 찾아 인도 전역을 여행할 계획이었다. 지도며 가이드북, 등산화, 모든 게 다 준비되어 있었다! 눈으로 직접 봐야 할 사원과 모스크, 성인들이 줄줄이 대기하고 있었다. 여긴 인도가 아닌가! 이곳엔 구경거리도, 체험할 일도 가득하다. 돌아다닐 곳도 많고, 탐험해야 할 사원 천지에 낙타와 코끼리도 타 봐야 한다. 게다가 갠지스 강이며 거대한 라자스탄 사막, 뭄바이의 정신없는 극장들, 히말라야, 오래된 차(茶) 농장, 『벤허』에 나왔던 전차 경주처럼 서로 치열하게 경쟁하며 달리는 콜카타의 인력거를 놓친다면 낙심천만일 것이다. 게다가 3월에는 다람살라에서 달라이 라마를 만날 계획까지 세워 놓았다. 그분께 신에 대해 한 수 배우고 싶었다.

여기 계속 머무르는 건, 시내에서 한참 떨어진 코딱지만 한 마을의 작은 아쉬람에 처박혀 있는 건 절대 안 된다. 그건 계획에 어긋난다.

반면 참선을 가르치는 사람들은 언제나 흐르는 물이 아닌 고요한 물에서만 우리를 비춰 볼 수 있다고 말한다. 따라서 매 순간 자기 탐색과 독실한 수련을 하도록 조성된 이 작은 은둔처를, 하필이면 너무 많은 일이 벌어지고 있는 지금 그냥 떠나 버리는 건 뭔가 영적으로 무책임한 짓이라는 생각이 들었다. 정말로 꼭 지금 그 많은 기차를 타고, 배 속에 기생충을 집어넣고, 다른 배낭여행자들과 어울려 다녀야 할까? 나중에 할 수도 있지 않을까? 달라이 라마와의 만남도 미룰 수 있지 않을까? 달라이 라마는 늘 그곳에 계시지 않을까?(이런 일은 없어야겠지만, 설사 그분이 돌아가신다 해도 사람들이 환생한 달라이 라마를 찾아내지 않을까?) 내 여권은 이미 문신투성이 서커스 단원처럼 생기지 않았던가. 정말로 더 많이 여행해야 신에게 조금이라도 더 가까이 다가갈 수 있을까?

어떻게 해야 좋을지 알 수 없었다. 이 문제로 갈팡질팡하며 하루를 보냈고, 언제나 그렇듯이 이번에도 텍사스 주에서 온 리처드가 결정적 충고를 해 주었다.

"그냥 있어, 먹보야. 관광은 뭔 놈의 관광. 그건 평생 하게 될 텐데. 넌 지금 영적 여행 중이잖아. 여기서 그만두면 네 잠재의식으로 절반쯤 가다가 그만두는 꼴이라고. 넌 신에게 이 아쉬람에 오라는 초대장을 받았어. 근데 그걸 거절할 셈이야?"

"하지만 인도의 아름다운 볼거리들은 어쩌고요? 이 조그만 아쉬람에 계속 머무느라 세계 일주를 중단하는 것도 애석한 일 아니에요?"

"먹보야, 네 친구 리처드의 말을 들어. 앞으로 석 달 동안, 매일 그 백설 같은 궁둥이를 명상 동굴에 붙이고 있어 봐. 장담하건대 눈앞에 너무나 아름다운 영상이 펼쳐져서 타지마할 따위에는 돌이라도 던지고 싶어질걸."

56

오늘 아침 명상 시간에 내가 하고 있던 생각은 이런 것이다.

올해의 여행이 끝나면 어디에서 살아야 할까? 뉴욕으로 돌아가고 싶지는 않아. 새로운 곳에서 살고 싶어. 오스틴도 좋을 거야. 시카고는 건물들이 아름답지. 겨울은 끔찍하게 춥지만. 외국에서 살 수도 있어. 시드니가 좋다고 하던데……. 뉴욕보다 물가가 싼 곳에 살면 방이 하나 더 딸린 집을 얻을 수 있고, 그럼 그 방을 명상실로 쓸 수 있어! 멋진데. 그 방은 황금색으로 칠하는 거야. 아니 진청색도 괜찮아. 아냐, 역시 황금색이…… 아냐, 푸른색…….

마침내 이 생각의 사슬을 알아챈 나는 화가 치밀었다. 넌 지금 인도에, 지상에서 가장 신성한 순례지인 아쉬람에 와 있어. 그런데 신과 교감은 하지 않고 앞으로 1년 뒤에, 아직 결정되지도 않은 도시의, 아직 존재하지도 않는 집에 대해 명상하고 있다니. 그만해라, 이 등신아. 그만하고, 네가 실제로 존재하는 바로 여기, 바로 지금이나 명상하라는 말이다.

난 마음속으로 만트라를 반복하는 데 정신을 모았다.

몇 분 뒤 명상을 멈추고 나 자신을 등신이라 부른 것을 취소했다. 그건 별로 애정 어린 행동이 아니다. 하지만 다음 순간 '그래도 역시 황금색 명상실은 멋질 거야.'라는 생각이 들었다. 나는 눈을 뜨고 한숨을 내쉬었다. 정말 이것밖에 못 하는 걸까?

그리하여 그날 저녁에는 뭔가 새로운 방법을 시도해 보기로 했다. 최근 아쉬람에서 위파사나 명상을 공부한 여자를 만난 적이 있다. 위파사나는 간단하면서도 매우 강도 높은, 초정통 불교 명상 테크닉이다. 기본적으로 그냥 앉아 있기만 하면 된다. 위파사나 입문 코스는 열흘 과정인데 그 기간 동안 두세 시간씩 계속되는 침묵의 명상을 매일, 10시간씩 해야 한다. 초월 명상의 익스트림 스포츠 버전이라고나 할까. 위파사나 명상 지도자는 만트라조차 주지 않는다. 그것마저 일종의 속임수라고 여기기 때문이다. 위파사나 명상은 순수한 응시의 수련으로 내 마음의 목격자가 되어 생각의 패턴을 완전히 이해하되, 자세는 조금도 바꾸면 안 된다.

신체적으로도 혹독하다. 일단 가부좌를 틀고 앉으면 불편해서 미칠 지경이라도 몸을 움직이는 것은 금물이다. 그냥 그대로 앉아 '난 앞으로 두 시간 동안 움직일 필요가 전혀 없어.'라고만 생각해야 한다. 불편함이 느껴지면 그 신체적 고통이 자신에게 미치는 영향을 관찰하고 그 불편함을 명상해야 한다. 실생활에서 우리는 슬프고 성가신 현실을 피하려고 끊임없이 사방으로 폴짝거리며 신체적, 감정적, 정신적 불편함에 적응하려 한다. 위파사나 명상은 살면서 슬픔과 성가심은 피할 수 없지만, 스스로를 고요 속에 오래 묻어 둘 수 있다면 시간이 흐른 뒤 모든 것(불편한 것이든, 사랑스러운 것이든)이 결국엔 지나간다는 진리를 경험하게 될 거라고 가르친다.

"세상은 죽음과 부패에 시달린다. 따라서 현명한 사람들은 세상의 조건을 알기에 슬퍼하지 않는다." 이것은 불교의 오랜 가르침이다. 다시 말해 익숙해지라는 것이다.

위파사나가 내게 꼭 필요한 과정이라고는 생각하지 않는다. 주로 연민, 사랑, 나비, 환희, 친절한 신을 중심축으로 하는 내 종교적 수련의 개념(내 친구 다시는 이걸 '파자마 파티 신학'이라 불렀다.)에 비해 이건 너무 엄격하다. 위파사나에는 '신'이라는 말조차 없다. 일부 불교 신자들은 신의 개념이 의존의 마지막 장애물이자 궁극의 신경 안정제, 순수한 초연함으로 가는 여정에서 버려야 할 최후의 대상으로 간주하기 때문이다. 개인적으로는 이 '초연'이라는 단어가 영 못마땅하다. 이미 다른 사람들과 감정적으로 완전히 단절한 상태에서 사는 듯한 영적 구도자들을 만난 적 있는데 그들이 초연함을 추구해야 한다고 말할 때마다 난 그들을 앞뒤로 흔들며 "이봐요, 그런 건 수련할 필요 없다고요!"라고 외치고픈 심정이었다.

그렇기는 해도 영리한 초연함을 연마해 두면 마음의 평화를 얻는 데 귀중한 도구가 되리라는 건 나도 안다. 어느 오후 도서관에서 위파사나 명상에 관한 책을 읽은 뒤, 그동안 내가 얼마나 물 밖에 나온 물고기처럼 요란하게 펄떡거리며 인생을 낭비했는지 생각하게 되었다. 그저 불편한 고통을 털어 버리기 위해, 혹은 더 많은 쾌락에 몸을 던지기 위해서 말이다. 매번 내가 처한 환경의 울퉁불퉁한 도로를 따라 질질 끌려다니는 대신 가만히 앉아 좀 더 참는 법을 배우는 게 내게(아울러 나를 사랑하는 의무를 짊어진 사람들에게도) 더 도움이 되지 않을까?

오늘 저녁 아쉬람의 정원에서 조용한 곳에 놓인 벤치를 발견하고 거기 앉아 한 시간 동안 명상하기로 마음먹었을 때 머릿속에 다시 그 의문들이 떠올랐다. 이번엔 위파사나 명상을 시도할 참이었다. 움직이지 않고, 생각하지도 않고, 심지어 만트라를 외우지도 않고 오로지 순수하게 응시만 할 작정이었다. 어떻게 되는지 한번 보자고. 그런데 불행히도 내가 깜빡한 게 있었다. 모기들. 아름다운 황혼 녘에 벤치에 앉자마자 모기들이 달려와 내 얼굴을 쓰다듬으며 머리, 발목, 팔에 단체로 착륙하는 소리가 들렸다. 난 모기라면 딱 질색이다. '지금은 위파사나 명상을 하기에 좋은 때가 아냐.'

그러자 이런 생각이 들었다. 그렇다면 하루 혹은 인생 중에서 초연한 고요 속에 앉아 있기 좋은 때가 과연 언제일까? 주위에서 어떤 소음도 들리지 않고, 마음이 조금도 어지럽거나 짜증 나지 않는 때가 과연 있을까? 그리하여 (과학자처럼 자기 내면의 경험을 실험해야 한다는 구루의 가르침에 영감을 받아) 나를 실험 대상으로 삼았다. 내가 이걸 딱 한 번만 참는다면 어떻게 될까? 모기를 잡으려고 손뼉을 치는 대신 평생 딱 한 시간만 이 불편함을 견딘다면?

그래서 난 그렇게 했다. 고요 속에서 모기에게 피를 빨리는 나 자신을 바라보았다. 솔직히 말해서 마음 한구석으로는 터프가이 흉내나 내는 이깟 실험이 무슨 소용이냐고 빈정거렸지만, 다른 한편으로는 이것이 극기의 초보 단계임을 잘 알고 있었다. 목숨에 별 지장이 없는 이 신체적 불편을 견뎌 낸다면 나중에 또 다른 불편도 견뎌 낼 수 있지 않을까? 나로서는 훨씬 견디기 힘든 감정적 불편함인 질투, 분노, 두려움, 실망, 외로움, 수치심, 권태 같은 것들 말이다.

처음에는 가려워서 미칠 것 같았지만 점차 그 가려움은 전반적으로 열이 오르는 느낌 속에 녹아 들어갔고, 나는 그 열기를 타고 미약한 무아경에 빠져들었다. 고통을 특정한 관념과 연결하지 않고 그저 순수한 감각으로만 받아들였다. 좋지도, 나쁘지도 않은 그저 강렬한 감각. 그러자 그 강렬함이 날 들어 올려 명상 속으로 밀어넣었다. 그렇게 두 시간을 앉아 있었다. 새가 내 머리에 앉았어도 알아차리지 못할 정도로.

여기서 한 가지 분명히 해 둘 게 있다. 이 실험은 인류 역사상 가장 꿋꿋한 극기의 행동도 아니며 이걸로 명예 훈장을 달라고 할 마음도 없다. 하지만 지금까지 34년을 살면서 날 물어뜯는 모기를 손바닥으로 내려치지 않은 적이 한 번도 없었다는 것을 깨닫자 약간 소름이 끼쳤다. 나는 언제나 이런 수백만 가지의 크고 작은 고통 혹은 즐거움의 꼭두각시였다. 무슨 일이 생길 때마다 언제나 반응했다. 하지만 이번에는 반사적인 반응을 무시했다. 지금까지 한 번도 못 해 본 일을 한 것이다. 사소한 성공이라는 건 알지만 내가 언제 또 이런 일을 하겠는가? 오늘 하지 못한 일 중에서 내일 해낼 일은 또 무엇일까?

모든 게 끝나고 방으로 돌아가 피해 상황을 점검했다. 물린 자국이 전부 스무 군데였다. 하지만 자국은 30분 만에 가라앉았고 나중에는 다 사라졌다. 결국에는 모든 게 다 사라지기 마련이다.

57

신을 찾는 일은 정상적이고 지루한 속세의 일상과 정반대다. 신을 찾으려면 마음이 끌리는 것을 멀리하고 어려운 일을 향해 헤엄쳐야 한다. 편하고 익숙한 습관들을 버리고 그 대가로 뭔가 더 좋은 것을 얻게 되기를 희망하는(단지 희망하는!) 것이다. 세상 모든 종교는 좋은 신도가 되기 위한 공통의 규칙을 중심으로 돌아간다. 즉 일찍 일어나서 신에게 기도하고, 덕을 쌓고, 좋은 이웃이 되고, 자신과 타인을 존중하고 욕망을 다스린다. 늦잠을 자는 게 더 쉽다는 건 모두 아는 사실이고 많은 사람들이 그렇게 하지만, 그와 다른 길을 선택한 사람들도 늘 존재해 왔다. 그들은 해가 뜨기 전에 일어나 세수하고 신에게 기도하며 미쳐 날뛰는 또 다른 하루 속에서 종교적 신념의 끈을 놓지 않으려고 노력한다.

신앙심이 독실한 사람들은 어떤 보답을 받게 되리라는 보장이 없어도 의식을 수행한다. 물론 수없이 많은 경전과 수없이 많은 성직자가 열심히 수행하면 보상을 받을 거라고 약속(혹은 타락에 빠질 경우 어떤 처벌이 우리를 기다릴지 협박)한다. 하지만 이 모든 걸 믿는다는 것 자체가 신념의 행위다. 우리들 중 누구도 결말을 본 사람이 없기 때문이다. 신앙은 확신 없는 근면함이다. 신념은 '네, 전 이 우주의 조건들을 미리 받아들이고 지금은 이해할 수 없는 것을 미리 포용합니다.'라고 선언하는 행위다. 맹신[36]이라는 말이 왜 생겼겠는가. 종교와 관련된 개념에 동의한다는 것은 이성의 영역에서 미지의 영역으로 건너뛰는 도약이다. 각 종교의 학자들이 경전을 들이밀며 자기들의 신앙이 얼마나 이성적인지 열심히 설명해도 난 관심 없다. 사실이 아니기 때문이다. 신념이 이성의 영역이라면 그건 신념의 정의에 어긋난다. 신념이란 보거나 증명하거나 만질 수 없는 것을 믿는 것이다. 신념이란 어둠을 향해 정면으로, 전속력으로 걸어가는 것이다. 인생의 의미, 신의 본질, 영혼의 운명에 대한 답을 모두 미리 알고 있다면 그것은 신념의 도약이 아니며 인류의 용감한 행동이라 할 수 없을 것이다. 그

---

36 leaps of faith, 직역하면 신념의 도약.

건 단지…… 신중하게 작성한 보험 증서에 불과하다.

나는 보험에는 관심 없다. 회의적인 사고방식에도 질렸다. 영적 신중함도 짜증 나고, 경험주의에 입각한 논쟁도 지루하고 갈증 난다. 그런 이야기는 더 이상 듣고 싶지 않다. 증거며 확증, 단서들 따위에는 개의치 않는다. 난 그저 신을 원한다. 내 안에 신이 있기를 원한다. 햇살이 강물 위에서 즐겁게 놀듯이 내 핏속에서 신이 놀기를 바란다.

58

내 기도는 점점 더 신중하고 구체적으로 변해 갔다. 우주를 향해 게으른 기도를 보내는 건 별 소용이 없다는 생각이 들었기 때문이다. 매일 아침 명상을 시작하기 전, 사원에 무릎을 꿇고 앉아 몇 분간 신과 대화를 나눈다. 아쉬람에 머물던 초기에는 종종 멍한 상태로 이 신성한 대화를 나누곤 했다. 피곤하고 혼란스럽고 지루하다 보니 내 기도도 그랬다. 하루는 무릎을 꿇고 사원 바닥에 이마를 댄 뒤 창조주에게 이렇게 중얼거린 적도 있다. "아, 뭐가 필요한지 잘 모르겠어요……. 하지만 당신은 아시죠? 그러니까 당신 생각대로 해 주세요, 네?"

가끔 미용실에서 미용사에게 하는 말과 비슷하다.

미안하지만 이런 기도는 성의가 없다. 아마 신은 한쪽 눈썹을 치켜세우며 이런 메시지를 보낼 것이다. "진지해질 결심이

섰으면 그때 다시 찾아오너라."

물론 신은 내게 무엇이 필요한지 이미 알고 계신다. 하지만 문제는 나도 알고 있느냐는 것이다. 무력한 절망감에 휩싸여 신의 발 앞에 몸을 던지는 건 — 신은 알 것이다, 내가 얼마나 숱하게 그랬는지 — 전혀 잘못되지 않았다. 하지만 자신을 위해 뭔가 행동을 취한다면 결국 그 경험에서 더 많은 것을 얻게 되리라. 이탈리아에 옛날부터 내려오는 재미난 이야기가 하나 있다. 한 가난한 남자가 매일 성당에 가서 위대한 성인에게 기도하며 애걸했다. "성자님. 제발, 제발, 제발…… 복권에 당첨되는 은총을 내려 주소서." 이 기도는 몇 달간 계속되었다. 마침내 격분한 조각상이 살아 움직이며 가난한 남자를 내려다보고 한심하다는 듯이 말했다. "아들아. 제발, 제발, 제발…… 복권부터 사거라."

기도는 연인 관계와 같아서 절반은 내 책임이다. 변화를 원하는데 정확히 무엇이 목표인지 소리 내어 말하는 것조차 귀찮다면 어떻게 그 기도가 이뤄지겠는가? 기도가 주는 혜택의 절반은 요구 자체에, 분명하면서도 충분히 고려된 의도를 전달하는 데 있다. 그런 의도가 없다면 모든 간청과 바람은 뼈대가 없고 느슨하며 둔해진다. 차가운 안개처럼 우리 발치를 맴돌 뿐 결코 위로 올라오지 못한다. 그래서 이젠 아침마다 내가 진정으로 무엇을 원하는지 탐색할 시간을 갖는다. 사원에서 무릎을 꿇은 채 진정한 기도의 형태가 갖춰질 때까지 차가운 대리석 바닥에 얼굴을 대고 있다. 진실한 기도가 떠오르지 않으면 떠오를 때까지 기다린다. 어제의 기도가 늘 오늘도 통하는 건 아니다. 주의를 기울이지 않으면 기도는 금세 지루하고 익숙한 상태로 넘어가 썩어 버린다. 방심하지 않기 위해 난 내 영혼을 감시하는 보호 감찰관이 되기로 했다.

운명 역시 연인 관계와 같다. 운명은 신의 은총과 의식적인 노력 사이의 놀음이다. 운명의 절반은 우리가 통제할 수 없지만, 나머지 절반은 완전히 우리 손에 달렸기 때문에 어떻게 행동하느냐에 따라 결과가 크게 달라질 수 있다. 인간은 단순한 신의 꼭두각시도, 자기 운명을 완벽히 통제하는 지휘관도 아니다. 양쪽 모두라고 해야 할 것이다. 우리는 빠른 속도로 나란히 달리는 두 마리의 말 사이에서 균형을 잡으려는 서커스 곡예사처럼 정신없이 살아간다. 한쪽 다리는 '운명'이라는 말에, 다른 쪽 다리는 '자유 의지'라는 말에 걸친 채. 그리고 매일 스스로에게 이 질문을 던져야 한다. 이건 어떤 말인가? 내 통제력 밖에 있으니 걱정할 필요가 없는 건 무엇이고, 노력을 쏟아 방향을 조종해야 할 것은 무엇인가?

운명은 내가 통제할 수 없는 것들로 가득 차 있지만, 반면 내 권한에 속하는 것들도 있다. 나는 복권을 살 수 있고 따라서 내가 행복해질 확률도 높아질 것이다. 시간을 어떻게 쓸지, 누구와 만날지, 내 인생과 몸, 돈, 에너지를 누구와 함께할지도 결정할 수 있다. 무엇을 먹고, 읽고, 공부할지 선택할 수 있다. 인생의 불행한 환경을 저주로 받아들일지, 기회로 받아들지 선택할 수 있다.(그리고 내 자신이 너무 불쌍해 도저히 긍정적으로 생각할 수 없을 때조차도 가치관을 계속 바꾸려고 노력하는 길을 택할 수 있다.) 상대방에게 말할 때 쓰는 단어와 어조를 선택할 수 있다. 그리고 무엇보다 내 생각을 선택할 수 있다.

이 마지막 개념은 내게도 상당히 파격적이었다. 명상 도중 생각이 끊임없이 일어난다고 불평하는 내게 텍사스 주에서 온 리처드가 알려 주었다. "먹보야, 매일 무슨 옷을 입을지 고르 듯이 매일 무슨 생각을 할지 고르는 법을 배워야 해. 그건 얼마든지 키울 수 있는 힘이야. 정말로 네 인생을 통제하고 싶어 죽을 지경이라면 그걸 훈련해. 그거야말로 세상에서 네가 유일하게 통제할 수 있으니까. 그 외에는 다 내려놔. 네 생각을 어떻게 다스릴지 배우지 못하면, 넌 영영 깊은 수렁에 빠지게 될 거야."

얼핏 듣기엔 거의 불가능한 일 같다. 내가 생각을 통제한 다고? 그 반대가 아니고? 하지만 만약 정말 그게 가능하다면? 이건 억압이나 부인이 아니다. 억압과 부인은 부정적인 감정 과 생각이 들 때마다 교묘하게 그렇지 않은 척하는 것이다. 그러나 리처드가 의미하는 것은 부정적인 생각의 존재를 인정하고 그게 어디에서, 왜 왔는지 이해한 후, 크나큰 용서와 단호함으로 떠나보내라는 것이다. 이것은 상담을 받는 동안 이뤄지는 어떤 심리적 작업에도 안성맞춤인 연습이다. 정신과 의사를 통해 왜 이렇게 파괴적인 생각을 하는지 이해했다면, 그 다음에는 영적 연습을 통해 극복할 수 있다. 그 생각을 떠나보 낸다는 건 물론 대단한 희생이다. 오랜 습관과 나름 위안이 되는 해묵은 원한, 익숙한 문장을 잃는 셈이기 때문이다. 물론 연습과 노력이 필요하다. 한번 듣고 즉시 통달할 수 있는 가르침이 아니기 때문이다. 끊임없이 경계해야 한다. 난 기꺼이 그러고 싶었고, 또한 내 힘을 키우기 위해 그래야 했다. 이탈리아어로 말하자면 devo farmi le ossa, '난 내 뼈를 만들어야 한다.'

그리하여 하루 종일 정신을 바짝 차린 채 내 생각을 바라보고 검열했다. 하루에 700번쯤 이 서약을 반복했다. '더는 불건전한 생각들을 품지(harbor) 않을 거야.' 날 약화시키는 생각이 떠오를 때마다 이 서약을 반복했다. 더는 불건전한 생각들을 품지 않을 거야. 마음속에서 처음 이 문장을 들었을 때내 마음의 귀는 'harbor'라는 말에 쫑긋거렸다. 'harbor'에는 '품다'라는 뜻도 있지만 항구와 피난처, 입구를 뜻하기도 한다. 나는 내 마음의 항구를 그려 본다. 약간 낡았고 폭풍우도 몇 번 겪었지만 적당히 안쪽으로 들어가 좋은 곳에 자리 잡고 있다. 탁 트인 만에 위치해 있고, 내 '자아'라는 섬(역사가 짧은 화산섬이지만 비옥하며 장래성이 있다.)으로 갈 수 있는 유일한 통로다. 이 섬은 몇 차례 전쟁을 겪었으나 이젠 새로운 지도자(나)가 이 섬을 보호하기 위해 새로운 정책을 실시해 평화롭기그지없다. 그리고 이 항구의 출입 규정 법규는 몇 배나 더 까다로워졌다.

혹독하고 독설적인 생각은 더는 이 항구에 들어올 수 없다. 전염병에 걸린 생각, 노예근성이 있는 생각, 호전적인 생각, 이모두가 출입 금지다. 마찬가지로 화가 났거나 굶주린 망명자,

불평분자, 선동가, 모반자, 난폭한 암살자, 필사적인 창녀와 포주, 반란을 일으키기 십상인 밀항자로 가득 찬 생각 역시 들어올 수 없다. 야만적인 생각 역시 당연히 입항이 거부된다. 선교사들도 엄격한 심사를 거칠 것이다. 여기는 평화로운 항구이며 오로지 평화만 고양하는 아름답고 자랑스러운 섬으로 가는 유일한 통로다. 이 새로운 법규를 따를 수 있다면 내 마음으로 들어오는 것을 환영한다. 하지만 그렇지 않다면 온 곳으로 다시 돌려보낼 것이다.

이는 절대 끝나지 않을 내 임무다.

59

나는 툴시라는 열일곱 살 소녀와 친구가 되었다. 우리는 매일 함께 사원 바닥을 문질러 닦는다. 또 저녁에는 아쉬람 정원을 함께 산책하며 신과 힙합 음악에 대해 이야기한다. 툴시는 이 두 가지를 똑같이 열렬히 사랑한다. 아마 인도에서 가장 귀여운 책벌레 소녀일 것이다. 특히나 지난주에 '돌돌이'(툴시는 안경을 그렇게 부른다.)의 한쪽 렌즈가 깨져 거미줄 무늬가 생기면서 더 귀여워졌다. 렌즈가 깨졌다고 안경을 버릴 툴시가 아니다. 내게 툴시는 흥미로운 동시에 이질적인 존재다. 그도 그럴 것이 왈가닥 인도 소녀이자 집에서는 반항아며 마치 짝사랑에 빠진 여학생처럼 신에게 홀딱 반해 있는 영혼이기 때문이다. 또한 경쾌하고 매력적인 영어 — 인도에서만 들을 수 있는 영어 — 를 구사하는데 영국 식민지 시절의 고어를 사용하고, 가끔은 이런 청산유수의 문장을 내놓기도 한다. "이슬이 송골송골 맺힌 아침 풀밭을 거니는 건 몸에 이로운 것 같아요. 체온이 자연스럽게 내려가서 기분이 상쾌해지니까요." 한번은 내가 당일치기로 뭄바이에 다녀올 예정이라고 했더니 이렇게 말했다. "제발 조심해서 다녀오세요. 가 보면 아시겠지만 거기는 사방에서 버스들이 질주하거든요."

툴시는 정확히 내 나이의 절반이고, 몸집도 딱 내 절반이다.

우린 요즘 들어 결혼 이야기를 많이 한다. 툴시는 곧 열여덟이 되는데 인도에서는 열여덟 살부터 합법적인 신붓감이기 때문이다. 결혼은 이런 식으로 진행된다. 열여덟 살 생일이 지나면 툴시는 성인이 되었음을 알리기 위해 사리를 입고 집안 결혼식에 참석해야 한다. 그러면 어떤 친절한 '아마(Amma, 아주머니)'가 툴시 옆에 앉아 질문을 퍼붓는다. 몇 살이냐, 뭐하는 집안이냐, 아버지는 뭘 하시냐, 어느 대학에 진학할 거냐, 관심 분야는 뭐냐, 생일은 언제냐. 그러고 나면 툴시의 아빠는 델리에서 컴퓨터 공학을 공부한다는 그 아주머니의 손자 사진과 별자리 차트, 대학 성적이 들어 있는 큼직한 봉투 하나와 '댁의 따님이 우리 손자와 결혼할 마음이 있나요?'라는 질문을 받게 된다.

"정말 멋대가리 없어요." 툴시가 말한다.

하지만 인도에서는 자녀를 성공적으로 결혼시키는 일이

대단히 중요하다. 툴시의 친척 아주머니 한 분은 신에게 감사하는 뜻으로 삭발을 감행했다. 무려 스물여덟 살이나 되는 골동품 딸을 드디어 결혼시켰기 때문이다. 게다가 이 딸은 조건도 좋지 않아 결격 사유가 많았다고 한다.

"결혼하기 어려운 조건에는 뭐가 있어?"내가 물었다.

"많죠. 별자리가 나빠도 안 되고, 나이가 너무 많아도 안 되고, 피부가 너무 검어도 안 돼요. 공부를 너무 많이 해도 남자를 찾기가 힘들죠. 요즘에는 이게 큰 문제예요. 여자의 학력이 남편보다 더 높으면 안 되거든요. 연애한 경험이 있고, 동네 사람들이 그걸 다 알아도 남편 찾기가 힘들죠."

난 머릿속으로 그 목록을 훑으며 인도 사회에서 내 결혼 가능성을 점쳐 보았다. 내 별자리가 좋은지 나쁜지는 알 길이 없지만 분명 나이는 너무 많고, 학력도 지나치게 높았다. 이혼했으니 품행이 방자함은 공개적으로 증명되었다. 따라서 난 일등 신붓감과는 거리가 멀다. 유일한 장점이라면 피부가 희다는 정도?

"지난주에 사촌의 결혼식에 가야만 했어요. 결혼식이라면 정말 끔찍해요. 하루 종일 춤추고, 다른 사람 험담하고, 옷은 얼마나 격식을 갖춰서 차려입어야 하는지…… 차라리 아쉬람에서 일하고 명상하는 게 나아요. 우리 가족들은 그런 나를 이해 못 해요. 신을 향한 제 열정이 정상이 아니라나요?

가족들은 너무 까다로운 애라면서 날 포기했어요. 전 누가 뭐라고 시키면 꼭 그 반대로 하는 청개구리라는 명성을 이미 얹었죠. 게다가 성깔도 있지, 공부도 열심히 안 해요. 하지만 이제부터는 열심히 할 거예요. 곧 대학에 갈 거고, 내가 관심 있는 분야를 선택할 수 있으니까요. 나도 구루처럼 심리학을 공부하고 싶어요. 난 까다로운 아이로 찍혔어요. 무슨 일을 시킬 때는 꼭 타당한 이유를 말해 줘야만 하거든요. 엄마는 제 이런 성격을 잘 알아서 늘 타당한 이유를 말해 주세요. 하지만 아빠는 안 그래요. 아빠도 이유를 말해 주기는 하지만 제 생각엔 충분치 않아요. 가끔씩 내가 왜 이런 집에 태어났는지 모르겠다는 생각이 들어요. 난 가족들하고 전혀 닮지 않았거든요."

지난주에 결혼한 툴시의 사촌은 겨우 스물한 살이고, 결혼 명단의 다음 후보자는 스무 살인 툴시의 언니다. 이는 언니가 결혼하고 나면 툴시가 결혼하라는 압박을 받게 되리라는 뜻이다. 나는 툴시에게 결혼하고 싶냐고 물었다.

"아뇨오오오오오오오……."

……이 외침은 우리가 정원 너머로 바라보던 저녁노을보다 더 긴 여운을 남겼다.

"난 세상을 떠돌고 싶어요! 언니처럼요."

"저기, 툴시, 나도 늘 떠돌아다니는 건 아니야. 나도 한때는 결혼했었는걸."

툴시는 깨진 안경 너머로 눈살을 찌푸린 채 어리둥절한 표정으로 내 얼굴을 빤히 바라보았다. 마치 내가 한때는 갈색 머리였다는 말을 듣고 그 모습을 상상하는 것처럼. 마침내 그 애가 입을 열었다.

"언니가 결혼을? 상상이 안 가요."

"하지만 사실이야. 난 결혼했었어."

"언니가 헤어지자고 했어요?"

"응."

"결혼을 끝낸 건 정말 잘한 일 같네요. 지금 언니는 너무 행복해 보이니까요. 하지만 난, 대체 내가 왜 이런 데 있는 거죠? 왜 인도 사람으로 태어났을까요? 짜증 나! 왜 하필 이런 집안에서 태어나서 허구한 날 결혼식에만 다니고."

그러더니 툴시는 내 주위를 빙빙 돌며 이렇게 외쳤다.(아쉬람 기준에서는 꽤 큰 소리로.) "난 하와이에서 살고 싶어요!"

60

텍사스 주에서 온 리처드도 결혼한 적이 있다. 지금은 장성한 두 아들이 있고, 둘 다 그와 가깝게 지낸다. 가끔씩 이런저런 사건들을 이야기하며 전 부인을 언급할 때마다 리처드는 늘 애정이 듬뿍 담긴 말투로 말한다. 그걸 들으면 난 약간 질투가 난다. 헤어진 뒤에도 전처와 친구로 지내는 듯한 리처드가 부러워서다. 끔찍한 이혼을 겪은 뒤에 나타난 이상한 부작용인데 원만하게 헤어진 부부들 이야기를 들을 때마다 질투가 난다. 아니, 단순한 질투 이상이다. 결혼 생활을 점잖게 마감하는 건 정말 낭만적이라는 생각마저 들었다. 이를테면 '아……

너무 멋지다……. 서로 정말 사랑했었나 봐…….'라는 식으로.

그래서 어느 날, 리처드에게 물었다. "리처드, 당신은 아직도 전 부인에게 호감이 있는 것 같아요. 두 사람은 여전히 가까운 사이죠?"

"아니. 그 여자는 내가 개자식으로 이름을 바꾼 줄 알아." 리처드가 무덤덤하게 말했다.

난 그의 무심함에 감탄했다. 내 전남편도 내 이름이 바뀌었다고 생각할 테지만 난 그 사실이 가슴 아팠다. 이혼의 힘든 점 중 하나는 전남편이 날 절대 용서하지 않으리라는 사실이다. 내가 그의 발 앞에 수많은 변명과 사과를 쏟아붓고, 온갖 비난을 다 뒤집어쓰고, 헤어지자고 말한 대가로 내 모든 재산과 회한을 바친다 해도 그는 절대 날 축하해 주며 "이봐, 네 너그러움과 정직함에 큰 감동을 받았어. 네 덕분에 이혼하게 돼서 정말 즐거웠어."라고 말해 주지 않을 것이다. 그렇고말고. 난 그에게 절대 갚을 수 없는 빚을 졌다. 그리고 그 빚은 아직도 내 마음을 무겁게 짓누른다. 심지어 행복하고 신나는 순간에도(특히나 행복하고 신나는 순간에는) 내가 여전히 그에게 미움받고 있다는 사실을 잊을 수 없다. 그 사실은 결코 변하지도, 사라지지도 않을 것이다.

한번은 아쉬람의 친구들에게 그런 속내를 털어놓았다. 그중에는 가장 최근에 아쉬람에 들어온 뉴질랜드 출신의 배관공도 있었다. 그는 사람들에게 내가 작가라는 말을 듣고 자신도 작가라는 얘기를 하려고 날 찾아왔다. 시인이자 최근에는 자신의 영적 여정을 주제로 『배관공의 역정(歷程)』이라는 훌륭한 자서전을 발표했다. 뉴질랜드에서 온 이 배관공 겸 시인, 텍사스 주에서 온 리처드, 아일랜드인 낙농업자, 말괄량이 인도 소녀 툴시, 숱이 적은 하얀 머리에 익살맞은 눈동자를 반짝거리는 노부인 비비언(전에는 남아프리카의 수녀님이었다.), 이들이 아쉬람에서 나와 가장 친한 친구들이다. 인도의 아쉬람에서 만나게 되리라고는 전혀 예상치 못한, 가장 생기가 넘치는 사람들이었다.

그리하여 어느 날 점심을 먹으며 우린 다 함께 결혼에 대한 이야기를 나누게 되었고, 뉴질랜드에서 온 배관공 겸 시인이 이렇게 말했다. "난 결혼이란 두 사람을 함께 이어 붙이는 수술이라고 생각해. 그리고 이혼은 그걸 다시 떼어 내는 절단술이고. 따라서 이혼에서 회복되려면 오래 걸리지. 결혼 생활이 길었을수록, 절단이 힘들수록 회복은 어려운 법이야."

이는 몇 년째 내가 겪고 있는 이혼 즉 절단 후의 느낌을 잘 설명해 주었다. 그러니까 난 이제는 잘려 나가고 없는 가상의 사지를 계속 흔들어 대며 끊임없이 선반 위의 물건들을 넘어뜨리고 있었다.

"앞으로 남은 평생 전남편의 평가에 따라 네 자긍심을 결정할 셈이야?" 텍사스 주에서 온 리처드가 말했다.

"잘 모르겠어요. 사실 지금까지는 전남편이 여전히 막강한 결정권을 가진 것 같아요. 그리고 솔직히 말해서 아직도 그가 날 용서해 주길 기다리고 있어요. 날 해방시켜 주고 내가 마음의 평화를 얻을 수 있도록 허락해 주기를요."

"그날이 오기를 기다리는 건 시간 낭비라고 생각하는데."
이번에는 아일랜드에서 온 낙농업자가 말했다.

"어쩌겠어요. 난 죄책감에서 헤어나지 못하는걸. 여자들이
베이지색에서 헤어나지 못하는 것처럼."

(죄책감 전문가라고 할 수 있는) 전직 가톨릭 수녀님은 순순
히 넘어가지 않았다. "죄책감은 에고가 우리에게 뭔가 도덕적
인 진보가 이뤄진다고 착각하게 하는 속임수야. 거기에 속아
넘어가면 안 돼."

"우리 이혼이 제대로 끝맺은 게 하나도 없다는 사실이 제
일 싫어요. 절대 사라지지 않을 상처만 남겼다고요." 내가 말
했다.

"정 그렇다면 어쩔 수 없지. 굳이 그렇게 생각하기로 했다
면 말리지 않을게." 리처드가 말했다.

"나도 끝내고 싶어요. 하지만 방법을 모르는걸요." 내가 말
했다.

점심시간이 끝나자, 뉴질랜드에서 온 배관공 겸 시인이 내
손에 쪽지를 쥐여 주었다. 쪽지에는 저녁 식사 후에 내게 보여
주고 싶은 게 있으니 만나자고 적혀 있었다. 그래서 그날 밤,
저녁 식사를 마치고 명상 동굴 앞에서 그를 만났다. 그는 내게
줄 선물이 있다며 따라오라고 했다. 아쉬람을 가로질러 내가
한 번도 가 본 적이 없는 건물로 날 데려가더니 잠긴 문을 열
고 건물 뒤쪽 계단까지 함께 갔다.

그는 예전에 아쉬람의 에어컨을 모두 수리한 적이 있기 때문에 이 건물을 잘 아는 듯했다. 계단 꼭대기에 이르러 문이 하나 나오자 그는 기억하는 비밀번호를 재빨리 눌러 잠겨 있던 문을 열었다. 그러자 눈앞에 아름다운 옥상이 펼쳐졌다. 옥상에 깔린 세라믹 조각들이 저녁 햇살을 받아 풀장 바닥처럼 반짝거렸다. 그는 옥상을 가로질러 작은 탑, 어떤 첨탑으로 날 데려가더니 뾰족한 탑 꼭대기로 향하는 좁은 계단을 보여 주었다. "난 그만 갈게요. 당신은 이 계단을 올라가서 끝날 때까지 거기 있어요."

"뭐가 끝날 때까지요?" 내가 물었다.

배관공은 그저 웃으며 손전등을 건네주었다. "이게 있으면 안전하게 내려올 수 있어요." 그러고는 손전등과 함께 접힌 쪽지를 건네준 후 떠났다.

나는 탑 꼭대기까지 올라갔다. 아쉬람에서 제일 높은 곳으로 이 지역의 골짜기 전체가 내려다보였다. 시야 끝까지 산과 목장이 펼쳐져 있었다. 원래는 학생들의 출입이 금지된 곳인 듯했지만 여기서 바라보는 경치는 너무 아름다웠다. 어쩌면 구루도 이 아쉬람에 머무는 동안에 여기서 일몰을 보지 않았을까? 그리고 때마침 해가 지고 있었다. 나는 따뜻한 산들바람을 맞으며 배관공 겸 시인이 쥐여 준 쪽지를 펼쳤다.

거기에는 이렇게 인쇄되어 있었다.

자유를 얻기 위한 지침서

1 인생의 은유는 신의 명령이다.

2 당신은 방금 계단을 올라와 지붕 위에 섰다. 당신과 무한한 신 사이에는 아무것도 없다. 그러니 지금 놓아 버려라.

3 하루가 저물고 있다. 아름다웠던 것들이 또 다른 아름다운 것으로 변해 가는 시간이다. 그러니 지금 놓아 버려라.

4 해결을 바라는 마음이 곧 기도다. 네가 여기 있다는 것이 곧 신의 응답이다. 놓아 버려라, 그리고 외부와 내면 모두에 별이 떠오르는 것을 보아라.

5 진심으로 은총을 구하라. 그리고 놓아 버려라.

6 진심으로 그를 용서하라, 너 자신을 용서하라, 그리고 그를 놓아 버려라.

7 네 의도를 쓸데없는 고통으로부터 풀어 주어라. 그리고 놓아 버려라.

8 낮의 열기가 서늘한 밤으로 변해 가는 것을 바라보아라. 그리고 놓아 버려라.

9 남녀 관계의 업보가 다하면 사랑만이 남는다. 이젠 안전하다. 그러니 놓아 버려라.

10 마침내 과거가 떠나면 보내 주어라. 그런 다음, 계단을 내려가 남은 인생을 시작하라. 크나큰 기쁨으로.

처음 몇 분간은 터져 나오는 웃음을 참을 수 없었다. 우산처럼 생긴 망고나무 숲 너머로 골짜기 전체가 보였고, 바람에 내 머리칼이 깃발처럼 나부꼈다. 지는 해를 바라보다가 바닥에 등을 대고 누워 하나둘 뜨는 별을 바라보았다. 산스크리트어로 된 짧은 기도를 흥얼거렸고, 어두워지는 하늘 위로 새로운 별이 얼굴을 내밀 때마다 그 기도를 반복했다. 하지만 별이 등장하는 속도가 빨라지기 시작하자 그들을 따라잡을 수 없었다. 이내 하늘 전체에서 화려한 별들의 쇼가 펼쳐졌다. 나와 신 사이에는…… 아무것도 없었다.

나는 눈을 감고 말했다. "신이여, 제발 용서와 포기에 대해 제가 알아야 할 것을 모두 보여 주세요."

전남편과 실제로 대화를 나눌 수 있기를 오랫동안 원했지만 그건 분명 불가능했다. 결혼 생활에서 있었던 일들을 서로 이해하고, 이혼하며 겪었던 흉한 일들을 서로 용서하는 결의안을 작성하거나 평화 회담을 하고 싶었다. 그러나 몇 달간의 상담과 명상은 우리를 더 갈라놓았고 각자의 입장만 더욱 공고해졌다. 이제 우리는 결코 서로를 풀어 줄 수 없는 두 사람이 되었다. 하지만 그것이 우리 둘 모두에게 필요한 과정이었다고 나는 확신한다. 또한 비난이라는 최후의 유혹적인 실오라기를 붙잡고 있는 한 신성함에는 한 발짝도 더 다가갈 수 없다는 것도 확신한다. 담배가 폐를 망치듯 분노는 영혼을 망친다. 한 모금만 빨아도 나쁘긴 마찬가지다. "우리가 오늘 일용할 원한을 주옵소서." 이런 기도를 빨아들인다고 생각해 보라. 제한된 여생 동안 누군가를 계속 원망하고 싶다면 다 집어치우고 신에게 작별 인사나 하시길. 따라서 그날 밤, 아쉬람의 지붕 위에서 내가 신에게 부탁한 것은 ─ 전남편과 다시는 대화를 나누게 될 가능성이 없는 현실을 감안해 — 우리가 어떤 식으로든 소통하게 해 달라는 것이었다. 어떤 식으로든 서로를 용서하게 해 달라고.

나는 그렇게 세상 위에 누워 있었고 철저하게 혼자였다. 명상에 빠져들며 어떻게 하라는 지시가 내려지기를 기다렸다. 몇 분, 몇 시간을 기다려야 대답을 얻게 될지는 나도 모른다. 그러다 내가 이 일을 너무 문자 그대로만 생각한다는 걸 깨달았다. 전남편과 이야기하고 싶어? 그럼 이야기해. 지금 당장. 용서를 받고 싶어? 그럼 네가 용서해 줘. 지금 당장. 얼마나 많은 사람들이 용서받지 못하고, 용서해 주지 못한 채 무덤으로 갔을까? 얼마나 많은 사람들이 자비 혹은 면죄의 말도 전해 주지 못한 채 형제, 자매, 자녀, 사랑하는 사람들을 떠나보내야 했을까? 깨져 버린 사랑의 생존자들은 미처 마무리하지 못한 일로 얼마나 고통스러웠을까? 그곳에서 명상을 하며 난 해답을 발견했다. 우리 스스로, 우리 마음속에서 그 일을 마무리할 수 있다. 이는 가능할 뿐 아니라 꼭 해야만 하는 일이기도 하다.

그러자 놀랍게도 여전히 명상 중인 상태에서 난 아주 이상한 일을 하기 시작했다. 전남편을 인도의 이 옥상으로 초대한 것이다. 그에게 이 작별의 행사를 치르기 위해 여기서 날 만나 줄 수 있겠느냐고 물었다. 나는 그가 도착하기를 기다렸다. 그리고 그가 왔다. 그의 존재가 갑자기 너무도 완벽하게, 손에 잡힐 듯 느껴졌다. 실제로 그의 냄새까지 맡을 수 있었다.

"안녕, 여보."

나는 그렇게 말하고 하마터면 울 뻔했지만 이내 그럴 필요가 없음을 깨달았다. 눈물은 육신의 삶의 일부일진대 그날 밤 인도에서 이 두 영혼이 만난 곳은 육신과 아무 상관이 없었다. 지붕 위에서 서로 이야기를 나눠야 할 이 두 사람은 심지어 더는 사람도 아니었다. 그들은 이야기하지도 않을 것이다. 예전에 함께 살았던 부부도 아니며, 중서부 출신의 고집쟁이와 신경과민의 양키도 아니다. 40대 남자와 30대 여자도 아니고 섹스와 돈, 가구에 대해 몇 년간 말다툼을 벌이던 두 유한한 인간도 아니다. 이런 것들은 모두 상관없다. 지금 여기서 이렇게 만나 재결합하는 것은 서늘한 푸른 영혼으로 이미 모든 것을 다 이해하고 있다. 신체로부터 해방되고, 과거의 복잡한 연애사로부터도 해방된 무한히 지혜로운 상태에서 함께 이 지붕으로(그리고 내 몸 위로) 왔다. 여전히 명상 중인 상태에서 나는 서늘하고 푸른 두 영혼이 서로 빙빙 돌며 합쳐졌다가 다시 떨어지고, 서로 얼마나 완벽하며 비슷한지 생각하는 것을 지켜보았다. 그들은 모두 알고 있다. 이미 오래전에 모두 알았으며, 언제나 알 것이다. 서로를 용서할 필요도 없다. 그러기 위해 태어났기 때문이다.

그 아름다운 회전 속에서 그들이 가르쳐 준 교훈은 이것이다. "물러서 있어, 리즈. 이 관계에서 네 역할은 끝났어. 이제부터는 우리가 알아서 하게 두렴. 넌 계속 네 인생을 살아."

한참 뒤에 나는 눈을 떴고, 이젠 끝났다는 걸 알았다. 단지 내 결혼과 이혼만이 아니라 그 쓸쓸하고 공허하고 끝나지 않은 슬픔…… 그것이 끝났다. 이젠 자유임을 느낄 수 있었다. 오해는 마시길. 그 뒤로 전남편 생각을 한 번도 하지 않았다거나 그 기억에 부착된 어떤 감정도 느끼지 않았다는 말이 아니다. 단지 옥상에서 치른 그 의식은 후에 그런 생각과 감정이 떠오를 때마다 담아 둘 장소를 주었다. 앞으로도 그 생각과 감정은 계속 떠오를 것이다. 하지만 그럴 때마다 난 그것을 여기로, 기억 속의 이 옥상으로, 이미 그리고 언제나 모든 것을 이해하고 있는 이 서늘한 푸른 두 영혼의 보살핌 속으로 돌려보낼 수 있다.

그래서 의식이 필요하다. 인간으로서 우리는 기쁨이나 트라우마 같은 가장 복잡한 감정들이 안전하게 쉴 수 있도록, 그리하여 그 감정을 영원히 끌고 다니면서 지치지 않도록 영적 의식을 치른다. 우리 모두에게는 그런 보관 의식이 필요하다. 그리고 만약 우리가 속한 문화와 전통에 내가 갈구하는 의식이 없다면, 얼마든지 스스로 그런 의식을 만들어 자신의 고장 난 감정 시스템을 고칠 수 있다. 너그러운 배관공 겸 시인이 자신의 창조성을 발휘해 스스로 문제를 해결하는 이런 의식을 만든 것처럼. 자신이 직접 만든 의식에 올바른 진지함만 부여한다면, 신은 은총을 내려 주실 것이다. 그래서 우리에게 신이 필요한 것이다.

나는 해방 의식을 축하하기 위해 자리에서 일어나 구루의 지붕에서 물구나무서기를 했다. 손 아래로 먼지 묻은 타일이 느껴졌다. 내 힘과 균형이 느껴졌다. 맨발에 와닿는 느긋한 저녁 바람이 느껴졌다. 이런 즉흥적인 물구나무서기는 형체 없는 서늘한 푸른 영혼은 할 수 없지만 인간은 할 수 있다. 우리에게는 손이 있으므로 원하면 손을 짚고 일어설 수 있다. 그것은 우리의 특권이다. 언젠가 죽어야 할 육신이 가진 기쁨이다. 그래서 신에게는 우리가 필요하다. 손을 통해 이 모두를 느끼고 싶어 하기 때문에.

61

텍사스 주에서 온 리처드는 오늘 비행기로 오스틴에 돌아간다. 나는 공항까지 그를 차로 배웅했고, 우리 둘 다 슬픔에 잠겼다. 그가 공항에 들어가기 전, 우리는 오랫동안 보도에 서 있었다.

"더 이상 리즈 길버트를 구박할 일이 없으니 무슨 낙으로 살지?" 리처드는 한숨을 내쉬며 말을 이었다. "아쉬람에서 좋은 경험 많이 했지? 몇 달 전과 확연히 달라 보여. 그동안 질질 끌고 다니던 슬픔을 조금은 쫓아냈나 봐."

"요즘엔 정말 행복해요, 리처드."

"이것만 기억해. 아쉬람을 떠나자마자 밖에서 온갖 불행이 널 기다리고 있을 거야. 그걸 다시 집어 들 거야?"

"다시 집어 들지 않을 거예요."

"좋아."

"아저씨는 날 많이 도와줬어요. 내게 아저씨는 손에 털이 북슬북슬하고 발톱이 혐오스러운 수호천사라고요."

"그래, 내 발톱은 베트남전 이후로 회복이 안 돼, 가여운 것 같으니."

"발톱만 다친 게 어디에요."

"그래, 다른 친구들에게 비하면 그 정도는 약과지. 적어도 두 다리는 성하니까. 이번 생애에서는 팔자가 꽤 좋았어. 너도 마찬가지야. 절대 그걸 잊지 마. 다음 생애에서 넌 도로 옆에서 바위나 깨면서 인생이 별로 재미없다고 생각하는 가난한 인도 여자로 태어날지도 몰라. 그러니까 지금 네가 가진 걸 감사해, 알았어? 언제나 감사하는 마음을 키우라고. 그럼 더 오래 살게 될 테니까. 그리고, 먹보야, 부탁하는데 앞으로 계속 전진하는 거야, 알았어?"

"네, 그럴게요."

"언젠가 새로운 사랑을 찾으라는 말이야. 충분히 시간을 가지고 치유가 끝나면 결국에는 네 마음을 누군가와 나눠야 한다는 걸 잊지 마. 네 인생을 데이비드나 전남편에게 바치는 기념비로 만들지 말라고."

"그럴게요."

그렇게 말하는 순간, 불현듯 그게 사실임을 깨달았다. 난 그러지 않을 것이다. 잃어버린 사랑과 과거의 실수에 대한 해묵은 고통이 눈앞에서 희미해졌다. 시간과 인내심, 신의 은총이라는 그 유명한 치유력을 통해 마침내 약화된 것이다.

그때 리처드가 다시 입을 여는 바람에 내 마음은 얼른 현실로 돌아왔다. "결국엔 말이야, 사람들 말이 맞아. 때로는 누군가를 잊는 가장 좋은 방법은 다른 사람의 품에 안기는 거야."

난 웃음을 터뜨렸다. "알았어요, 리처드. 그 정도면 충분해요. 이제 걱정 말고 텍사스 주로 돌아가요."

"그래야지. 여기 있어 봤자 더 예뻐 보이지도 않을 테니까." 황량한 인도 공항의 주차장을 둘러보며 그가 말했다.

62

공항에서 리처드를 배웅한 뒤, 아쉬람으로 차를 몰고 가면서 그동안 말이 너무 많았다는 결론을 내렸다. 솔직히 말해서 평생 꽤나 많이 떠들며 살아왔지만 아쉬람에 머무는 동안에는 특히나 더 많이 떠들어 댔다. 앞으로 남은 두 달간 늘 사람들과 어울리고 떠들면서 내 인생의 가장 큰 영적 기회를 낭비하고 싶지 않았다. 여기, 그러니까 지구 반대편에 자리한 신성한 분위기의 영적 수행지에서도 내가 여전히 칵테일파티에 온 사람처럼 행동하고 있다는 사실이 놀라웠다. 내가 끊임없이 말하는 대상은 리처드만이 아니다. 비록 대부분의 수다는 그와 떨었지만. 난 언제나 누군가에게 조잘거렸고 심지어는 ― 여기가 아쉬람이라는 걸 잊지 마시길! ─ 아는 사람들과 약속을 잡으며 이런 말까지 하는 지경에 이르렀다. "미안한데 오늘 점심은 너랑 못 먹을 거 같아. 삭쉬와 점심 약속이 있거든…….다음 주 화요일에 만나면 어떨까?"

난 평생 그러고 살아왔다. 그게 바로 나라는 사람이다. 하지만 요즘 들어 이것이 내 정신의 방해물이라는 생각이 든다. 일반적으로 침묵과 고독은 정신 수련의 하나로 여겨지는데 거기에는 그럴 만한 이유가 있다. 말을 자제하는 법을 배우는 이유는 입의 파열을 통해 에너지가 새어 나가 지치는 것을 막고, 아울러 세상이 고요함과 평화, 축복 대신 말, 말, 말로만 가득차는 것을 막기 위해서다. 구루의 스승인 스와미지는 아쉬람에서 반드시 침묵해야 한다는 규정을 정해 놓았고, 그것을 일종의 종교적 수련으로 엄격히 강요했다. 그는 침묵이야말로 유일하게 진실한 종교라고 했다. 그런 아쉬람에서, 세상에서 유일하게 침묵이 군림할 수 있는 곳이자 그래야만 하는 곳에서 그렇게 떠들고 다녔으니 얼마나 우스운 일인가.

더는 아쉬람에서 사교계의 꽃이 되지 않으리라 다짐했다. 더는 종종거리지도, 수다를 떨지도, 농담 따먹기도 하지 않겠다. 스포트라이트를 독차지하거나 대화를 주도하지도 않을 것이다. 사람들의 지지를 얻기 위해 말로 탭댄스를 추는 일도 없을 것이다. 이제는 변해야 할 때다. 리처드도 떠났으니 앞으로 남은 기간 동안 철저한 침묵 속에서 살리라. 어렵겠지만 불가능하지는 않다. 침묵은 아쉬람에서 널리 존중받고 있으니까.

아쉬람 전체가 그것을 지지하며 그런 결심을 신념의 수련으로 받아들인다. 구내 서점에서는 '묵언 수행 중입니다.'라고 적힌 배지까지 판다.

그 배지를 네 개 사야겠다.

아쉬람으로 차를 몰면서 앞으로 아주 조용한 사람이 되는 환상에 빠져들었다. 나는 아쉬람에서 조용하기로 유명한 사람이 될 것이다. '그 조용한 여자'로 통하리라. 아쉬람의 일정을 따르고, 침묵 속에서 식사하며, 매일 몇 시간씩 명상하고, 한눈파는 일 없이 사원 바닥을 닦을 것이다. 고요하고 경건한 내면에서 비롯된 행복한 미소만이 사람들과 나누는 유일한 대화가 될 것이다. 사람들은 나에 대해 이야기하며 이런 질문을 할 것이다. "신전 뒤에서 무릎을 꿇고 언제나 바닥을 닦는 그 조용한 여자는 누구야? 통 말을 안 하던데. 손에 잡힐 듯 잡히지 않는 여자야. 참 신비스러워. 목소리가 어떨지 상상이 안 돼. 산책할 때는 내 뒤에서 다가오는 발소리조차 안 들리더라고……. 마치 바람처럼 조용히 움직이지. 언제나 신과 교감하는 명상 상태에 있는 게 분명해. 지금까지 만난 사람 중에서 가장 조용한 여자야."

63

이튿날 아침 (순전히 내 상상 속에서) 침묵의 신성한 광채를 풍기며 신전에 무릎을 꿇고 여느 때처럼 바닥을 닦고 있는데 한 인도 소년이 내게 전갈을 전해 주었다. 세바 사무실에 지금 당장 가 보라는 것이다. 세바는 이타적인 봉사(예를 들면, 신전 바닥을 닦는 일 같은)를 통한 영적 수련을 뜻하는 산스크리트어다. 아쉬람의 모든 업무 할당은 세바 사무실에서 정해진다. 나는 대체 왜 날 찾는 걸까 궁금해하며 그곳으로 갔고, 데스크의 친절한 여자가 내게 물었다. "당신이 엘리자베스 길버트인가요?"

나는 따뜻한 미소를 지어 보이며 고개를 끄덕였다. 말없이.

"당신 업무가 바뀌었어요. 경영진의 특별 요청에 따라 당신은 이제 바닥 청소를 할 필요가 없어요. 새로운 업무를 맡게 될 거예요."

내가 새로 맡게 된 업무는 진행 도우미였다.

64

이건 스와미지의 또 다른 장난이 분명하다.

사원 뒤쪽에 머무는 조용한 여자가 되고 싶다고? 그럼 이건 어떠냐…….

아쉬람에서는 항상 이런 식이다. 앞으로 무엇을 하겠다, 혹은 어떤 사람이 되겠다고 거창한 결심을 하고 나면 갑자기 주위 환경이 바뀌면서 내가 나에 대해 얼마나 모르고 있는지 깨닫게 해 준다. 스와미지가 살아생전 이 말을 몇 번이나 했는지 모르고, 그가 죽은 뒤로 구루가 이 말을 몇 번이나 했는지도 모르지만 난 그들이 가장 강력하게 주장하는 진실을 아직 완전히 흡수하지 못한 것 같다. 바로 이런 진실이었다.

"신은 네 안에 머문다, 네 모습으로."

네 모습으로.

요가에 하나의 신성한 진실이 있다면 아마 이 문장에 담겨 있으리라. 신은 우리 자신, 정확히 내 모습 그대로 내 안에 머문다. 영적인 사람은 이러할 것이다, 라는 선입견을 따르기 위해 우리가 다른 사람 흉내를 내는 걸 신은 보고 싶어 하지 않는다. 우리에게는 신과 가까워지려면 자신의 성격을 엄청나게, 극적으로 바꿔 개성을 포기해야만 한다는 개념이 박혀 있는 듯하다. 이는 동양에서 말하는 전형적인 '오산(誤算)'이다. 스와미지는 매일 새롭게 버릴 것을 찾아내는 사람들은 평화가 아닌 절망을 얻을 뿐이라고 말했다. 자신의 특질을 버리는 것은 우리에게 필요한 덕목이 아니라고 가르쳤다. 신을 알기 위해서는 하나만 버리면 된다. 신과 분리되어 있다는 느낌. 그 외에는 타고난 성격대로, 생긴 대로 살아야 한다.

그렇다면 내 타고난 성격은 뭘까? 아쉬람에서 공부하는 걸 좋아하긴 하지만 부드러운 천상의 미소를 지으며 침묵 속에서 신을 찾겠다는 꿈은…… 이건 대체 누구라는 말인가? 아마 텔레비전 드라마에서 본 사람일 것이다. 조금 슬픈 일이지만 현실적으로 난 절대 그런 사람이 되지 못한다는 걸 인정해야 한다. 난 언제나 그렇게 환영 같은, 섬세한 영혼에게 매료되었다. 언제나 조용한 소녀가 되고 싶었다. 아마도 내가 그렇지 못하기 때문이리라. 숱이 많은 검은 머리카락을 아름답다고 생각하는 것과 같은 이치다. 내 머리칼은 숱이 많은 검은색이 아니며, 그렇게 될 수도 없기 때문에 부러워하는 것이다. 그러나 어느 시점에 이르면 자신에게 주어진 것과 화해해야 한다. 만일 신께서 내가 숱이 많은 검은 머리카락의 수줍은 소녀가 되길 원하셨다면 아마 그렇게 만드셨을 것이다. 하지만 그분은 그러지 않으셨다. 그렇다면 내 생김새와 그 안에 구현된 나 자신을 그대로 받아들이는 편이 유용할 것이다.

피타고라스학파의 고대 철학자인 섹스투스는 이렇게 말했다. "현명한 사람은 언제나 자기 자신을 닮는다."

생긴 대로 산다고 해서 독실하지 않다는 뜻은 아니다. 신의 사랑을 얻기 위해 나 자신을 겸허히 굽히지 않겠다는 뜻도 아니다. 인류를 위해 봉사하지 않겠다는 뜻도 아니다. 미덕은 더욱 갈고닦고, 악행은 매일 줄여 나가 더 나은 인간이 되려고 노력하지 않겠다는 뜻도 아니다. 예를 들어, 난 말수가 적은 사람은 될 수 없지만 그렇다고 해서 수다스러운 습관을 진지하게 검토해 좋게 바꾸려는 노력, 내 성격 안에서의 노력이 불필요하다는 뜻은 아니다. 그렇다, 난 분명 말하기를 좋아하지만 욕까지 많이 할 필요는 없을 것이다. 아무 때나 웃어 댈 필요도 없고, 나에 대해 끊임없이 떠들어 댈 필요도 없을 것이다. 더 나아가 다른 사람이 말할 때 끼어드는 짓을 그만둘 수

먹고 기도하고 사랑하라

도 있을 것이다. 이 끼어드는 버릇은 아무리 좋게 보려 해도 결국엔 '내가 하는 말이 당신이 하는 말보다 더 중요해.'라고밖에 생각할 수가 없다. 다시 말해 '난 당신보다 중요한 사람이야.'라는 뜻밖에 되지 않는다. 그 습관은 고쳐야 한다.

이 모두가 유용한 변화다. 하지만 아무리 그렇다 해도, 말하는 습관을 적당히 바꾼다 해도 난 결코 '그 조용한 여자'로 통하진 않을 것이다. 그 모습이 아무리 아름다워 보이고, 내가 아무리 노력한다 해도. 사람은 자기 분수를 잊으면 안 되는 법이다. 아쉬람 세바 사무실의 여자는 내게 진행 도우미라는 새로운 업무를 주면서 이렇게 말했다. "우리는 그 직책에 새로운 별명을 붙였답니다. '수지 크림치즈'라고요. 그 일을 할 사람은 누구든 간에 사교적이고 활달하며 늘 미소를 지어야 하니까요."

내가 무슨 말을 할 수 있으랴.

그저 그녀와 악수하려고 손을 내밀며 내가 꿈꿨던 환상에 침묵의 작별 인사를 고한 뒤, 이렇게 말했다. "제대로 찾으셨어요."

65

내가 진행을 도와야 할 행사는 올봄 아쉬람에서 열리는 일련의 명상 수련회였다. 수련회가 열릴 때마다 세계 각지에서

100명 정도가 참가해 일주일에서 열흘간 명상 수련을 할 것이다. 내 역할은 참가자들이 여기 머무는 동안 그들을 보살피는 것이다. 수련회 기간 동안 참가자들은 묵언 수행을 해야 한다. 그중에는 묵언 수행을 처음 하는 사람도 있을 테니 어려움이 클 것이다. 하지만 문제가 생겼을 때 그들이 아쉬람에서 유일하게 말할 수 있는 사람이 바로 나였다.

그렇다. 내가 맡은 일은 공식적으로 이들과 떠드는 것이다.

나는 참가자들이 겪는 문제를 들어주고 해결책을 찾아야 한다. 코 고는 룸메이트 때문에 방을 바꿔 달라는 사람도 있을 테고, 물갈이 때문에 병원에 가야 하는 사람도 있을 것이다. 난 이런 문제를 해결해야 한다. 참가자들의 이름과 국적을 모두 알아야 한다. 클립보드를 들고 돌아다니며 메모를 하고 계속 상황을 점검해야 한다. 난 줄리 멕코이[37], 그러니까 요가 크루즈의 디렉터다.

물론 이 일은 호출기 없이는 불가능하다.

수련회가 시작되면서 내가 이 일에 얼마나 적합한 사람인지 금방 판명되었다. 나는 명찰을 달고 안내 데스크에 앉아 있었다. 참가자들은 30여개 국가에서 오는데 예전에 왔던 사람도 있지만 대부분 인도에 처음 오는 사람들이다. 이곳은 아침 10시에 벌써 38도가 넘고, 다들 밤새 비행기 이코노미 좌석에서 시달린 상태다. 차 트렁크에서 막 일어난 듯한 사람들도 있

---

37 TV 드라마 「사랑의 유람선」에 등장하는 크루즈 디렉터.

다. 그들은 뭘 해야 할지 전혀 모른다. 애초에 어떤 해탈의 열망에 이끌려 이 과정을 신청했든지 간에 그건 까맣게 잊은 지 오래다. 아마 쿠알라룸푸르에서 수하물을 잃어버린 무렵부터일 것이다. 목이 마르지만 어디에 가야 물을 마실 수 있는지 모른다. 배가 고프지만 점심시간이 언제인지, 식당은 어디에 있는지도 모른다. 이곳 날씨를 예상하지 못한 탓에 이 찜통더위에 털옷과 무거운 부츠를 신고 있다. 러시아어를 할 줄 아는 사람이 있는지 없는지도 모른다.

러시아어라면 내가 손톱만큼 할 줄 아는데…….

어쨌든 난 그들을 도울 수 있었고, 만반의 준비가 되어 있었다. 타인의 감정을 읽기 위해 평생 달고 다닌 안테나가 있었고, 초예민한 아이로 성장하면서 직감이 발달되었고 공감 능력이 뛰어난 바텐더와 캐묻기 좋아하는 기자로 일하며 남의 말을 잘 들어주는 기술을 터득했고, 오랫동안 누군가의 아내혹은 여자 친구로 사느라 타인을 보살피는 데 능했다. 이 모든것이 축적된 터라 나는 선량한 사람들이 자신에게 주어진 어려운 임무를 편안히 받아들이도록 도울 수 있다. 참가자들의 국적은 멕시코, 필리핀, 아프리카, 덴마크, 디트로이트 등 다양했다. 영화 「미지와의 조우」에서 리처드 드레이퍼스를 비롯한 사람들이 우주선의 도착에 이끌려 자신도 모르게 와이오밍 주한복판으로 모여들던 장면을 보는 듯했다. 나는 그들의 용기에 감탄하지 않을 수 없었다. 이들은 인도에서 전혀 모르는 이방인들과 함께 묵언 수행을 하려고 몇 주간 가족과 일상을 떠난 사람들이다. 누구나 다 하는 일은 아니다.

나는 자동적으로, 그리고 무조건적으로 이들을 사랑하게 되었다. 심지어 눈에 가시 같은 존재들도 포함해서. 신경질을 부리는 사람들은 단지 앞으로 7일간 침묵과 명상을 통해 마주하게 될 무언가를 끔찍이 두려워하고 있을 뿐이었다. 화가 나서 날 찾아온 인도 남자도 내게는 사랑스럽다. 그는 자기 방에 한쪽 발이 부러진 인도 신 가네샤의 10센티미터짜리 조각상이 있는데 재수가 없으니 당장 치워 달라고 했다. 기왕이면 브라만 승려가 '전통에 부합한' 정화 의식을 치르면서. 나는 그를 위로하고 그의 분노를 들어준 뒤, 그가 점심 먹는 동안 내 왈가닥 친구 툴시를 보내 조각상을 가져오라고 했다. 그리고 이튿날 그에게 조각상을 치웠으니 기분이 나아졌기를 바라며 앞으로도 도움이 필요하면 언제든 말해 달라는 쪽지를 건네주었다. 그는 안도하는 함박웃음으로 내게 보답했다. 그는 그저 두려웠을 뿐이다. 밀가루 알레르기가 있다며 거의 패닉에 빠졌던 프랑스 여자, 그녀도 그저 두려웠을 뿐이다. 발목을 다치고 싶지 않으니 명상할 때 바르게 앉는 법을 상의할 수 있도록 하타 요가 관계자들 전부와 특별 미팅을 주선해 달라던 아르헨티나 남자. 그도 그저 두려웠을 뿐이다. 다들 두려웠을 뿐이다. 그들은 침묵 속으로, 마음과 영혼 깊은 곳으로 들어갈 사람들이다. 노련한 명상가에게도 그곳은 미지의 영역이다. 거기서는 무슨 일이든 일어날 수 있다. 이 묵상 기간 동안 그들은 50대 비구니인 훌륭한 길잡이의 안내를 받지만 그래도 여전히 두렵다.

길잡이가 아무리 사랑스러울지라도 그들이 가려는 곳까지 함께 가 주지는 않기 때문이다. 누구도 함께 가지 못한다.

수련회가 시작될 무렵, 우연히 미국에 있는 친구에게서 편지를 받았다.《내셔널 지오그래픽》야생 동물 사진 기자인 친구는 방금 뉴욕의 월도프 아스토리아 호텔에서 열린 만찬회에 다녀왔다고 했다. 탐험가 클럽 멤버들이 모이는 자리였는데 놀라울 정도로 용감무쌍한 사람들과 한자리에 있게 되어서 너무 기뻤다는 것이다. 참석자들은 모두 세상에서 가장 외떨어졌으면서 가장 위험한 산맥, 협곡, 강, 심연, 빙원, 화산 등을 발견하려고 수차례 생사를 넘나든 사람들이다. 대다수가 오랫동안 상어나 동상, 다른 위험을 겪으며 발가락, 코, 손가락 같은 신체 일부를 잃었다고 한다. 그는 이렇게 썼다. "용감한 사람들이 한자리에 그렇게 많이 모인 적은 처음이었을 거야."

난 마음속으로 생각했다. '그건 새 발의 피야, 마이크.'

66

수련회의 주제이자 목표는 인간 의식의 네 번째 단계인 투리야(turiya) 상태를 유지하는 것이다. 요가 철학에 의하면 사는 동안 대부분의 인간은 늘 의식의 세 단계를 오간다. 깨어 있는 상태, 꿈꾸는 상태, 꿈을 꾸지 않는 깊은 잠의 상태. 하지만 이것 외에 한 단계가 더 있다. 이 네 번째 단계는 다른 단계의 목격자이며 세 단계를 연결하는 필수 의식이다. 순수하며 지적인 의식으로 이를테면 아침에 일어났을 때 간밤에 무슨 꿈을 꿨는지 기억나게 해 준다. 우리는 의식을 잃고 잠들어 있지만 그동안 누군가가 우리의 꿈을 지켜본다. 이 목격자는 누구인가? 언제나 마음의 활동에서 물러나서 그 생각을 지켜보는 사람은 누구인가? 한마디로 신이라고 요가 철학은 말한다. 그 목격 의식의 상태로 이동할 수 있다면 우리는 언제나 신과 함께할 수 있다. 끊임없이 알아차리며 자기 내면에서 신의 존재를 경험하는 것은 오로지 의식의 네 번째 단계에서만 가능하고, 이 단계를 투리야라 부른다.

끝없이 행복을 느끼는 투리야 상태에 도달했음을 알 수 있는 지표는 다음과 같다. 투리야 상태에서 사는 사람은 오락가락하는 기분에 영향받지 않고, 시간의 흐름을 두려워하지도 않고, 상실감에 상처받지도 않는다. '순수하고 깨끗하고 비어 있고 평온하고 호흡도 없고 자아도 없고 끝도 없고 썩지 않고 불변하며 영원하고 아직 태어나지 않고 독립적인 상태에서 자신의 위대함 안에 머문다.' 이것이 고대 요가 경전 『우파니샤드』에 나오는 투리야에 도달한 상태다. 역사상 위대한 성자와 구루, 예언가는 언제나 이 투리야 상태에서 살았다. 그 외의 사람들도 비록 찰나이긴 하지만 대부분 그 상태를 경험한 적이 있다. 대다수는 평생 단 2분이라 할지라도 어느 순간에 설명할 수 없는 완벽한 행복을 경험한다. 바깥세상에서 벌어지는 일과 상관없는 완전한 행복. 조금 전까지만 해도 평범한 일상을 힘겹게 살아가는 보통 사람이었는데 갑자기 한순간, 이 걸 뭐라고 해야 할까? 아무것도 변하지 않았는데 은총으로 마음이 설레고, 경이로움으로 가슴이 벅차고, 더할 수 없는 행복이 흘러넘친다. 아무 이유 없이 모든 게 완벽하다.

물론 이 순간은 왔을 때만큼 빨리 사라져 버린다. 마치 우리를 약 올리는 것처럼 내면의 완벽함을 살짝 보여 주고 눈 깜짝할 사이에 우리를 '현실' 속으로 다시 굴러 떨어뜨려 예전의 걱정과 욕망 더미 속에 널브러지게 한다. 수세기 동안 사람들은 외부적인 수단 — 마약, 섹스, 권력, 아드레날린, 명품 수집 — 을 총동원해 행복이 넘치는 완벽의 상태에 머무르려 애썼다. 행복을 찾아 사방을 뒤지고 다니지만 사실은 톨스토이가 쓴 우화에서처럼 금이 담긴 항아리 위에 앉아 있는 거지와 같다. 자기 엉덩이 밑에 금덩어리가 있는 줄도 모르고 지나가는 사람들에게 푼돈이나 구걸하는 거지. 당신의 보물, 당신의 완벽함은 이미 당신 내면에 있다. 하지만 그것을 자기 것으로 만들기 위해서는 마음의 분주한 소란에서 벗어나 에고의 욕망을 버리고 가슴의 침묵 속으로 들어가야 한다. 쿤달리니 샥티, 신성한 에너지가 우리를 그곳으로 데려갈 것이다.

그 때문에 다들 여기 오는 것이다.

처음 이 문장을 썼을 때는 '그 때문에 전 세계에서 100명의 참가자들이 인도의 이 아쉬람에 오는 것이다.'라는 뜻이었다. 하지만 요가 성인과 철학자라면 그 문장이 지닌 포괄적인 의미에 동의할 것이다. 즉 '그 때문에 다들 세상에 태어나는 것이다.' 신비주의자들은 이런 신성한 행복을 찾는 것이야말로 인간이 태어난 목적이라고 말한다. 그래서 이 세상에 태어나는 것을 선택했고, 지상의 모든 고통과 괴로움이 가치를 얻는다. 바로 이 무한한 사랑을 경험하는 기회를 얻기 위해. 일단 내면에서 이런 신성함을 발견했다면 그걸 계속 유지할 수 있을까? 그럴 수 있다면…… 그것은 곧 더없는 환희다.

나는 수련회 기간 내내 어둠침침하고 완벽한 적막 속에서 명상하는 참가자들을 지켜보았다. 그들이 편안한지, 곤란에 처했거나 도움이 필요한 사람은 없는지 면밀한 주의를 기울이는 것이 내 일이다. 참가자들 모두 묵상 기간 동안 침묵을 지키겠다고 서약했고, 나는 그들이 점점 더 깊은 침묵으로 침잠하는 것을 느낄 수 있었다. 마침내 이 아쉬람 전체에 그들의 고요함이 스며들 정도로. 수련회 참가자들을 존중하는 차원에서 이젠 모두가 하루 종일 까치발로 다녔고 심지어 식사 시간에도 침묵을 지켰다. 수다의 흔적은 모두 사라졌다. 나조차도 조용해졌다. 이제는 한밤중 같은 적막이 감돌았다. 주로 우리가 철저히 혼자가 되는 시간인 새벽 3시쯤에나 경험할 수 있는 고요함. 여기에서는 한낮에도 그런 침묵이 감돌았고 그 침묵은 아쉬람 전체에 퍼져 있었다.

이 100명의 영혼들이 명상하는 동안 나로서는 그들이 무슨 생각을 하고, 무슨 감정을 느끼는지 알 수 없지만 그들이 무엇을 경험하고 싶어 하는지는 안다. 그리하여 나도 모르게 그들을 위해 끊임없이 신에게 기도하게 되었다. '제발 당신께서 제

몫으로 정해 둔 은총을 이 훌륭한 사람들에게 내려 주소서.'라
는 다소 이상한 거래를 통해서. 원래는 수련회 참가자들이 명
상하는 동안 나도 함께 명상할 생각은 아니었다. 지금은 내 영
적 여정을 걱정할 때가 아니라 그들을 계속 주시해야 하기 때
문이다. 하지만 그들의 집단적인 신념이 파도가 되어 날 떠받
드는 게 느껴졌다. 먹이를 찾아 배회하는 새들이 지구에서 방
출되는 열파를 타고 자력으로 날 때보다 훨씬 높이 나는 것처
럼. 따라서 그때 그 일이 생겼다는 건 별로 놀라운 일이 아닌
지도 모른다. 어느 목요일 오후, 신전 뒤에서 도우미 역할을
수행하던 도중 난 명찰까지 단 채 갑자기 우주의 입구로 빨려
들어갔고, 신의 손바닥 한가운데 떨어졌다.

67

　독자이자 구도자로서 다른 사람의 영적 회고록을 읽다가
이런 대목, 즉 한 영혼이 시간과 공간을 초월해 무한함과 융합
하는 순간에 이르면 언제나 낙담하지 않을 수 없었다. 붓다에
서 성 테레사, 수피 신비주의자들, 우리 구루에 이르기까지 수
세기 동안 많은 위대한 영혼들이 온갖 말로 신과의 합일이 어
떤 느낌인지 설명하려 노력해 왔다. 하지만 난 한 번도 그들
의 묘사에 만족한 적이 없다. 그 사건을 묘사할 때마다 빠지지
않고 등장하는 '말로 표현할 수 없는'이라는 구절을 보면 짜

증 날 정도였다. 모든 노력을 포기하고 신의 소매에 매달려 있겠다고 쓴 루미나 신과 자신을 작은 보트에 함께 사는 두 명의 뚱뚱한 남자 — '우리는 늘 서로 부딪히고 깔깔거린다.' — 로 표현한 하피즈처럼 영적 경험을 가장 유려한 문체로 표현한 시인들조차도 이 묘사에서만큼은 날 실망시켰다. 그 경험을 단지 읽는 것만이 아닌 직접 느끼고 싶었다. 인도의 사랑받는 구루, 스리 라마나 마하르쉬는 제자들에게 초월적 경험에 대해 오랫동안 설교한 후, 항상 이런 명령으로 끝맺었다고 한다. "자 이제 나가서 그것을 찾아라."

그래서 난 이제 그것을 찾았다. 그 목요일 오후에 있었던 일을 단순히 말로 표현할 수 없다고 치부하지는 않겠다. 비록 말로 표현할 수 없는 게 사실일지라도. 어쨌든 최선을 다해 설명해 보겠다. 간단히 말해서 난 우주의 조그만 구멍 속으로 빨려 들어갔고 그 과정에서 갑자기 우주의 진리를 완벽히 이해하게 되었다. 나는 내 육신을, 사원을, 지구를 떠나 시간의 계단을 밟아 허공 속으로 들어갔다. 허공 안에 있었지만 또한 허공이기도 했고, 그와 동시에 허공을 바라보기도 했다. 허공은 끝없는 평화와 지혜의 장소였다. 허공에게는 의식과 지혜가 있었다. 허공은 신이었고 이는 곧 내가 신 안에 있었다는 뜻이다. 그렇다고 해서 물리적인 의미는 아니다. 그러니까 나, 리즈 길버트가 신의 허벅지 근육 속에 끼어 있었다는 식은 아니라는 말이다. 나는 신의 일부였고 또 신이기도 했다. 우주의 조그만 조각인 동시에 우주와 정확히 똑같은 크기였다. ('한 방울의 물이 바다와 합쳐진다는 사실은 알면서 바다 또한 한 방울의 물과 합쳐진다는 사실을 아는 사람은 극소수다.'라고 현인 카비르는 썼다. 그리고 이제 난 그 말이 사실임을 몸소 경험했다.)

내가 느끼는 감정, 그것은 환각이 아니었다. 그런 감정을 느끼는 것은 이 일의 가장 기본적인 현상이었다. 물론 거기는 천국이었다. 지금까지 내가 경험했던 그 무엇보다도 깊은 사랑이었고, 내가 상상할 수 있는 어떤 사랑도 능가했지만 황홀경은 아니었다. 흥분되지도 않았다. 내 안에는 황홀경과 흥분을 일으킬 만한 자아나 열정이 남아 있지 않았다. 그저 극명할 따름이었다. 착시 현상을 일으키는 그림을 오래도록 바라보며 눈속임에서 벗어나려고 실눈을 뜨면 모양이 바뀌며 또렷이 보이기 시작한다. 두 개의 꽃병인 줄 알았는데 사실은 두 개의 얼굴인 것이다! 일단 그런 착시 현상을 극복하면 그다음부터는 제대로 보지 않을래야 않을 수가 없다.

'그러니까 이게 신이군. 우리의 만남을 축하합니다.' 나는 생각했다.

내가 서 있던 곳은 지상이 아니었다. 밝지도, 어둡지도 않으며 크지도, 작지도 않았다. 장소도 아니고, 엄밀히 말해 나는 그곳에 서 있는 것도 아니었고, 또한 내가 꼭 '나'도 아니었다. 난 여전히 내 생각을 가지고 있지만 그 생각은 아주 겸손하고 조용하며 관조적이었다. 모든 사물과 사람에게 일체감과 한 치의 망설임 없는 연민이 느껴졌다. 그뿐만 아니라 어떻게 다른 사람들은 이걸 느끼지 못하는지 이상할 정도였다. 내가 누구이고 어떤 사람인지에 관한 해묵은 생각에 별 매력을 느낄 수가 없었다. '나는 여자고 미국인이고 수다스럽고 작가다.' 이런 생각들이 참 귀여우면서도 쓸모없게 느껴졌다. 이렇게 무한한 존재인 나를 정체성이라는 시시한 상자 속에 쑤셔 박는 셈이었으니까.

'이렇게 완벽한 행복이 언제나 내 안에 있었는데 왜 난 평생 행복을 찾아다닌 걸까?'

이 광대한 합일의 창공을 얼마나 떠돌았는지 모르겠다. 갑자기 '이 경험을 영원히 붙잡고 싶어.'라는 다급한 생각이 떠올랐다. 그러자 그곳에서 떨어지기 시작했다. '붙잡고 싶어.'라는 단 두 마디에 다시 지구로 미끄러지기 시작했다. 그러자 마음이 격렬하게 반항했지만 ─ '싫어! 여길 떠나고 싶지 않아!' ─ 계속 미끄러져 내려갔다.

붙잡고 싶어!

떠나고 싶지 않아!

붙잡고 싶어!

떠나고 싶지 않아!

이 다급한 생각을 반복할 때마다 내가 겹겹이 쌓인 환상을 뚫고 추락하는 걸 느낄 수 있었다. 마치 코미디 영화의 주인공이 빌딩에서 떨어지며 차양 수십 개를 줄줄이 뚫고 내려갈 때처럼. 이런 헛된 갈망을 품자 다시 좁은 한계, 죽어야 하는 운명, 제한된 만화의 칸 속으로 돌아간 것이다. 폴라로이드 사진이 인화되듯 내 에고가 시시각각으로 선명하게 돌아왔다. 처음에는 얼굴이 보이고, 그다음엔 입술 선과 눈썹이 보이더니 끝났다. 평상시 내 모습이 담긴 사진이 보였다. 그 신성한 경험을 잃었다는 사실이 두렵기도 하고 약간 가슴 아프기도 했다. 하지만 공포의 감정과 함께 더 현명하고 원숙해진 목격자를 느낄 수 있었다. 목격자는 고개를 저으며 미소를 지었다. 마치 그 행복의 상태를 빼앗길 수 있다고 생각했다면 난 아직 그것을 제대로 이해하지 못했다고 말하는 듯이. 따라서 난 아직 그 안에 완전히 머물 준비가 되지 않은 것이다. 좀 더 연습해야 했다. 그걸 깨닫는 순간에 신은 날 놓아주었고, 나는 그의 손가락 사이로 빠져나갔다. 정겨운 무언의 마지막 메시지와 함께.

네가 언제나 이곳에 있다는 사실을 완벽히 이해하면 넌 다시 이곳으로 돌아오게 되리라.

68

수련회는 이틀 뒤에 끝났고 다들 침묵에서 빠져나왔다. 나는 사람들로부터 수차례 포옹을 받으며 도와줘서 고맙다는 인사를 들었다. "어머, 아니에요. 내가 고맙죠." 이 얼마나 부족한 말인지, 그들이 날 그런 상태로 끌어올려 줘서 얼마나 고마운지 말로 표현할 수 없다는 사실에 절망하며 난 계속 그렇게 말했다.

일주일 후에 다시 수련회가 열렸고 또 다른 100명이 찾아 왔다. 용감하게 내면을 탐색하려는 노력과 가르침, 아쉬람 전 체를 둘러싼 침묵, 이 모두가 새로운 영혼들과 함께 다시 반복 되었다. 나는 이번에도 그들을 보살피고 가능한 한 모든 면에 서 그들을 도우려고 애쓰며 함께 투리야 상태로 서너 번 미끄 러져 들어갔다. 나중에 수련회가 끝나고 많은 사람들로부터 내 가 '소리 없이 미끄러지듯 움직이는 천상의 존재'처럼 보였다 는 말을 들었을 때 나는 웃지 않을 수 없었다. 아쉬람의 마지막 장난일까? 시끄럽고 수다스럽고 사교적인 내 성격을 받아들이 고, 내 안의 진행 도우미를 완전히 껴안은 후에야 비로소 '사원 뒤쪽을 서성이는 그 조용한 여자'가 될 수 있었던 걸까?

아쉬람에서 보낸 마지막 몇 주는 여름 방학 캠프의 마지막 날처럼 울적한 분위기가 만연해 있었다. 아침마다 누군가가 버스를 타고 떠났다. 새로운 참가자는 없었다. 이제 인도에서 가장 더운 시기인 5월이 다가왔고 한동안 이곳은 인적이 뜸해 질 것이다. 더는 수련회가 없어서 나는 다른 업무로 배치되었 다. 이번에는 등록 사무소에서 아쉬람을 떠난 친구들을 컴퓨 터에서 공식적으로 삭제하는 시원섭섭한 업무를 맡았다.

나와 함께 사무실에서 일하는 친구는 매디슨 애비뉴의 전 직 미용사로 아주 재미있는 성격이었다. 우리는 단둘이서 아 침 기도를 하고 신을 향한 찬가를 불렀다.

한번은 미용사가 이렇게 말했다. "오늘은 이 찬가를 좀 빨 리 부를 수 없을까? 음정도 한 옥타브 올리고. 그래야 내 목소리가 성가를 부르는 카운트 베이시[38]처럼 들리지 않을 거야."

이제는 많은 시간을 혼자 보낸다. 매일 명상 동굴에서 네 댓 시간 명상을 한다. 한 번에 몇 시간씩 혼자 앉아서 내 존재를 편안히 받아들이며, 지구상의 내 존재에도 방해받지 않는다. 가끔씩 척추가 뒤틀리고 피가 들끓는 격정 속에서 온몸으로 샥티와 초현실적인 현상을 경험하기도 한다. 나는 가능한 한 저항하지 않고 받아들인다. 때로는 달콤하고 고요한 만족감을 느끼기도 하는데 그것 역시 좋다. 지금도 여전히 마음속에는 문장들이 가득하고, 생각은 자기를 좀 봐 달라고 춤을 추지만 이젠 내 생각의 패턴을 너무 잘 알기에 더는 방해받지 않는다. 내 생각은 오랜 이웃 같은 존재가 돼 버렸다. 좀 성가시지만 결국에는 다소 사랑스러운 조잘재잘 부부와 그들의 멍청한 두 자녀인 어쩌구와 저쩌구. 하지만 그들이 내 집을 뒤흔들지는 않는다. 이 동네에는 우리 모두가 살 수 있는 집이 충분하다.

아쉬람에서 보낸 마지막 몇 달간 내게 일어난 다른 변화라면, 글쎄, 아직은 나도 그걸 느낄 수가 없다. 오랫동안 요가를 공부해 온 친구들은 아쉬람을 떠나 일상으로 돌아간 후에야 이곳 생활이 어떤 영향을 미쳤는지 진정으로 볼 수 있게 된다고 말한다. "그때가 되어야만 내면의 옷장이 어떻게 재정리되었는지 깨닫기 시작하지." 남아프리카에서 온 전직 수녀님의

---

38 남성 재즈 가수.

말이다. 물론 지금으로서는 무엇이 내 일상인지 알 수 없다. 난 인도네시아로 가서 늙은 주술사의 집에서 살 예정이다. 그걸 내 일상이라 할 수 있을까? 아마도. 누가 알겠는가? 어쨌든 친구들은 시간이 지난 후에야 변화를 볼 수 있다고 했다. 평생을 따라다닌 집착이 사라졌거나 무슨 수를 써도 고칠 수 없었던 사고방식의 패턴이 마침내 사라졌음을 깨닫게 된다. 한때 우리를 미치게 했던 사소한 짜증들이 더는 문제시되지 않는 반면, 예전에는 습관적으로 참았던 소름끼치는 불행을 이제는 단 5분도 참을 수 없게 된다. 유해한 인간관계는 깨끗이 환기되거나 버려지고, 더 밝고 이로운 사람들이 우리 인생에 도착하기 시작한다.

어젯밤에는 잠이 오질 않았다. 불안해서가 아니라 기대감으로 가슴이 두근거려서였다. 옷을 입고 밖으로 나가 정원을 산책했다. 탐스럽게 무르익은 보름달이 머리 바로 위에 떠서 사방에 백랍 같은 빛을 흩뿌렸다. 대기에서는 밤에만 피는 자극적인 꽃 덤불의 취할 듯한 향과 재스민 향이 풍겼다. 낮에는 덥고 습했는데 지금은 그보다 살짝 덜 덥고 습할 뿐이었다. 따뜻한 공기가 주위를 감싸는 가운데 난 깨달았다.

'난 인도에 있다! 샌들을 신고 지금 인도에 있다!'

달리기 시작했다. 길을 따라 전속력으로 달려 초원에 뛰어들어 달빛으로 목욕하고 있는 풀밭을 가로질렀다. 지난 몇 달간의 요가와 채식, 이른 취침으로 내 몸은 건강하고 생기가 넘쳤다. 이슬 맺힌 풀밭 위로 샌들이 쉬파 쉬파 쉬파 쉬파 소리

먹고 기도하고 사랑하라

를 냈고, 계곡 전체에 그 소리만 들렸다. 너무나 가슴이 벅차 공원 한가운데 있는 유칼립투스 숲으로(예전에는 장애물을 제거하는 신, 가네샤를 기리는 사원이 세워져 있었다고 한다.) 곧장 달려가 아직 낮의 온기가 남아 있는 유칼립투스 나무를 껴안고 열렬히 키스했다. 그러니까 진심을 다해 키스했다. 당시에는 그것이 나를 찾는답시고 인도로 떠난 자녀를 둔 미국 부모들이 가장 두려워하는 악몽, 딸이 한밤중에 달빛 아래서 나무들과 음탕한 파티를 벌이는 악몽의 실현인 줄도 모르고 말이다.

하지만 내가 느끼는 이 사랑, 그것은 아주 순수한 사랑이다. 신의 사랑이다. 어두워진 골짜기를 둘러보니 보이는 건 오로지 신뿐이다. 마음 깊이, 몸서리치게 행복했다. '이 감정이 무엇이든 간에 이거야말로 내가 기도를 통해 얻고자 했던 거야.' 나는 생각했다.

69

그건 그렇고, 난 내 단어를 찾았다.

책벌레답게 당연히 도서관에서. 로마에서 이탈리아인 친구 줄리오가 로마의 단어는 섹스인데 네 단어는 뭐냐고 물은 이후로 난 계속 내 단어를 찾아다녔다. 당시에는 줄리오의 질문에 대답할 수 없었지만 곧 내 단어가 나타날 것이고, 그걸 보면 단번에 알아차릴 수 있을 거라 생각했다.

그리하여 아쉬람에서 보낸 마지막 주에 난 그 단어를 보았다. 요가에 관한 고서를 읽던 중, 고대의 정신적 구도자를 묘사한 대목을 읽게 되었다. 그 단락에 안테바신(Antevasin)이라는 산스크리트어가 적혀 있었다. '경계에 사는 자'라는 뜻이다. 고대에는 그 의미 그대로 쓰여서 복작거리는 속세를 떠나 영적 구도자들이 사는 숲 가장자리에 사는 사람을 일컬었다. 안테바신은 전통적인 방식으로 살면서 가정을 꾸리지 않았기에 더는 마을 사람이 아니었다. 그렇다고 해서 미지의 깊은 숲속에서 완전한 깨달음을 얻고 사는 현인들처럼 속세를 초월하지도 않았다. 안테바신은 그 중간이고 경계인이다. 양쪽 세상이 다 보이는 곳에 살지만 시선은 미지로 향해 있다. 그리고 학자이기도 하다.

안테바신을 묘사한 대목을 읽을 때 너무 흥분해서 나도 모르게 짧은 동의의 탄성을 질렀다. 드디어 내 단어를 찾았노라! 물론 요즘에는 미지의 숲과 경계를 하나의 비유로 볼 수 있지만 여전히 거기서 살 수도 있다. 오랜 생각과 새로운 이해 사이의 반짝이는 경계선에서 늘 배우며 살 수 있다. 비유적 관점에서 볼 때 이 경계는 언제나 움직인다. 공부와 깨달음을 통해 우리가 전진하는 동안, 그 신비한 미지의 숲은 언제나 우리보다 몇 발짝 앞서 있다. 따라서 그 숲을 계속 따라가려면 짐이 적어야 한다. 기동성이 있고 유연해야 한다. 심지어 미끈거려야 한다. 바로 전날 뉴질랜드에서 온 시인 겸 배관공이 아쉬람을 떠났다. 이곳을 떠나며 그는 내 여행을 주제로 쓴 다정한 작별의 시를 건네주었다. 거기 이런 구절이 있었다.

이도 저도 아닌 엘리자베스
이탈리아 단어와 발리의 꿈 사이에 끼어서
저도 이도 아닌 엘리자베스
때로는 미꾸라지처럼 미끈거리고……

최근 몇 년간 내가 어떤 사람이 되어야 할지 고민하며 많은 시간을 보냈다. 한 남자의 아내? 엄마? 연인? 금욕주의자? 이탈리아인? 대식가? 여행가? 예술가? 요기? 하지만 난 그 어떤 것도 아니다. 그중 온전히 하나만이라고는 할 수 없다. 미친 리즈 이모도 아니다. 그저 미끈거리며 이도 저도 아닌 안테바신, 새로움이라는 놀랍고 두려운 숲 근처에서 끊임없이 이동하는 경계에서 공부하는 학생이다.

70

세상의 모든 종교는 기본적으로 이동의 메타포를 발견하고픈 욕망을 공유한다. 신과 교감하고 나면 속세에서 천상으로(안테바신의 맥락에서 본다면 마을에서 숲으로, 라고 말할 수 있으리라.) 이동하려고 노력한다. 그리고 우리를 그곳으로 데려다줄 일종의 위대한 아이디어를 필요로 하게 된다. 이 메타포는 아주 거대해야 한다. 장거리를 이동해 우리를 데려가야 하므로 아주 거대하고 강력하며 마법 같아야 한다. 상상할 수 있는 가장 큰 보트여야 한다.

종교 의식은 초자연적 실험에서 종종 발달된다. 신에게로 가는 새로운 길을 찾아 나선 용감한 척후병들이 초월적 경험을 하고 예언자가 되어 고향으로 돌아온다. 그들은 고향 사람들에게 천상의 이야기를 들려주며 거기로 가는 지도를 그려준다. 그러면 다른 사람들도 거기에 가기 위해 예언자들의 말, 노력, 기도, 행동을 반복한다. 때로는 그 방법이 성공을 거두기도 한다. 세대마다 똑같은 음절의 조합과 종교 수행이 반복되며 많은 사람을 다른 세상으로 데려다주는 것이다. 하지만 때로는 그 방법이 효과가 없다. 가장 새로운 아이디어조차 결국에는 교리로 굳어지고, 누군가에게는 필연적으로 아무 효과도 거두지 못한다.

이곳의 인도인들에게서 이를 경고하는 우화를 들은 적 있다. 아쉬람에서 충성스러운 신도들에게 둘러싸여 사는 위대한 성자가 있었다. 이 성자와 추종자들은 하루에 몇 시간씩 명상하곤 했다. 유일한 문제는 그 성자에게 아주 성가신 새끼 고양이 한 마리가 있었는데 사람들이 명상하는 동안 계속 울어 대며 명상을 방해한다는 것이다. 성자는 지혜를 발휘해 하루에 몇 시간씩 명상하는 동안에만 고양이를 사원 밖 기둥에 묶어 명상을 방해하지 못하게 했다. 어느새 고양이를 기둥에 묶은 뒤 명상하는 습관이 생겼고, 세월이 흐르며 이 습관은 종교 의식으로 굳어졌다. 고양이를 기둥에 묶기 전에는 아무도 명상할 수 없었다. 그러던 어느 날 고양이가 죽었다. 성자의 추종자들은 패닉에 빠졌다. 중대한 종교적 위기였다. 이제 기둥에 묶을 고양이가 없으니 어찌 명상한단 말인가? 어찌 신에게 도달한단 말인가? 그들의 마음속에서는 고양이가 그 수단이 되어 버린 것이다.

이 이야기는 의식을 위한 의식에 집착해서는 안 된다고 경고한다. 특히 요즘처럼 갈라진 세상, 탈레반과 기독교 연합이 누가 더 신에 대한 권리를 가졌는지, 신에게 도달하는 누구의 의식이 더 적절한지를 두고 국제적으로 전쟁을 벌이는 때에는 우리를 해탈로 이끄는 것이 고양이를 기둥에 묶는 의식이 아니라 신의 영원한 연민을 경험하고픈 각 구도자들의 끊임없는 욕망임을 기억해야 한다. 융통성은 신성을 추구하는 데 있어서 규율만큼이나 필수적인 요소다.

따라서 그런 사실을 받아들였다면 그다음에는 우리를 신에게로 더욱 가까이 다가가게 해 주는 메타포, 의식, 스승을 계속 찾아야 한다. 요가 경전에 의하면 신은 숭배 방식이 무엇이든 상관없이 인류의 신성한 기도와 노력에 응답한다. 그 기도가 진실하기만 하다면. 『우파니샤드』에 이런 구절이 있다. "사람들은 기질에 따라, 혹은 자신이 최고라고 믿거나 적절하다고 생각하는 것에 따라 곧거나 구부러진 여러 형태의 길을 간다. 결국 이 길은 모두 신에게로 통한다. 각기 다른 강물이 하나의 바다로 합쳐지듯이."

종교의 또 다른 목적은 이 무질서한 세상을 이해하고, 지구에서 매일 벌어지는 불가사의한 일들을 설명하는 것이다. 죄 없는 자들이 고통받고, 사악한 자들이 보상받는 현상을 어떻게 이해해야 할까? 서양 전통에서는 '모든 것은 죽은 뒤에 천국과 지옥에서 정리된다.'라고 말한다. (물론 제임스 조이스가 '사형 집행인 신'이라고 불렀던 존재에 의해 모든 정의가 구현된다. 이 신은 심판이라는 엄격한 의자에 앉아 악한 자를 벌하고, 선한 자를 보상하는 아버지 같은 존재다.) 그러나 동양의 『우파니샤드』는 세상의 어지러움을 이해하려는 데 별다른 노력을 하지 않는다. 그들은 세상이 정말 어지럽다고도 생각하지 않고, 다만 우리가 제한된 시각으로 보기 때문에 그렇게 보일 뿐이라고 암시한다. 『우파니샤드』는 어떤 정의나 복수도 장담하지 않지만 모든 행동에는 반드시 결과가 따른다고 말한다. 그러니 그에 따라 자신의 행동을 선택해야 한다. 설사 그 결과를 곧장 볼 수는 없을지라도. 요가는 언제나 장기적인 관점을 취한다. 나아가 『우파니샤드』는 이른바 그 혼란도 사실은 신성한 목적이 있다고 암시한다. 지금 당장은 우리가 그 목적을 깨닫지 못할 뿐이다. '신은 수수께끼를 좋아하고 명백한 것을 싫어한다.' 따라서 이해할 수 없고 위험한 이 세상을 살면서 우리가 할 수 있는 최선이란 내면의 균형을 유지하도록 수행하는 것이다. 바깥세상이 어떻게 미쳐 돌아가든지 간에.

아일랜드 낙농업자 요기인 숀은 이런 식으로 설명했다. "우주를 대형 엔진이라고 상상해 봐. 넌 회전하는 엔진의 중심부에 머무르고 싶어 해. 미친 듯이 빙빙 돌아가는 가장자리 말고 한가운데 말이야. 가장자리에 있다간 신경 쇠약에 걸려 미쳐 버릴 테니까. 그 중앙의 고요함, 그게 바로 네 가슴이야. 신이 우리 내면에서 머무르는 곳이지. 그러니 세상에서 해답을 구하려는 짓은 그만둬. 그저 계속 중심부로 돌아가면 언제나 평화를 얻을 수 있어."

내게 이보다 더 납득이 가는 설명은 없다. 내게는 이 말이 효과가 있었다. 이보다 더 나은 말을 찾으면 분명코 그 말을 따르리라.

뉴욕에 사는 친구들은 종교와 거리가 멀다. 아니, 뉴욕뿐 아니라 다른 곳에 사는 친구들도 마찬가지다. 그들은 어릴 때 배운 종교적 가르침에서 멀어졌거나, 애초에 종교적 배경이 전혀 없이 자랐다. 따라서 몇몇 친구들은 신을 만나려는 내 시도를 듣고 질겁했다. 물론 난 놀림거리가 되기도 했다. 내 컴퓨터를 고쳐 주러 온 친구 바비는 이렇게 빈정거렸다. "네 영성을 비웃는 건 아닌데, 넌 다운로드 소프트웨어라면 여전히 쥐뿔도 모르잖아." 나는 그런 농담을 들을 때마다 배를 잡고 웃었다. 모두 정말 웃겼으니까. 어찌 웃기지 않겠는가.

그럼에도 몇몇 친구들은 나이를 먹으면서 뭔가를 믿고 싶어 하는 갈망이 생기는 듯했다. 하지만 이런 갈망은 그들의 지성과 상식을 포함한 많은 장애물과 마찰을 빚는다. 그런 지성을 갖췄음에도 그들은 여전히 파괴적이고 거칠며 도무지 말이 되지 않는 일련의 흔들림 속에서 이리저리 흔들리며 산다. 다른 사람들과 마찬가지로 이들 역시 살면서 기쁨과 고통의 강렬한 경험을 한다. 이렇게 감당하기 힘든 경험들은 우리로 하여금 비탄에 빠지거나 감사함을 느끼거나 그것을 이해할 수 있는 영적 배경을 추구하게 한다. 하지만 무엇을 숭배하고, 누구에게 기도할 것인가?

사랑하는 어머니가 돌아가신 후 첫아이를 얻은 절친한 친구가 있다. 이런 상실과 기적을 동시에 겪으며 내 친구는 모든 감정들을 정리하기 위해 신성한 곳을 찾아가거나 의식을 치르고 싶어 했다. 그 친구는 가톨릭 신자로 자랐지만 어른이 된 후에는 계속 성당에 다닐 수가 없었다. ("그동안 배운 게 있는데 어떻게 그걸 믿겠어.") 물론 힌두교나 불교 같은 괴상한 종교를 믿는 건 더욱 부끄러웠다. 그러니 어떻게 해야 할까? 그는 이렇게 말했다. "종교에서 내가 필요한 부분만 골라낼 수도 없는 노릇이잖아."

나는 그 심정을 충분히 존중하지만 그 말은 절대 동의할 수 없다. 영혼을 움직여 신 안에서 평화를 찾을 수만 있다면 얼마든지 자기가 원하는 부분만 골라내서 취할 수 있는 권리가 있다. 속세에서 벗어나 위로받고 싶을 때마다 우리를 피안으로 데려다줄 메타포를 얼마든지 찾아다닐 수 있다. 그건 전혀 창피한 일이 아니다. 이는 곧 신을 추구해 온 인류의 역사다. 신을 향한 탐험이 진화하지 않았다면 아직도 많은 인간들이 이집트의 황금 고양이 조각상이나 숭배하고 있을 것이다. 그리고 이런 종교적 사고의 진화는 종교에서 좋은 부분만 골라낸다는 생각을 통해 가능해졌다. 어디에서든 자신에게 효과가 있다면 무엇이든 선택해 계속 빛을 향해 나아가는 것이다.

호피족 인디언은 세상 모든 종교가 각자 영적인 실을 가지고 있는데 이 실들은 합쳐지기 위해 서로를 찾아다닌다고 했다. 마침내 모든 실이 하나로 엮이면 밧줄이 되어 우리를 역사의 어두운 순환에서 끌어내 다음 왕국으로 이끈다. 좀 더 현대에 와서는 달라이 라마가 이와 똑같은 개념을 설파했다. 그는 서구의 학생들에게 자신의 제자가 되기 위해 티베트 승려가 될 필요는 없다고 누차 강조했다. 그 대신 티베트 불교에서 마음에 드는 개념이 있다면 무엇이든 취해 각자의 종교에 통합하라고 했다. 가끔은 가장 완고하고 보수적인 곳에서도 신은 제한된 종교 교리의 가르침보다 더 큰 존재라는 생각이 어렴풋이 드러난다. 그중에는 교황 비오 11세도 있다. 1954년 교황은 바티칸 특사들을 리비아로 파견하며 다음과 같은 지시문을 보냈다. '이교도의 나라로 간다고 생각하지 마시오. 이슬람교도 역시 구원받을 수 있소. 섭리의 수단은 무한하오.'

정말 그렇지 않을까? 신은 무한한 존재라고 하니…… 정말로 무한하지 않을까? 가장 신성한 사람들도 영원이라는 그림의 한 조각만 보는 게 아닐까? 만약 우리가 그런 조각을 모아서로 비교한다면, 신에 관한 이야기가 결국엔 서로 비슷하면서 모두 포함되는 형태가 아닐까? 해탈하고자 하는 개인의 열망은 결국 신을 찾아 헤매는 인간의 보다 큰 열망의 한 부분이아닐까? 그 경이로움의 근원에 최대한 가까이 다가갈 때까지 우리는 계속 찾아다닐 권리가 있지 않을까? 설사 그러기 위해서는 인도에 와서 한밤중에 나무와 키스할지라도.

그것이 궁지에 빠진 나다. 스포트라이트를 받는 나다. 내 종교를 선택하는 나다.

71

인도를 떠나는 비행기는 새벽 4시에 출발할 예정이었다. 그 시간이면 인도에서는 한창 하루가 시작된다. 나는 밤을 새기로 결심하고 밤새 명상 동굴에서 기도하기로 했다. 선천적으로 심야 체질은 아니지만 아쉬람에서의 마지막 시간을 자면서 보내고 싶지 않았다. 살면서 밤을 새서 무언가를 해 본 적은 많다. 사랑을 나누거나 누군가와 말다툼을 하거나 장거리 운전을 하거나 춤추거나 울거나 걱정하거나.(때로는 하룻밤에 이 모두를 다 하기도 했다.) 하지만 기도하려고 잠을 희생한 적은 없다. 그러니 한번쯤 해 봐도 나쁘지 않으리라.

나는 가방을 꾸려 사원 문 앞에 두었다. 새벽이 오기 전에 택시가 도착하면 언제든 집어 들고 떠나기 위해서였다. 그러고는 언덕을 올라 명상 동굴에 들어간 뒤, 가부좌를 했다. 난 혼자였지만 구루의 스승이자 이 아쉬람을 설립했으며 오래전에 세상을 떴지만 아직 이곳에 남아 있는 스와미지의 대형 사진이 보이는 곳에 앉았다. 눈을 감고 만트라를 흘려보냈다. 사다리를 타고 내려가 내 정적의 중심으로 들어갔다. 그곳에 도착하자 세상이 정지하는 것을 느낄 수 있었다. 아홉 살 때 시간의 무자비함에 공포심을 느껴 세상이 멈추기를 바랐던 그대로. 마음속에서 시계가 멈추고, 벽에 걸린 달력이 더는 휘리릭 넘어가지 않았다. 그렇게 조용한 경이로움 속에 앉아 있었다. 열심히 기도하지도 않았다. 내가 곧 기도였다.

밤새 그렇게 앉아 있을 수 있었다.

그리고 실제로도 그렇게 했다.

택시가 올 시간이 되었을 때 무엇이 날 깨웠는지 모르겠다. 하지만 몇 시간의 정적 뒤에 뭔가가 날 슬쩍 건드리는 게 느껴졌고, 시계를 보니 정확히 떠날 시간이었다. 이제 인도네시아로 가야 한다. 이 얼마나 웃기고 신기한 일인가. 자리에서 일어나 스와미지 사진 앞에서 절을 했다. 강압적이고 경이롭고 불같은 그분께. 그런 다음, 그분 사진 바로 밑 카펫 속으로 종이 한 장을 밀어 넣었다. 종이에는 인도에서 머무는 넉 달 동안 내가 쓴 두 편의 시가 적혀 있었다. 처음으로 써 본 시였다. 뉴질랜드에서 온 배관공에게 한번 시를 써 보라는 격려를 받아 탄생하였다. 하나는 이곳에 온 지 한 달 만에 썼고, 다른 하나는 오늘 아침에 썼다.

두 시의 시간적 공간 사이에서 나는 무한한 은총을 발견했다.

72

인도 아쉬람에서 쓴 두 편의 시.

첫 번째 시

넥타^{39}며 더없는 환희의 이야기에 슬슬 짜증이 나려고 해.

당신이 누군지는 잘 몰라, 친구,

하지만 신에게로 가는 나의 길에선 향냄새가 풍기지 않아.

그건 비둘기 우리 안에 풀어진 고양이.

내가 바로 그 고양이야. 혹은 붙잡혔을 때 미친 듯이 울부

짖는 고양이.

신에게로 가는 나의 길은 노동자들의 반란과 같지.

노동조합이 형성되기 전까지는 평화를 얻을 수 없어.

그들이 든 피켓은 너무 무시무시해서

경찰도 다가가지 못해.

나의 길은 두들겨 맞아 의식을 잃은 채 내 앞에 널브러져

있어.

그렇게 만든 사람은 작고 가무잡잡한 남자, 내가 본 적도

---

39 그리스·로마 신화에서 신이 마시는 음료.

없는 남자,

　　인도 전역을 돌며 정강이까지 차오르는 진흙탕을 헤치고,
　　맨발로 굶주린 채 말라리아에 걸려 가며,
　　현관 앞에서, 다리 아래서 잠을 자던 귀향자.
　　이제 그가 나를 쫓으며 묻는다. "이제 깨달았느냐, 리즈?
　　집이 어디인지? 어디로 간다는 뜻인지?

　　두 번째 시

　　그러나.
　　만약 내가 이곳에서 막 깎은 신선한 풀로
　　만든 바지를 입을 수 있다면
　　난 그렇게 할 것이다.

　　가네샤 덤불의 유칼립투스 나무 한 그루 한 그루와
　　사랑을 나눌 수 있다면
　　맹세컨대 난 그렇게 할 것이다.

　　요즘에는 땀 대신 이슬을 흘린다.
　　몸속의 앙금을 태워 내며.
　　나무껍질에 턱을 비벼 댄다.
　　그것을 스승의 다리로 착각하고.

더 깊이 들어가고 싶다.

새 둥지에 이곳의 땅을 담아
그걸 먹을 수 있다면
접시에 담긴 음식은 반만 먹은 뒤,
밤새 편안히 자리라.

먹고 기도하고 사랑하라

3부
인도네시아

혹은 "팬티 속까지 기분이 이상해진다"
혹은 균형 추구에 관한 서른여섯 개의 이야기

73

평생 발리에 도착했을 때만큼 아무 대책이 없던 때도 없었다. 내 대책 없는 여행 역사상 이번이 제일 심했다. 어디에서 지내야 할지, 뭘 해야 할지, 환율이 얼마인지, 공항에서 택시는 어떻게 잡아야 하는지, 심지어는 택시를 잡는다 해도 어디로 가자고 해야 할지 몰랐다. 아무도 날 기다리고 있지 않았다. 인도네시아에는 친구도 없고, 친구의 친구도 없다. 내가 가진 가이드북은 출간된 지 오래된 데다 그것마저 읽지 않은 탓에 문제가 생겼다. 인도네시아에 넉 달씩이나 머물 수 없다는 사실을 몰랐던 것이다. 입국하는 순간에야 오직 한 달짜리 관광 비자만 받을 수 있다는 걸 알게 되었다. 인도네시아 정부에서 내가 원하는 만큼 이 나라에 오래 머물도록 반겨 주지 않으리라는 생각은 해 본 적이 없었다.

친절한 이민국 직원이 발리에 정확히 30일만 머물 수 있다는 도장을 찍어 줄 때 난 최대한 상냥하게 제발 더 머물 수 없느냐고 물었다.

"안 됩니다." 그가 친절하기 그지없는 태도로 말했다. 발리 사람들은 친절하기로 유명하다.

"저기요, 전 여기 서너 달 정도 머무를 예정이거든요."

그게 예언이라는 말은 하지 않았다. 내가 이곳에 서너 달 머무르는 것은 2년 전, 늙고 미쳤을 가능성이 농후한 발리의 한 주술사가 10분간 손금을 봐 주며 한 예언이라는 말은 하지 않았다. 그걸 설명하기도 난감했다.

하지만 가만 생각해 보니 그 주술사가 뭐라고 했더라? 정말로 내가 발리로 돌아와 그와 함께 서너 달을 살게 될 거라고 했었나? 정말로 그와 '함께' 살 거라고 말했나? 아니면 내가 이 근처에 올 일이 있으며 다시 들러 10달러를 내고 손금을 보라고 했나? 내가 돌아올 거라고 말했나, 아니면 돌아와야 한다고 했나? 그가 정말 "또 보세, 친구."라고 말했나? "잘 가게, 친구."가 아니고?

그날 이후로 그 주술사와는 한 번도 연락한 적이 없다. 연락할 방법도 모르지만. 그에게 주소나 있을까? '인도네시아, 발리, 주술사네 집, 주술사?' 살았는지 죽었는지도 모른다. 2년 전에 만났을 때도 무척 연로해 보였다. 확실한 정보라고는 끄뜻 리에르라는 이름, 그리고 우붓 외곽의 마을에 살았다는 기억뿐이다. 역시나 그 마을 이름도 모른다.

여기 오기 전에 이런 것들을 잘 생각해 봤어야 했다.

74

하지만 발리는 탐험하기에 꽤나 간단한 곳이다. 뭘 해야 할지 모른 채 수단 한가운데 떨어진 것과는 다르다. 이곳은 델라웨어[40] 주만 한 크기로 유명 관광지다. 섬 전체가 신용 카드를 소지한 관광객들이 편히 돌아다닐 수 있도록 정비되어 있다. 영어는 널리, 기꺼이 통용되었다. (나는 미안하지만 안도의 한숨을 내쉬었다. 지난 몇 달간 현대 이탈리아어와 고대 산스크리트어를 배우느라 뇌세포가 이미 과부하 상태였다. 인도네시아어, 심지어 화성어보다 더 복잡하고 어려운 발리어를 배우는 일은 도저히 불가능했다.) 이곳에서 지내는 데 문제가 될 건 없었다. 환전은 공항에서 할 수 있고, 택시를 잡아타니 친절한 운전사가 좋은 호텔로 안내해 주었다. 이 모두가 어려움 없이 술술 진행되었다. 2년 전에(내가 지난번에 발리를 방문한 지 몇 주 후에) 있었던 폭탄 테러 후유증으로 관광 산업이 된서리를 맞은 터라 여기 머무는 일이 한결 수월해졌다. 다들 관광객들을 도우려고, 일감을 얻으려고 안달하기 때문이다.

---

40 미국에서 두 번째로 크기가 작은 주로 우리나라 경상도만 하다.

나는 택시를 타고 우붓으로 갔다. 여행을 시작하기에 좋은 곳 같았다. '멍키 포레스트 로드'라는 근사한 이름의 작고 예쁜 호텔에 여장을 풀었다. 호텔에는 멋진 풀장과 (매우 조직화된 벌새와 나비 무리의 보살핌을 받으며) 배구공보다 더 큼직하게 만발한 열대 지방의 꽃들이 가득한 정원이 있었다. 직원은 발리인들이었다. 이는 당신이 호텔에 들어서는 순간, 그들이 당신을 찬양하며 당신의 아름다움을 자동적으로 칭찬한다는 뜻이다. 방에서는 야자수가 보이고, 매일 신선한 열대 과일이 한 무더기씩 나오는 아침 식사도 무료로 제공된다. 한마디로 지금까지 내가 머문 어떤 숙소보다 멋지고, 이 모두가 하루에 채 10달러도 되지 않았다. 이곳에 돌아와 기뻤다.

우붓은 발리의 중심지로 산속에 위치하며, 계단식 논과 수많은 힌두교 사원에 둘러싸여 있다. 밀림의 깊은 계곡 사이로 강이 빠르게 흐르고, 지평선에는 화산이 보인다. 우붓은 오랫동안 발리 문화의 중심지로 알려졌으며 발리의 전통 그림, 춤, 조각, 종교적 의식이 발달했다. 근처에 해변이 없는 관계로 우붓에 오는 관광객은 문화에 관심이 많고, 다소 품위 있는 사람들이다. 해변에서 피냐콜라다를 마시는 것보다 고대 사원에서 행해지는 의식을 더 좋아하는 부류인 것이다. 주술사의 예언이 어떻든 간에 이곳은 당분간 머물기에 꽤 좋다. 주위를 돌아다니는 원숭이와 전통 복장을 한 발리인들이 사방에 널려 있다는 점만 제외하면, 이 작은 마을은 태평양에 있는 산타페 같았다. 맛집과 멋진 서점도 있다. YWCA가 생긴 이래로 미국의 멋진 이혼녀들이 그랬듯이 이런저런 강의를 들으며 시간을 보낼 수도 있다. 염색, 드럼, 보석 만들기, 도자기, 전통 인도네시아 춤과 요리 등 흥미로운 강의들이 가득하다. 내가 묵는 호텔 맞은편에는 '명상 가게'라는 곳도 있는데 매일 저녁 6시부터 7시까지 공개 명상회가 열린다는 팻말이 걸려 있었다. 평화가 이 세상에 널리 퍼지기를, 팻말에는 그렇게 적혀 있었다. 나도 그 말에 전적으로 공감한다.

호텔에 여장을 풀 무렵에는 아직 초저녁이었으므로 산책이나 하면서 2년간 못 본 이 마을을 다시 눈에 익히기로 했다. 그런 다음에 어떻게 주술사를 찾아야 할지 생각해 보자. 아마 며칠, 몇 주가 걸리는 어려운 작업이 될 것이다. 어디에서부터 시작해야 할지 몰라 일단 나가는 길에 프런트 데스크에 들려 마리오에게 도움을 청하기로 했다.

마리오는 이 호텔 직원이다. 아까 체크인을 하면서 벌써 친해졌는데, 그의 이름 덕분이었다. 그리 멀지 않은 과거에 난 마리오라는 이름의 남자들이 많이 사는 나라를 여행했기 때문이다. 하지만 그중에 작은 체구에 다부지고 활기가 넘치며, 실크 사롱을 입고, 귀 뒤에 꽃을 꽂은 발리 남자는 없었다. 난 그에게 묻지 않을 수 없었다. "이름이 정말 마리오예요? 인도네시아 이름 같지는 않은데."

"본명은 아니에요. 진짜 이름은 뇨만이죠."

아, 왜 그걸 몰랐을까. 마리오의 본명을 맞힐 확률이 25퍼센트나 된다는 걸. 잠깐 옆길로 새자면, 발리에서는 아기가 태어나면 성별에 관계없이 네 개의 이름 중 하나를 붙여 준다. 와얀, 마데, 뇨만, 끄뜻. 번역하자면 그냥 첫째, 둘째, 셋째, 넷째라는 뜻이며 여기에는 출생 순서가 내포되어 있다. 다섯 번째 아이가 태어나면 다시 처음으로 돌아가 '와얀 제곱' 같은 이름으로 불린다. 쌍둥이를 낳았다면 출생 순서에 따라 이름을 붙인다. 발리에는 기본적으로 이름이 넷뿐이므로(계급이 높은 최상류층 사람들은 직접 이름을 지을 수 있다.) 와얀이 와얀과 결혼하는 일이 가능하고도 남는다.(가능할 뿐 아니라 꽤 흔한 일이기도 하다.) 그리고 그들의 첫 번째 자녀 역시, 당연히 와얀이다.

이런 사실은 발리에서 가족이 얼마나 중요하며, 그 가족 내에서 한 사람의 위치가 얼마나 중요한지 보여 준다. 이 시스템은 아주 복잡해질 것 같지만 어찌 된 일인지 발리에서는 아무 문제 없이 잘 돌아간다. 그러다 보니 당연히 별명이 보편화되어 있다. 예컨대 우붓에서 가장 성공한 여성 사업가의 이름은 와얀인데, 그녀는 카페 와얀이라는 레스토랑을 경영하고 있다. 따라서 그녀는 '와얀 카페'로 불린다. '카페 와얀을 소유한 와얀'이라는 뜻이다. 그 외에도 '뚱보 마데이', '렌터카 뇨만', '자기 삼촌 집을 홀랑 태워 먹은 멍청한 끄뜻'이라는 이름도 있을 것이다. 내 새로운 친구인 마리오는 그런 문제를 해결하기 위해 그냥 마리오라는 이름을 지었다.

"왜 그냥 마리오죠?"

"이탈리아에 관한 거라면 뭐든 좋아하니까요."

내가 여기 오기 전에 이탈리아에 넉 달간 머물렀다고 말하자, 마리오는 기절할 듯이 놀라며 데스크 뒤에서 나와 이렇게 말했다. "여기 앉아서 이야기 좀 해 봐요." 그래서 나는 거기 앉아서 이야기를 해 줬고, 우리는 친구가 되었다.

나는 그날 오후에 주술사 찾는 일을 시작하기로 마음먹고 새로운 친구 마리오에게 혹시 끄뜻 리에르라는 남자를 아는지 물었다.

마리오는 눈살을 찌푸리며 생각에 잠겼다.

나는 그의 입에서 "아, 알아요! 끄뜻 리에르! 지난주에 돌아가신 주술사 어른이죠. 그 훌륭한 어른이 돌아가셨을 때 얼마나 슬펐는지 몰라요……."라는 말이 나올까 봐 조마조마했다.

마리오가 내게 이름이 뭐냐고 다시 한 번 묻자, 내 발음이 틀려서 그런가 싶어 이번에는 종이에 적어 주었다. 마리오의 얼굴이 환해지며 알은체했다. "아, 끄뜻 리에르!"

이번에는 그의 입에서 "그 미치광이 말이죠? 지난주에 미쳤다는 이유로 체포됐어요……."라는 말이 나올까 봐 조마조마했다.

하지만 마리오는 대신에 이렇게 말했다. "끄뜻 리에르는 유명한 치료사예요."

"맞아요! 그 사람이에요!"

"그분을 알죠. 집에도 갔고요. 지난주에는 사촌 누이를 데려갔어요. 아기가 밤새 울어서 치료해 줄 사람이 필요했거든요. 끄뜻 리에르가 고쳤죠. 한번은 당신처럼 미국에서 온 여자를 데려가기도 했어요. 그 여자는 남자들에게 더 아름다워 보일 수 있는 마법을 원했죠. 끄뜻 리에르는 그 여자가 더 아름다워 보이는 마법의 그림을 그려 줬어요. 그 후로 그 여자를 볼 때마다 '그림이 효과가 있군요! 너무나 아름다워요! 그림이 효과가 있네요!'라고 놀려 댔죠."

"나도 2년 전에 주술사에게 그림을 받은 적이 있어요."

내 말에 마리오가 껄껄 웃었다. "당신에게도 그림이 효과가 있군요!"

"내 그림은 신을 찾도록 도와주는 거예요."

"남자에게 더 아름다워 보이는 게 아니라요?" 마리오가 이해할 수 없다는 듯이 물었다.

"이봐요, 마리오. 언제 날 끄뜻 리에르에게 데려다줄 수 있나요? 너무 바쁘지 않다면요."

"지금은 안 돼요."

내가 막 실망하려는 찰나, 마리오가 덧붙였다. "5분 후쯤?"

75

그리하여 발리에 도착한 당일 오후, 나는 별안간 오토바이 뒷좌석에 앉아 이탈리아식 이름을 가진 인도네시아인 친구 마리오의 허리를 움켜잡고 있었다. 그는 계단식 논 사이를 잽싸게 빠져나가며 날 끄뜻 리에르의 집으로 데려가고 있었다. 지

먹고 기도하고 사랑하라

난 2년간 이 주술사와의 재회를 계획했지만 막상 그를 만나면 뭐라고 말해야 할지 막막했다. 물론 우리는 약속을 하지 않았으므로 아무 예고 없이 방문하는 셈이었다. 그의 집 밖에는 예전과 똑같은 간판이 걸려 있었다. '끄뜻 리에르-화가.' 전형적이고 전통적인 발리의 가정집이었다. 소유지 전체에 높은 돌담이 둘려 있고, 한가운데는 정원, 뒤쪽에는 사원이 있다. 지난 몇 세대가 이 돌담 안의 다양하게 상호 연결된 작은 집에서 함께 살아왔으리라. 노크도 하지 않고(어차피 문도 없다.) 안으로 들어가자, 전형적인 발리의 경비견(깡마르고 잔뜩 화가 난)이 놀랐는지 시끄럽게 짖어 댔고, 정원에 늙은 주술사 끄뜻 리에르가 있었다. 2년 전 그를 처음 만났을 때와 똑같이 사롱에 골프 셔츠를 입은 채. 마리오가 끄뜻에게 뭐라고 했고, 난 발리어를 모르니 잘 알 수는 없지만 내 소개를 하는 것 같았다. 아마 미국에서 여자가 왔으니 만나 보라는 뜻이겠지.

끄뜻은 이가 빠진 잇몸을 드러내며 미소를 지었고, 그 미소에 담긴 강렬한 측은지심을 보자 마음이 놓였다. 비범한 사람이라는 내 기억이 정확했다. 그의 얼굴은 친절함의 광대한 백과사전이었다. 끄뜻은 흥분한 표정으로 내 손을 힘차게 잡으며 나와 악수했다.

"처음 만나서 반가워."

끄뜻이 말했다. 나를 전혀 알아보지 못하는 눈치다.

그는 자신이 사는 작은 집의 포치로 나를 안내했고, 거기에는 대나무로 짠 깔개가 깔려 있었다. 2년 전과 똑같았다. 우리 모두 자리에 앉았다. 끄뜻은 조금도 주저하지 않고 내 손바닥을 자기 손 위에 올려놓았다. 다른 서양 관광객과 마찬가지로 내가 손금을 보러 온 줄 안 것이다. 그는 짧게 손금을 봐 주었고, 그것은 지난번에 내가 들었던 운세의 정확한 축약판이었다. (내 얼굴은 기억하지 못해도 미래를 내려다보는 그의 눈에 내 운명은 변함이 없었다.) 영어도 내가 기억하는 것보다 잘했고, 심지어 마리오보다도 나았다. 끄뜻은 고전 쿵후 영화에 나오는 현명한 중국 노인처럼 말했다.

나는 끄뜻의 말이 끝나기를 기다리다가 참지 못하고 끼어들었다.

"저, 사실은 이미 당신을 만났어요. 2년 전에요."

"발리가 처음이 아니야?" 그가 어리둥절한 표정으로 말했다.

"네."

끄뜻이 골똘히 생각했다. "캘리포니아에서 온 여자인가?"

"아뇨. 전 뉴욕에서 왔어요." 내 영혼은 더 깊은 절망으로 굴러떨어졌다.

끄뜻은 이렇게 말했다.(대체 이게 나와 무슨 상관이 있는지는 모르겠지만.)

"난 이가 많이 빠져서 더는 잘생긴 얼굴이 아니야. 언제 한 번 치과에 가서 이를 새로 해야겠어. 근데 치과가 너무 무서워."

그는 이가 듬성듬성한 입을 벌려 피해 상황을 보여 주었다. 정말로 왼쪽은 이가 거의 다 빠졌고, 오른쪽은 이가 다 부서져 노란색 뿌리가 드러나 무척 아파 보였다.

"떨어지는 바람에 이가 몽땅 빠졌어."

"정말 유감이네요. 그런데 끄뜻, 저 기억 안 나세요? 2년 전에 미국인 요가 선생님과 여기 왔었는데. 발리에 오래 사신 분이에요." 내가 천천히 말했다.

끄뜻이 득의만만한 미소를 지었다. "나 앤 바로스 알아!"

"맞아요. 앤 바로스가 요가 선생님이에요. 전 리즈고요. 전에 도움을 청하러 와서 신에게 더 가까이 가고 싶다고 했잖아요. 제게 그림도 그려 주시고."

끄뜻이 무심하게, 사랑스럽게 어깨를 으쓱였다. "기억 안나."

난 이 나쁜 소식에 웃음이 날 지경이었다. 이젠 발리에서 뭘 해야 하나? 끄뜻과의 재회가 정확히 어떻게 되리라고 기대하지는 않았지만 숙명적인 눈물의 재회쯤 되기를 바랐다. 그가 죽었으면 어쩌나 걱정한 건 사실이지만, 살아 있는데도 날 기억하지 못할 줄은 꿈에도 몰랐다. 지금 생각해 보니 우리의 첫 만남이 그에게도 똑같이 잊지 못할 사건으로 남아 있으리라고 생각했던 게 너무나도 한심했다. 좀 더 제대로 계획을 세웠어야 했다. 더 나은 계획을.

그리하여 이번에는 그가 그려 줬던 그림을 설명했다. 네 개의 다리('지상에 발을 꼭 붙일 수 있도록')에 머리가 없고('머리로 세상을 보지 말고') 얼굴이 심장에('마음으로 세상을 본다.') 달린 그림. 끄뜻은 마치 우리가 전혀 다른 사람 이야기를 하고 있다는 듯이 적당한 관심을 보이며 공손히 내 이야기를 들어 주었다.

이런 말까지 해서 그를 난처하게 하고 싶지 않았지만 달리 방도가 없었다. 그래서 조심스럽게 설명했다. "저한테 발리로 돌아와야 한다고 했잖아요. 이곳에 서너 달 머무르라고요. 당신에게 영어를 가르쳐 주면 내게 당신이 알고 있는 걸 가르쳐 주겠다고요."

약간 절박해진 내 어조가 귀에 거슬렸다. 그가 자기 집에서 함께 살자고 초대했다는 말은 언급하지 않았다. 지금 상황에서 씨도 안 먹힐 소리였다.

끄뜻은 공손히 내 말을 듣더니 미소를 지으며 고개를 저었다. 마치 '그런 재미있는 말은 처음 들어보겠네?'라는 듯이.

그냥 포기하자는 생각이 들었다. 하지만 지금까지 노력한 게 있으니 마지막 시도라도 해 보자. "전 작가예요, 끄뜻. 뉴욕에서 온 작가요."

무슨 이유에서인지 그 말이 효과가 있었다. 갑자기 끄뜻의 얼굴이 기쁨으로 환해지면서 투명하고 순수하게 빛나기 시작했다. 그의 마음속에서 깨달음의 폭죽이 터진 것이다. "당신! 당신이구나! 기억나!" 끄뜻은 상체를 앞으로 내밀고 양손으로 내 어깨를 잡더니 마구 흔들기 시작했다. 크리스마스 선물을 받은 아이들이 그 안에 뭐가 들었는지 궁금해서 상자를 흔드는 것처럼. "당신 돌아왔어! 돌아왔구나!"

"제가 돌아왔어요! 돌아왔다고요!"

"당신, 당신, 당신!"

"저예요, 저, 저!"

눈물이 글썽거렸지만 내비치지 않으려고 노력했다. 그때의 안도감이란 표현하기 힘들 정도다. 심지어 나도 놀랐다. 말하자면 이런 식이다. 교통사고가 나서 차가 다리에서 떨어져 강바닥으로 가라앉았다. 난 열려 있는 창문 사이로 헤엄쳐 강바닥에 가라앉은 차에서 가까스로 빠져나온다. 개구리헤엄을 치면서 차갑고 푸른 물을 가르고 수면 위로 올라가려고 죽을 힘을 다한다. 숨도 차고, 목의 동맥은 파열할 지경이고, 숨을 참느라 볼이 빵빵하게 부푼 상태에서 파아! 수면 위로 튀어오르며 미친 듯이 숨을 들이마신다. 그리고 살아난다. 그 숨, 수면을 뚫고 나오는 그 순간, 바로 인도네시아인 주술사가 날 알아보았을 때 느낀 감정이다. 내 안도감은 그만큼 강렬했다.

그가 날 기억한다는 게 믿기질 않았다.

"네, 제가 돌아왔어요. 당연히 돌아왔죠."

"나 너무 행복해!"

그가 말했다. 우리는 서로 손을 잡았고, 이젠 그도 잔뜩 흥분해 있었다.

"처음에는 당신이 기억이 안 났어! 너무 오래전이잖아, 우리 만난 거! 게다가 당신은 완전 딴사람이야! 2년 전과 너무 달라! 지난번에는 아주 슬퍼 보였어. 하지만 지금은, 너무 행복해 보여! 완전 딴사람이야!"

단지 2년이 흘렀을 뿐인데 한 사람이 완전히 달라 보인다는 게 재미있는지 끄뜻은 킬킬 웃어 댔다.

나는 눈물을 참으려는 노력을 포기하고, 눈물이 줄줄 흐르도록 내버려 두었다.

"그래요, 끄뜻. 전에는 많이 슬펐어요. 하지만 이제는 훨씬 좋아요."

"지난번에는 이혼 중이었지. 좋지 않았어."

"좋지 않았어요."

"걱정도 많고, 슬픔도 많았어. 슬프고 늙어 보였어. 근데 지금은 어린 아가씨처럼 보여. 지난번엔 못생겼는데! 이젠 예뻐졌어!"

마리오가 기쁨의 박수를 치며 의기양양하게 말했다.

"그거 봐요. 그림이 효과가 있잖아요!"

"아직도 나한테 영어를 배우고 싶어요, 끄뜻?"

"그럼. 지금 당장 시작하자고."

끄뜻은 도깨비처럼 민첩하게 일어나 작은 집으로 들어가더니 지난 몇 년간 세계 각국에서 배달된 편지 뭉치를 가지고 돌아왔다.(그러니까 그에게도 주소가 있는 것이다!) 그는 그 편지들을 큰 소리로 읽어 달라고 했다. 그는 영어를 알아들을 수 있지만 잘 읽지는 못했다. 나는 벌써 그의 비서가 되었다. 주술사의 비서라니, 너무 근사하잖아. 편지들은 해외 미술품 수집가들에게서 온 것으로 이런저런 통로를 통해 그의 유명한 그림과 스케치를 구입한 사람들이었다. 한 편지는 호주의 수집가에게서 왔다. 그는 끄뜻의 화법을 칭찬하며 어쩌면 그렇게 세부 묘사에 뛰어날 수 있느냐고 썼다. 그러자 끄뜻이 받아

먹고 기도하고 사랑하라

쓰기를 시키는 것처럼 내게 대답했다. "그거야 아주 오랫동안 연습했으니까."

편지를 다 읽어 주었더니 그는 지난 2년간 자신에게 있었던 일들을 들려주었다. 몇 가지 변화가 있었다. 일례로 이제 그에게는 아내가 있다. 그는 정원을 가로질러 부엌문 그늘 속에 서 있는 다부진 여인을 가리켰다. 그녀는 날 총으로 쏴야 할지, 아니면 먼저 독살시킨 후에 총으로 쏴야 할지 모르겠다는 표정으로 날 노려보고 있었다. 지난번에 여기 왔을 때 끄뜻은 슬픈 표정으로 최근에 죽었다는 아내의 사진을 보여 줬다. 사진 속 아내는 아름답고 나이 든 발리 여인으로 노령에도 불구하고 어린아이 같고 똑똑해 보였다. 나는 정원 너머의 새 아내에게 손을 흔들었지만, 그녀는 부엌으로 들어가 버렸다.

"좋은 여자야. 아주 좋은 여자지." 끄뜻이 그늘 쪽을 바라보며 말했다.

그는 또 다른 일들도 들려주었다.

"그동안 환자들을 돌보느라 눈코 뜰 새 없이 바빴어. 항상 바쁘긴 하지만. 새로 태어난 아기에게 주문을 외워 주고, 장례식도 치러 주고, 아픈 사람 치료하고, 결혼식도 해야 해. 다음번 발리 결혼식에는 함께 갈 수 있어! 내가 데려가지! 문제는 더 이상 서양 관광객들이 찾아오지 않는다는 거야. 폭탄 테러 이후로 아무도 발리에 오지 않아. 그래서 머리가 매우 혼란스럽고 통장은 텅 비었어. 이제 매일 우리 집에 와서 나랑 영어를 연습할 거지?"

나는 행복하게 고개를 끄덕였다.

"내가 자네에게 발리식 명상법을 가르쳐 주지, 오케이?"

"오케이."

"석 달이면 자네에게 발리식 명상법을 가르치고, 자네가 신을 찾기에 충분할 거야. 어쩌면 넉 달쯤? 발리가 마음에 들어?"

"너무 좋아요."

"발리에서 결혼할 거야?"

"아직 모르겠어요."

"곧 하게 될 거야. 내일도 올 거지?"

나는 그러겠다고 약속했다. 자기 집에서 함께 살자는 말은 하지 않았고, 그래서 나도 그 이야기는 꺼내지 않았다. 그저 부엌에 있는 무서운 아내를 마지막으로 훔쳐보았다. 어쩌면 예쁜 호텔에 계속 머무는 게 나을지도 모른다. 그편이 마음도 더 편할 것이다. 시설도 더 낫고. 하지만 매일 끄뜻을 만나러 오려면 자전거가 필요할 것이다.

어쨌든 이제 가야 할 시간이었다.

"처음 만나서 반가웠네.(I'm very happy to meet you.)" 끄뜻이 나와 악수하며 말했다.

나는 첫 번째 영어 수업을 하기로 하고 'happy to meet you.'와 'happy to see you.'의 차이점을 가르쳐 주었다.

"'처음 만나서 반가워.(happy to meet you.)'는 누굴 처음 만날 때만 사용해요. 그 후로는 항상 '만나서 반가웠어.(happy to see you.)'라고 하죠. 누구를 처음 만나는 건 한 번뿐이니까요. 우리는 매일 또 만날 거잖아요."

그는 내 수업을 마음에 들어 했고 곧바로 연습했다.

"만나서 반가웠네!(Happy to see you!) 만나서 반가웠어! 난 자넬 볼 수 있어! 귀머거리가 아냐!"

우리는 다 함께 웃음을 터뜨렸다. 악수를 하고 내일 오후에 다시 만나기로 약속했다.

"또 보세, 친구."

"또 봐요."

"양심을 길잡이로 삼게나. 친구가 발리로 놀러 올 일이 있으면 내게 와서 손금을 보라고 해. 폭탄 테러 이후로 내 통장은 텅텅 비었거든. 나는 독학자야. 만나서 반가웠네, 리스!"

"저도 만나서 아주 반가웠어요, 끄뜻."

76

발리는 지구상에서 이슬람교도가 가장 많은 국가인 3218킬로미터의 인도네시아 군도 한가운데 위치한 작은 섬으로 주민들은 힌두교를 믿는다. 그렇게 신기하면서도 불가사의한 섬이다. 존재해서는 안 되는 섬이지만 엄연히 존재한다. 이 섬의 힌두교는 자바 섬을 통해 인도에서 수입되었다. 인도 상인들은 4세기경에 자신의 종교를 이 동방으로 전파했다. 자바의 왕들이 건립한 강력한 힌두 왕조는 오늘날 보로부두르에 있는 인상적인 사원을 제외하고는 남아 있는 유적이 거의 없다. 그러다 16세기경 이슬람교도들이 일으킨 폭동이 인도네시아 전역을 휩쓸었고, 시바 신을 숭배하는 힌두교 왕족들은 자바 섬을 탈출해 떼 지어 발리로 도망쳤다. 이를 '마자파힛 대탈출'이라 부른다. 자바의 상류층은 가족들뿐 아니라 장인(匠人)과 사제들까지도 데려갔다. 따라서 발리 사람들은 모두 왕이나 사제, 예술가의 자손이라는 말이 딱히 과장은 아니며 발리인들은 그 사실에 큰 자부심을 갖는다.

발리로 이주한 자바인들은 힌두교의 카스트 제도를 도입했지만 인도에서처럼 계급이 엄격히 분리되지는 않았다. 그렇다고 해도 발리에는 여전히 복잡한 사회 계급(브라만 계급만 해도 다섯 분파로 나뉜다.)이 존재한다. 개인적으로는 복잡하게 맞물린 이 일족 시스템을 이해하는 것보다 인간 게놈의 암호를 해독하는 편이 더 쉬울 듯하다. (발리 문화에 관한 훌륭한 에세이를 다수 집필한 작가 프레드 B. 아이즈먼은 훨씬 더 전문적인 분야까지 파고들어 이 복잡한 계급 제도를 잘 설명했다. 발리에 대한 내 전반적인 지식은 그의 책을 통해 형성되었다. 지금 이 대목만이 아닌 책 전체에서.) 이 책에서는 발리인들은 누구나 일족에 속해 있으며 그게 어떤 일족인지 알고 있고, 다른 사람이 어떤 일족에 속해 있는지도 모두 알고 있다는 사실만 말해 두겠다. 어떤 중대한 불복종으로 인해 일족에서 쫓겨나면 차라리 화산에 뛰어드는 게 나을 것이다. 솔직히 말해서 그 사람은 죽은 목숨이나 다름없기 때문이다.

발리 문화는 지구상에서 가장 조직화된 사회적, 종교적 질서를 가지고 있다. 임무, 역할, 제례로 구성된 거대한 벌집에 비유할 수 있다. 발리인들은 관습의 촘촘한 격자무늬 안에 갇혀 있고, 그 안에 완전히 고정되어 있다고 해도 과언이 아니다. 이런 네트워크가 형성된 데는 많은 요인이 있지만, 기본적으로 발리는 필요상 정교한 공동체의 협동에 의해 운영되는 거대한 농경 사회에 정통 힌두교 의식들이 과다하게 부가되어 나타난 결과물이라 할 수 있다. 쌀을 재배하려면 엄청난 노동력과 그 노동력을 관리, 경영하는 단체가 필요하고 따라서 각 마을마다 반자(banjar), 즉 만장일치를 통해 마을의 정치적, 경제적, 종교적 사항 그리고 농사에 관한 일을 결정하는 시민들의 연합 조직이 있다. 발리에서는 절대적으로 개인보다 단체가 중요하다. 그렇지 않으면 모두 굶어 죽기 때문이다.

또한 종교 제례가 무엇보다 중요하다.(이곳에 언제 터질지 모르는 일곱 개의 화산이 있음을 잊지 말라. 당신이라도 기도했을 것이다.) 일반적인 발리 여성들은 깨어 있는 시간의 3분의 1을 제례를 준비하거나 제례에 참가하거나 제례의 뒤처리를 하며 보낸다고 한다. 이곳의 삶은 제사와 제례의 끊임없는 순환이다. 모든 제례는 올바른 순서에 따라 올바른 의도로 치러져야 한다. 그러지 않으면 우주 전체의 균형이 무너질 것이다. 마거릿 미드는 발리인들이 "믿을 수 없이 분주하다"라고 썼는데 사실이다. 발리인들이 빈둥거리는 순간은 찾아보기 힘들다. 이곳에서는 하루에 다섯 번씩 치러야 할 제례가 있고 그 외에도 하루에 한 번, 일주일에 한 번, 한 달에 한 번, 일 년에 한 번, 10년에 한 번, 100년에 한 번, 천 년에 한 번씩 치러야 하는 행사가 수두룩하다. 이 모든 제례와 날짜는 세 개의 개별적인 달력으로 이루어진 비잔틴 시스템에 따라 성직자와 사제들이 관장한다.

발리인들은 누구나 열세 개의 통과 의례를 거쳐야 하고, 각각의 의식은 고도로 조직화되어 있다. 한 영혼을 108개의 악덕(여기서도 108이다!)으로부터 보호하기 위해서는 평생 복잡한 영적 진정 의식을 치러야 한다. 108개의 악덕에는 폭력, 절도, 게으름, 거짓말과 같은 방해 요소들이 포함된다. 발리에서 태어나는 아이들은 심미적인 이유로 송곳니를 납작하게 다듬는 사춘기 의식을 거쳐야 한다. 발리에서 최악의 인간은 거칠고 동물 같은 사람이며, 이런 송곳니는 인간의 야만적인 본성을 상기시키므로 사라져야 마땅하다. 이토록 유대가 긴밀한 문화에서 난폭한 성품은 위험 요소다. 마을 전체의 협동망은 한 사람의 사악한 의도에 의해 얼마든지 와해될 수 있다. 따라서 발리에서는 세련되고, 심지어 예쁘장한 인간이 되려고 노력한다. 남자든 여자든 발리에서 아름다움은 미덕이다. 아름다움은 존경받는다. 아름다움은 안전하다. 아이들은 '빛나는 얼굴', 함박웃음으로 모든 고난과 불편을 받아들이라고 교육받는다.

발리의 개념 자체가 하나의 매트릭스, 즉 영혼과 길잡이, 길, 관습이 모여 눈에 보이지 않는 거대한 격자를 이룬다. 발리인들은 상대가 이 거대하고 형체 없는 지도에서 어디에 속해 있고, 어디로 향하는지 정확히 알고 있다. 거의 모든 발리인들에게 붙여지는 네 가지 이름만 봐도 그렇다. 첫째, 둘째, 셋째, 넷째. 이 이름은 가족 내에서 언제 태어났고, 어디에 속해 있는지 상기시킨다. 아이들의 이름을 동, 서, 남, 북이라 짓는다면 그토록 명확한 사회적 매핑 시스템을 구축할 수 없었을 것이다. 내 친구 마리오는 자신이 수평선과 수직선의 교차점, 완벽한 균형 상태에서 정신적으로, 그리고 영적으로 자신을 유지할 수 있어야만 행복하다고 말했다. 이를 위해 매 순간 자신이 신과의 관계에서 어디에 위치하는지, 이곳 지상에서는 가족들과의 관계에서 어디에 위치하고 있는지 정확히 알아야 한다. 그 균형이 무너지면 힘도 잃는다.

따라서 발리인들을 균형의 도인이라 불러도 그다지 터무니없는 말은 아닐 것이다. 이들에게 완벽한 균형을 유지하는 것은 곧 예술이자 과학이며 종교다. 나는 내 삶의 균형을 잡고 싶었기에 이 무질서한 세상에서 안정을 유지하는 발리인들에게서 많은 것을 배우고 싶었다. 하지만 그들의 문화에 대해 더 많이 읽거나 볼수록 내가 그 격자에서 얼마나 멀리 떨어져 나왔는지 깨달을 뿐이었다. 적어도 발리인의 관점에서 보면 그랬다. 물리적 방향을 염두에 두지 않은 채 세상을 떠도는 내 습관, 그리고 결혼과 가족이라는 네트워크에서 한 발짝 물러선 처지 때문에 발리에서 난 유령 같은 존재였다. 난 그렇게 사는 게 좋지만 정상적인 발리인의 기준에서 볼 때 그것은 악몽 같은 삶이다. 내가 어디에 있는지, 어느 일족에 속해 있는지 모른다면 어떻게 균형을 찾을 수 있겠는가?

이 모두를 고려할 때 과연 발리인들의 세계관에서 얼마나 많은 부분을 내 세계관과 통합할 수 있을지 의문이다. 특히 지금은 균형이라는 말을 좀 더 근대적이고 서구적인 관점으로 정의하려는 중이기에 더욱 그렇다. (요즘 나는 균형을 '평등한 자유' 혹은 상황이 어떻게 돌아가느냐에 따라 언제 어디로든 추락할 수 있는 평등한 가능성으로 해석한다.) 발리인들은 절대 잠자코 앉아서 '상황이 어떻게 돌아갈지' 지켜보지 않는다. 그들에게 그건 끔찍한 일이다. 그들은 매사 문제가 생기는 걸 막기 위해 상황이 어떻게 돌아갈지 미리 정해 둔다.

발리에서 길을 가다가 낯선 이를 만나면 제일 먼저 듣게 되는 질문은 "어디로 갑니까?"이고, 두 번째 질문은 "어디에서 오는 길입니까?"이다. 서구인들에게 이런 질문은 생면부지의 이방인이 묻기에는 다소 주제넘게 들린다. 하지만 그들은 단지 우리의 위치를 지정해 주려고, 자신들이 안도감과 위안을 얻기 위해 우리를 격자 속에 집어넣으려는 것뿐이다. 만약 우리가 어디로 가는지 모른다거나 아무 생각 없이 돌아다닌다고 말하면 발리 친구들은 약간 불편해한다. 어디든 특정한 방향을 지정해서 말해 주는 게 훨씬 좋다. 그러는 편이 모두가 행복해진다.

발리인들이 거의 틀림없이 물어보는 세 번째 질문은 "결혼했어요?"이다. 이 역시 위치 및 방향 지정용 질문이다. 그들로

먹고 기도하고 사랑하라

서는 우리가 삶과 완벽한 질서를 이루고 있음을 확인할 필요가 있다. 그들이 원하는 대답은 예스이고, 그 대답은 그들에게 큰 안도감을 준다. 만약 미혼이라면 직접적인 대답은 피하는 게 좋다. 혹시라도 이혼했다면 그 이야기는 꺼내지 말라고 강력히 충고하는 바다. 그건 발리인들을 걱정시킬 뿐이다. 발리인들에게 누군가의 고독은 그 사람이 격자에서 위험스럽게 고립되었다는 의미일 뿐이다. 발리를 여행하는 미혼 여성이라면 결혼했냐는 질문을 받게 될 것이다. 그럴 때 가장 좋은 대답은 "아직이요."이다. 이는 "아니요."의 공손한 표현으로 기회만 닿는다면 결혼을 고려하리라는 긍정적인 의도가 담겨 있다.

설사 당신이 여든 살이든, 레즈비언이든, 철저한 페미니스트이든, 수녀님이든, 결혼한 적도 없고 결혼할 마음도 없는 여든 살의 철저한 페미니스트 레즈비언 수녀님이라 해도 가장 공손한 대답은 언제나 "아직이요."라는 걸 명심하라.

77

오늘 아침 마리오는 내가 자전거 사는 걸 도와주었다. 마치 이탈리아인처럼 "내가 잘 아는 사람이 있어요."라고 말하더니 자신의 사촌이 운영하는 가게로 데려갔다. 그곳에서 멋진 산악자전거와 헬멧, 자물쇠와 바구니를 50달러 약간 못 되는 가격에 구입했다. 이제 나는 새로운 도시 우붓에서 자유롭게 이

동할 수 있다. 비록 좁고 구불구불하며 관리 상태도 나쁜 데다 오토바이와 트럭, 관광버스로 붐비는 길에서 안전하게 갈 수 있는 한이라는 단서가 붙지만.

오후에는 자전거를 타고 끄뜻의 마을로 갔다. 우리의 첫 번째…… 뭐가 될진 모르지만 어쨌든 함께할 그 무언가를 위해서. 솔직히 뭘 하게 될진 나도 모르겠다. 영어 수업? 명상 수업? 그냥 포치에 앉아 있기? 끄뜻이 나와 무엇을 할지 모르지만 그의 인생에 초대받았다는 사실만으로도 그냥 행복했다.

내가 갔을 때는 손님이 있었다. 시골에서 온 부부였는데 끄뜻의 도움이 필요한 한 살짜리 아기를 데려왔다. 가여운 아기는 이가 나느라 며칠 밤을 울어 댔다고 한다. 아기 아빠는 사롱을 두른 잘생기고 젊은 남자였다. 그의 종아리는 소비에트 전쟁 영웅의 동상처럼 우람했다. 예쁜 엄마는 수줍어하며 살짝 내리간 눈꺼풀 아래로 나를 바라보았다. 그들은 호텔 바의 재떨이보다 약간 큰, 야자수잎으로 만든 바구니를 끄뜻에게 건넸다. 그 안에는 치료비로 25센트에 해당하는 2000루피아와 꽃 한 송이, 약간의 쌀이 들어 있었다. (이 가난한 부부는 그날 오후 늦게 끄뜻을 만나러 온 덴파사르의 부유한 가족과 극명한 대조를 이루었다. 그 어머니는 머리에 과일과 꽃, 구운 오리고기가 가득 든 삼단 바구니를 이고 있었다. 그 엄청난 크기와 규모를 봤다면 카르멘 미란다[41]도 겸손하게 고개를 숙였으리라.)

---

41 유명 삼바 가수로 머리에 꽃, 과일로 만든 장식을 달고 다닌다.

끄뜻은 느긋하고 친절한 태도로 손님을 대했다. 부부가 설명하는 아기의 증상을 경청한 뒤, 조그만 트렁크를 뒤적여 발리식 산스크리트어가 깨알같이 적힌 낡은 장부 하나를 꺼내들었다. 이번 치료에 필요한 주문을 찾아 마치 공부하는 학자처럼 장부를 뒤적였고, 시종일관 손님들과 웃고 떠들며 이야기를 나눴다. 그러더니 개구리 커미트[42]가 그려진 노트에서 백지를 뜯어내 그 위에 아기를 위한 '처방전'을 썼다. 끄뜻은 아기가 새로 나는 이 때문에 신체적 불편을 겪을 뿐 아니라 작은 악마에게 괴롭힘을 당하고 있다는 진단을 내렸다. 이가 나는 통증을 덜기 위해서는 적양파즙으로 아기 잇몸을 문질러주라고 충고했다. 악마를 물리치기 위해서는 작은 닭 한 마리와 새끼 돼지 한 마리를 잡고, 그들의 할머니가 약초 정원에서 재배하고 있을 특별한 허브를 섞어 작은 케이크를 만든 다음, 그 케이크를 바치는 제사를 지내야만 한다고 했다. (케이크는 버리지 않는다. 제사가 끝나고 나면 신께 바친 음식은 자기들이 먹는다. 제사에서 음식을 바치는 행위는 문자 그대로의 의미라기보다 좀 더 상징적인 의미이기 때문이다. 신은 신에게 속한 것, 즉 이런 의식을 취하고 인간은 인간에게 속한 것, 즉 음식을 취하면 된다는 게 발리인들의 관점이다.)

끄뜻은 우리에게 등을 돌리고 물을 한 그릇 뜨더니 거기에 대고 꽤나 소름 끼치는 거창한 주문을 읊어 댔다. 그런 다음,

---

42 미국의 인기 프로그램 「머펫 쇼」에 나오는 초록색 개구리.

신성한 힘이 주입된 물로 아기를 축복했다. 아기는 한 살밖에 되지 않았는데도 전통 발리식으로 신성한 축복을 받는 법을 이미 알고 있었다. 그리하여 엄마 품에 안긴 채 통통하고 작은 팔을 내밀어 물을 받아 한 모금 마신 뒤, 다시 한 모금 마시고 나머지는 정수리에 뿌렸다. 의식은 완벽하게 치러졌다. 아기는 자신에게 주문을 외워 대는 이 빠진 할아버지를 조금도 무서워하지 않았다. 끄뜻은 남은 성수를 작은 비닐봉지에 붓고 입구를 묶어 나중에 쓰라고 부부에게 주었다. 비닐봉지를 들고 나가는 아기 엄마의 모습은 마치 박람회장에서 경품으로 금붕어를 탔는데 깜박 잊고 금붕어를 빠뜨린 채 물만 떠 가는 사람 같았다.

끄뜻 리에르는 25센트라는 수수료로 40분간 집중해서 이 가족들을 돌봐 주었다. 설사 그들이 돈 한 푼 내지 못했더라도 똑같이 했을 것이다. 그것이 치료사의 의무다. 어느 누구라도 그냥 돌려보냈다가는 신들이 그의 치유 능력을 빼앗아 갈 것이다. 이렇게 종교적 혹은 의학적 문제로 그의 도움이나 충고를 필요로 하는 발리인이 하루에 열 명쯤 찾아온다. 특히 길일에는 다들 특별한 축복을 받으려고 하기에 100명이 넘는 손님이 오기도 한다.

"힘들지 않으세요?"

"하지만 이게 내 직업인걸. 취미기도 하고. 난 주술사니까."

오후 내내 몇몇 손님이 더 다녀가긴 했어도 끄뜻과 나는 둘만의 시간을 가질 수 있었다. 나는 이 주술사가 친할아버지처럼 편했다. 그는 내게 발리식 명상을 가르쳐 주었다.

"신을 찾는 방법은 여러 가지가 있지만 대부분이 서양인들에게는 너무 복잡해. 그러니까 아주 쉬운 명상법을 가르쳐 주지. 기본적인 방법은 그냥 침묵 속에 가부좌로 앉아 미소 짓는 거야."

난 그 방법이 마음에 들었다. 끄뜻은 이걸 가르치는 동안에도 킬킬거렸다. 그냥 앉아서 미소 짓는다. 완벽해.

"인도에서 요가를 공부했지, 리스?"

"네, 끄뜻."

"자넨 요가를 할 수 있어. 하지만 요가 너무 어려워."

끄뜻은 몸을 비틀어 연꽃 자세를 취하면서 변비에 걸린 사람처럼 얼굴에 잔뜩 힘을 주고 우스꽝스럽게 찡그렸다. 그러더니 몸을 풀고 껄껄 웃었다.

"요가 하는 사람들은 왜 늘 심각해? 그렇게 심각한 얼굴 하면 좋은 에너지가 도망가. 명상하기 위해서는 미소만 지으면 돼. 얼굴에 미소, 마음에도 미소. 그러면 좋은 에너지가 와서 나쁜 에너지를 깨끗이 씻어 낼 거야. 심지어 간도 미소를 지어야 해. 오늘 밤 호텔에서 연습해 봐. 서둘지 말고, 너무 열심히 하지도 마. 너무 진지하면 병에 걸려. 미소를 지으면 좋은 에너지를 불러올 수 있어. 오늘 수업은 여기까지. 또 보세, 친구. 내일 또 와. 만나서 반가웠어, 리스. 양심을 길잡이로 삼게나. 친구가 발리로 놀러 올 일이 있으면 내게 와서 손금을 보라고 해. 폭탄 테러 이후로 내 통장은 텅텅 비었으니까."

78

다음은 끄뜻 리에르가 내게 들려준 그의 인생사를 거의 그대로 옮겨 적은 것이다.

"우리 가족은 9대째 주술사를 해 왔어. 아버지, 할아버지, 증조할아버지 모두 주술사였지. 다들 내가 주술사가 되기를 원했어. 내 안의 빛을 보았거든. 아름다움과 지성도. 하지만 난 주술사가 되고 싶지 않았어. 주술사가 되려면 공부할 게 너무 많거든! 외울 것도 많고! 게다가 난 주술사 같은 건 믿지 않았어! 대신 화가가 되고 싶었지! 예술가가 되고 싶었어! 그 방면으로 재능도 있었고.

젊었을 때 한 미국인을 만났어. 아주 부자였지. 어쩌면 자네처럼 뉴욕 사람이었는지도 몰라. 그는 내 그림을 좋아했어. 돈을 많이 줄 테니 큰 그림을 그려 달라고 했지. 한 1미터쯤 되는 크기였을 거야. 그 돈이면 부자가 될 수 있었어. 그래서 난 그림을 그리기 시작했어. 매일 그림을 그리고, 그리고, 또 그렸지, 밤낮으로. 그땐 옛날이라 요즘 같은 전구는 없었지만 램프가 있었지. 석유램프. 그게 뭔지 아나? 펌프식 램프야. 석유를 끌어올리기 위해서는 펌프질을 해야 해. 난 매일 밤마다 그 석유램프를 밝히고 그림을 그렸어.

하루는 램프를 켰는데도 방 안이 환하지가 않은 거야. 그래서 계속 펌프질을 했지. 그랬더니 램프가 터져 버렸어! 팔에 불이 붙었지! 화상을 입어서 한 달 동안 병원에 다녔지만 감염이 돼 버렸어. 감염은 심장까지 번졌지. 의사들은 싱가포르에 가서 팔을 절단해야 한다고 했어. 나는 그러고 싶지 않았어. 하지만 의사는 반드시 싱가포르에 가서 절단 수술을 해야 한다고 했지. 나는 우선 집에 가겠다고 했어.

그날 밤 꿈을 꿨어. 아버지, 할아버지, 증조할아버지가 모두 꿈에 나와서 내 팔을 치료하는 방법을 말해 줬어. 사프란과 샌들우드로 즙을 내서 화상 입은 자리에 바르라고 했어. 그런 다음 사프란과 샌들우드로 가루를 만들어 그 가루를 뿌리라고 했어. 그렇게 해야만 팔을 잃지 않을 거라고. 꿈이 너무 생생해서 그분들이 정말로 집에 있는 것만 같았어. 다 함께.

난 잠에서 깨 어떻게 해야 할지 몰랐어. 그게 개꿈일 수도 있으니까, 알지? 하지만 사프란과 샌들우드 즙을 팔에 발랐어. 그런 다음, 사프란과 샌들우드 가루를 뿌렸지. 팔은 감염이 심해서 매우 아팠고 많이 부어 있었어. 하지만 즙과 가루를 뿌리고 나니까 시원해지더군. 차가울 정도로. 기분도 나아졌지. 열흘 뒤 내 팔은 좋아졌어. 다 나은 거야.

그 후로 난 믿기 시작했어. 그리고 다시 아버지, 할아버지, 증조할아버지가 나오는 꿈을 꿨지. 그분들은 이제 내가 주술사가 돼야 한다고 말했어. 영혼을 신에게 바쳐야 한다고. 그러기 위해서는 엿새 동안 단식을 해야만 했어, 무슨 말인지 알지? 음식도, 물도 절대로 못 먹는 거야. 아침도 못 먹고. 쉽지 않았어. 단식하느라 너무나 갈증이 나서 아침이면 해가 뜨기 전에 논으로 갔어. 논에 앉아 입을 벌리고 공기 중의 수분을 마셨지. 그걸 뭐라고 하지? 아침에 논에 가면 공기 중에 있는 거. 이슬? 그래, 이슬. 엿새 동안 이슬만 먹었어. 다른 음식은 전혀 못 먹고 이슬만. 닷새째 되자 의식을 잃었어. 사방에서 노란빛이 보이더군. 아니, 노란색이 아니었어. 황금색이었지. 사방에서 황금색이 보였어. 심지어 내 안에서도. 아주 행복했지. 이젠 알아. 그 황금색은 신이었던 거야. 그게 내 안에도 있었지. 신이 내 안에 있었던 거야.

이제 난 주술사가 되었으니 증조부가 물려주신 의학 서적을 공부해야 했어. 그 책은 종이가 아닌 야자수잎으로 되어 있었어. 론타스라고 하지. 이게 발리 의학 백과사전이야. 난 발리에서 나는 온갖 식물을 다 알아야 했어. 쉽지 않아. 하나씩 전부 외웠지. 문제가 있는 사람들을 돌보는 법도 배웠어. 가장 흔한 문제는 신체적 질병이야. 난 허브로 이런 질병을 치료했어. 다른 문제는 가족들이 아픈 거, 매일 싸우는 경우지. 이럴 경우에는 특별한 마법의 그림으로 가족 간에 조화를 이루도록 도와주지. 이야기도 많이 해 주고. 그 그림을 집에 붙여 두면, 더 이상 싸우지 않아. 때로는 자기 짝을 찾지 못해 가슴앓이를 하는 사람들도 찾아와. 발리인들에게나 서양인들에게나 사랑은 골치 아픈 거야. 제 짝을 찾기란 쉽지 않지. 그런 경우에는 사랑을 불러오는 만트라와 마법의 그림으로 문제를 해결해. 난 또 흑마법도 배워서 나쁜 마법으로부터 사람들을 막아 줄 수도 있지. 내 마법 그림, 그걸 집에 붙여 두면 좋은 에너지를 가져올 거야.

난 여전히 화가가 되고 싶어서 틈틈이 그림을 그리지. 갤러리에 팔기도 하고. 내 그림은 언제나 똑같아. 천 년쯤 전에 발리가 천국이었던 때를 그리지. 정글, 동물들, 그리고…… 그걸 뭐라고 하지? 가슴. 가슴을 내놓고 다니는 여자들. 주술사로 일하다 보니 시간을 내기가 힘들지만 난 주술사의 임무를 소홀히 할 수 없어. 그건 내 직업이야. 취미야. 사람들을 도와야 해. 그러지 않으면 신이 화를 낼 거야. 아기도 받아 줘야 하고, 장례식도 치러 줘야 하고, 송곳니를 가는 예식이나 결혼식도 관장해야 해. 가끔은 새벽 3시에 일어나서 전구를 켜고 그림을 그리지. 나를 위해 그림을 그릴 수 있는 유일한 시간이야. 하루 중에 그렇게 혼자 있는 때가 좋아. 그림을 그리기에도 좋고.

난 진짜로 마법을 부릴 줄 알아. 농담이 아니야. 난 언제나 사실만 말해. 설사 그게 나쁜 소식일지라도. 난 살아 있는 동안 좋은 일을 많이 해야 해. 아니면 지옥에 가게 될 거야. 난 발리어, 인도네시아어, 약간의 일본어와 약간의 영어, 약간의 네덜란드어를 할 수 있어. 전쟁 중에 많은 일본인들이 여기로 왔어. 나한텐 별문제 없었지. 난 일본인들의 손금을 읽어 주고 친구가 됐어. 전쟁 전에는 네덜란드인들이 많았어. 이제는 서양인들이 몰려와서 다들 영어를 하지. 내 네덜란드어 실력은, 그걸 뭐라고 하지? 어제 나한테 가르쳐 줬잖아. 녹슬다? 그래, 녹슬었어. 내 네덜란드어는 녹슬었어. 하!

난 발리에서 네 번째 계층이야. 농부처럼 아주 낮은 계층이지. 하지만 첫 번째 계층에 속한 사람들도 나처럼 똑똑하진 못해. 내 이름은 끄뜻 리에르. 리에르는 어렸을 때 할아버지가 지어 주신 이름이야. '밝은 빛'이라는 뜻이지. 그게 바로 나야."

79

발리에서의 일상은 너무 한가로워서 믿기지 않을 지경이었다. 매일 해야 할 일이라고는 오후에 두세 시간씩 끄뜻 리에르를 만나는 것뿐이었고, 그건 의무라기보다 즐거움이었다. 나머지 시간은 유유자적하게 다양한 방법으로 보내고 있었다. 우선 아침마다 한 시간씩 구루에게 배운 방식대로 요가를 한다. 그리고 저녁에는 끄뜻이 가르쳐 준 방식('가만히 앉아서 미소 짓기')대로 한 시간씩 명상한다. 그사이에는 산책을 하거나 자전거를 타고 돌아다니고, 때로는 사람들과 이야기를 하기도 하고, 점심을 먹는다. 책을 대여해 주는 조용한 도서관을 알아내 도서관 카드도 만들었다. 이제는 하루의 상당 부분을 정원에서 독서하며 보낸다. 아쉬람에서의 빡빡했던 생활 이후로 아니, 그 전으로 거슬러 올라가 이탈리아 전역을 돌며 눈에 보이는 것은 모조리 먹어 치우던 방탕한 생활 이후로 너무도 새롭고 지극히 평화로운 일상이었다. 여가 시간이 너무 남아돌아서 무게를 잴 수 있을 정도였다.

내가 호텔을 나설 때마다 프런트 데스크에 있는 마리오와 다른 직원들은 어디로 가냐고 물었고, 내가 돌아올 때마다 어디에 다녀왔냐고 물었다. 혹시 책상 서랍 안에 작은 지도를 보관해 두고 매 순간 자기가 좋아하는 사람들이 어디 있는지 기록해 두는 건 아닐까? 벌집 전체가 제대로 운영되는지 확인하는 차원에서.

저녁이면 자전거 페달을 열심히 밟아 언덕을 올라 아름다운 초록빛 광경이 펼쳐진 우붓 북쪽의 드넓은 논을 가로지른다. 핑크색 구름이 논에 고인 잔잔한 물에 비친다. 마치 두 개의 하늘이 있는 듯했다. 하나는 신들을 위한 천상의 하늘, 하나는 가련한 인간들을 위해 질척질척한 흙 속에 담긴 지상의 하늘. 저번에는 시큰둥한 환영 간판이 달린('여기서 왜가리를 볼 수 있음.') 왜가리 보호 구역까지 갔지만 그날은 왜가리를 보지 못했다. 그냥 오리뿐이었다. 그래서 한동안 오리들을 바라보다가 다시 다음 마을로 갔다. 가는 길에 남자, 여자, 아이들, 닭과 개를 지나쳤다. 다들 일하느라 바빴지만 일손을 멈추고 내게 인사를 건넸다.

며칠 전 자전거로 숲의 아름다운 오르막길을 오르는데 간판이 보였다. '예술가의 집 렌트함. 부엌 딸렸음.' 우주는 자비롭기에 사흘 뒤 난 거기서 살게 되었다. 마리오가 이사를 도와주었고, 나는 호텔의 친구들과 눈물 어린 작별 인사를 나눴다.

새로운 보금자리는 사방이 논에 둘러싸여 조용한 길가에 자리 잡고 있다. 벽이 담쟁이덩굴로 뒤덮인 작은 오두막 같은 집이다. 소유주인 영국 여성은 여름 내내 런던에 가 있는 터라 그동안 그녀를 대신해 내가 이 아름다운 공간으로 슬쩍 들어올 수 있었다. 다홍색 부엌과 금붕어가 가득 찬 연못, 대리석 테라스, 반짝이는 모자이크 타일이 깔린 야외 샤워실이 있었다. 덕분에 머리를 감는 동안 야자수에 둥지를 튼 왜가리를 볼 수 있었다. 작은 비밀의 오솔길을 따라가면 매혹적인 정원이 나온다. 정원사가 따로 관리하는 정원이라서 난 그저 꽃을 감상하기만 하면 된다. 나는 이 독특한 적도 지방의 꽃들을 뭐라고 부르는지 전혀 몰랐기에 내 멋대로 이름을 붙여 주기로 했다. 못 할 이유가 없지. 여긴 내 에덴동산이니까, 안 그래? 곧 정원의 모든 식물에게 새로운 이름이 생겼다. 수선화나무, 양배추 야자수, 졸업 파티 드레스 잡초, 잘난 척하는 소용돌이, 발끝으로 선 꽃, 멜랑콜리 넝쿨 그리고 '아기의 첫 번째 악수'라는 세례명을 받은 고운 핑크색 난초. 이 정원에는 믿기 힘들 정도로, 그리고 필요 이상으로 순수한 아름다움이 흘러넘쳤다. 침실 창밖으로 손을 뻗으면 파파야와 바나나를 나무에서 직접 딸 수 있었다. 근처에 사는 고양이는 매일 내가 먹이를 줄 때까지 30분가량 엄청나게 애교를 부리다가 일단 배를 채우고 나면 베트남전 악몽에라도 시달리는 듯이 마구 울어 댄다. 하지만 이상하게도 그게 전혀 짜증 나지 않는다. 요즘에는 짜증 나는 게 하나도 없다. 불만족이 무엇인지 상상할 수도 없고, 기억나지도 않는다.

주변 소리 또한 멋들어지기 그지없다. 저녁이면 개구리 울음소리를 베이스로 삼아 귀뚜라미 오케스트라가 연주한다. 한밤중에는 개들이 신세를 한탄하며 긴 울음을 뽑아낸다. 동이 트기 전에는 근처 수탉들이 수탉으로 살아서 너무 좋다고 선언한다. ("우리는 수탉들이다! 수탉이 될 수 있는 건 우리뿐이다!"라고 외쳐 댄다.) 매일 아침 동틀 무렵이면 새들의 노래 경연 대회가 열리는데 언제나 열 마리가 경쟁한다. 그러다 해가 완전히 떠오르면 주위는 고요해지고 나비의 날갯짓이 시작된다. 집 전체가 넝쿨로 뒤덮여 있어 마치 언젠가는 이 집이 이파리들 속으로 사라져 버릴 것 같다. 그럼 나 역시 그 집과 함께 사라져 버리고 밀림의 꽃으로 남을 것이다. 이 집의 월세는 내가 뉴욕에서 매달 쓰던 택시비 정도다.

그건 그렇고 파라다이스라는 말은 페르시아어에서 유래되었는데 '담으로 둘러싸인 정원'이라는 뜻이다.

80

이쯤에서 솔직히 털어놓아야 할 듯싶다. 발리가 천국이라는 내 원래 생각은 동네 도서관에서 이뤄진 세 번의 조사만에 약간 잘못된 것임이 밝혀졌다. 2년 전 처음으로 발리를 다녀온 후, 나는 사람들에게 이 작은 섬이야말로 지상 유일의 진정한 유토피아며 언제나 평화와 조화, 균형만이 지배하던 곳이라고 떠들고 다녔다. 폭력이나 유혈의 역사가 한 번도 없었던 완벽한 에덴동산이라고. 대체 왜 그런 거창한 생각을 하게 되었는지 잘 모르겠지만 난 그 생각을 자신만만하게 광고하고 다녔다.

"심지어 경찰도 머리에 꽃을 꽂고 있다니까." 마치 증명이라도 하려는 듯 난 그렇게 말하곤 했다.

하지만 알고 보니 발리에는 인간이 살았던 지상의 다른 곳과 마찬가지로 피와 폭력에 물든 억압의 역사가 있다. 자바 섬 출신의 왕들이 16세기에 처음 이곳으로 이주했을 때 그들은 기본적으로 봉건적인 식민지를 설립했다. 게다가 그들이 도입한 엄격한 카스트 제도는 다른 모든 계급 제도와 마찬가지로 하층민을 배려하는 수고를 하지 않았다. 초기 발리 경제의 원동력은 이윤이 많이 남는 노예 무역이었다.(이곳의 노예 무역은 국제 노예 무역에 뛰어든 유럽보다 수세기 앞섰을 뿐아니라 인간을 사고파는 유럽 노예 시장보다 훨씬 오래갔다.) 내부적으로는 라이벌 관계에 있는 왕들이 이웃을 공격해 늘 (대량 강간과 학살이 동반되는) 전시 상태에 있었다. 19세기 후반까지 상인과 선원 사이에서 발리인들은 사나운 전사로 명성을 떨쳤다. (영어의 '미쳐 날뛰다(running amok)'라는 표현에 나오는 amok이 발리어다. 갑자기 미친 듯이 사나워져 너 죽고 나 죽자는 식으로 적에게 달려들어 유혈을 낭자하게 하는 전투 기법이다. 유럽인들은 이 전법을 꽤나 두려워했던 것 같다.) 발리인들은 잘 훈련된 3천 명의 정예군만으로 1848년에 네덜란드 침입자들을 물리쳤다. 1849년에도, 그리고 마무리로 1850년에도. 그런데도 그들이 네덜란드의 통치를 받게 된 것은 숙적 관계에 있던 발리의 여러 왕들이 권력을 잡기 위해 분열하고 서로를 배신하며 나중에 좋은 사업 거래를 해 주겠다는 약속을 믿고 네덜란드 군과 손잡았기 때문이다. 따라서 꿈의 낙원이라는 보기 좋은 말로 이 섬의 역사를 덮어 버리는 것은 현실에 대한 모욕이리라. 지난 천 년간 이들이 미소 띤 얼굴로 행복한 노래만 부르며 태평하게 살아오지는 않았기 때문이다.

그러나 1920년대와 1930년대에 서구 엘리트층이 발리를 발견했을 때 이 유혈의 역사는 깡그리 무시되었다. 그들은 하나같이 이곳이 진정한 '신들의 섬'이며 '모든 사람이 예술가'이고 훼손되지 않은 환희 속에서 살고 있다고 입을 모았다. 이런 꿈같은 생각은 꽤나 오래 지속되었고, 발리를 찾는 대부분의 관광객은(지난번 여행의 나도 포함해서) 여전히 그 생각을 지지하고 있다. "내가 발리인으로 태어나지 않았다는 사실에 심히 분노한다."라고 1930년대 발리를 방문한 독일의 사진작가 조지 크라우저는 말했다. 지구가 아닌 듯한 아름다움과 고요함이 있다는 기사에 일류 명사들이 이 섬을 방문하기 시작했다. 월터 스피스 같은 예술가, 노엘 카워드 같은 작가, 클레어 홀트 같은 무용가, 찰리 채플린 같은 배우, 마거릿 미드(발리 여성들이 맨가슴을 드러내고 다니는데도 현명한 그녀는 발리 문명의 실체를 볼 줄 알았고, 이 사회가 영국 빅토리아 시대만큼이나 엄격하다고 말했다. "발리 문화에 방종한 성욕은 한 방울도 찾아볼 수 없다.") 같은 학자였다.

그러나 1940년대에 들어서 온 세계가 전쟁에 휩싸이며 잔치는 끝난다. 일본인들은 인도네시아를 침략했고, 발리식 정원에서 예쁜 심부름꾼을 거느리고 살던 팔자 좋은 외국인들은 발리를 떠나야만 했다. 전쟁 뒤에 이어진 인도네시아 독립 투쟁에서 발리는 열도의 다른 지역처럼 분열되었고 폭력이 난무했다. 1950년대에는 만약 서양인이 감히 발리를 방문한다면 베개 밑에 권총을 두고 자는 편이 나을 정도가 되었다.(『발리: 날조된 천국』이라는 연구서에 의한 것이다.) 1960년대에 이르러 권력 투쟁은 인도네시아 전역을 민족주의자와 공산주의자 간의 전쟁터로 만들었다. 1965년에 자카르타를 불시에 공격한 민족주의자들은 섬의 공산주의자들을 모조리 색출하라는 명분 아래 발리에도 병사를 파견했다. 매번 지역 경찰과 마을 관청의 도움을 받은 민족주의 군대는 일주일 동안 모든 마을에서 꾸준히 학살을 감행했다. 이 대학살이 끝났을 때 발리의 아름다운 강은 십만 구의 시체로 맥이 끊겼다고 한다.

　　전설 속 에덴동산의 꿈이 다시 부활한 것은 1960년대 후반에 이르러서였다. 인도네시아 정부는 국제 관광 시장을 겨냥해 발리를 '신들의 섬'이라는 문구로 포장하고, 훗날 엄청나게 성공을 거두는 마케팅에 착수한다. 다시 발리에 유혹된 관광객들은 꽤나 고매한 사람들이었고(어쨌거나 여긴 포트 로더데일[43]이 아니니까.), 그들의 관심은 발리 문화 고유의 예술적, 종

---

43 미국의 베네치아로 불리는 대표적인 바닷가 휴양지.

교적 아름다움으로 쏠렸다. 역사의 부정적인 요소들은 간과되었고, 그 후로도 계속 간과된 상태로 남아 있다.

마을 도서관에서 오후를 보내며 이런 사실을 읽는 동안 나는 약간 혼란스러워졌다. 잠깐, 내가 왜 다시 발리에 오려고 했지? 세속적인 즐거움과 영적 추구 사이에서 균형을 찾으려고? 그런데 이곳이 정말로 그걸 추구하기에 적합할까? 발리인들이 진정으로 세상 누구보다 그런 평화로운 균형에 정통할까? 그들의 춤과 기도, 잔치, 아름다움, 미소를 보면 그런 것 같기도 하다. 하지만 그 이면에서 실제로 무슨 일이 벌어지고 있는지는 모른다. 경찰관은 정말로 귀 뒤에 꽃을 꽂고 다니지만, 인도네시아의 다른 지역과 마찬가지로 발리 전역에도 부정부패가 만연하다.(일전에 불법으로 비자를 연장하려고 경찰관에게 테이블 밑으로 3백 달러 정도를 쥐어 주면서 그 사실을 몸소 깨달았다. 덕분에 이제 난 발리에 넉 달간 머무를 수 있다.) 발리인들은 자기들이 세상에서 가장 평화롭고 종교 의식에 충실하며 예술적 감수성이 풍부하다는 이미지로 먹고산다. 하지만 어디까지가 사실이고, 어디까지가 경제적으로 계산됐을까? 그리고 나 같은 이방인이 그 '빛나는 얼굴' 뒤에서 어른거리는 고통을 어디까지 짐작할 수 있을까? 여기도 다른 곳과 마찬가지다. 어떤 그림이건 자세히 들여다보면 또렷한 선들이 뭉개지며 흐릿한 붓질과 픽셀이 뒤섞인 애매모호한 덩어리로 변하기 마련이다.

지금으로서 확실한 건 렌트한 집이 마음에 쏙 들고, 발리인들은 한 명의 예외도 없이 친절하다는 사실뿐이다. 발리인들의 예술과 제례는 아름답고 치유의 역할을 하며 그들도 그렇게 생각하는 듯하다. 그것이 내가 결코 이해하지 못할 이 복잡한 섬에서 몸소 겪은 사실이다. 균형을 유지하기 위해(아울러 생계를 유지하기 위해) 발리인들이 무엇을 하든 그건 전적으로 그들 소관이다. 여기서 내가 할 일은 내 자신의 균형을 찾으려고 노력하는 것이다. 적어도 아직까지는 이곳의 분위기가 그런 내 노력에 자양분이 되는 듯하다.

81

우리 주술사님의 연세가 어떻게 되는지 모르겠다. 물어봤지만 본인도 잘 모르겠다고 했다. 내 기억으로는 2년 전 처음 이곳을 방문했을 때 통역관에게서 그가 여든 살이라고 들었다. 하지만 저번에 마리오가 그의 나이를 묻자 끄뜻은 "아마 예순다섯쯤 됐을걸. 잘 모르겠어."라고 대답했다. 태어난 해가 언제냐고 묻자 끄뜻은 기억나지 않는다고 했다. 2차 세계대전 중 일본군이 발리를 점령했을 때 이미 성인이었다고 했으니 그렇다면 지금 여든쯤 되었으리라. 하지만 젊어서 팔에 화상입은 이야기를 했을 때 그게 몇 년도냐고 물었더니 "잘 모르겠어. 1920년?"이라고 말했다. 만약 1920년에 스무 살이었다면 지금은 대체 몇 살이라는 말인가? 105살? 따라서 그의 나이는 대략 60세에서 105세 사이로 추정할 수 있다.

또한 나이에 대한 그의 대답은 매일, 그날의 기분에 따라 바뀐다는 걸 깨달았다. 아주 피곤할 때면 한숨을 내쉬고 "오늘은 여든다섯이야."라고 말한다. 하지만 기분이 좋을 때면 "오늘은 예순인 것 같아."라고 말한다. 어쩌면 그게 나이를 추정하는 가장 좋은 방법인지도 모르겠다. 즉 오늘 나는 몇 살이 된 기분인가? 그 외에 달리 뭐가 중요하겠는가. 하지만 난 여전히 그의 나이를 알아내려고 애쓴다. 하루는 아무 생각 없이 이렇게 물었다.

"끄뜻, 생일이 언제예요?"

"목요일."

"이번 주 목요일이요?"

"아니. 이번 주 목요일은 아니고 그냥 목요일."

조금 실마리가 잡히는 듯…… 했지만 그 이상의 정보는 없었다. 몇 월의 목요일이죠? 어느 해의 목요일이요? 대답이 없다. 어쨌거나 발리에서는 태어난 해보다 무슨 요일에 태어났는지가 더 중요하다. 그렇기 때문에 끄뜻은 자기 나이는 몰라도 목요일에 태어난 아이의 수호신은 파괴의 신 시바며, 수호 동물은 사자와 호랑이라고 말해 주었다. 목요일에 태어난 아이의 공식 나무는 보리수이고, 공식 새는 공작이다. 목요일에 태어난 아이는 언제나 먼저 이야기를 꺼내고, 다른 사람 말에 끼어들며 약간 공격적일 수 있고 잘생긴 경향이 있다.(끄뜻의 표현대로라면 '플레이보이 아니면 플레이걸'이다.) 하지만 전반적으로 품행이 바르고 기억력이 뛰어나며 남을 돕고자 하는 열망이 있다.

발리인들이 심각한 건강, 돈, 연애 문제로 찾아올 때 끄뜻은 언제나 무슨 요일에 태어났는지 묻는다. 그들에게 도움이 될 올바른 기도와 약을 조제하기 위해서다. 끄뜻 말대로라면 사람들은 가끔씩 생일에 아프다고 한다. 따라서 균형을 되찾으려면 약간의 점성술적 차원에서 조정이 필요하다. 지난번에 막내아들을 데리고 끄뜻을 만나러 온 가족도 그랬다. 아이는 네 살 정도 되어 보였다. 나는 끄뜻에게 저들이 왜 아이를 데려왔는지 물었다.

"아이가 너무 난폭해서 애를 먹고 있다는군. 통 말을 듣지 않는대. 품행도 고약하고, 주의도 산만하고. 집안사람들이 모두 이 꼬마한테 손들었다네. 게다가 꼬마는 가끔씩 어지럼증을 느낀다는군."

끄뜻은 부부에게 잠시 아이를 안아 봐도 되겠느냐고 물었다. 부부는 끄뜻의 무릎에 아이를 놓았고, 아이는 아무 두려움 없이 늙은 주술사의 가슴에 편안히 기댔다. 끄뜻은 부드럽게 아이를 안은 채 손바닥을 아이의 이마에 올리고 눈을 감았다. 그러더니 다시 아이의 배에 손을 올리고 눈을 감았다. 시종일관 미소 띤 얼굴로 아이와 부드럽게 대화를 나누면서. 검진은 금세 끝났다. 끄뜻은 아이를 다시 부모에게 건네주었고, 그들은 처방과 성수를 받아 들고 떠났다. 나는 어떤 진단을 내렸느냐고 물었다.

먹고 기도하고 사랑하라

"먼저 부모에게 아이의 생일을 물어봤어. 아이의 생일에는 까마귀 정령, 올빼미 정령, 수탉 정령(이 때문에 아이가 그토록 사나운 거야.)처럼 잠재적인 악령의 요소들이 깃들어 있더군. 게다가 꼭두각시 정령(이 때문에 아이가 어지러운 거야.)까지. 하지만 다 나쁜 점만 있는 건 아니야. 토요일에 태어났기 때문에 아이의 몸에는 무지개 정령과 나비 정령도 있고, 이런 요소들은 강화시킬 수 있어. 제사를 지내고 나면 아이는 다시 균형을 찾게 될 거야."

"왜 아이의 이마와 배에 손을 얹고 계셨어요? 열이 났는지 확인하려고요?"

"아이의 뇌를 확인했어. 마음속에 악령이 있는지 보려고."

"무슨 악령이오?"

"리스, 난 발리인이야. 흑마술을 믿지. 강에서 나온 악령이 사람을 해친다고 믿어."

"아이에게도 악령이 있던가요?"

"아니, 그냥 생일이라 약간 아픈 것뿐이야. 아이의 가족들이 제물을 바치면 괜찮아질 거야. 그리고 자네, 리스? 매일 밤 발리식 명상을 하고 있나? 정신과 마음을 깨끗이 하고 있어?"

"네, 매일 밤 하고 있어요."

"간도 미소를 짓고 있어?"

"네, 간도 웃고 있어요, 끄뜻. 함박웃음을요."

"좋아. 그 미소가 자네를 아름답게 만들어 줄 거야. 아름다워질 수 있는 힘을 줄 거야. 자네는 그 힘, 예쁜 힘을 이용해서 인생에서 원하는 걸 얻을 수 있어."

"예쁜 힘! 난 예쁜 힘을 원해요!" 나는 그 구절을 반복해 보았다. 마음에 들었다. 그야말로 명상하는 바비인형이군.

"인도식 명상도 하고 있나?"

"매일 아침 하고 있어요."

"좋아. 요가 하는 걸 잊지 말게. 자네에게 도움이 될 거야. 두 가지 방식으로 수련을 계속하는 게 좋아. 인도식과 발리식. 서로 다르지만 똑같이 좋아. 세임, 세임.(same, same.) 난 종교도 대부분이 다 세임, 세임이라고 생각해."

"그렇게 생각하지 않는 사람도 있어요, 끄뜻. 신에 대해 논쟁하길 좋아하는 사람도 있어요."

"쓸데없는 짓이지. 내가 하나 알려 주지. 종교가 다른 사람을 만났는데 그 사람이 신에 대해 논쟁하고 싶어 하면 그냥 그 사람이 하는 말을 전부 들어줘. 그 사람과 신에 대해 논쟁하지 마. 그냥 '당신 말이 맞아요.'라고 말해 주는 게 최선이야. 그런 다음, 집에 가서 자신이 원하는 걸 기도하면 그만이야. 그게 종교 문제에 있어서 평화를 지킬 수 있는 내 해결책이지."

난 끄뜻이 언제나 턱을 치켜들고 다닌다는 걸 알아차렸다. 뒤로 살짝 기울어진 머리는 조금 우스꽝스러운 동시에 우아해 보였다. 호기심에 가득 찬 늙은 왕처럼 그는 이 세상을 코 아래로 내려다보았다. 피부는 윤기가 흐르고 살짝 그을린 갈색이었다. 거의 대머리나 다름없었지만 대신 눈썹이 유별나게 긴 데다 깃털 같아서 당장이라도 날아오를 듯했다. 빠진 이와 화상 자국이 남은 오른팔만 제외하면 아주 건강해 보였다. 젊은 시절에 사원의 제례에서 춤을 추던 무용수였고 그때는 아주 잘생겼다고 했는데 사실일 것이다. 끄뜻은 하루에 한 끼만 먹는다. 밥에 오리고기나 생선을 섞은 간단한 발리식 전통 식사다. 또 매일 설탕을 넣은 한 잔의 커피도 즐겨 마시는데 그저 자신이 커피와 설탕을 살 여유가 있다는 사실을 축하하기 위해서다. 우리도 이런 식사법으로 쉽게 105세까지 살 수 있다. 그의 말로는 자신이 건강을 유지하는 비결은 매일 잠들기 전에 명상을 하며 우주의 건강한 에너지를 중심부로 끌어들이기 때문이란다. 그는 인간의 몸이 다른 창조물과 마찬가지로 물(아파), 불(테조), 바람(바유), 하늘(아카사), 흙(프리티위)의 다섯 가지 요소로 이뤄져 있다고 했다. 따라서 그 사실에 집중하면서 명상하면 이 근원으로부터 에너지를 받게 되고 언제나 건강을 유지한다는 것이다. 간혹 자신이 정확히 아는 영어 관용어 실력을 뽐내며 그가 말했다. "한 티끌이 온 우주를 머금지. 티끌에 불과한 우리 인간이 실은 이 우주와 똑같은 존재야."

오늘은 정신없이 바쁜 날이다. 정원 곳곳에 화물칸의 짐짝처럼 손님들이 널려 있어 집 안은 몹시 붐볐다. 다들 무릎에 아기나 끄뜻에게 바칠 공물을 안고 있었다. 그중에는 농부와 사업가도 있고, 아버지와 할머니도 있다. 입에서 한시도 먹을 것을 떼지 않는 아이를 데려온 부모도 있고, 흑마법의 저주에 걸린 할아버지도 있다. 공격성과 욕정으로 잠 못 이루는 젊은 이도 있고, 제짝을 찾으러 온 아가씨도 있고, 발진으로 칭얼거리는 아픈 아이들도 있다. 모두가 균형을 잃은 사람들로 내면의 균형을 다시 회복해야 했다.

손님들은 늘 인내심을 잃지 않았다. 때로는 끄뜻을 만날 때까지 세 시간이나 기다려야 하는데도 발을 쿵쿵 구르거나 분노로 씩씩거리는 사람은 아무도 없다. 더 놀라운 것은 아이들이다. 아이들은 아름다운 엄마에게 몸을 기댄 채 손가락으로 장난치며 그 오랜 시간을 참고 기다렸다. 나중에 그 얌전한 아이들이 '너무 버릇이 없어서' 데려왔다는 부모의 말을 들을 때마다 난 웃지 않을 수 없었다. 그 어린 소녀가? 뙤약볕 아래서 꼬박 네 시간이나 앉아 간식이나 장난감도 없이 아무 불평도 하지 않고 얌전히 기다린 그 세 살배기가? 그 애가 버릇이 없다고요? 난 이렇게 말해 주고 싶었다. "여러분, 진짜 버릇 없는 아이가 보고 싶으면 미국에 가세요. 주의가 산만하다는 게 무슨 뜻인지 알게 될 테니까요." 하지만 이곳에서는 얌전한 아이에 대한 나름의 기준이 있을 터였다.

끄뜻은 시간이 얼마가 걸리든 상관없이 환자들을 한 명씩 정성껏 치료해 주었다. 다음 환자가 누구든 간에 지금 치료하는 환자에게 온 신경을 다 쏟았다. 너무 바빠서 하루에 한 번 먹는 점심조차 못 먹었지만, 신과 조상님을 받드는 차원에서 몇 시간이고 포치에 앉아 환자들을 치료했다. 저녁이 되자 그의 눈은 남북 전쟁 군의관처럼 충혈되어 있었다. 마지막 환자는 몇 주째 잠을 설치고 있는 중년 남성이었는데 '동시에 두

강에서 익사'하는 악몽을 꾼다고 했다.

그때까지 난 끄뜻 리에르의 삶에서 내 역할이 무엇인지 아직 모르는 상태였다. 매일 그에게 정말로 내일 또 날 만나고 싶냐고 물으면, 끄뜻은 반드시 내일 다시 와서 자신과 함께 시간을 보내야 한다고 말했다. 나는 그의 시간을 뺏는 것에 죄책감을 느꼈지만 내가 떠날 때가 오면 끄뜻은 언제나 실망하는 표정이었다. 딱히 그에게 영어를 가르치는 것도 아니었다. 어떤 식으로 배웠는지는 몰라도 그가 수십 년 전에 배운 영어는 이미 머릿속에서 완전히 굳어져서 새로운 어휘나 문법이 들어갈 여지가 별로 없었다. 그저 "처음 만나서 반가워요.(Nice to meet you.)" 대신에 "만나서 반가워요.(Nice to see you.)"를 가르친 게 전부였다.

오늘 밤 마지막 손님이 떠나자 끄뜻은 녹초가 되었다. 환자들을 보살피느라 더 폭삭 늙은 것 같았다.

"피곤해 보이시네요. 혼자서 쉬시게 전 그만 가 볼까요?" 내가 물었다.

"염려 말게. 자네에겐 언제든 시간을 낼 수 있어. 어디 이야기나 좀 해 봐. 인도, 미국, 이탈리아 그리고 자네 가족 이야기."

그제야 깨달았다. 나는 끄뜻 리에르의 영어 선생님도 아니고, 딱히 그의 신학적 제자도 아니었다. 그저 이 늙은 주술사의 단순한 즐거움이자 말동무, 이야기를 나눌 수 있는 상대인 것이다. 그는 외국에 가 본 적이 없어서 세상 이야기를 듣는 걸 무척 좋아했다.

포치에 단둘이 있을 때면 끄뜻은 시시콜콜한 질문을 던진다. 멕시코에서는 자동차 한 대의 가격이 얼마며, 에이즈의 원인은 무엇인가 하는 식의. (나는 최선을 다해 두 질문에 답했다. 비록 전문가들은 나보다 훨씬 구체적인 대답을 들려주겠지만.) 끄뜻은 평생 발리를 떠난 적이 없다. 사실은 이 포치에서 거의 평생을 보냈다. 한번은 발리에서 가장 크고 정신적 지주라 할 수 있는 아궁 산으로 순례 여행을 간 적이 있었는데 그 화산의 에너지가 어찌나 강렬하던지 불에 녹아 버릴까 두려워 명상은 거의 못 했다고 한다. 그는 중요한 행사가 있을 때마다 사원에 가고, 이웃의 부탁을 받아 결혼식이나 성년식을 치러 준다. 하지만 대개는 이 포치의 대나무 깔개 위에 가부좌를 하고 앉아 있다. 야자수잎으로 만든 증조부의 의학 백과사전에 둘러싸인 채 사람들을 치료하고, 악마를 달래고, 때로는 설탕을 탄 커피 한 잔을 스스로에게 대접하면서.

"어젯밤에 자네 꿈을 꿨어. 자네가 자전거를 타고 어디든 가는 꿈이었지. 꿈에서 자네는 아주 행복해 보였어! 그 자전거를 타고 온 세상을 돌아다녔지. 그리고 난 자네를 따라다녔어!"

어쩌면 그가 바라는 건……

"나중에 절 만나러 미국에 오세요, 끄뜻."

"그럴 수 없어, 리스. 비행기로 여행하기엔 이가 모자라."

그가 고개를 저으며 쾌활하게 자신의 운명에 승복했다.

82

끄뜻의 아내로 말하자면 친해지기까지 시간이 꽤 걸렸다. 끄뜻이 니오모라고 부르는 그 여자는 덩치가 크고 통통한 절름발이로 빈랑 잎담배를 씹어 이가 새빨갛게 얼룩져 있었다. 발가락은 관절염 때문에 보기 싫게 휘어졌고, 눈에는 총기가 있었다. 나는 처음 봤을 때부터 그녀가 무서웠다. 그녀에게서는 가끔씩 이탈리아 과부들이나 교회에 나가는 정의로운 흑인 엄마들에게서 보이는 엄격한 분위기가 풍겼다. 조금만 잘못해도 엉덩이를 사정없이 내려칠 듯했다. 그녀는 처음부터 수상쩍은 눈초리로 날 바라보았다. 매일 내 집에서 어슬렁거리는 이 플라밍고는 누구야? 내가 무슨 권리로 여기 오는지 모르겠다는 듯이 부엌 그늘 안쪽에서 날 노려보곤 했다. 내가 미소를 지어 보여도 계속 노려볼 뿐이었다. 빗자루로 날 쫓아낼까 말까 고민하면서.

그러다 상황이 바뀌는 계기가 생겼다. 복사 사건 이후부터였다.

끄뜻 리에르에게는 낡은 노트와 장부 더미가 있었는데 치료법과 관련된 비법이 고대 발리식 산스크리트어로 빽빽하게 적혀 있었다. 그는 1940년대나 1950년대쯤에 지금의 내용을 이 노트에 옮겨 적었다고 한다. 할아버지가 돌아가신 후, 모든 의학 지식을 기록해 두기 위해서였다. 이 안에 적힌 내용은 귀중하기 이를 데 없었다. 발리에서 자라는 귀한 나무들과 잎,

식물에 대한 자료와 의학적 효능이 모두 적혀 있었다. 또한 60 페이지에 걸쳐 손금에 관한 다양한 그림이 그려진 노트와 점성학 자료, 만트라, 주문, 치료법이 가득 적힌 노트들도 있었다. 유일한 문제는 오랜 세월을 거치며 이 노트에 곰팡이가 피고, 쥐들의 습격을 받아 거의 산산조각으로 찢어졌다는 것이다. 곰팡이가 피고 잘게 부서진 노란색 공책은 바스러진 낙엽 더미 같았다. 그가 페이지를 넘길 때마다 종이가 찢어졌다.

지난주에 닳아빠진 노트들 중에서 한 권을 집어 들고 내가 말을 꺼냈다.

"끄뜻, 난 당신처럼 의사는 아니지만 내 생각에 이 노트는 죽어 가고 있어요."

"죽어 간다고?" 그가 껄껄 웃었다.

"선생님, 전문가로서의 제 소견을 말씀드리죠. 무슨 조치를 취하지 않으면 앞으로 6개월 안에 이 노트는 사망할 거예요. 그러니까 이 노트가 사망하기 전에 이걸 마을로 가져가서 복사해도 될까요?"

나는 엄숙하게 말하며 복사가 무엇인지 설명했다.

"딱 24시간만 제게 맡겨 주세요. 노트에 아무런 해도 입히지 않겠다고 약속할 게요."

마침내 그의 할아버지의 지혜가 담긴 노트를 조심조심 다루겠다는 내 굳은 확답을 받은 후에야 그는 복사를 허락했다. 나는 자전거를 타고 마을로 가 복사 설비가 있는 가게에서 매 페이지를 조심스럽게 복사했다. 그러고는 새로 복사한 깨끗한 종이를 멋진 플라스틱 폴더 속에 집어넣었다. 이튿날 정오가 되기 전에 끄뜻에게 낡은 원래 노트와 새 노트를 가져다주었더니 그는 깜짝 놀라며 무척 기뻐했다. 그의 말대로라면 지난 50년간 그 노트를 써 왔기 때문이다. 그건 문자 그대로 '50년'을 의미할 수도 있고, 아니면 단지 '아주 오랜 시간'을 의미할 수도 있다.

나는 나머지 노트들도 정보를 안전하게 보관하기 위해 복사해도 되겠냐고 물었다. 그는 절뚝거리고 부러지고 갈가리 찢긴 채 숨을 헐떡이는 또 다른 노트 한 권을 내밀었는데 발리식 산스크리트어로 쓴 글과 복잡한 스케치가 빼곡히 들어차 있었다.

"다른 환자!" 그가 말했다.

"제가 고쳐 드리죠."

이번에도 대성공이었다. 그 주가 끝날 무렵, 낡은 노트들은 대부분 복사를 마쳤다. 끄뜻은 매일 아내를 불러 새로운 복사본을 보여 주며 기쁨에 들떴다. 그녀의 표정은 조금도 변함이 없었지만 그녀는 그 증거품을 철저히 살펴보았다.

그리고 다음 주 월요일, 내가 끄뜻을 방문했을 때 니오모가 유리병에 담긴 뜨거운 커피를 내왔다. 나는 유리병을 찻잔 접시에 받쳐 들고 정원을 가로지르는 니오모를 지켜보았다. 그녀는 자신의 부엌에서 끄뜻의 포치에 이르는 긴 여정을 절름거리는 발로 천천히 걸어왔다. 처음에는 끄뜻에게 주려는 커피인 줄 알았다. 하지만 그는 이미 커피를 마시고 있었으니 이

건 내 몫이었다. 그녀가 나를 위해 준비한 것이다. 내가 고맙다고 인사하자, 그녀는 화난 표정으로 날 내려쳤다. 점심을 준비할 때면 늘 야외 식탁에 올라가 있는 수탉을 내려칠 때처럼. 하지만 다음 날도 커피를 가져다주었다. 이번에는 설탕통과 함께. 다음 날에는 커피 한 잔과 설탕통과 차게 식은 삶은 감자를 내왔다. 그렇게 매일 그녀는 새로운 먹거리를 더해 갔다. 마치 어릴 때 하던 기억력 게임과 비슷했다. "난 오늘 할머니 집에 가서 사과를 가져올 거야……. 난 오늘 할머니 집에 가서 사과와 풍선을 가져올 거야……. 난 오늘 할머니 집에 가서 사과와 풍선과 유리병에 든 커피와 설탕통과 차가운 감자를 가져올 거야……."

그러다 어제는 끄뜻에게 작별 인사를 하며 정원에 서 있었다. 니오모는 자신의 왕국에서 일어나는 일에 일일이 신경 쓰지 않겠다는 듯이 그냥 빗자루질을 하며 내 옆을 지나갔다. 나는 등 뒤로 양손을 맞잡은 채 서 있었는데 갑자기 그녀가 내한쪽 손을 덥석 잡았다. 그녀는 자물쇠의 비밀번호를 알아내려는 사람처럼 내 손을 만지작거리더니 그 크고 단단한 손으로 내 집게손가락을 감싸고는 오랫동안 꽉 쥐었다. 꽉 잡은 손을 통해 그녀의 사랑이 내 팔 전체와 내장까지 전해졌다. 이윽고 그녀는 내 손을 놓더니 관절염으로 다시 절름거리며 아무 말 없이 빗자루질을 계속했다. 마치 아무 일도 없었다는 듯이. 그러는 동안 나는 행복의 두 강 속에서 동시에 조용히 익사해 갔다.

먹고 기도하고 사랑하라

83

새 친구가 생겼다. 유데이라는 자바 출신의 인도네시아인
이었다. 내가 그를 알게 된 건 그가 이 집을 렌트해 주었기 때
문이다. 그는 집주인인 영국 여자 밑에서 일하며 그녀가 런던
에 가 있는 동안에 이 집을 관리한다. 스물일곱 살로 작고 다
부진 몸매에 남부 캘리포니아 서퍼 같은 말투로 이야기한다.
늘 나를 '어이' 또는 '형씨'라고 부른다. 범죄를 저지르려던 사
람의 마음도 돌려놓을 정도의 미소를 가졌고, 그렇게 젊은 나
이에도 파란만장한 인생을 살았다.

그는 자카르타에서 태어났다. 어머니는 가정주부이고, 아
버지는 엘비스 프레슬리의 팬으로 작은 규모의 에어컨과 냉장
고 회사를 경영했다. 이 집안은 특이하게 기독교를 믿었다. 그
때문에 유데이는 동네 이슬람 아이들에게 "얘는 돼지고기를
먹는대요!" "넌 예수를 사랑하지?" 같은 놀림을 받았다. 하지
만 신경 쓰지 않았다. 원래 무슨 일에든 별로 신경 쓰는 성격
이 아니다. 그러나 유데이의 엄마는 아들이 이슬람 꼬마들과
어울리는 걸 싫어했다. 그 애들이 늘 맨발로 다닌다는 게 가장
큰 이유였다. 유데이 역시 맨발로 다니는 걸 좋아했지만, 그게
비위생적이라고 생각한 엄마는 아들에게 양자택일을 하도록
했다. 신발을 신고 밖에서 놀든지, 아니면 맨발로 집에 있든지.
유데이는 신발을 신는 게 싫어서 어린 시절과 사춘기 대부분
을 침실에서 보냈다. 그러면서 기타를 치게 되었다. 맨발로.

유데이는 지금까지 내가 만난 사람들 중에서 음감이 가장 뛰어났다. 그의 기타 연주는 정말 아름다웠다. 음악을 배운 적이 없지만 멜로디와 화음을 완벽하게 이해했다. 마치 어릴 때 함께 자란 꼬마 여동생들을 이해하는 것처럼. 그는 인도네시아의 고전적인 자장가에 레게 그루브, 스티비 원더 초창기의 펑크 음악이 섞인 동서양 화합의 음악을 작곡했다. 그 음악을 어떻게 설명해야 좋을지 모르겠지만 어쨌든 유데이는 유명해져야 마땅하다. 그의 음악을 들은 사람은 다들 그렇게 생각했다.

유데이가 늘 하고 싶었던 일은 미국에 가서 연예계에 뛰어드는 것이다. 전 세계 젊은이의 꿈이라고 할 수 있다. 그리하여 아직 청소년일 때 관계자를 어찌어찌 설득해(아직 영어를 거의 못할 때였다.) 크루즈 회사인 카니발 크루즈 라인에서 일하게 됐다. 자카르타의 좁은 우물을 벗어나 더 큰 세상으로 나가는 것이다. 크루즈에서 유데이는 다른 성실한 이민자들처럼 고달프게 살았다. 선실에서 자며 하루 12시간 일하고, 휴일은 고작 한 달에 한 번뿐이었다. 그는 필리핀, 인도네시아 동료들과 함께 일했다. 이 두 무리는 먹는 것도, 자는 것도 따로였으며 절대 함께 어울리지 않았다.(기독교와 이슬람이었으므로.) 하지만 유데이는 늘 그렇듯이 모든 사람과 친구가 되었고, 두 무리 간의 특사 비슷한 역할을 하게 되었다. 그의 눈에는 이들 청소부와 관리인, 설거지 담당자들 사이에 다른 점보다 공통점이 더 많이 보였다. 다들 고향의 가족들에게 한 달에 100달러 정도를 보내기 위해 끝없이 일하는 사람들이었기 때문이다.

크루즈가 처음 뉴욕에 입항할 때 유데이는 밤을 꼬박 새우며 제일 높은 갑판에서 지평선 너머로 스카이라인을 바라보았다. 가슴이 심하게 두근거렸다. 몇 시간 뒤에는 뉴욕 땅을 밟았고 영화에서처럼 노란 택시를 잡아탔다. 최근에 이민 왔다는 아프리카 운전사가 어디로 가겠느냐고 물었을 때 유데이는 "어디든 가요, 형씨. 드라이브나 합시다. 전부 다 보고 싶으니까."라고 말했다. 몇 달 뒤 배가 다시 뉴욕에 입항했을 때 그는 그곳에 영원히 상륙했다. 크루즈와 맺은 계약은 끝났고, 그는 미국에서 살고 싶었다.

유데이는 뉴저지 교외에 정착했고 배에서 알게 된 인도네시아 남자와 한동안 함께 살았다. 이번에는 쇼핑몰의 샌드위치 가게에서 일했다. 역시 주로 이민자들이 도맡는 일자리로 하루에 열 시간에서 열두 시간가량 근무했다. 이번에는 필리핀인이 아닌 멕시코인들과 일했기 때문에 처음 몇 달은 영어보다 스페인어를 더 많이 배웠다. 어쩌다 쉬는 날이면 맨해튼으로 가는 버스를 타고 나가 거리를 쏘다녔다. 여전히 뉴욕에 홀딱 반한 채. 그는 뉴욕이 '세상에서 사랑이 가장 충만한 곳'이라고 했다. 어찌어찌해서(이번에도 역시 그 미소를 이용해) 전 세계에서 모여든 젊은 음악가들과 만나게 되었고 유데이는 그들과 함께 기타를 연주했다. 자메이카, 아프리카, 프랑스, 일본 등지에서 모여든 재능 있는 친구들과 밤새 즉흥 연주도 펼쳤다. 그렇게 공연을 하다가 앤이라는 아가씨를 만났다. 코네티컷 주에서 온 금발의 예쁜 베이스 연주자였다. 그들은 사랑에 빠져 곧 결혼했다. 브루클린에 아파트를 마련했고, 음악을 하는 친구들과 함께 어울려 플로리다까지 순회공연을 가기도 했다. 인생은 믿을 수 없이 행복했다. 그의 영어 실력은 금세 흠잡을 수 없을 정도로 좋아졌고, 그는 대학에 진학할 계획이었다.

9월 11일에 유데이는 브루클린 옥상에서 쌍둥이 빌딩이 무너지는 것을 지켜보았다. 다른 사람들과 마찬가지로 그도 지독한 슬픔을 느꼈다. 세상에서 사랑이 가장 충만한 이 도시에 누가 저토록 잔악한 짓을 한단 말인가? 테러 위협에 대응해 미국 의회에서 통과시킨 '애국자 법'을 유데이가 어디까지 알고 있었는지 모르겠다. 여기에는 극도로 엄격한 이민법이 새로 포함되어 있는데 대다수가 인도네시아 같은 이슬람 국가에 불리한 방향으로 작용했다. 그 조항 중 하나는 미국에 거주하는 인도네시아 국민은 모두 국토 보안국에 등록해야 한다는 것이다. 유데이와 그의 인도네시아 이민자 친구들은 머리를 맞대고 어떻게 해야 할지 궁리했다. 대부분이 이미 비자 기간을 넘긴 불법 체류자였으며 따라서 그대로 등록했다가 강제로 출국을 당하게 될까 두려웠다. 하지만 등록하지 않은 채 범죄자처럼 사는 것도 두려웠다. 아마 미국에 남아 있던 이슬람 근본주의 테러리스트들은 이 법안을 무시했을 테지만 유데이는 등록하기로 결심했다. 미국 여자와 결혼했으므로 신분을 갱신해 합법적인 시민이 되고 싶었다. 숨어 사는 건 원치 않았다.

그와 앤은 온갖 변호사를 만나 상담했지만 다들 어떤 충고를 해 줘야 할지 몰랐다. 9.11 전이었다면 아무 문제도 없었을 것이다. 미국 여자와 결혼했으니 그냥 이민국 사무소에 가서 비자를 갱신하고 시민권을 얻는 절차를 밟으면 그만이다. 하지만 이제는? 누가 알겠는가. "법안이 아직 시험 단계입니다. 당신이 그 시험 대상이 될 수 있어요."라고 이민법 변호사들은 말했다. 그래서 유데이와 앤은 친절한 이민국 직원을 만나 사정을 설명했다. 직원은 유데이에게 그날 오후에 다시 와서 '두 번째 인터뷰'를 받으라고 말했다. 그때 눈치챘어야 했다. 유데이는 아내도, 변호사도 없이 반드시 혼자 와야 하며 주머니에 아무것도 넣어 오지 말라는 당부를 받았다. 그는 일이 잘되기를 바라며 주머니에 아무것도 넣지 않은 채 혼자서 두 번째 인터뷰를 받으러 갔다. 그리고 그대로 체포되었다.

유데이는 뉴저지 주 엘리자베스에 있는 구치소로 끌려갔고, 거기서 엄청나게 많은 이민자들과 함께 몇 주를 보냈다. 다들 국토 보안국 법령에 따라 최근에 체포된 사람들로 대다수가 수년간 미국에서 일하며 살았다. 또 대다수가 영어를 할 줄 몰랐다. 체포된 후로 가족에게 전혀 연락하지 못한 사람들도 있었다. 이 구치소에서 그들은 투명 인간이나 다름없었다. 그들이 여기 있다는 사실을 아무도 몰랐다. 히스테리에 빠진 앤이 남편이 끌려간 곳을 알아내기까지는 며칠이 걸렸다. 그 구치소에서 있었던 일 중에서 유데이가 가장 생생하게 기억하는 것은 석탄처럼 새까맣고 깡마르고 겁에 질린 나이지리아인들이다. 그들은 화물선의 강철 컨테이너에 숨어 있다 끌려왔

는데 미국, 혹은 어디든 새로운 땅으로 가기 위해 배 밑바닥에
보관된 컨테이너에 숨어서 거의 한 달을 보냈다고 한다. 그들
은 지금 자기들이 어디에 있는지도 모른 채 아직도 환한 조명
에 눈이 먼 사람처럼 눈을 휘둥그렇게 뜨고 있었다고 한다.

구류 기간이 끝난 뒤, 미국 정부는 기독교인인 유데이 — 이
제는 이슬람 테러리스트 용의자였다. — 를 인도네시아로 돌
려보냈다. 그게 작년 일이다. 그가 다시 미국 근처에라도 갈
수 있을지는 나도 모르겠다. 그와 앤은 어떻게 해야 할지 계속
방법을 찾는 중이었다. 인도네시아에서의 삶은 그들의 꿈을
펼치는 데 아무런 도움도 되지 못한다.

미국에서 살았던 유데이는 더 이상 자카르타의 빈민가를
견딜 수 없어 발리로 왔다. 이곳에서 살고 싶지만 그는 발리
사회에 수용되지 못해 어려움을 겪고 있었다. 발리 출신이 아
니라 자바 출신이기 때문이다. 발리인들은 자바인들을 몹시
싫어하며 그들을 모두 도둑이나 거지라고 생각한다. 덕분에
유데이는 이곳, 자기 모국인 인도네시아에서 뉴욕보다 더 큰
편견에 부딪쳤다. 앞으로 어떻게 해야 할지 그도 몰랐다. 어쩌
면 그의 아내 앤이 여기 와서 함께 살지도 모른다. 하지만 다
시 생각해 보면 역시 아니다. 그녀가 여기서 뭘 하겠는가? 오
로지 이메일을 통해서만 이어지는 이 어린 부부의 결혼 생활
은 이제 흔들리고 있었다. 유데이는 이곳에서 심한 소외감을
느꼈고 방향을 잃었다. 그는 자신이 미국인이라고 생각했다.
유데이와 나는 같은 속어를 썼고, 뉴욕의 좋아하는 레스토랑

들에 대해 이야기하고, 같은 영화를 좋아했다. 저녁이면 그가 우리 집에 놀러 온다. 내가 맥주를 내오면 그는 기타로 아름다운 연주를 들려준다. 그가 유명해지면 좋겠다. 세상이 조금이라도 공평하다면 지금쯤 유명해졌어야 한다. 유데이가 내게 묻는다.

"형씨, 세상은 왜 이리 요지경이지?"

84

"끄뜻, 세상은 왜 이리 요지경이죠?" 다음 날, 나는 주술사에게 물었다.

"Bhuta ia, dewa ia."

"그게 무슨 뜻이에요?"

"사람은 악마다, 사람은 신이다. 둘 다 진실이라네."

이는 내게 익숙한 개념이다. 매우 인도적이며 매우 요가적이다. 우리 구루가 여러 번 설명했듯이 이는 인간이 축소와 확장의 잠재력을 똑같이 가지고 태어난다는 개념이다. 모든 인간에게는 빛과 어둠의 요소가 공존하고 어떤 것을 발현할지, 선인지 악인지 결정하는 건 개인(혹은 가족, 혹은 사회)에게 달렸다. 이 세상이 미쳐 돌아가는 것은 인간들이 자기 내면에서 선한 균형을 이루는 데 애를 먹고 있기 때문이다. 그로 인한 결과가 곧 광기다.(집단적 차원에서든 개인적 차원이든.)

"그럼 이 세상의 광기를 어떻게 해야 하나요?"

"그냥 내버려 둬." 끄뜻은 킬킬 웃었지만 친절함이 밴 웃음이었다. "그게 세상 이치고, 숙명이야. 자기 광기만 걱정하면 돼. 자기 자신이나 평화롭게 하라고."

"그럼 어떻게 해야 내면의 평화를 찾을 수 있죠?"

"명상. 명상의 목적은 오직 행복과 평화야. 아주 쉽지. 오늘은 새로운 명상법을 가르쳐 주지. 자네에게 도움이 될 거야. 이름하여 네 형제 명상법이라네."

끄뜻은 그 명상법을 설명해 주었다. 발리인들은 우리가 눈에 보이지 않는 네 명의 형제를 데리고 세상에 태어난다고 믿는다. 그들은 우리와 함께 세상에 와서 평생 우리를 보호해 준다. 아기가 자궁 속에 있을 때조차도 그들은 아기와 함께하는데 각각 태반, 양수, 탯줄, 태어나지 않은 아기의 피부를 보호해 주는 끈적한 노란색 물질로 상징된다. 아기가 태어나면 부모는 출산할 때 나오는 물질을 가능한 한 많이 모아 코코넛 껍질 안에 넣은 다음, 집 현관 옆에 묻는다. 발리인들은 이 코코넛이 묻힌 장소가 네 형제들의 신성한 쉼터며 이곳을 제단처럼 영원히 돌봐야 한다고 믿는다.

아기는 의식이 생기는 순간부터 자신이 어디를 가든 이 네 형제가 따라다니며 언제나 보호해 준다는 가르침을 받는다. 네 형제는 한 개인이 안전하고 행복한 삶을 영위하는 데 필요한 네 가지 미덕을 상징한다. 지성, 우정, 힘, (내가 가장 좋아하는) 시. 어떤 위기가 닥치든 이 형제들을 불러 구조와 도움을 청할 수 있다. 우리가 죽으면 이 네 형제들이 우리의 영혼을 거두어 천국으로 데려간다.

"서양인에게는 이 네 형제 명상법을 한 번도 가르쳐 본 적이 없지만 자네는 배울 준비가 된 것 같아. 먼저 보이지 않는 그들의 이름을 가르쳐 주지. 안고 파티, 마라지오 마티, 바누스 파티, 바누스 파티 라지오. 이 이름을 잘 외워 두었다가 살면서 그들의 도움이 필요할 때 언제든 요청하게 그들과 말할 땐 신에게 기도하는 것처럼 격식을 차릴 필요가 없어. 얼마든지 친근하게 이야기할 수 있네. 가족 같은 존재니까! 아침에 세수할 때 그들의 이름을 부르면 그들도 자네와 함께 세수할 거야. 먹기 전에 항상 그들을 부르면 그들도 그 음식을 맛볼 수 있어. 자기 전에도 그들을 불러서 이제 자러 갈 거니까 밤새 자지 말고 지켜 달라고 말해. 그러면 그들이 밤새 방패막이가 되어 악마와 악몽으로부터 지켜 줄 걸세."

"잘됐네요. 전 가끔씩 악몽을 꾸거든요."

"무슨 악몽?"

"어렸을 때 이후로 똑같은 악몽을 계속 꿔요. 한 남자가 칼을 들고 제 침대 옆에 서 있는 꿈이요. 꿈이 너무 생생하고 그 남자도 꼭 실제 인물 같아서 가끔은 비명을 지르며 깨어나죠. 그럴 때마다 심장이 두근거려요. 게다가 저랑 한 침대에서 자는 사람에게도 못 할 짓이고요. 제가 기억하는 한 3~4주마다 꼭 이 악몽을 꾸는 것 같아요."

"그건 자네의 오해야. 칼을 들고 침대 옆에 서 있는 남자는 적이 아닐세. 네 형제 중에서 힘을 대표하는 형제지. 자네를 공격하려고 거기 있는 게 아니라 잠든 자네를 지켜 주려는 거야. 잠이 깬 이유는 아마도 그 형제가 자네를 해치려는 악마와 싸우는 기적을 감지했기 때문일 걸세. 그리고 그가 들고 있던 건 칼이 아니야. 크리스(kris)라는 작고 막강한 단검이지. 겁먹을 거 없네. 자네를 지켜 주는 사람이 있다는 사실을 알고 다시 자면 돼. 그를 볼 수 있다니 자넨 행운아야. 나도 명상 중에 가끔 그들을 보긴 하지만 보통 사람은 그들을 볼 수 없어. 자네에겐 영적으로 큰 힘이 있는 것 같군. 언젠가 자네도 주술사가 되면 좋겠어."

"좋아요. 절 주인공으로 한 드라마가 만들어진다면요." 내가 웃으며 대답했다.

그는 당연히 이 농담을 이해하지 못했지만 나와 함께 웃었다. 그저 사람들이 농담을 한다는 사실이 좋아서.

"이 네 형제를 부를 때마다 그들에게 자네가 누군지 말해야 하네. 그래야 그들이 자네를 알아보니까. 그들이 자네에게 붙인 은밀한 별명을 이용해야 해. '나는 라고 프라노다.'라고 말하게."

라고 프라노는 '행복한 몸'이라는 뜻이다.

나는 자전거를 타고 다시 집으로 돌아갔다. 오후 햇살 속에서 행복한 몸을 언덕 위로 이끌며 집으로 향했다. 숲을 지나는 길에 커다란 수컷 원숭이가 나무에서 떨어져 내 앞으로 다가오더니 나를 향해 송곳니를 드러냈다. 난 꿈쩍도 하지 않았다. "저리 비키시지, 얼간아. 내겐 날 지켜 주는 네 형제가 있다고." 난 그렇게 말하며 자전거 페달을 계속 밟아 원숭이 옆으로 지나갔다.

85

하지만 이튿날 (날 보호해 주는 형제들이 있는데도 불구하고) 버스에 치이고 말았다. 소형 버스이긴 하지만 갓길 없는 길을 달리던 나는 자전거에서 튕겨 나와 시멘트로 만든 용수로에 처박혔다. 오토바이를 타고 가다 이 사고를 목격한 대략 서른 명의 발리인들이 나를 돕기 위해 가던 길을 멈췄다.(버스는 가 버린 지 오래다.) 다들 자기 집에 가서 차를 마시자고 초대하거나 병원에 데려다주겠다며 진심으로 안타까워했다. 당시 상황을 고려해 볼 때 다행히 큰 사고는 아니었고, 자전거도 무사했다. 다만 바구니가 휘어지고 헬멧에 금이 갔다.(내 머리에 금이 간 것보다는 그편이 낫다.) 가장 큰 피해라고 해 봐야 무릎에 깊은 상처가 생기고 그 안에 자잘한 자갈과 흙이 잔뜩 들어간 정도였다. 며칠이 지나자 열대 지방의 습기 때문에 상처가 고약하게 곪아 버렸다.

끄뜻을 걱정시키고 싶진 않았지만 난 마침내 바지를 걷고 노란 반창고를 떼어 내 늙은 주술사에게 상처를 보여 주었다. 그는 걱정스러운 표정으로 상처를 신중히 바라보았다.

"곪았어. 아프겠군." 그가 진단을 내렸다.

"네, 아파요."

"의사에게 가 보는 게 좋겠어." 이런 놀라울 수가. 본인도 의사가 아니던가. 그러나 무슨 이유에서인지 그는 날 치료해 주지 않았고, 나도 강요하지 않았다. 어쩌면 서양인은 치료하지 않는지도 모른다. 아니면 더 큰 뜻이 있거나. 왜냐하면 무릎을 다친 탓에 결국 와얀을 만나게 됐기 때문이다. 그리고 그로 인해 예정되었던 많은 일들…… 결국 모두 일어났다.

86

와얀 누리야시는 끄뜻 리에르처럼 발리인 치료사다. 하지만 둘 사이에는 차이점이 있었다. 끄뜻은 나이가 많은 할아버지고, 와얀은 30대 여자다. 끄뜻이 성직자에 더 가깝고 어딘가 신비스러운 존재라면, 와얀은 실질적인 치료를 하는 의사로 자기 가게에서 파는 허브와 약품을 섞어 곧바로 치료해 준다.

와얀은 우붓 한가운데 '전통 발리 치료 센터'라는 조그만 가게를 차렸다. 나는 끄뜻의 집으로 가는 길에 자전거로 여러 번 그 앞을 지나치며 가게를 눈여겨봤다. 가게 앞에 내놓은 여러 개의 화분과 분필로 '멀티 비타민 런치 스페셜'이라고 적어 놓은 광고용 칠판이 호기심을 자아냈기 때문이다. 하지만 무릎을 다치기 전에는 한 번도 들어가 본 적이 없었다. 끄뜻에게서 의사에게 가 보라는 말을 듣고 이 가게가 생각났다. 그래서 누군가 이 곪은 상처를 치료해 주길 바라며 가게 안으로 들어섰다.

와얀의 가게는 손바닥만 한 진료실인 동시에 집이자 식당이었다. 아래층에는 조그만 부엌과 작은 식탁 세 개, 의자 몇 개가 있는 수수한 식당이 있었다. 위층은 남에게 방해받지 않고 마사지와 치료를 받을 수 있는 공간이었다. 뒤쪽에는 컴컴한 침실 하나가 있었다.

나는 쓰린 무릎 때문에 절름거리며 안으로 들어가 치료사 와얀에게 날 소개했다. 그녀는 놀랄 만큼 매력적인 발리 여성으로 윤기가 흐르는 검은 머리카락은 허리까지 내려왔고, 얼굴에는 환한 미소를 띠고 있었다. 뒤쪽 부엌에는 수줍어하는 소녀 두 명이 숨어 있었다. 내가 손을 흔들자 아이들은 미소를 짓더니 부엌 안으로 홱 들어가 버렸다. 나는 와얀에게 곪은 상처를 보여 주고 치료가 가능한지 물었다. 그녀는 곧바로 허브를 넣고 물을 끓여 내게 마시게 했다. 인도네시아에서 민간요법으로 쓰이는 전통차인데 자무라고 했다. 그녀가 내 무릎에 뜨거운 녹색 잎을 올려 두자 통증이 한결 완화되었다.

우리는 이야기를 나눴다. 그녀는 영어에 매우 능통했다. 그녀 역시 발리인답게 기본적인 세 가지 질문을 던졌다. 어디 가는 길이에요? 어디에 다녀왔나요? 결혼했나요?

내가 결혼하지 않았다고("아직이요!") 대답하자, 그녀가 깜짝 놀랐다.

"결혼한 적이 없다고요?"

"네." 난 거짓말을 했다. 거짓말을 하기는 싫었지만 발리인들에게는 이혼 이야기를 안 하는 편이 더 낫다. 이혼은 발리인들의 심사를 불편하게 하기 때문이다.

"정말 한 번도 안 했어요?" 그녀가 호기심이 가득 찬 눈초리로 날 바라보면서 다시 물었다.

"사실이에요. 결혼한 적 없어요." 난 또 거짓말을 했다.

"정말이에요?" 어째 점점 이상해지는데.

"정말이라니까요!"

"단 한 번도?" 좋다, 이 여자는 내 마음속을 꿰뚫어 보나보다.

"음, 한 번 하기는 했는데……." 마침내 내가 자백했다.

그녀의 표정이 내 그럴 줄 알았지, 라고 말하듯 환해졌다. "이혼했어요?" 그녀가 물었다.

"네, 이혼했어요." 이제 부끄러워졌다.

"그런 거 같았어요."

"여기서는 이혼이 흔치 않죠?"

"하지만 나도 했는걸요. 나도 이혼했어요." 놀랍게도 와얀은 그렇게 말했다.

"당신이요?"

"할 수 있는 건 다 해 봤어요. 이혼하지 않으려고 별짓을 다 했죠. 매일 기도도 하고. 하지만 그이에게서 벗어나야만 했어요."

그녀는 눈물을 글썽였고, 나는 어느새 발리에서 처음 만난 이혼녀 와얀의 손을 잡으며 이렇게 말했다. "당신은 분명 최선을 다했을 거예요. 백방으로 노력했겠죠."

"이혼은 너무 슬퍼요." 와얀이 말했다.

나도 동의한다.

그 후로 다섯 시간 동안 와얀의 가게에 머무르며 새로 사귄 내 단짝 친구와 그녀의 고민에 대해 이야기했다. 내가 그녀의 이야기를 듣는 동안 그녀는 내 무릎을 치료해 주었다.

"남편은 술과 도박을 끼고 살았죠. 그러다 돈을 몽땅 잃으면 다시 내게 와서 돈을 달라고 했어요. 술 마시고, 도박할 돈이요. 돈을 주지 않으면 날 두들겨 팼죠."

그녀는 머리카락을 갈라 두피에 생긴 흉터를 보여 주었다.

"남편이 오토바이 헬멧으로 때려서 생긴 거예요. 술을 마실 때마다 헬멧으로 날 때렸죠. 내가 돈을 벌지 않을 때도요. 난 너무 많이 맞아서 의식을 잃었고 어지러웠고 앞이 보이질 않았어요. 내가 치료사여서, 우리 집안이 대대로 치료사여서 다행이었죠. 그이에게 맞은 뒤에 어떻게 치료해야 할지 알고 있었으니까요. 만약 내가 치료사가 아니었다면 청력을 잃어서 아무 소리도 못 들었을 거예요. 아니면 시력을 잃어서 아무것도 못 보거나. 내가 남편을 떠난 건 너무 많이 맞아서 배 속의 아이를 잃은 후였어요. 두 번째 아이였죠. 그 사건이 있은 뒤에 첫째 딸이 그러더군요. '엄마, 이제 그만 이혼하세요. 엄마가 병원에 갈 때마다 투티가 해야 할 일이 너무 많다고요.'" 투티라는 별명의 똑똑한 첫째 딸은 당시 네 살이었다고 한다.

발리에서는 이혼을 하면 서양인으로서는 상상할 수 없을 정도로 모든 면에서 외롭고 보호받지 못한다. 일족이라는 벽 안에 둘러싸인 발리의 가족 단위는 이곳 생활의 전부라 할 수 있다. 4대에 걸친 형제, 자매, 사촌, 부모, 조부모와 자손들이 가족 사원을 중심으로 펼쳐진 여러 채의 작은 방갈로에서 함께 모여 살며 태어나서 죽을 때까지 서로를 돌본다. 이런 형태의 복합 가족은 힘, 재정적 안정, 건강 관리, 육아, 교육 그리고 발리에서 가장 중요한 덕목인 영적 유대감의 근원이다.

발리에서 이런 복합 가족은 너무도 중요해서 이를 하나의 살아 있는 개인으로 취급할 정도다. 전통적으로 발리 마을의 인구 조사는 각 개인이 아닌 복합 가족의 숫자를 센다. 한 일족은 자급자족할 수 있는 우주나 다름없다. 따라서 그 울타리를 떠나서는 안 된다. (물론 여자는 딱 한 번 이동할 수 있다. 아버지의 가족에서 남편의 가족으로.) 제대로 돌아가기만 한다면 — 이 건강한 사회에서는 거의 언제나 제대로 돌아가지만 — 이 시스템은 세상에서 가장 온전하고 보호받으며 차분하고 행복하고 균형 잡힌 인간을 길러 낼 수 있다. 하지만 내 친구 와얀처럼 제대로 돌아가지 않는 경우에는 어떻게 될까? 추방자는 공기가 없는 궤도 속에 버려지게 된다. 와얀은 자신을 계속 때려 병원에 입원시키는 남편과 함께 복합 가족이라는 안전망 속에 남든가, 자신의 삶을 구제하기 위해 떠나든가 둘 중 하나를 선택해야 했다. 그녀는 후자를 택했고 모든 것을 잃었다.

사실 모두 잃지는 않았다. 치료에 관한 해박한 지식, 선행, 직업 윤리, 딸 투티는 그녀와 함께 남았다. 특히 딸 투티를 데려오기 위해 전쟁을 치러야 했다. 발리는 철저한 가부장 사회이기 때문에 어쩌다 이혼할 경우에는 자동적으로 아빠가 아이를 데려간다. 투티를 되찾기 위해 와얀은 변호사를 고용해야 했고, 자신이 가진 것을 몽땅 팔아 비용을 댔다. 말 그대로 몽땅. 가구와 보석뿐 아니라 포크, 스푼, 양말, 신발, 쓰던 행주, 반쯤 타다 만 촛불까지 모두. 결국 2년간의 전쟁 끝에 딸을 되찾았다. 투티가 여자아이라서 다행이었다. 남자아이였다면 와얀은 다시는 그 애를 보지 못했을 것이다. 이곳에서는 사내아이가 훨씬 더 귀중하다.

최근 몇 년간 와얀과 투티는 자립적으로 생활해 왔다. 발리라는 벌집 속에서 단둘이서만! 몇 달에 한 번씩 이사를 다니며 돈을 벌었고, 다음엔 어디로 갈지 걱정하며 밤잠을 설쳤다. 그녀가 이사할 때마다 환자들(대부분이 발리인들로 다들 힘든 생활을 하는 사람들)은 다시 그녀를 찾아내느라 애를 먹었기 때문에 쉽지 않은 일이었다. 또 다른 문제는 이사할 때마다 투티가 전학해야 한다는 것이다. 투티는 반에서 늘 일등이었는데 지난번 이사 후로 50명 중에서 20등까지 떨어졌다고 한다.

와얀이 한창 이런 이야기를 들려주던 중에 마침 투티가 학교 수업을 마치고 가게 안으로 돌격해 들어왔다. 이제 여덟 살인 투티는 카리스마 넘치고 톡톡 튀는 아이였다. 땋아 내린 머리에 깡마르고 활기찬 이 폭죽 같은 소녀는 내게 또렷한 영어로 점심을 먹고 가겠느냐고 물었다. 그러자 와얀이 "내 정신 좀 봐! 식사를 대접했어야 하는데!"라고 말했고, 모녀는 서둘러 부엌으로 들어갔다. 그리고 부엌에 숨어 있던 수줍은 두 소녀의 도움을 받아 내가 지금까지 발리에서 먹어 본 음식 중에서 가장 맛있는 음식을 만들어 냈다.

어린 투티는 음식을 내올 때마다 환하게 웃으며 밝은 목소리로 설명했다. 어찌나 활기찬지 지휘봉이라도 들려 줬어야 했다.

"신장을 깨끗하게 해 줄 강황 주스예요!"

"칼슘 섭취를 위한 미역!"

"비타민 D 섭취를 위한 토마토 샐러드!"

"말라리아를 방지해 주는 각종 허브!"

마침내 내가 물었다. "어디서 배웠길래 그렇게 영어를 잘하니, 투티?"

"책에서요!"

"정말 똑똑하구나."

"고맙습니다! 아줌마도 정말 똑똑해요!" 소녀는 그렇게 말하며 즉흥적으로 행복에 겨운 춤을 추었다.

참, 발리 아이들은 보통 저렇지 않다. 대체로 다들 조용하고 예의 바르며 엄마 치맛자락에 숨기 일쑤다. 하지만 투티는 다르다. 이 아이는 끼가 넘치는 무대 체질이었다.

"내 책 보여 줄게요!" 투티가 그렇게 말하며 책을 가져오려고 계단을 쏜살같이 올라갔다.

"저 애는 동물 의사가 되고 싶어 해요. 그걸 영어로 뭐라고 하죠?"

"수의사?"

"네, 수의사. 동물에 대해 어찌나 많이 묻는지 가끔은 뭐라고 대답해 줘야 할지 모르겠어요. 한번은 이러는 거예요. '엄마, 만약 누가 아픈 호랑이를 데려오면 어떻게 해? 호랑이가 날 물지 못하게 일단 이빨에 붕대를 감아야겠지? 만약 뱀이 아파서 약을 먹어야 하면 어디에 넣어 줘야 해요?' 어떻게 그런 생각을 하게 됐는지 모르겠어요. 대학에 진학할 수 있으면 좋으련만."

투티는 책을 한 아름 안고 쏜살같이 계단을 내려와 잽싸게 엄마 무릎에 앉았다. 와얀은 웃으며 딸에게 키스했고, 돌연 그녀의 얼굴에서는 이혼으로 인한 슬픔이 모두 사라졌다. 나는 모녀를 바라보며 모든 엄마의 버팀목이었다가 장차 강한 여성으로 자라는 세상의 어린 딸들을 생각했다. 그날 오후 난 투티에게 홀딱 반해 신에게 즉흥적으로 기도를 올렸다. '투티 누리야쉬가 언젠가 백호 천 마리의 이빨에 붕대를 감게 해 주세요!'

난 투티의 엄마도 좋았다. 하지만 벌써 이곳에 다섯 시간이나 있었으므로 이제는 그만 가야 했다. 몇몇 관광객이 가게로 들어와 점심을 먹고 싶어 했다. 그중 호주에서 왔다는 중년 여자는 와얀에게 자신의 '징글징글한 변비'를 고쳐 줄 수 있느냐고 큰 소리로 물었다. '더 큰 소리로 말하세요. 거기에 맞춰 우리 모두가 춤을 출 수 있게.' 나는 속으로 생각했다.

"내일 다시 와서 멀티 비타민 점심 스페셜을 먹을게요." 나는 와얀에게 약속했다.

"당신 무릎은 한결 좋아졌어요. 금방 나을 거예요. 더는 곪지도 않을 테고요."

와얀은 내 다리에 남아 있던 마지막 고약을 닦아 낸 뒤, 잠시 무릎 주위를 가볍게 흔들며 만져 보았다. 그러더니 눈을 감고 다른 쪽 무릎도 만져 보았다. 와얀은 피식 웃으며 눈을 떴다.

"무릎을 보건대 최근에 별로 섹스를 하지 않았네요."

"왜요? 너무 붙어 있어서?"

와얀이 웃었다. "아뇨, 연골을 만져 봤는데 아주 건조해요. 섹스할 때 나오는 호르몬은 관절을 부드럽게 해 주거든요. 안한 지 얼마나 됐죠?"

"1년 반 정도요."

"당신에겐 좋은 남자가 필요해요. 내가 당신을 위해 찾아 줄게요. 사원에 가서 당신에게 좋은 남자를 내려 달라고 기도하죠. 이제 당신은 내 누이니까. 그리고 내일은 당신 신장도 깨끗하게 해 줄게요."

"좋은 남자에다 깨끗한 신장까지? 마다할 리가 없죠."

"지금까지 이혼 이야기를 다른 사람에게 말한 적이 없어요. 하지만 내 인생은 너무 무겁고 너무 슬프고 너무 힘들어요. 사는 게 왜 이리 힘든지 모르겠어요."

순간 나는 아주 이상한 행동을 했다. 양손으로 와얀의 손을 잡고 가장 확신에 찬 어조로 이렇게 말한 것이다. "당신 인생에서 가장 힘든 부분은 이미 지나갔어요, 와얀."

정확한 정체를 알 수도, 표출할 수도 없는 강력한 직관 혹은 충동이 온몸을 가득 채워 나는 왠지 모르게 부르르 떨며 가게에서 나왔다.

87

이제 내 일과는 세 부분으로 나뉜다. 아침에는 와얀의 가게에 가서 웃고 떠들고 먹는다. 오후에는 주술사 끄뜻과 함께 이야기하고 커피를 마신다. 저녁에는 내 아름다운 정원에서 혼자 책을 읽거나 가끔은 기타를 들고 우리 집에 찾아오는 유데이와 이야기한다. 매일 아침 논 위로 해가 뜨는 동안 명상을 하고, 자기 전에는 네 형제를 불러 내가 잠든 동안 날 지켜 달라고 부탁한다.

발리에 온 지 겨우 몇 주밖에 안 됐는데 벌써 목표를 달성한 기분이었다. 인도네시아에서의 목표는 균형을 찾는 것이었지만 더는 뭔가를 찾아야 한다는 기분이 들지 않았다. 그럭저럭 균형이 잡힌 것 같았기 때문이다. 내가 발리인이 되었다는 뜻이 아니라(내가 이탈리아인이나 인도인이 될 수 없었던 것처럼) 나만의 평화를 느낄 수 있었다. 그리고 편안한 영적 수행과 아름다운 경치를 감상하는 즐거움, 사랑하는 친구들과 맛있는 음식 사이를 오가는 내 일상이 좋았다. 요즘에는 기도를 많이 한다. 이제는 기도를 하는 일이 편안하고 자연스럽다. 주로 끄뜻의 집을 나와 늦은 오후의 어스름 속에서 자전거를 타고 원숭이 숲과 계단식 논을 지나 집으로 향할 때 기도하고픈 마음이 든다. 물론 버스에 치이거나 원숭이가 뛰어들거나 개에 물리는 일이 없도록 해 달라는 기도도 하지만 그건 어디까지나 부수적이다. 내 기도는 주로 충만한 만족감에 대한 순수한 감사의 표현일 때가 많다. 나 자신이나 세상이 이렇게 홀가분하게 느껴진 적은 처음이다.

나는 행복에 대한 구루의 가르침을 잊지 않으려고 노력한다. 그녀는 사람들이 일반적으로 행복을 일종의 행운, 좋은 날씨처럼 그냥 운이 좋은 사람에게 뚝 떨어지는 것쯤으로 생각하는 경향이 있다고 했다. 하지만 행복은 그런 식으로 다가오지 않는다. 행복은 개인이 노력한 결과다. 행복을 얻기 위해 싸우고 노력하고 주장하고 때로는 행복을 찾아 세상을 떠돌기도 해야 한다. 행복이 발현되는 과정에 무지막지하게 참여해야 한다. 그리고 일단 행복한 상태에 도달했으면, 그것을 유지하는 걸 게을리해서는 안 된다. 행복을 향해 영원히 헤엄치고, 그 상태를 유지하기 위해서는 지대한 노력이 필요하다. 그러지 않으면 내면의 만족감은 쉽게 빠져나갈 것이다. 고통에 처했을 때 기도하는 건 쉽다. 하지만 위기의 순간이 지난 후에도 계속 기도하는 건 봉인 작업과 같다. 우리의 영혼이 그 훌륭한 성취를 꼭 붙들고 있도록 도와주는 것이다.

자전거를 타고 발리의 노을 속을 마음껏 누비며 나는 이 가르침을 되새겼다. 그리고 신과 조화를 이룬 이 상태를 음미하며 맹세에 가까운 기도를 했다. '제가 붙들고 싶은 게 바로 이거예요. 제발 이 만족감을 잘 기억해서 계속 유지할 수 있도록 도와주세요.' 이 행복감을 국민연금공단만이 아닌 내 영혼의 네 형제들이 수호하는 은행 같은 곳에 잘 넣어 두고 싶었다. 미래의 시련을 대비한 일종의 보험으로서. 나는 이 수련을 '부지런한 기쁨'이라 부르게 되었다. 이 부지런한 기쁨에 집중하는 동시에 예전에 친구 다시가 했던 말도 잊지 않았다. 세상의 모든 슬픔과 고난은 불행한 사람들에 의해 생겨난다는 말. 히틀러나 스탈린 같은 세계적인 거물들만이 아니라 일개 소시민도 마찬가지다. 내 경우만 봐도 내 인생의 불행한 사건들이 주변 사람들에게 고통과 괴로움, 불편을 가져다주었다. 따라서 행복 추구는 단순히 자신을 방어하고, 나만 이롭고자 하는 행위가 아니라 세상에게 주는 자비로운 선물이기도 하다. 앞길을 가로막는 불행을 깨끗이 털어 내라. 자기 자신뿐 아니라 다른 사람에게도 걸림돌이 되지 말라. 그런 후에야 비로소 타인에게 봉사하고, 그들과 즐거운 시간을 보낼 수 있다.

지금으로선 끄뜻과 함께 있는 게 가장 즐겁다. 지금까지 내가 만난 사람들 중에서 진정으로 가장 행복한 사람인 끄뜻은 언제든 날 만나 줄 뿐 아니라 신과 인간의 본성에 대해 궁금한 것은 무엇이든 답해 준다. 나는 그가 가르쳐 준 명상법이 좋다. '간도 웃는다'는 우스울 정도로 간단한 명상과 영혼의 네 형제들의 존재를 확인하는 명상법. 일전에 끄뜻이 내게 이런 말을 했다.

"나는 여섯 가지 명상법과 각기 다른 목적을 위한 만트라를 많이 알고 있지. 평화나 행복을 가져다주는 것도 있고, 건강을 가져다주는 것도 있고, 신비하기 이를 데 없는 것들도 있다네. 나를 의식의 다른 차원으로 이동시켜 주지. 예를 들면 위로 갈 수 있는 명상법."

"위로요? 위에 뭐가 있는데요?"

"위로 일곱 단계를 올라가 천국으로 가는 거야."

"일곱 개의 신성한 차크라를 통해 삼매에 빠진다는 말씀이세요? 요가에서처럼?"

"차크라가 아니라 일곱 개의 장소야. 이 명상법은 나를 우주의 일곱 군데로 데려가지. 위로, 위로, 마지막엔 천국이고."

"천국에 가 본 적이 있어요, 끄뜻?"

그는 미소 지었다. "물론 가 봤지. 천국에 가는 건 쉬워."

"거긴 어때요?"

"아름다워. 모든 게 아름답지. 사람들도 다 아름답고, 음식도 다 아름다워. 모든 게 사랑이야. 천국은 사랑이야. 반대로 밑으로 내려가는 명상법도 있어. 이건 날 세상 밑의 일곱 곳으로 데려가. 좀 위험한 명상법이야. 초보자들은 하면 안 되고 고수들만 할 수 있지."

"첫 번째 명상법이 천국으로 가는 거라면 이건……."

"지옥으로 가는 거지." 그가 문장을 끝맺어 주었다.

흥미로웠다. 이것은 힌두교에서 논의되는 천국 및 지옥의 개념과 달랐다. 힌두교에서는 카르마의 관점에서 우주를 본다. 따라서 우주는 끝없는 순환의 과정이고, 인간은 생을 마칠 때 실제로 지옥이나 천국을 가는 게 아니라 다른 형태로 지구에 되돌아온다. 전생에 끝내지 못한 인간관계나 실수를 해결하기 위해서다. 마침내 모든 것을 완벽하게 끝내면 이 순환 과정을 마치고 허공 속에 녹아 버린다. 카르마의 개념은 천국과 지옥이 오로지 지상에만 존재함을 암시한다. 지상에서만 우리의 운명이나 성격에 따라 선행과 악행을 저지르며 천국과 지옥을 만들어 낼 수 있기 때문이다.

나는 카르마의 개념을 좋아한다. 말 그대로, 그러니까 내가 전생에 클레오파트라의 바텐더였다고 믿어서가 아니라 좀 더 상징적인 차원에서 좋아한다. 윤회의 개념까지 갈 필요도 없다. 이번 생만 봐도 우리는 같은 실수를 되풀이하고, 똑같은 중독과 강박 관념에 부딪히고, 똑같은 불행을 계속 만들어 재앙을 일으키는 경우가 다반사다. 그것이 카르마(혹은 서양 심리학)가 주는 최고의 교훈이다. 즉 지금 문제를 해결하지 않으면 다음에 모든 걸 망쳐서 다시 고통받게 된다. 그리고 그런 고통의 반복이 곧 지옥이다. 그 끝없는 반복에서 벗어나 새로운 깨달음의 단계로 가는 것, 그것이 곧 천국이다.

하지만 끄뜻은 천국과 지옥을 완전히 다른 식으로 말하고 있었다. 마치 실제로 방문한 적이 있는 진짜 장소인 것처럼. 적어도 내가 이해하기로는 그랬다.

그 점을 분명히 하기 위해서 나는 다시 물었다. "지옥에 가 본 적 있어요, 끄뜻?"

그가 미소 지었다. 당연히 가 봤을 것이다.

"지옥은 어떤 곳이에요?"

"천국과 똑같아."

어리둥절한 내 표정을 보고 끄뜻이 덧붙였다. "우주는 원처럼 순환해, 리스."

난 아직 그의 말을 이해할 수 없었다.

"위로 가나 아래로 가나 결국엔 모두 똑같아." 끄뜻이 말했다.

기독교의 신비로운 개념이 생각났다. '위에서와 같이 아래에서도.'

"그럼 천국과 지옥의 차이가 뭐죠?" 내가 물었다.

"가는 방법이 달라. 천국은 올라갈 때 일곱 개의 행복한 장소를 거치지. 지옥은 내려갈 때 일곱 개의 슬픈 장소를 지나야 해. 그러니까 올라가는 게 좋은 거야, 리스." 그가 껄껄 웃었다.

"그러니까 행복한 장소를 거쳐서 위로 올라가는 편이 낫다는 말씀이세요? 목적지인 천국이나 지옥은 어차피 똑같으니까요?"

"세임세임(same-same)이야. 결국엔 똑같아. 그러니까 가는 동안 행복한 게 낫지."

"그러니까 만약 천국이 사랑이라면 지옥도……."

"사랑이지."

나는 그 공식을 이해하려고 애쓰며 잠시 앉아 있었다.

끄뜻은 다시 웃으며 다정하게 내 무릎을 다독거렸다.

"젊은 사람들이 이해하기엔 늘 어렵지!"

88

오늘 아침에도 나는 와얀의 가게에서 빈둥거렸고, 그녀는 내 머리카락이 굵어지고 빨리 자라게 하는 법을 설명해 주었다. 윤기가 흐르고, 엉덩이까지 내려오는 탐스러운 머릿결을 가진 와얀은 가늘고 힘없고 푸석푸석한 머리카락을 가진 나를 불쌍하게 여겼다. 치료사로서 그녀는 당연히 내 머리숱을 풍성하게 하는 법을 알고 있었으나 실행하기가 쉽지 않았다. 먼저 바나나나무를 찾아내 내가 직접 잘라야 한다. 그런 다음 '나무줄기를 잘라 내고' 아직 뿌리가 땅속에 묻힌 밑동을 파내 '수영장처럼' 크고 깊은 그릇으로 만든다. 그러고는 빗물이나 이슬이 들어가지 않도록 나무판자로 덮어 둔다. 며칠 후에 가 보면 그 수영장에는 바나나 뿌리에서 나온 영양분이 풍부한 액체가 가득 차 있을 텐데, 나는 그것을 병에 담아 와얀에게 가져가야 한다. 그녀는 신전에 가서 그 바나나 뿌리즙에 축복을 내린 뒤, 매일 내 두피에 문질러 줄 것이다. 그러면 몇 달 뒤에는 와얀처럼 엉덩이까지 내려오는 탐스럽고 윤기 나는 머리칼을 갖게 된다.

"대머리도 이 방법을 쓰면 머리가 다시 자랄 거야." 와얀은 그렇게 말했다.

우리가 이야기를 나누는 동안 좀 전에 학교에서 돌아온 투티는 마룻바닥에 앉아 집을 그리고 있었다. 요즘 투티는 주로 집을 그렸다. 그 애는 가족 소유의 집을 갖고 싶어서 죽을 지경이었다. 뒤에는 언제나 무지개가 걸려 있고 미소 짓는 가족이 있다. 아빠가 있는 가족.

이게 우리가 하루 종일 와얀의 가게에서 하는 일이다. 우리는 앉아서 이야기하고, 투티는 그림을 그리고, 와얀과 나는 수다를 떨며 서로를 놀려 댄다. 와얀은 음담패설을 잘해서 언제나 섹스 이야기를 한다. 내가 남자 친구가 없다는 걸 알고, 가게 앞을 지나는 남자들에게 성기를 기부받는 걸 고려해 보라고 말한다. 또 매일 저녁에 사원에 가서 내게 좋은 남자, 좋은 연인이 나타나기를 기도한다고도 했다.

오늘 아침에도 그 이야기가 나오자 난 이렇게 말했다. "아냐, 와얀. 그럴 필요 없어. 난 상처를 너무 많이 받았는걸."

"난 상처받은 가슴을 치료하는 법을 알고 있어." 의사답게 권위 있는 태도로 와얀은 손가락을 하나씩 꼽아 가며 절대 실패하지 않는 실연 치료법을 나열해 갔다.

"비타민 E, 충분한 수면, 충분한 수분 섭취, 사랑했던 사람에게서 멀리 떨어진 곳으로 여행 가기, 명상하기, 그리고 가슴에게 이것이 운명임을 가르치기."

"비타민 E만 빼고는 다 했네."

"그럼 이제 치료된 거야. 그러니까 새로운 남자가 필요해. 내가 열심히 기도해서 만나게 해 줄게."

"난 새로운 남자를 만나게 해 달라고 기도하지 않아, 와얀. 요즘에는 오로지 내면의 평화를 달라고 기도해."

와얀은 어처구니없다는 듯이 눈을 굴렸다. 마치 '그러시겠지, 뭘 몰라도 한참 모르는 덩치 큰 백인 괴짜야.'라는 듯이. 그러고는 이렇게 말했다.

"그건 네가 기억력이 나빠서 그래. 넌 섹스가 얼마나 좋은지 다 잊어버린 거야. 나도 전에는 기억력이 나빴어. 결혼했을 때 말이야. 그래서 거리에서 잘생긴 남자들을 볼 때마다 집에 내 남편이 있다는 걸 잊곤 했지."

와얀은 신나게 웃어 대더니, 다시 진정하고 결론을 내렸다. "사람에게는 누구나 섹스가 필요해, 리즈."

그 순간 눈부시게 멋진 여자가 등대 불빛처럼 환한 미소를 내뿜으며 가게로 걸어 들어왔다. 투티는 폴짝 일어나 "아르메니아! 아르메니아! 아르메니아!"라고 외치며 그녀의 품에 안겼다. 알고 보니 그건 민족주의자들의 이상한 전투 구호가 아니라 그녀의 이름이었다. 내가 아르메니아에게 자기소개를 하자, 그녀는 자신이 브라질인이라고 했다. 너무도 역동적인 그녀는 전형적인 브라질인이었다. 눈에 띄는 미인에 옷차림은 우아하고, 카리스마 넘치고, 매력적이며 나이를 짐작할 수 없을 정도로 섹시했다.

　아르메니아 역시 와얀의 친구로 이 가게에 자주 들러 점심을 먹었고 다양한 의학적, 미적 전통 치료를 받았다. 그녀도 우리의 수다 모임에 합세해 한 시간가량 이야기를 나누었다. 발리에 일주일만 더 머무른 뒤, 자신이 경영하는 사업 때문에 아프리카로 가거나 태국으로 돌아가야 한다고 했다. 알고 보니 아르메니아는 화려한 것과 거리가 먼 삶을 살아왔다. 전에는 UN 난민고등판무관실에서 일했고, 1980년대에는 한창 전쟁 중인 엘살바도르와 니카라과 정글에 파견돼 아름다움과 매력, 기지를 이용해 장군과 반역자를 진정시키고 이성에 귀 기울이게 만들었다. (이거야말로 예쁜 힘이 아닌가!) 지금은 노비카라는 국제적 마케팅 회사를 경영하고 있다. 각 나라 고유의 예술가들을 찾아내 인터넷에서 그들의 작품을 팔아 후원해 주는 회사였다. 7, 8개 국어를 했고, 내가 로마를 떠난 이래로 본 신발 중에서 제일 예쁜 신발을 신고 있었다.

　와얀은 우리 두 사람을 바라보며 말했다. "리즈, 왜 넌 아르메니아처럼 섹시하게 보이려고 하지 않아? 넌 참 예쁜 여자야. 예쁜 얼굴, 멋진 몸매에 멋진 미소까지. 그런데도 맨날 똑같은 티셔츠에 똑같은 청바지만 입고 다니지. 섹시해지고 싶지 않아? 아르메니아처럼?"

　"와얀, 아르메니아는 브라질 사람이야. 나랑은 차원이 달라."

　"어떻게 다른데?"

　"아르메니아, 와얀에게 브라질 여자가 어떤 의미인지 제발 설명 좀 해 줘요." 내가 새로운 친구를 돌아보며 말했다.

아르메니아는 웃었지만 이 질문을 진지하게 생각하더니 이렇게 대답했다. "글쎄요, 난 중앙아메리카의 전쟁터나 난민 캠프 한복판에서도 멋지고 여성스럽게 차려입으려고 노력했어요. 최악의 비극과 위기 상황에 처했을 때라도 볼품없는 행색으로 다른 사람의 고단함을 가중할 필요는 없잖아요. 그게 내 철학이죠. 그래서 정글에 갈 때라도 언제나 화장을 하고 액세서리를 해요. 지나치게 화려한 거 말고 그냥 멋진 금팔찌와 귀고리, 살짝 바른 립스틱, 좋은 향수 정도? 내가 아직 스스로를 존중한다는 걸 보여 줄 정도면 충분해요."

그 말을 들으니 빅토리아 시대의 영국 귀부인들이 떠올랐다. 그들은 영국 거실에서 입기에 적합하지 않은 옷은 아프리카에서도 입을 이유가 없다고 생각했다. 나비 같은 여자였다, 아르메니아는. 그녀는 할 일이 있어서 와얀의 가게에 오래 머무를 수 없었다. 하지만 오늘 밤 열릴 파티에 날 초대하는 걸 잊지 않았다. 그녀는 우붓에 사는 다른 브라질인을 아는데, 그가 오늘 밤 페이조아다를 대접하는 특별 파티를 연다고 했다. 페이조아다는 돼지고기와 검은콩을 잔뜩 넣어 푹 끓인 브라질 전통 요리다.

"브라질 칵테일은 물론, 이곳 발리에 거주하는 외국인들이 잔뜩 올 거예요. 갈래요? 나중에는 다들 춤추러 갈 거예요. 당신이 파티를 좋아하는지 어떤지는 모르겠지만……."

칵테일? 춤? 돼지고기?

당연히 가야지.

89

마지막으로 드레스를 입었던 때가 언제인지 기억조차 안 난다. 어쨌거나 오늘 밤에는 배낭을 파헤쳐 맨 밑바닥에 있던 유일한 드레스, 어깨끈이 달린 드레스를 꺼내 입었다. 심지어 립스틱도 발랐다. 립스틱을 마지막으로 바른 때가 언제인지도 기억나지 않지만 인도에 가면서부터는 아예 꺼낸 적도 없다. 파티에 가는 길에 아르메니아의 집에 들렀다. 그녀는 자신이 가지고 있던 예쁜 액세서리로 날 꾸며 주고, 향긋한 향수도 뿌려 주고, 뒤뜰에 내 자전거도 두고 가게 해 주었다. 덕분에 제대로 된 다른 여자들처럼 나도 그녀의 멋진 차를 타고 파티장에 도착할 수 있었다.

발리에 거주하는 외국인들과 함께하는 저녁 식사는 무척 즐거웠고, 오랫동안 동면 상태에 있던 내 성격의 다른 면들이 깨어나는 기분이었다. 심지어 약간 취하기까지 했다. 아쉬람에서 기도하고 내 발리식 정원에서 차만 홀짝거리던 최근 몇 달간의 순수한 생활을 고려하면 놀라운 일이다. 게다가 남자들에게 끼를 부리기까지! 몇 년 만의 일인지 모르겠다. 최근에는 스님이나 주술사하고만 어울리느라 오랫동안 쓰지 않았던 성적 매력을 다시 꺼내 들었다. 비록 내가 정확히 누구에게 끼를 부리는지는 잘 모르겠지만. 그냥 여기저기서 마구잡이로 그랬다고 봐야 할 것이다. 옆자리에 앉은 호주 출신의 전직 기자에게 끌리는 걸까? ("여기 있는 사람들은 다들 취했어요. 이 기회에 서로에게 추천서를 써 줍시다." 그는 그런 농담을 했다.) 아니면 나와 좀 떨어진 자리에 앉아 있던 조용하고 지적인 독일인에게? (그는 내게 자신의 개인 서재에 있는 책을 빌려주겠다고 약속했다.) 아니면 우리 모두를 위해 이 엄청난 요리를 만들어 준 잘생긴 노년의 브라질 남자에게? (나는 그의 친절한 갈색 눈동자와 억양이 좋았다. 그리고 물론 그의 요리도. 내가 갑자기 그에게 뭔가 무례한 말을 했더니 그는 스스로를 비하하며 말했다. "난 브라질 남자로선 최악이야. 춤도 못 춰, 축구도 못해, 악기 하나도 연주할 줄 모르고." 왜 그랬는지 난 이렇게 대답했다. "그럴지도 모르죠. 하지만 카사노바 흉내는 아주 잘 내실 것 같은데요." 그러자 아주 오랫동안 시간이 멈춘 듯했고, 우리는 서로를 뚫어지게 바라보았다. 마치 '그것참 재미있는 얘기네.'라는 듯한 시선으로. 그 말에 담긴 대담함이 향기처럼 우리의 머리 위를 떠돌았다. 그는 부인하지 않았다. 나는 얼굴이 달아오르는 것을 느끼며 먼저 시선을 피했다.)

어쨌든 그가 만든 페이조아다는 너무 맛있었다. 퇴폐적이면서 매콤하고 진한 맛이었다. 발리 음식에서는 대체로 찾아보기 어려운 맛들이다. 돼지고기를 몇 접시째 가져다 먹으며 그만 인정하기로 했다. 난 절대 채식주의자가 될 수 없다는 사실을. 이렇게 맛있는 음식이 있는 한 불가능하다. 식사 후에는 다들 동네 나이트클럽에서 춤을 췄다. 사실 나이트클럽이라기보다 바닷가의 멋진 오두막에 가까웠다. 바다가 없는 것만 빼고. 훌륭한 레게 음악을 연주하는 악단이 있고, 실내는 온갖 연령대와 국적의 사람들로 홍청거렸다. 발리에 거주하는 외국인, 관광객, 동네 사람, 발리의 아름다운 소년, 소녀, 모두 남의 시선을 의식하지 않고 마음껏 춤췄다. 아르메니아는 내일까지 해야 할 일이 있다면서 함께 오지 않았지만 잘생긴 노년의 브라질 남자가 날 챙겨 주었다. 그는 아까 했던 말처럼 그렇게 춤을 못 추지 않았다. 아마 축구도 잘할 것이다. 그가 곁에 있는 게 좋았다. 날 위해 문도 열어 주고, 칭찬도 해 주고, 날 '달링'이라고 불러 주니까. 하지만 나 말고도 누구에게나 '달링'이라고 불렀다. 심지어는 털북숭이 남자 바텐더에게도. 그래도 그가 내게 신경 써 주니 기분이 좋았다…….

클럽에 온 지 너무 오랜만이었다. 이탈리아에서도 클럽에는 가지 않았고, 데이비드와 사귈 때도 외출을 많이 하지 않았다. 마지막으로 춤추러 갔던 때는 내가 아직 결혼했을 때…… 그러니까 결혼 생활이 행복했을 때였다. 세상에, 정말 까마득한 옛일이다. 댄스 플로어에서 최근 우붓의 명상 교실에서 알게 된 젊고 활기찬 이탈리아 소녀 스테파니아와 마주쳤다. 우리는 각각 금발과 흑발을 사방으로 흔들어 대며 함께 춤을 추고 즐겁게 빙글빙글 돌았다. 자정을 넘긴 어느 쯤엔가 밴드가 연주를 멈추자 사람들은 그냥 담소를 나눴다.

이안이라는 남자를 만난 것도 그때였다. 마음에 쏙 드는 남자였다. 처음 본 순간부터 호감이 생겼다. 굉장한 미남이어서 스팅에 랄프 파인즈의 동생을 섞어 놓은 것처럼 생겼다. 웨일스 출신으로 목소리가 좋았다. 자기 생각을 분명하게 표현하고 똑똑하고 제대로 된 질문을 할 줄 알고, 나와 비슷한 수준의 이탈리아어로 스테파니아와 이야기했다. 알고 보니 아까 레게 밴드의 드러머로 봉고를 연주했다고 했다. 그래서 나는 노 대신 봉고를 든 그에게 '봉고리에레[44]'라는 별명을 지어 주었다. 우리는 죽이 척척 맞아 웃고 떠들기 시작했다.

그러자 펠리페가 다가왔다. 아까 말한 브라질 남자의 이름이 펠리페였다. 그는 유럽인이 운영하는 펑키풍 레스토랑으로 우리 모두를 초대했다. 엄청나게 자유로운 분위기로 24시간 영업하고, 언제든 맥주와 허튼소리가 제공된다고 했다. 나는 이안의 표정을 살폈고(이 사람이 가려나?), 그가 간다고 하자 나도 가겠다고 했다. 그래서 다 함께 그 레스토랑으로 갔고 나는 이안 옆에 앉았다. 우리는 밤새 이야기와 농담을 주고받았고, 아, 난 이 남자가 너무나 맘에 들었다. 오랜만에 처음으로 마음이 설렜다. 이안은 나보다 두세 살 위고, 내 맘에 쏙 드는 이력서를 갖춘 데다(「심슨 가족」을 좋아하고, 세계 일주를 했고, 아쉬람에서도 수련한 적이 있고, 톨스토이를 언급했고, 직업도 있는 것 같고 등), 흥미진진하기 이를 데 없는 삶을 살아왔다. 아일랜드 북부에 주둔하는 영국 군대에서 폭탄 처리반 전문가로

---

44 곤돌라의 사공을 일컫는 곤돌리에레에 봉고를 합친 말.

사회생활을 시작한 후, 지구 곳곳의 지뢰밭을 찾아다니며 해체하는 일을 했다. 보스니아에 난민 캠프를 세우기도 했고, 이제는 발리에서 쉬면서 음악 작업을 하고 있었다. 이런 경력 전부가 너무 근사했다.

내가 새벽 3시 30분까지 깨어 있다는 사실, 그것도 명상을 하기 위해서가 아니라는 사실이 믿기지 않았다! 나는 밤을 꼬박 샌 채 드레스를 입고 매력적인 남자와 이야기를 하고 있었다. 이 얼마나 급격한 변화인가. 새벽이 끝나갈 무렵, 이안과 나는 우리가 다시 만나야 한다는 데 합의했다. 그는 내 전화번호를 물었고, 나는 전화는 없지만 이메일은 있다고 대답했다. 그러자 그가 "그렇군요. 하지만 이메일은 뭐랄까…… 좀…….." 이라며 말끝을 흐렸다. 그리하여 우리는 그냥 포옹만 나누고 헤어졌다. 그는 하늘을 가리키며 말했다. "저쪽에서 허락하면 또 만나게 되겠죠."

동이 트기 직전, 잘생긴 노년의 브라질 남자 펠리페가 날 집까지 태워다 주겠다고 했다. 구불구불한 비포장도로를 달리며 그가 말했다. "당신은 밤새 우붓의 최고 허풍쟁이와 이야기하더군."

가슴이 철렁했다.

"이안이 정말 허풍쟁이예요? 나중에 마음고생하기 싫으니까 사실대로 말해 줘요."

"이안?" 펠리페가 웃음을 터뜨렸다. "아니! 이안은 진지한 남자야. 좋은 사람이지. 난 나를 말한 거야. 내가 우붓 최고의 허풍쟁이거든."

한동안 침묵이 흘렀다.

"그냥 농담이었는데." 그가 덧붙였다.

다시 긴 침묵이 흐르다가 그가 입을 열었다. "이안을 좋아하는군, 그렇지?"

"잘 모르겠어요." 머릿속이 맑지가 않았다. 브라질 칵테일을 너무 많이 마신 모양이다. "매력적이고 지적인 사람이더군요. 난 누군가를 좋아한 지 너무 오래됐어요."

"이 발리에서 멋진 시간을 보내게 될 거야, 달링. 두고 보라고."

"하지만 앞으로 이런 파티에 몇 번이나 더 가게 될지 모르겠어요, 펠리페. 난 드레스가 하나뿐이거든요. 사람들은 내가 늘 똑같은 드레스만 입는 걸 눈치챌 거예요."

"당신은 젊고 아름다워, 달링. 드레스는 하나만 있으면 충분해."

90

내가 젊고 아름답다고?

난 내가 늙은 이혼녀인 줄 알았는데.

이 시간에 깨어 있는 게 적응되지 않은 탓인지 밤새 잠을 잘 수가 없었다. 머릿속에서는 아직도 댄스 음악이 쿵쾅거리고, 머리카락에서는 담배 냄새가 풍기고, 배 속은 알코올 때문에 심하게 요동쳤다. 잠깐 졸았다가 평소 습관대로 동틀 때 깨어났다. 하지만 오늘 아침에는 휴식을 취할 수도 없고, 마음이 평화롭지도 않고, 어떤 명상도 할 수 없었다. 왜 이리 심난하지? 난 즐거운 밤을 보냈다. 재미있는 사람들도 만나고, 드레스도 입고, 춤도 추고, 남자들에게 끼도 부리고…….

남자들.

그 단어를 떠올리자 마음이 더 어지러워졌고 가벼운 패닉으로까지 이어졌다. '이젠 연애를 어떻게 해야 할지 모르겠어.' 10대나 20대에는 남자들에게 대담하고 부끄러움 없이 끼를 부렸다. 한때는 남자를 만나고, 그를 유혹하고, 은근한 초대와 도발을 흘리고, 경계심을 젖혀 둔 채 그저 결과가 알아서 흘러가게 내버려 두는 일이 분명 재미있었다.

하지만 이젠 두렵고 모호할 뿐이었다. 나는 간밤에 있었던 일을 크게 부풀려서 내게 이메일 주소조차 가르쳐 주지 않은 웨일스 남자와 사귀는 상상을 했다. 그의 흡연 습관을 두고 말다툼을 벌이는 것을 포함해 벌써 우리의 미래가 훤히 보였다. 남자에게 다시 나를 맡겼다가는 내 여행, 글, 인생 등이 또 엉망이 될까 봐 두려웠다. 하지만 한편으로는 약간의 로맨스도 나쁘지 않다는 생각이 들었다. 오랫동안 무미건조한 금욕 생활을 해 왔으니 말이다. (예전에 텍사스 주에서 온 리처드가 내 연애 사업에 관해 충고한 적이 있다. "넌 그 가뭄을 끝내야 해. 어서 비를 내려 줄 사람을 찾으라고.") 멋진 몸매의 이안이 오토바이를 타고 쏜살같이 달려와 내 정원에서 나와 사랑을 나누는 상상을 했다. 그러면 얼마나 멋질까? 하지만 은근히 기분 좋은 이 상상은 왠지 끼익 소리를 내며 멈추더니, 다시는 실연의 아픔을 겪고 싶지 않다는 생각이 올라왔다. 그러자 어느 때보다도 강렬하게 데이비드가 그리워졌다. '데이비드에게 전화해서 다시 나와 사귈 마음이 있는지 알아볼까……?'(그러자 다시 리처드의 목소리가 또렷이 들렸다. "이야, 먹보야, 넌 정말 천재야. 간밤에 술만 마신 게 아니라 뇌 절제술까지 받았나 봐?") 데이비드를 떠올리면 으레 이혼할 때의 일이 생각나고 어느새 (예전과 똑같이) 전남편과 이혼에 대해 골똘히 생각하게 되었다.

'그 주제는 끝난 줄 알았는데, 먹보야.'

그러다 왠지 모르게 펠리페를 생각하기 시작했다. 잘생긴 노년의 브라질 남자. 좋은 남자였다. 펠리페. 그는 내가 젊고 아름다우며 발리에서 멋진 시간을 보내게 될 거라고 했다. 그 말이 맞겠지? 긴장을 풀고 그냥 즐겨야겠지? 하지만 오늘 아침에는 별로 즐겁지 않았다.

이젠 연애를 어떻게 해야 할지 모르겠다.

91

"사는 게 뭘까? 혹시 알고 있어? 난 모르겠어."

와얀의 말이다.

나는 여느 때처럼 그녀의 레스토랑에서 맛 좋고 영양이 풍부한 멀티 비타민 런치 스페셜을 먹고 있었다. 이 식사가 내 숙취와 불안을 달래 주기를 바라면서. 브라질 여인 아르메니아도 함께 있었다. 늘 그렇듯이 마치 스파에서 주말을 보낸 뒤, 미장원에 들렀다가 집으로 가는 사람 같은 차림새로. 어린 투티 역시 평소와 다름없이 마룻바닥에 앉아 집을 그리고 있다.

방금 전 와얀은 이 가게의 전세 계약을 8월 말 — 지금으로부터 딱 석 달 남았다. — 에 갱신해야 하며 임대료가 올랐다는 사실을 알게 되었다. 그녀로서는 비용을 감당할 수 없었으므로 아마도 다시 이사해야 하리라. 문제는 그녀의 통장에 달랑 50달러만 남아서 더는 갈 곳이 없다는 것이다. 게다가 이사하면 투티는 또 전학을 가야 한다. 그들에겐 집이 필요했다. 진짜 집. 발리인에게 이건 제대로 된 삶이 아니었다.

"왜 고통은 끝이 없을까?" 와얀이 물었다. 그녀는 울지 않았다. 그저 간단하면서도 답을 알 수 없는 지긋지긋한 질문을 던질 뿐이었다. "왜 모든 건 반복되어야 하지? 절대 끝나지도, 쉬지도 않고 말이야. 오늘 죽어라 일했어도 내일이면 또 죽어라 일해야 해. 오늘 먹었어도 내일이면 또 배가 고프지. 사랑을 찾았어도 그 사랑은 떠나 버려. 우린 시계도, 티셔츠도 없이 빈손으로 왔다가 빈손으로 가야 해. 시계도 티셔츠도 없이. 젊었다가도 나이를 먹고, 아무리 노력해도 늙는 걸 막을 순 없어."

"아르메니아는 아니야. 아르메니아는 분명 나이를 먹지 않아."내가 농담을 던졌다.

"아르메니아는 브라질 여자니까."이제는 와얀도 세상 이치를 파악하고 그렇게 말했다. 그 말에 우리 모두 웃었지만 씁쓸한 웃음이었다. 와얀의 현재 상황에서 우스운 점은 하나도 없기 때문이다. 현재 그녀는 홀로 조숙한 아이를 키웠고, 하루 벌어서 하루 먹고사는 가게를 운영하며 가난에 시달렸고, 사실상 집이 없는 노숙자 신세였다. 그녀는 어디로 가야 할까? 당연히 전남편의 가족과 함께 살 수는 없었다. 그렇다고 해서 친정으로 가자니 그들은 먼 시골에서 농사를 짓는 가난한 농부였다. 친정에서 함께 살면 환자들이 더는 그녀를 찾아갈 수 없으므로 치료사로서 와얀의 경력은 끝날 것이다. 게다가 투티가 제대로 교육을 받아 언젠가 수의과 대학에 가리라는 꿈도 접어야 한다.

시간이 지나면서 다른 문제점도 생겼다. 내가 여기 처음 온 날, 부엌에 숨어 있다가 내 눈에 띄었던 수줍은 두 소녀를 기억하는가? 알고 보니 그들은 와얀이 입양한 고아 자매였다. 둘 다 이름이 끄뚯(덕분에 이 책이 한층 더 복잡해졌다.)으로 우린 그 애들을 큰 끄뚯, 작은 끄뚯으로 불렀다. 몇 달 전 와얀은 굶주린 채 시장에서 구걸하는 끄뚯 자매를 보았다. 그들을 거기 두고 간 사람은 디킨슨 소설에 나올 법한 여자였는데 아마 친척일 것이다. 그녀는 앵벌이 조직을 관리하는 사람으로 발리 전역의 시장에 부모 없는 아이들을 풀어 동냥을 시켰다. 그러고는 밤이 되면 아이들을 밴에 싣고 데려가 동냥한 돈을 빼앗고 오두막에 재웠다. 와얀이 큰 끄뜻과 작은 끄뜻을 처음 봤을 때 그 애들은 며칠째 아무것도 먹지 못했으며 몸에 이와 기생충이 바글거렸다. 와얀은 작은 끄뜻이 열 살, 큰 끄뜻은 열세 살쯤 되었을 거라고 생각했지만 그들은 자신의 정확한 나이도, 심지어 성도 몰랐다. (작은 끄뜻은 자기 마을의 '큰 돼지'와 같은 해에 태어났다는 것만 알고 있었는데 당연히 그걸로는 연도를 추정할 수 없다.) 와얀은 아이들을 집으로 데려와 딸 투티를 보살피듯 정성껏 보살폈다. 그녀와 다른 세 명의 아이는 가게 뒤에 있는 침대에서 다 함께 잤다.

자신도 쫓겨난 채 혼자서 딸을 키우는 엄마가 어떻게 다른 두 고아까지 데려올 여유가 있었을까. 내가 아는 측은지심의 의미를 훨씬 뛰어넘는 행동이다.

나는 그들을 돕고 싶었다.

그랬다. 와얀을 처음 만난 후로 내가 절절하게 느꼈던 그 떨리는 감정은 바로 그것이었다. 자기 딸과 두 고아까지 거느린 채 혼자 사는 그녀를 돕고 싶었다. 그들의 삶을 더 나은 곳으로 발레파킹해 주고 싶었다. 단지 방법을 생각해 낼 수가 없었다. 하지만 오늘 와얀, 아르메니아와 점심을 먹으며 언제나처럼 서로 공감하기도 하고 놀리기도 하는 대화를 나누다가 난 투티를 보게 되었다. 그 애는 뭔가 이상한 행동을 하고 있었다. 조그맣고 예쁜 사각형 코발트빛 세라믹 타일을 손바닥에 올려놓고 찬트를 하듯이 노래하며 가게 주위를 걸어 다녔다. 나는 한동안 그 애를 지켜보았다. 투티는 타일을 하늘에

먹고 기도하고 사랑하라

던지기도 하고, 타일에 대고 속삭이기도 하고, 노래를 불러 주기도 하고, 조그만 장난감 자동차처럼 마루 위에서 쭉 밀기도 하면서 오랫동안 놀았다. 마침내 투티는 조용한 구석에 가서 타일을 깔고 앉더니 눈을 감고 노래를 부르며 보이지 않는 자기만의 신비한 공간 속으로 서서히 들어갔다.

"와얀, 지금 투티가 뭘 하는 거야?"

"아, 저거, 며칠 전에 길 아래쪽에서 한창 진행 중인 고급 호텔 공사 현장에 갔다가 투티가 저 타일을 집어 왔어. 그 후로 계속 '언젠가 우리에게 집이 생기면 바닥에 예쁜 푸른색 타일을 깔아요. 이런 타일로요.'라고 말하는 거야. 요즘 투티는 저 푸른색 사각형 타일 위에 몇 시간이고 앉아서 눈을 감은 채 진짜 자기 집에 앉아 있다고 상상하는 걸 좋아해."

내가 무슨 말을 할 수 있겠는가? 그 이야기를 들었을 때 난 조그만 푸른색 타일 위에서 깊은 명상에 빠진 소녀를 보며 생각했다. '그래, 바로 저거야.'

그러고는 이 견딜 수 없는 상황을 완전히 해결하기 위해 양해를 구한 뒤, 가게에서 나왔다.

92

일전에 와얀은 이런 말을 한 적이 있다.

"환자들을 치료할 때면 가끔씩 내가 신의 사랑을 전달하는 송수관이 된 것 같아. 심지어 다음에 뭘 해야 할지도 생각하지 않아. 생각은 멈추고, 직관이 솟아나고, 난 그냥 날 통해 신의 뜻이 흘러 나가도록 내버려 두면 돼. 마치 어디선가 바람이 불어와서 내 손을 조종하는 것만 같아."

아마도 그날 와얀의 가게에서 내 등을 떠민 것도, 남자를 다시 만날 준비가 안 되었다는 두려움을 밀어내고 우붓의 인터넷 카페로 날 안내한 것도 바로 그 바람이었을 것이다. 난 컴퓨터 앞에 앉아 전 세계에 있는 친구와 가족에게 보낼 기금 마련 이메일을 단숨에 써 내려갔다.

편지의 내용은 대충 이랬다. 7월에 곧 내 생일이 다가오고 난 곧 서른다섯이 된다. 현재로서 내가 세상에서 필요로 하거나 원하는 건 하나도 없고, 평생 지금처럼 행복했던 적은 없다. 하지만 만약 뉴욕에 있었더라면 쓸데없이 거창한 파티를 계획했을 테고, 여러분 모두를 초대했을 것이다. 그러면 여러분은 다들 선물이나 와인을 사 들고 왔을 테고, 그 축하 파티는 엄청난 과소비의 현장이 되었을 것이다. 그러므로 그보다 저렴하고 사랑스러운 방법으로 내 생일을 축하해 줄 방법이 있다. 와얀 누리야쉬라는 발리 여인이 인도네시아에서 아이들과 함께 살 수 있는 집을 마련하도록 돈을 기부해 주는 것이다.

나는 와얀과 투티, 두 고아 자매와 그들의 현재 상황을 설명했다. 그리고 총기부액이 얼마가 되든 그 금액에 해당하는 돈을 나 역시 기부하겠다고 약속했다. 물론 이 세상은 말할 수 없는 고통과 전쟁으로 가득 찼고, 누구나 조금씩은 곤경에 처해 있다는 걸 나도 알지만 그렇다고 마냥 손을 놓고 있을 수는 없다. 발리에서 만난 이들은 내 가족이 되었고, 어디에서 만났든 우리는 가족을 돌봐야 한다. 이 단체 메일을 마무리하며 9개월 전, 이 여행을 시작하기 전에 친구 수전이 했던 말이 생각났다. "네가 다시는 돌아오지 않을까 두려워, 리즈. 난 널 잘 알아. 넌 발리에서 누군가를 만나 사랑에 빠지고 결국 발리에서 집을 사게 될 거야."

노스트라다무스 뺨치는 애다, 수전은.

다음 날 아침, 이메일을 확인해 보니 이미 700불이 모여 있었다. 그다음 날은 기부금이 내가 감당할 수 있는 액수를 훌쩍 넘겨 버렸다.

그 한 주 동안에 일어난 드라마 같은 일을 낱낱이 기록하거나 매일 전 세계에서 날아든 "나도 동참할게!"라고 적힌 이메일을 열어 보는 기분이 어떤지 설명하지는 않겠다. 내가 아는 모두가 기부해 주었다. 개인적으로 파산했거나 빚을 진 사람들까지도 주저 없이. 초반에 받은 이메일 중에 내 미용사의 여자 친구의 친구에게서 온 메일도 있었는데 친구에게 내 메일을 전해 받았다며 15달러를 기부해 주었다. 잘난 척하기 좋아하는 친구 존은 늘 그렇듯이 내 편지가 너무 길고 감상적이라고 빈정거렸지만('이봐, 나중에 또 엎질러진 우유 때문에 울고 싶거든 그게 연유가 아닌지 확인하라고.') 어쨌거나 돈을 기부했다. 내 친구 애니의 새 남자 친구는(난 만난 적이 없는 월스트리트의 은행가) 최종적으로 모이는 금액이 얼마든 그 금액의 두

배를 내겠다고 제안했다. 내 메일은 세계 각국을 누비기 시작
했고, 이제는 생면부지의 사람들에게서도 기부금이 날아들었
다. 그야말로 지구촌의 숨 막힐 듯한 온정이었다. 이쯤해서 이
야기를 마무리하자. 내가 인터넷으로 호소한 지 일주일 만에
세계 각지의 친구들과 가족들, 친척들 그리고 많은 이방인의 도
움으로 와얀 누리야쉬는 자기 집을 살 수 있는 돈, 1만 8000달
러를 마련하게 되었다.

　이 기적을 가능하게 한 사람은 투티다. 그 애의 기도, 작은
푸른색 타일을 말랑말랑하게 만들어 팽창시킨 다음, 자신과
엄마, 고아 자매가 영원히 살 수 있는 집으로 쭉 자라게 — 마
치 잭의 콩나무처럼 — 한 그 애의 의지 덕분이다.

　마지막으로 한 가지 더. 이런 말을 하기는 부끄럽지만 '투
티(tutti)'라는 단어가 이탈리아어로 '모든 사람'을 의미한다는
사실을 알아차린 건 내가 아니라, 친구 밥이었다. 왜 진작 몰
랐을까? 로마에서 4개월이나 살았는데도 밥이 그걸 지적해 주
기 전까지는 그 연관성을 깨닫지 못했다. 지난주에 보낸 이메
일에서 밥은 새집 마련을 위해 돈을 기부하겠다는 말과 함께
이렇게 썼다. "그러니까 그게 마지막 교훈인 거지? 스스로를
돕고자 세상으로 나가면 결국엔…… 투티(모든 사람)를 돕게
된다는 거."

　　먹고 기도하고 사랑하라

난 돈이 모두 모일 때까지 와얀에게 알리고 싶지 않았다. 하지만 그렇게 큰 비밀을 지키기는 쉽지 않았다. 특히나 그녀가 끊임없이 미래를 걱정하는 것을 눈앞에서 보고 있을 때는. 그렇지만 돈이 공식적으로 모이기 전에 미리 말해서 와얀의 기대가 부푸는 것도 원치 않았다. 그래서 일주일 내내 그 얘기는 입에 올리지 않은 채 다른 일로 바쁘게 지냈다. 내게 드레스가 하나뿐이라는 사실에 전혀 신경 쓰지 않는 듯한 브라질 남자 펠리페와 거의 매일 저녁을 함께 먹으면서.

난 아무래도 그를 좋아하는 것 같다. 몇 번 저녁을 함께 먹은 뒤, 내가 그에게 호감이 있다는 걸 확실히 알았다. 그는 겉보기와 달랐다. 스스로 '허풍쟁이'라고 선언한 이 남자는 우붓의 마당발이며 언제나 파티의 중심이었다. 난 아르메니아에게 그에 대해 물었다. 아르메니아는 오랫동안 그와 친구로 지냈기 때문이다.

"그 펠리페라는 사람, 그 사람은 다른 사람보다 깊이가 있어요. 뭔가 달라요, 안 그래요?"

"오, 그럼요. 좋은 사람이에요. 하지만 힘든 이혼을 겪었죠. 그 일 때문에 발리에 온 것 같아요."

아하, 그건 내가 전혀 모르던 사실이었다.

하지만 그는 쉰둘이었다. 내가 정말로 쉰두 살 먹은 남자를 데이트 상대로 고려할 나이가 된 걸까? 그래도 그가 좋았다.

희끗한 은발에 피카소처럼 매력적인 대머리. 눈동자는 따뜻한 갈색. 다정한 얼굴에 기가 막힌 체취. 게다가 진정한 어른이었다. 성인 남자, 내가 별로 경험해 보지 못한 부류였다.

그는 올해로 5년째 발리에 살면서 발리의 은세공업자들과 함께 일했다. 그들이 브라질 보석으로 장신구를 만들면 그것을 미국에 수출했다. 복잡다단한 여러 이유로 결혼 생활이 악화되기 전까지 그가 거의 20년 동안 결혼 생활에 충실했다는 사실이 마음에 들었다. 호주 출신의 아내가 직장에 다니는 동안 그가 대신 집에 남아 아이들을 키웠다는 사실도 맘에 들었다. (훌륭한 페미니스트 남편인 그는 "난 역사의 옳은 편에 서고 싶었어."라고 말했다.) 그의 과하면서도 자연스러운 애정 표현 방식도 좋았다. (아들이 열네 살이 됐을 때 마침내 이렇게 말했다고 한다. "아빠, 이제 난 열네 살이에요. 그러니까 학교에 데려다줄 때 입에 뽀뽀하는 건 그만하세요.") 펠리페가 네 개, 어쩌면 그 이상의 언어를 능숙하게 구사한다는 사실도 좋았다. (그는 인도네시아어를 못한다고 계속 주장했지만, 난 그가 하루 종일 인도네시아어를 말하고 다니는 걸 들었다.) 평생 50개가 넘는 나라를 여행하고 다녔으며, 세상을 작고 요리하기 쉬운 만만한 상대로 보는 것도 좋았다. 그가 내 이야기를 듣는 방식도 좋았다. 상체를 내 쪽으로 기울인 채 내 말에 귀 기울였고 끼어드는 법이 없었다. 내 이야기가 중단될 때는 내가 그에게 지루하냐고 물을 때뿐이었다. 그 질문에 펠리페는 언제나 "당신을 위해서라면 내 시간을 다 내줄 수 있어, 사랑스럽고 귀여운 달링."이라고 대답했다. 나는 '사랑스럽고 귀여운 달링'이라고 불리는 게 좋았다. (비록 그는 웨이트리스들에게도 똑같이 말했지만.)

지난번에는 펠리페가 이런 말을 했다. "발리에 머무는 동안 남자를 사귀지그래, 리즈?" 자기를 빗대어 한 말은 아니었다. 비록 기꺼이 그 역할을 맡고 싶어 했으리라고는 생각하지만. "그 잘생긴 웨일스 남자 이안이라면 당신의 좋은 짝이 될 거야. 하지만 그 남자 말고도 후보자는 많아. 뉴욕에서 온 셰프도 있는데 덩치 크고 근육질에다 자신감이 넘치지. 당신도 좋아할 거야. 정말이지 여긴 온갖 남자들이 다 있어. 다들 세상을 떠돌다 우붓으로 흘러들어 온 사람들이야. 세계 각지에서 몰려든 집 없고, 재산 없는 사람들이 늘 변화하는 이 공동체에 숨어 살지. 우리 사랑스러운 달링이 올여름을 여기서 보내는 걸 알면 다들 기뻐할걸."

"난 아직 마음의 준비가 안 된 것 같아요. 그 힘든 연애의 과정을 다시 겪고 싶지 않아요. 매일 다리를 면도하기도 싫고, 새로운 연인에게 내 몸을 보여 주기도 싫어요. 내 인생사를 처음부터 들려주거나 피임 걱정을 하는 것도 싫고요. 어차피 이젠 연애를 어떻게 하는지도 잘 모르는걸요. 지금보다 오히려 열여섯 살 때 섹스와 로맨스에 자신만만했던 것 같아요."

"그거야 당연하지. 그때는 철없는 바보였으니까. 철없는 바보들만 섹스와 로맨스에 자신 있는 법이야. 다른 사람은 잘 알고 하는 줄 알아? 두 인간이 서로 사랑하는데 복잡하지 않은 경우는 없어. 발리에서 벌어지는 일들을 잘 살펴봐, 달링. 여기에 온 서양 남자들은 다들 고국에서 엉망이 된 삶을 살다 왔어. 이제 서양 여자에게는 질렸다고 생각해서 여기에서 만난 작고 순종적이고 다정하고 자그마한 몸집의 발리 소녀와 결혼하지. 그들이 무슨 생각으로 그러는지 나도 알아. 이 작고 어여쁜 소녀라면 자신을 행복하게 해 주고, 인생이 좀 더 쉬워질 거라 생각하지. 하지만 그런 남자를 볼 때마다 난 늘 같은 말을 해 주고 싶어. '어디 잘해 보시오.' 왜냐하면 여자를 사귀는 건 어디나 똑같으니까. 이건 여전히 남자와 여자의 문제라는 말이야. 두 인간이 잘 지내려고 노력하는 거고, 그건 복잡해질 수밖에 없어. 사랑은 언제나 복잡한 거야. 그래도 인간은 서로 사랑하려고 노력해야 해, 달링. 때로는 가슴도 아파 봐야 하고. 그건 좋은 징조야, 가슴 아픈 사랑을 해 보는 거. 뭔가를 위해 노력했다는 뜻이니까."

"내 마음은 지난번 연애로 너무 심하게 다쳐서 아직도 아파요. 정말 웃기지 않아요? 사랑이 끝난 지 거의 2년이나 지났는데도 여전히 마음에 상처가 남았다는 게?"

"달링, 난 남부 브라질 사람이야. 키스조차 안 해 본 여자를 상대로 10년은 가슴앓이를 할 수 있다고."

우리는 각자의 결혼과 이혼에 대해 이야기했다. 험담하는 방식이 아니라 단지 안타까운 심정으로. 이혼 후의 절망감이 누가 더 컸는지 비교해 보기도 했다. 함께 와인을 마시고 맛있는 식사를 하며 전 배우자와 관련된 아름다운 추억도 들려주었다. 상실감에 대한 대화의 독기를 누그러뜨리기 위해.

"주말에 나와 만나지 않겠어?"

나는 좋다고 대답했다. 분명 좋은 시간을 보낼 테니까.

펠리페는 두 번째로 우리 집 앞에 나를 데려다주며 작별 인사를 했고, 굿 나이트 키스를 하고자 몸을 내밀었다. 그리고 나는 두 번째로 똑같은 반응을 보였다. 그가 날 끌어당기도록 내버려 두었지만, 입이 닿으려는 순간 고개를 푹 숙여 그의 가슴팍에 얼굴을 댄 것이다. 그 자세로 난 한동안 그가 날 안고 있도록 내버려 두었다. 단지 친구 사이라고 하기에는 지나치게 오랫동안. 내가 그의 흉골 어딘가에 얼굴을 밀착하는 사이에, 그가 내 머리카락 속에 얼굴을 묻는 게 느껴졌다. 그의 부드러운 리넨 셔츠의 냄새가 풍겼다. 난 그의 체취가 정말로 좋다. 팔뚝은 근육으로 탄탄하고, 어깨는 떡 벌어졌다. 한때 브라질에서 우승컵을 받은 체조 선수이기도 하니까. 물론 내가 태어난 해인 1969년의 일이다. 어쨌든 그의 몸은 다부졌다.

그가 내게 몸을 내밀 때마다 이런 식으로 머리를 숙이는 건 일종의 숨는 행동이었다. 나는 간단한 굿 나이트 키스조차 피하고 있었다. 하지만 그것은 또한 숨는 게 아니기도 했다. 저녁이 끝나 갈 무렵의 조용한 순간에 그가 날 껴안도록 내버려 둠으로써 난 그에게 안겨 있었다.

이건 오랫동안 없었던 일이다.

94

늙은 주술사인 끄뜻에게 물었다. "로맨스를 잘 아세요?"

"로맨스? 그게 뭔데?"

"됐어요."

"말해 봐. 그게 뭔데? 무슨 뜻이야?"

"로맨스. 여자와 남자가 사랑에 빠지는 거요. 때로는 남자와 남자, 혹은 여자와 여자가 사랑에 빠지기도 하고요. 키스하고 섹스하고 결혼하고 그런 거요."

"난 평생 많은 사람과 섹스하지 않았어, 리스. 내 아내하고만 했지."

"그러네요. 그건 별로 많은 숫자가 아니죠. 근데 첫 번째 부인을 말하시는 거예요? 아니면 두 번째 부인?"

"난 아내가 하나뿐이야, 리스. 지금은 죽었지."

"니오모는 어쩌고요?"

"니오모는 아내가 아니야, 리스. 형수야." 내 혼란스러운 얼굴을 보더니 그가 덧붙였다. "발리 전통이야." 그의 설명에 따르면 농부인 끄뜻의 형은 바로 옆집에 살고 있으며 니오모와 결혼해 세 명의 자녀를 두었다. 반면 끄뜻과 그의 아내는 아이를 낳지 못해 형의 아들 중 하나를 입양해 후계자로 삼았다. 끄뜻의 아내가 죽자, 니오모는 양쪽 집을 오가며 두 집의 살림을 맡았다. 남편과 시숙을 돌보고, 세 자녀의 가족까지 두루 살폈다. 그녀는 모든 면(요리, 빨래, 집안 제례와 의식을 치르는 것까지)에서 끄뜻의 아내였다. 두 사람이 섹스를 하지 않는다는 사실만 제외하고.

"왜 안 하는데요?" 내가 물었다.

"너무 늙었으니까!" 그러더니 끄뜻은 니오모를 불러 내가 했던 질문을 다시 들려주며 이 미국 아가씨가 왜 그들이 섹스를 하지 않는지 알고 싶다고 말했다. 니오모는 그 말을 듣더니 숨이 끊어질 듯이 웃어 대고는 내게 다가와 주먹으로 내 팔을 세게 쳤다.

"내겐 아내가 하나뿐이야. 그리고 이제 그녀는 죽었어." 끄뜻이 말했다.

"그리우세요?"

그가 슬픈 미소를 지었다. "죽을 때가 됐으니 죽은 거지. 내가 아내를 어떻게 만났는지 말해 주지. 스물일곱 살에 어떤 여자를 만났고 그녀를 사랑했어."

"그게 몇 년도였죠?" 언제나처럼 필사적으로 그의 나이를 알아내려고 애쓰며 내가 물었다.

"모르겠어. 1920년?"

(그렇다면 그의 현재 나이는 112세가 된다. 점점 실마리가 풀리는 것 같은데…….)

"난 그 여자를 사랑했어, 리스. 매우 아름다웠지. 하지만 이 여자, 성격이 고약했어. 오로지 돈만 좋아해. 다른 남자 쫓아다녔지. 늘 거짓말만 하고. 마음속에 또 다른 비밀스러운 마음을 품고 있었던 것 같아. 아무도 속내를 알 수 없었지. 그녀는 날 배신하고 다른 남자에게 가 버렸어. 난 너무 슬펐지. 가슴이 아팠어. 그래서 네 형제들에게 기도하고 또 했어. 왜 그녀가 더 이상 날 사랑하지 않느냐고 물었지. 그러자 네 형제가 사실을 말해 줬어. '그 여자는 네 짝이 아니야. 인내심을 가져.' 그래서 난 인내심을 가졌고 마침내 아내를 만났어. 아름다운 여자, 좋은 여자지. 언제나 다정했어. 우린 한 번도 싸우지 않았고, 집안은 늘 화목했지. 아내는 늘 웃었어. 집에 돈이 없어도 언제나 웃으며 날 볼 수 있어서 행복하다고 했어. 아내가 죽었을 때는 너무 슬펐어."

"우셨어요?"

"눈으로는 조금만 울었어. 하지만 고통으로부터 몸을 정화하기 위해 명상을 했지. 그녀의 영혼을 위해 명상했어. 매우 슬펐지만 행복하기도 했어. 매일 명상을 하며 아내를 찾아갔고, 아내에게 키스하기도 했어. 내가 섹스를 한 여자는 아내뿐이야. 그러니까 난…… 오늘 배운 그 새로운 단어가 뭐지?"

"로맨스요?"

"그래, 로맨스. 난 로맨스를 몰라, 리스."

"그러니까 로맨스는 당신의 전문 분야가 아니군요, 네?"

"전문 분야? 그게 뭐야? 그건 무슨 뜻이야?"

95

마침내 난 와얀과 함께 앉아 내가 모은 돈에 대해 말해 주었다. 내 생일의 소망을 설명하고, 친구들의 이름이 모두 적힌 목록을 보여 주며, 최종적으로 모인 금액을 말해 주었다. 1만 8000달러. 와얀은 처음엔 너무 충격을 받아 오히려 슬퍼 보일 정도였다. 신기하게도 사람은 마른하늘에 날벼락 같은 소식을 접하면 너무도 강렬한 감정이 솟구쳐 아주 비논리적인 반응을 보이기도 한다. 행복한 사건이 때로는 리히터 눈금에 순수한 트라우마와 똑같은 강도로 기록될 수 있고, 때로는 가슴이 무너질 듯 비통한데 폭소를 터뜨리기도 한다. 그것이 곧 인간 감정의 절대적 가치다. 와얀은 방금 내가 전해 준 소식을 받아들이기가 힘겨워 슬픔에 빠질 지경이었다. 따라서 그녀가 이 현실을 충분히 인식할 때까지 나는 몇 시간 동안 곁에 앉아서 그 이야기를 반복해 들려주었고, 그 금액을 몇 번이고 다시 보여 주었다.

그녀가 제대로 보인 첫 번째 반응은 (그러니까 자신이 정원을 가질 수 있게 되었다는 것을 깨닫고 울음을 터뜨리기도 전에) 다급히 이렇게 말하는 것이었다. "부탁이니까 리즈, 돈을 기부해 준 사람들에게 이건 와얀의 집이 아니라는 걸 꼭 설명해 줘. 이건 와얀을 도와준 사람들의 집이야. 그들 중 누구라도 발리에 올 일이 있으면 절대 호텔에 묵으면 안 돼, 알았지? 그들에게 우리 집에 와서 묵으라고 말해 줘. 꼭 말해 주겠다고 약속해. 우린 그걸 공동의 집…… 모든 사람을 위한 집이라고 부를 거야…….”

그러더니 정원에 생각이 미쳤는지 그녀가 울음을 터뜨리기 시작했다.

그래도 행복한 자각이 서서히 그녀를 찾아왔다. 와얀은 마치 거꾸로 뒤집힌 채 탁탁 털어 대는 가방처럼 사방으로 감정이 흘러넘쳤다. 집이 생기면 의학 서적을 꽂아 둘 작은 서재를 마련할 수 있다! 전통 치료법에 따라 약을 만들 조제실도! 진짜 의자와 테이블을 갖춘 제대로 된 식당도!(전에 가지고 있던 좋은 의자와 테이블은 이혼 변호사의 비용을 대기 위해 모두 팔아 버렸다.) 집이 생기면 마침내 론니 플래닛에 소개될 수도 있다. 그쪽에서는 늘 그녀의 식당과 병원을 소개하고 싶어 했지만 그녀에게 고정된 주소가 없어 책에 실을 수가 없었다. 집이 생기면 언젠가 투티의 생일 파티도 열어 줄 수가 있다!

그러더니 와얀은 다시 정신을 차리고 매우 진지한 얼굴로 말했다. “어떻게 감사 표시를 해야지, 리즈? 너한텐 뭐든 줄 수 있어. 만약 내게 사랑하는 남편이 있고, 네게 남자가 필요했다면 내 남편이라도 줬을 거야.”

“네 남편은 필요 없어, 와얀. 그저 투티를 꼭 대학까지 보내 줘.”

“네가 여기 오지 않았더라면 난 어떻게 됐을까?”

하지만 난 반드시 여기 왔을 것이다. 내가 좋아하는 수피 시가 생각났다. 그 시에서는 신이 오래전, 지금 우리가 서 있는 바로 그 지점 주위에 원을 그려 놓았다고 했다. 나는 반드시 여기 오게 되어 있었다. 그 일은 반드시 일어나게 되어 있었다.

"새집을 어디에 지을 거야, 와얀?"

몇 년째 쇼윈도에 전시된 특정한 야구 글러브를 찜해 둔 꼬마 야구 선수처럼, 혹은 열세 살 이후로 늘 자기가 입을 웨딩드레스를 디자인해 온 소녀처럼 와얀도 이미 어디의 땅을 사야 할지 정확히 알고 있었다. 그곳은 이웃 마을 중심지로 시에서 공급하는 수도와 전기가 연결되어 있고, 근처에 투티가 다니기에 좋은 학교도 있으며, 우붓 중심에 자리 잡고 있어 환자와 손님들이 걸어서 오기에도 좋았다. 오빠들이 집 짓는 걸 도와줄 거라고 와얀은 말했다. 심지어 침실에 바를 페인트 색깔까지도 이미 정해져 있었다.

그리하여 우리 둘이서 이곳에 사는 프랑스인 재정 전문가 겸 부동산업자를 찾아갔을 때 그는 친절하게도 돈을 인도할 수 있는 가장 좋은 방법을 제안했다. 그의 제안은 그냥 편하게 내 계좌에서 와얀의 계좌로 돈을 직접 송금해 와얀이 원하는 집이든 땅을 사게 하라는 것이다. 그렇게 하면 외국인인 내가 인도네시아에서 토지를 소유하는 번거로움을 피할 수 있었다. 한 번에 만 달러 이상 송금하지 않는 한 IRS와 CIA에서 내가 마약 거래로 번 돈을 세탁한다고 의심하지 않을 것이라고 설명했다. 그리하여 우리는 와얀이 거래하는 작은 은행에 가서 지점장과 송금 과정을 상의했다. 한마디로 지점장은 이렇게 말했다. "그러니까 와얀, 이 송금이 끝나면 며칠 내로 당신 계좌에는 18억 루피아가 입금될 겁니다."

와얀과 나는 서로를 바라보며 미친 듯이 웃어 댔다. 엄청난 거금이었다! 화려한 지점장실에 앉아 있었던 터라 진정하려고 노력했지만 웃음을 멈출 수가 없었다. 우린 넘어지지 않도록 서로를 붙잡은 채 술에 취한 사람처럼 비틀비틀 걸어 나왔다.

"이렇게 빨리 기적이 일어나는 건 처음 봐! 난 언제나 신에게 도와 달라고 애걸했어. 그런데 신은 리즈에게 날 도와주라고 애걸했네." 그녀가 말했다.

"그리고 리즈는 친구들에게 와얀을 도와 달라고 애걸하고!" 내가 덧붙였다.

가게로 돌아오자 학교에서 막 돌아온 투티가 있었다. 와얀은 바닥에 무릎을 꿇고 주저앉아 딸을 꼭 껴안으며 말했다. "집이 생겼어! 집! 우리에게 집이 생겼어!" 투티는 만화에서처럼 멋지게 기절해 마룻바닥으로 쓰러지는 흉내를 냈다.

우리가 이렇게 웃는 동안, 두 고아 소녀는 부엌에서 이 모든 광경을 지켜보고 있었다. 날 바라보는 그 애들의 표정에는…… 공포가 서려 있었다. 와얀과 투티가 기쁨으로 폴짝폴짝 뛰는 동안 저 고아 자매는 무슨 생각을 하는 걸까? 뭘 두려워하는 거지? 자신들만 소외되어서? 아니면 내가 갑자기 너무 거금을 들고 와서 날 무서워하는 걸까? (내가 흑마술이라도 썼다고 생각하나?) 어쩌면 이 아이들처럼 부서지기 쉬운 삶을 사는 사람들에게는 어떤 변화든 공포일지 모른다.

축하의 환호성이 잠잠해지자 나는 사태를 파악하려고 와얀에게 물었다. "큰 끄뜻과 작은 끄뜻은 어떻게 되는 거지? 저 아이들에게도 잘된 일이지?"

와얀은 부엌에 있는 소녀들을 바라보았다. 그러고는 그들의 얼굴에서 나처럼 불안을 보았는지 다가가 아이들을 껴안더니 그들의 정수리에 대고 뭔가 안심이 될 만한 말을 속삭였다. 아이들은 그제야 마음이 놓이는 표정을 지었다. 전화벨이 울리자 와얀이 전화를 받기 위해 아이들을 떼어놓으려고 했지만 끄뜻 자매의 앙상한 팔은 더욱 사정없이 양어머니에게 매달렸다. 자매는 와얀의 배와 겨드랑이에 머리를 묻었고, 그 후로도 오랫동안 그녀를 놓아주려 하지 않았다. 그 애들의 그런 단호한 태도는 본 적이 없었다.

그래서 내가 대신 전화를 받았다.

"발리 전통 치료 센터입니다. 오늘 폐업 기념으로 세일하니까 한번 들러 보세요."

96

나는 다시 브라질 남자 펠리페를 만났다. 주말에 두 번이나. 토요일에는 그를 와얀과 아이들에게 소개했다. 투티는 그에게 집 그림을 그려 주었고, 와얀은 그의 등 뒤에서 의미심장하게 윙크를 하며 소리 없이 "새로운 남자 친구?"라고 입을 벙

굿거렸다. 나는 계속 고개를 저으며 아니라고 대답했다. (참고로 그 귀여운 웨일스 남자는 더 이상 내 머릿속에 없었다.) 주술사 끄뜻에게도 펠리페를 소개했다. 끄뜻은 그의 손금을 읽어 주더니 "좋은 남자야. 아주 좋은 남자야. 아주, 아주 좋은 남자야. 나쁜 남자 아니야, 리스. 좋은 남자."라는 말을 적어도 일곱 번은 반복했다.(날 뚫어질 듯이 바라보면서.)

일요일에 펠리페가 바닷가로 놀러 가지 않겠느냐고 제안했다. 발리에 온 지 벌써 두 달이 지났는데 난 아직 해변을 보지 못했다. 여기까지 와서 해변을 보지 않고 간다는 건 말도 안 되는 일이었기에 흔쾌히 승낙했다. 펠리페는 지프차로 날 데리러 왔고, 한 시간가량을 달리자 빠당바이의 숨겨진 작은 해변이 나왔다. 관광객의 발길이 거의 닿지 않는 곳이었다. 그가 데려간 해변은 지금까지 본 어느 곳보다도 훌륭한 파라다이스의 모사품이었다. 푸른 바다와 새하얀 모래밭, 야자수 그늘이 있었다. 우리는 수영하고 낮잠 자고 책을 읽고 가끔씩 서로에게 큰 소리로 책을 읽어 줄 때만 제외하고 하루 종일 이야기했다. 해변 뒤쪽 오두막에 사는 발리 여인들이 우리를 위해 갓 잡은 물고기를 석쇠에 구워 주었고, 우리는 시원한 맥주와 차갑게 식혀 둔 과일을 샀다. 지난 몇 주간 우붓에서 가장 조용한 레스토랑들을 찾아가 와인을 마시고 또 마시며 몇 시간씩 대화를 나눴는데도 아직 남은 사연을 시시콜콜 이야기하며 햇빛 속에서 어슬렁어슬렁 걸어 다녔다.

해변에서 처음 내 몸을 훑어본 펠리페는 마음에 든다고 말했다. 브라질에는 정확히 나 같은 몸매를 지칭하는 용어가 있는데(당연히 그러시겠지.) magra-falsa, 즉 '가짜로 마른 몸'이라는 뜻이란다. 멀리서 보면 날씬해 보이는 데 가까이서 보면 꽤 살집이 있고 둥글둥글한 몸매로 브라질인들은 그런 몸매를 좋아한다고 했다. 신께서 브라질인들을 축복하시길. 이야기하다 지치면 그가 가끔씩 손을 뻗어 내 코에 묻은 모래를 털어 주거나, 바람에 휘날리는 내 머리카락을 얼굴 뒤로 쓸어넘겼다. 우린 꼬박 열 시간 동안 이야기를 나누었다. 해가 져서 어두워지자 짐을 챙겼고, 별빛 아래서 다정하게 팔짱을 낀 채 이 오래된 어촌의 중심가라고 할 수 있는 어둠침침한 비포장도로를 따라 걸었다. 그때 브라질에서 온 펠리페가 지극히 자연스럽고 편안한 태도로(마치 우리 뭐 먹어야 하지 않을까, 라고 물을 때처럼) 말했다. "이젠 우리도 사랑을 나눠야 하지 않을까, 리즈? 어떻게 생각해?"

펠리페가 그렇게 물어봐 줘서 너무 좋았다. 내게 키스를 하려 하거나 내 몸을 만지려 하지 않고 먼저 이렇게 물어봐 줘서. 게다가 올바른 질문이기도 했다. 1년도 훨씬 더 전에, 그러니까 이번 여행을 떠나기 전에 난 상담가에게 이렇게 말한 적이 있다. "전 여행하는 동안에는 금욕하고 싶어요. 그런데 만약 정말로 좋아하는 누군가를 만나면 어쩌죠? 어떻게 해야 돼요? 그 사람과 함께 자야 할까요, 말아야 할까요? 제 원칙을 고수해야 할까요, 아니면 로맨스를 즐겨야 할까요?" 상담가는 너그러운 미소를 지으며 대답했다. "있잖아요, 리즈. 그건 실제로 그런 상황이 닥쳤을 때 상대방과 의논하면 돼요."

지금이 바로 그 순간이었다. 시간, 장소, 문제 제기 그리고 문제의 상대방. 우리는 그에 대해 의논하기 시작했고, 팔짱을 낀 채 바닷가를 산책하던 터라 이야기는 술술 풀렸다.

"정상적인 상황에서였다면 아마 좋다고 했을 거예요, 펠리페. 정상적인 상황이 뭔지는 모르겠지만요……."

우리는 둘 다 웃음을 터뜨렸다. 나는 그에게 아직 결심이 서지 않았다고 말했다.

"연인의 능숙한 손놀림에 내 몸과 마음을 맡기는 건 무척 즐거운 일이죠. 하지만 그런 즐거움을 누리고픈 마음 못지않게 한편으로는 올 한 해를 온전히 나 자신에게만 바치고 싶어요. 지금 내 인생에서 뭔가 중대한 변화가 일어나고 있고, 그걸 방해하지 않기 위해서는 끝날 때까지 충분한 시간과 공간이 필요하거든요. 간단히 말해 난 오븐에서 막 나온 케이크와 같아요. 크림 장식을 하기 전에 충분히 식힐 시간이 필요하죠. 내게서 이 소중한 시간을 빼앗고 싶지 않아요. 다시 내 인생에 대한 통제권을 상실하기 싫어요."

"충분히 이해해. 난 당신에게 가장 바람직한 쪽으로 행동할 거야. 그게 뭐가 됐든지 간에. 그리고 애초에 그런 질문을 꺼낸 걸 용서해 줘. 조만간 한 번은 물어볼 질문이긴 했지만, 내 사랑스러운 달링. 어떤 결정을 내리든 우리의 우정은 변함없을 거야. 지금까지 우리가 함께 보낸 시간을 생각해 볼 때 그 우정이 우리 둘 모두에게 너무 이로운 것 같으니까. 다만 내 말도 좀 들어 봐."

"좋아요."

"첫째로 내가 제대로 이해하고 있다면 당신에게 올 한 해의 목표는 신의 추구와 쾌락의 추구 사이에서 균형을 잡는 거지? 당신이 신을 찾아 수련하는 건 많이 봤지만 지금까지 쾌락을 누리는 건 별로 본 적이 없어."

"난 이탈리아에서 파스타를 엄청 많이 먹었어요, 펠리페."

"파스타? 겨우 파스타를 먹는 게 쾌락이라고?"

"일리 있네요."

"그리고 둘째로 당신이 무슨 걱정을 하는지 잘 알아. 당신 인생에 다시 남자가 등장해 모든 걸 빼앗을까 두려운 거지. 난 그러지 않을 거야, 달링. 나 역시 오랫동안 혼자 지냈고 사랑하는 사람에게 상처도 많이 받았어. 당신처럼. 우리가 서로에게서 무엇도 빼앗지 않기를 바라. 난 그저 당신만큼 함께 있어서 즐거운 사람을 만난 적이 없어. 당신과 있는 게 좋아. 그러니 걱정 마. 9월에 당신이 여길 떠나면 뉴욕까지 당신을 쫓아가지 않을 테니까. 그리고 지난번에 당신이 남자를 사귀고 싶지 않다면서 말했던 그 이유들 말이야…… 이렇게 생각해 봐. 난 당신이 매일 다리를 면도하지 않아도 상관없어. 이미 당신의 몸을 사랑하니까. 당신의 인생사도 이미 전부 들었고, 피임이라면 걱정할 거 없어. 난 정관 수술을 했으니까."

"펠리페, 그건 지금까지 내가 들어 본 말 중에서 가장 호소력 있고 낭만적인 제안이네요."

사실이었다. 하지만 난 여전히 안 된다고 말했다.

그는 날 집으로 데려다주었다. 우리는 집 앞에 차를 세운 채 달콤하면서 짭쪼름하고 바닷가 모래처럼 깔끄러운 키스를 나누었다. 너무나 감미로웠다. 당연했다. 하지만 그래도 난 다시 한 번 안 된다고 말했다.

"괜찮아, 달링. 하지만 내일 우리 집에 저녁 먹으러 와. 스테이크를 만들어 줄 테니까."

그 말을 남긴 채 펠리페는 차를 몰고 떠났고, 나는 혼자 침실로 갔다.

나는 남자에 관해서라면 늘 빠른 결정을 내렸다. 앞뒤 재보지 않은 채 순식간에 사랑에 빠졌다. 상대가 가진 최상의 모습만 볼 뿐 아니라, 감정적으로 최상의 상태를 유지할 수 있을 거라고 추측하는 경향까지 있었다. 남자 자체보다 그가 가진 최고의 잠재력과 사랑에 빠진 적이 숱하게 많았다. 그렇게 사랑에 빠진 후에는 남자가 잠재력을 꽃피우기를 기다리며 오랫동안(때로는 지나치게 오래) 관계에 매달렸다. 연애에 있어서 나는 늘 낙천주의의 희생양이었다.

어린 나이에 사랑과 희망에만 사로잡혀 결혼의 현실이 무엇을 의미하는지 별로 의논도 하지 않은 채 서둘러 결혼했다. 아무도 내 결혼에 대해 충고해 주지 않았다. 부모님은 나를 독립적이고 자주적이고 매사 스스로 결정하도록 키웠다. 스물네 살이 되었을 때 다들 내가 스스로, 자율적으로 결정할 수 있는 성인이라고 생각했다. 물론 세상이 늘 그렇지는 않았다. 만약

먹고 기도하고 사랑하라

내가 가부장제가 팽배하던 시기에 태어났다면 아버지의 재산으로 간주되었을 것이다. 그러다 결혼을 하면 그때부터는 남편의 재산이 되었으리라. 인생의 중대사를 결정할 때는 아버지의 귀중한 조언을 들었으리라. 옛날이었다면 청혼자가 나타났을 때 아버지가 그를 자리에 앉히고 내 배필로 적당한지 아닌지 결정하려고 줄줄이 질문을 던졌으리라. "내 딸을 어떻게 먹여 살릴 텐가? 마을에서 자네 평판은 어떤가? 건강은 어떤가? 우리 딸을 어디로 데려가서 살 작정인가? 재산은 어느 정도고, 빚은 어느 정도인가? 자네의 장점은 뭔가?" 아버지는 단지 내가 그 사람과 사랑에 빠졌다는 이유만으로 날 결혼시키지 않았을 것이다. 하지만 현대 사회에서 나의 현대적인 아버지는 결혼을 하겠다는 내 결정에 전혀 개입하지 않았다. 기껏해야 내가 머리를 어떤 모양으로 할까 고민할 때 해 줄 수 있는 정도의 충고가 전부였다.

난 가부장제에 아무런 향수도 가지고 있지 않다는 걸 믿어 주시길. 하지만 가부장제가 해체될 때(마땅히 그래야 했지만) 그것을 대체할 만한 보호책이 생겨나지 않았음을 깨닫게 되었다. 그러니까 다른 시대였다면 우리 아버지가 물어봤음 직한 까다로운 질문들을 난 내 청혼자에게 직접 물어볼 생각조차 못 했다. 난 여러 번 사랑에 날 던져 버렸다. 오로지 사랑을 위해. 그 과정에서 가끔은 농장까지 줘 버렸다. 내가 진정으로 자율적인 여성이었다면, 난 내 보호자 역할을 맡았어야 했다. 글로리아 스타이넘은 자신이 결혼하고 싶은 남성상이 있다면 자기 자신이 그런 사람이 되도록 노력해야 한다는 유명한 충고를 남겼다. 내가 최근에 깨달은 바로는 난 내 남편뿐 아니라 아버지도 되어야 했다. 그날 밤, 혼자 잠자리에 든 것도 바로 그 때문이었다. 구애자를 받아들이기에는 아직 너무 이르다고 판단했기 때문에.

그렇기는 하지만 난 땅이 꺼질 듯한 한숨을 내쉬며 새벽 2시에 일어났다. 너무 허기가 져서 이걸 어떻게 달래야 할지 알 수가 없었다. 우리 집에 사는 미치광이 고양이가 무슨 이유에서인지 구슬프게 울어 댔고, 내 심정도 꼭 그랬다. 이 갈망을 어떻게든 해소해야 했다. 그래서 자리에서 일어나 가운을 걸친 채 부엌에 내려가 감자 500그램 정도를 껍질 벗겨 삶았다. 삶은 감자를 채친 후, 얇게 썰어 버터에 볶은 뒤 넉넉히 소금을 뿌리고 남김없이 먹어 치웠다. 먹는 내내 내 몸에게 사랑을 나누는 만족감 대신에 500그램의 튀긴 감자로 만족해 달라고 부탁하면서.

내 몸은 감자를 모두 먹어 치운 뒤에야 대답했다. "이걸론 어림도 없어."

그래서 나는 침대로 올라가 권태로운 한숨을 내쉬며…… 자위를 시작했다. 가끔씩 자위는 너무도 유용한(용서하시길) 도구이지만, 어떤 때는 너무 불만족스러워 끝나면 기분이 더 나빠진다. 1년 반 동안 금욕하며, 1년 반 동안 1인용 침대에서 내 이름만 불러 대느라 자위가 점점 싫증나던 터였다. 그렇다고는 해도 오늘 밤, 이렇게 안절부절못한 상태에서는 달리 무엇을 할 수 있겠는가. 감자튀김도 효과가 없었으니 이 방법뿐이었다. 평상시처럼 내 마음은 이 일을 빨리 끝내는 데 도움이될 만한 적절한 판타지나 기억을 찾아 미리 비축해 둔 야한 파일을 뒤적거렸다. 하지만 오늘 밤에는 아무것도 효과가 없다. 소방관도, 해적도, 언제나 먹히던 변태적인 빌 클린턴도 소용없었다. 심지어는 빅토리아 시대 신사들이 섹시하고 어린 하녀들을 이끌고 응접실에서 나를 에워싸는 환상도 소용이 없었다. 결국 펠리페가 이 침대로 들어와 나를 덮치는 상상을 마지못해 허락한 후에야 만족감을 느낄 수 있었다.

그러고는 잠이 들었다. 나는 고요하고 푸른 하늘과 그보다 한층 더 고요한 침실에서 잠을 깼다. 여전히 안절부절못하며 균형을 잃은 상태에서 구루기타에 실린 182개의 산스크리트어 절을, 아쉬람에서 지낼 때 내 생활의 기틀이 되어 주었던 위대하고 순수한 성가를 오랫동안 모두 읊조렸다. 그러고는 뼈가 간질거리는 듯한 적막 속에서 한 시간 동안 명상한 후 마침내 다시 느꼈다. 명확하고, 한결같고, 청명하고, 무엇에도 구애받지 않고, 불변하고, 이름도 없고, 변화도 없는 완벽한 행복을. 그 행복은 내가 지상에서 경험할 수 있는 그 무엇보다 진정으로 훨씬 좋았다. 짭조름하고 버터 맛이 나는 키스와 그보다 훨씬 더 짭조름하고 더 진한 버터 맛이 나는 감자튀김도 포함해서.

나는 혼자 자기로 결정했던 게 너무 기뻤다.

97

따라서 이튿날 펠리페가 그의 집에서 내게 저녁을 만들어
준 후, 둘이 함께 소파에 몇 시간 동안 널브러져 온갖 주제에
대해 이야기를 나누고, 그가 느닷없이 내게 몸을 기대 내 겨드
랑이 쪽으로 얼굴을 파묻고 내 체취가 너무 좋다고 말하더니
마침내 손바닥으로 내 뺨을 감싸며 "이제 그만 됐어, 달링. 지
금 당장 내 침대로 갑시다."라고 말했을 때 내가 그 말을 따랐
다는 사실은 내게도 꽤나 놀라웠다.

그랬다, 난 그와 함께 침실로 갔다. 침실에는 조용한 발리
의 논과 밤이 내려다보이는 탁 트인 창문이 있었다. 그는 침대
에 드리워진 얇고 하얀 모기장의 커튼을 양쪽으로 가르며 나
를 안쪽으로 안내했다. 그러고는 아이들이 잠자리에 드는 것
을 오랫동안 도와준 남자답게 부드러운 자신감으로 내가 옷을
벗는 걸 도와주며 자신이 원하는 바를 설명했다. "내가 원하는
건 그저 당신이 원하는 만큼 오랫동안 당신을 숭배하는 것뿐
이야. 괜찮겠어?"

소파에서 침대로 오는 동안 목소리를 잃어버린 탓에 나는
고개만 끄덕였다. 달리 할 말이 없었다. 나는 오랫동안 엄격하
게 혼자만의 생활을 유지해 왔고, 그건 나 자신을 위해 잘한
일이었다. 하지만 펠리페의 말이 맞다. 이제 그만 됐다.

그가 미소를 지으며 침대에 놓인 베개들을 치우고 몸을 굴
려 나를 넘어뜨렸다. "좀 정리를 합시다."

그 말은 꽤나 웃겼는데 지금이야말로 내 인생을 정돈하려는 모든 노력에 종지부를 찍는 순간이기 때문이다.

후에 펠리페는 그날 밤 내가 어떻게 보였는지 설명했다.

"당신은 너무 어려 보였어. 내가 낮 동안에 알고 지낸 자신감 넘치는 여자와 조금도 닮은 구석이 없었지. 너무나 어려 보이는 동시에 개방되고 흥분되고 알아봐 줘서 마음이 놓이는 동시에 용감하게 행동하는 데 지친 듯이 보였어. 오랫동안 남자의 손길이 닿지 않았다는 게 분명했지. 당신은 욕망으로 끓어오를 뿐 아니라 그 욕망을 표출할 수 있음을 감사하고 있었어."

나는 전혀 기억나지 않지만, 그의 말이 모두 맞을 것이다. 왜냐하면 그는 내게 면밀한 주의를 기울이고 있었으니까.

그날 밤 가장 선명하게 기억나는 것은 커다랗게 부풀어 우리를 둘러싸던 하얀 모기장이다. 내게는 그 모기장이 낙하산처럼 보였다. '내 인생의 가장 힘든 시기'를 빠져나오던 지난 몇 년간 나는 단단하고 잘 정비된 비행기를 타고 있었지만 이제 낙하산을 착용하고 비행기의 출구에서 뛰어내렸다. 듬직했던 비행기는 공중에서 무용지물이 되어 버렸고, 난 하나의 목적지만을 향해 날아가던 비행기 밖으로 발을 내디뎌 이 펄럭이는 새하얀 낙하산을 타고 과거와 미래 사이의 텅 비고 이상한 대기를 가로질러 작은 침대 모양의 섬에 안전하게 도착했다. 섬에는 난파당한 배에서 살아남은 브라질 출신의 잘생긴 선원 혼자 살고 있었는데 그는 내 등장에 너무 놀라고 기쁜 나머지 영어를 모두 잊어버렸다. 그러고는 내 얼굴을 볼 때마다

이 다섯 단어만 간신히 되풀이했다. '아름다워, 아름다워, 아름
다워, 아름다워, 아름다워.'

98

당연히 우리는 한숨도 자지 않았다. 그리고 어처구니없게
도 난 떠나야 했다. 다음 날 아침, 친구 유데이와 약속이 있었
기 때문에 꼭두새벽에 우리 집으로 돌아가야 했다. 오래전에
유데이와 나는 이번 주에 발리를 횡단하는 거창한 자동차 여
행을 함께 떠나기로 계획을 세운 터였다. 그 계획은 어느 밤,
우리 집에 놀러 온 유데이가 아내와 맨해튼을 제외하고 미국
생활에서 가장 그리운 게 드라이브라고 말하면서 비롯되었다.
그저 차 한 대만 가지고 몇몇 친구들과 함께 그 멋진 주간 고
속 도로를 타고 어머어마한 거리를 달려 모험을 찾아 나섰던
때가 그립다고 했다. 그래서 난 유데이에게 말했다. "좋아, 그
럼 여기 발리에서 함께 자동차 여행을 떠나자. 미국식으로."

우리 둘 모두 너무 웃기는 일이라고 생각했다. 발리에서
미국식 자동차 여행을 하기란 불가능하기 때문이다. 우선 기
껏해야 델라웨어 주만 한 크기의 섬이다 보니 자동차로 달리
고 말 것도 없었다. 게다가 그 '고속 도로'라는 것도 너무나 열
악한 데다, 미국 가족들이 미니밴을 타고 다니듯 발리 가족들
이 타고 다니는 오토바이가 빽빽이 들어차 기상천외하게 위험

한 풍경을 연출했다. 그 오토바이에는 주로 가족 다섯 명이 타는데 아빠는 한 손으로만 운전대를 잡고 다른 손으로는 태어난 지 얼마 되지 않은 아이를 (마치 럭비공처럼) 안고 있다. 엄마는 타이트한 사롱에 머리에는 광주리를 인 채 남편 등 뒤에 모로 앉아 서너 살쯤 된 쌍둥이들에게 오토바이에서 떨어지지 않도록 꼭 붙잡으라고 말한다. 차선도 무시한 채 헤드라이트도 없이 달리는 그 오토바이에서. 헬멧은 거의 쓰지 않지만 이상하게 꼭 가지고 다닌다.(도무지 그 이유를 모르겠다.) 이렇게 사람을 잔뜩 태운 수십 대의 오토바이들이 무모하게 속도를 내며 미친 듯이 메이폴 댄스[45]를 추듯이 도로를 지그재그로 누비고, 서로를 날쌔게 피해 다니는 모습을 상상해 보라. 왜 아직까지 교통사고로 죽은 발리인이 한 명도 없는지 모르겠다.

하지만 유데이와 나는 어쨌든 일주일간 여행을 떠나기로 했고, 그래서 차를 렌트해 이 좁은 섬을 여행하기로 했다. 우리가 지금 미국에 있고 둘 다 자유로운 척하면서. 지난달, 이 아이디어가 떠올랐을 때는 무척이나 구미가 당겼지만 지금— 펠리페와 함께 침대에 누워 그가 내 손끝과 팔, 어깨에 키스를 퍼부으며 좀 더 머물라고 애원하는 이때에 — 떠나야 한다는 게 유감이었다. 하지만 난 가야 했다. 한편으로는 떠나고 싶은 마음도 있었다. 내 친구 유데이와 일주일을 보내기 위해서만이 아닌, 펠리페와 처음으로 밤을 보낸 이후의 휴식 차

---

45 자작나무와 들꽃으로 장식된 기둥 주위를 돌며 추는 춤.

원에서라도. 소설에 흔히 나오듯 '내게 연인이 생겼다'는 새로운 현실을 어떻게 받아들일지 생각할 시간이 필요했다.

그리하여 펠리페는 열정적인 작별의 포옹을 하며 날 집 앞에 내려 주었고, 내가 샤워를 마치고 막 옷을 갈아입었을 때 유데이가 렌터카를 몰고 우리 집에 도착했다. 그는 날 딱 보더니 이렇게 말했다. "형씨, 간밤에 몇 시에 들어온 거야?"

"형씨, 나 외박했수다."

"이야야야야야." 그는 그렇게 말하고 웃기 시작했다. 아마 불과 2주 전에 우리가 나눴던 대화를 기억하기 때문이리라. 그때 난 죽을 때까지 절대, 한 번도 섹스를 하지 않을 거라고 진지하게 선언했다.

"그래서 그냥 포기한 거야, 응?" 유데이가 말했다.

"유데이, 내가 이야기를 하나 해 주지. 작년 여름에 그러니까 미국을 떠나기 직전에 업스테이트 뉴욕에 있는 할아버지 댁을 방문했어. 우리 할아버지는 할머니가 돌아가신 뒤에 게일이라는 아주 멋진 분과 재혼했지. 그분이 지금 80대인데 아주 낡은 앨범을 꺼내시더니 내게 1930년대 찍은 사진을 보여 주셨어. 당시 열여덟 살이었고 절친한 두 친구 그리고 보호자와 함께 1년간 유럽 여행을 떠나셨대. 그 앨범을 들추면서 이탈리아에서 찍은 멋진 사진들을 보여 주셨어. 그러다가 베네치아에서 찍은 사진을 보게 됐는데 너무나 귀여운 이탈리아 남자가 찍힌 거야. '어머, 이 꽃미남은 누구예요?' 내가 묻자 그분이 이렇게 대답하셨지. '우리가 베네치아에서 묵었던 호텔 주인의 아들이야. 내 남자 친구였지.' '남자 친구요?' 그러자 우리 할아버지의 사랑스러운 부인이 음흉한 눈길로 날 바라보는 거야. 베티 데이비스처럼 섹시하게. 그러더니 이렇게 말하더라. '성당 구경에 질렸거든, 리즈.'"

유데이는 내게 하이파이브를 했다. "잘했어, 형씨."

그렇게 나와 추방당한 인도네시아인 음악 천재의 가짜 미국식 발리 횡단 자동차 여행이 시작되었다. 뒷좌석에는 기타와 맥주, 미국식 자동차 여행 음식에 상응하는 발리 음식—튀긴 쌀 크래커와 발리 특유의 끔찍한 맛이 나는 사탕—등이 가득했다. 당시 내 머릿속을 점령했던 펠리페와 세상 어느 나라의 자동차 여행이든 동반되기 마련인 이상한 몽롱함 때문에 이제 여행의 세세한 부분들은 희미하게 번져 있다. 내가 기억하는 건 유데이와 내가 시종일관 미국식 영어, 한동안 내가 쓰지 못했던 언어를 썼다는 것이다. 물론 그 한해 동안 영어를 많이 쓴 건 사실이다. 하지만 미국식은 아니었고 더군다나 유데이가 쓰는 힙합식 영어는 더욱 아니었다. 그리하여 우리는 자동차 여행을 하는 동안 MTV의 주된 시청자인 청소년으로 돌변해 호보큰[46]의 틴에이저들처럼 서로를 갈구고, 서로를 '형씨', '이봐' 혹은 가끔씩 '호모'—물론 애정 어린 태도로—라고도 부르며 미국식 영어를 마음껏 탐닉했다. 우리 대화의 주축은 서로의 엄마를 향한 애정 어린 모욕이

---

46 뉴저지의 도시.

었다.

"이봐, 지도는 어쨌어?"

"내가 지도를 어쨌는지 니 엄마한테 물어보지그래?"

"그럴 거다, 형씨. 근데 니 엄마가 너무 뚱뚱해서 말이지."

이런 식이다.

우린 발리의 내부는 통과하지 않았다. 그저 해변을 따라서 운전했고 덕분에 일주일 내내 해변만 질리게 보았다. 가끔씩 작은 고기잡이배를 타고 섬에 가서 둘러보기도 했다. 발리의 해변은 너무도 다양했다. 하루는 꾸따에 있는 남부 캘리포니아 스타일의 길고 멋진 백사장에서 파도와 놀기도 했다. 그리고 검은 바위들이 줄지어 있는 을씨년스러운 서부 해안으로 올라가 눈에 보이지 않는 발리의 분단선을 넘었다. 일반 관광객들은 절대 이 분단선 위로 가지 않는다. 그 선을 넘어 오직 서퍼들만(그리고 미친 사람들도) 발을 들여놓는 북부 해안의 거친 해변까지 올라갔다. 우리는 해변에 나란히 앉아 위험천만한 파도를 바라보았다. 바다가 입은 푸른색 드레스의 지퍼를 내리듯 수면을 양옆으로 가르고 나아가는 근육질의 서퍼들을 바라보기도 했다. 산호와 바위에 충돌해 뼈가 부러질 듯한 아픔을 느끼면서도 다음 파도를 타려고 오만하게 다시 바다로 뛰어드는 서퍼들을 보며 우리는 헉하고 숨을 들이쉬었다. "이봐, 저거 완전 미친 짓 아니야?"라고 말하면서.

렌터카를 몰고 다니는 내내 우리는 의도했던 대로 지금 여기가 인도네시아라는 것을 잊을 수 있었다.(순전히 유데이의 공이다.) 패스트푸드를 먹고, 미국 팝송을 부르고, 눈에 띌 때마다 피자를 사 먹었다. 여기가 발리라는 사실을 도저히 무시할 수 없는 풍경이 펼쳐질 때는 못 본 척하고 다시 미국에 있는 흉내를 냈다. 이를 테면 이런 식이었다.

"유데이, 이 화산을 지나가는 가장 좋은 방법은 뭐지?"

"95번 주간 도로를 타야 할 것 같아."

"하지만 그러면 러시아워가 한창일 때 보스턴을 통과하게 될 거라고."

이건 일종의 게임이었지만 그럭저럭 효과가 있었다.

가끔씩 차분히 펼쳐진 푸른 바다가 나오면 하루 종일 헤엄치며 상대가 아침 10시부터 맥주를 마셔도 눈감아 주었다. ("이봐, 이건 맥주가 아니라 약이라고.") 만나는 사람마다 친구가 되기도 했다. 유데이는 해변을 걷다가 보트를 만드는 사람을 보면 꼭 멈춰 서서 "와! 지금 보트를 만드는 거예요?"라고 물어보는 성격이다. 그의 이런 호기심은 사람들에게 호감을 사서 어느새 보트 장인은 우리에게 1년간 함께 살자고 초대했다.

이상한 일들은 주로 밤에 일어난다. 마을에서 멀리 떨어진 곳에서 우연히 신비한 사원 의식을 보게 되었는데 합창과 드럼, 가믈란[47]이 어우러진 소리에 이끌려 최면에 빠진 적도 있다. 작은 바닷가 마을에서는 가로등 하나 없는 컴컴한 거리에 마을 사람들이 모두 모여 생일 예식을 치르고 있었다. 유데이

---

47 인도네시아의 전통 타악기.

와 나는 (귀한 이방인이었기에)군중 속에서 끌려 나와 마을에서 가장 예쁜 소녀와 춤을 추라는 권유를 받았다. (소녀는 금과 보석으로 휘감겨 있었는데 향긋한 냄새가 풍기고 이집트 여자 같은 화장을 하고 있었다. 열세 살쯤 된 소녀는 어찌나 부드럽고 육감적으로 엉덩이를 흔드는지 마음만 먹으면 어떤 신이든 유혹할 수 있을 것 같았다.) 이튿날 같은 마을에서 이상한 패밀리 레스토랑을 발견했다. 주인은 자신이 훌륭한 타이 음식 요리사라고 장담했지만 음식은 실망스러웠다. 그래도 하루 종일 그 레스토랑에 머물며 차가운 콜라와 느끼한 팟타이를 먹고, 예쁘장하게 생긴 주인의 사춘기 아들과 보드 게임도 했다. (그곳을 떠난 후에야 그 예쁘장한 소년이 전날 밤 우리가 함께 춤을 췄던 소녀일 수도 있겠다는 생각이 들었다. 발리인들은 그렇게 성별을 바꾸는 의식의 달인이다.)

나는 매일 공중전화를 발견할 때마다 펠리페에게 전화했고, 그는 몇 밤이나 더 자야 돌아오는지 물었다. "난 당신과 사랑에 빠진 걸 즐기고 있어, 달링. 이런 현실이 너무 자연스러워서 2주마다 한 번씩 있었던 일처럼 느껴지지만 사실은 거의 30년 만에 처음 느껴 보는 감정이야."

아직 그 정도까지, 사랑으로 자유 낙하할 수 있는 지점까지 도달하지 않은 내가 머뭇거리는 음, 소리를 냈다. 몇 달 후면 내가 떠난다는 사실을 상기시키기 위해서였다. 하지만 펠리페는 개의치 않았다. "멍청할 정도로 낭만적인 남미식 사고방식인지도 모르겠지만 이해해 줘, 달링. 당신을 위해서라면 난 고통까지 받아들일 수 있어. 우리가 미래에 어떤 고통을 겪든지 간에 지금 당신과 함께 있는 즐거움을 누릴 수 있다면 난 그걸 받아들일 준비가 되어 있어. 지금 이 순간을 즐깁시다. 이 경이로운 순간을."

"웃기는 말이지만 당신을 만나기 전에는 평생 혼자서 금욕 생활을 해 볼까 진지하게 고려 중이었어요. 영적으로 묵상하는 삶을 살지도 모른다고 생각했다고요."

"달링, 당신이 묵상해야 할 건 이거야……." 그러면서 그는 내가 다시 그의 침대로 돌아왔을 때 내 몸과 하고 싶은 일들을 첫째, 둘째, 셋째, 넷째, 다섯째까지 구체적으로 나열했다. 나는 이 새로운 열정에 즐거운 동시에 정신이 없어서 무릎에 힘이 빠진 채 전화 부스에서 비틀비틀 걸어 나왔다.

자동차 여행의 마지막 날, 유데이와 나는 어딘가에 있는 바닷가에서 몇 시간이나 죽치고 앉아 종종 그랬듯이 다시 뉴욕 이야기를 시작했다. 뉴욕이 얼마나 멋지고, 우리가 뉴욕을 얼마나 사랑하는지. 유데이는 아내가 그리운 만큼 뉴욕도 그립다고 했다. 마치 뉴욕이 도시가 아니라, 추방된 이후로 다시는 못 보게 된 사람이나 친척인 것처럼. 이야기를 나누는 동안 유데이는 우리가 깔고 누운 타월 사이의 하얀 모래를 반반하게 고르고 거기에 맨해튼 지도를 그렸다. "우리가 기억하는 이 도시의 모든 걸 전부 그려 넣자, 리즈." 그가 말했다. 우리는 손끝으로 모든 길과 주요 교차로를 그려 넣었다. 비뚤름하게 맨해튼을 관통해 지나가는 브로드웨이가(街), 강들, 이스트 빌리지, 센트럴 파크. 얇고 예쁜 조가비를 집어다가 엠파이어스테이트 빌딩 자리에 세워 두고, 다른 조가비로는 크라이슬러 빌딩을 세웠다. 애도하는 마음으로 막대기 두 개를 가져다가 맨해튼 아래쪽에 쌍둥이 빌딩을 세워 주었다. 예전에 있었던 자리에.

이 모래 지도를 이용해 자기가 뉴욕에서 가장 좋아하는 장소들을 말하기로 했다. 여기는 유데이가 지금 쓰고 있는 선글라스를 산 곳. 여기는 내가 신고 있는 샌들을 산 곳. 여기는 내가 전남편과 처음으로 저녁을 먹은 곳. 여기는 유데이가 아내를 만난 곳. 여기는 시내에서 가장 맛있는 베트남 음식점. 여기는 가장 맛있는 베이글집, 여기는 가장 맛있는 우동집.("아냐, 이 호모야. 가장 맛있는 우동집은 여기야.") 내가 헬스 키친 주변 동네를 그려 넣자, 유데이가 말했다. "거기에 괜찮은 다이너가 하나 있는데."

"틱톡? 샤이엔? 아님 스타라이트?"

"틱톡."

"틱톡의 에그 크림 먹어 봤어?"

유데이가 신음 소리를 내며 말했다. "으, 나도 알아······."

뉴욕을 그리워하는 그의 마음이 너무도 절절히 느껴져서 잠시 그게 내 마음으로 착각될 정도였다. 나는 그의 향수병에 완전히 전염되어 순간적으로 난 얼마든지 맨해튼으로 돌아갈 수 있다는 사실을 잊어버렸다. 유데이는 쌍둥이 빌딩 자리에 세워 둔 막대기 두 개를 매만져 모래 속에 더 깊이 박았다. 그러고는 잠잠한 바다를 바라보며 말했다. "여기가 아름답다는 건 알아……. 하지만 내가 다시 미국에 돌아갈 수 있을까?"

내가 무슨 대답을 해 줄 수 있을까?

우리는 침묵 속으로 가라앉았다. 그러더니 그가 계속 빨아 먹던 역겨운 맛의 인도네시아 사탕을 뱉어 내며 말했다. "이 사탕 더럽게 맛없네. 대체 어디서 난 거야, 형씨?"

"너네 엄마한테서, 형씨." 내가 말했다.

99

우붓에 돌아오자 난 곧장 펠리페의 집으로 가서 거의 한 달간 침실에서 나오지 않았다. 과장이 아니다. 지금까지 누구도 내게 이토록 큰 쾌락을 주며 일편단심으로 날 사랑하고 숭배한 적이 없었다. 사랑을 나누는 행위를 통해 이토록 낱낱이 벗겨지고 드러내고 펼쳐지고 내던져진 적은 없다.

남녀 간의 육체 행위에 대해 내가 아는 사실은 두 사람 사이의 성적 경험을 관장하는 특정한 자연의 법칙이 있다는 것이다. 중력이 타협의 대상이 아니듯이 이 법칙 또한 한 치의 양보도 없다. 누군가의 몸에 육체적으로 편안함을 느끼는 것은 내가 결정할 수 있는 사안이 아니다. 두 사람이 어떻게 생각하고 행동하고 말하고 심지어 어떻게 생겼는지도 거의 관계가 없다. 흉골 뒤 깊은 곳 어딘가에 두 사람을 끌어당기는 신비한 자석이 묻혀 있느냐 없느냐의 문제다. 그 자석이 없을 때는(내가 과거의 경험을 통해 뼈저리게 깨달았듯이) 억지로 생겨나라고 강요할 수 없다. 환자가 자신의 몸에 맞지 않는 기증자의 신장을 억지로 받을 수 없듯이. 내 친구 애니는 그 모든 것을 단순한 질문으로 요약했다. "그러니까 지금 이 사람과 평생 배꼽을 맞추고 싶은 거야, 아니야?"

펠리페와 나는 기쁘게도 완벽하게 어울린다는 걸 알았다. 유전자 공학에 의해 완벽하게 궁합을 맞춘 성공 사례처럼. 우리 몸의 어떤 부분도 상대의 몸에 알레르기 반응을 일으키지 않았다. 위험한 것도, 어려운 것도, 거부감이 드는 것도 없었다. 우리의 관능적인 우주에서는 모든 게 상호 보완적이고 또한…… 찬사의 대상이었다.

"당신의 몸을 좀 봐." 또다시 사랑을 나눈 뒤, 날 거울 앞으로 데려가며 펠리페가 말했다. 그는 내 알몸과 방금 나사(NASA)에서 원심 분리기 훈련실에 들어갔다 나온 듯한 내 머리를 보여 주었다. "당신이 얼마나 아름다운지 봐……. 몸의 모든 선이 곡선이야……. 마치 모래 언덕처럼……."

(사실 내 몸이 이토록 편안하게 느껴지고 또 편안해 보인 적은 생후 6개월 이후로 처음이었다. 생후 6개월에 엄마가 찍어 준 사진을 보면 난 주방 싱크대에서 목욕을 마치고 타월을 뒤집어쓴 채 옆 조리대에 앉아 완전히 행복에 겨워하고 있었다.)

그는 다시 날 침대로 이끌며 포르투갈어로 말했다. "Vem, gostosa.(이리 와요, 내 맛있는 사람.)"

펠리페는 또한 애칭의 달인이다. 침대에서는 포르투갈어로 은근한 숭배를 퍼붓기에 나는 이제 그의 '사랑스럽고 귀여운 달링'을 졸업하고, 'queridinha'가 되었다. (문자 그대로 번역하자면 역시 '사랑스럽고 귀여운 달링.') 발리에서 인도네시아어나 발리어는 배우지 않으려고 게으름을 부리던 내가 갑자기 포르투갈어는 너무나 쉽게 배웠다. 물론 내가 아는 건 잠자리용 단어뿐이었지만, 포르투갈어는 그런 용도로 매우 적합했다. 펠리페는 이렇게 말했다. "당신은 포르투갈어에 질리게 될 거야, 달링. 내가 당신을 너무 자주 만지고, 당신이 아름답다는 말을 너무 많이 해서 질리게 될 거라고."

어디 한번 보자고요.

나는 날짜를 잊은 채 그의 시트 밑에서, 그의 손길 밑에서 사라져 버렸다. 오늘이 무슨 요일인지도 모르는 그 느낌이 좋았다. 질서정연하던 스케줄은 미풍에 흔적도 없이 날아가 버렸다. 한동안 발길이 뜸하다가 마침내 어느 오후, 주술사를 만나러 그의 집에 들렀다. 끄뜻은 내가 말을 꺼내기도 전에 얼굴만 보고 알아챘다.

"발리에 남자 친구가 생겼군."

"네, 끄뜻."

"잘됐어. 임신하지 않도록 조심해."

"그럴 거예요."

"좋은 사람이야?"

"당신이 그렇다고 했잖아요, 끄뜻. 그의 손금을 읽더니 좋은 사람이라고 약속했잖아요. 일곱 번쯤 말했다고요."

"내가? 언제?"

"지난 6월에요. 내가 여기 데려왔어요. 브라질 남자고 나보다 나이가 많죠. 그가 맘에 든다고 했어요."

"그런 적 없어." 끄뜻이 우겼다.

나로서는 그를 설득할 방도가 없다. 끄뜻은 가끔씩 기억이 오락가락한다. 65세에서 112세 사이의 어디쯤 된 나이라면 누구라도 그럴 것이다. 대개는 정신이 맑고 또렷하지만 그렇지 않을 때는 마치 다른 차원의 의식 속에서, 다른 우주에서 살다 온 사람 같다. (몇 주 전에는 정말로 뜬금없이 이런 말을 했다. "자네는 좋은 친구야, 리스. 충직한 친구. 사랑스러운 친구." 그러더니 한숨을 푹 쉬며 허공을 응시하고 슬픈 어조로 덧붙였다. "샤론하고는 달라." 샤론이 대체 누구야? 그 여자가 끄뜻에게 무슨 짓을 했지? 나는 그에게 물어보았지만 그는 아무 말도 하지 않았다. 갑자기 무슨 소리냐는 반응을 보였다. 애초에 그 샤론이라는 못된 년을 언급한 사람이 나라는 듯이.)

"왜 내게 남자 친구를 소개하지 않는 거야?" 이제 그는 그렇게 따졌다.

"소개했어요, 끄뜻. 진짜로요. 당신도 마음에 들어 했고요."

"기억 안 나. 그 사람 부자야, 당신 남자 친구?"

"아뇨, 끄뜻. 부자는 아니에요. 하지만 먹고살 만큼은 벌어요."

"중간 부자?" 주술사는 자세히 알고 싶어 했다.

"그럭저럭 벌어요."

내 대답이 성에 차지 않았는지 끄뜻이 다시 물었다. "자네가 이 남자에게 돈을 달라고 하면 그가 자네에게 돈을 줄 수 있어, 없어?"

"난 그의 돈을 원하지 않아요, 끄뜻. 난 남자에게서 돈을 받은 적 없어요."

"매일 밤을 그와 함께 보내?"

"네."

"잘됐군. 그가 자네를 예뻐하나?"

"아주 많이요."

"잘됐군. 명상도 계속하고?"

그랬다, 난 여전히 매일 명상했다. 펠리페의 침대에서 살며시 빠져나와 소파로 가서 침묵 속에 앉아 이 모든 것을 감사하는 기도를 한다. 포치 밖에서는 오리들이 시종일관 꽥꽥 떠들고, 첨벙거리며 논을 가로질러 갔다. (펠리페는 저 분주한 오리들을 보면 언제나 리오의 해안을 으스대며 활보하던 브라질 여자들이 떠오른다고 했다. 큰 소리로 재잘거리며 끊임없이 상대의 말에 끼어들고, 자랑스럽게 궁둥이를 흔들어 대며 걷던 여자들.) 요즘 나는 완전히 긴장이 풀어져 명상 속으로 쉽게 미끄러져 들어간다. 마치 연인이 준비해 둔 욕조 속으로 미끄러지듯이. 벌거벗은 채 아침 햇살 속에서 어깨에 얇은 담요만 두르고 나는 은총 속으로 사라져 허공 위를 맴돈다. 티스푼 위에서 균형을 잡은 조그만 조가비처럼.

왜 전에는 사는 게 그다지도 힘들었을까?

하루는 뉴욕에 있는 친구 수전에게 전화해 맨해튼 시내에서 늘 들리던 경찰차 사이렌의 앵앵거리는 소음을 배경으로 최근에 그녀의 가슴을 찢어 놓은 연애 사건을 듣게 되었다. 나는 심야 라디오의 재즈 프로그램 디제이처럼 차분하고 부드러운 어조로 그냥 그 남자를 놓아 버리라고 말했다. 이미 지금 이 상태로 모든 게 완벽하며, 우주는 오로지 평화와 조화만을 준다는 걸 알아야 한다고……

그러자 수전이 어이없다는 듯이 눈을 굴리는 소리가 들리는 듯했다. 그녀는 사이렌 소리를 뚫고 이렇게 말했다. "오늘만 벌써 오르가슴을 네 번이나 느낀 여자처럼 말하고 있네."

100

그러나 몇 주 후, 그 모든 재미와 게임의 대가를 치르게 되었다. 밤새 자지 않고 지나치게 사랑을 나눈 결과, 내 몸은 반발했고 방광염이라는 고약한 공격을 받게 되었다. 이는 과도한 섹스에서 비롯된 전형적인 질병으로 특히 과도한 섹스에 익숙하지 않은 상태일 때 더 발병하기 쉽다. 여느 비극과 마찬가지로 순식간에 벌어졌다. 아침에 몇 가지 자질구레한 일들을 처리하며 마을을 걸어 다니고 있는데 갑자기 타는 듯한 통증과 열감이 아랫배를 강타했다. 방탕했던 젊은 시절에 이미 방광염에 걸렸던 터라 난 이 통증의 정체를 알고 있었다. 한순간 겁이 덜컥 났지만—자칫하면 오랫동안 고생할 수 있다.—이내 "다행히 발리에서 나랑 제일 친한 친구가 치료사구나."라는 생각이 떠올라 당장 와얀의 가게로 달려갔다.

"나 아파!" 내가 말했다.

와얀은 날 힐끗 쳐다보고는 말했다. "섹스를 너무 많이 해서 병이 난 거야, 리즈."

난 신음 소리를 내며 민망해서 양손에 얼굴을 묻었다.

그녀가 낄낄거렸다. "와얀을 속일 순 없어……."

통증이 너무 심했다. 방광염에 걸려 본 사람이라면 이 통증이 얼마나 끔찍한지 알 것이다. 걸려 본 적이 없는 사람이라면, 자기가 겪었던 통증 중에서 가장 큰 통증을 떠올리고 그 문장 어딘가에 '부지깽이로 쑤시는 듯한'을 넣어 주면 된다.

와얀은 베테랑 소방관이나 응급실 의사처럼 절대 서두르지 않았다. 질서정연하게 몇 가지 약초를 잘게 다지고, 약초 뿌리를 끓이고, 부엌과 나 사이를 오가며 따뜻한 갈색 독약처럼 쓰디쓴 차를 연신 가져다주었다. 나는 계속 그 차를 마셨다.

다음 약이 끓는 동안, 와얀은 맞은편에 앉아 음흉한 눈초리로 날 바라보며 참견할 기회를 놓치지 않았다.

"임신하지 않도록 조심해, 리즈."

"그런 일은 없을 거야, 와얀. 펠리페는 정관 수술을 했으니까."

"펠리페가 정관 수술을 했어?" 마치 "펠리페가 토스카나에 집이 있어?"라고 묻듯이 와얀이 감탄하며 말했다. (사실 나도 그렇게 생각하기는 한다.) "발리에서는 남자에게 그런 수술을 시키기가 아주 힘들어. 피임은 언제나 여자 몫이지."

(하지만 최근의 기막힌 피임 보상 프로그램 덕분에 출산율이 떨어지기는 했다. 발리 정부에서 자진해서 정관 수술을 하는 남자에게 새 오토바이를 한 대씩 주기로 한 것이다. 비록 남자들이 수술을 마친 후에 곧바로 새 오토바이를 타고 집에 돌아가는 모습은 상상하기 싫었지만.)

"섹스는 웃기는 거야." 통증으로 얼굴을 찡그리며 그녀가 만들어 준 약을 좀 더 마시는 나를 바라보며 와얀이 말했다.

"그래, 와얀. 고마워. 웃겨 죽겠다."

"아냐, 섹스는 정말로 웃겨. 사람들은 섹스 때문에 온갖 웃긴 짓을 하지. 처음 사랑에 빠졌을 땐 다들 섹스를 좋아해. 지나친 행복, 지나친 쾌락을 원하다가 결국엔 병에 걸리고 말지. 이 와얀도 연애를 시작할 땐 그랬는걸. 균형을 상실한 거지."

"민망하니까 그만해."

"민망할 거 없어." 와얀은 그렇게 말하며 완벽한 영어로(그리고 완벽한 발리인의 논리로) 덧붙였다. "사랑에 빠져 가끔씩 균형을 잃는 게 균형 잡힌 인생을 살아가는 과정인걸."

나는 펠리페에게 전화하기로 했다. 만약을 대비해 가지고 다니는 응급약 무더기 속에 항생제가 있었다. 방광염에 걸려본 적이 있기 때문에 이 증상이 얼마나 나빠질 수 있는지 알고 있었다. 잘못하면 신장까지 감염될 수 있다. 인도네시아에서 그런 고생을 하고 싶진 않았다. 그래서 펠리페에게 전화로 상황을 설명하고(그는 몹시 부끄러워했다.), 그 약을 가져다 달라고 부탁했다. 와얀의 치료 실력을 못 믿어서가 아니라, 이건 정말 통증이 심하기 때문이다…….

"양약은 필요 없어." 와얀이 말했다.

"하지만 먹어 두는 게 나을 거야. 만약을 위해서……."

"두 시간만 기다려 봐. 더 나아지지 않으면 그때 약을 먹어."

난 마지못해 동의했다. 방광염에 걸려 본 경험상 아주 강력한 항생제를 먹어도 깨끗이 치료되는 데 며칠이 걸렸다. 하지만 와얀의 기분을 상하게 하고 싶지 않았다.

가게에서 놀고 있던 투티는 날 위로하기 위해 계속 집을 그린 그림을 가져다주었다. 그러고는 여덟 살짜리 꼬마의 연민으로 내 손을 토닥거리며 물었다. "엄마, 엘리자베스 이모 어디 아파?" 적어도 그 애는 내가 왜 이런 병에 걸리게 되었는지 몰랐다.

"집 샀어, 와얀?"

"아니, 아직. 서두를 거 없어."

"그때 마음에 든다든 집은 어쨌어? 그 집을 살 줄 알았는데?"

"알아봤더니 안 판대. 너무 비싸."

"다른 후보라도 있어?"

"지금은 그걸 걱정할 때가 아냐, 리즈. 우선은 내가 얼른 치료해 줄게."

펠리페가 후회하는 표정으로 약을 가지고 도착했다. 그러고는 내게 이런 고통을 준 것에 대해 나와 와얀 모두에게 사과했다. 적어도 그는 그게 자기 탓이라고 생각했다.

"심각한 거 아니니 걱정 마세요. 내가 금방 낫게 해 줄게요. 금방 좋아질 거예요."

와얀은 그렇게 말하더니 부엌으로 들어가 거대한 유리 믹싱 볼에 나뭇잎, 뿌리, 베리, 강황, 마녀의 머리카락처럼 덥수룩한 털 뭉치에 도롱뇽 눈처럼 보이는 것들이 둥둥 떠 있는 갈색 액체를 담아 왔다. 뭔지는 몰라도 대략 1.5리터 정도였다. 마치 시체 같은 냄새가 났다.

"마셔. 남기지 말고 모두." 와얀이 말했다.

나는 꾹 참고 다 마셨다. 그러자 채 두 시간도 되기 전에…… 뭐, 이 이야기가 어떻게 끝날지는 다들 알 것이다. 항생제로 치료하는 데 며칠이 걸리던 염증이 말끔히 사라졌다. 나는 치료비를 내려 했지만 와얀은 웃기만 했다. "우린 자매인데 돈을 받을 순 없지." 그러더니 펠리페에게로 몸을 돌리고 짐짓 엄격하게 말했다. "이젠 당신이 조심해야 해요. 오늘 밤엔 잠만 자요, 만지지 말고."

"이렇게 섹스에서 비롯된 병을 고쳐 주려면 민망하지 않아?" 내가 와얀에게 물었다.

"리즈, 난 치료사야. 여자의 질이든 남자의 바나나든 모든 병을 고친다고. 가끔은 여자를 위해 가짜 페니스를 만들어 주기도 해. 혼자서 섹스할 수 있도록."

먹고 기도하고 사랑하라

"자위 기구를 만들어 준단 말이야?" 난 충격을 받았다.

"모든 사람이 브라질 남자와 사귀는 건 아니야, 리즈." 와얀은 그렇게 훈계하더니 다시 펠리페를 바라보며 명랑하게 말했다. "당신의 바나나를 딱딱하게 만드는 데 문제가 있다면, 내가 약을 줄 수 있어요."

나는 펠리페의 바나나는 어떤 도움도 필요 없다고 열심히 보증했다. 그러나 펠리페가 사업가답게 내 말을 가로막으며 와얀에게 물었다.

"바나나를 딱딱하게 하는 당신 치료약을 혹시 병에 담아 팔 수 있나요? 그럼 우린 돈벼락을 맞을 겁니다."

"아뇨, 그런 식으론 효과가 없어요. 내가 만든 약들은 효과를 보려면 매일 신선하게 만들어야 해요. 그리고 반드시 내 기도가 동반되어야 하고요. 게다가 약만으로 바나나가 단단해지는 건 아니에요. 마사지로도 가능하죠."

와얀은 발기 불능인 남자의 바나나를 치료하는 마사지 방법을 여러 가지로 설명했다. 특별한 기도를 계속 중얼거리며 물건의 끝부분을 쥐고, 혈액 순환을 돕기 위해 한 시간가량 잘 흔들어 줘야 한다고 했다.

"하지만 와얀, 만약 남자가 매일 찾아와서 '아직 치료가 덜 됐어요, 선생님! 바나나 마사지를 또 해 주세요!'라고 하면 어떻게 해?"

내 음란한 생각에 와얀은 깔깔 웃었다.

"맞아, 남자의 바나나를 치료하는 데 너무 많은 시간을 쏟지 않도록 주의해야 해. 그걸 하다 보면 내게도…… 강렬한 감정이 일어나거든. 그게 치료 에너지에 도움이 되는지는 잘 모르겠어. 남자들이 가끔씩 이성을 잃는 경우도 있어."

오랫동안 발기 불능이었는데 마호가니빛 피부에 비단결 같은 머리를 한 여자가 그 엔진에 다시 시동을 걸어 준다면 누군들 안 그러겠는가.

"한 남자는 발기 불능 치료를 하던 도중에 갑자기 벌떡 일어나 나를 쫓아 방 안을 빙빙 돌아다닌 적도 있었어. '난 와얀이 필요해! 난 와얀이 필요해!'라면서."

하지만 와얀이 할 수 있는 건 그뿐만이 아니다.

"난 가끔씩 발기 불능이나 불감증, 또는 아기가 생기지 않아 고생하는 부부들에게 섹스를 가르쳐 주기도 해. 침대 시트에 마법의 그림을 그려 주고, 어떤 날에 어떤 체위로 하는 게 좋은지 알려 주지. 아기를 원할 때는 남자가 피스톤 운동을 정말, 정말 세게 해야 하고 여자의 질 속에 바나나 물을 아주, 아주 빨리 쏘아야 해. 상황에 따라서는 내가 섹스를 하는 부부 방에 들어가 얼마나 세게, 얼마나 빨리 해야 하는지 설명하기도 하지."

"그럼 남자는 와얀이 지켜보는 가운데 정말로 세게, 그리고 정말로 빨리 바나나 물을 쏠 수 있단 말이야?" 내가 물었다.

펠리페는 부부를 지켜보는 와얀의 흉내를 내며 말했다. "더 빨리! 더 세게! 아기를 낳을 거야, 말 거야?"

"미친 소리로 들린다는 거 알아. 하지만 그게 치료사의 일인걸. 사실 내 신성한 영혼을 보호하려면 이런 일을 하기 전후로 정화 의식을 많이 치러야 하긴 해. 그리고 나도 그 일을 자주 하고 싶진 않아. 하다 보면 정말 웃긴다는 생각이 들거든. 하지만 아기를 가져야 한다면 내가 도와주지 않을 수 없지."

"그래서 그 부부들이 모두 아이를 가졌어?"

"가졌다마다!" 그녀가 자랑스럽게 말했다. 그러고는 정말로 재미있는 비밀을 말해 주었다. "만약 아기가 생기지 않으면, 난 흔히 말해 누구 탓인지 알아보기 위해 남녀 모두 검사해. 만약 그게 여자 탓이라면 아무 문제가 없어. 내가 고대의 치료법으로 고칠 수 있으니까. 하지만 남자 탓이라면, 이 가부장적인 발리에서는 상황이 복잡해지지. 발리 남자에게 불임이라고 말하는 건 위험해. 그런 일은 있을 수 없거든. 남자는 누가 뭐래도 남자니까. 만약 임신에 문제가 있다면 여자 탓이어야만 해. 그리고 아내가 곧 아기를 갖지 못하면 그 여자는 아주 곤란해지지. 맞거나 집안의 수치가 되거나 이혼당하거나."

"그럼 그런 상황에선 어떻게 해?" 나는 정액을 아직도 '바나나 물'이라고 부르는 여자가 남성들의 불임을 진단할 수 있다는 사실에 감탄하며 물었다.

"남자가 불임일 경우에도 난 그냥 여자가 불임이라고 거짓말을 해. 그러고는 치료를 해야 하니까 매일 오후에 아내 혼자만 보내라고 해. 부인이 가게에 혼자 오면, 난 마을의 젊은 총각을 불러서 그 여자와 섹스를 하라고 하지. 아기가 생기기를 바라면서 말이야."

펠리페가 대경실색했다. "와얀! 말도 안 돼요!"

그러나 그녀는 차분히 고개를 끄덕였다. "그 방법뿐이에요. 부인이 건강하면 곧 아기가 생기고 모두 행복해지죠."

펠리페는 이 마을을 잘 알기에 즉시 호기심이 생겼다. "누굽니까? 누구에게 그 일을 시키죠?"

"택시 운전사들이요." 와얀이 대답했다.

그 말에 우리는 웃음을 터뜨렸다. 우붓은 길모퉁이마다 지나가는 관광객들에게 끊임없이 "택시? 택시?"라고 물으며 호객 행위를 하는 젊은 남자들, 이런 '택시 운전사들'로 가득 찼기 때문이다. 관광객들을 시내 외곽의 화산이나 해변, 사원으로 데려다주고 1달러씩 받는 게 이들의 생계 수단이다. 일반적으로 그들은 꽤나 잘생겨서 고갱의 그림에 나오는 듯한 그을린 피부에 근육질 몸매, 매력적인 긴 머리를 하고 있다. 이런 아름다운 남자들을 직원으로 갖춘, 여성을 위한 '불임 클리닉'을 운영한다면 미국에서 꽤나 많은 돈을 벌 수 있을 것이다. 와얀은 이 불임 치료의 가장 좋은 점은 운전사들이 대부분 섹스 서비스로 어떤 대가도 요구하지 않는 거라고 말했다. 특히 상대가 귀여운 여자일 경우에는. 펠리페와 나는 그들이 꽤나 너그러울 뿐 아니라 투철한 공동체 의식을 가지고 있다는 데 동의했다. 아홉 달 뒤면 예쁜 아기가 태어나고, 모두가 행복해진다. 가장 좋은 것은 결혼을 취소할 필요가 없다는 점이다. 결혼을 취소하는 게 얼마나 끔찍한 일인지는 모두 알고 있다. 특히 이 발리에서는.

"맙소사, 우리 남자들은 얼마나 어리석은지."

펠리페의 말에 와얀은 태연히 대꾸했다. "내가 이 방법을 쓰는 이유는 발리 남자들에게 그가 불임이라고 말했다가는 집에 가서 아내에게 끔찍한 짓을 할 위험이 있기 때문이에요. 만약 발리 남자들이 그런 짓을 하지 않는다면, 나도 다른 방법으로 불임을 치료할 수 있어요. 하지만 그게 현실이니 어쩌겠어요. 난 이 일에 전혀 양심의 가책을 느끼지 않아요. 그저 창조적인 치료사가 되기 위한 또 다른 방법이라고 생각하죠. 어쨌거나 발리의 아내들에게도 그런 멋진 운전사들과 섹스를 하는 게 가끔은 좋은 일이기도 해요. 대부분의 발리 남편들은 여자들을 사랑하는 법을 모르니까요. 대부분의 남편들은 그냥 수탉이죠. 아니면 염소거나."

"넌 성교육 교실을 열어야 해, 와얀. 남자들에게 여자를 부드럽게 만지는 법을 가르쳐 줘. 그럼 아내들이 섹스를 더 좋아하게 될 거야. 만약 남자들이 정말로 부드럽게 만져 주고, 살갗을 애무해 주고, 사랑스러운 말을 속삭이고, 온몸에 키스를 해 주며 여유 있게 사랑을 나눈다면…… 섹스가 정말 근사해질 테니까."

갑자기 그녀가 얼굴을 붉혔다. 바나나를 마사지하고, 방광염을 치료하고, 자위 기구를 팔고, 살짝 포주 노릇까지 하는 와얀 누리야쉬가 정말로 얼굴을 붉혔다.

"그런 식으로 말하니까 정말 웃긴다." 그녀가 손으로 얼굴에 부채질을 하며 말을 이었다.

"그런 말을 들으니까 기분이⋯⋯ 아주 이상해. 팬티 속까지 기분이 이상해지잖아! 어서 집에 가, 두 사람 모두. 섹스 이야기는 그만하고 집에 가서 잠이나 자. 하지만 잠만 자야 해, 알았지? 꼭 잠만 자야 해!"

101

집으로 가는 길에 펠리페가 물었다. "와얀이 집을 샀어?"

"아직이요. 지금 찾아보는 중이래요."

"당신이 와얀에게 돈을 준 지 한 달이 넘었지?"

"네, 하지만 와얀이 원했던 집이 알고 보니 팔지를 않는대요⋯⋯."

"조심해, 달링. 이 일을 너무 오래 끌지 마. 상황이 빨리 식대로 되도록 돌아가게 두면 안 돼."

"무슨 말이에요?"

"당신 일에 끼어들고 싶지 않지만 난 이 나라에 5년간 살아서 잘 알아. 자칫하면 일이 복잡해질 수 있어. 가끔은 사건의 진실을 알기 힘들지."

"무슨 말이 하고 싶은 거예요, 펠리페?" 내가 물었다. 그가 얼른 대답하지 않자, 난 그가 잘 쓰는 말을 인용했다. "당신이 천천히 말해 주면, 내가 금방 이해할 거예요."

"내가 하려는 말은 말이야, 리즈, 당신 친구들은 이 여자를 위해 엄청나게 많은 돈을 모아 줬어. 그리고 지금 이 순간, 그 돈은 모두 와얀의 계좌에 있지. 와얀이 그 돈으로 정말로 집을 사는지 확인하라고."

102

7월 말에 이르러 내 생일이 되었다. 와얀은 가게에서 생일 파티를 열어 주었는데 지금까지 내가 경험했던 파티와는 완전히 달랐다. 와얀은 내게 발리 전통 생일 의상을 입혀 주었다. 밝은 자주색 사롱에 끈 없는 뷔스티에를 입고, 긴 금색 천을 가져와 내 상체에 꽁꽁 둘러맸다. 몸에 꼭 맞는 드레스를 입은 셈이어서 숨을 쉬거나 생일 케이크를 먹는 것조차 힘들었다. 와얀의 작고 컴컴한 침실(거기서 그녀와 함께 자는 다른 세 꼬마의 물건들이 즐비한)에서 그녀의 손길 아래 아름다운 옷을 입은 미라로 변신하는 동안 그녀가 내게 물었다. 나를 보면서라기보다 뭔가를 내 옷 속으로 분주하게 끼워 넣고, 내 갈비뼈 주위에 핀으로 장식을 달면서.

"펠리페와 결혼할 거야?"

"아니. 우린 결혼할 생각 없어. 난 두 번째 남편이 필요 없고, 펠리페도 두 번째 부인은 필요 없을 거야. 하지만 그의 곁에 있는 게 좋아."

"잘생긴 사람은 찾기 쉬워. 하지만 외면과 내면 모두가 잘 생긴 사람은 찾기가 어렵지. 펠리페는 그 두 가지를 다 가지고 있어."

나도 동의했다.

그녀가 미소를 지으며 말했다. "누가 너한테 이 좋은 남자를 데려다주었지, 리즈? 누가 이런 남자를 달라고 매일 기도했지?"

나는 그녀에게 키스했다. "고마워, 와얀. 네 덕분이야."

우리는 생일 파티를 시작했다. 와얀과 두 자매는 가게를 온통 풍선과 야자수잎, '마음씨가 착하고 예쁜 당신, 사랑하는 자매이자 사랑하는 엘리자베스, 생일 축하해요, 당신의 생일을 축하해요. 언제나 평화가 함께하기를. 생일 축하해요.'처럼 길고 복잡한 글귀가 손글씨로 적힌 팻말로 꾸며져 있었다. 와얀의 조카들은 사원 제례에서 춤을 출 만큼 재능이 뛰어난 춤꾼이었는데 그날 파티에서 날 위해 춤을 춰 주었다. 원래는 사제들에게만 바치는 춤으로 오랫동안 기억에 남을 멋진 공연이었다. 춤을 추는 아이들은 모두 금빛 옷에 거창한 머리장식을 하고, 드래그 퀸처럼 진한 화장을 했으며, 발은 힘차게 구르고 여성스러운 손가락은 우아하게 움직였다.

일반적으로 발리의 생일 파티는 그날의 주인공이 제일 좋은 옷을 차려입고, 다른 사람들이 그 주위를 에워싸 서로 바라볼 수 있게 앉는다. 사실 뉴욕 잡지사 파티와 상당히 비슷하다. (와얀이 내게 발리식 생일 파티를 열어 주기로 했다는 말을 듣고 펠리페는 신음 소리를 냈다. "맙소사, 달링. 엄청나게 지루할 텐데······.") 하지만 지루하진 않았다. 그냥 조용하고 달랐다. 옷을 잔뜩 차려입고, 춤 공연을 관람하고, 다들 둘러앉아 서로를 바라보는 게 전부일 뿐 나쁘진 않았다. 다들 정말로 예쁘게 차려입었다. 와얀의 가족 모두가 참석했고, 그들은 1미터 떨어진 곳에서 계속 미소를 지은 채 내게 손을 흔든다. 그럼 나도 답례로 계속 미소를 지으며 손을 흔들어 준다.

나는 작은 끄뜻과 함께 생일 케이크의 불을 껐다. 몇 주 전, 난 그 애에게 이제부터 7월 18일을 생일로 삼아도 된다고 말해 주었다. 작은 끄뜻은 지금까지 한 번도 생일을 가져본 적이 없고, 따라서 생일 파티를 열어 본 적도 없기 때문이다. 함께 촛불을 끄자, 펠리페가 작은 끄뜻에게 바비 인형을 주었다. 소녀는 감격해서 말문이 막힌 채 포장을 풀더니 마치 목성행 로켓에 탑승할 수 있는 티켓이라도 받은 듯한 표정이었다. 70억 광년이 지나도 결코 받을 수 없으리라 생각했던 선물인 것이다.

이 파티는 모든 면에서 좀 웃겼다. 국적과 세대를 초월하는 이상한 모임으로 몇 명 안 되는 내 친구들, 와얀의 가족, 내가 만난 적이 없는 와얀의 외국인 고객과 환자가 뒤섞여 있었다. 내 친구 유데이는 생일 선물로 여섯 개들이 맥주를 가져왔고, 아담이라는 로스앤젤레스 출신의 힙스터 시나리오 작가도 들렀다. 아담과 유데이는 존이라는 꼬마와 이야기했는데 존의 엄마는 와얀의 환자인 독일인 의상 디자이너로 발리에 사는 미국인과 결혼했다. 아버지가 미국인이니 자기도 반은 미국인이라는(비록 그 애는 미국에 가 본 적이 없었지만) 일곱 살 소년

존은 엄마와 독일어로 말했고, 와얀의 아이들과는 인도네시아어로 말했다. 어쨌거나 그런 존은 아담이 캘리포니아 출신이며 서핑을 할 줄 안다는 걸 알고 그에게 홀딱 빠져 버렸다.

"가장 좋아하는 동물이 뭐예요, 아저씨?" 존이 묻자, 아담이 펠리컨이라고 대답했다.

"펠리컨이 뭐예요?" 꼬마의 질문에 유데이가 끼어들었다.

"형씨, 너 펠리컨이 뭔지 몰라? 집에 가서 아빠에게 물어봐, 형씨. 펠리컨은 끝내주게 멋있다고."

그러자 반은 미국인인 존이 꼬마 투티에게 몸을 돌려 인도네시아어로 뭐라고 말했다.(아마도 펠리컨이 뭐냐고 물어보는 거겠지.) 한편 투티는 펠리페의 무릎에 앉아 내 생일 카드를 읽어 보려 했고, 펠리페는 와얀에게 신장을 치료받는 파리 출신의 은퇴한 노신사와 아름다운 불어로 이야기를 했다. 와얀이 틀어 놓은 라디오에서는 케니 로저스가 「마을의 겁쟁이(Coward of the County)」를 부르고 있었고, 일본 여자 셋이서 마사지를 받을 수 있는지 알아보려고 가게 안으로 들어왔다. 내가 일본 여자들에게 생일 케이크를 먹고 가라고 설득하는 동안, 두 고아 소녀는 생일 선물로 주려고 용돈을 모아서 산 거대한 반짝이 핀을 내 머리에 꽂아 주었다. 사원의 무용수인 와얀의 조카들, 농부의 아이들은 아주 얌전히 앉아 수줍은 시선으로 마룻바닥을 응시했다. 마치 작은 신들처럼 금색 옷을 입은 그 애들 덕분에 실내에는 초자연적인 신성함이 흘러넘쳤다. 아직 저녁도, 황혼 녘도 아닌데 밖에서는 수탉들이 울어 대기 시작했다. 전통 발리 복장이 마치 열렬한 포옹처럼 날 꼭 감싼 가운데 나는 이거야말로 지금까지 내가 경험했던 어떤 생일 파티보다 가장 이상하지만 아마도 가장 행복한 파티일 거라고 생각했다.

103

와얀은 집을 사야만 했고 난 이제 그 일이 걱정되기 시작했다. 왜 아직 집을 사지 않았는지 이해할 수 없지만 어쨌거나 그녀는 반드시 집을 사야 했다. 이제는 펠리페와 나도 그 일에 동참했다. 우리는 부동산 중개업자를 찾아갔고, 그는 우리를 데리고 다니며 매물을 보여 주었지만 와얀은 마음에 들어 하지 않았다. 나는 계속 이렇게 말했다. "와얀, 우린 반드시 집을 사야 해. 난 9월이면 여길 떠날 거고, 떠나기 전에 내 친구들의 돈이 실제로 집을 구입하는 데 쓰였다는 걸 알려 줘야만 한다고. 너도 쫓겨나기 전에 거처를 마련해야 하잖아."

"발리에서 땅을 사는 일은 간단하지 않아. 바에 가서 맥주를 주문하는 거랑은 다르다고. 시간이 오래 걸릴 수 있어." 그녀는 늘 그렇게 대꾸했다.

"우리에겐 시간이 별로 없어, 와얀."

와얀은 그저 어깨를 으쓱였고, 난 다시 한 번 발리인들의 '고무 시간' 관념을 떠올렸다. 시간이란 매우 상대적이며 고무

처럼 탄력적이라는 관념이다. '4주'라는 시간이 와얀과 내게
의미하는 바는 꼭 일치하지 않는다. 와얀에게는 하루가 24시
간으로 구성되지 않았을 수도 있다. 그날의 정신적, 감정적 성
질에 따라 때로는 24시간보다 더 길 수도 있고, 짧을 수도 있
다. 우리 주술사의 신비한 나이처럼. 때로는 살아온 햇수를 세
기도 하고, 때로는 그 햇수의 무게를 재기도 하는 것이다.

또한 발리에서 부동산을 소유하는 것을 내가 완전히 과소
평가하고 있었음을 깨달았다. 이곳에서는 모든 게 싸다 보니
땅의 가치 역시 낮으리라고 짐작하겠지만 그건 잘못된 생각
이다. 발리, 특히 우붓에서 땅을 사는 것은 거의 웨스트체스터
카운티나 도쿄, 로데오 드라이브에 땅을 사는 것만큼이나 돈
이 많이 든다. 또한 철저히 불합리한 일이기도 한데 일단 땅을
소유하고 나면 어떤 합리적인 방법으로도 본전을 뽑을 수 없
기 때문이다. 대략 2만 5000달러에 1아로(아로는 땅의 단위인데
대충 번역하자면 'SUV 한 대를 주차할 수 있는 공간보다 약간 큰'
면적이다.)의 땅을 구입해 거기에 작은 가게를 지으면, 죽을 때
까지 매일 관광객에게 사롱 하나씩을 대략 75센트에 팔아야
한다. 이건 말이 안 된다.

하지만 발리인들에게 땅은 경제관념을 뛰어넘을 정도로
소중하다. 전통적으로 발리에서는 땅을 소유하는 것만이 유일
하게 합법적인 부로 인정되며, 이곳에서 땅은 마사이족에게
소, 혹은 다섯 살짜리 내 여자 조카에게 립글로스만큼이나 큰
가치를 지닌다. 다시 말해 아무리 가져도 만족할 수 없고, 일

단 가진 후에는 절대로 내놓아서는 안 되며, 세상에 존재하는 땅은 모두 내가 가져야 한다는 뜻이다.

게다가 내게는 마치 나니아처럼 생경한 인도네시아 부동산의 복잡한 세계를 8월 내내 여행하며 알아낸 바에 따르면 이 동네에서는 실제로 어떤 땅이 판매 중인지 알아내기가 거의 불가능했다. 땅을 파는 발리인들은 자신이 땅을 내놓았다는 사실을 알리고 싶어 하지 않는다. 우리의 사고방식으로는 땅을 내놓았다는 사실을 광고해야 이득이지만 발리인들은 그렇게 생각하지 않는다. 만약 당신이 발리인 농부인데 땅을 팔려고 한다면, 이는 당신에게 현금이 꼭 필요로 한다는 뜻으로 매우 모욕적인 일이다. 게다가 당신이 땅을 팔았다는 걸 이웃과 가족이 알게 되면, 그들은 당신에게 현금이 있는 걸 알고 돈을 빌려 달라고 할 것이다. 따라서 땅을 내놓을 수 있는 유일한 방법은 오로지…… 소문뿐이다. 이곳의 모든 토지 계약은 비밀과 속임수라는 이상한 베일 속에서 행해진다.

여기 거주하는 서양인들은 내가 와얀을 위해 땅을 사려 한다는 걸 듣고, 내게 달려와 자신들이 겪은 악몽 같은 경험담을 바탕으로 여러 가지 경고를 해 주었다. 그들은 이곳의 부동산과 관련해서는 어떤 것도 확신해서는 안 된다고 경고했다. 심지어 우리가 구입하려는 땅의 주인이 진짜 주인이 아닐 수도 있다. 당신에게 땅을 보여 준 사람은 주인이 아니라, 진짜 주인에게 불만을 잔뜩 품은 조카일 수 있다. 가족 간의 반목 때문에 삼촌의 뒤통수를 치려는 것이다. 땅의 경계가 분명하기를 바라서도 안 된다. 꿈의 집을 위해 구입한 땅이 나중에 '신전과 너무 가깝다'는 이유로 건축 허가가 떨어지지 않을 수도 있다.(그리고 대략 2만 개의 사원이 존재하는 이 좁은 시골에서 신전과 너무 가깝지 않은 땅을 찾기란 무척 힘들다.)

게다가 집이 화산의 경사면에 자리 잡거나 단층선에 걸터앉았을 수도 있다. 단지 지리적 단층선만이 아닌, 사회적 단층선에도. 겉보기에는 한가로워 보일지라도 발리는 사실 인도네시아라는 사실을 명심해야 한다. 인도네시아는 지구상에서 가장 큰 이슬람 국가로 중심부는 불안정하며, 고등 법원 판사에서부터 차에 기름을 넣어 주는 남자(차에 기름을 가득 채워 넣는 척만 하는)에 이르기까지 철저하게 부패되어 있다. 여기서는 언제든 혁명이 일어날 수 있고, 그랬다가는 우리의 재산은 정복자의 손에 넘어가게 될 것이다. 아마도 총부리 앞에서.

내게는 이렇게 교활한 사업을 다룰 만한 수완이 전혀 없었다. 물론 뉴욕 주에서 이혼 절차를 밟으며 온갖 험한 꼴을 다 겪었지만 이건 완전히 다른 상황이다. 나와 내 친구들 그리고 사랑하는 가족들이 기부한 1만 8000달러는 현재 인도네시아 루피아로 환전되어 와얀의 은행 계좌에 있다. 이 루피아는 아무 경고 없이 화폐 가치가 폭락해 종잇조각으로 변해 버린 역사가 있다. 게다가 와얀은 9월이 되면 가게를 비워야 하고, 그때가 되면 난 이곳을 떠나야 한다. 그게 겨우 3주 후의 일이다.

하지만 와얀의 마음에 드는 땅을 찾기란 하늘의 별 따기였다. 현실적인 조건들은 모두 젖혀 두고라도 그녀는 매번 탁수

(氣)를 점검해야 했다. 치료사로서 탁수에 대한 와얀의 감각은 발리인의 기준에서도 굉장히 정확하다. 난 완벽한 땅을 찾아 냈지만, 와얀은 그곳이 성난 악마에게 사로잡혀 있다고 했다. 그다음 땅은 강에서 너무 가깝다는 이유로 퇴짜를 맞았다. 알 다시피 강에는 귀신들이 살기 때문이다. (우리가 그 땅을 본 다음 날 밤, 와얀은 꿈에 찢어진 옷을 입고 흐느끼는 아름다운 여자가 나왔다고 했다. 그러니 절대 그 땅을 살 수는 없었다.) 그다음에는 마을에서 가깝고, 뒷마당과 모든 걸 갖춘 아담하고 예쁜 가게를 찾아냈다. 하지만 그곳은 구석에 자리 잡고 있었고, 다들 알다시피 발리에서는 파산하거나 일찍 죽고 싶지 않고서야절대 구석에 위치한 집에서 살지 않는다.

"와얀을 설득할 생각 마. 내 말 들어, 달링. 발리인들이 믿는 탁수에는 끼어들지 마." 펠리페가 내게 충고했다.

지난주에 펠리페는 모든 조건에 정확히 들어맞는 곳을 찾아냈다. 작고 예쁜 땅으로 우붓 중심가에서 가깝고, 논 옆의 조용한 길가에 위치하며, 정원을 만들 공간도 충분하고, 우리 예산으로 구입 가능했다.

"이 땅을 사야 하지 않을까?" 내가 와얀에게 물었다.

"아직 몰라, 리즈. 이런 일을 결정할 때는 너무 서두르면 안 돼. 먼저 사제와 이야기해야 해. 만약 이 땅을 사기로 결정하면, 사제에게 땅을 구입할 길일(吉日)을 물어야 해. 발리에서는 중요한 일을 치를 때는 반드시 길일을 알아야 하거든. 하지만 사제에게 길일을 물어보기 전에 먼저 내가 정말로 거기서 살고 싶은지 결정해야 해. 그리고 길몽을 꾸기 전까지는 내가 거기서 살고 싶은지 결정할 수가 없어."

여기서 보낼 날들이 얼마 남지 않았음을 생각하며 난 착한 뉴요커처럼 물었다. "길몽을 꾸려면 얼마나 기다려야 하는데?"

와얀은 착한 발리인답게 대답했다. "서둘러선 안 돼, 이런 일은. 하지만 발리의 큰 사원을 찾아가 공양을 드리고, 신들에게 길몽을 꾸게 해 달라고 기도하면 도움이 될 거야."

"좋아. 내일 펠리페가 널 큰 사원까지 데려다줄 수 있어. 그럼 넌 공양을 드리고, 신들에게 제발 길몽을 내려 달라고 부탁하면 되겠다."

"나도 그러고 싶어. 하지만 문제가 있어. 난 이번 주에 어떤 사원에도 들어갈 수 없어. 지금…… 생리 중이야."

104

어쩌면 난 이게 얼마나 재미있는 일인지 미처 깨닫지 못했는지도 모른다. 사실 이 일을 해결하려는 과정은 너무도 신기하고 재미있다. 아니면 사랑에 빠진 탓에 내 인생의 이 초현실적인 순간마저 즐거운 건지도 모른다. 사랑은 내가 처한 현실이 어떻든 간에 언제나 세상을 즐거운 곳으로 만드는 법이다.

난 원래 펠리페를 좋아했다. 하지만 그가 8월 내내 와얀의 집 사건을 처리하는 모습을 보며 그를 더욱 좋아하게 되었다.

사실 이 괴상한 발리 치료사에게 무슨 일이 일어나든 그로서는 알 바 아니었다. 그는 사업가다. 지난 5년간 발리 사람들의 복잡한 의식과 사생활에 지나치게 끼어들지 않으며 발리에서 잘 살아왔다. 그런데 갑자기 와얀에게 길일을 알려 줄 사제를 찾아서 나와 함께 질척한 논을 건너다니고 있었다.

"당신이 나타나기 전에는 지루한 삶을 살며 완벽하게 행복했지." 그는 입버릇처럼 그렇게 말했다.

발리에서 그의 삶은 지루했다. 그레이엄 그린의 소설 속 주인공처럼 나른하게 시간을 죽이며 살았다. 하지만 우리가 만난 순간, 나태함은 멈췄다. 우리가 사귄 이후로 나는 펠리페 입장에서 쓴 '우리의 첫 만남'을 듣게 되었고, 이 이야기는 몇 번을 들어도 질리지 않았다.

"그날 밤 파티에서 내게 등을 돌리고 서 있는 당신을 봤을 때, 당신이 고개를 돌려 얼굴을 보여 주기도 전에 난 직감적으로 깨달았지. '저게 바로 내 여자다. 저 여자를 얻기 위해서라면 무슨 짓이든 하리라.' 그리고 당신을 얻는 건 쉬웠어. 그냥 몇 주간 구걸하고, 애걸하기만 하면 됐거든."

"당신은 구걸하고 애걸하지 않았어요."

"내가 구걸하고 애걸한다는 걸 몰랐어? 첫날 밤 우리가 춤추러 갔을 때 당신은 그 귀여운 웨일스 남자에게 온통 마음을 빼앗겼더군. 그걸 보며 얼마나 가슴이 아프던지. '나는 저 여인을 유혹하려고 이렇게 애를 쓰는데 이제 저 잘생긴 애송이가 끼어들어 여자를 빼앗아 가려는군. 그래 봤자 저 여자의 인생만 복잡해질 텐데. 하지만 난 저 여자에게 엄청난 사랑을 줄 수 있어. 그녀에게 그 사실을 알릴 수만 있다면 좋을 텐데.'라고 생각했지."

사실이었다. 그는 선천적으로 사랑을 베푸는 사람이었고, 난 그가 내 궤도에 진입해 날 자기 나침반의 주요 방향으로 설정해 놓고, 내 수행 기사 역할을 하는 것을 느낄 수 있었다. 펠리페는 살면서 절대적으로 여자를 필요로 하는 남자다. 자신이 보살핌을 받기 위해서가 아니라 자신이 보살펴 줄 사람, 헌신할 대상이 필요해서다. 결혼 생활이 끝난 후에는 그런 관계가 없는 탓에 정처 없는 삶을 살았다. 하지만 이제는 날 중심축으로 삼아 스스로를 정비해 나가고 있다. 사랑하는 남자에게 그런 대접을 받는다는 건 기쁜 일이지만 동시에 두렵기도 했다. 내가 2층에서 빈둥빈둥 책을 읽는 동안, 그는 아래층에서 저녁을 요리한다. 경쾌한 브라질 삼바를 휘파람으로 불며 "달링, 와인 한 잔 더 가져다줄까?"라고 묻는다. 그러면 난 과연 내가 누군가의 태양, 누군가의 전부가 될 수 있을지 의아해진다. 내가 다른 사람의 인생에서 중심이 될 만큼 중심 잡힌 사람일까? 마침내 어느 날 내가 그 이야기를 꺼내자, 그는 이렇게 말했다. "내가 당신에게 그런 사람이 되어 달라고 부탁했어, 달링? 내 인생의 중심이 되어 달라고?"

난 즉시 허영심에 들떴던 내가 부끄러워졌다. 그가 내 곁에 영원히 머물러 세상이 끝날 때까지 내 비위를 맞춰 주고 싶어할 거라고 착각하다니.

"미안해요. 좀 건방진 생각이었죠?"

"약간." 그는 그렇게 인정하고 내 귀에 키스했다. "하지만 솔직히 아주 틀린 말은 아니야. 달링, 그건 분명 우리가 의논해야 할 사안이야. 왜냐하면 사실이 그러니까. 난 당신을 미친 듯이 사랑하거든." 내 얼굴이 새하얗게 질리자, 그가 얼른 농담이었다며 날 안심시켰다. 그러고는 다시 진지하게 말을 이었다. "난 쉰둘이야. 세상 이치는 알 만큼 알지, 정말로. 내가 당신을 사랑하는 것만큼 아직 당신이 날 사랑하지 않는다는 것도 알아. 하지만 솔직히 그게 별로 신경 쓰이지 않아. 이유는 모르겠지만 당신을 향한 사랑은 마치 내 아이들이 어릴 때 느꼈던 감정과 비슷해. 날 사랑하는 건 그 애들의 의무가 아니지만, 그 애들을 사랑하는 건 내 의무이듯이. 당신은 나에 대해 원하는 대로 생각하면 돼. 하지만 난 당신을 사랑하고, 앞으로도 언제나 사랑할 거야. 설사 우리가 두 번 다시 못 만난다 해도 당신은 이미 내 인생을 돌려줬어. 그건 대단한 일이야. 물론 내 삶을 당신과 함께하고 싶어. 유일한 문제는 당신이 발리에서 얼마나 제대로 된 삶을 살 수 있을지 모르겠다는 거야."

나 역시 그게 걱정이었다. 그간 우붓의 외국인 거주자들을 관찰한 결과, 난 그들처럼 살 수 없다는 냉정한 사실을 깨닫게 되었다. 다들 비슷한 사연을 가지고 있었다. 고국에서 푸대접 받는 삶에 지쳐서 모든 노력을 그만두고 발리에서 무한정 임시 거주하기로 결심한다. 이곳에서는 한 달에 200달러면 멋진 집에서 살 수 있고, 젊은 발리 남자나 여자를 애인으로 둘 수도 있다. 정오가 되기 전에 술을 마셔도 욕하는 사람이 없고, 가구 몇 점을 수출해 푼돈도 벌 수 있다. 하지만 일반적으로 그들이 여기서 하는 일은 다시는 심각하게 살지 않도록 유의하는 것이다. 이들은 부랑자가 아니다. 무척 수준 높은 사람들로 다국적이며 재능도 있고 영리하다. 하지만 여기서 내가 만난 사람들은 다들 예전에는 뭔가 다른 상태였다가(일반적으로 '기혼자'나 '직장인'이었거나) 이제는 다들 공통적으로 하나가 빠져 버린 듯했다. 그들이 철저히, 영원히 포기해 버린 것은 바로 야망이었다. 당연히 그런 상태에서는 술이 빠질 수 없다.

물론 발리의 아름다운 마을인 우붓은 인생을 허비하고 시간의 흐름을 무시하기에 그다지 나쁘지 않다. 그런 의미에서 플로리다의 키웨스트나 멕시코의 와하카와 비슷하다. 우붓에 사는 대부분의 외국인에게 여기에서 얼마나 살았느냐고 물으면 선뜻 대답하지 못한다. 첫째로 그들은 발리에 이사 온 후로 시간이 얼마나 흘렀는지 자각하지 못하고 있다. 둘째로 그들은 자기들이 정말로 여기에서 살고 있는 건지도 잘 모르는 듯했다. 그들은 어디에도 속해 있지 않고, 어디에도 닻을 내리지 않았다. 몇몇 사람들은 그저 잠시 쉰다고, 신호등에 걸려 엔진을 공회전 하게 둔 채 신호가 바뀌기를 기다리고 있을 뿐이라고 생각하고 싶어 한다. 하지만 그런 상태로 17년이 지났다면 그때는 과연 자신에게 떠날 마음이 있는지 의심해 봐야 한다.

그들과 함께하는 나른한 어울림, 브런치를 먹고 샴페인을 마시고, 쓸데없는 이야기를 하는 긴 일요일 오후는 분명 즐겁기 그지없다. 하지만 이런 풍경 속에 있을 때마다 난 마치 오즈의 양귀비밭 속에 있는 도로시가 된 기분이다. '조심해! 이 초원에서 잠들면 안 돼! 그랬다가는 평생 여기서 졸게 될 거야!'

그러니 나와 펠리페는 어떻게 될까? 이젠 '나와 펠리페'로 묶였으니 말이다. 얼마 전에 그가 이런 말을 했다. "가끔씩 당신이 길 잃은 소녀였으면 좋겠어. 그럼 내가 당신을 번쩍 들어다가 '이제부터 나랑 함께 살자. 내가 영원히 널 보살펴 주마.'라고 말할 수 있을 텐데. 하지만 당신은 길 잃은 소녀가 아니야. 커리어와 야망이 있는 여자야. 등에 집을 지고 다니는 완벽한 달팽이지. 가능한 한 오랫동안 그 자유를 누려야 해. 하지만 만약 당신이 이 브라질 남자를 원한다면 언제나 가질 수 있다는 말을 해 주고 싶군. 난 이미 당신 남자니까."

난 내가 무엇을 원하는지 알 수 없었다. 마음 한구석으로는 언제나 남자에게 "평생 널 보살펴 줄게."라는 말을 듣기를 고대해 왔지만 전에는 한 번도 그런 말을 들은 적이 없었다. 최근 몇 년간은 그런 말을 해 줄 수 있는 남자를 찾는 걸 포기했다. 그 대신 내가 나 자신에게 그런 격려의 말을 해 주는 법을 배웠다. 특히나 두려울 때에. 마침내 다른 사람에게서, 그것도 진심으로 그렇게 말하는 것을 듣게 되니 기분이 묘했다.

간밤에 펠리페가 잠든 뒤, 나는 계속 그런 생각을 했다. 잠든 펠리페 옆에 몸을 웅크린 채 우리가 어떻게 될지 생각했다. 우리에겐 대체 어떤 미래가 있을까? 우리 사이의 지리적 문제

는 어떻게 해야 할까? 우린 어디서 산단 말인가? 또 나이 차이
도 무시할 수 없다. 지난번 엄마에게 전화를 걸어서 정말 좋은
사람을 만났다고 말한 다음, "너무 놀라지 마세요, 엄마. 그 사
람은 쉰둘이에요."라고 했다. 엄마는 전혀 놀라지 않았다. 그
저 이렇게 말했다. "너한테 알려 줄 게 있다, 리즈. 넌 서른다
섯이야." (훌륭한 지적이에요, 엄마. 그렇게 한풀 꺾인 나이에도
누군가를 만났다는 것 자체가 얼마나 행운인데요.) 하지만 솔직
히 난 나이 차이가 전혀 신경 쓰이지 않는다. 펠리페가 나보다
훨씬 연상이라는 사실이 좋다. 섹시하게 느껴질 정도다. 뭐랄
까…… 내가 프랑스 여자가 된 기분이랄까?

우린 어떻게 될까?

근데 내가 왜 이런 걱정을 하고 있지?

걱정이 헛된 일임을 아직도 깨닫지 못했나?

그래서 난 생각을 멈추고 잠든 그를 꼭 껴안았다. 난 이 남
자를 사랑해. 그러고는 그의 옆에서 잠들었고, 기억에 남는 두
가지 꿈을 꾸게 되었다.

둘 다 우리 구루에 관한 꿈이다. 첫 번째 꿈에서는 구루가
이제 자신의 아쉬람을 닫을 것이며 더는 강연도, 수업도, 책
출판도 하지 않을 거라고 말했다. 그녀는 학생들 앞에서 마지
막 연설을 했다. "여러분은 충분한 가르침을 받았습니다. 자유
로워지기 위해 알아야 할 것은 모두 배웠습니다. 이제는 세상
으로 나가 행복하게 사세요."

두 번째 꿈은 한결 더 명백했다. 나는 뉴욕의 멋진 레스토

랑에서 펠리페와 식사 중이었다. 우리는 양고기에 아티초크, 멋진 와인까지 곁들여 훌륭한 식사를 하면서 행복하게 웃고 떠들었다. 레스토랑을 가로지른 맞은편에 우리 구루의 스승인 스와미지가 보였다. 그분은 1982년에 돌아가셨지만 그날 밤에는 살아 있었다. 뉴욕의 그 최신식 식당에. 그는 친구들과 함께 식사 중이었고, 역시 즐거운 시간을 보내는 듯했다. 홀을 가로질러 우리 시선이 마주치자 스와미지는 내게 미소를 짓더니 건배하는 시늉을 하며 와인 잔을 들어올렸다.

그러고는 살아 있는 동안 영어를 거의 한 적이 없는 이 자그마한 몸집의 인도인 구루는 멀리서 소리 없이 이렇게 말했다. 즐겨.

105

꽤 오랫동안 끄뜻 리에르를 만나지 못했다. 펠리페와 사귀고, 와얀에게 집을 얻어 주려고 동분서주하느라 주술사의 포치에서 영성에 관해 목적 없는 대화를 나누던 긴긴 오후는 진작 끝나 버렸다. 나는 몇 차례 그의 집에 들러 인사하고, 그의 아내에게 과일 선물을 건넸지만 6월 이후로는 둘만의 알찬 시간을 보내지 못했다. 하지만 내가 자주 찾아뵙지 못하는 걸 사과할 때마다 끄뜻은 마치 우주에서 일어나는 시험의 해답을 모두 아는 사람처럼 껄껄 웃으며 말했다. "모든 게 완벽하게 돌아가고 있어, 리스."

그래도 난 끄뜻이 그리워서 오늘 아침 그와 함께 시간을 보내려고 그의 집에 들렀다. 그는 나를 향해 활짝 웃으며 언제나처럼 "처음 만나서 반갑구면."이라고 말했다. (그의 영어 습관은 결코 고칠 수가 없다.)

"저도 만나서 반가워요, 끄뜻."

"곧 떠나지, 리스?"

"네, 끄뜻. 2주가 채 안 남았어요. 그래서 오늘 찾아온 거예요. 당신이 해 준 모든 일에 감사드리고 싶어요. 당신이 아니었더라면 발리에 돌아오지 않았을 거예요."

"자네는 언제나 발리에 돌아왔을 거야."

그가 한 치의 의심도 없이 담담하게 말했다.

"내가 가르쳐 준 대로 네 형제들과 명상하고 있지?"

"네."

"인도에서 구루에게 배운 대로 명상하고 있고?"

"네."

"이젠 나쁜 꿈도 꾸지 않고?"

"네."

"이제 신과 함께 행복해?"

"아주 많이요."

"새 남자 친구도 사랑하고?"

"그런 것 같아요. 네."

"그럼 그를 예뻐해 줘. 그도 자네를 예뻐해 주고."

"그럴게요."

"자넨 좋은 친구야. 친구 이상이지. 내 딸 같아. 내가 죽으면 발리로 돌아와 내 화장에 참가해. 발리식 화장 의례는 아주 재미있어. 자네도 좋아할 거야."

"그럴게요." 갑자기 목이 메었다.

"양심을 길잡이로 삼게. 친구가 발리로 놀러올 일이 있으면 내게 와서 손금을 보라고 해. 폭탄 테러 이후로 내 통장은 텅텅 비었거든. 오늘 나와 함께 아기 잔치에 갈 텐가?"

그리하여 나는 처음으로 땅을 밟을 준비가 된 생후 6개월 아기를 축하하는 잔치에 참석했다. 발리인들은 생후 6개월 전까지는 아기가 땅을 밟지 못하게 한다. 신생아를 하늘에서 곧장 내려온 신이라고 생각하기 때문이다. 발톱 부스러기와 담배꽁초가 뒹구는 바닥을 신이 기어다니게 할 수는 없지 않은가. 그리하여 발리 아기들은 생후 6개월간 사람들 품으로만 이동하면서 작은 신으로 숭상받는다. 만약 6개월 전에 아기가 죽으면 특별한 화장 의식을 치르고 재는 묘지에 묻지 않는다. 그 아기는 사람이었던 적이 없고 그저 신으로 있다가 갔을 뿐이기 때문이다. 하지만 6개월이 지나면 큰 잔치가 열리고 마침내 아기가 땅을 밟는 게 허락되며 인간이 된 것을 환영한다.

오늘 잔치는 끄뜻의 이웃집에서 열린다. 주인공인 여자아이는 이미 푸투라는 별명까지 있었다. 아기 부모는 아름다운 십 대 소년, 소녀로 끄뜻의 사촌의 손자라나 뭐 그랬다. 끄뜻은 오늘 행사를 위해 가장 좋은 옷을 차려입었다. (가장자리에 금색 띠가 둘린)하얀 새틴 사롱에 황금색 단추와 네루 칼라가 달린 하얀색 버튼다운 긴팔 셔츠였다. 그 셔츠를 입으니 기차역의 짐꾼, 혹은 고급 호텔 레스토랑에서 식탁을 치우는 웨이터처럼 보였다. 머리에는 하얀 터번을 둘렀고, 그가 내게 자랑스럽게 보여 준 손은 거대한 금반지와 마법의 돌들로 장식되어 있었다. 모두 합쳐 일곱 개의 반지로 신성한 힘이 깃들어 있었다. 그는 할아버지에게 물려받은, 정령을 소환하는 반짝이는 놋쇠 종을 준비했고 내게 자기 사진을 많이 찍어 달라고 했다.

우리는 함께 그의 이웃집으로 걸어갔다. 상당히 먼 거리여서 한동안 붐비는 도로를 걸어가야 했다. 나는 거의 4개월간 발리에 머물렀지만 끄뜻이 자기 집을 나서는 모습을 본 적이 없었다. 질주하는 차들과 무모한 오토바이 사이로 걸어가는 끄뜻을 보고 있자니 기분이 묘했다. 그는 너무 작고 연약해 보였다. 붐비는 차들과 요란한 경적 소리라는 현대적인 배경과 너무도 어울리지 않았다. 왠지 모르게 울고 싶었지만 어차피 오늘은 아침부터 이상하게 감상적이었다.

우리가 도착했을 때에는 벌써 40명 정도의 손님이 있었고, 제단에는 공물이 쌓여 있었다. 야자수잎으로 짠 바구니 더미에는 쌀이며 꽃, 향, 구운 돼지, 죽은 오리와 닭, 코코넛, 바람결에 펄럭이는 여남은 장의 지폐 등이 가득 담겨 있었다. 다들 가진 옷 중에서 가장 우아한 옷, 실크와 레이스로 된 옷을 차려입었다. 나는 격식에 맞지 않는 초라한 옷차림에 자전거를 타고 오느라 땀범벅이었고, 이렇게 아름다운 사람들 속에 있으니 내 낡은 티셔츠가 몹시 창피하게 느껴졌다. 하지만 적절하지 못한 옷차림에 초대받지도 않은 백인 여자가 받을 수 있는 만큼의 환대를 받았다. 다들 내게 따뜻한 미소를 지어 보이더니 이내 날 무시하고 서로의 옷차림을 칭찬하기 시작했다.

예식은 몇 시간 걸렸고 끄뜻이 관장했다. 그 예식에서 벌어진 일은 오로지 통역관을 거느린 인류학자만 설명할 수 있을 테지만 일부 의식은 끄뜻의 설명과 내가 전에 읽은 책 덕분에 이해할 수 있었다. 첫 번째 축복 과정이 진행되는 동안 아빠는 진짜 아기를, 엄마는 가짜 아기를 안고 있었다. 가짜 아기는 천에 싸인 코코넛으로 꼭 진짜 갓난아기 같았다. 마치 진짜 아기를 대하듯 이 코코넛에 축복을 내리고 성수를 끼얹은 후, 아기가 처음으로 땅을 밟기 직전에 땅에 내려놓는다. 악마를 속이기 위해서였는데 이렇게 해야 악마가 가짜 아기를 공격하고 진짜 아기는 내버려 두기 때문이다.

아기가 땅을 밟기 전까지 몇 시간 동안 찬트가 진행된다. 끄뜻은 종을 울리고 끝없이 만트라를 읊었으며, 아기의 부모는 기쁨과 자부심으로 환한 미소를 지었다. 손님들은 왔다가 곧장 떠나기도 하고, 이리저리 어슬렁거리기도 하고, 수다를 떨기도 하고, 잠시 예식을 지켜보기도 하고, 공물을 바친 뒤 다른 약속이 있어서 가기도 했다. 격식을 차린 고대 의식이 치러지는데도 이상하리만치 편안한 분위기였다. 마치 뒷마당 소풍과 예배를 섞어 놓은 듯했다. 끄뜻이 아기를 향해 읊어 대는 만트라는 너무도 감미로워 신성한 주문과 애정 어린 주문을 섞은 듯했다. 엄마가 아기를 안고 있는 동안 끄뜻은 음식, 과일, 꽃, 물, 종, 구운 닭의 날개, 돼지고기 조각, 금이 간 코코넛 등을 아기 앞에서 흔들어 보였다. 새로운 물건을 집어 들 때마다 아기에게 뭐라고 노래해 주었다. 아기는 깔깔 웃으며 손뼉을 쳤고, 끄뜻도 웃으며 계속 노래했다.

난 내 멋대로 그의 말을 해석해 보았다.

"오오오오오…… 아기야, 이건 네가 먹을 구운 닭이다! 언젠가 넌 이 구운 닭을 좋아하게 될 거고, 우린 네가 이 닭을 많이 먹게 되기를 바란다! 오오오오…… 아기야, 이건 떡이다. 평생 네가 원하는 만큼의 떡을 모두 먹게 되기를, 언제나 쌀이 떨어지지 않기를. 오오오오…… 아기야, 이건 코코넛이다. 생긴 게 우습지 않니? 언젠가 넌 코코넛을 엄청 많이 먹게 될 거다! 오오오오…… 아기야, 이건 네 가족이다. 가족들이 널 얼마나 사랑하는지 모르겠니? 오오오오…… 아기야, 너는 온 우주에서 귀하디귀한 존재다! 넌 100점짜리 학생이야! 넌 우리의 귀염둥이! 깨물어 주고 싶을 정도로 예쁜 아기! 오오오오오오 아기야, 넌 스윙의 제왕, 넌 우리의 모든 것이다……."

다들 성수에 담가 둔 꽃잎으로 몇 번이고 축복받았다. 끄뜻이 고대 만트라를 노래하는 동안, 가족 전체가 돌아가며 아기를 한 번씩 안고 덕담을 속삭였다. 심지어 청바지를 입은 내게도 잠시 아이를 안아 볼 기회가 생겼다. 나는 다들 노래하는 동안 아기에게 축복을 속삭였다. "행운을 빈다. 용감해지렴." 그늘에서도 찌는 듯이 무더운 날씨였다. 속이 들여다보이는 레이스 셔츠 안에 섹시한 뷔스티에를 입은 젊은 엄마도 땀을 흘리고 있다. 자랑스러워 죽겠다는 미소 외에 달리 어떤 표정도 지을 줄 모르는 듯한 젊은 아빠 역시 땀을 흘리고 있다. 여러 명의 할머니들은 얼굴에 부채질을 해 대고, 지쳐서 자리에 앉았다가 또 일어서기도 하고, 제물로 바친 구운 돼지고기로 법석을 피웠다가 개들을 쫓아냈다. 다들 예식에 관심을 가졌다가 무관심해졌다가 지쳤다가 웃었다가 열성적이기를 반복했다. 하지만 끄뜻과 아기만큼은 둘만의 경험에 완전히 몰입된 듯 서로를 바라보았다. 아기는 하루 종일 늙은 주술사에게서 눈을 떼지 않았다. 생후 6개월 된 아기가 땡볕 속에서 울지도, 떼를 쓰지도, 자지도 않고 네 시간 내내 호기심에 가득 차 누군가를 바라보기만 한다는 게 믿기는가?

끄뜻은 자기 역할을 잘 해냈고 아기도 마찬가지였다. 아기는 신에서 인간으로 변하는 예식에 온전히 참가했다. 또한 벌써 착한 발리 소녀가 된 듯이 자신에게 주어진 책임도 훌륭하게 수행해 예식에 집중하고, 자신의 믿음에 확신을 갖고, 자신의 문화가 요구하는 바에 순종했다.

찬팅이 끝나자 아기의 조그만 다리 밑으로 길게 늘어진 깨끗하고 하얀 시트를 아기에게 둘둘 감았다. 그러자 아기가 훨씬 크고 당당해 보여 꼭 사교계에 처음으로 데뷔하는 아가씨 같았다. 끄뜻은 도자기 그릇 밑바닥에 우주의 네 방향을 가리키는 그림을 그린 후 거기에 성수를 가득 담아 땅에 내려놓았다. 손으로 그린 나침반이 아기의 발이 처음으로 닿게 될 땅의 신성한 위치를 표시해 줄 것이다.

가족 모두가 아기 곁으로 모여들자 마치 다 함께 아기를 안고 있는 듯했다. 그러더니 우주 전체를 감싸는 마법의 그림 바로 위로, 성수가 가득 담긴 도자기 그릇 안에 아기의 발을 살짝 담근 다음, 아기의 발바닥을 처음으로 땅에 댔다. 다시 아기를 번쩍 들어 올리자, 땅에 조그맣고 축축한 아기 발자국 이 남으며 마침내 거대한 발리의 격자 속에서 아기의 위치를 정하게 되었다. 아기가 서 있는 곳을 정해 줌으로써 아기가 누구인지 정해진 것이다. 다들 기뻐하며 손뼉을 쳤다. 이제 아기는 우리와 같은 인간이 되었다. 복잡한 윤회에 동반되는 모든 위험과 스릴을 가진 인간이.

아기는 고개를 들고 주위를 둘러보며 미소 지었다. 더는 신이 아니었지만 전혀 개의치 않는 듯했다. 아기는 조금도 두려워하지 않았다. 지금까지 자신이 내린 모든 결정에 지극히 만족하는 얼굴이었다.

106

와얀의 집 계약은 다시 수포로 돌아갔다. 무슨 이유에서인지 펠리페가 알아봐 준 땅을 계약하는 데 실패했다. 와얀에게 문제가 뭐냐고 물었더니 증서를 잃어버렸다는 횡설수설한 대답만 돌아왔다. 진짜 이유가 뭔지 듣지도 못한 것 같다. 중요한 사실은 계약에 실패했다는 것이다. 난 이제 패닉에 빠져버렸다. 어떻게든 그녀에게 내 다급한 상황을 설명하려 했다. "와얀, 내가 발리를 떠나 미국으로 돌아갈 시기가 채 2주도 남지 않았어. 그 돈을 보내 준 친구들에게 네가 아직도 집을 못 구했다고 말할 순 없어."

"하지만 리즈, 탁수가 나쁜 집을 어떻게 사니……."

누구나 인생에서 더 급한 게 있기 마련이다.

하지만 며칠 뒤, 와얀이 잔뜩 들떠 펠리페의 집으로 전화했다. 또 다른 땅을 발견했는데 이번엔 정말로 마음에 든다고 했다. 조용한 길가 옆에 위치한 에메랄드빛 논으로 마을에서도 가깝다. 게다가 탁수도 아주 좋았다. 와얀은 그 땅이 아버지의 친구인 농부의 소유인데 그는 지금 현금이 절실한 상황이라고 했다. 총 7아로를 팔고 싶어 했지만, (돈이 급히 필요했으므로) 와얀의 돈으로 살 수 있는 2아로만이라도 기꺼이 팔 거라고 했다. 그녀는 그곳을 마음에 들어 했다. 나도 그곳이 마음에 들었다. 펠리페도 그곳을 마음에 들어 했다. 투티도 꼬마 줄리 앤드루스처럼 양팔을 펼치고 풀밭을 가로질러 빙글빙글 돌며 그곳을 마음에 들어 했다.

"그럼 이 땅을 사." 내가 와얀에게 말했다.

하지만 며칠 뒤, 그녀가 자꾸 시간을 끌었다. "그 땅을 살 거야, 말 거야?" 내가 다그쳤지만, 그녀는 좀 더 시간을 끌더니 다시 말을 바꾸었다. "오늘 아침에 아저씨가 전화해서 2아로

만 팔 수 있을지 잘 모르겠다는 거야. 7아로를 통째로 팔고 싶
대…… 아줌마 때문인가 봐…… 땅을 나눠서 팔려면 아줌마와
의논해야 한대……. 내게 돈이 좀 더 있으면…….”

맙소사, 와얀은 그 땅을 통째로 살 수 있게 내가 현금을 좀
더 마련해 오기를 원했다. 2만 2000달러라는 그 엄청난 추가
금액을 어떻게 마련해야 할지 생각하면서 내가 말했다. “와얀,
그렇게는 못 해. 난 돈이 없어. 그 아저씨와는 계약을 할 수 없
는 거야?”

그러자 와얀이 내 눈을 피하며 복잡한 이야기를 늘어놓았다.

“사실은 지난번에 한 점쟁이를 찾아갔어. 그 사람이 점을
봐 주던 도중에 무아지경에 빠지더니 좋은 치료 센터를 지으
려면 그 땅을 전부 사야 한다는 거야……. 그게 내 운명이라
고……. 그리고 땅을 전부 사야 나중에 거기에 멋진 고급 호텔
도 지을 수 있다고…….”

멋진 고급 호텔? 아.

그 순간 갑자기 내 귀가 멀더니 새가 지저귀는 소리가 들
리지 않았다. 와얀의 입이 벙긋거리는 건 볼 수 있었지만 그녀
의 말은 들리지 않았다. 갑자기 내 마음에 생각 하나가 또렷이
휘갈겨졌기 때문이다. 저 여자는 널 엿 먹이고 있어, 먹보야.

난 자리에서 일어나 와얀에게 작별 인사를 하고 천천히 집
으로 돌아갔다. 그리고 펠리페에게 단도직입적으로 물었다.
“와얀이 날 엿 먹이고 있는 걸까?”

펠리페는 지금까지 와얀과 나 사이의 일을 언급한 적이 없

었다. 한 번도.

"달링, 당연히 당신을 엿 먹이는 거지." 그가 친절하게 말했다.

난 가슴이 철렁 내려앉았다.

"하지만 고의는 아니야." 펠리페가 얼른 덧붙였다. "발리인들을 이해해야 해. 관광객에게서 최대한 돈을 많이 뜯어내는 게 여기 사람들의 생활 방식인걸. 다들 그렇게 살아. 그러니까 와얀도 농부에 대한 이야기를 꾸며냈을 거야. 달링, 언제부터 발리 남자들이 계약을 하기 전에 아내와 상의해야 했지? 들어 봐. 아마 그 농부는 일부라도 팔려고 안달일 거야. 그리고 이미 팔겠다고 말까지 했을걸. 하지만 이제 와얀은 그 땅 전부를 원해. 그래서 당신이 그 땅을 사 주기를 바라는 거고."

나는 두 가지 이유로 그 생각에 거부감이 들었다. 첫째로 그게 와얀의 본모습이라고 생각하기 싫었다. 둘째로 펠리페의 말에 깔린 문화적 암시가 싫었다. 옛날 식민지 시대 백인들의 우월한 사고방식, '여기 사람들은 원래 이래.' 그러니 우리가 그들을 가르쳐야 한다는 생각이 느껴졌기 때문이다.

하지만 펠리페는 식민지 시대 사람이 아니다. 브라질인이다. 그는 설명을 계속했다. "들어 봐, 난 남미에서 가난하게 자랐어. 내가 이런 가난한 문화를 모를 거 같아? 당신은 와얀에게 그녀가 평생 벌 수 있는 것보다 더 많은 돈을 주었어. 그런데 이제 와얀은 엉뚱한 생각을 하고 있다고. 그녀에게 당신은 기적의 후원자고, 이건 큰돈을 벌 수 있는 마지막 기회야.

그러니 당신이 가기 전에 최대한 뽑아내려는 거지. 그게 말이 돼? 넉 달 전에는 딸에게 점심 사 줄 돈도 없던 여자가 이제는 호텔을 원한다니?"

"난 어떻게 해야 해요?"

"이 일로 화를 내선 안 돼. 무슨 일이 있어도. 화를 내면 당신은 그녀를 잃게 될 거고, 그건 정말 안타까운 일이지. 와얀은 좋은 사람이고 당신을 아끼니까. 이건 그냥 그 여자의 생존 전략이라는 사실을 받아들여. 와얀이 좋은 사람이 아니라거나 그 여자와 아이들이 당신의 도움을 필요로 하지 않는다는 뜻은 아니야. 하지만 그 여자가 당신을 이용하도록 내버려 둬선 안 돼. 달링, 난 이런 일이 일어나는 걸 여러 번 봤어. 여기 오래 사는 서양인들의 결말은 결국 둘 중 하나야. 계속 관광객 역할을 하며 '아, 발리인들은 너무 사랑스러워. 너무 상냥하고, 인정도 많고……' 하면서 엄청나게 뜯기는 부류. 아니면 늘 바가지를 쓰는 데 진력이 나서 발리인을 미워하게 되는 부류. 참 안타까운 일이지. 그러면 그 좋은 친구들을 모두 잃게 되니까."

"하지만 난 어떻게 해요?"

"이 상황의 주도권을 다시 가져와야 해. 와얀하고 일종의 게임을 하는 거야. 그 여자가 당신에게 했던 바로 그 게임을. 와얀을 움직이게 할 만한 걸 찾아서 협박해. 이건 그녀를 위한 거야. 와얀에게는 집이 필요하니까."

"난 게임 같은 거 하고 싶지 않아요, 펠리페."

그가 내 머리에 키스했다. "그럼 당신은 발리에서 살 수 없어, 달링."

이튿날 난 작전을 세웠다. 믿을 수가 없었다. 1년간 덕(德)을 공부하며 정직한 삶을 살려고 애써 온 내가 이렇게 엄청난 거짓말을 계획하고 있다니. 게다가 상대는 내가 발리에서 가장 좋아하는 사람, 자매 같은 존재이자 내 신장을 청소해 준 사람이다. 세상에, 내가 투티의 엄마에게 거짓말을 하려 하다니!

나는 마을로 걸어가 와얀의 가게로 갔다. 와얀이 날 껴안으려 하자 난 화가 난 척하며 몸을 뺐다.

"와얀, 할 말이 있어. 심각한 문제가 생겼어."

"펠리페 때문에?"

"아니, 너 때문에."

와얀은 당장이라도 기절할 것처럼 보였다.

"와얀, 미국에 있는 내 친구들이 네게 화가 났어."

"나한테? 왜, 무슨 일로?"

"넉 달 전에 친구들이 네게 집을 사라고 많은 돈을 줬는데 넌 아직 집을 사지 않았잖아. 친구들은 매일 이메일을 보내서 '와얀의 집은 어디야? 내 돈은 어딨어?'라고 물어봐. 이제 그 사람들은 네가 자기들 돈을 훔쳐다가 뭔가 다른 일에 쓰려 한다고 생각해."

"난 훔치지 않았어!"

"와얀, 미국에 있는 내 친구들은 네가…… 사기꾼이라고 생각해."

그녀는 주먹으로 성대를 맞은 사람처럼 헉 소리를 냈다. 너무 상처받은 모습이라 난 한순간 마음이 흔들려 하마터면 그녀를 껴안고 "아니야, 거짓말이야! 내가 다 꾸며낸 말이야!"라고 말할 뻔했다. 하지만 안 된다. 난 이 일을 끝내야 했다. 하지만 세상에, 이제 와얀은 비틀거렸다. 사기꾼이라는 말은 영어에서보다 발리어에서 훨씬 강한 감정적 의미를 담고 있다. 이는 발리에서 누군가를 부르는 최악의 호칭이다. 아침을 먹기도 전에 서로 수십 번은 사기를 치고, 사기가 일종의 스포츠이자 예술, 습관, 절박한 생존 전략인 이 문화권에서 누군가를 대놓고 사기꾼이라 부르는 것은 대단히 끔찍한 일이다. 중세 유럽에서였다면 결투를 신청하고도 남을 일이다.

"난 사기꾼이 아니야." 그녀가 눈물을 글썽이며 말했다.

"나도 알아, 와얀. 그래서 내가 이렇게 화가 난 거야. 미국에 있는 친구들에게 와얀은 사기꾼이 아니라고 했지만 그들은 내 말을 믿지 않아."

"널 힘들게 해서 미안해." 와얀이 내 손 위에 자기 손을 포개며 말했다.

"와얀, 이건 심각한 상황이야. 내 친구들은 몹시 화가 났어. 친구들은 내가 미국으로 돌아가기 전에 반드시 네가 땅을 사야 한다고 말했어. 만약 다음 주 안에 네가 땅을 사지 않으면 난…… 돈을 다시 가져갈 수밖에 없어."

이제 와얀은 기절할 정도가 아니라 당장 죽을 것처럼 보였다. 나는 희대의 얼간이가 된 기분이었다. 다른 건 그만두고라도 내게는 그녀의 인도네시아 시민권을 박탈하는 것만큼이나 그녀의 통장에 있는 돈을 빼낼 힘이 없었다. 그런 사실조차 모르는 이 가엾은 여인을 상대로 이런 거짓말을 지어내다니. 그녀가 어찌 알겠는가? 나는 마법처럼 그녀의 통장에 돈이 나타나게 했으니 쉽게 사라지도록 할 수도 있지 않을까?

"내 말 믿어. 당장 땅을 찾을게. 걱정하지 마. 지금 당장 찾을 테니 제발 걱정하지 마…… 어쩌면 사흘 안에 찾을 수 있을 거야, 약속해."

"꼭 그래야 해, 와얀."

난 엄숙한 태도로 말했고 그건 연기만은 아니었다. 사실 와얀은 꼭 그래야 했다. 그녀의 아이들은 집이 필요했다. 그녀는 곧 쫓겨날 것이다. 지금은 사기를 칠 때가 아니다.

"난 이제 펠리페의 집으로 돌아갈게. 집을 사게 되면 전화 줘."

나는 그렇게 말하고 친구의 집에서 걸어 나왔다. 와얀이 등 뒤에서 날 바라보고 있음을 알았지만 뒤돌아 그녀를 보지 않았다. 집에 돌아온 뒤에는 신에게 아주 이상한 기도를 드렸다. "제발, 와얀이 제게 사기를 친 게 맞도록 해 주세요." 왜냐하면 그녀가 사기를 친 게 아니라면, 1만 8000달러나 되는 현금이 있는데도 정말 살 집을 구할 수 없었던 거라면 우리는 큰 곤경에 처한 셈이고, 이 여인이 정말로 가난에서 빠져나올 수 있을지 의문이기 때문이다. 하지만 만약 와얀이 날 속인 거라면 어떤 면에서는 한 줄기 희망이 있다. 그녀에게 그런 잔머리가 있다면 이 험한 세상에서 어떻게든 살아 나갈 수 있을 테니까.

나는 착잡한 심정으로 펠리페의 집으로 가서 말했다. "만약 내가 이런 간교한 계획을 꾸몄다는 걸 와얀이 안다면……."

"다 와얀이 잘되라고 한 일이잖아." 펠리페가 위로해 주었다.

그리고 네 시간 뒤 — 겨우 네 시간! — 펠리페의 집으로 전화가 왔다. 와얀이었다. 그녀는 숨찬 목소리로 일을 마무리했다고 말했다. 방금 아저씨(갑자기 그의 '부인'이 땅을 나눠서 팔아도 상관없다고 했단다.)에게 2아로의 땅을 구입했다고 했다. 이번에는 부적도, 사제의 도움도, 탁수 테스트도 필요 없었다. 심지어 이미 땅문서까지 손에 쥐고 있었다! 그것도 인증된 땅문서! 게다가 집을 짓기 위한 자재도 벌써 구입했고, 다음 주 초에는 인부들이 공사를 시작할 거라고 했다. 내가 떠나기 전이므로 난 공사가 착수되는 걸 볼 수 있었다.

"나한테 화나지 않았으면 좋겠어, 리즈. 난 내 자신보다, 내 목숨보다, 이 세상 전부보다 널 사랑해."

"나도 널 사랑해. 언젠가 네 아름다운 집에 놀러 갈 수 있으면 좋겠다. 그리고 땅문서 한 장만 복사해 줄래?"

전화를 끊자 펠리페가 "잘했어."라고 말했다.

내게 하는 말인지, 와얀에게 하는 말인지 알 수 없었다. 어쨌든 그는 와인을 한 병 땄고, 우리는 친애하는 친구이자 이제는 땅 주인이 된 와얀을 위해 건배했다.

그러자 펠리페가 말했다. "그럼 이제 여행 갈 수 있는 거지? 제발."

107

우리가 여행을 떠난 곳은 길리메노라는 조그만 섬으로 롬복 해안에서 멀리 떨어져 있다. 롬복은 넓게 펼쳐진 인도네시아 열도에서 발리 옆에 있는 섬이다. 난 전에 길리메노에 가본 적이 있어서 아직 거기에 가 본 적이 없는 펠리페에게 그 섬을 보여 주고 싶었다.

길리메노 섬은 세상에서 내게 가장 의미 있는 곳들 중 하나다. 2년 전, 요가 수행 취재차 발리에 왔을 때 처음으로 가 보았다. 나는 강력한 회복 효과가 있는 2주간의 요가 수업을 마쳤지만 기왕 여기까지 온 김에 취재가 끝난 뒤에도 인도네시아에 좀 더 머물기로 했다. 기왕 아시아까지 날아왔으니 말이다. 사실은 아주 외딴곳으로 들어가 완벽한 고독과 침묵 속에서 열흘간의 휴식을 취하고 싶었다.

결혼 생활이 흔들리기 시작한 날부터 마침내 이혼에 합의해 자유로워지기까지의 4년을 돌이켜 보면 철저한 고통뿐이었다. 혼자서 이 작은 섬에 왔던 때는 그 암흑기 전체에서 가장 힘들 때였다. 고통의 한복판이자 맨 밑바닥에 있을 때였다. 내 불행한 마음은 혼란스러운 악마들이 싸우는 전쟁터였다. 아주 외딴곳에서 홀로 열흘을 보내야겠다고 결심했을 때 난 전쟁을 치르는 혼란스러운 마음에게 이렇게 말했다. "이제 다 함께 거기로 가는 거야, 우리끼리만. 그리고 우리가 사이좋게 지낼 수 있는 방법을 찾아내자. 아니면 조만간 다 죽게 될 테니까."

단호하고 자신만만하게 들리지만 사실 혼자 그 조용한 섬으로 갔던 때만큼 겁에 질렸던 적은 없었다. 심지어 읽을 만한 책이나 주의를 돌릴 수 있는 물건은 전혀 가져가지 않았다. 오로지 나와 내 마음만 남아 텅 빈 벌판에서 서로를 응시할 작정이었다. 어찌나 두렵던지 다리가 후들후들 떨렸던 기억이 난다. 그 순간 나는 우리 구루가 하는 말 중에서 내가 가장 좋아하는 문장을 인용했다. "두려워? 알게 뭐야." 그러고는 혼자서 이곳에 상륙했다.

1박에 5달러가 안 되는 바닷가의 작은 오두막을 빌렸다. 내면에 변화가 일어날 때까지는 입을 다물고 절대 말하지 않겠노라고 맹세했다. 길리메노 섬은 내 궁극적 진실이자 화해의 회담장이었다. 그 목적을 위한 최적의 장소를 골랐다는 사실만큼은 분명했다. 섬 자체는 매우 작고 깔끔했으며 모래사장과 푸른 바다, 야자수가 있었다. 완벽한 원형으로 섬 가장자리를 도는 길 하나가 있었는데 한 시간이면 한 바퀴를 돌 수 있다. 거의 적도에 위치해 있어서 일상의 변화도 없다. 아침 6시 30분이면 섬의 한쪽에서 해가 뜨고, 저녁 6시 30분이면 섬의 다른 쪽으로 해가 졌다. 매일 똑같이. 섬에는 소수의 이슬람교 어부들과 그 가족들이 살았다. 섬의 어디를 가든 파도 소리가 들렸다. 섬에는 모터가 달린 교통수단이 없었고, 발전기를 통해 전기를 얻었는데 그나마 저녁에 서너 시간뿐이었다. 지금까지 내가 가 본 어떤 곳보다도 조용했다.

매일 아침 일출과 함께 섬을 한 바퀴 돌았고, 일몰에도 한 바퀴 돌았다. 나머지 시간에는 그냥 앉아 바라보았다. 내 생각을 바라보고, 내 감정을 바라보고, 어부들을 바라보았다. 요가의 현자들은 인간사의 모든 고통은 기쁨과 마찬가지로 말에서 비롯된다고 한다. 우리는 우리의 경험을 정의하는 말을 만들고, 이 말들은 거기에 수반되는 감정을 불러일으키는데 그 감정은 끈에 묶인 개처럼 우리 주위를 맴돈다. 우리는 자기가 만든 만트라에 빠져들고(나는 실패자다……. 나는 외롭다……. 나는 실패자다……. 나는 외롭다…….) 그 만트라의 기념비가 된다. 따라서 한동안 말을 하지 않는다는 것은 말의 힘을 약화하는 것이며, 말에 의해 숨 막히는 일이 없도록 하는 것이고, 질식할 듯한 만트라에서 우리를 해방시키는 것이다.

진정한 침묵 속으로 빠져드는 데 한참이 걸렸다. 말을 멈춘 후에도 나는 여전히 언어로 웅웅거렸다. 말의 기관과 근육들—뇌, 성대, 가슴, 목덜미—은 내가 말하는 걸 멈춘 뒤에도 오랫동안 말했을 때의 여운으로 진동했다. 머릿속은 언어의 잔향으로 진동했다. 마치 낮에 다녀간 아이들의 떠드는 소리와 고함으로 계속 메아리치는 실내 수영장처럼. 이런 말의 진동이 완전히 사라지고, 소음의 소용돌이가 가라앉기까지는 놀랍도록 오랜 시간이 걸렸다. 사흘쯤 걸린 것 같다.

그러자 모든 게 올라오기 시작했다. 침묵의 상태가 되자 모든 미움과 두려움이 올라올 공간이 생긴 것이다. 나는 재활 치료를 받는 마약 중독자처럼 몸 안에서 올라오는 독으로 경련

했다. 울기도 많이 울고, 기도도 많이 했다. 힘들고 두려웠지만 내가 여기에 있고 싶다는 사실, 다른 누구와도 함께 있고 싶지 않다는 사실만은 분명했다. 난 이 일을 해야만 했고, 혼자서 해야 한다는 걸 알고 있었다.

섬에 다른 관광객이라고는 로맨틱한 휴가를 즐기는 서너 쌍의 커플뿐이었다. (길리메노는 너무 예쁘고, 너무 외딴곳이라 미친 사람이 아니고서야 혼자 오지 않을 것이다.) 그 커플들이 부러웠지만 지금은 누군가와 함께 있을 때가 아님을 알고 있었다. 난 여기에서 해야 할 일이 있었다. 나는 모든 사람을 멀리 했고, 이 섬의 사람들은 날 내버려 두었다. 아마도 내게서 으스스한 분위기가 풍겼던 것 같다. 그때 난 건강이 좋지 않았다. 오랫동안 잠도 못 자고, 체중도 줄고, 너무 울었으니 정신병자처럼 보이는 것도 무리는 아니다. 따라서 아무도 내게 말을 걸지 않았다.

사실 아무도, 라고 할 수는 없다. 매일 내게 말을 거는 사람이 딱 하나 있었다. 해변을 위아래로 누비고 다니며 관광객에게 신선한 과일을 파는 꼬마 장사꾼들 중 하나였다. 소년은 아홉 살쯤 되어 보였고, 패거리의 대장 같았다. 터프하고 시비 걸기 좋아하고 세상 물정에 밝았다. 아니, 여기는 섬이니까 섬 물정에 밝았다고 해야 하나? 그 애는 어디선가 유창한 영어를 배웠는데 아마도 일광욕을 즐기는 관광객을 괴롭히며 터득한 듯했다. 바로 그 꼬마가 내게 시비를 걸었다. 그 애 말고는 아무도 내게 누구냐고 묻지 않았고, 귀찮게 굴지도 않았다. 하지

먹고 기도하고 사랑하라

만 이 무자비한 꼬마는 매일 어느새 내 옆에 앉아 질문을 퍼부었다. "왜 아줌마는 말을 한마디도 안 해요? 왜 그렇게 이상하게 행동해요? 왜 내 말을 못 듣는 척해요? 들을 수 있다는 거 다 알아요. 왜 항상 혼자죠? 왜 한 번도 수영하러 가지 않아요? 남자 친구는 어디 있어요? 남편은 왜 없어요? 대체 아줌마는 뭐가 문제예요?"

나는 '꺼져, 꼬마야! 넌 대체 뭐야? 내 머릿속 가장 사악한 생각의 파편이야?' 하는 태도로 일관했다.

친절한 미소를 지으며 점잖은 손동작으로 꼬마를 쫓아내려 했지만, 녀석은 내가 화를 내기 전까지 물러설 생각을 하지 않았다. 그리고 결국 나는 언제나 화를 냈다. 한번은 버럭 화를 내며 "난 빌어먹을 영적 수행 중이니까 말을 안 하는 거다, 이 꼴 보기 싫은 꼬맹이야. 알았으면 이제 꺼져!"라고 소리를 질렀다.

꼬마는 깔깔 웃으며 달아났다. 내가 그런 반응을 보인 뒤로 꼬마는 언제나 깔깔 웃으며 도망쳤고, 녀석이 사라지면 결국엔 나도 웃었다. 이 성가신 꼬마가 두려운 만큼이나 그 애를 만나는 게 기다려졌다. 꼬마는 정말로 힘든 하루 일과 속에서 유일하게 날 웃게 하는 사람이었다. 성 안토니우스는 사막으로 침묵 수행을 떠나 온갖 종류의 환영에게 공격받은 일화를 쓴 적이 있다. 침묵 속에서 때로는 천사처럼 보이는 악마를 만나기도 하고, 악마처럼 보이는 천사를 만나기도 했다고 한다. 천사와 악마를 어떻게 구분하느냐는 질문에, 성자는 오로지 상대가 떠난 후에 어떤 기분이 드는지에 따라서만 구분할 수 있다고 했다. 머리카락이 쭈뼛 서는 느낌이 들면 방금 만난 건 악마고, 마음이 가벼워지면 천사다.

날 언제나 웃게 하는 꼬마, 그 녀석이 어느 쪽인지 알 것 같다.

침묵한 지 9일째 되던 날이었다. 그날 밤에는 해가 지는 동안 해변에서 명상을 시작했고 한밤중까지 일어나지 않았다. 내 마음에게 말했다. '바로 이거야, 리즈. 지금이 기회야. 지금까지 슬펐던 일을 모두 보여 줘. 내가 다 살펴볼게. 어떤 것도 감추지 마.' 슬픈 생각과 기억들이 하나씩 손을 들고 자리에서 일어나 정체를 밝혔다. 나는 각각의 생각, 각각의 슬픔을 바라보았고 그 존재를 인정하며 끔찍한 고통을 느꼈다.(날 고통으로부터 보호하려 하지 않고.) 그런 다음, 슬픔에게 말했다. "이젠 괜찮아. 널 사랑해. 널 받아들일게. 내 가슴으로 들어와. 이제 끝났어." 실제로 슬픔이(마치 살아 있는 생물처럼) 내 가슴으로(마치 이곳이 진짜 방인 것처럼) 들어가는 게 느껴졌다. 그러고는 '다음 타자?'라고 묻자 슬픔의 다음 조각이 수면 위로 떠올랐다. 이번에도 그걸 응시하고 경험하고 축복한 뒤, 역시 내 가슴으로 초대했다. 내가 가진 슬픈 생각 ― 수십 년 전 기억까지 거슬러 올라 ― 이 떠오를 때마다 그렇게 했고, 마침내 아무것도 남지 않았다.

이제는 마음에게 "네가 가진 분노를 모두 보여 줘."라고 말했다. 살면서 분노했던 일들이 하나씩 떠올라 자신의 존재를 알렸다. 부당한 일, 배신당한 일, 상실감, 분노. 그것들을 하나씩 살펴보고 그 존재를 인정했다. 마치 그 일이 지금 일어난 것처럼 분노의 조각들을 완전히 느끼고 이렇게 말했다. "이제 내 가슴으로 들어와. 거기서 쉴 수 있어. 이젠 안전해. 다 끝났어. 널 사랑해." 이 일은 몇 시간이고 계속되었고, 나는 극과 극의 감정을 오갔다. 다시 말해 한순간 뼈에 사무치는 분노를 느꼈다가, 분노가 내 가슴으로 들어가 형제들 옆에 몸을 웅크린 채 누워 싸움을 포기하자 완벽한 평온을 되찾았다.

다음은 가장 힘든 부분이었다. "네 수치심을 보여 줘." 내가 마음에게 말했다. 그 순간의 공포란. 내 모든 실패, 거짓말, 이기심, 질투, 오만의 가엾은 퍼레이드가 시작되었다. 하지만 난 어느 것에도 눈 하나 깜짝하지 않았다. "최악의 모습을 보여 줘." 가장 수치스러운 일들을 가슴으로 초대하자 그들이 문 앞에서 머뭇거리며 말했다.

"아냐, 넌 날 원치 않을 거야……. 내가 무슨 짓을 했는지 모르겠어?"

"난 네가 들어오길 원해. 정말이야. 여기서는 너도 환영이야. 괜찮아. 넌 용서받았어. 넌 내 일부야. 이젠 쉬어도 돼. 다 끝났어."

이 과정이 전부 끝나자 난 텅 비었다. 더는 내 마음 속에서 아무것도 싸우지 않았다. 내 가슴을, 그 선량함을 바라보자 가슴이 얼마나 넓은지 알 수 있었다. 재앙과도 같은 슬픔과 분노, 수치심의 장난꾸러기들을 받아들이고 보살핀 후에도 내 가슴엔 여전히 여유가 있었다. 그보다 훨씬 더 많이 받아들이고 용서할 수 있었다. 가슴의 사랑은 무한했다.

그제야 신이 우리를 어떻게 사랑하고, 어떻게 받아들이는지 알 수 있었다. 아울러 이 우주에 지옥은 존재하지 않고, 있다면 아마도 우리 자신의 겁에 질린 마음속에만 있을 뿐이라는 것도. 나처럼 무너지고 보잘것없는 인간도 자기 자신을 이토록 무한히 용서하고 받아들일진대 하물며 신은 어떨지, 그 무한한 연민 속에서 신이 얼마나 용서하고 받아들일 수 있을지 상상해 보라.

하지만 왠지 이런 평화로운 소강상태가 일시적인 것임을 알고 있었다. 아직 영원히 끝난 게 아니고, 결국엔 분노, 슬픔, 수치심이 다시 가슴에서 기어 나와 또다시 내 머리를 차지할 것이다. 내가 전 생애에 걸쳐 조금씩, 확실하게 변할 때까지는 이런 생각들을 몇 번이고 다시 대면해야 할 것이다. 힘들면서도 지치는 일이 될 것이다. 하지만 그날 밤, 어둠의 침묵 속에서 내 가슴이 마음에게 말했다. '널 사랑해, 절대 떠나지 않을 거야, 언제나 널 보살펴 줄게.' 그 약속이 가슴에서 둥실 떠오르자 난 그것을 입에 넣고 그대로 머금은 채 맛을 음미했다. 자리에서 일어나 내가 머물고 있던 오두막으로 걸어가는 내내. 집에 도착한 후에는 새 노트를 꺼내 첫 페이지를 펼쳤다. 그제야 입을 열고 공기 중에 그 말을 뱉어 자유롭게 풀어 주었다. 그 말이 내 침묵을 깨뜨리도록 허락한 뒤, 공책에 연필로 그 거창한 발언을 기록했다. '널 사랑해, 절대 떠나지 않을 거

야, 언제나 널 보살펴 줄게.'

이것이 내가 비밀 노트에 처음으로 쓴 말이다. 그로부터 2년 간 늘 지니고 다니다가 도움이 필요할 때마다 펼쳐 보았던, 심지어 죽도록 슬프거나 두려울 때도 도움이 되었던 말이기도 하고. 그리고 그 노트, 사랑의 약속이 깊이 새겨진 그 노트야 말로 훗날 내가 살아남을 수 있었던 유일한 이유였다.

108

따라서 지금은 그때와 사뭇 다른 상황에서 길리메노로 향하고 있다. 지난번에 이곳에 온 이후로 나는 지구를 한 바퀴 돌았고, 이혼을 마무리했고, 데이비드에게 최종 작별을 고한 후에도 살아남았고, 기분을 바꿔 주는 약물을 끊었고, 새로운 언어를 배웠고, 인도에서 몇 차례 잊지 못한 순간을 통해 신의 손바닥에도 앉아 보고, 인도네시아 주술사 밑에서 공부하고, 절실하게 집이 필요했던 가족에게 집을 사 주었다. 나는 행복하고 건강하고 균형 잡혀 있다. 그리고 작고 예쁜 열대 섬을 향해 내 연인인 브라질 남자와 함께 가는 중이었다. 그렇다, 나도 인정한다. 이건 마치 어느 주부가 꾼 꿈의 한 장면처럼 터무니없을 정도로 동화 같은 결말이다. (아마 몇 년 전에는 내 꿈의 한 장면이기도 했으리라.) 하지만 동화처럼 완벽한 이 결말에 푹 빠지지 못하는 이유는 지난 몇 년간 내 삶의 뼈대가 되어 온 엄연한 진실 때문이다. 즉 날 구해 준 사람은 왕자가 아니라 나 자신이라는 진실.

예전에 읽었던 이야기 하나가 떠올랐다. 불교신자들은 떡 갈나무가 세상에 나오는 데 동시에 두 개의 힘이 작용한다고 믿는다. 당연한 말이지만 우선 떡갈나무의 시발점인 도토리가 필요하다. 모든 약속과 잠재력이 담긴 이 씨앗이 자라서 나무가 된다는 사실은 누구나 안다. 하지만 나무가 자라는 데는 다른 힘도 존재한다. 바로 미래의 떡갈나무다. 미래의 나무는 어서 빨리 세상에 나오고 싶어서 도토리가 빨리 싹을 틔우도록 밀어주고, 묘목이 쑥쑥 자라도록 끌어 주며, 무(無)에서 성숙함으로 진화하도록 안내한다. 그런 관점에서 볼 때 불교신자들은 떡갈나무의 근원인 도토리를 창조한 것은 다름 아닌 떡 갈나무라고 말한다.

지금의 내 모습과 삶은 내가 늘 꿈꾸고 바라 왔던 그대로다. 이렇게 되기까지 참았던 과정을 생각하니 지금보다 더 젊고, 더 혼란스럽고, 더 힘들었던 시절에 앞으로 나가려고 안간힘을 쓰던 나를 끌어 준 사람이 바로 지금의 나, 행복하고 균형 잡히고, 인도네시아인이 모는 낚싯배의 갑판에서 꾸벅꾸벅 졸고 있는 내가 아니었을까 하는 생각이 들었다. 젊은 시절의 내가 잠재력으로 가득 찬 도토리였다면, 지금까지 시종일관 "옳지, 어서 자라! 변화해! 진화해! 여기서 나를 만나자. 이곳에서 난 이미 온전하고 성숙한 존재야! 어서 자라 내가 돼!"라고 말해 준 존재는 더 나이 든 나, 이미 존재하는 미래의 떡갈나무가 아니었을까? 아마 4년 전, 욕실 바닥에서 흐느끼던 젊은 주부의 주위를 맴돌며 그 절박한 여인에게 "침대로 돌아가, 리즈……."라고 상냥하게 속삭였던 건 꿈을 이룬 지금의 나이리라. 미래의 나는 모든 게 좋아질 것이며, 결국 우리가 합쳐질 것임을 이미 알고 있었다. 지금 이 순간, 바로 여기에서. 여기에서 난 늘 평화롭고 만족한 상태로 그녀가 도착해 나와 하나가 되기를 기다리고 있었다.

펠리페가 깨어났다. 우리는 오후 내내 인도네시아인 어부가 모는 낚싯배 갑판에서 서로의 품에 안긴 채 졸다가 깨기를 반복했다. 바다는 우리를 부드럽게 양옆으로 흔들었고, 햇살은 눈부셨다. 그의 가슴을 베개 삼아 누워 있는 내게 펠리페는 아까 조는 동안에 좋은 아이디어가 떠올랐다고 했다. "난 사업 때문에 계속 발리에 있어야 해. 또 여기는 내 아이들이 사는 호주와 가깝기도 하고. 한편으로는 브라질도 자주 가야 해. 거기에 보석의 원석도 있고, 가족들도 있으니까. 그리고 당신은 미국에 가야 하지. 거기서 일해야 하고, 가족과 친구들도 있으니까. 그러니까…… 미국, 호주, 브라질, 발리를 오가며 함께 사는 게 어떨까?"

난 그저 웃을 수밖에 없었다. 안 될 게 뭐 있는가? 말도 안 되는 소리라고 생각할 수도 있다. 완전히 터무니없는 계획이라고 생각할 수도 있겠지만 나와 매우 닮은 계획이었다. 우리는 당연히 그렇게 살아야 할 것이다. 벌써 익숙한 기분마저 들었다. 게다가 난 그 아이디어에 담긴 시적 정취가 마음에 들었

다. 그러니까 1년간 I로 시작하는 3개국을 여행한 뒤, 펠리페
는 내게 또 다른 여행 이론을 제안하고 있었다.

호주(Australia), 미국(America), 발리(Bali), 브라질(Brazil)
= A, A, B, B

마치 고전 시 같았다. 압운이 맞아 떨어지는 2행시. 작은
낚싯배는 길리메노 바닷가 바로 앞에 정박했다. 이 섬에는 부
두가 없다. 바짓단을 걷고 배에서 뛰어내려 혼자 힘으로 파도
를 가르고 앞으로 나아가야 한다. 그러다 보면 반드시 옷이 젖
고 발바닥은 산호에 찔릴 테지만, 그 고생을 감수할 가치가 있
었다. 이곳의 해변은 너무도 아름답고 특별하기 때문이다. 그
리하여 나와 내 연인은 신발을 벗고 소지품이 든 작은 가방을
머리에 인 채 함께 보트 가장자리에서 바다를 향해 뛰어내릴
준비를 했다.

재미있는 사실이 하나 있다. 펠리페가 유일하게 할 줄 모르
는 낭만적인 언어가 하나 있는데 바로 이탈리아어다. 그런데
도 우리가 뛰어내리기 직전, 난 그냥 이탈리아어로 그에게 말
했다.

"Attraversiamo."

건너가요.

먹고 기도하고 사랑하라

감사의 말

인도네시아를 떠난 지 몇 달 뒤, 나는 사랑하는 사람들을 다시 만나 크리스마스와 새해를 함께 보내려고 발리로 돌아왔다. 내가 탄 비행기가 발리에 도착한 지 두 시간 후, 엄청난 파괴력을 가진 쓰나미가 동남아시아를 강타했다. 전 세계의 지인들이 즉시 내게 연락했고, 내 인도네시아 친구들의 안전을 염려했다. 그들이 가장 걱정한 사람은 와얀과 투티였다. 그 질문에 답하자면, 쓰나미는 발리에 전혀 영향을 주지 않았으며 (물론 정신적 피해는 제외하고) 다들 안전하고 무사하다. 펠리페는 공항에서 날 기다리고 있었다.(앞으로 여러 공항에서 이뤄질 우리의 많은 만남 중에서 처음으로.) 끄뜻 리에르는 언제나처럼 포치에 앉아 처방을 내리고 약을 만들어 주었다. 유데이는 최근 고급 리조트에서 기타 연주를 맡아 썩 잘 해내고 있다. 그리고 와얀 가족은 위험한 해변에서 멀리 떨어진, 우붓의 계단식 논 높은 곳에 자리한 아름다운 집에서 행복하게 살고 있다.

이 공간을 빌려(더불어 와얀을 대신해) 돈을 기부해 준 모든 분들께 감사하고 싶다.

삭쉬 안드레오치, 사비트리 엑셀로드, 린다와 레니 바레라 부부, 리사 분, 수전 보언, 기레 브레너, 모니카 버크, 카렌 쿠데지, 샌드 카펜터, 데이비드 캐시언, 앤 코넬(제나 아이젠베르그와 더불어 막판 구조의 달인), 마이크와 미미 드 구뤼, 아르메니아 드 올리베이라, 라야 엘리아스와 지지 매들, 수전 프레디, 데빈 프리드먼, 드와이트 가너와 크리 르페이버, 존과 캐럴 길버트, 마미 힐리, 애니 휴바드, 하비 슈바르츠, 밥 휴즈, 수전 키튼플랜, 마이클과 질 나이트, 바르이언과 린다 크노프, 데버라 로페즈, 데버라 루에프니츠, 크리에그 마크스와 르네 스타인크, 애덤 맥케이와 쉬라 피븐, 조니와 캣 마일즈, 셰릴 몰러, 존 모스와 로스 페터슨, 제임스와 캐서린 머독(닉과 미미의 축복과 함께), 호세 누네즈, 앤 패글리아룰로, 찰리 패튼, 로라 플래터, 피터 소마레, 나탈리 스탠디포드, 스테이시 스티어스, 다시 스타인크, 소레슨 자매들(낸시, 로라, 미스 레베카), 다프네 우빌러, 리처드 보고트, 피터와 진 워리언, 스리스텐 와이너, 스캇 웨스터펠드와 저스틴 라바네스티어, 빌리와 카렌 지메트.

마지막으로 다른 이야기이긴 하지만, 내가 여행하는 동안 물심양면으로 날 도와준 테리 삼촌과 데버라 외숙모에게 감사를 표현할 길이 있었으면 좋겠다. 단순히 '기술적 지원'이라고 하기에는 너무도 힘이 되는 도움이었다. 내가 줄을 타는 동안 그분들은 그 밑에 안전망을 짜 주었고, 그게 없었다면 난 이 책을 쓸 수 없었을 것이다. 그 은혜에 어떻게 보답해야 할지 모르겠다.

결국 우리는 이 세상에서 우리의 삶을 지탱해 주는 사람들에게 보답하려는 시도를 포기해야 할지도 모른다. 그저 기적처럼 광대한 인간의 자비에 항복한 채 계속 고맙다고 말하는 게 더 현명한 일인 듯하다. 우리에게 말할 수 있는 목소리가 있는 한 끝없이, 진심을 담아서.

옮긴이 노진선

　숙명여자대학교 영어영문학과를 졸업하고 잡지사 기자 생활을 거쳐 전문 번역가로 활동하며 감칠맛 나고 생생한 언어로 다양한 작품들을 번역해 왔다. 옮긴 책으로 피터 스완슨의 『아낌없이 뺏는 사랑』, 『죽여 마땅한 사람들』과 요 네스뵈의 『블러드 온 스노우』, 『미드나잇 선』, 『스노우맨』, 『데빌스 스타』, 『네메시스』, 『아들』 등이 있으며, 그 밖에도 『에타와 오토와 러셀과 제임스』, 『토스카나 달콤한 내 인생』, 『아빠가 결혼했다』, 『나의 외로움이 널 부를 때』, 『만 가지 슬픔』, 『새장 안에서도 새들은 노래한다』, 『금요일 밤의 뜨개질 클럽』 등 80여 권이 있다.

먹고 기도하고 사랑하라
진정한 욕망과 영성 그리고 사랑을 찾아
낯선 세계로 떠난 한 여성의 이야기

1판 1쇄 펴냄 2017년 12월 29일
1판 9쇄 펴냄 2024년 1월 18일

지은이 엘리자베스 길버트
옮긴이 노진선
발행인 박근섭, 박상준
펴낸곳 (주)민음사
출판등록 1966. 5. 19. 제16-490호
주소 서울시 강남구 도산대로1길 62 강남출판문화센터 5층 (우편번호 06027)
대표전화 02-515-2000 | 팩시밀리 02-515-2007
www.minumsa.com
한국어판 ⓒ 민음사, 2017. Printed in Seoul, Korea

ISBN 978-89-374-3494-5　03800

* 잘못 만들어진 책은 구입처에서 교환해 드립니다.